U0869214

普及类古籍整理图书专项资助项目

明清小说精品

附历代文言小说精品

邓绍基 主编　李玫 副主编

时代文艺出版社

图书在版编目（CIP）数据

明清小说精品：附历代文言小说精品 / 邓绍基主编.
—长春：时代文艺出版社，2018.7

ISBN 978-7-5387-5855-9

Ⅰ.①明… Ⅱ.①邓… Ⅲ.①古典小说－小说集－中国－明清时代 Ⅳ.①I242

中国版本图书馆CIP数据核字（2018）第117325号

出 品 人　陈　琛
产品总监　郭力家
选题策划　邓淑杰
责任编辑　王　峰
装帧设计　李　斌
排版制作　隋淑凤

本书著作权、版式和装帧设计受国际版权公约和中华人民共和国著作权法保护
本书所有文字、图片和示意图等专有使用权为时代文艺出版社所有
未事先获得时代文艺出版社许可
本书的任何部分不得以图表、电子、影印、缩拍、录音和其他任何手段
进行复制和转载，违者必究

明清小说精品　附历代文言小说精品

邓绍基 主编　李玫 副主编

出版发行 / 时代文艺出版社
地址 / 长春市泰来街1825号　时代文艺出版社　邮编 / 130011
总编办 / 0431-86012927　发行部 / 0431-86012957　北京开发部 / 010-63108163
官方微博 / weibo.com / tlapress　天猫旗舰店 / sdwycbsgf.tmall.com
印刷 / 三河市万龙印装有限公司
开本 / 850mm × 1168mm　1 / 32　字数 / 750千字　印张 / 22.25
版次 / 2018年7月第1版　印次 / 2018年7月第1次印刷　定价 / 68.00元

图书如有印装错误　请寄回印厂调换

导　论

邓绍基

元人曾把他们的“元曲”和“唐诗”“宋词”并称。清人焦循在《易余龠录》中提出“一代还其一代之所胜”也即“代有所胜”的看法，但他认为“洵可继楚骚、汉赋、唐诗、宋词、元曲以立一门户”的明人写作业绩却是八股文。而在焦循以前，明末人卓人月在《古今词统序》中却说：“我明诗让唐，词让宋，曲让元，庶几吴歌、挂枝儿、罗江怨、打枣竿、银绞丝之类，为我明一绝耳!”他们似乎都不把明代小说放在眼里。事实上，我国的白话小说创作的大繁荣时期正是有明一代，就实际的业绩和成就而言，明代的白话小说在中国文学史上的地位确实比同时期的诗文显得重要，也足以把它同“唐诗”“宋词”和“元曲”并称。“五四”以来，文学史家大抵认为明代是小说和戏曲的时代。这也是对明代文学成就的一种基本估计。清代的白话小说继续繁荣，文言小说也兴旺发达，并都有卓越成就，这也是文学史所昭示的事实。

《明清小说精品》作为明清小说的一种选本，出于种种考虑，没有选录长篇小说，事实上也难以选录，而只挑择短篇入选。

这本选集只选文言小说，从明初开始选录，但在此以前，文言小说已有过它的黄金时期，因此书中选录了相当数量的明代以前的文言短篇小说，作为附录。当然，这也是为了便于读者观察和认识文言小说的发展过程，不妨还可以这么说，是为了便利读者观察和认识我国古代小说的发展过程。

既然明清文言小说自有源头，这里也有必要做回顾和追溯。现在一般都认为，我国古代小说创作的盛行，是从魏、晋、南北朝时期开始的。这也是我国古代短篇小说发展史上最早的一个繁荣期。魏、晋、南北朝时期的短篇小说，一般分作两大类："志怪"和"志人"。志怪这个称谓是早就有的，两类分法则始自鲁迅，向来沿用。也有人把志人小说叫作轶事小说。

志怪小说内容比较复杂，但有一个特点，不管是记述历史传闻，还是山川异物，都带着不同程度的神怪色彩。当然，更有专门讲述鬼神怪异故事的。这类小说的产生，同我国古代信巫的风俗和佛教的传入直接有关。因此，其中存在不少以宣扬宗教迷信为主要内容的作品，它们或者可以作为研究当时那个大动乱年代以及宗教迷信之风大盛的社会现象的某种有用的资料。

值得我们注意的是，在张皇鬼神、称道灵异的气氛下，志怪小说中也出现了一些描写不怕鬼神故事的作品。曹丕《列异传》中的宋定伯捉鬼、卖鬼的故事就是有代表性的一篇。

志怪小说中出现的带有神异色彩的民间传说故事，向来为文学史家所重视，例如干宝《搜神记》中的《干将莫邪》《韩凭夫妇》，陶潜《搜神后记》中的《白水素女》等。它们不仅对后世文学题材有影响，有的甚至成为长期流行的民间故事的滥觞。像《白水素女》，后来就成为盛行于江南一带的"田螺姑娘"故事。

志人小说大抵记述当时一些知名人士的言行和轶事，流传下来的著名作品有刘义庆的《世说新语》，它与志怪小说的代表作《搜神记》历来齐名。《世说新语》主要反映上层社会人物的生活面貌。作者的主观意图是要刻画一些人物的美德和独特的品行，例如《管宁割席》和《谢安泛海》等。但也有一些有关暴虐残忍、沽名钓誉、骄奢淫逸以及诸如此类的记载，在不同的程度上暴露了当时上层人物的丑恶的嘴脸。由于《世说新语》文笔简约优美，我们做了较多的选录。

志怪小说和志人小说篇幅都比较短小，这就形成了它们艺术上的共同特点，写人、写事或写气氛都十分简练。在一些优秀的作品中，刻画人物往往着墨不多，性格却表现得比较鲜明、突出，故事情节也有跌宕，引人入胜。可以说，中国古典短篇小说从一开始就对人物性格的刻画和故事情节的铺叙相当重视，从而构成了一个优良的传统。

到唐代，短篇小说的创作出现了新局面，并且出现了小说的新名称——传奇。当时所谓传奇，是传奇体古文的意思，以区别于正统的古文。也就是说，在当时人们的概念里，传奇是一种散文，是一种"传记"，这同古代文人轻视小说的观念有关。唐人传奇受魏晋南北朝志怪小说的影响是明显的，但汉代以来的史传文学对它也有影响。

唐代传奇小说的发展可以分为三个阶段。从初唐时期的作品可以看到魏晋南北朝志怪小说的影响还比较重，但同时在情节、人物描写上已有了显著的进步。到中唐时期，传奇小说作者人才辈出，作品从内容到形式丰富多彩，它们代表了唐代小说的成就。著名的《霍小玉传》《柳毅传》和《李娃传》等都是这个时期的作品。晚唐传奇小说在数量上几乎超过了中唐时期，但在成就上却不能企及，《虬髯客传》《昆仑奴》等是这个时期的较好的作品。

唐代传奇小说的作者大都是中下层知识分子。据说，在中唐时期，像诗歌一样，传奇小说可作为一种"温卷"，在考试之前分送给当时的名人，如果得到他们的称赞，将有助于作者在科举上的及第。如果传奇投献说属实，这很可能是当时作者纷起，且多为知识分子的一个原因。

从总的来看，唐代传奇小说比较广泛地描写和反映了当时的社会生活，对门阀制度、朋党之争、藩镇割据等等重要社会现象也都有不同程度和不同侧面的反映。写爱情和豪侠的主题，在唐代传奇小说中，占有相当的比重。其中不少作品在艺术上也比较成熟。它们的题材往往被后世的文艺作品（特别是戏剧）所采用。尽管唐代传奇小说本身的流行并不普及，它们写的好多故事却几乎传遍了整个社会。

在中国小说发展历史上，唐人传奇占有特殊重要的地位。它起着里程碑的作用，它的出现标志着中国小说业已跨入了成熟的时期。只有到了唐代，“小说”的含义才和我们今天的小说概念趋于一致。因此，有的小说史研究家甚至认为中国小说史发源于唐代。

明人胡应麟《少室山房笔丛》中说：“变异之谈盛于六朝，然多是传录舛讹，未必尽幻设语；至唐人，乃作意好奇，假小说以寄笔端。”他指出了小说史上的一个重要现象，就是众多的传奇作者们是在有意识地创作小说。这一点和以前大不相同，在魏晋南北朝小说作者的心目中，小说和历史的分界线是模糊的，他们自认为他们笔下所记录的乃是真的发生过的事实，不管是鬼神的显灵也好，死人的复活也好。而唐代传奇作者却很明确地知道，他们不仅是在作见闻记录，而是在从事创作。所以他们自觉地把虚构这一艺术手段带进了小说的领域。这不能不说是小说发展历史上的一大进步。

其次，从作品所反映的内容说，唐人传奇开始驱除了长期盘踞在魏晋南北朝小说中的鬼神世界。尽管志怪小说描写鬼神实际上也还是反映了一定的社会生活，但唐传奇的作者们，以现实生活中的人物取代昔日鬼神的位置，上自官僚贵族，下至市井小民，纷纷出现在作品中，不能不说是区别于志怪的一大特点。

再次，唐人传奇小说大大地提高了小说创作的艺术。作者更加着意于人物性格的刻画。其中有些人物形象的塑造已经接近乃或构成了我们今天所说的典型，例如《霍小玉传》里的霍小玉，《李娃传》里的李娃等等。和魏晋南北朝志怪小说相比，唐人传奇小说的描绘日趋细致，细节描写大量增加了，而且被用来作为反复表现人物性格特征的手段。由于内容的需要，唐代传奇小说的篇幅加长了，情节、结构也更繁复。中国短篇小说中的故事有头有尾的传统也在这个时期正式形成。

传奇小说发展到宋代，趋向衰落。小说史家往往认为宋人传奇实际上只是唐人传奇的余波。其中较为著名的有乐史的《绿珠传》和《杨太真外传》，秦醇的《赵飞燕别传》，佚名的《梅妃传》等。宋代的志怪创作随着《大平广记》的修纂而流行。当时一些比较著名的作品，如徐铉的《稽神录》和吴淑的《江淮异人传》等，多讲古事，甚或专门志怪谈鬼。鲁迅《中国小说史略》中论述徐铉《稽神录》说："其文平实简率，既失六朝志怪之古质，复无唐人传奇之缠绵，当宋之初，志怪又欲以'可信'见长，而此道于是不复振也。"这段话，在很大程度上，也可看作是对宋代志怪小说和传奇小说的总评。

宋代以志怪小说和传奇小说为标志的文言小说一蹶不振，不见起色的情况一直继续到元代，虽说元代也出现了宋远的《娇红记》，但几乎是"硕果仅存"，而且在相当一个时期内不见流传。到了明初，出现了瞿佑的《剪灯新话》，同时和稍后的效仿之作有李祯的《剪灯余话》和邵景瞻的《觅灯因话》等。鲁迅在评论清代《聊斋志异》时曾说蒲松龄是以传奇小说的手法来写志怪之文。现在有的研究者认为，明清文言短篇小说与前此数代情况相似，分传奇和志怪两大类，而志怪则以传奇法志怪者为主流，从《剪灯新话》到《聊斋志异》代表了这一主流的发展和成就。如果就志怪与传奇的相互渗透和合流而言，《剪灯新话》中确实出现了这种迹象，全书以四分之三的篇幅描写鬼怪神仙故事，但文笔的传奇路数却又是十分清晰。在这个意义上说，《剪灯新话》是有所"新变"了。《剪灯新话》在写作手法上的另一个特点是篇中出现较多的诗歌韵文，给人以韵散相间的印象，这种形式或许是受元代词话的影响，不少的明代文言小说又受《剪灯新话》的影响，以大量诗词渗入篇内，其优点是有助于情节、氛围的深化，但如果安排不当，却又可能成为叙事的累赘，甚至成为游离的赘文。

《剪灯新话》中多鬼怪故事，却又不能说它是纯粹的志怪小说集。有的研究者认为其中描写爱情婚姻的佳作甚有唐宋传奇小说的遗风。我们这个选集选录的也大都是这些描写爱情婚姻故事的作品。

明代的文言小说创作集还有赵弼的《効颦集》和陆粲的《庚巳编》等，更有散见于各家文集和笔记中的一些优秀文言小说篇章。我们这个选集也权衡收录。只是明代的文言小说与白话小说时有在题材内容上相互袭取改编现象，为了避免故事上的重复雷同，有些较好的明代文言小说，如宋懋澄的《负情侬传》和蔡羽的《辽阳海神传》等篇只能付之阙如，真应了“遗珠之憾”这句老话了。

清代的文言小说当数《聊斋志异》最为杰出，尤为惊人的是作者蒲松龄一个人写了五百篇左右的作品，其中有不少都是在思想上、艺术上成熟的优秀之作，表明他对小说史的发展做出了突出的贡献。他继承了魏晋南北朝志怪小说和唐代传奇小说的优良传统，把文言小说的艺术推向一个新的高峰。

《聊斋志异》的内容是丰富而深湛的，譬如对社会黑暗和腐败政治的刻画和揭露，对科举制度的描写和批判，对青年男女在爱情、婚姻问题上的追求和反抗，构成了这部小说集中的最主要也是最重要的主题。而这些主题又大都是借助于狐鬼或其他异类造成的“亦真亦幻”的艺术境界来完成的。

“五四”时期鲁迅评论《聊斋志异》时曾说道：“《聊斋志异》独于详尽之外，示以平常，使花妖狐魅，多具人情，和易可亲，妄为异类，而又偶见鹘突，知复非人。”(《中国小说史略》)这里实际上就是涉及到亦真亦幻，真幻相彰的艺术手段问题。

鬼的形象本属幻，狐作为一种动物本是真，但狐变成人却又属幻，就是说，狐鬼的人格化世俗化都是幻。在《聊斋志异》以前的文言小说中，人格化了的鬼狐和其他异类形象早有出现，而且随着时代的发展和小说的演变，这类形象在真与幻的有机结合上也不断进化，但在真幻相彰达到更高的水平，真幻结合臻于水乳交融的境界，如同鲁迅所说，真到可以使读者“妄为异类”，但真中还是显幻，到底又使读者“知复非人”，那就是《聊斋志异》的成功的艺术世界。

《聊斋志异》的描写技巧向来为人称道，在描写人物时，外部特征和心理活动同时并重，静态和动态交叉相映。在场景描写上，又善于创造氛围，例如《连琐》篇的开头：

杨子畏移居泗水之滨。斋临旷野，墙外多古墓，夜闻白杨萧萧，声如涛涌。夜阑秉烛，方复凄断。忽窗外有人吟曰：“玄夜凄风却倒吹，流萤惹草复沾帏。”反复吟诵，其声哀楚。听之，细婉似女子。疑之。明日视墙外，并无人迹。惟有紫带一条，遗荆棘中……

还有的场景描写，则又通过灵动的文笔作对比映衬。《胡四娘》篇写胡四娘嫁了一位程姓穷丈夫，遭到兄弟姊妹的歧视，连家人的婚宴也不让她出席，但正是在婚宴上，传来了她丈夫高中的消息，于是气氛大变：

适三郎完婚，戚眷登堂为馔，姊妹诸姑咸在，惟四娘不见招于兄嫂。忽一人驰入，呈程寄四娘函信；兄弟发视，相顾失色。筵中诸眷客，始请见四娘。姊妹惴惴，唯恐四娘衔恨不至。无何，翩然竟来。申贺者，捉坐者，寒喧者，喧杂满屋。耳有听，听四娘；目有视，视四娘；口有道，道四娘也；而四娘凝重如故……

这样活脱的文笔在此以前的文言小说中是罕见的。

曾经有一种意见认为，中国古代文言短篇小说和白话短篇小说是各自独立并行发展的两个系统，如果由此而认为这两者彼此没有影响，那就不符合历史实际。且不说文言小说和白话小说在题材上的渊源和影响，我们从大家公认的杰出的文言短篇《聊斋志异》来看，可以发现它无论在细致生动的细节描写方面，讲究故事情节的波澜起伏方面，以及把对话作为刻画人物性格的重要艺术手段上，都明显地受到了话本小说的影响。所以，《聊斋志异》不仅是文言短篇、同时也是整个古代短篇小说的最后一个高峰。

除了《聊斋志异》以外，清代的文言短篇小说集几乎层出不穷，如钮锈的《觚剩》、和邦额的《夜谈随录》、沈起凤的《谐铎》，长白浩歌子的《萤窗异草》、袁枚的《子不语》、纪晓岚的《阅微草堂笔记》等等。当然，这些小说集成就不等，风格也不同，据盛时彦《姑妄听之·跋》中说，纪晓岚是不赞成《聊斋志异》的"燕昵之词""媟狎之态""细微曲折"和"摹绘如生"的传奇风格的，他的《阅微草堂笔记》追求简约文风，一度也很流行，是继《聊斋志异》后的又一部风行作品。

我们这个选集在清代文言小说中更多地挑选《聊斋志异》中的名篇，而于其他小说集在篇幅许可的情况下，也尽可能多地选录。选录的下限到清末光绪年间，而不受通行文学史著作把1840年鸦片战争后产生的作品划为近代文学的约束。

这个选本选录明清两代的文言短篇，附录中选收了不少自魏、晋到宋代的文言小说。我们在选录文言小说的时候，也考虑到它的含义问题，具体地说来，就是是否收录像《王冕传》《李姬传》和《浮生六记》这样的也可列入传记文学的作品？事实上，小说史家的看法也不尽一致，已有的文言短篇小说选本的选录标准也不一致，但多数选本对那些作品还是酌情选收的，有的选家虽然坚持小说与史传严格区别的家法俨然态度，但在具体选择时，也有灵活处理之例。那么，约定俗成，我们的这个选本在这方面也就采取从宽选录的原则。

这个选本是由我和李玫君合作选注的，我们共同商定了选目，李玫君承担文言小说的注解工作，最后由我通读定稿，在定稿过程中，在不同的程度上做了修改和补订。限于我们的学识和水平，这个选本当会存在错误和不足，恳请专家和读者多予指正。

1995年8月

附记：

1995年，时代文艺出版社出版了《明清小说精品》。那一版《明清小说精品》包括文言小说和白话小说两个部分，因而邓绍基先生当时撰写的导论对文言小说和白话小说皆有论述。此次再版，时隔二十三年，因为只重印文言小说部分，由我将导论做了必要的删减改动，主要是减去了关于白话小说的论述，其他则尽量保持原貌。想到正是五年前的早春三月，邓绍基先生遽然辞世，不禁悲从中来，只能喟叹岁月无情。借此附记表达对邓绍基先生的纪念。

李玫

2018年3月27日于北京

目　　录

明清小说精品

历代文言小说精品

· 明清小说精品 ·

宋　濂（1310—1381）

字景濂，世居金华潜溪（今浙江省金华市），后迁居浦江。幼年家贫，苦读成才，元末名重东南。至正年间被人推荐，授翰林编修，托词不赴。后应朱元璋聘召。明王朝统一全国后，曾任《元史》编修总裁，官至翰林学士承旨。是明初“开国文臣之首。”著有《宋学士大全集》。

秦士录

邓弼，字伯翊，秦人也[①]。身长七尺，双目有紫棱[②]，开阖闪闪如电。能以力雄人[③]。邻牛方斗，不可擘[④]，拳其脊，折仆地。市门石鼓，十人舁[⑤]，弗能举，两手持之行。然好使酒[⑥]，怒视人，人见辄避，曰：“狂生不可近，近则必得奇辱。”

一日，独饮娼楼。萧、冯两书生过其下，急牵入共饮。两生素贱其人，力拒之。弼怒曰：“君终不我从，必杀君，亡命走山泽耳，不能忍君苦也！”两生不得已，从之。弼自据中筵，指左右揖两生坐，呼酒啸歌以为乐。酒酣，解衣箕踞[⑦]，拔刀置案上，铿然鸣。两生雅闻其酒狂[⑧]。欲起走。弼止之曰：“勿走也！弼亦粗知书，君何至相视如涕唾？今日非速君饮[⑨]。欲少吐胸中不平气耳！四库书从君问，即不能答，当血是刃！”两生曰：“有是哉？”遽摘七经数十义叩之[⑩]，弼历举传疏，不遗一言。复询历代史，上下三千年，缅缅不穷[⑪]。弼笑曰：“君等伏乎未也？”两生相顾惨沮，不敢再有问。弼索酒披发跳叫曰：“吾今日压倒老生矣！古者学在养气，今人一服儒衣，反奄奄欲绝，徒欲驰骋文墨，睥睨一世豪杰[⑫]，此何可哉？君等休矣！”

两生素负多才艺，闻弼言，大愧，下楼，足不得成步。归，询其所与游，亦未尝见其挟书读也。

泰定末[13]，德王执法西御史台。弼造书数千言，袖谒之。阍卒不为通[14]。弼曰："若不知关中有邓伯翊耶？"连击踣数人[15]，声闻于王。王令隶人捽入[16]，欲鞭之。弼盛气曰："公奈何不礼壮士？今天下虽号无事，东海岛夷，尚未臣顺，间者驾海舰互市于鄞[17]，即不满所欲，出火刀斫柱，杀伤我中国民。诸将军控弦引矢，追至大洋，且战且却，其亏国体为已甚！西南诸蛮，虽曰称臣奉贡，乘黄屋左纛[18]，称制与中国等，尤志士所同愤。诚得如弼者一二辈，驱十万横磨剑伐之[19]，则东西为日所出入，莫非王土矣！公奈何不礼壮士？"庭中人闻之，皆缩颈吐舌，舌久不能收。

王曰："尔自号壮士，解持矛鼓噪，前登坚城乎？"曰："能。""百万军中，可刺大将乎？"曰："能。""突围溃阵，得保首领乎？"曰："能。"王顾左右曰："姑试之。"问所须，曰："铁铠良马各一，雌雄剑二。"王即命给与。阴戒善槊者五十人[20]，驰马出东门外，然后遣弼往。王自临观，空一府随之。暨弼至，众槊并进。弼虎吼而奔，人马辟易五十步[21]，面目无色。已而烟尘障天，双剑飞舞云雾中，连砍马首堕地，血涔涔滴。王抚髀欢曰[22]："诚壮士！诚壮士！"命酌酒劳弼。弼立饮不拜。由是狂名振一时，至比之王铁枪云[23]。

王上章荐诸天子。会丞相与王有隙，格其事不下[24]。弼环视四体，叹曰："天生一具铜筋铁肋，不使立勋万里外，乃槁死三尺蒿下[25]，命也，亦时也！尚何言！"遂入王屋山为道士，后十年终。

选自《宋学士大全集》

【题解】

本篇写一位文武兼备，胆识过人并且性格狂放的豪侠——邓弼。小说中写他在娼楼强迫两位书生饮酒，席间问答有关经史的各种问题，显示出学识，使书生大愧，乃至“下楼足不能成步”。又写他手执双剑，驰马飞奔，力敌德王府家将五十人，使家将们惊慌丧胆。德王向皇帝举荐他，却被丞相阻挡，未被录用，于是他入王屋山当道士。篇中对这一人物的外貌、性格都有传神生动的刻画，看来作者很能抓住人物的特征，并用极富形象化的语言来描写和渲染。

【注释】

①秦：今陕西省古为秦地。 ②紫棱：形容目光明亮逼人。 ③雄人：称雄于人。 ④擘（bò）：分开。 ⑤舁（yú）：抬。 ⑥使酒：酒后发狂。 ⑦箕踞：一种坐姿，两腿分开如箕。 ⑧雅闻：一向听说。 ⑨速：邀请。 ⑩七经：指儒家经典《周易》《尚书》《诗经》《春秋》《周礼》《仪礼》《礼记》。 ⑪缅缅：连续不断。 ⑫睥睨（pìnì）：轻视。 ⑬泰定：元泰定帝也孙铁木儿的年号（1324—1328）。 ⑭阍卒：守门的兵士。 ⑮踣：扑倒。 ⑯捽入：拖进去。 ⑰鄞（yín）：地名，今浙江省宁波市。 ⑱黄屋左纛（dào）：皇帝所乘的车。 ⑲横磨剑：比喻精兵。 ⑳阴戒：暗地命令。 ㉑辟易：退避。 ㉒抚髀（bì）：拍着大腿。 ㉓王铁枪：五代后梁王彦章，骁勇善战，善用铁枪。 ㉔格：阻止。 ㉕槁死：老死。

王冕传

王冕者，诸暨人[①]。七八岁时，父命牧牛陇上，窃入学舍听诸生诵书。听已，辄默记。暮归忘其牛。或牵牛来责蹊田[②]，父怒挞之。已而复如初。母曰：“儿痴如此，曷不听其所为？”冕因去依僧寺以居。夜，潜出坐佛膝上，执策映长明灯读之[③]，琅琅达旦。佛像多土偶，狞恶可怖，冕小儿，恬若不见。安阳韩性闻而异之[④]，录为弟子，学遂为通儒。性卒，门人事冕如事性。

时冕父已卒，即迎母入越城就养[⑤]。久之，母思还故里。冕买白牛驾母车，自被古冠儒服随车后。乡里小儿，竞遮道讪笑，冕亦笑。著作郎李孝光欲荐之为府史[⑥]，冕骂曰："吾有田可耕，有书可读，肯朝夕抱案立庭下备奴使哉！"每居小楼上，客至，僮入报，命之登乃登。部使者行郡，坐马上求见，拒之去。去不百武[⑦]，冕倚楼长啸，使者闻之惭。

冕屡应进士举，不中，叹曰："此童子羞为者，吾何溺是哉！"竟弃去，买舟下东吴，渡大江[⑧]，入淮楚，历览名山川。或遇奇才侠客，谈古豪杰事，即呼酒共饮，慷慨悲吟。人斥为狂奴。北游燕都，馆秘书卿泰不花家。泰不花荐以馆职[⑨]，冕曰："公诚愚人哉！不满十年，此中狐兔游矣[⑩]。何以禄仕为？"即日将南辕[⑪]。会其友武林卢生死滦阳，唯两幼女、一童留燕，伥伥无所依。冕知之，不远千里走滦阳，取生遗骨，且挈二女还生家。

冕既归越，复大言天下将乱。时海内无事，或斥冕为妄。冕曰："妄人非我，谁当为妄哉！"乃携妻孥隐于九里山[⑫]。种豆三亩，粟倍之；树梅花千，桃杏居其半；芋一区，薤韭各百本[⑬]，引水为池，种鱼千余头；结茅庐三间，自题为"梅花屋"。尝仿《周礼》著书一卷[⑭]，坐卧自随，秘不使人观。更深人寂，辄挑灯朗讽，既而抚卷曰："吾未即死，持此以遇明主，伊吕事业不难致也[⑮]。"当风日佳时，操觚赋诗[⑯]，千百言不休，皆鹏骞海怒[⑰]，读者毛发为耸。人至，不为宾主礼。清谈竟日不倦。食至则食，都不必辞谢。善画梅，不减杨补之[⑱]，求者肩背相望[⑲]。以缯幅短长为得米之差[⑳]，人讥之，冕曰："吾藉是以养口体，岂好为人家作画师哉！"未几，汝颍兵起[㉑]，一一如冕言。

皇帝取婺州[㉒]，将攻越，物色得冕，置幕府，授以咨议参军。一夕以病死。冕状貌魁伟，美须髯，磊落有大志，不得少试以死，君子惜之。

选自《宋学士大全集》

【题解】

王冕是元代末年的杰出画家，擅长画梅花，也是一位有成就的诗人。他为人狂放不羁，是著名的高士。元末明初出现的《王冕传》不止一篇，宋濂写的这篇更为有名。作者善于抓住富有特征性的细节，用简约明快的文笔，使人物形象栩栩如生。例如篇中写王冕幼时“放牛听书”“僧寺夜读”；成年后“拒荐”“弃考”；晚年“隐居苦读”等情节寥寥数笔，活画出人物勤奋好学，洞察世事，愤世嫉俗、清雅高洁的性格特点。自《史记》开始，我国史传文学往往具有小说人物描写的艺术特点，这篇《王冕传》也是如此。

【注释】

①诸暨：地名，在今浙江省。　②责蹊田：指责他的牛踩踏了田里的庄稼。　③策：本意是古代写字用的竹片，此处指书籍。　④韩性：字明善，元末人。学问广博，精通经籍，学生众多。　⑤越城：指会稽。春秋战国时，会稽曾为越国都城，故名。　⑥府史：知府的属官名。　⑦武：半步。　⑧大江：长江。　⑨馆职：国史馆的职位。　⑩“不满”两句：不满十年，这里就会一片荒芜，狐兔出没。　⑪南辕：南行。　⑫九里山：在今浙江省绍兴市郊。　⑬本：此处是草木的计数单位，相当于株、棵。　⑭《周礼》：儒家经典之一。　⑮伊吕：伊尹和吕尚。伊尹，商初大臣，辅佐汤灭夏。吕尚，即姜太公，曾辅佐周武王灭商。　⑯觚（gū）：古代用来写字的一种木板。　⑰骞（xiān）：形容鸟飞。　⑱杨补之：杨无咎，宋代书画家，以擅梅著名。　⑲肩背相望：形容来的人多，络绎不绝。　⑳“以缯幅”句：以画幅的长短大小作为所得报酬差异的标准。　㉑汝颍兵起：元至正十一年（1351），刘福通领导的红巾起义攻克汝宁府、颍州等地。　㉒皇帝：指明代开国皇帝朱元璋。婺州：治所在今浙江省金华市。

杜环小传

杜环，字叔循。其先庐陵人[①]，侍父一元游宦江东，遂家金陵[②]。一元固善士，所与交，皆四方名士。环尤好学工书[③]，谨饬重然诺[④]，好周人急。父友兵部主事常允恭，死于九江，家破。其母张氏，年六十岁，哭九江城下，无所归。有识允恭者，怜其老，告之曰："今安庆守谭敬先，非允恭友乎，盍往依之。彼见母，念允恭故，必不遗弃。"母如其言，附舟诣谭。谭谢不纳。母大困，念允恭尝仕金陵，亲戚交友，或有存者，庶万一可冀；复哀泣从人至金陵，问一二人，无存者；因访一元家所在，问："一元今无恙否？"道上对以："一元死已久，惟子环存，其家直鹭洲坊，中门内有双橘，可辨识。"母服破衣，雨行至环家。环方对客坐，见母大惊，颇若尝见其面者，因问曰："母非常夫人乎，何为而至于此？"母泣告以故。环亦泣，扶就坐，拜之，复呼妻子出拜。妻马氏，解衣更母湿衣，奉糜食母[⑤]，抱衾寝母。母问其平生所亲厚故人，及幼子伯章。环知故人无在者，不足附，又不知伯章存亡，姑慰之曰："天方雨，雨止为母访之。苟无人事母，环虽贫，独不能奉母乎？且环父与允恭，交好如兄弟，今母贫困，不归他人，而归环家，此二父导之也，愿母无他思。"时兵后岁饥，民骨肉不相保，母见环家贫，雨止坚欲出问他故人。环令媵女从其行[⑥]，至暮，果无所遇而返，坐乃定。环购布帛，令妻为制衣衾。自环以下，皆以母事之。母性褊急[⑦]，少不惬意，辄诟怒[⑧]。环私戒其家人，顺其所为，勿以困故，轻慢与较。母有痰疾，环亲为烹药，进匕箸。以母故，不敢大声语。越十年，环为太常赞礼郎，奉诏祠会稽[⑨]，还道嘉兴，逢其子伯章，泣谓之曰："太夫人在环家，日夜念少子成疾，不可不早往见。"伯章若无所闻，第曰[⑩]："吾亦知之，但道远不能至耳。"环归半岁，伯章来，是日环初度[⑪]，母见少子，相持大哭，环家人以为不祥，止之。环曰："此人情也，何不祥之有？"即而伯章见母老，恐不能行，竟诒以他事辞去⑫，不复顾。环奉母弥谨，然母愈念伯章，疾顿加，后三年遂卒。将死，举手向环曰："吾累杜君！吾累杜君！愿杜君生子孙，咸如杜君！"言终而气绝。环具棺椰殓殡之礼，买地城南钟家山，葬之。岁时常祭其墓云⑬。环后为晋王府录事，有名，与余交。

选自《宋学士大全集》

【题解】

本篇描写经过元末明初战乱后人与人之间的关系。兵部主事常允恭死在九江，其母已六十岁，无所依靠，有人劝她就近去投奔安庆知府谭敬先，因为谭与常曾是朋友。而这位谭知府居然"不纳"。常母哭泣悲哀，跟着别人流亡到了金陵，打听儿子的另一位友人杜一元。不料一元已死，但他儿子杜环殷勤诚恳地接纳了常母，并且犹如对待自己的祖母一样。十年后，杜环为常母找到了幼子伯章，这位伯章表现得很冷漠，"若无所闻"，待等见到母亲年老，托词离去。可怜这位母亲还被蒙在鼓里，不断思念她的幼子，因而病情加剧，终于带着遗憾死去。临死前，对着杜环举手行礼，说："吾累杜君，吾累杜君。"就这样，作者把杜环这个人物和他金子般的心写得美好动人，把美善与丑恶鲜明对照，写得截然分明。

【注释】

①庐陵：今江西吉安市。 ②家金陵：在金陵安家。 ③工书：擅长书法。 ④谨饬（chì）：严正谨慎，守规矩。 ⑤奉縻：端粥。 ⑥媵（yìng）女：古代随嫁的女子。 ⑦褊急：狭隘急躁。 ⑧诟怒：发怒骂人。 ⑨祠会稽：去会稽祭祀神庙。 ⑩第曰：只是说。 ⑪初度：生日。 ⑫诒：哄骗。 ⑬岁时：逢年过节。

李疑传

金陵之俗，以逆旅为利[①]。旅至[②]，授一室，仅可榻[③]，俛以出入[④]。晓钟动，起治他事，遇夜始归息，盥濯水皆自具。然月责钱数千，否必诋诮致讼[⑤]。或疾病，辄遣出。病危，气息尚属[⑥]，目睊睊未瞑，即舆弃之，而敚其赀[⑦]。妇孕将产者，以为不祥，摈不舍。其少恩如此，非其性固然，地在辇毂下[⑧]，四方人至者众，其势致尔也。独李疑以尚义名于其时。疑字思问，居通济门外。闾巷子弟，执业造其家，得粟以自给；不足，则以六物推人休咎[⑨]。固贫甚，然独好周人急。金华范景淳，吏吏部[⑩]，得疾，无他子弟，人殆之[⑪]，不肯舍；杖踵疑门[⑫]，告曰："我不幸被疾，人莫舍我，闻君义甚高，能假我一榻乎？"疑谢许诺，延就坐，汛除明爽室[⑬]，具床褥炉灶，使寝息其中。徵医师视脉[⑭]，躬为煮糜炼药，且暮执其手问所苦，如事亲戚。既而疾滋甚，不能起，溲矢汙衾席，臭秽不可近。疑日为刮摩浣涤，不少见颜面。景淳流涕曰："我累君矣！恐不复生，无以报厚德，囊有黄白金四十馀两，在故逆旅邸[⑮]，愿自取之。"疑曰："患难相恤，人理宜尔，何以报为！"景淳曰："君脱不取，我死恐为他人得，何益乎？"疑遂求其里人偕往，携以归，面发囊[⑯]，籍其数而封识之[⑰]。数日，景淳竟死，疑出私财买棺，殡于城南聚宝山。举所封囊，寄其里人家，往书召其二子。及二子至，疑同发棺，取囊按籍而还之。二子以米馈，卻弗受，反赆以货[⑱]，遣归平阳。耿子廉械逮至京师[⑲]，其妻孕，将育，众拒门不纳。妻卧草中以号。疑问故，归谓妇曰："人孰无缓急，安能以室庐自随哉？且人命至重，倘育而为风露所感，则母子俱死。吾宁舍之而受祸，何忍死其母子乎？"俾妇邀以归，产一男子。疑命妇事之，如疑事景淳。喻月始辞去，不取其报。人用是多疑[⑳]。名士大夫，咸喜与疑交，见疑者，皆曰："善士，善士！"疑读书，为文亦可观，尝以儒举[21]，辞不就，然其行最著云。太史氏曰[22]：吾与疑往来，识其为人。疑姁姁愿士[23]，非有奇伟壮烈之姿也，而其所为事，乃有古义勇风。是岂可以外貌决人材智哉！语曰[24]："举世混浊，清士乃见[25]！"吾伤流俗之嗜利也，传其事以劝焉。

选自《宋学士大全集》

【题解】

本篇中的李疑，和作者《杜环小传》中的杜环一样，也是一个具有美好心地的人物。有所不同的是杜环是官宦子弟，李疑则是一位旅店主人。按照作品中所写的金陵的旅店业的寡恩少义的风气，是十分可怕的，病人不收，孕妇不收，甚至已住进店中的病危客人，还要被赶出店门，任其死去。李疑一反世风，"以尚义名于其时"，小吏范景淳因病无处安身，来求李疑，李疑不仅安排上好房间接待，还为他煮粥煎药，擦身除秽。范死后，他把远在越中的范的两个儿子招来，帮助他们扶棺回里。他还把范给他的四十余两黄金白银全数还给范的儿子。如此义举不止一例，篇末作者引古语说："举世混浊，清士乃见！"实在是有感而发。

【注释】

①逆旅：旅店。逆，迎接。 ②旅：客人。 ③仅可榻：仅能容纳一张床。 ④俛（fǔ）：同"俯"。 ⑤诋诮致讼：辱骂控告。 ⑥气息尚属：气未断。 ⑦敚（duó）其赀：夺其钱财。敚，同"夺"。 ⑧辇毂（gǔ）下：京城。 ⑨以六物推人休咎：给人算命。六物，指岁、时、日、月、星、辰。休咎，命运好坏。 ⑩吏吏部：在吏部任官吏。 ⑪殆：危险。此处用作动词，意为认为他危险。 ⑫杖踵疑门：拄着拐杖到李疑门前。 ⑬汛除明爽室：清扫干净一间亮堂的屋子。 ⑭徼：请。 ⑮故逆旅邸：原来所住的旅馆房间。 ⑯面发囊：当面打开包裹。 ⑰籍：记下。 ⑱赆（jìn）：临别赠送

财物。 ⑲械逮：戴着刑具被押解。 ⑳多：尊敬。赞扬。 ㉑儒举：以读书人的身份受到荐举。 ㉒太史氏：作者自称。 ㉓姁（xǔ）姁愿士：规规矩矩、忠厚老实的人。 ㉔语曰：古话说。 ㉕清士：品德高尚的人。

高 启（1336—1374）

字季迪，号槎轩，又号青丘子，平江长洲（今江苏省苏州市）人。博学工诗，也擅长史学。明洪武二年应召修《元史》。任佥户部侍郎，自称不敢当重任而辞官。后因文章犯朱元璋忌，朱元璋借故将他处死。著有《高太史大全集》。

书博鸡者事

博鸡者，袁人[①]。素无赖，不事产业，日抱鸡呼少年博市中。任气好斗，诸为里侠者皆下之[②]。

元至正间[③]，袁有守多惠政，民甚爱之。部使者臧新贵[④]，将按郡至袁[⑤]。守自负年德，易之[⑥]。闻其至，笑曰："臧氏之子也。"或以告臧，臧怒，欲中守法[⑦]，会袁有豪民，尝受守杖，知使者意嗛守[⑧]，即诬守纳己赇[⑨]。使者遂逮守，胁服，夺其官。袁人大愤，然未有以报也。

一日，博鸡者遨于市，众知有为，因让之曰："若素名勇，徒能藉贫孱者耳[⑩]。彼豪民恃其赀，诬去贤使君，袁人失父母。若诚丈夫，不能为使君一奋臂邪？"博鸡者曰："诺。"即入闾左[⑪]，呼子弟素健者，得数十人，遮豪民于道。豪民方华衣乘马，从群奴而驰，博鸡者直前捽下[⑫]，提殴之。奴惊，各亡去。乃褫豪民衣自衣[⑬]，复自策其马，麾众拥豪民马前[⑭]，反接，徇诸市[⑮]，使自呼曰："为民诬太守者视此！”一步一呼，不呼则杖其背，尽创。豪民子闻难，鸠宗族僮仆百许人[16]，欲要篡以归[17]。博鸡者逆谓曰：“若欲死而父，即前斗。否则阖门善俟[18]。吾行市毕，即归若父，无恙也。”豪民子惧遂杖杀其父，不敢动，稍敛众以去。袁人相聚从观，欢动一城。郡录事骇之，驰白府，府佐快其所为，阴纵之不问。日暮，至豪民第门，捽使跪。数之曰：“若为民，不自谨，冒使君，杖汝，法也。敢用是为怨望，又投间蔑污使君使罢[19]，汝罪宜死。今姑贷汝[20]，后不善自改，且复妄言，我当焚汝庐，戕汝家矣。”豪民气尽，以额叩地，谢不敢，乃释之。

博鸡者因告众曰：“是足以报使君未邪？”众曰：“若所为诚快，然使君冤未白，犹无益也。”博鸡者曰：“然。”即连楮为巨幅[21]，广二丈，大书一“屈”字，以两竿夹揭之，走诉行御史台。台臣弗为理，乃与其徒日张“屈”字游金陵市中[22]。台臣惭，追受其牒[23]，为复守官，而黜臧使者。方是时，博鸡者以义闻东南。

高子曰：“余在史馆，闻翰林天台陶先生言博鸡者之事。观袁守虽得民，然自喜轻上，其祸非外至也。臧使者枉用三尺[24]，以仇一言之憾，周贼鳌之士哉[25]，第为上者不能察，使匹夫攘袂[26]，群起以伸其愤，识者固知元政紊弛，而变兴自下之渐矣[27]。”

选自《高太史大全集》

【题解】

本篇写城市民变，或叫闹市，牵头发动民变的是一位博鸡者，即从事斗鸡赌博的人，事件发生在江西袁州。这次闹市，起因是为袁州知府被诬陷而去职这件事打抱不平。作品中写博鸡者召集的“子弟”，只有数十人，却闹得轰轰烈烈，大灭与官僚勾结的豪民的威风。还从袁州闹到了金陵，天天在市中游行叫屈，终于迫使行御台的长官出面处理，让袁州知府复官。作品中的“博鸡者”无姓名，不是什么英雄人物，作者说他“素无赖”，即使在闹市过程中，他也表现出使对手丧胆的无赖和泼皮行为。看来作品正是抓住了这一人物的性格特征，从而把他写得栩栩如生。

【注释】

①袁：袁州，州治在今江西省宜春市。　②里侠者皆下之：当地的侠义者都比不过他。　③至正：元惠帝年号（1341—1370）。　④臧新贵：姓臧的新近得势为官的人。　⑤按郡：巡察州郡。　⑥易之：轻视他。　⑦欲中守法：想给太守编排罪名，治之于法。　⑧嗛（xián）：怀恨。　⑨赇（qiú）：贿赂。　⑩藉：欺辱。　⑪闾左：古代尊右轻左，二十五家为闾，闾左指贫民聚居处。　⑫捽（zuó）：揪。　⑬褫（chǐ）：剥夺。自衣：自己穿上。　⑭麾（huī）众：指挥众人。　⑮徇诸市：此处指押着豪民游街。　⑯鸠：纠集。　⑰要篡：拦截。　⑱“若欲”三句：如果想让你父亲死，你就上前来和我们争斗，否则就关着门在家里好好地等候。　⑲投间：乘机。使罢：使他被罢官。　⑳贷汝：饶恕你。　㉑楮（chǔ）：纸。楮树纤维可以造纸，故以楮代指纸。　㉒金陵：今南京市。　㉓牒：公文，此处指状子。　㉔三尺：原意是剑，此处指职权。　㉕贼盭（lì）：阴险狠毒。　㉖攘袂：捋起袖子，表示激愤。　㉗渐：逐渐发生。

南宫生传

南宫生，吴人[①]，伟躯干，博涉书传。少任侠，喜击剑走马，尤善弹，指飞鸟下之。家素厚藏[②]，生用周养宾客[③]，及与少年饮博游戏，尽丧其资。逮壮，见天下乱，思自树功业，乃谢酒徒[④]，去，学兵，得风后《握奇》阵法[⑤]。将北走中原，从豪杰计事。会道梗，周流无所合。遂溯大江，游金陵，入金华、会稽诸山，搜览瑰怪；渡浙江[⑥]，泛具区而归[⑦]。家居以气节闻，衣冠慕之[⑧]，争往迎候，门止车日数十辆。生亦善交，无贵贱皆倾身与相接[9]。

有二军将，恃武横甚，数殴辱士类，号虎冠。其一尝召生饮。或曰："彼酗，不可近也。"生笑曰："使酒人乌能勇，吾将柔之矣[10]！"即命驾往。坐上座，为语古贤将事。其人竦听，据樽下拜起为寿[11]至罢会，无失仪。

其一尝遇生客次，顾生不下己[12]，目慴生而起[13]。他日见生独骑出。从健儿带刀策马踵生后，若将肆暴者。生故缓辔，当中道进，不少避。知生非懦儒，遂引去，不敢突冒呵避。明旦，介客诣生谢[14]，请结欢。生能以气服人，类如此。

性抗直多辩，好箴切友过[15]。有忤己，则面数之无留怨。与人论议，祈必胜，然援事析理，众终莫能折[16]。

时藩府数用师[17]，生私策其隽蹶多中[18]。有言生于府，欲致生幕下，不能得。将中生法[19]，生以智免。

家虽以贫，然喜事故在[20]。或馈酒肉，立召客与饮啖相乐。四方游士至吴者，生察其贤，必与周旋款曲，延誉上下所知。有丧疾不能葬疗者，以告生，辄令削牍疏所乏[21]，为请诸公间营具之，终饮其德不言[22]。故人皆多生[23]，谓似楼君卿、原巨先[24]，而贤过之。

久之，稍厌事，阖门寡将迎[25]。辟一室，庋历代法书[26]、周彝、汉砚，唐雷氏琴[27]，日游其间以自娱。素工草隶，逼钟、王。患求者众，遂自闷[28]，希复执笔。歆慕静退，时赋诗见志，怡然处约，若将终身。

生姓宋，名克，家南宫里，故自号去。

选自《高太史大全集》

【题解】

本篇可以和宋濂的《秦士录》观照参读，因为它们都是写民间的有志之士，写文武兼备的英武之士。故事发生的时代背景也相同，都在元代末年。这时，元王朝行将瓦解，各路义军纷起。这种形势本来有利于豪杰之士建功立业，但社会生活总是十分复杂的，种种传统观念根深蒂固。像南宫生这样的豪杰，虽然少壮时“见天下乱，思自树功业”，但最终未能施展抱负，虽然有偶然因素，但从他不投张士诚幕下这件事，可看出他受“洁身自好”的观念支配。南宫生坚持的是民间豪侠的道路。

【注释】

①吴人：苏州人。 ②家素厚藏：家里一向富裕。 ③用：因而。 ④谢：谢绝。 ⑤风后：传说是黄帝时的军事家。《握奇》：署名风后著的一部兵书。 ⑥浙江：钱塘江。 ⑦具区：太湖。 ⑧衣冠：指士大夫。 ⑨倾身：诚挚恳切。 ⑩柔之：使他驯服。 ⑪为寿：敬酒。 ⑫不下己：对自己不甘拜下风。 ⑬慴生：目光中流露出威胁。 ⑭介客诣生谢：通过朋友引见去向南宫生致歉。 ⑮箴切：规劝。 ⑯众终莫能折：大家总是很难驳倒他。 ⑰藩府：自称吴王的张士诚的衙署。 ⑱策：预料。隽蹶：胜败。 ⑲中生法：强加给南宫生罪名。 ⑳喜事：喜欢结交朋友。 ㉑削牍疏所乏：写明所缺少的。 ㉒饮其德：不张扬、隐没自己的德行。 ㉓多：敬重、赞扬。 ㉔楼君卿、原巨先：即楼护、原涉，都是汉代有名望的人，《汉书》中有传。 ㉕寡将迎：减少迎来送往。 ㉖庋（guǐ）：置。 ㉗周彝：周朝的酒器。雷氏：雷威，著名琴工。 ㉘自闲：闭门拒绝。

瞿 佑（1341—1427）

字宗吉，钱塘（今浙江省杭州市）人。幼年即有诗名。明洪武年间任过教谕、训导等学官。永乐年间因诗遭祸，放逐西北，十年后赦归。著有《归田诗话》和《剪灯新话》等。

金凤钗记

大德中①，扬州富人吴防御居春风楼侧②，与宦族崔君为邻，交契甚厚。崔有子曰兴哥，防御有女曰兴娘，俱在襁褓。崔君因求女为兴哥妇，防御许之，以金凤钗一支为约。既而崔君游宦远方，凡一十五载，并无一字相闻。女处闺闱，年十九矣。其母谓防御曰："崔家郎君一去十五载，不通音耗，兴娘长成矣，不可执守前言，令其挫失时节也。"防御曰："吾已许吾故人矣，况成约已定，吾岂食言者也。"女亦望生不至，因而感疾，沉绵枕席，半岁而终。父母哭之恸。临敛，母持金凤钗抚尸而泣曰："此汝夫家物也，今汝已矣，吾留此安用！"遂簪于其髻而殡焉。

殡之两月，而崔生至。防御延接之，访问其故，则曰："父为宣德府理官而卒③，母亦先逝数年矣。今已服除④，故不远千里而至此。"防御下泪曰："兴娘薄命，为念君故，得疾，于两月前饮恨而终，今已殡之矣。"因引生入室，至其灵几前，焚楮钱以告之⑤，举家号恸。防御谓生曰："郎君父母既殁，道途又远，今既来此，可便于吾家宿食。故人之子，即吾子也，勿以兴娘殁故，自同外人。"即令搬挈行李，于门侧小斋安泊⑥。

将及半月，时值清明，防御以女新殁之故，举家上冢。兴娘有妹曰庆娘，年十七矣，是日亦同往。惟留生在家看守。至暮而归，天已曛黑⑦，生于门左迎接。有轿二乘，前轿已入，后轿至生前，似有物堕地，铿然作声。生俟其过，急往拾之，乃金凤钗一只也。欲纳还于内，则中门已阖，不可得而入矣。遂还小斋，明烛独坐。自念婚事不成，只身孤苦，寄迹人门，亦非久计。长叹数声，方欲就枕，忽闻剥啄扣门声，问之不答，斯须复扣⑧，如是者三度。乃起关视之，则一美姝立于门外，见户开，遽搴裙而入。生大惊。女低容敛气，向生细语曰："郎不识妾耶？妾即兴娘之妹庆娘也。向者投钗轿下，郎拾得否？"即挽生就寝。生以其父待之厚，辞曰："不敢。"拒之甚厉，至于再三。女忽赪尔怒曰[⑨]："吾父以子侄之礼待汝，置汝门下，汝乃于深夜诱我至此，将欲何为？我将诉之于父，讼汝于官，必不舍汝矣。"生惧，不得已而从焉。至晓，乃去。自是暮隐而入，朝隐而出，往来于门侧小斋，凡及一月有半。

一夕，谓生曰："妾处深闺，君居外馆，今日之事，幸而无人知觉。诚恐好事多磨，佳期易阻，一旦声迹彰露，亲庭罪责，闭笼而锁鹦鹉，打鸭而惊鸳鸯，在妾固所甘心，于君诚恐累德。莫若先事而发，怀璧而逃[⑩]，或晦迹深村，或藏踪异郡，庶得优游偕老，不致睽离也[⑪]。"生颇然其计，曰："卿言亦自有理，吾方思之。"因自念零丁孤苦，素乏亲知，虽欲逃亡，竟将焉往？尝闻父言：有旧仆金荣者，信义人也，居镇江吕城[⑫]，以耕种为业。今往投之，庶不我拒。

至明夜五鼓，与女轻装而出，买船过瓜洲[⑬]，奔丹阳，访于村氓，果有金荣者，家甚殷富，见为本村保正[⑭]。生大喜，直造其门，至则初不相识也。生言其父姓名爵里及己乳名，方始记认，则设位而哭其主，捧生而拜于座，曰："此吾家郎君也。"生具告以故。乃虚正堂而处之，事之如事旧主，衣食之需，供给甚至。

生处荣家，将及一年，女告生曰："始也惧父母之责，故与君为卓氏之逃[⑮]，盖出于不获已也。今则'旧谷既没，新谷既登[⑯]，岁月如流，已及期矣[⑰]。且爱子之心，人皆有之，今而自归，喜于再见，必不我罪。况父母生我，恩莫大焉，岂有终绝之理？盍往见之乎？"生从其言，与之渡江入城。将及其家，谓生曰："妾逃窜一年，今遽与君同往，或恐'逢彼之怒'。君宜先往觇之，妾舣舟于此以俟[⑱]。"临行，复呼生回，以金凤钗授之，曰："如或疑拒，当出此以示之可也。"

生至门，防御闻之，欣然出见，反致谢曰："日昨顾待不周，致君不安其所，而有他适，老夫之罪也。幸勿见怪！”生拜伏在地，不敢仰视，但称“死罪”，口不绝声。防御曰：“有何罪过？遽出此言，愿赐开陈[19]，释我疑虑。”生乃作而言曰：“曩者房帏事密，儿女情多，负不义之名，犯私通之律，不告而娶，窃负而逃，窜伏村墟，迁延岁月，音容久阻，书问莫传，情虽笃于夫妻，恩敢忘乎父母！今则谨携令爱，同此归宁[20]。伏望察其深情，恕其重罪，使得终能偕老，永遂于飞[21]。大人有溺爱之恩，小子有宜家之乐，是所望也，惟冀悯焉。”防御闻之，惊曰：“吾女卧病在床，今及一岁，饘粥不进[22]，转侧需人，岂有是事耶？”生谓其恐为门户之辱，故饰词以拒之，乃曰：“目今庆娘在于舟中，可令人舁取之来。”

防御虽不信，然且令家僮弛往视之，至则无所见，方诘怒崔生，责其妖妄，生于袖中出金凤钗以进。防御见。始大惊曰：“此吾亡女兴娘殉葬之物也，胡为而至此哉？”疑惑之际，庆娘忽于床上欻然而起[23]，直至堂前，拜其父曰：“兴娘不幸，早辞严侍，远弃荒郊。然与崔家郎君缘分未断，今之来此，意亦无他，特欲以爱妹庆娘续其婚耳。如所请肯从，则病患当即痊除；不用妾言，命尽此矣。”举家惊骇，视其身则庆娘，而言词举止则兴娘也。父诘之曰：“汝既死矣，安得复于人世为此乱惑也？”对曰：“妾之死也，冥司以妾无罪，不复拘禁，得隶后土夫人帐下[24]，掌传笺奏。妾以世缘未尽，故特给假一年，来与崔郎了此一段因缘尔。”父闻其语切，乃许之，即敛容拜谢，又与崔生执手歔欷为别。且曰：“父母许我矣！汝好作娇客[25]，慎毋以新人而忘故人也。”言讫，恸哭而仆于地，视之，死矣。急以汤药灌之，移时乃苏，疾病已去，行动如常，问其前事，并不知之，殆如梦觉。遂涓吉续崔生之婚[26]。

生感兴娘之情，以钗货于市，得钞二十锭，尽买香烛楮币，赍诣琼花观[27]，命道士建醮三昼夜以报之[28]。复见梦于生曰：“蒙君荐拔，尚有余情，虽隔幽明，实深感佩。小妹柔和，宜善视之。”生惊悼而觉。从此遂绝，呜呼，异哉！

选自《剪灯新话》

【题解】

崔兴哥和吴兴娘由家长做主订婚。后崔兴哥因父母先后逝去，须要服丧，迟迟未到吴家求娶，兴娘思念成病，并且一病不起。这个悲剧性结局的出现，几无外力因素干预。兴娘是因一往情深，相思成病而死，或者可说是“性格悲剧”吧。唯其相思情深，她死后也要同兴哥做夫妻。奇特的是，她假借妹妹庆娘的名去和兴哥幽会、同居并私奔。但这个作品并没有只写到“人鬼夫妻”为止，还写到兴娘嘱咐父母把妹妹嫁给兴哥。她叮咛兴哥说：“小妹柔和，宜善视之。”然后一去不返。这个传奇性很强的爱情故事，虽可以看出它受到唐传奇《离魂记》的影响，但更有出新，能创造出意象全新的关目和情节。

【注释】

①大德：元成宗铁穆尔的年号（1297—1307）。 ②扬州：扬州路，治所在江都，在今江苏省。 ③宣德府：在今河北省。 ④服除：服丧期满。 ⑤楮（chǔ）钱：烧给死人的纸钱。 ⑥安泊：安顿住宿。 ⑦曛黑：形容天刚黑。曛，昏暗。 ⑧斯须：过一会儿。 ⑨赪（chēng）尔：因生气脸发红的样子。 ⑩怀璧而逃：带着美玉逃走，此处意为带着女子私奔。⑪睽离：分离。 ⑫吕城：城镇名，在今江苏省丹阳市东。 ⑬瓜洲：在今江苏省扬州市南。 ⑭见：同“现”。保正：旧时实行保甲制，十甲为一保，设保正一人，负责一保的行政和民政诸事务。 ⑮卓氏之逃：指汉代卓文君私奔司马相如事。 ⑯“旧谷”两句：指一年过去。 ⑰期（jī）：一周年。⑱舣（yǐ）舟：停船靠岸。 ⑲开陈：陈述清楚。 ⑳归宁：出嫁的女子回娘家看望父母。 ㉑于飞：本意是凤和凰比翼而飞，后比喻夫妻和美。 ㉒饘（zhān）粥：粥。饘，稠粥。 ㉓欻然：忽然。 ㉔后土夫人：传说中的女

神名。㉕娇客：女婿。㉖涓吉：选择吉日。㉗赍诣：送去。㉘建醮（jiào）：设坛祭祀。

申阳洞记

陇西李生，名德逢，年二十五，善骑射，驰骋弓马，以胆勇称，然而不事生产，为乡党贱弃。天历间[①]，父友有任桂州监郡者[②]，因往投焉。至则其人已殁，流落不能归。郡多名山，日以猎射为事，出没其间，未尝休息，自以为得所乐。有大姓钱翁者，以赀产雄于郡，止有一女，年及十七，甚所钟爱，未尝窥门，虽姻亲邻里，亦罕见之。一夕，风雨晦冥，失女所在。门窗户闼[③]，扃鐍如故[④]，莫知所从往。闻于官，祷于神，访于四境，悄无踪迹。翁念女切至，设誓曰："有能知女所在者，愿以家财一半给之，并以女事焉。"虽求寻之意甚切，而荏苒将及半载，竟绝音响。生一日挟镞持弧出城[⑤]，遇一獐，逐之不舍，遂越冈峦，深入涧谷，终莫能及。日已曛黑，又迷来路，彷徨于垅坂之侧，莫知所适。已而烟昏云暝，虎啸猿啼，远近黯然，若一更之后。遥望山顶，见一古庙，委身投之，至则尘埃堆积，墙壁倾颓，兽蹄鸟迹，交杂于中，生虽甚怖，然无可奈何，少憩庑下，将以待旦。未及瞑目，忽闻传导之声，自远而至。生念深山静夜，安得有此？疑其为鬼神，又恐为盗劫，乃攀缘槛楯[⑥]，伏于梁间，以窥其所为。须臾，及门，有二红灯前导，为首者顶三山冠[⑦]，绛帕首，被淡黄袍，束玉带，径据神案而坐。从者十余辈，各执器仗，罗列阶下。仪卫虽甚整肃，而状貌则皆貑玃之类也[⑧]。生知为邪魅，取腰间箭，持满一发，正中坐者之臂，失声而走，群党一时溃散，莫知所之。久之，寂然，乃假寐待旦。则见神座边鲜血点点，从大门而出，沿路不绝，循山而南，将及五里，得一大穴，血踪由此而入。生往来穴口，顾盼之际，草根柔滑，不觉失足而坠。乃深坑万仞，仰不见天。自分必死，旁边微觉有路，寻路而行，转入幽邃，咫尺不辨。更前百步，豁然开朗，见一石室，榜曰："申阳之洞。"守门者数人，装束如昨夕庙中所睹。见生，惊曰："子为何人，而遽至此？"生罄折作礼而答曰[9]："下界凡氓，久居城府，以医为业。因乏药材，入山采拾，贪多务得，进不知止。不觉失足，误坠于斯。触冒尊灵。乞垂宽宥。"守门者闻言，似有喜色。问之曰："汝既业医，能为人治疗乎？"生曰："此分内事也。"守门者大喜，以手加额曰："天也！"生请其故。曰："吾君申阳侯，昨因出游。为流矢所中，卧病在床；而汝惠然来斯，是天以神医见贶也[10]。"乃邀生坐于门下，踉跄趋入，以告于内。顷之，出而传其主之命曰："仆不善摄生[11]，自贻伊戚[12]，祸及股肱[13]，毒流骨髓，厄运莫逃，残生待尽。而今幸值神医，获赐良剂，是受病者有再生之乐，而治病者有全生之恩也，敢不忍死以待。"生遂摄衣而入，度重门，及曲房，帷幄衾褥，极其华丽。见一老猕猴，偃卧石榻之上，呻吟之声不绝。美人侍侧者三，皆绝色也。生诊其脉，抚其疮，诡曰："无伤也，予有仙药，非徒治病，兼可度世，服之则能后天不老而凋三光矣[14]。今之相遇，盖亦有缘耳。"遂倾囊出药，令其服之。群妖闻度世之说，喜得长生，皆罗拜于前曰："尊官信是神人，今幸相遇！吾君既获仙丹永命，吾等独不得沾刀圭之赐乎[15]？"生遂罄其所赍，遍赐之，皆踊跃争夺，惟恐不预。其药盖毒之尤者，用以淬箭镞而射鸷兽，无不应弦而倒。有顷，群妖一时仆地，昏眩无知矣。生顾宝剑悬于石壁，取而悉斩之，凡戮猴大小三十六头。疑三女为妖，欲并除之。皆泣而言曰："妾等皆人，非魅也。不幸为妖猴所摄，沉陷坑阱，求死不得。今君能为妾除害，即妾再生之主也，敢不惟命是听！"问其姓名居址，其一即钱翁之女，其二亦皆近邑良家也。生虽能除去群妖，然无计以出。愤闷之际，忽有老父数人，不知自何来，皆身被褐裘，长须乌喙，推一白衣者居前，向生列拜曰："吾等虚星之精[16]，久有此土，近为妖猴所据，力弗能敌，屏避他方，俟其便而图之。不意君能为我扫除仇怨，荡涤凶邪，敢不致谢！”各于袖中出金珠之属，置于生前。生曰：“若等既具神通，何乃见欺于彼，自伏孱劣耶[17]？”白衣者曰：“吾寿止五百岁，彼已八百岁，是以不敌。然吾等居此，与人无害也，功成行满，当得飞游诸天，出入自在耳，非若彼之贪淫肆暴，害人祸物。今其稔恶不已[18]，举族夷灭[19]，盖亦获咎于天，假手于君耳。不然，彼之凶邪，岂君所能制耶？”生曰：“洞名申阳，其义安在？”曰：“猴乃申属，故假之以美名，非吾土之旧号也。”生曰：“此地既为若等故居，予乃世人，误陷于此，但得指引归途，谢物不用也。”曰：“果如是，亦何难哉！但请闭目半晌，即得遂愿。”生如其言，耳畔惟闻疾风暴雨之声。声止，开目，见一大白鼠在前，群鼠如豕者数辈从之，旁穿一穴，达于路口。生挈三女以出，径叩钱翁之门而归焉。翁大惊喜，即纳为婿；其二女之家，亦愿从焉。生一娶三女，富贵赫然。复至其处，求访路口，则丰草乔林，远近如一，无复旧踪焉。

选自《剪灯新话》

【题解】

猿猴成精，抢掠民女，为非作歹；壮士诛怪，为民除害，人心大快。这是古代流传的故事的一种类型。本篇描写李生除去申阳洞的猿精，描写颇有特点。其一，他虽然武艺娴熟，有胆有勇，却不一味强斗，而是巧设计谋；其二，他虽知钱姓大富翁因女失踪而悬赏重金，但他几乎无动于衷，只是在除掉妖怪时才发现钱女是被妖怪掠进洞内，足见英雄本色。小说中情景和细节描写都较为出色。

【注释】

①天历：元文宗图贴睦尔年号（1328—1330）。 ②桂州：郡名，在今广西省桂林市一带。 ③闼（tà）：小门，此处泛指门。 ④扃鐍

（jiōngjué）：锁。 ⑤挟镞持弧：带着弓箭。 ⑥槛楯（shǔn）：栏杆。 ⑦三山冠：一种山字形高帽子。 ⑧猳（jiā）：猿类的一种，似猕猴而大。玃（jué）：大猴。 ⑨磬折：弯腰鞠躬的姿势。 ⑩贶（kuàng）：赠予。 ⑪摄生：养生。 ⑫自贻伊戚：自己招来灾祸。 ⑬股肱（gōng）：腿和手臂。 ⑭后天不老而凋三光：意为长生不老。凋三光，比日、月、星后凋闭。 ⑮沾刀圭之赐：沾点光。刀圭，古代量药的用具。 ⑯虚星之精：老鼠精。虚星为二十八宿中一个星宿，名虚日鼠。 ⑰孱劣：怯懦无能。 ⑱稔（rěn）恶：积恶。 ⑲夷灭：消灭。

翠 翠 传

翠翠，姓刘氏，淮安民家女也。生而颖悟，能通诗书，父母不夺其志，就令入学。同学有金氏子者，名定，与之同岁，亦聪明俊雅。诸生戏之曰："同岁者当为夫妇。"二人亦私以此自许。金生赠翠翠诗曰：

十二阑干七宝台，春风到处艳阳开。
东园桃树西园柳，何不移教一处栽？

翠翠和曰：

平生每恨祝英台[①]，凄抱何为不肯开？
我愿东君勤用意[②]，早移花树向阳栽。

已而，翠翠年长，不复至学。年及十六，父母为其议亲，辄悲泣不食。以情问之，初不肯言，久乃曰："必西家金定。妾已许之矣，若不相从，有死而已，誓不登他门也。"父母不得已，听焉。然而刘富而金贫，其子虽聪俊，门户甚不敌。及媒氏至其家，果以贫辞，惭愧不敢当。媒氏曰："刘家小娘子，必欲得金生，父母亦许之矣，若以贫辞，是负其诚志。而失此一好因缘也。今当语之曰：'寒家有子，粗知诗礼，贵宅见求，敢不从命。但生自蓬荜[③]，安于贫贱久矣，若责其聘问之仪，婚娶之礼，终恐无从而致，’彼以爱女之故，当不较也。”其家从之。媒氏复命，父母果曰：“婚姻论财，夷虏之道，吾知择婿而已。不计其他。但彼不足而我有余，我女到彼，必不能堪，莫若赘之入门可矣。”媒氏传命再往，其家幸甚。遂涓日结亲[④]，凡币帛之类，羔雁之属[⑤]，皆女家自备。过门交拜，二人相见，喜可知矣！是夕，翠翠于枕上作《临江仙》一阕赠生曰：

曾向书斋同笔砚，故人今作新人。洞房花烛十分春！汗沾蝴蝶粉，身惹麝香尘。　殢雨尤云浑未惯，枕边眉黛羞颦，轻怜痛惜莫嫌频。愿郎从此始，日近日相亲。

邀生继和。生遂次韵曰：

记得书斋同讲习，新人不是他人。扁舟来访武陵春[⑥]，仙居邻紫府，人世隔红尘。　誓海盟山心已许，几番浅笑轻颦。向人犹自语频频。意中无别意，亲后有谁亲？

二人相得之乐，虽孔雀之在赤霄，鸳鸯之游绿水，未足喻也。

未及一载，张士诚兄弟起兵高邮[⑦]，尽陷沿淮诸郡，女为其部将李将军者所掳。至正末，士诚辟土益广，跨江南北，奄有浙西，乃通款元朝[⑧]，愿奉正朔[⑨]，道途始通，行旅无阻。生于是辞别内、外父母[⑩]，求访其妻，誓不见则不复还。行至平江，则闻李将军见为绍兴守御；及至绍兴，则又调屯兵安丰矣；复至安丰，则回湖州驻扎矣。生来往江淮，备经险阻，星霜屡移，囊橐又竭，然此心终不少懈；草行露宿，丐乞于人，仅而得达湖州。则李将军方贵重用事，威焰赫弈。生伫立门墙，踌躇窥俟，将进而未能，欲言而不敢。阍者怪而问焉[⑪]。生曰：“仆，淮安人也，丧乱以来，闻有一妹在于贵府，是以不远千里至此，欲求一见耳。”阍者曰：“然则，汝何姓名？汝妹年貌若干？愿得详言，以审其实。”生曰：“仆姓刘，名金定，妹名翠翠，识字能文。当失去之时，年始十七，以岁月计之，今则二十有四矣。”阍者闻之，曰：“府中果有刘氏者，淮安人，其齿如汝所言[12]，识字善为诗，性又通慧，本使宠之专房。汝信不妄，吾将告于内，汝且止此以待。”遂奔趋入告。须臾，复出，领生入见。将军坐于厅上，生再拜而起，具述厥由[13]。将军，武人也，信之不疑，即命内竖告于翠翠曰[14]：“汝兄自乡中来此，当出见之。”翠翠承命而出，以兄妹之礼见于厅前，动问父母外，不能措一辞，但相对悲咽而已。将军曰：“汝既远来，道途跋涉，心力疲困，可且于吾门下休息，吾当徐为之所。”即出新衣一袭，令服之，并以帏帐衾席之属，设于门西小斋，令生处焉。翌日，谓生曰：“汝妹能识字，汝亦通书否？”生曰：“仆在乡中，以儒为业，以书为本，凡经史子集，涉猎尽矣，盖素所习也。又何疑焉。”将军喜曰：“吾自少失学，乘乱崛起。方响用于时，趋从者众，宾客盈门，无人延款[15]，书启堆案，无人裁答。汝便处吾门下，足充一记室矣[16]。”生，聪敏者也，性既温和，才又秀发，处于其门，益自检束，承上接下，咸得其欢，代书回简，曲尽其意。将军大以为得人，待之甚厚。然生本为求妻而来，自厅前一见之后，不可再得，闺阁深邃，内外隔绝，但欲一达其意，而终无便可乘。荏苒数月，时及授衣[17]，西风夕起，白露为霜，独处空斋，终夜不寐，乃成一诗曰：

好花移入玉阑干，春色无缘得再看。
乐处岂知愁处苦，别时虽易见时难！
何年塞上重归马？此夜庭中独舞鸾！
雾阁云窗深几许？可怜辜负月团圆。

诗成，书于片纸，折布裘之领而缝之，以百钱纳入小竖而告曰：“天气已寒，吾衣甚薄，乞持入付吾妹，令浣濯而缝纴之，将以御寒耳。”小竖如言持入。翠翠解其意，拆衣而诗见，大加伤感，吞声而泣，别为一诗，亦缝于内以付生。诗曰：

一自乡关动战锋，旧愁新恨几重重！
肠虽已断情难断，生不相从死亦从。

长使德言藏破镜[18]，终教子建赋游龙[19]。

绿珠碧玉心中事[20]，今日谁知也到侬[21]！

生得诗，知其以死许之，无复致望，愈加抑郁，遂感沉痼。翠翠请于将军，始得一至床前问候，而生病已亟矣。翠翠以臂扶生而起，生引首侧视，凝泪满眶，长吁一声，奄然命尽。将军怜之，葬于道场山麓。翠翠送殡而归，是夜得疾，不复饮药，展转衾席，将及两月。一旦，告于将军曰："妾弃家相从，已得八载；流离外境，举目无亲，止有一兄，今又死矣。妾病必不起，乞埋骨兄侧，黄泉之下，庶有依托，免于他乡作孤魂也。"言尽而卒。将军不违其志，竟附葬于生之坟左，宛然东西二丘焉。

洪武初[22]，张氏既灭，翠翠家有一旧仆，以商贩为业，路经湖州，过道场山下，见朱门华屋，槐柳掩映，翠翠与金生方凭肩而立。遽呼之入，访问父母存殁，及乡井旧事。仆曰："娘子与郎安得在此？"翠翠曰："始因兵乱，我为李将军所掳，郎君远来寻访，将军不阻，以我归焉，因遂侨居于此耳。"仆曰："予今还淮安，娘子可修一书以报父母也。"翠翠留之宿，饭吴兴之香糯，羹苕溪之鲜鲫，以乌程酒出饮之。明旦，遂修启以上父母曰：

伏以父生母育，难酬罔极之恩[23]。夫唱妇随，夙著三从之义。在人伦而已定，何时事之多艰！曩者汉日将颓，楚氛甚恶[24]，倒持太阿之柄[25]，擅弄潢池之兵[26]。封豕长蛇[27]，互相吞并；雄蜂雌蝶，各自逃生。不能玉碎于乱离，乃至瓦全于仓卒。驱驰战马，随逐征鞍。望高天而八翼莫飞，思故国而三魂屡散。良辰易迈，伤青鸾之伴木鸡；怨偶为仇，惧乌鸦之打丹凤。虽应酬而为乐，终感激而生悲。夜月杜鹃之啼，春风蝴蝶之梦。时移事往，苦尽甘来。今则杨素览镜而归妻[28]。王敦开阁而放妓[29]，蓬岛践当时之约，潇湘有故人之逢。自怜赋命之屯，不恨寻春之晚。章台之柳，虽已折于他人[30]，玄都之花[31]，尚不改于前度。将谓瓶沉而簪折，岂期璧返而珠还。殆同玉箫女两世因缘[32]，难比红拂妓一时配合[33]，天与其便，事非偶然。煎鸾胶而续断弦[34]，重谐缱绻；托鱼腹而传尺素[35]，谨致丁宁。未奉甘旨，先此申复。

父母得之，甚喜。其父即赁舟与仆自淮徂浙，径奔吴兴，至道场山下畴昔留宿之处，则荒烟野草，狐兔之迹交道，前所见屋宇，乃东西两坟耳。方疑访间，适有野僧扶锡而过[36]，叩而问焉。则曰："此故李将军所葬金生与翠娘之坟耳，岂有人居乎？"大惊。取其书而视之，则白纸一幅也。时李将军为国朝所戮，无从诘问其详。父哭于坟下曰："汝以书赚我，令我千里致此，本欲与我一见也。今我至此，而汝藏踪秘迹，匿影潜形，我与汝生为父子，死何间焉？汝如有灵，毋吝一见，以释我疑虑也。"是夜，宿于坟。以三更后，翠翠与金生拜跪于前，悲号宛转。父泣而抚问之，乃具述其始末曰："往者，祸起萧墙，兵兴属郡。不能效窦氏女之烈[37]，乃致为沙吒利之驱。忍耻偷生，离乡去国。恨以蕙兰之弱质，配兹驵侩之下材[38]。惟知夺石家买笑之姬[39]，岂暇怜息国不言之妇[40]。叫九阍而无路，度一日如三秋。良人不弃旧恩，特勤远访。托兄妹之名，而仅获一见；隔伉俪之情，而终遂不通。彼感疾而先殂，妾含冤而继殒。欲求祔葬[41]，幸得同归。大略如斯，微言莫尽。"父曰："我之来此，本欲取汝还家，以奉我耳。今汝已矣，将取汝骨迁于先垅，亦不虚行一遭也。"复泣而言曰："妾生而不幸，不得视膳庭闱[42]，殂且无缘，不得首丘茔垅[43]。然而地道尚静，神理宜安，若更迁移，反成劳扰。况溪山秀丽，草木荣华，既已安焉，非所愿也。"因抱持其父而大哭。父遂惊觉，乃一梦也。明日，以牲酒奠于坟下，与仆返棹而归。至今过者，指为金、翠墓云。

选自《剪灯新话》

【题解】

民家女刘翠翠幼时入学，聪明颖悟，同学中的金定才俊风雅，二人相互爱慕，虽然刘家富金家穷，但家长和媒人都通情达理，促成了他们的婚姻。不料风波乍起，婚后一年，翠翠被起义军张士诚的部下李将军掳去。七年后，金定南北奔走，终于在湖州找到李的驻地，冒充是翠翠的兄长，二人得以相见。李将军把金定收在幕下。不久，金定郁郁病死。两个月后，翠翠也奄奄病亡，死前要求李将军把他们"兄妹"葬在一起。至此为止，这个故事虽有曲折，但不见奇特。奇特的是，篇中描写刘家一位仆人数年后经商路过湖州，在道场山下见翠翠和金定住在一所"槐柳掩映"的"朱门华屋"中，并款待了他，还修书一封，嘱咐交给父母。但当刘父赶到道场山，却只见荒山野草，坟地荒寂。本篇写的是一个悲剧故事，结尾的文笔更添悲凉。

【注释】

①平生"句：祝英台与梁山伯相爱而未能结成眷属，令人感到遗憾。 ②东君：春天的神。 ③蓬荜：茅草屋，穷人所居。 ④涓日：选择吉日。 ⑤羔雁：羊羔和鸿雁，指男家的聘礼。 ⑥武陵：传说中桃花源所在地，此处指仙人居处。 ⑦张士诚兄弟：张士诚、张士信兄弟，元末农民起义领袖。 ⑧通款：指降服。 ⑨正朔：原意为正月一日，古时改朝换代，有时改正朔，后代以正朔代指正统君主。 ⑩内、外父母：指父母和岳父母。 ⑪阍者：看门人。 ⑫齿：年龄。 ⑬厥由：来历。 ⑭内竖：内侍。 ⑮延款：接待。 ⑯记室：掌理书札的秘书。 ⑰授衣：农历九月。《诗经·豳风·七月》："九月授衣"。 ⑱德言藏破镜：南朝陈将亡时，陈太子舍人徐德言与妻子乐昌公主因战乱分离，各藏破镜半面，最后破镜重圆。 ⑲子建赋游龙：三国时魏人曹植字子建，所著《洛神赋》中有"翩若惊鸿，婉若游龙"句。 ⑳绿珠碧玉：绿珠是晋朝石崇的爱妾，拒绝孙秀的威逼，跳楼自尽。碧玉是唐代乔知之的婢女窈娘的小名，被武承嗣所夺，后投井自尽。 ㉑侬：

我。 ㉒洪武：明太祖朱元璋年号（1368—1398）。 ㉓罔极：无边。 ㉔汉日将颓，楚氛甚恶：这里指由农民起义引起的战乱。 ㉕倒持太阿之柄：授人以柄。太阿，宝剑名。 ㉖潢池之兵：原意为小孩子在池塘内玩弄兵器，意谓因为民不聊生而为盗。 ㉗封豕长蛇：大猪长蛇。 ㉘“杨素”句：指徐德言与乐昌公主破镜重圆故事，杨素看到破镜后把乐昌公主归还了徐德言。 ㉙“王敦”句：东晋权贵王敦后房多姬妾，以至影响到身体健康，在身边人的劝谏下，他放走了姬妾。 ㉚“章台”二句：唐代安史之乱中，韩翃与柳氏离散。后来韩翃寄《章台柳》词给柳。柳被蕃将沙吒利所劫，虞侯许俊将柳夺回。 ㉛玄都之花：指桃花。 ㉜玉箫女两世因缘：唐代韦皋少年时游江夏，与姜使君家丫鬟玉箫相爱，临别时送给玉箫一枚玉指环。别后七年两人不复相会，玉箫绝食而死。韦皋任西川节度使后，东川卢八座送给他一个歌妓，也叫玉箫，面貌与原先的玉箫一样，且指环也与原玉箫一样，故称两世因缘。 ㉝红拂妓：红拂原是隋末权臣杨素的侍妾，认为李靖将有所作为，私奔李靖。 ㉞“煎鸾胶”句：《汉武帝外传》载：“西海献鸾胶，武帝弦断，以胶续之，弦两头遂相续，终日射，不断。”这里比喻夫妻关系断而复续。 ㉟“托鱼腹”句：传递书信。 ㊱锡：锡杖。 ㊲窦氏女：唐代宗永泰年间，奉天县（今陕西省乾县）有窦氏二女名伯娘、仲娘，被贼劫持后为免遭侮辱，跳山谷自尽。 ㊳驵侩：做买卖的经纪人。 ㊴石家买笑之姬：石崇宠姬绿珠。 ㊵息国不言之妇：春秋时楚文王灭息国，得息夫人。息夫人在楚国始终不开口说话。 ㊶祔葬：合葬。 ㊷视膳庭闱：尽孝道。 ㊸首丘：归葬故乡。

太虚司法传

冯大异，名奇，吴、楚之狂士也。恃才傲物，不信鬼神，凡依草附木之妖，惊世而骇俗者，必攘臂当之，至则凌慢毁辱而后已，或火其祠，或沉其像，勇往不顾，以是人亦以胆气许多。

至元丁丑[①]，侨居上蔡之东门[②]，有故之近村，时兵燹之后[③]，荡无人居，黄沙白骨，一望极目，未至而斜日西沉，愁云四起，既无旅店，何以安泊。道旁有一古柏林，即投身而入，倚树少憩。鸺鹠鸣其前[④]，豺狐嗥其后。顷之，有群鸦接翅而下，或跂一足而啼[⑤]，或鼓双翼而舞，叫噪怪恶，循环作阵。复有八九死尸，僵卧左右，阴风飒飒，飞雨骤至，疾雷一声，群尸环起，见大异在树下，踊跃趋附。大异急攀缘上树以避之，群尸环绕其下，或啸或詈，或坐或立，相与大言曰："今夜必取此人！不然，吾属将有咎！"已而云收雨止，月光穿漏，见一夜叉自远而至，头有二角，举体青色，大呼阔步，迳至林下，以手撮死尸，摘其头而食之，如啖瓜之状。食讫，饱卧，鼾睡之声动地。大异度不可久留，乘其熟寐，下树迸逸[⑥]，行不百步，则夜叉已在后矣。舍命而奔，几为所及。遇一废寺，急入投之。东西廊皆倾倒，惟殿上有佛像一躯，其状甚伟。见佛背有一穴，大异计穷，窜身入穴，潜于腹中。自谓得所托，可无虞矣。忽闻佛像鼓腹而笑曰："彼求之而不得，吾不求而自至，今夜好顿点心，不用食斋也！"即振迅而起，其行甚重，将十步许，为门限所碍，蹶然仆地，土木狼藉，胎骨糜碎矣。大异得出，犹大言曰："胡鬼弄汝公，反自掇其祸！"即出寺而行。遥望野中，灯烛荧煌，诸人揖让而坐。喜甚，驰往赴之。及至，则皆无头者也，有头者则无一臂，或缺一足，大异不顾而走。诸鬼怒曰："吾辈方此酣畅，此人大胆，敢来冲突，正当执之以为脯葴耳[⑦]。"即踉跄哮吼，或抟牛粪而掷，或攫人骨而投，无头者则提头以趁之。前阻一水，大异乱流而渡[⑧]，诸鬼至水，则不敢越。蓦及半里，大异回顾，犹闻喧哗之声，靡靡不已。

须臾，月堕，不辨蹊径，失足坠一坑中，其深无底，乃鬼谷也。寒沙眯目，阴气彻骨，群鬼萃焉。有赤发而双角者，绿毛而两翼者，鸟喙而獠牙者。牛头而兽面者，皆身如蓝靛，口吐火焰。见大异至，相贺曰："仇人至矣！"即以铁钮系其颈，皮绛拴其腰，驱至鬼王之座下，告曰："此即在世不信鬼神，凌辱吾徒之狂士也。"鬼王怒责之曰："汝具五体而有知识，岂不闻鬼神之德其盛矣乎？孔子圣人也，犹曰'敬而远之'。大《易》所谓'载鬼一车'，《小雅》所谓'为鬼为蜮'。他如《左传》所纪，晋景之梦[9]，伯有之事[10]，皆是物也。汝为何人，独言其无？吾受汝侮久矣！今幸相遇，吾乌得而甘心焉！"即命众鬼卸其冠裳，加以棰楚[11]，流血淋漓，求死不得。鬼王乃谓之曰："汝欲调泥成酱乎？汝欲身长三丈乎？"大异念泥岂可为酱，因愿身长三丈。众鬼即捽之于石床之上，如搓粉之状，众手翻覆而按摩之，不觉渐长，已而扶起，果三丈矣，臬臬如竹竿焉。众笑辱之，呼为"长竿怪"。王又谓之曰："汝欲煮石成汁乎？汝欲身矮一尺乎？"大异方苦其长，不能自立，即愿身矮一尺。众鬼又驱至石床上，如按面之状，极力一捺，骨节磔磔有声，乃拥之起，果一尺矣，团圞如巨蟹焉，众又笑辱之，呼为"彭蜞怪[12]"。大异蹒跚于地，不胜其苦。旁有一老鬼，抚掌大笑曰："足下平日不信鬼怪，今日何故作此形骸？"乃请于众曰："彼虽无礼，然遭辱亦甚矣，可怜许，请宥之！"即以两手提挈大异而抖擞之，须臾复故。大异求还，诸鬼曰："汝既到此，不可徒返，吾等各有一物相赠，所贵人间知有我辈耳。"老鬼曰："然则，以何物赠之？"一鬼曰："吾赠以拔云之角。"即以两角置于大异之额，岌然相向[13]。一鬼曰："吾赠以啸风之嘴。"即以一铁嘴加于其唇，尖锐如鸟喙焉。一鬼曰："吾赠以朱华之发。"即以赤水染其发，皆鬅鬙而上指[14]，其色如火。一鬼曰："吾赠以碧光之睛。"即以二青珠嵌于其目，湛湛而碧色矣。老鬼遂送之出坑曰："善自珍重，向者群小溷渎，幸勿记怀也。"

大异虽得出，然而顶拔云之角，戴啸风之嘴，被朱华之发，含碧光之睛，俨然成一奇鬼。到家，妻孥不敢认；出市，众共聚观，以为怪物，小儿则惊啼而逃避。遂闭户不食，愤懑而死。临死，谓其家曰："我为诸鬼所困，今其死矣，可多以纸笔置柩中，我将讼之于天。数日之内，蔡州有一奇事，是我得理之时也，可沥酒而贺我矣。”言讫而逝。过三日，白昼风雨大作，云雾四塞，雷霆霹雳，声振寰宇，屋瓦皆飞，大木尽拔，经宿始霁。则所堕之坑，陷为一巨泽，弥漫数里，其水皆赤。忽闻柩中作语曰：“讼已得理，众鬼皆夷灭无遗！天府以吾正直，命为太虚殿司法⑮，职任隆重，不复再来人世矣。”其家祭而葬之，肸蚃之间⑯，如有灵焉。

选自《剪灯新话》

【题解】

冯奇被人称作“狂士”，他生平不信鬼神，凡见鬼神祠像，总是烧祠毁像，无所顾忌。一天，他遇到了一群夜叉和鬼尸，寡不敌众，只好逃跑，却误入鬼谷。鬼王知他不敬鬼神，对他加以种种侮弄和惩罚，最后又把他装扮成奇鬼，放回家中。冯奇不胜侮辱，愤懑而死。但他不放弃斗争，只是改变了斗争方式，他死后诉讼于天，终于得胜，众鬼平灭无遗。这是一个匪夷所思的故事，作者相信湛湛青天自有公道，即不信鬼而信天，实际上是面对人世黑暗所产生的激愤情绪的一种表现。篇中描写各种鬼怪，或牛头马面，或绿毛赤发，或双角獠牙，极富想象，却不觉阴森恐怖，这是本篇作品的一种描写特色。

【注释】

①至元丁丑：元顺帝至元三年（1337）。　②上蔡：今河南省上蔡县。　③兵燹（xiǎn）：因战乱遭到焚烧破坏。燹，火。　④鸺鹠（xiūliú）：猫头鹰的一种。　⑤跂（qì）：提起脚跟。　⑥进：此处意为奔。　⑦脯胾（zì）：肉干和大肉块。　⑧乱流而渡：从河水中趟过去。　⑨晋景之梦：春秋时晋景公将死，梦见大鬼，披头散发闯入卧室。　⑩伯有之事：伯有是春秋时郑国大夫良霄的字，良霄贪婪，为人所杀，死后变化为厉鬼，后杀仇人报了仇。　⑪棰楚：杖打。　⑫彭蜞：蟹的一种。　⑬岌然：高耸貌。　⑭鬅鬙（péngsēng）：头发散乱。　⑮司法：古代掌管刑法的官。　⑯肸蚃

（xīxiǎng）：音响传播，这里是名声四播意。

绿衣人传

天水赵源，早丧父母，未有妻室。延祐间[①]，游学至于钱塘[②]，侨居西湖葛岭之上，其侧即宋贾秋壑旧宅也[③]。源独居无聊，尝日晚徙倚门外[④]，见一女子，从东来，绿衣双鬟，年可十五六[⑤]，虽不盛装浓饰，而姿色过人，源注目久之。明日出门，又见，如此凡数度，日晚辄来。源戏问之曰："家居何处，暮暮来此？"女笑而拜曰："儿家与君为邻，君自不识耳。"源试挑之，女欣然而应，因遂留宿，甚相亲昵。明旦，辞去，夜则复来。如此凡月余，情爱甚至。源问其姓氏居址，女曰："君但得美妇而已，何用强知。"问之不已，则曰："儿常衣绿，但呼我为绿衣人可矣。"终不告以居址所在。源意其为巨室妾媵，夜出私奔，或恐事迹彰闻，故不肯言耳，信之不疑，宠念转密。一夕，源被酒[⑥]，戏指其衣曰："此真可谓绿兮衣兮，绿衣黄裳者也[⑦]。"女有惭色，数夕不至。及再来，源叩之。乃曰："本欲相与偕老，奈何以婢妾待之，令人忸怩而不安！故数日不敢侍君之侧。然君已知矣，今不复隐，请得备言之。儿与君，旧相识也，今非至情相感，莫能及此。"源问其故，女惨然曰："得无相难乎[⑧]？儿实非今世人，亦非有祸于君者，盖冥数当然[⑨]，夙缘未尽耳。"源大惊曰："愿闻其详。"女曰："儿故宋秋壑平章之侍女也。本临安良家子，少善弈棋，年十五，以棋童入侍。每秋壑朝回，宴坐半闲堂，必召儿侍弈，备见宠爱，是时君为其家苍头[⑩]。职主煎茶，每因供进茶瓯，得至后堂。君时年少，美姿容，儿见而慕之，尝以绣罗钱箧，乘暗投君。君亦以玳瑁脂盒为赠，彼此虽各有意，而内外严密，莫能得其便，后为同辈所觉，谗于秋壑，遂与君同赐死于西湖断桥之下。君今已再世为人，而儿犹在鬼箓[⑪]，得非命欤？"言讫，呜咽泣下。

源亦为之动容。久之，乃曰："审若是[12]，则吾与汝乃再世因缘也，当更加亲爱，以偿畴昔之愿。"自是遂留宿源舍，不复更去。源素不善弈，教之弈，尽传其妙，凡平日以棋称者，皆不能敌也。每说秋壑旧事，其所目击者，历历甚详。尝言：秋壑一日倚楼闲望，诸姬皆侍，适二人乌巾素服，乘小舟由湖登岸。一姬曰："美哉二少年！"秋壑曰："汝愿事之耶？当令纳聘。"姬笑而无言。逾时，令人捧一盒，呼诸姬至前曰："适为某姬纳聘。"启视之，则姬之首也，诸姬皆战栗而退。又尝贩盐数百里至都市货之，太学有诗曰：

昨夜江头涌碧波，满船都载相公鹾[13]。

虽然要作调羹用，未必调羹用许多[14]。

秋壑闻之，遂以士人付狱，论以诽谤罪。又尝于浙西行公田法[15]，民受其苦，或题诗于路左云[16]。

襄阳累岁困孤城，豢养湖山不出征[17]。

不识咽喉形势地，公田枉自害苍生。

秋壑闻之，捕得，遭远窜。又尝斋云水千人[18]，其数已足，末有一道士，衣裾蓝缕，至门求斋，主者以数足，不肯引入，道士坚求不去，不得已于门侧斋焉；斋罢，覆其钵于案而去；众悉力举之，不动。启于秋壑，自往举之，乃有诗二句云："得好休时便好休，收花结子在漳州。"始知真仙降临而不识也。然终不喻漳州之意，嗟乎，孰知有漳州木绵庵之厄也[19]。又尝有梢人泊舟苏堤，时方盛暑，卧于舟尾，终夜不寐，见三人长不盈尺，集于沙际，一曰："张公至矣，如之奈何？"一曰："贾平章非仁者，决不相恕！"一曰："我则已矣，公等及见其败也！"相与哭入水中。次日，渔者张公获一鳖，径二尺余，纳之府第，不三年而祸作。盖物亦先知，数而不可逃也。源曰："吾今日与汝相遇，抑岂非数乎？"女曰："是诚不妄矣。"源曰："汝之精气，能久存于世耶？"女曰："数世则散矣。"源曰："然则何时？"女曰："三年耳。"源固未之信。及期卧病不起。

源为之迎医，女不欲，曰：“曩固已与君言矣[20]，因缘之契，夫妇之情，尽于此矣。”即以手握源臂，而与之诀曰：“儿以幽阴之质，得事君子，荷蒙不弃，周旋许时。往者一念之私，俱陷不测之祸，然而海枯石烂，此情难消；地老天荒，此情不泯！今幸得续前生之好，践往世之盟，三载于兹，志愿已足，请从此辞，毋更以为念也！”言讫，面壁而卧，呼之不应矣。源大伤恸，为治棺椁而敛之。将葬，怪其柩甚轻，启而视之，惟衣衾钗珥在耳。乃虚葬于北山之麓。源感其情，不复再娶，投灵隐寺出家为僧[21]，终其身云。

选自《剪灯新话》

【题解】

本篇小说描写人鬼之恋，颇有特色。篇中的女主人公常穿绿衣，故自称绿衣人，她原是南宋权相贾似道的侍女。男主人公赵源原是贾似道的童仆。这对奴婢彼此爱慕，却被贾似道逼死。童仆转世再生成为书生，名赵源。侍女没有再世为人，但爱情不泯，依然爱着前世的恋人。于是，已转世为人的赵源与侍女的鬼魂继续前生之恋，而且情意更笃。这个故事歌颂了爱情的生死不渝，同时也揭露出他们当初不能遂愿的悲剧根源。戏曲中的李慧娘形象就是根据绿衣人这一人物再创造而成。

【注释】

①延祐：元仁宗年号（1314—1320）。　②钱塘：今浙江省杭州市。　③贾秋壑：即贾似道。南宋末年奸相，他在西湖葛岭宅第中建有秋壑堂，因以为号。　④徙倚：徘徊。　⑤可：大约。　⑥被酒：喝醉了酒。　⑦绿兮衣兮，绿衣黄裳：语出《诗经·邶风·绿衣》。古代以黄色为正色，绿为间色。以杂色做上衣，以正色作下衣，尊卑颠倒，比喻婢妾得宠，故刺痛了绿衣人。　⑧难（nàn）：责备。　⑨冥数：命运。　⑩苍头：仆人。　⑪鬼箓

(lù)：鬼的名册。 ⑫审若是：果真是这样。 ⑬相公鹾(cuó)：宰相贾似道的盐。鹾，盐。 ⑭“虽然”两句：旧时用调羹比喻宰相治理国家、处理政务。这里讽刺贾似道利用职权贩私盐谋暴利。 ⑮公田法：贾似道推行的一种土地政策。做法是按官阶大小限定田的数量。 ⑯“或题诗”句：此诗题为《刺贾似道》，作者为史嵩。 ⑰“襄阳”两句：南宋时襄阳是元南下的战略要地，1268年至1274年，被元兵围困，贾似道却悠游于湖光山色之中，坐视不救。 ⑱云水：指道士。 ⑲漳州木绵庵之厄：贾似道曾杀太学生郑隆，后贾似道发配漳州，郑隆之子郑虎臣任监押官，在木绵庵打死贾似道。 ⑳曩：先前。 ㉑灵隐寺：寺名，晋代修建，在杭州西湖西边的灵隐山下。

李 祯 (1376—1452)

字昌祺，吉安庐陵(今江西省吉安市)人。明永乐二年进士，博学多识，曾参与编修《永乐大典》。历任礼部主客郎中，河南布政使等职。为官清正，在当时有声望。著作有《侨庵诗余》《运甓漫稿》和《剪灯余话》等。

长安夜行录

洪武初[①]，汤公铭之与文公原吉，俱以老成练达，学问渊源，政事文章，推重当代。未几而秦邸之国[②]，汤公拜右辅，文公拜左辅，随从以行。时天下太平，人物繁庶，关中又汉、唐故都，遗迹俱在，二公异翊之暇[③]，惟从容于诗酒中，临眺于山川，访古寻幽，未尝相舍。

一日，文公谓汤公曰：“汉代诸陵，尽在于此，吾徒幸无案牍之劳，且有休退之日，登高能赋，此其时乎？”府僚洛阳巫马期仁对曰[4]："长陵、安陵、阳陵、平陵[5]，皆在渭北咸阳原上，高十二丈，百二十七步。惟茂陵在兴平县东北十七里[6]，高十四丈，百四十步，其形方正，状类覆斗；陵东为卫将军青墓[7]；又稍东为霍去病墓[8]，所谓象祁连山者[9]；西北，为公孙弘墓[10]，西一里为李夫人墓[11]；山川雄秀，与他处异。公若欲游，宜先于是。且兴平去此十八里，一日可到。"二公然之。翌日遂往，期仁从焉，时九月二十日也。

暨归，至半途，期仁马乏，追公不及，因缓辔徐行，不觉瞑矣。路遥天黑，将近二更，禽鸟飞鸣，狐兔充斥，心甚恐，且畏且行。俄而望中隐隐有火光，意谓人家不远，策马以进，至则果民舍也。双户洞开，灯犹未灭。欺仁下马，拴于庭树之上，入坐客次，良久寂然，不敢叩门；惟屡謦欬[12]，使其家知之。少顷，苍头自便户出，问客何来，期仁以实告，苍头唯唯而去。未几，主人出，乃一少年，韦布翛然[13]，状貌温粹，揖客与语，言辞简当，问劳而已。茶罢，延入中堂，规制幽雅可爱，花卉芬芳，几席雅洁。坐定，少年呼其妻出拜，视之，国色也，年二十余，靓妆常服，不屑朱铅，往来于香烟烛影中，绰约若仙姝神女。期仁私念彼寻常人，而妻美若此，必怪也；亦不敢问。逡巡，设酒馔，杯豆罗列，虽不甚丰腆，而奇美精致，迨非人间饮食。少年相劝，意甚殷勤。

酒半，夫妻俱起拜曰："公贵人，前程远大。某有少恳，欲托公以白于世。"期仁曰："子夫妇为谁？所恳者何事？"少年曰："公无恐，当以诚告。某唐人，处此已七百余年，未尝有至此者。今公临降，殆天意欤？某白于世，必矣。"期仁曰："愿卒闻之。"少年羞赧低回，欲说复止。其妻曰："何害！我则言之。妾夫开元间长安鬻饼师也[14]。让皇帝为宁王时[15]，建第兴庆坊，吾家适近王邸。妾夫故儒者，知有安、史之祸，隐于饼以自晦。妾亦躬操井臼，涤器当垆[16]，不敢以为耻也。王过，见而悦之。妾夫不能庇其伉俪，遂为所夺。从入邸中，妾即以死自誓，终日不食，竟日不言。王使人开谕百端，莫之顾也。一夕，召妾，托以程姬之疾[17]，获免。如此者月余，王无奈何，叱遣归家。当时史官既失妾夫妇姓名，不复登载，惟《本事集》云[18]：'唐宁王宅畔，有卖饼者妻美。王取之经岁，问曰：颇忆饼师否？召之使见，泪下如雨。王悯而还之。'殊不知妾入王宫中，首尾只一月，而谓经岁；妾求死而得出，而谓召之使见；王实未尝问妾，亦未尝召妾夫至也。厚诬若此，何以堪之？而世之骚人墨客有赋《饼师妇吟》咏妾事者，亦皆逞其才思，过于形容，至有句云：'当时夫婿轻一诺，金屋茆檐两迢递[19]'呜呼！回思尔时，事出迫夺，薰天之势，妾夫尚敢喘息耶？今以'轻一诺'为妾夫罪，岂不冤哉？所谓有恳托公者，此也。"期仁曰："若尔守义，实为可嘉，正须直笔，以励风俗，而使之昧昧无闻，安得不饮恨于九原[20]，抱痛于百世哉？期仁不敏，滥以文辞称，当为子表而出之[21]。但恐相传已久，胶于见闻，一旦厘正[22]，不免人疑，愿得子姓字，以补史氏之缺，可乎？"少年愀然不乐，曰："若显余姓名人间，则负愧愈无尽矣，非所愿也。"期仁曰："然则如之何？"少年曰："乞以前所云者，辨正足矣。"期仁复问曰："史称宁王明炳机先，固让储副[23]，号称宗英[24]，乃亦为是不道耶？"少年曰："此是其常态，尚足怪乎？然在当时诸王中，最为读书好学，虽其负恃恩宠，昧于自见，然见余拙妇以礼自持，终不忍犯。其他宗室所为，犹不足道。若岐王进膳[25]，不设几案，令诸妓各捧一器，品尝之。申王遇冷不向火[26]，置两手于妓怀中，须臾间易数人。薛王则刻木为美人[27]，衣之青衣，夜宴则设以执烛，女乐纷纭，歌舞杂遝。其烛又特异，客欲作狂，辄暗如漆，事毕复明，不知其何术也。如此之类，难以悉举。无非穷极奢淫，灭弃礼法，设若堕其手中，宁复得出？则王之贤又不可不知也。"

酒罢，夫妇各赠一诗。其夫诗云：

少年十五十六时，隐身下混屠贩儿。

乍可无营坐晦迹，不说有学行求知。

四时活计看垆鏊[28]，八节欢情对酒卮。
紫糖旋泻光滴乳，白面新和软截脂。
大堪纳吉团遮筥[29]，小可充盘圆叠棋。
火中幻出不亏缺，素手纤纤擎日月。
汉贤逃难亲曾卖[30]，今我和光还自匿。
室中莱妇知同调[31]，窗下儒仲敦高节[32]。
自从结发共糟糠，长能举案供薇蕨。
怡怡伉俪真难保，布服荆钗有人悦，
乐昌明镜一朝分[33]，奉倩寸肠中夜绝[34]。
内家非是少明眸，外舍寒微岂好逑？
宝位鸿图既云让，柳姿蒲质底须留？
贫贱只知操井臼，凡庸未解事王侯。
去剑俄然得再合，覆流信矣可重收。
愿挥董笔祛疑惑[35]，聊为陈人洗愧羞。

其妻诗曰：

妾家阀阈本寻常[36]，茆屋衡门环堵墙。
辛勤未暇事妆饰，婉娩惟知佩礼章。
前年嫁得东邻子，博学多才贯经史。
致身不愿取功名，鬻饼宁甘溷闾里。
朝朝日出肆门开，童子高僧杂遝来。
得钱即已随闭户，促席相看同举杯。
何期忽作韩凭别[37]，赴水坠楼心已决。
红莲到处洁难污，白璧归来完不缺。
当代豪华久已亡，贞魂万古抱悲伤。
烦公一扫荒唐论，为传梁鸿与孟光[38]。

期仁玩之再四，收拾囊中。少年即命苍头导客东厅就榻。斯须，远寺钟敲，近村鸡唱，曙色熹微，晨光晻霭。开目视之，但见身沾露以犹湿，马龁草而未休，四顾阒然，咸无所睹。乃以诗呈二公，皆加赏异，以为真得唐体。命刻之郡东，以永其传。期仁果以文学陞至翰苑，八十九而终，遂符远大之说。汤公后守吉安，屡为人道其详如此云。

选自《剪灯余话》

【题解】

一位明代人在西安府长安县夜行，迷了路，却得到一对唐代夫妇的接待，这本已离奇。更奇特的是，这对夫妻要求那位明代人为他们“翻案”。他们原是在唐代都城长安市上卖饼的，妻子被宁王夺去，但她坚决反抗，不言不食，迫使宁王把她放归。却有文人颠倒事实，说她在宁王府侍奉了一年，宁王召她丈夫进见，发了慈悲，让他们夫妻团圆。这位明代人很纳闷，宁王不是有名的贤王吗？那对唐代夫妇说，只是因为其他宗室诸王的所作所为更不足道罢了。由此看来，这篇奇异的梦幻般的小说有着深刻的意蕴。

【注释】

①洪武：明太祖朱元璋的年号（1368—1398）。 ②秦邸：朱元璋之子朱樉被封为秦王。之国：到封地去。 ③异翊（yì）：辅佐。 ④巫马期仁：人名，巫马是复姓。 ⑤长陵、安陵、阳陵、平陵：分别为汉高祖、汉惠帝、汉景帝、汉昭帝陵墓。 ⑥茂陵：汉武帝陵墓。 ⑦卫将军青：即卫青，汉武帝时名将。 ⑧霍去病：汉武帝时抗击匈奴的名将。 ⑨祁连山：也叫天山，位于甘肃省张掖市西南。 ⑩公孙弘：汉武帝时丞相。 ⑪李夫人：汉武帝宠姬。 ⑫謦欬（qǐngkài）：轻声咳嗽。 ⑬翛（xiāo）然：无拘无束、自由自在的样子。 ⑭开元：唐玄宗年号（713—741）。 ⑮让皇帝为宁王时：唐睿宗李旦的长子李宪曾让出皇位，其弟李隆基即位。李宪被封宁王，死后谥让皇帝。 ⑯涤器当垆：此处指卖饼。 ⑰程姬之疾：指经期。 ⑱《本事集》：即唐孟棨的《本事诗》。此书载有此文所叙的饼师妇事。 ⑲茆檐：指

茅草屋。茆（máo），同“茅”。迢递：遥远。 ⑳九原：古代晋国大夫的墓地，此处泛指九泉之下。 ㉑表而出之：写出让大家知道。 ㉒厘正：改正，订正。 ㉓储副：被确认的君位的继承者，一般指太子。 ㉔宗英：皇室中的杰出人物。 ㉕岐王：李隆基的弟弟李范。 ㉖申王：李隆基的次兄李杨被封申王。 ㉗薛王：李隆基的幼弟李业。 ㉘鏊（ào）：一种烙饼的器具，铁制，圆形，中间略凸起。 ㉙纳吉：古代婚配六礼之一。筥（jǔ）：圆形的竹筐。 ㉚汉贤逃难：五代后汉赵岐逃难北海，以卖饼为生。 ㉛莱妇：春秋时楚国人老莱子之妻。 ㉜儒仲：后汉王霸，字儒仲。王霸年轻时清高，有隐居的念头，后来有所动摇，在妻子的激励下，坚定起来。 ㉝乐昌明镜：徐德言和乐昌公主破镜重圆故事。 ㉞奉倩：晋朝荀粲，字奉倩。他妻子去世，别人去吊唁，见他不哭但神色忧伤。 ㉟董笔：董狐之笔，指敢于秉笔直书。董狐是春秋时晋国的史官。 ㉖阀阅：门第。 ㊲韩凭：战国时宋国大夫，宋康王夺走了他的妻子，并杀了他，其妻自杀。 ㊳梁鸿与孟光：后汉时的一对夫妇，举案齐眉，相敬如宾。

凤尾草记

洪武中[①]，有龙生者，本建康人[②]。远祖仕宋为京官，从隆祐孟太后南迁[③]，留家江右，子孙蕃衍，世守诗书。生行第八、六七岁时，长者教以诗，辄能成诵；九龄晓属对[④]，作五、七言绝句诗，皆可观，众以聪明许之。生有姑适祖氏者[⑤]，特爱生，生往来姑家甚熟。祖有异母兄弟，同居各爨[⑥]。兄殁，惟嫂练氏及二子三女存。长女、次女皆适人。惟幼女在室，绝有姿容，长生三岁。生虽少年，颖敏而驯谨，不好玩弄，且善伺人意，故祖氏一家闻生来，莫不欢喜，女亦视生如弟兄，不复回避。女母闻生姑称生长进好学，深欲婿生，女亦眷眷属目。祖中庭植凤尾一株[⑦]，已百年，生吟啸其侧，女窥无人，出就生凤尾下，谓生曰：“老母闻令姑说子聪明，欲以我结好，我亦愿为子妻，托令姑主张，第未审子父母之意然否？傥因缘会合，得为夫妇，虽死无憾！不然，我之嫁人，非商家郎，则耕家子，纵金玉满堂，田连阡陌，不愿也。”生应曰：“得子为配，足慰平生。”因指凤尾誓之曰：“若余事成，开花结子；事若不成，根枯叶死。”誓毕，散去。生盘桓祖氏，大小悦之，女尤敬慕。尝亲奉茶与生，生取茶，戏曰：“茶已吃矣[8]，不患不成。”家人闻之，亦不问也。会生姑与练妯娌参商[9]，阳为怂恿，阴实沮之，故生父母犹豫，女未知也。生以告女曰：“子既未便开亲，我亦不即纳聘，当与老母谋，必得子为妇而后已。”女家贫，未尝有缯纩之饰[10]，粉黛之施，而荆钗布裙，略无垢污，下至足缠，亦洁白如雪；兼之赋性和柔，婉娩特甚，机杼之精，剪制之巧，为一族冠；二嫂酷妒之，女不较也。生重其为人，愈有伉俪意，然艰得良媒，姑又不力赞，两下迁延，迟迟岁月。生既冠，去事举子业，女家踪迹稀矣。然女念生，未尝去怀，惟母知其情，喻之曰：“吾又遣人往彼，谈汝姻事，早晚当有定议，汝勿煎熬，徒损容貌。”逾时，生至，虽主姑家，而意在于女。留数日，二嫂俱归宁，女独纺小楼上。楼下一深巷，通后园，巷半砖砌磴道以登。生从园中还，闻女纺声，径奔女所。女见生来，喜气溢面，辍纺叙礼。与生对坐，且纺且谈。因以己年庚告生，使生推算，卜其谐否。又与生话家事甚悉。生感其意，口占一诗赠之。诗曰：

曲栏深处一枝花，秾艳何曾识露华？
素质白攒千瓣玉，香肌红映六铢纱。
金铃有意频相护[11]，绣幄无情苦见遮。
凭仗东皇须著力[12]，向人开处莫教差。

女不甚读书，识字而已，语生曰：“子宜解说，俾我闻之。”生一一敷绎其义。女笑曰：“他日得侍房帏，子必教我，我虽愚暗，久当能之。”生曰：“妇人女子，偏是聪明，以子慧心，学之易易。”因代为答诗曰：

深谢韶光染色浓，吹开准拟倩东风。
生愁夕露凝珠泪，最怕春寒损玉容。
嫩蕊折时飘蝶粉，芳心破处点猩红。
金盘华屋如堪荐，早入雕栏十二重。

生复缕缕为详诗意。女曰：“常闻子才调敏捷，今观信然，使我倾仰弥切！”因目生久之，曰：“子精神意气，决非庸人，后当贵显，我欲以蒲柳之质为托者，非有他也，以父早亡，母年渐老，长兄书写公门，次兄陷身吏役，二嫂悍恶，子所深知；但得远离凶犷，获托丝萝，子纵无官，不为命妇，亦不失为士君子妻。万一流落俗子手中，有死而已！惟子念之图之。”生自初悦其貌，不料其淑懿有识若此，自是拳拳婚议，惟恐蹉跎。

俄而女兄果以吏败，家事亦落。生父母无意缔盟，谢而辞之，遂觖望矣[13]。生私作长歌一篇寄焉。歌曰：

我昔正髫年[14]，笑骑竹马君床边。
手持青梅共君戏，君身似玉颜如莲。
爱我聪明耽笔砚，鸶鸶文章紫骝健[15]。
风鬟雾鬓绯染唇，凤尾丛边几回见。
层楼窈窕洞房深，春纤缕缕抽冰线。
蹇修不来奈若何[16]，罗带同心竟乖愿！
绣襦甲帐隔天涯，未解离魂学张倩[17]，
君知许嫁谁人家，我行谢策黄金殿[18]。
回首清河梦寐中[19]，目断巫山泪如霰。

一日，女母留姻戚家，二嫂寻衅，与女大闹。女深处闺阁，性复良善，莫敢出言，又不能骂，然不胜愤。兼之秦约晋盟[20]，遽然断绝，凄凉憔悴，踽踽无聊，是夕，竟缢死楼上。母归，哭之恸，手自洗殓，于胸前得一绣囊，密贮杏笺一幅，视之，乃生所寄之诗也。母不违其意，仍置棺中。生闻女死，托以省姑，走吊焉。至则珠沉璧

碎，玉殒花飞，将入木矣。生涕泪如雨，悲不能堪，送归葬所，掩圹成坟而归。后数年，生果高科要职，烜赫于时，虽别娶妻妾，意不忘女。常与天师无为张真人论鬼神[21]，偶及女事。真人见生切切，为飞章拔之[22]。载数日，生梦女曰："妾从辞世，二十余年，阴府查籍。以妾当生三子，寿至六十，数未克终，卒于非命，俾再为女人，了其夙业。而昨蒙真人道力，天符忽下，今往河南府洛阳县在城胡氏家为男子矣。感君深爱，生死不忘，但恨无以奉报耳。然君方当富贵，位极人臣，福寿丰隆，子孙昌盛。"言讫，拜谢而去，行数步，复回顾曰："郎善自珍，妾永逝矣！"倏然而灭。生既觉，殆无以为怀。遣人往女家，视凤尾，枯死已数年矣。生遂作《哀凤尾歌》云：

有草有草名凤尾，仙人种在丹山里。
世间百卉避芳菲，珊瑚宝树差堪比。
鬖髿绝似凤凰翎[23]，号以佳名同凤称。
海上行迟珠露湿，洞箫品彻彩云停。
娟娟旎旎犹贞静，琉璃刻叶琅玕柄。
九苞健翮时下来，五色奇文烂相映。
日影照耀晴筛金，盛夏翛翛风满林[24]。
艳阳不作桃李态，晚岁实坚松柏心。
华堂清处摇新翠，曾与飞琼翠阴会[25]。
倚从未许暂偷香，指树惟期终作配。
那知万事终非真，幽芳淑质俱成尘。
绮槛灵根凋百岁，绣房丽色殒三春。
凤兮偶昨来过此，弄玉台倾凤尾死。
鸳鸯瓦落野棠青，孔雀屏欹土花紫。
感时抚旧恨悠悠，碧羽琼蕤万古休。
败砌颓垣蛩吊月，荒烟老树鸟啼秋。
花草重栽春又绽，镜破钗离永分散。

因歌凤尾寓深衷，留与多情后人叹。

选自《剪灯余话》

【题解】

龙生与祖女相互爱慕，二人在一棵凤尾松下私自定情，祖女虽是深闺女子，但在追求个人幸福上很是执着诚笃。是她主动向龙生表露“愿为子妻”，龙生则指凤尾松为誓：“若余事成，开花结子；事若不成，根枯叶死。”凤尾松俗称铁树，书中描写的凤尾松还是一棵百年铁树，本来它可以作为龙生、祖女百年和合的见证，遗憾的是，龙生和祖女的婚姻被封建家庭中的矛盾纠纷和嫌贫爱富的世俗观念所破坏，祖女饮恨而死，那棵百年凤尾松也随后枯死。作者在篇末的《凤尾歌》中写道：“感时抚旧恨悠悠”“荒烟老树鸟啼秋”。这确实是一个诉说着悠悠长恨的悲剧故事。

【注释】

①洪武：明太祖朱元璋的年号（1368—1398）。 ②建康：地名，今江苏省南京市。 ③隆祐孟太后：宋哲宗赵煦之妻。 ④晓属对：会对对子。 ⑤适：嫁给。 ⑥同居各爨：住在一起，分开吃饭。 ⑦凤尾：凤尾松，俗名铁树。 ⑧茶已吃：古代习俗，受茶、吃茶，表示女子许嫁。 ⑨参商：不和。 ⑩缯纩：丝织衣服。 ⑪ “金铃”句：唐玄宗之兄宁王每到春天即在花木上系上金铃，风吹草动金铃响，以惊走鸟雀，保护花木。 ⑫东皇：司春之神。 ⑬觖（jué）望：因不满而怨恨。 ⑭髫年：童年。 ⑮紫骝：笔。 ⑯蹇修：媒人。 ⑰ “未解”句：用元杂剧《倩女离魂》故事。张倩，即张倩女，剧中女主人公，与男青年王文举相爱，魂魄随之而去。 ⑱谢策：参加科举。 ⑲清河：祖氏的郡望，代指祖氏女。 ⑳秦约晋盟：婚约。 ㉑无为张真人：明代道士张悌，号无为子。 ㉒飞章：画符烧之。 ㉓鬖髿（sānsuō）：头发蓬松状。 ㉔翛（xiāo）翛：形容风声。 ㉕飞琼：

仙女名。此处借指祖氏女。

琼奴传

琼奴，姓王氏，字润贞，常山人[①]。二岁而父殁，母童氏，携琼奴适富人沈必贵。沈无子，爱之过己生。年十四，雅善歌词，兼通音律，言、德、容、功[②]，四者咸备，远近争求纳聘焉。时同里有徐从道、刘均玉者，请婚尤切。徐本华胄而清贫[③]，刘实白屋而暴富[④]。徐之子名苕郎，刘之子名汉老，皆仪容秀整，且与琼奴同年。必贵欲许刘，则鄙其阀阅之卑微[⑤]，欲许徐，则虑其家道之穷迫。犹豫迟疑，莫之能定。一日，谋与族人之有识者，彼为画策曰："但求佳婿，勿论其他。"必贵曰："然则何以知其佳乎？"曰："易耳！子宜盛为酒食，特召二生，仍请前辈之善藻鉴者[⑥]，使潜窥之，一则观器量之如何，二则试词翰之能否，择其善者而从焉，于选婿乎何有！"必贵深然之。

至二月花晨，开筵会客，凡乡里之号名胜者，咸集于庭。均玉、从道亦各携其子而至。汉老则人物整齐，雍容应对，而登降揖让，未免矜持；苕郎则眉目清新，言谈儒雅，衣服朴素，举止自如。席中有耕云者，沈之族长也，名知人，一见二生，已默识其优劣矣，乃扬言于众曰："宗侄必贵，有女及笄，徐刘二公，欲求缔好，两门子弟，人物并佳，但未审姻缘果在谁耳？"必贵起对曰："此事尊长主之，则善矣。"耕云曰："古人有射屏[⑦]、牵丝[⑧]、设席等事[⑨]，皆所以择婿也，吾则异于是。"因呼二生至前，指壁间所挂《惜花春起早》、《爱月夜眠迟》、《掬水月在手》、《弄花香满衣》四画曰："二郎少摅妙思[⑩]，试为咏之，中目、夺衣[⑪]，在此一举。"奈何汉老生居富室，懒事诗书，闻命睢盱[⑫]，久之不就。苕郎从容染翰，顷刻而成，呈上，耕云啧啧称赏。其诗曰：

胭脂晓破湘桃萼，露重荼蘼香雪落。

媚紫浓遮刺绣窗，娇红斜映秋千索。
辘轳惊梦起身来，梳云未暇临妆台。
笑呼侍女秉明烛，先照海棠开未开。

右《惜花春起早》

香肩半亸金钗卸[13]，寂寂重门锁深夜。
素魄初离碧海壖，清光已透朱帘罅。
徘徊不语倚阑干，参横斗落风露寒。
小娃低语唤归寝，犹过蔷薇架后看。

右《爱月夜眠迟》

银塘水满蟾光吐，嫦娥夜入冯夷府。
荡漾明珠若可扪，分明兔颖如堪数[14]。
美人自挹濯春葱，忽讶冰轮在掌中。
女伴临流笑相语，指尖擎出广寒宫。

右《掬水月在手》

铃声响处东风急，红紫丛边久凝立。
素手攀条恐刺伤，金莲怯步嫌苔湿。
幽芳撷罢掩兰堂，馥郁馀香满绣房。
蜂蝶纷纷入窗户，飞来飞去绕罗裳。

右《弄花香满衣》

均玉见汉老一辞莫措，大以为耻，父子竟不终席而逸矣。于是四座合词，皆以苕郎为好，而苕之婚议，亦自此而成；不出月余，已择日送聘矣。既而必贵以爱婿之故，欲其数相往还，遂招置馆中，读书进学。偶童氏小恙，苕郎入问疾，而琼奴正侍母汤药，不虞苕之至也[15]，回避不及，乃相见于母榻前。苕郎盼之，姿色绝世。出而私喜，封红笺一幅，使婢送与琼奴。拆之，空纸也。琼奴笑成一绝，以答苕曰：

茜色霞笺照面赪，玉郎何事太多情？

风流不是无佳句，两字相思写不成。

苕郎持归以夸于汉老。汉老正恨其夺己之配，以白均玉。均玉不咎子之无学，反切齿徐、沈，入骨恨之，即诬以事，俱不得白，徐阖室役辽阳[16]，沈全家戍岭表[17]。诀别之际，黯然魂销，观者莫不为之下泪。遂散去，南北不相闻。已而必贵倾殂[18]，家事零落，惟童氏母女在，萧然茅店，卖酒路傍。虽患难之中，琼奴无复昔时容态，而青年粹质，终异常人。有吴指挥者悦之，欲娶以为妾，童氏以许人辞。吴知其故，遣媒谓曰："徐郎辽海从戍，死生未卜，纵饶无恙，又安能至此而成姻乎？与其痴守空营，蹉跎岁月，盍不归我贵家，任汝母女受用，亦不虚度一生也。"琼奴坚然不肯。吴又使媒妪传言，且压以官府，童氏惧，与琼奴谋曰："一从苕去，五阅星霜[19]，地角天涯，鱼沉雁杳[20]，真所谓'君处北海，寡人处南海，风马牛不相及也'。汝之身事，终恐荒唐。矧又父遽沦亡，他乡流落；权门侧目，欲强委禽[21]。吾孤儿寡妇，其何术以拒之？"琼奴泣曰："徐门遭祸本自儿身，脱别从人，背之不义。且人异于禽兽者，以其有诚信也，弃旧好而结新欢，是忘诚信；苟忘诚信，殆犬彘之不若。儿有死而已，其肯为之乎？"因赋古训一阕以自誓，其调寄《满庭芳》云：

彩凤群分，文鸳失侣，红云路隔天台[22]。旧时院落，画栋积尘埃。谩有玉京离燕，向东风似诉悲哀。主人去，卷帘恩重，空屋亦归来。　　泾阳憔悴女，不逢柳毅，书信难裁[23]。叹金钗脱股，宝镜离台！万里辽阳郎去也，甚日重回？丁香树，含花到死，肯傍别人开？

是夜，自缢于房中，母觉而救解，良久方苏。吴指挥者闻之，怒，使麾下碎其酿器，逐去他居，欲折困之。时有老驿使杜君，亦常山人，必贵存日相与善，怜童氏孤苦，假以驿廊一间而安焉。

一日，客有戎服者三四人投驿中。杜君问所从来，其人曰："吾侪辽东某卫总小旗[24]，差往海南取军，暂此假宿耳。"值童氏偶立帘下，中一少年，特淳谨，不类武卒，数往还相视，而凄惨之色可掬。童氏心动，即出问之："尔谁耶？"对曰："茗，姓徐，浙江常山人。幼时父尝聘同里沈必贵女，与茗为婚，未成亲而两家缘事，沈谪南海，茗戍辽东，不相闻者数载矣。适因入驿，见妈妈状貌，酷与茗外母相类[25]，故不觉感怆，非有他也。"童氏复问："沈家今在何处？厥女何名？"曰："女名琼奴，字润贞，开亲时年方十四，以今记之，当十九矣。第忘其所寓州郡，难以寻觅耳。"童氏入语琼奴。琼奴曰："若然，天也。"明日，召使至室中，细问之，果茗郎也。今改名子兰矣，尚未娶。童氏大哭曰："吾即汝丈母，汝丈人已死，吾母女流落于此，出万死以得再生，不图今日再能相见。"遂白于杜君及茗之同伴，众口嗟叹，以为前缘。杜君乃率钱备礼，与茗毕姻。合卺之夕，喜不塞悲，琼奴诉其衷怀，不任凄断。因诵杜少陵《羌村》诗[26]："夜阑更秉烛，相对如梦寐。"此句殆为今日设也。茗抚之谆切，曰："第毋伤感，且尽绸缪，姑候来年，挈尔同归辽东，则鱼水欢情，永永相保矣。"既而茗同伴有丁总旗者，忠厚人也，谓茗曰："君方燕尔[27]，莫便抛离，勾军之行，不必渠往，我辈当分诣各府投文；君善抚室，且此相待，公事完日，相与归辽。"茗置酒饯别，诸人起程。不料吴指挥者缉知，以逃军为名，捕茗于狱，杖杀之，藏尸于窑内。亟令媒恐童氏曰："彼已死矣，可绝念矣，吾将择日舁轿来迎汝女，若又不从，定加毒手。"媒求诺反命，琼奴使母诺之，媒去，语母曰："儿不死，必为狂暴所辱，将俟夜引决矣！"母亦无如之何。是晚，忽监察御史傅公到驿，琼奴仰天呼曰："吾夫之冤雪矣。"乃具状以告，傅公即抗章以闻。又两月得请，就命鞫问，而求尸未得。政谳讯间[28]，羊角风自厅前面起[29]。公祝之曰："逝魄有知，导吾以往。"言讫，风即旋转，前引马首，径奔窑前，吹开炭灰，而尸见矣。公委官检验，伤痕宛然，吴遂伏辜。公命州官葬茗于郭外，琼奴哭送，自沉于冢侧池中，因命葬焉。公言诸朝，下礼部旌其冢曰“贤义妇之墓[30]”。童氏亦官给衣廪[31]，优养终身焉。

选自《剪灯余话》

【题解】

本篇小说描写沈琼奴的悲剧人生。沈琼奴是一位善良的少女，只因在婚姻上选择了徐苕郎，拒绝了刘汉老，遭到刘家的报复、陷害，全家被遣戍岭南，并且连累到徐家。徐苕郎全家被遣服役辽阳。沈家在岭南又受吴指挥迫害，他企图强娶琼奴，琼奴被逼自杀。遇救后，她被吴指挥赶出住所，只得在驿中廊下栖身。当徐苕郎到岭南寻找琼奴时，被吴指挥诬为逃军，并把他杖杀。吴指挥又一次要强娶琼奴，琼奴坚决反抗，她报仇后投水而死。这是一个惨绝人寰的大悲剧，吴指挥的狰狞面目令人发指，沈琼奴的反抗性格使人感叹。在封建社会中，善良人们的个人价值和他们的价值选择总是被扼杀，这一内容在这篇小说中再次得到形象的展示。

【注释】

①常山：地名，在今浙江省。②言、德、容、功：封建礼教对女子在言辞、品德、仪容、女工四个方面的要求。 ③华胄：官宦的后代。 ④白屋：平民。 ⑤阀阅：门第。 ⑥藻鉴：品评和鉴别。 ⑦射屏：唐高祖李渊的皇后窦氏未出阁时，其父窦毅在屏上画了两只孔雀，约定射中孔雀眼睛的人为婿，李渊因射中孔雀眼睛而中选。 ⑧牵丝：唐代宰相张嘉贞想让年轻英俊有才华的郭元振做女婿，便让五个女儿各执一丝坐在幔后，让郭随便牵一根，郭牵的执红丝者是张的第三女。 ⑨设席：晋郭瑀想选弟子刘延明做女婿，便另设一席，对千余名弟子说：“我想找一个好女婿，谁坐这席，我就把女儿嫁给他。”刘延明振衣上坐，郭瑀便把女儿嫁给了他。 ⑩摅（shū）：舒展，展开。 ⑪夺衣：武则天游龙门命随侍官员作诗，先作好者赐锦袍，东方虬先成受赏。宋之问诗成后更佳，武则天便夺锦袍改赐宋之问。此事与婚配无

关，借以作此。 ⑫睢盱（suīxū）：张目仰视，呆视状。 ⑬髀：下垂状。⑭兔颖：兔毛。 ⑮不虞：没想到。 ⑯役：流放。 ⑰戍：充军。 ⑱倾殂：逝世。 ⑲五阅星霜：五年过去。 ⑳鱼沉雁杳：书信断绝。古代有鱼、雁传书之说。 ㉑强委禽：强迫订婚。 ㉒红云：人世。天台：仙境，用刘晨、阮肇入天台遇仙女事。 ㉓“泾阳”三句：书信难寄，参看《柳毅传》。 ㉔卫总小旗：下级军官。 ㉕外母：岳母。 ㉖杜少陵：唐代诗人杜甫。 ㉗燕尔：新婚。 ㉘谳讯：审讯。 ㉙羊角风：旋风。 ㉚下礼部：皇帝批转礼部办理。 ㉛衣廪：衣食。

芙蓉屏记

至正辛卯[①]，真州有崔生名英者[②]，家极富。以父荫，补浙江温州永嘉尉，携妻王氏赴任。道经苏州之圌山，泊舟少憩，买纸钱牲酒，赛于神庙[③]。既毕，与妻小饮舟中。舟人见其饮器皆金银，遽起恶念。是夜，沉英水中，并婢仆杀之。谓王氏曰：“尔知所以不死者乎？我次子尚未有室。今与人撑船往杭州，一两月归来，与汝成亲，汝即吾家人，第安心无恐。”言讫，席卷其所有，而以新妇呼王氏。王氏佯应之，勉为经理[④]，曲尽殷勤。舟人私喜得妇，渐稔熟，不复防闲。将月余，值中秋节，舟人盛设酒肴，雄饮痛醉。王氏伺其睡熟，轻身上岸，行二三里，忽迷路，四面皆水乡，惟芦苇菰蒲[⑤]，一望无际；且生自良家，双弯纤细[⑥]，不任跋涉之苦，又恐追寻至，于是尽力狂奔。久之，东方渐白，遥望林中有屋宇，急往投之。至则门犹未启。钟梵之声隐然，少顷开关，乃一尼院。王氏径入，院主问所以来故，王氏未敢以实对，绐之曰：“妾真州人，阿舅宦游江浙，挈家偕行，抵任而良人殁矣。孀居数年，舅以嫁永嘉崔尉为次妻，正室悍戾难事，棰辱万端。近者解官，舟次于此，因中秋赏月，命妾取金杯酌酒，不料失手坠于江，必欲置之死地，遂逃生至此。”尼曰："娘子既不敢归舟，家乡又远，欲别求匹配，卒乏良媒，孤苦一身，将何所托？"王惟涕泣而已。尼又曰："老身有一言相劝，未审尊意如何？"王曰："若吾师有以见处，即死无憾！"尼曰："此间僻在荒滨，人迹不到，菱葑之与邻[⑦]，鸥鹭之与友，幸得一二同袍[⑧]，皆五十以上；侍者数人，又皆淳谨。娘子虽年芳貌美，奈命蹇时乖，盍若舍爱离痴，悟身为幻，被缁削发，就此出家，禅榻佛灯，晨餐暮粥，聊随缘以度岁月，岂不胜于为人宠妾，受今世之苦恼，而结来世之仇雠乎？"王拜谢曰："是所志也。"遂落发于佛前，立法名慧圆。王读书识字，写染俱通，不期月间，悉究内典[⑨]，大为院主所礼待，凡事之巨细，非王主张，莫敢辄自行者。而复宽和柔善，人皆爱之。每日于白衣大士前礼百余拜[⑩]，密诉心曲，虽隆寒盛暑弗替[⑪]。既罢，即身居奥室，人罕见其面。岁余，忽有人至院随喜[⑫]，留斋而去。明日，持画芙蓉一轴来施，老尼张于素屏。王过见之，识为英笔，因询所自。院主曰："近日檀越布施[⑬]。"王问："檀越何姓名？今住甚处？以何为生？"曰："同县顾阿秀，兄弟以操舟为业，年来如意，人颇道其劫掠江湖间，未识诚然否？"王又问："亦尝往来此中乎？"曰："少到耳。"即默识之。乃援笔题于屏上曰：

少日风流张敞笔[⑭]，写生不数黄筌[⑮]。芙蓉画出最鲜妍，岂知娇艳色，翻抱死生冤！　　粉绘凄凉疑幻质，只今流落谁怜！素屏寂寞伴枯禅。今生缘已断，愿结再生缘。

其词盖"临江仙"也。尼皆不晓其所谓。一日，忽在城有郭庆春者，以他事至院，见画与题，悦其精致，买归为清玩。适御史大夫高公纳麟退居姑苏，多募书画，庆春以屏献之，公置于内馆，而未暇问其详。偶外间忽有人卖草书四幅，公取观之，字格类怀素而清劲不俗[⑯]。公问："谁写？"其人对："是某学书。"公视其貌，非庸碌者，即询其乡里姓名，则蹙頞对曰[⑰]："英姓崔，字俊臣，世居真州，以父荫补永嘉尉，挈累赴官[⑱]，不自慎重，为舟人所图，沉英水中，家财妻妾，不复顾矣。幸幼时习水，潜泅波间，度既远，遂登岸投民家，而举体沾湿，了无一钱在身。赖主翁善良，易以裳衣，待以酒食，赠以盘缠，遣之曰：‘既遭寇劫，理合闻官，不敢奉留，恐相连累。’英遂问路出城，陈告于平江路，今听候一年，杳无音耗。惟卖字以度日，非敢谓善书也，不意恶札，上彻钧览。”公闻其语，深悯之，曰：“子既如斯，付之无奈！且留我西塾，训诸孙写字，不亦可乎？”英幸甚。公延入内馆，与饮。英忽见屏间芙蓉，泫然垂泪。公怪问之。曰：“此舟中失物之一，英手笔也。何得在此？”又诵其词，复曰：“英妻所作。”公曰：“何以辨识？”曰：“识其字画。且其词意有在，真拙妇所作无疑。”公曰：“若然，当为子任捕盗之责。子姑秘之。”乃馆英于门下。明日，密召庆春问之。庆春云：“买自尼院。”公即使宛转诘尼：得于何人？谁所题咏？数日报云：“同县顾阿秀舍，院尼慧圆题。”公遣人说院主曰：“夫人喜诵佛经，无人作伴，闻慧圆了悟，今礼为师，愿勿却也。”院主不许。而慧圆闻之，深愿一出，或者可以借此复仇，尼不能拒。公命舁至[19]，使夫人与之同寝处。暇日，问其家世之详。王饮泣，以实告，且白题芙蓉事，曰：“盗不远矣，惟夫人转以告公，脱得罪人，洗刷前耻，以下报夫君，则公之赐大矣！”而未知其夫之故在也。夫人以语公，且云其读书贞淑，决非小家女。公知为英妻无疑，属夫人善视之，略不与英言。公廉得顾居址出没之迹，然未敢轻动。惟使夫人阴劝王蓄发，返初服。又半年，进士薛理溥化为监察御史，按郡。溥化，高公旧日属吏，知其敏手也，具语溥化，掩捕之，敕牒及家财尚在[20]，惟不见王氏下落。穷讯之，则曰：“诚欲留以配次男，不复防备，不期当年八月中秋逃去，莫知所往矣。”溥化遂置之于极典[21]，而以原赃给英。英将辞公赴任，公曰：“待与足下作媒，娶而后去，非晚也。”英谢曰：“糟糠之妻，同贫贱久矣，今不幸流落他方，存亡未卜；且单身到彼，迟以岁月，万一天地垂怜，若其尚在，或冀伉俪之重谐耳。感公恩德，乃死不忘，别娶之言，非所愿也。”公凄然曰：“足下高谊如此，天必有以相佑，吾安敢苦逼。但容奉饯，然后起程。”翌日，开宴，路官及郡中名士毕集。公举杯告众曰：“老夫今日为崔县尉了今生缘。”客莫喻。公使呼慧圆出，则英故妻也。夫妇相持大恸，不意复得相见于此。公备道其始末，且出芙蓉屏示客，方知公所云“了今生缘”，乃英妻词中句，而慧圆则英妻改字也。满座为之掩泣，叹公之盛德为不可及。公赠英奴婢各一，资遣就道。英任满，重过吴门，而公薨矣[22]。夫妇号哭，如丧其亲，就墓下建水陆斋三昼夜以报[23]，而后去。王氏因此长斋念观音不辍。真之才士陆仲旸，作画芙蓉屏歌，以纪其事，因录以警世云：

画芙蓉，妾忍题屏风！屏间血泪如花红。败叶枯梢两萧索，断缣遗墨俱零落。去水奔流隔死生，孤身只影成飘泊。成飘泊，残骸向谁托？泉下游魂竟不归，图中艳姿浑似昨。浑似昨，妾心伤，那禁秋雨复秋霜！宁肯江湖逐舟子，甘从宝地礼医王[24]。医王本慈悯，慈悯怜群品，逝魄愿提撕，茕嫠赖将引[25]。芙蓉颜色娇，夫婿手亲描。花萎因折蒂，干死为伤苗。蕊干心尚苦，根朽恨难消。但道章台泣韩翊[26]，岂期甲帐遇文箫[27]。芙蓉良有意，芙蓉不可弃。幸得宝月再团圆，相亲相爱莫相捐。谁能听我芙蓉篇？人间夫妇休反目，看此芙蓉真可怜。

选自《剪灯余话》

【题解】

崔英偕妻子王氏去温州就任官职，途径苏州时，舟人顾阿秀劫财害命，把崔英推入水中，胁迫王氏做他的儿媳妇。王氏找机会逃走，削发为尼。蛮横无知的顾阿秀竟把抢来的一幅画施舍给寺庙，被王氏发现。那是崔英的手笔，画的是芙蓉。由于老尼已把这幅画挂在寺内，王氏机智地在画上题词一首，希望有人发现，以便寻机申冤报仇。果然，这画被人买去后，辗转到了已退休的御史大夫高纳麟手中。而崔英因会游泳，未曾淹死，此刻正在高府任教。最后，恶人被诛，夫妻重圆。在旧小说中，这类舟人害命故事已成为一种类型，但各个作品却也总有某些特色，本篇作品描写的这个谋财害命案由一幅画的流传而得以破获，就很有特点。

【注释】

①至正辛卯：元至正十一年，即公元1351年。 ②真州：今江苏省仪征市。 ③赛：酬神、祭神。 ④经理：料理家务。 ⑤菰（gū）：茭白。 ⑥双弯。指双脚。 ⑦茭葑之与邻：与茭白与芜菁为邻，形容荒无人烟。 ⑧同袍：同伴。 ⑨内典：指佛家经典。 ⑩白衣大士：观音菩萨。 ⑪替：废弃。 ⑫随喜：游览寺庙。 ⑬檀越：施主。 ⑭张敞：西汉时人，曾为妻画眉传为佳话。 ⑮黄筌：宋代著名画家。 ⑯怀素：唐代僧人，著名书法家，擅长草书。 ⑰蹙頞（cù'è）：皱着眉头。頞，鼻梁。 ⑱挈累：带着家属。 ⑲舁（yú）：抬。 ⑳敕牒：任命文书。 ㉑极典：死刑。 ㉒薨：去世。 ㉓水陆斋：水陆道场，一种超度亡灵的仪式。 ㉔医王：《指月录》载："唐修雅法师，听讲《法华经》，歌师名医王，行佛令，来与众生治心病，能使迷者醉，狂者定，垢者净，邪者正，凡者圣。" ㉕茕嫠（qiónglí）：孤单的寡妇。 ㉖章台泣韩翊（yì）：唐韩翊在安史之乱中与爱姬柳氏分离，后韩翊作《章台柳》词寄柳，两人屡经波折后重逢。 ㉗文箫：《列仙传》载，文箫与采鸾相遇后一见钟情。后入山跨虎成仙而去。

秋千会记

元大德二年戊戌[①]，孛罗以故相齐国公子拜宣徽院使，奄都刺为佥判，东平王荣甫为经历，三家联住海子桥西[②]。宣徽生自相门，穷极富贵，第宅宏丽，莫与为比。然读书能文，敬礼贤士，故时誉翕然称之[3]。私居后有杏园一所，取“春色满园关不住，一枝红杏出墙来”之意，花卉之奇，亭榭之好，冠于诸贵家。每年春，宣徽诸妹、诸女，邀院判、经历宅眷，于园中设秋千之戏，盛陈饮宴，欢笑竟日。各家亦隔一日设馔。自二月末至清明后方罢，谓之秋千会。适枢密同佥帖木尔不花子拜住过园外，闻笑声，于马上欠身望之，正见秋千竞蹴，欢哄方浓，潜于柳阴中窥之，睹诸女皆绝色，遂久不去；为阍者所觉[4]，走报宣徽，索之，亡矣。拜住归，具白于母。母解意，乃遣媒于宣徽家求亲。宣徽曰：“得非窥墙儿乎？吾正择婿，可遣来一观，若果佳，则当许也。”媒归报，同佥饰拜住以往。宣徽见其美少年，心稍喜，但未知其才学，试之曰：“尔喜观秋千，以此为题，《菩萨蛮》为调，赋南词一阕，能乎？”拜住挥笔，以国字写之曰[5]：

红绳画板柔荑指，东风燕子双双起。夸俊与争高，更将裙系牢。　　牙床和困睡，一任金钗坠。推枕起来迟，纱窗月上时。

宣徽虽爱其敏捷，恐是预构，或假手于人。因盛席待之。席间，再命作《满江红》咏莺。拜住拂试剡藤[6]，用汉字书呈宣徽。宣徽喜曰：“得婿矣！”遂面许第三夫人女速哥失里为姻，且召夫人，并呼女出，与拜住相见。他女亦于窗隙中窥之，私贺速哥失里曰：“可谓‘门阑多喜气，女婿近乘龙也[7]。’”择日遣聘，礼物之多，词翰之雅，喧传都下，以为盛事。拜住莺词附录于此：

嫩日舒晴，韶光艳，碧天新霁。正桃腮半吐，莺声初试。孤枕乍闻弦索悄。曲屏时听笙簧细。爱绵蛮[8]、柔舌韵东风，愈娇媚。　　幽梦醒，闲愁泥。残杳褪，重门闭。巧音芳韵，十分流丽。入柳穿花来又去，欲求好友真无计[9]。望上林[10]，何日得双栖？心迢递[11]。

既而同佥豪宕[12]，簠簋不饬[13]，竟以墨败[14]，系御史台狱。得疾囹圄间，以大臣，例蒙疏放[15]，回家医治。未逾旬，竟尔不起。阖室染疾，尽为一空，独拜住在；然冰消瓦解，财散人亡。宣徽将呼拜住回家，教而养之，三夫人坚执不肯。盖宣徽内嬖虽多，而三夫人者，独秉权专宠，见他姬女皆归富贵之门，独己婿家反凋敝如此，决意悔亲。速哥失里谏曰："结亲即结义，一与订盟，终不可改。儿非不见诸姊妹家荣盛，心亦慕之，但寸丝为定，鬼神难欺，岂可以其贫贱而弃之乎？"父母不听，别议平章阔阔出之子僧家奴[16]。仪文之盛，视昔有加。暨成婚，速哥失里行至中道，潜解脚纱，缢于轿中，比至而死矣。夫人以其爱女舆回，悉倾嫁奁及夫家聘物殓之，暂寄清安僧寺。拜住闻变，是夜，私往哭之，且叩棺曰："拜住在此。"忽棺中应曰："可开柩，我活矣。"周视四隅，漆钉牢固，无由可启。乃谋于僧曰："劳用力，开棺之罪，我一力承之，不以相累，当共分所有也。"僧素知其厚殓，亦萌利物之意，遂斧其盖。女果活，彼此喜极，乃脱金钏及首饰之半谢僧；计其余，尚值数万缗[17]，因托僧买漆整棺，不令事露。

拜住遂挈速哥失里走上都[18]。住一年，人无知者。所携丰厚，兼拜住又教蒙古生数人，复有月俸，家道从容。不期宣徽出尹开平[19]，下车之始，即求馆客[20]，而上都儒者绝少。或曰："近有士自大都挈家寓此[21]，亦色目人[22]，设帐民间，诚有学问。府君欲觅西宾，惟此人为称。"亟召之，则拜住也。宣徽意其必流落死矣，而人物整然，怪之，问："何以至此？且娶谁氏？"拜住实告。宣徽不信，命舁至。则真速哥失里，一家惊动，且喜且悲。然犹恐其鬼假人形，幻惑年少，阴使人诣清安询僧，其言一同。乃发殡，空椟而已。归以告宣徽，夫妇愧叹，待之愈厚，收为赘婿，终老其家。拜住三子：长教化，仕至辽阳等处行中书省左丞，早卒。次子忙古歹，幼子黑厮，俱为内怯薛[23]，带御器械。忙古歹先死。黑厮官至枢密院使。天兵至燕[24]，顺帝御清宁殿，集三宫后妃、皇太子，同议避兵。黑厮与丞相失列门哭谏曰："天下者，世祖之天下也。当以死守。"不听，夜半，开建德门而遁。黑厮随入沙漠，不知所终。

选自《剪灯余话》

【题解】

本篇描写的是一对蒙古族男女的婚姻故事。男主人公拜住是一位美少年，宣徽院使孛罗面试他的才学时，他先后以蒙文和汉文写词。博得孛罗赏识，以女儿速哥失里相许。不料拜住家因得祸而财散人亡。孛罗在妻子的唆使下悔婚，把女儿改嫁给权贵之子，速哥失里却坚持"结亲即结义，一与订盟，终不可改"的信念。父母迫嫁，她在轿中自缢。拜住到棺木前伤心痛哭，速哥失里却奇迹般地复活，二人终于成就婚姻。小说写出了速哥失里贫贱不能移，富贵不能淫的气节。本篇中出场的人物大都在历史上实有其人，但故事本身当属传说。

【注释】

①大德二年：公元1298年。大德，元成宗年号。 ②海子：北方称湖泊为海子。 ③翕（xī）然：一致。 ④阍者：守门人。 ⑤国字：蒙古文。 ⑥剡（shàn）藤：用浙江剡溪的滕所制的纸。 ⑦"门阑"二句：是杜甫的诗句。 ⑧绵蛮：鸟鸣声。 ⑨"欲求好友"句：出自《诗经》："鸟鸣嘤嘤，求其友声"。 ⑩上林：宫苑名，原为秦代苑囿，汉武帝时扩建。 ⑪迢递：悠长遥远。 ⑫豪宕：放荡，不约束自己。 ⑬簠簋（fǔguǐ）不饬：原意是祭祀用的器具不齐整，比喻官吏贪亏。 ⑭墨败：因贪污而被免职。 ⑮例蒙疏放：元朝律例，大臣在狱中有病，可以暂请释放。 ⑯阔阔出：忽必烈第八子，元成宗时任平章，总领军事。 ⑰数万缗（mín）：几万贯钱。 ⑱上都：开平府，在今河北省独石口东北。 ⑲出

尹开平：出任开平府府尹。 ⑳馆客：塾师。 ㉑大都：元朝首都，今北京市。 ㉒色目人：元朝称被蒙古人征服较早地区，如西域等地的人为色目人。色目人地位仅次于蒙古人，比汉人高。 ㉓怯薛：蒙语，内廷护卫。 ㉔天兵：指明朝军队。

赵 弼（生卒年不详）

字辅之，号雪航。重庆南平（今重庆市巴南区）人。主要活动时间在明永乐、宣德（1403—1435）年间，曾任汉阳县教谕。著有《効颦集》和《雪航肤见》。

续东窗事犯传

锦城士人胡生名迪，性志倜傥，涉猎经史，好善恶恶，出于天性。一日，自酌小轩之中，饮至半酣，启囊探书而读。偶得秦桧东窗传[①]，观未竟，不觉赫然大怒，气涌如山，掷书于地，拍案高吟曰："长脚邪臣长舌妻[②]，忍将忠孝苦谋夷[③]。天曹默默缘无报，地府冥冥定有私！黄阁主和千载恨[④]，青衣行酒两君悲[⑤]。愚生若得阎罗做，剥此奸回万劫皮。"朗吟数遍，已而就寝。俄见皂衣一人至前揖曰："阎君命仆等相召，君宜速行。"生尚醉，不知阎君为谁，问曰："阎君何人？吾素昧平生，今而见召何也？"皂衣笑曰："君至则知，不劳详问。"强挽生行。及十余里，乃荒郊之地，烟雨霏微，如深秋之时。前有城郭，而居人亦稠密，往来贸易者如市廛之状[⑥]。

既而入城，则有殿宇峥嵘，朱门高敞，题曰"曜灵之府"，门外守者甚严。皂衣者令一人为伴，一人入白之。少焉，出曰："阎君召子。"生大骇愕，罔知所以，乃趍入门[⑦]。"殿上王者衮衣冕旒，类人间祠庙中绘塑神像。左右列神吏六人，绿袍皂履，高幞广带，各执文簿。堦下侍立五十余众，有牛首马面，长喙朱发者，狰狞可畏。生稽颡堦下[8]。王问曰："子胡迪耶？"生曰："然。"王怒曰："子为儒流，读书习礼，何为怨天怒地，谤鬼侮神乎？"生答曰："贱子后进之迹，蚤习先圣先贤之道，安贫守份，循理修身，未尝敢怨天尤人，而矧乃侮神谤鬼也？"王曰："然则'天曹默默缘无报，地府冥冥定有私'之句，孰为之耶？"生方悟为怒秦桧之作，再拜谢曰[9]："贱子酒酣，罔能持性，偶读奸臣之传，致吟忿憾之诗，颙望神君[10]，特垂宽宥！"王呼吏以纸笔令生供款，让曰："尔好掉笔头，议论古今人之臧否，若所供有理，则增寿放回；脱词意舛讹，则送风刀之狱也。"生谢过再四，援笔而供曰：

伏以混沌未分，亦无生而无死；阴阳既判，方有鬼以有神。为桑门传因果之经[11]，知地狱设轮回之报。善者福而恶者祸，理所当然；直之升而屈之沉，亦非谬矣。盖贤愚之异类，若幽显之殊途。是乎不得其平则鸣，匪沽名而吊誉；敢忘非法不道之戒，故罹罪以招愆[12]。出于自然，本乎天性。切念某幼读父书，早有功名之志；长承师训，惭无经纬之才。非惟弄月管之毫，拟欲插天门之翼[13]。每夙兴而夜寐，常穷理以修身。读孔孟之微言，思举直而措之枉；观王珪之确论[14]，想激浊以扬清。立忠贞欲效松筠，肯衰老甘同蒲柳。天高地厚，深知半世之行藏；日居月诸，洞见一心之妙用。惟尊贤而似宝，第见恶以如仇。每怜岳飞父子之冤，欲追求而死谏；暨睹秦桧夫妻之恶，便欲死而生吞。因东窗赞擒虎之言，致北狩失迴銮之望[15]！伤忠臣被屠刘而残灭[16]，怅贼子受棺椁以全终。天道无知，神明安在？俾奸回生于有幸，令贤哲死于无辜。谤鬼侮神，岂比滑稽之士；好贤恶佞，实非迂阔之儒。是皆至正之心，焉有偏私之意？饮三盃之狂药[17]，赋八句之鄙吟。虽冒大聪，诚为小过。斯言至矣，惟神鉴之。

王看毕，笑曰："腐儒倔强乃耳！虽然，好善恶恶，固君子之所尚也。至夫'若得阎罗做，其毁孰甚焉？汝若为阎罗，将吾置于何地？"生曰："昔者韩擒虎云[18]：生为上柱国，死作阎罗王。又寇莱公[19]、江丞相[20]，亦尝为是任，明载简册，班班可考。以此征之，冥君皆世间正人君子之所为也。仆固不敢希韩、寇、江三公之万一，而公正之心颇有三公之毫末耳。"王曰："若然，冥官有代，而旧者何之？"生曰："新者既临，旧官必生人道而为王公大人矣！"王顾左右曰："此人所言，深有玄理。惟其狂直若此，苟不令见之，恐终不信善恶之报，而视幽冥之道，如风声水月，无所忌惮矣。"即呼绿衣吏，以一白简书云："右仰普掠狱冥官，即启狴牢[21]，领此儒生，遍视泉扃报应[22]，毋得违错！"既而吏引生之西廊，过殿后三里许，有石垣高数仞，以生铁为门，题曰"普掠之狱"。吏扣门呼之。少焉，夜叉数辈突出，如有擒生之状。吏叱曰："此儒生也，无罪。阎君令视善恶之报。"以白简示之。夜叉谢生曰："吾辈以为罪鬼入狱，不知公为书生也，幸勿见怪！"乃启关，揖生而入。其中广袤五十余里，日光惨淡，冷风萧然。四维门碑，皆榜名额，东曰"风雷之狱"，南曰"火车之狱"，西曰"金刚之狱"，北曰"溟泠之狱"。男女荷铁枷者千余人。又至一小门，则见男子二十余人，皆披发裸体，以巨钉钉其手足于铁床之上，项荷铁枷，举身皆刀杖痕，脓血腥秽不可近。傍一妇人，裳而无衣，罩于铁笼中，一夜叉以沸汤浇之。绿衣吏指下者三人，谓生曰："此秦桧父子与万俟卨[23]，此妇人即桧之妻王氏也。其他数人乃章淳、蔡京父子、王黼、朱勔、耿南仲、吴拜、莫俦、范琼、丁大全、贾似道，皆其同奸党恶之徒。王遣吾施阴刑，令君观之。"即呼鬼卒五十余众，驱桧等至风雷之狱，缚于铜柱，一卒以鞭扣其环，即有风刀乱至，绕刺其身。桧等体如筛底。良久，震雷一声，击其身如齑粉，血流凝地。少焉，恶风盘旋，吹其骨肉，复为人形。吏谓生曰：“此震击者，阴雷也。吹者，业风也。”又呼狱卒驱至金刚之狱，缚桧等于铁床之上。牛头者长哨数声，黑风飘扬，飞戈冲突，碎其肢体。久之，吏呵曰：“已矣！”牛头复哨一声，黑风乃止，飞戈亦息。又驱至火车之狱，一夜叉以铁挝驱桧等登车，以巨扇拂之，车运如飞，烈焰大作，且焚且碾，顷刻皆为煨烬。狱卒以水洒之，复成人形。又至溟泠之狱，夜叉以长矛贯桧等沉于寒冰中，霜刃乱斫，骨肉皆碎。良久，以铁钩挽而出之，仍驱于旧所，以钉钉手足于铜柱，用沸油淋之。饥则食以铁丸，渴则饮以铜汁。吏曰：“此曹凡三日则遍历诸狱。受诸苦楚。三年之后，变为牛羊犬豕，生于凡世，使人烹剥而食其肉。其妻亦为牝豕[24]，与人育雏，食人不洁，亦不免刀烹之苦。今此众已为畜类于世五十余次矣。”生问曰：“其罪有限乎？”吏曰：“万劫而无已，岂有限焉？”

复引至西北一铁门，题目“奸回之狱”。荷桎梏百余人，举身插刀，浑若蝟形。上有铁鸟十余，如鸱鸦之状，往来啄其面背；下有毒蛇啮其身足，血流盈地，有巨犬三五食之。生曰：“此曹何人？”吏历历指示生曰：“前梏者汉之张汤、窦宪、梁冀、董卓、彭宠及十常侍也；次则三国时钟会、孙綝，晋之王敦、苏峻、桓温、桓玄，南北（朝）时沈攸之、侯景、孔范、尔朱荣，隋之杨素、杨玄感、宇文述也；又次则唐之李林甫、卢杞、史思明、安禄山、李希烈、李辅国、仇士良、王守澄、田令孜，宋之吕惠卿、黄潜善、苗傅、韩侂胄也。曩者贵为将相列卿，妒害忠良，欺枉人主，浊乱海内，今受此报，历万劫而不原也。”复至东壁，男女以千数，皆裸身跣足，或烹剥刳心，或挫烧舂磨，哀痛之声，彻闻数里。吏曰：“是皆在生为官为吏，贪污虐民，不孝于亲，不友兄弟，悖负师友，奸淫背夫，为盗为贼，不仁不义者，皆受此报。”生见之大喜，叹曰：“今日始出吾不平之气也！”吏笑携生之手偕出，仍出曜灵殿，再拜叩首，谢曰：

"可谓天地无私，鬼神明察，善恶不能逃其责也！"王曰："尔既见之，心已坦然。更烦为吾作一判文，以枭秦桧父二子、夫妻之过。"即命吏以纸笔给之，生辞谢弗获，为之判曰：

尝谓轩辕得六相而助理万机[25]，则神明应至；虞舜有五臣以揆持百事[26]，而内外平成。苟非怀经天纬地之才，曷敢受调鼎持衡之任[27]？今照奸臣秦桧，斗筲之器[28]，闾阎小人。虽居宰辅之名，实乃匹夫之辈。獐头鼠目，伺主意以逢迎；羊质虎皮，阿邪情而谄谀。岂有论道经邦之志，全无扶危拯溺之心。久占都堂，怀奸谋而肆为僭分；闭塞贤路，固宠渥而妒忌忠良。残伤犹剽掠之徒，贪鄙胜穿窬之盗[29]。既忝职居师保[30]，而叨任处公台[31]。惟知黄阁之荣华，罔竭赤心之左右。欺言罔上，擅行予夺之权；嫉贤妒能，专起窜诛之典。奸究逾其莽、操[32]；凶顽犹胜斯、高[33]。以枭獍为心，蛇蝎成性。忠臣义士，尽陷于罗网之中；贼子乱臣，咸置于庙廊之上。视本朝如弊甑[34]，通敌国若宗亲。鸱鹰啄架臂之人，猘犬吠豢牢之主。奸心迷暗，受诡胡兀术之私盟[35]；凶行荒残，害贤将岳飞之正命。悍妻王氏，不言豹隐[36]，而言放虎之难[37]；愚子秦熺[38]，只顾狼贪，不顾迴銮之幸[39]。一家同情而捻恶，万民共怒以含冤。虽侥倖免乎阳诛，其业报还教阴受。数其罪状，书千张茧纸不能尽其详；察此愆非，历万劫畜生不足偿其责。合行榜示，幽显通知。

生呈稿上，王览之，大喜，赞曰："谠正之士也[40]！"生因告曰："奸回受报，仆已目击，信不诬矣！其他忠臣义士，在于何所？愿希一见，以释鄙怀，不胜感幸。王俯首而思，良久乃曰："诸公皆生阳世为王公大人，享受天禄三十余次矣。寿满天年，仍回原所。子既求见，吾请躬导之。"于是登舆而前，俾从者舁生于后。行五里许，但见琼楼玉殿，碧瓦参差，朱牌金字，题曰"忠贤天爵之府"。

既入，有仙童数百，皆衣紫绡之衣，悬丹霞玉珮，执綵幢绛节，持羽葆花旌[41]。云气缤纷，天花飞舞，鸾啸凤唱，仙乐铿锵，异香馥郁，袭人不散。殿中坐者百余人，皆冠通天之冠，衣云锦之裳，蹑珠霓之履，玉柯琼珮，光彩射人。绛绡玉女五百余人，或执五明之扇，或捧八宝之盂圜侍左右。见王至，悉降阶迎迓。宾主礼毕，分东西而坐。彩女数人，执玛瑙之壶，捧玻璃之盏，荐龙睛之果，倾凤髓之茶，世罕闻见。茶既毕，王乃道生所见之故，命生致拜。诸公皆答之尽礼，同声赞曰："先生可谓仁者，能好人，能恶人矣！"乃具席，命生坐于右。生谦退再三，不敢当宾礼。王曰："诸公以子斯文，故待之厚，何用苦辞？"生乃揖谢而坐。王谓生曰："座上皆历代忠良之臣，节义之士。在阳则流芳百世，身逝则阴享天恩。每遇明君治世，则生为王侯将相，黼黻朝廷[42]，功施社稷，以辅雍熙之治也。"言既，命朱衣二吏送生还。谓生曰："子生寿七十有二，今复延一纪，食肉跃马五十一年。"生大悦，再拜而谢，及辞诸公而出，行十余里，天色渐明。朱衣指谓生曰："日出处即汝家也。"生挽二吏衣，延归谢之。二吏坚不允，再三挽留，不觉失手而仆，即展臂而寤。时漏下五鼓矣。

选自《効颦集》

【题解】

南宋以来，有"东窗事犯"传说，是说秦桧和其妻王氏曾在东窗下策划谋害岳飞，秦桧死后，下地狱受惩，托方士传话给妻子，告知"东窗事犯"。这篇小说是继元人敷演"东窗事犯"故事的作品来写秦桧夫妇在阴间受惩罚，所以叫"续东窗事犯"。篇中描写书生胡迪梦见阎王邀请，魂游地府，目睹秦桧夫妇等历代奸诈小人在"普掠之狱"和"奸回之狱"遭受严惩。同时，在"忠贤天爵之府"见到历代忠臣义士受到隆遇。篇中迷信轮回色彩虽浓厚，但表达了强烈的爱憎态度。尤其写主人公胡迪一身正气，塑造出一个慷慨凛然的士人形象。

【注释】

①秦桧东窗传：宋洪迈作的笔记小说。　②长脚邪臣：指秦桧。长舌妻：指秦桧之妻。　③夷：诛杀，除掉。　④黄阁：原意为宰相官署，此处指奸相秦桧。　⑤“青衣”句：青衣指卑贱的人；两君：指宋徽、钦二帝。此句意为徽、钦二帝被金俘虏后沦为奴隶，十分可悲。　⑥市廛（chán）：城镇。　⑦趍（qū）：同“趋”，快走。　⑧稽颡（sǎng）：行跪拜礼。　⑨谢：致歉。　⑩颙（yóng）：仰慕。　⑪桑门：沙门，佛教名词，出家的佛教徒。　⑫愆：过失。　⑬“非惟”两句：不只是舞文弄墨，而是想一展抱负，辅佐朝廷。天门：指帝王宫殿的门。　⑭王珪：唐初人，曾与魏征等人共同辅政。　⑮北狩：讳言帝王流亡北方。　⑯屠刘：屠杀。　⑰狂药：指酒。⑱韩擒虎：隋大将，战功卓著。　⑲寇莱公：寇准，宋真宗时宰相。⑳江丞相：江万里，宋度宗时官至左丞相。　㉑狴（bì）牢：监牢。　㉒泉扃（yōng）：地下，地狱。　㉓万俟卨（mòqíxiè）：复姓万俟，字元忠。南宋初人，趋附秦桧，主张投降。　㉔牝豕：母猪。　㉕轩辕：上古帝王。　㉖揆（kuí）持：执掌。　㉗调鼎持衡：指治理国家。　㉘斗筲之器：指才识短浅的小人。斗筲，小的容器。　㉙穿窬（yú）：翻墙。　㉚忝：惭愧。　㉛公台：宰相之位。　㉜“奸宄”句：奸诈违法超过了王莽、曹操。　㉝斯、高：秦朝的李斯、赵高。　㉞弊甑（zèng）：比喻不值一顾的破烂东西。甑，古代的一种炊具。　㉟兀术：完颜宗弼，金太祖阿骨打的第四子，率金兵侵宋的主将。　㊱豹隐：原比喻隐居，此处指不多言多事。　㊲放虎之难：相传秦桧在东厢窗下密谋时，其妻王氏说：“擒虎易，放虎难”，后岳飞死于狱中，张宪、岳云被杀。　㊳秦熺：秦桧之子。　㊴迴銮：指迎回徽、钦二帝。㊵谠（dǎng）正：正直。　㊶“执綵幢绛节”两句：旧时贵官出行的仪仗。　㊷黼黻（fǔfú）：古代礼服上所绣的花纹。

马中锡（生卒年不详）

字天禄，号东田，故城（今属河北省）人。明成化十一年进士。正德年间任兵部侍郎。因反对宦官刘瑾专权行私，曾受迫害。刘瑾被杀后，又出任巡抚、右都御史等职。正德六年，奉命征讨农民起义军，因主张招抚，被统治集团加以“纵贼”罪名，死在狱中。著有《东田集》。

中山狼传

赵简子大猎于中山①，虞人导前②，鹰犬罗后，捷禽鸷兽应弦而倒者，不可胜数。有狼当道，人立而啼③。简子唾手登车④，援乌号之弓⑤，挟肃慎之矢⑥，一发饮羽⑦，狼失声而逋⑧。简子怒，驱车逐之。惊尘蔽天，足音鸣雷，十步之外，不辨人马。

时墨者东郭先生⑨，将北适中山以干仕，策蹇驴，囊图书，夙行失道⑩，望尘惊悸。狼奄至，引首顾曰：“先生岂有志于济物哉？昔毛宝放龟而得渡⑪，隋侯救蛇而获珠⑫。龟蛇固弗灵于狼也。今日之事，何不使我得早处囊中以苟延残喘乎？异时倘得脱颖而出，先生之恩，生死而肉骨也，敢不努力以效龟蛇之诚！”先生曰：“嘻！私汝狼以犯世卿⑬，忤权贵，祸且不测，敢望报乎？然墨之道，兼爱为本。吾终当有以活汝，脱有祸，固所不辞也。”乃出图书，空囊橐，徐徐焉实狼其中，前虞跋胡，后恐疐尾⑭，三纳之而未克。徘徊容与，追者益近。狼请曰：“事急矣，先生果将揖逊救焚溺，而鸣鸾避寇盗耶？惟先生速图！”乃跼蹐四足，引绳而束缚之，下首至尾，曲脊掩胡，猬缩蠖屈，蛇盘龟息，以听命先生。先生如其指，内狼于囊，遂括囊口，肩举驴上，引避道左，以待赵人之过。

已而，简子至，求狼弗得，盛怒，拔剑斩辕端示先生，骂曰：“敢讳狼方向者，有如此辕！”先生伏踬就地，匍匐以进，跽而言曰：“鄙人不慧，将有志于世，奔走遐方，自迷正途，又安能发狼踪以指示夫子之鹰犬也？然尝闻之，大道以多歧亡羊，夫羊，一童子可制之，如是其驯也，尚以多歧而亡；狼非羊比，而中山之歧可以亡羊者何限？乃区区循大道以求之，不几于守株缘木乎？况田猎，虞人之所事也，君请问诸皮冠[15]，行道之人何罪哉？且鄙人虽愚，独不知夫狼乎？性贪而狠，党豺为虐。君能除之，固当窥左足以效微劳[16]，又肯讳之而不言哉？”简子默然，回车就道，先生亦驱驴兼程而进。

良久，羽旄之影渐没[17]，车马之音不闻。狼度简子之去远，而作声囊中曰：“先生可留意矣。出我囊，解我缚，拔矢我臂，我将逝矣。”先生举手出狼。狼咆哮，谓先生曰：“适为虞人逐，其来甚速，幸先生生我。我馁甚，馁不得食，亦终必亡而已。与其饥死道路。为群兽食，毋宁毙于虞人，以俎豆于贵家。先生既墨者，摩顶放踵，思一利天下，又何吝一躯啖我而全微命乎？”遂鼓吻奋爪，以向先生。先生仓卒以手搏之，且搏且却，引蔽驴后，便旋而走，狼终不得有加于先生。先生亦竭力拒。彼此俱倦，隔驴喘息。先生曰：“狼负我！狼负我！”狼曰：“吾非固欲负汝，天生汝辈，固需吾辈食也。”相持既久，日晷渐移[18]。先生窃念：“天色向晚，狼复群至，吾死矣夫！”因绐狼曰：“民俗：事疑必询三老。第行矣[19]，求三老而问之，苟谓我可食，即食；不可，即已。”狼大喜，即与偕行。

逾时，道无人行，狼馋甚，望老木僵立路侧，谓先生曰：“可问是老。”先生曰：“草木无知，叩焉何益。”狼曰：“第问之，彼当有言矣。”先生不得已，揖老木，具述始末，问曰：“若然，狼当食我邪？”木中轰轰有声，谓先生曰：“我杏也。往年老圃种我时，费一核耳；逾年华，再逾年实，三年拱把[20]，十年合抱，至于今二十年矣。老圃食我，老圃之妻、子食我，外至宾客，下至奴仆，皆食我；又复鬻实于市以规利。我其有功于老圃甚巨。今老矣，不能敛华就实，贾老圃怒[21]，伐我条枚，芟我枝叶[22]，且将售我工师之肆取直焉[23]。噫！樗朽之材，桑榆之景，求免于斧钺之诛而不可得。汝何德于狼，乃觊免乎？是固当食汝。”言下，狼复鼓吻奋爪，以向先生。先生曰：“狼爽盟矣[24]。矢询三老[25]，今值一杏，何遽见迫耶？”复与偕行。

狼愈急，望见老牸曝日败垣中[26]，谓先生曰：“可问是老。”先生曰：“向者草木无知，谬言害事。今牛，禽兽耳，更何问焉？”狼曰：“第问之！不问将咥汝[27]！”先生不得已，揖老牸，再述始末以问。牛皱眉瞪目，舐鼻张口，向先生曰：“老杏之言不谬矣。老牸茧栗少年时[28]，筋力颇健，老农卖一刀以易我，使我贰群牛[29]，事南亩。既壮，群牛日以老惫，凡事我都任之：彼将驰驱，我伏田车，择便途以急奔趋；彼将躬耕，我脱辐衡，走郊坰以辟榛荆。老农视我犹左右手，衣食仰我而给，婚姻仰我而毕，赋税仰我而输，仓庾仰我而实。我亦自谅可得帷席之敝如马狗也。往年家储无担石，今麦秋多十斛矣；往年穷居无顾藉，今掉臂行村社矣[30]；往年尘卮罂[31]，涸唇吻，盛酒瓦盆，半生未接，今酝黍稷，据尊罍，骄妻妾矣；往年衣短褐，侣木石，手不知揖，心不知学，今持《兔园册》[32]，戴笠子，腰韦带，衣宽博矣。一丝一粟，皆我力也。顾欺我老弱，逐我郊野，酸风射眸，寒日吊影，瘦骨如山，老泪如雨，涎垂而不可收，足挛而不可举，皮毛俱亡，疮痍未瘥。老农之妻妒且悍，朝夕进说曰：‘牛之一身无废物也，肉可脯，皮可鞟[33]，骨角可切磋为器’。指大儿曰：‘汝受业庖丁之门有年矣，胡不砺刃于硎以待？’迹是观之，是将不利于我，我不知死所矣。夫我有功，彼无情乃若是，行将蒙祸。汝何德于狼，觊幸免乎？”言下，狼又鼓吻奋爪以向先生。先生曰：“毋欲速。”

遥望老子杖藜而来[34]，须眉皓然，衣冠闲雅，盖有道者也。先生且喜且愕，舍狼而前，拜跪啼泣，致辞曰：“乞丈人一言而生！”丈人问故，先生曰：“是狼为虞人所窘，求救于我，我实生之，今反欲咥我，力求不免，我又当死之。欲少延于片时，誓定是于三老，初逢老杏，强我问之，草木无知，几杀我；次逢老牸，强我问之，禽兽无知，又几杀我。今逢丈人，岂天之未丧斯文也。敢乞一言而生。”因顿首杖下，俯伏听命。丈人闻之。欷歔再三，以杖叩狼曰：“汝误矣。夫人有恩而背之，不祥莫大焉。儒谓受人恩而不忍背者，其为子必孝。又谓虎狼知父子。今汝背恩如是，则并父子亦无矣。”乃厉声曰：“狼速去，不然将杖杀汝！”狼曰：“丈人知其一，未知其二，请诉之，愿丈人垂听。初，先生救我时，束缚我足，闭我囊中，压以诗书，我鞠躬不敢息。又蔓辞以说简子[35]，其意盖将死我于囊，而独窃其利也。是安可不咥！”丈人顾先生曰：“果如是，是羿亦有罪焉[36]。”先生不平，具状其囊狼怜惜之意，狼亦巧辩不已以求胜。丈人曰：“是皆不足以执信也。试再囊之，我观其状果困苦否。”狼欣然从之，信足行生[37]。先生复缚置囊中，肩举驴上，而狼未知之也。丈人附耳谓先生曰：“有匕首否？”先生曰：“有。”于是出匕。丈人目先生使引匕刺狼。先生曰：“不害狼乎？”丈人笑曰：“禽兽负恩如是而犹不忍杀？子固仁者，然愚亦甚矣。从井以救人，解衣以活友，于彼计则得，其如就死地何[38]？先生其此类乎？仁陷于愚，固君子之所不与也[39]。”言已大笑，先生亦笑。遂举手助先生操刃，共殪狼[40]，弃道上而去。

选自《东田集》

【题解】

本篇是在古代传说的基础上经过精心的艺术加工而成的寓言小说。赵简子中山打猎，一只狼中箭而逃，亏得东郭先生搭救，但狼却恩将仇报，要吃掉东郭先生。老杏树和老牛则因身受贪得无厌者的村榨，把一切都看破，从而对狼的凶狠视为平常。是一位杖藜老人挺身而出，帮助东郭先生除掉了恶狼。作者批评了东郭先生的“仁陷于愚"，把这一人物的性格刻画得很鲜明。全篇结构布局巧妙多变，铺叙描写很有层次。

【注释】

①赵简子：名鞅，春秋时晋国官僚。中山：地名，今河北省定县一带。 ②虞人：掌管山林狩猎的官。 ③人立：像人一样直立。 ④唾手登车：形容登车动作快。 ⑤乌号：古代良弓名。 ⑥肃慎：原是古代东北方的种族名，周武王时曾进贡名箭，故代指名箭。 ⑦饮羽：箭射进肉里很深，连箭尾的羽毛都进去了。 ⑧逋：逃跑。 ⑨墨者：信奉墨家思想的人。墨家主张"兼爱"。 ⑩夙行失道：早晨赶路迷失方向。 ⑪"毛宝"句：《晋书·毛宝传》载，晋代人毛宝曾买一只白龟放入江中，后毛宝与石虎作战兵败，白龟载他渡江。 ⑫ "隋侯"句：《淮南子·览冥训》高诱注中说，隋侯为一条负伤的大蛇敷上药，这条蛇衔来一颗大珠报答他。 ⑬私：庇护。 ⑭ "前虞"两句：向前怕踩到狼颈下垂下的皮肉，向后怕压着狼的尾巴。疐（zhì）：压着。 ⑮皮冠：此处代指虞人。 ⑯窥左足：举步，意谓行动起来。窥，通"跬"。 ⑰羽旄：旗帜上的装饰物，此处指赵简子一行人。 ⑱日晷（guǐ）：日影。 ⑲第：只管。 ⑳拱把：两手围起那么粗细。 ㉑贾：招惹。 ㉒芟（shān）：剪除。 ㉓直：通"值"。 ㉔爽盟：违背盟约。 ㉕矢：发誓。 ㉖老牸（zì）：老母牛。 ㉗咥（dié）：咬。 ㉘茧栗：形容小牛初生的角象蚕茧、板栗那样小。 ㉙贰群牛：给群牛做帮手。 ㉚掉臂：甩动手臂，自在从容、大摇大摆的样子。 ㉛尘卮罂：酒杯酒瓶上落满灰尘。 ㉜《兔园册》：书名，唐人编著，当时私塾中用的教材。 ㉝皮可鞟（kuò）：皮可以制革。 ㉞杖藜：拄着拐杖。 ㉟蔓辞：说废话，乱说一气。 ㊱羿亦有罪：羿是传说中的神箭手，他把射箭的本领教给逢蒙，逢蒙出于嫉妒，把羿射死。羿的错误在于把本领传授给了坏人。 ㊲信足先生：把脚伸给东郭先生。信，同"伸"。 ㊳其如就死地何：无奈自己要陷于死地。 ㊴不与：不赞同。 ㊵殪（yì）：杀死。

董 玘（生卒年不详）

字文玉，会稽（今浙江省绍兴市）人。明弘治十八年进士，入翰林院，授编修官，后任吏部侍郎。为人正直，多有才干，因反对宦官刘瑾专权，被贬谪，任成安知县。著有《中锋集》。

东游记异

正德庚午六月乙巳[1]，予与南安黄子晨出游。循玉河而东[2]，见车马旁午[3]，由夹道直趋东华。东华者，天子之禁门也，外多富人居。予二人私讶游者之众也，乃连骑蹑其后。是日，微露濡衣。黄子笑曰："《诗》所谓'畏行多露'，殆不其然？"予曰："彼，女子也；丈夫而畏濡乎？"俄顷，雾四塞，咫尺不辨人马。行半里许，失所谓东华者。阴风袭人，鬼魅交道。子愕曰："此非人居也，胡为有是？"念已不得归路，复前行。十余步，见一巨室，栋宇宏丽，金碧交映。方凝视焉，忽群狐跃出，若将邀予二人入者。即却走欲避，疑已为群孤所持。予乃喟曰："雾虽不吾濡，然误予者非雾也耶？"遂随狐入。及门，门者狐。狐人语曰："锦衣不可以入吾舍。"不得已，复易素衣而进。及堂，堂者狐。狐拱而前，若与人揖逊状。乃至，则见数十狐，呀呀环一狐而号。予微闻旁立者曰："是老狐今毙矣。老狐常人形出游，见衣冠者流，生有居，死有藏[4]，有庆吊之礼。习而归，欲以教群狐。其毙也，号曰：'若属毋以狐我也。'于是，群狐相与谋以人礼丧之。然而狐也，卒莫幸吊焉[5]。有白额虎，是穴之长也。电目而深居，好噬人，不食兽类。上帝命之掌百兽焉。群狐乃相与诉于虎。虎怒曰：'彼薄吾兽类耶？'于是，不狐吊者，辄噬之，乃今吊者如市焉。若已误入，速与狐为礼，不者，虎且噬汝！”予二人方惊骇未信，俄见旅进旅退[⑥]，绳绳然来者尽衣冠流也[⑦]。拜起左右，咸与狐为礼。黄子顾予曰：“畏狐耶？畏虎耶？”始悟前所见游者，尽狐客也。将退，一狐捧盘帛阶下，招曰：“吊客前！”吊者趋而前，人问姓名，曰：“某某。”若将以白于虎者。于是诸吊者亦忘其为狐也。受帛而出，皆有德色[⑧]。予二人益愤惋，然业已入狐穴中，亡可谁何[⑨]！久之，得与诸吊者偕出，求得故道而归。抵舍，则天欲暝矣。噫嘻！可怪哉！可怪哉！世其有是耶？彼深山穷谷，魑魅罔象之所游[⑩]，虎豹狐狸之出入，乃其所也；禁门之侧，胡为而有之焉？且彼狐，狐也，求与人为礼；吾人，人也，而与狐为礼耶？岂非雾塞昼冥，而虎与狐也，乘时跳梁，如《传》所谓“禽兽逼人，蹄迹交中国者”，固其类也。不然，太阳在上，虽深山穷谷之中，彼虎与狐也，亦且隐伏而不敢出，矧禁门之侧耶[⑪]？噫！是吾游之非其时也，而又何怪耶？越数夕，积雾开，初日旭，黄子复邀予往过焉，则狐穴隐灭，居民如故。

选自《旧小说》

【题解】

本篇小说描写作者和黄姓友人在京城出游，误入狐穴，见群狐正模仿人类丧制为一死去老狐治丧，但无人去吊唁。于是求助于白额虎，狐假虎威，迫使衣冠中人都去“与狐为礼”，而这些衣冠中人又为得到帛礼而沾沾自喜。这实是一篇语言诙谐而又锋芒毕露的寓言小说。篇中交代故事发生的时间是正德五年六月，这年八月，专横一时的宦官刘瑾被诛，因此一般认为本篇是作者为抨击刘瑾集团而作。实际上，这篇作品有着普遍的批判意义和审美意义。

【注释】

①正德庚午：明武宗正德五年（1510）。　②玉河：指皇城的护城河。　③旁午：交错，形容多。　④藏（zàng）：坟墓，藏身之地。　⑤卒莫幸吊：终究无人前来吊丧。　⑥旅进旅退：按顺序进退。　⑦绳绳然：络绎不绝的样子。　⑧德色：高兴和感激的神色。　⑨亡可谁何：无可奈何。⑩魑魅罔象：妖魔鬼怪。　⑪矧禁门之侧耶：何况在皇宫旁边呢？

杨　仪（1488—？）

字梦羽，号五川，苏州常熟（今属江苏省）人。明嘉靖五年进士，官至山东按察副使。著有《南宫集》《高坡异纂》和《金姬传》等。

木　生

木生字元经，少有俊才，时康陵朝以乡荐入太学①。与龚司谏谨有场屋之旧②，屡欲以生才艺上闻，生曰："人各有时，若锥处囊中，颖当自脱，宁待援手他人乎？倘果荐上，元经惟有被发入山耳。"司谏不能强，生亦谢去，携琴书敖游齐鲁间，揽结诸英俊，或眺览名山水，往来两都③，时人莫能窥其际也。

尝登泰山观日出，夜宿秦观峰，梦有老妇携一女子，相见甚欢，如有平生之分。既又遗一诗扇，展诵未终，忽晓钟鸣，惊悟而起。其所梦经行道路第宅，历历皆能记忆。明年，将入都，道出武清④。散步柳荫中，过一溪桥，道旁有遗扇在草中，收视之，上有诗云：

烟中芍药朦胧睡，雨底梨花浅淡妆；
小院月昏人定后，隔墙遥辨麝兰香。

仿佛是梦中所见者，珍袭藏之。行未几，遥见一女郎从二女侍游树下，迤逦将近，生趋避之。时为三月既望[5]，新雨初霁。微风扇暖，女郎徐邀二侍，穿别径，结伴而去。生竚立转盼，但觉带袂飘举，环珮锵然，百步之外，异香袭道，绰约若神仙中人。遂以所佩错刀，削树为白，题一绝句曰：

隔江遥望绿杨斜，联袂女郎歌落花；

风定细声听不见，茜裙红入那人家。

倚徙弥望[6]，乃行。前至野店中，问诸村民，或曰："此去里许，有田将军园林，岂即其家眷属乎？"生明日又往树下，竟日无所遇，惟见溪水中落花流出。复题一绝句，续书于树曰：

异鸟娇花不奈愁，湘帘初卷月沉钩；

人间三月无红叶[7]，却放桃花逐水流。

自后不复相闻，然前所遗扇，每遇良辰胜会，未尝不出入怀袖，把玩讽咏，爱如珙璧。

壬午[8]，圣人嗣统[9]，数载间文恬武熙，天下无事，思得贤士，与之共兴礼乐。司谏时已历通显[10]，尝因燕对奏上曰："臣所知有木元经者，才合春卿[11]，名收贾董[12]，陛下必欲更动礼乐，非其人不可。"上遂命收入选部[13]。时朝廷将大营建，隶名工曹[14]。曹长师丹心善生，每事暇，辄邀生同游。当春牡丹盛放，且所司有器皿厂，约生明日会厂中，同出土桥诸名园赏之。生至期达旦，偶以他事后期。厂中皆上供御器，非主者至，不得入，生因勒马以伺。道旁有井，马渴，绝衔奔水，生恐下马，马逸，左右皆前逐马，生就立井旁民舍。其家以贵客在门，召一邻翁至，延生入。初经重屋，仅庇风日，似一中下民居。再启一关，则高堂藻饰，别一景象。又西过曲径，越小院，其中楼台阑楯，金碧耀辉，恍非人世。生稍憩，便欲辞出。翁曰："内人乃老夫寡妹，年已逾五旬矣。幸暂留，伺马至，行无伤也。"生起挥扇逍遥，历览画壁，翁从旁见其扇，进曰："此扇何从得之？"生曰：“吾数年前过武清所得，道旁遗弃也。”翁借扇观，遽持入内，顷之，出告生曰：“天下事萍梗遭逢，固有出于偶然者矣！适见扇头诗，疑为吾甥女手笔，入示吾妹，固非误也。”生初入其室庐，皆若梦中故所经行者，心固已异之矣，乃闻翁言，愈疑之。再引入一曲室，帏幄鲜丽，金玉烂然，至其几榻整洁，琴色静好，莫能名状。须臾，一老妇出拜，自言姓钱氏，先夫田忠义，官至上轻车都尉，往岁扈从西征[15]，为流矢所中，舆疾归武清。小女娟娟，时年十四，随侍汤药，偶遗此扇，不意乃入君子之手。今夫亡三载矣，睹物兴怀，不觉遂生伤感。然当时溪树上有二绝句，不知何人所书，小女因寻扇再至其地，经览而归，至今吟哦不绝于口。”生请诵之，即其旧题也。老妇因请命娟娟出见，传呼良久，不至。母自入谓女曰：“客即树上题诗人也。”娟娟强起，严服靓妆，与母相携而出。至则玉姿芳润，内美难徵，俨然秦观峰梦中所见也。生又以梦告母，共相嗟异。久之，马至，珍重辞谢而去。

明日，邻翁以娟母命来，曰：“未亡人有二女，其少先行矣，娟最爱，将赖以终未亡人身，然幽赞以神[16]，明协以人，未亡人尚敢吝其爱女乎？请以弱女为君子侍。”生辞之，翁申母命曰：“先将军无遗育，弱息仅存，使君子不以下体是遗[17]，家虽亡，得婿公瑾[18]，亡人且无憾矣。”生乃请卜之，得解之九二，卜者曰：“田获三狐，姓著占辞，事无不济；但三狐得矢，恐不能永终贞吉耳。”生犹豫未决。翁三致命曰：“吾闻古之君子，处大事心假于梦卜，梦生于心，卜决于人。今婚媾及事矣，乃不内决于心，而顾取决于人耶？”终不得辞，卒以其年四月戊寅成礼。娟娟妙解音律，通贯经史，凡诸戏博杂艺，靡不精晓，情好甚笃。未阅月[19]，大工皇木至潞河[20]，生将督运南行，势不能留，室内又少亲干，乃锁院而去。母先亦暂至武清，遣人问娟娟，从门隙中附诗于母，寄生曰：

闻郎夜上木兰舟，不数归期只数愁；

半幅御罗题锦字，隔墙裹赠玉搔头。

是夕，生适自潞还，娟出迎。生曰："方从马上得诗，未有以复，即口占赠娟曰：

碧窗无主月纤纤，桂影扶疏玉漏严；

秋浦芙蓉倚丛叶，半妆斜映水晶檐。

生他日偶得乡人书，独坐深思，娟以诗解之曰：

碧玉杯中琥珀光，灯前把劝阮家郎[21]；

不须更忆人间世，千树桃花即故乡。

其冬十月，生以太夫人忧去职[22]，河冰既合，娟适病，不能偕行。生存亡抱恨，计无所出，邀母与娟同居，约以冰解来迎，相与悲咽而别。明年春，娟病转剧，遣翁子钱郎以诗寄生曰：

楚天风雨绕阳台，百种名花次第开，

谁遣一番寒食信，合欢廊下长莓苔。

生遣使往迎。比至，则不起匝月矣[23]。辛卯冬[24]，生再入都，过母家，见娟娟画像，题诗其上曰：

人生补过羡张郎[25]，已恨花残月减光；

枕上游仙何迅速[26]，洞中乌兔太匆忙[27]。

秦娘似比当时瘦，李卫见多旧日狂；

梅影横斜啼鸟散，绕天黄叶倚绳床。

时多传诵焉。

选自《高坡异纂》

【题解】

本篇一名《娟娟传》，描写木元经和娟娟的婚姻故事。小说开头写元经夜宿泰山，梦见一老妇携一女子，以一诗扇赠木生。第二年，木生在京畿武清县一处柳荫中拾到一把扇子，原来就是梦中所见，其时还遥见一女郎和侍女结伴而去。次日再访，却一无所遇。嘉靖元年，木元经被荐入工部，从事营建，却偶然在京中见到梦中所见的老妇和女子，环境房屋也同梦境一样。这女子名娟娟。随后，他们有缘结合成夫妻。小说开头即写梦境，设下悬念。一旦成为夫妻，故事又急转直下。婚后不到一个月，木生就因公常常外出，娟娟相思日苦，又患疾病，终于死去。距结婚正好一年。这篇小说的文笔流于一般，但故事框架却有特点，由深长的梦里相思，到短暂的婚姻生活，再到生离死别的悠久人生长恨，显出结构上的新意。

【注释】

①康陵朝：明武宗朱厚照死后葬康陵，故称他在位的正德年间为康陵朝。　②场屋之旧：场屋，指科举考试的地方。场屋之旧，指一同应试的交情。　③两都：指北京和南京。　④武清：今天津市武清区。　⑤既望：农历每月十五为望，十六为既望。　⑥弥望：视野所及的地方。　⑦人间三月无红叶：宋张实传奇《流红记》中，文士于佑拾到一片从御沟流出的红叶，上面有宫女题诗，后于佑与这位宫女结为夫妇。　⑧壬午：明世宗嘉靖元年（1522）。　⑨圣人嗣统：指明世宗朱厚熜即位。　⑩已历通显：指官位显赫。　⑪春卿：指礼部官员。　⑫贾董：汉代的贾谊和董仲舒。　⑬选部：吏部。　⑭工曹：即工部。　⑮扈从：为皇帝护驾。　⑯幽赞以神：神暗中帮助。　⑰以下体是遗：因为根茎不好而丢弃。《诗经·邶风·谷风》有“采葑采菲，无以下体”句。　⑱公瑾：周瑜，字公瑾，三国时人。　⑲未阅月：未过一个月。　⑳皇木：皇家运的木料。　㉑阮家郎：阮肇，见刘晨、阮肇遇仙故事。　㉒忧：父母丧。　㉓匝月：满一个月。　㉔辛卯：嘉靖十年（1531）。　㉕张郎：唐元稹传奇小说《莺莺传》中的张生。　㉖枕上游仙：唐沈既济传奇《枕中记》中，卢生梦中经历了荣华富贵。　㉗乌兔：日月。

陆 粲（1494—1551）

字子余，长洲（今江苏省苏州市）人。明嘉靖五年进士，选庶吉士，官工科给事中，后因政治斗争谪官。任过驿丞、知县等职。著有《陆子余集》和《庚巳编》等。

洞箫记

徐鏊字朝揖，长洲人，家东城下。为人美丰仪，好修饰，而尤善音律，虽居廛陌①，雅有士人风度。弘治辛酉②，年十九矣。其舅氏张镇者，富人也，延鏊主解库，以堂东小厢为之卧室。是岁七夕，月明如昼，鏊吹箫以自娱。入二鼓，拥衾榻上，呜呜未伏。忽闻异香酷烈，双扉无故自开，有巨犬突入，项缀金铃，绕室一周而去。鏊方讶之，闻庭中人语切切，有女郎携梅花灯循阶而上，分两行，凡十六辈。最后一美人，年可十八九，瑶冠凤履，文犀带，著方锦纱袍，袖广几二尺，若世所图宫妆之状，而玉色莹然，与月光交映，真天人也。诸侍女服饰略同，而形制差小，其貌亦非寻常所见。入门，各出笼中红烛，插银台上，一室朗然，四壁顿觉宏敞。鏊股栗不知所为③。美人徐步就榻坐，引手入衾，抚鏊体殆遍。良久趋出，不交一言。诸侍女导从而去，香烛一时俱灭。鏊惊怪，志意惶惑者累日。越三夕，月色愈明，鏊将寝，又觉香气非常，心念昨者佳丽，得无又至乎？逡巡间，侍女复拥美人来室中，罗设酒肴，若几席椸架之属，不见有携之者，而无不毕具。美人南向坐，顾盼左右，光彩烨如也。使侍女唤鏊，鏊整衣冠起揖之，美人顾使坐其右。侍女捧玉杯进酒，酒味醇冽异常，而肴极精腆，水陆诸品，不可名状。美人谓鏊曰："卿莫疑讶，身非相祸者。与卿夙缘，应得谐合，虽不能大有补益，然能令卿资用无乏，饮食常可得，远味珍错，缯素绝锦，亦复都有，世间可欲之物，卿要即不难致，但忧卿福薄耳。”复亲酌劝鳌，稍前促坐欢笑，辞致温婉。鳌唯唯不能出一言，饮食而已。美人曰：“昨听得箫声，知卿兴致非浅。身亦薄晓丝竹，愿一闻之。”顾侍女取箫授鳌，吹罢，美人继奏一曲，音调清越，鳌不能解也。且笑曰：“秦家女儿才吹得世间下俚调，如何解引得凤凰来？令渠萧生在，应不羞为徐郎作奴[④]。”逡巡遂去。越明夕，又至，饮酒阑，侍女报曰：“夜向深矣。”因拂榻促眠，美人低回微笑，良久，及相携登榻。帐帏裀藉，穷极瑰丽，非复鳌向时所眠也。鳌心念：“我试诈跌入地，观其何为。”念方起，榻下已遍铺锦褥，殆无隙地。美人解衣，独着红绡裹肚一事，相与就枕交会，已而流丹浃藉，宛转恇难胜[⑤]。鳌于斯时，情志飞荡，颠倒若狂矣，然竟莫能一言。天且明，美人先起揭帐，侍女十余奉匜沃盥[⑥]。良久妆讫言别，谓鳌曰：“感时追运，偎得相从，良非容易。从兹之后，欢好当复无间。卿举一念，身即却来，但忧卿此心，还易翻覆耳。且多言可畏，身此来，诚不欲令世间俗子辈得知，须卿牢为秘密。”已而遂去。鳌恍然自失，徘徊凝睇者久之。昼出，人觉其衣上香酷冽异常，多怪之者。自是每一举念，则香骤发，美人辄来，来则携酒相与欢宴，频频向鳌说天上事及诸仙人变化，其言奇妙，非世所闻。鳌心欲质问其居止所向，而相见辄呐于辞[⑦]，乃书小札问之，终不答，曰：“卿得好妇，适意便足，何烦穷问！”间自言：“吾从九江来，闻苏杭名郡多胜景，故尔暂游，此世中处处是吾家耳。”美人虽柔和自喜，而御下极严，诸侍女在左右，惴惴跪拜惟谨，使事鳌必如事己。一人以汤进，微偃蹇[⑧]，辄摘其耳，使跪谢乃已。鳌时有所须，应心而至。一日出行，见道旁柑子，意甚欲之。及夕，美人袖出数百颗遗焉[⑨]。市物有不得者，必为委曲，多方致之。鳌有佳布数端，或剪六尺藏焉，鳌方勤觅，美人来，语其处，令收之。解库中失金首饰，美人指令于城西黄牛坊钱肆中寻之，盗者以易钱若干去矣。诘朝往访焉，物宛然在，径取以归，主人者徒瞪目视而已。鏊尝与人有争，稍不胜，其人或无故僵仆，或以他事横被折辱，美人辄告云："奴辈无礼，已为卿报之矣。"如此往还数月，外间或微闻之。有爱鏊者疑其妖，劝使勿近，美人已知之，见鏊曰："痴奴妄言，世宁有妖如我者乎？"鏊尝以事出，微疾病邸中，美人欻来坐于旁[10]，时时会合如常。其眠处人甚多，了不觉也。数戒鏊曰："勿轻向人道，恐不为卿福。"而鏊不能忍口，时复宣泄，传闻浸广。或潜相窥伺，美人始愠。会鏊母闻其事，使召鏊归，谋为娶妻以绝之，鏊不能违。美人一夕见曰："郎有外心矣，吾不敢复相从。"遂绝不复来。鏊虽念之，终莫能致也。至十一月望后，一日，鏊夜梦四卒来呼，过所居萧家巷，立土地祠外，一卒人呼土神，神出，方巾白袍老人也，同行曰："夫人召。"鏊随之出胥门[11]，履水而渡，到大第院，墙里外乔木数百章，蔽翳天日。历三重门，门尽朱漆兽环，金浮沤钉[12]，有人守之。进到堂下，堂可高八九仞，陛数十重，下有鹤屈颈卧焉，彩绣朱碧，上下焕映。小青衣遥见鏊，奔入报云："薄情郎来矣。"堂内女儿捧香者、调鹦鹉者、弄琵琶者、歌者、舞者，不知几辈，更迭从窗隙看鏊，亦有旧识相呼者、微谇骂者。俄闻珮声泠然，香烟如云，堂内递相报云："夫人来。"老人牵鏊使跪，窥帘中有大金地炉燃兽炭，美人拥炉坐，自提箸挟火，时时长叹云："我曾道渠无福，果不错。"少时，闻呼卷帘，美人见鏊数之曰："卿大负心，昔语卿云何，而辄背之！今日相见愧未？"因欷歔泣下曰："与卿本期始终，何图乃尔。"诸姬左右侍者或进曰："夫人无自苦，个儿郎无义，便当杀却，何复云云。"顾指群卒以大杖击鏊，至八十，鏊呼曰："夫人，吾诚负心，念尝蒙顾覆，情分不薄，彼洞箫犹在，何无香火情耶[13]！"美人因呼停杖曰："实欲杀卿，感念畴昔，今贳卿死[14]。"鏊起匍匐拜谢，因放出。老人仍送还，登桥失足，遂觉。两股创甚，卧不能起。又五六夕，复见美人来，将鳌责之如前话，云："卿自无福，非关身事。"既去，创即差[15]。后诣胥门，踪迹其境，杳不可得，竟莫测为何等人也。予少闻鳌事，尝面质之，得其首末如此，为之叙次，作《洞箫记》。

选自《庚巳编》

【题解】

本篇写一位商人吹箫引来了仙女，这位仙女事实上成了他的妻子。仙女许他"资用无乏""饮食常可得"，甚至可以得到"世间可欲之物"。这实际上反映了一种致富愿望。只是因为这位商人不遵守仙女的嘱咐，泄露秘密于他人，又在母命下娶了妻子，因此，他不仅失去了仙女，失去了舒适生活，还几乎失去了生命。本篇描写细腻，善于渲染气氛，文笔华美，可谓佳作。

【注释】

①廛（chán）陌：城镇中普通百姓居住的地区。　②弘治辛酉：明孝宗弘治十四年（1501）。　③股栗：腿发抖。　④"秦家女儿"四句：秦家女儿指弄玉，相传是秦穆公之女，萧史之妻。萧史善吹箫，可作凤鸣。此几句意为夸徐鳌箫吹得好。　⑤恇（kuāng）：害怕，惊慌。　⑥匜（yí）：青铜洗涤用具。　⑦呐于辞：谈吐木讷。　⑧偃蹇（yǎnjiǎn）：傲慢无礼。⑨遗（wèi）：赠送。　⑩欻（xū）：忽然。　⑪胥门：苏州的西南门。　⑫浮沤钉：门钉。　⑬香火情：往日盟誓之情。　⑭贳（shì）：赦免。　⑮创即差：创伤很快好了。差，同"瘥"，病愈。

邵景詹（生卒年不详）

别号自好子，斋名遥青阁，明末人。万历二十年左右作《觅灯因话》，其他事迹无可考。

桂迁梦感录

大德中[①]，有施君名济，吴之长洲人[②]。君家故饶于财，荦荦负气节[③]。年四十而未有子，性独嗜佳山水，暇辄往虎丘、天池、天平诸山游憩焉。夏之日，独棹小舟，登剑池[④]，度真娘墓[⑤]，遂避暑读书台[⑥]。新蝉嘒柳[⑦]，南薰度松[⑧]。顾瞻之顷，忽闻有愁叹声，徐一再听，而其人若不胜情者。君使觇之，则少同学桂生迁也。邀而问之，初难于言，既曲慰之曰："足下父母无恙乎？"曰："先二人谢世久矣。"曰："然则壶内弗宁乎[⑨]？"乃始输其诚曰[⑩]："仆有田数亩，足供饘粥，不幸惑于人言，谓贩与耕，利且相百，遂折券与李平章家[⑪]，得金二十锭，贸易京师。天乎不余贷[⑫]，而重之祸也！舟碎洪流，橐悬罄矣[⑬]，所存者仅藐焉一身[⑭]。今日窜归，又为主者所觉，主者势焰薰天，念薄田不足以偿，一妻二子，将不复留，是以悲耳。"言讫而涕潸焉下。君为动容曰："足下无虑，吾且为尔图偿之。"桂初以为戏。君曰："吾与足下，交虽不深，然爱妻子之心一也。吾每恨无子，忍见有子弃之乎？且吾家素裕，固未急急于此不急之财；救足下于涂炭，推爱子之念，全足下之妻孥，是所甘心，何敢为戏。"桂乃反悲为喜，长跪且拜曰："君如是，是仆之天也！异日尺寸有立[⑮]，图所报称；若终于困穷，则公家岂无犬马乎？"遂别去。翌日，桂果来谒，君辄如额与偿之，不复责券。桂大感谢。无何，君偶以事过桂之居，念而造焉。其子迎门欢甚。桂趋出，礼恭而色沮丧，已而闻内饮泣，君更诘之，对曰："向承厚德，等于天亲，再生之余，何敢容隐！仆豚儿荆妇，幸赖保全，然薄田敝庐，皆为李氏所有，今旦夕被其驱逐，而出无所之，坐无所食，沟中之瘠[16]，仆将不免。仆命已矣，君恩奈何！"君又怃然曰："夫拯人之急，而不足全人之生，则亦徒耳[17]！足下无虑，余前村有田十亩，桑枣树十株，盍往居焉。树艺而给，无忧乏也。"桂谢且赧，良久，愿奉幼子为质，以效犬马之劳。君固却之。再翌日，偕桂生至田处，以田及桑枣给之，中一株最高，俗传有神栖焉，桂因结茅于下[18]。居一年，觉其地甚寒，与他所异，桂疑之。一日，荷锄归，见纯白鼠入室，逐之不见。谋于妻曰："下岂有物乎"。卜之得吉，遂与妻夜发之，果得白金一藏。生喜而遽呼曰："是可以报施君矣。"妻摇手，急止之日："无以呼为也！此施氏地，安知非施氏所瘗[19]？即不然，彼借口于己之地，固以为份内物也，虽尽与之，必不见德；如或不谅，将更疑子之匿其余，是欲报德而且生怨矣。且子终生，止欲作十亩田主人耶？盍于他乡潜置产业，徐以己力为报，顾不美乎？暮夜无知，天启其便，天与不取，反受其殃矣。"桂生闻妻之言良心顿昧，而巧计潜滋，自是遂置施君于度外焉。乃倩旧识[20]，置膏田脂产于会稽[21]。岁往征租，则托以朱门之干谒[22]；既还故郡，则诈为蓝缕之形容。如是者十年，而施君殂矣。其子甫三岁。桂谓其妻曰："此我扬眉吐气时也！"乃以只鸡斗酒往奠施君曰："先生之恩，所不能报，亦岂敢忘。今先生往矣，顾余何人，久占先生之田庐，岂无面目，觍颜殊甚[23]！宁转而之他[24]，受冻饿以死耳。"施母留之再三，不可，洒泣而去，挈家居于会稽。桂素饶干局[25]，居积致富。施氏素豪宕，家不甚实，加以子幼妻弱，不十余年，而赀产萧然，饔飧或不相继[26]。于是母与子谋曰："尔父存日，施德于桂生，桂生似长者，今闻其富于会稽，盍与你归焉。上者可冀厚偿，而次亦不失故值[27]，谅不虚此行也。”乃买舟自吴抵越，母止旅店，其子先往。比至桂生家，则门庭奕然[28]，非复曩时田舍翁气象矣。施子骤喜，以为得所依也。遂投刺，阍者数辈，引入东厢，楹榱严整[29]，扁题曰知稼，盖杨铁崖笔也[30]。候久不出，俄履声自内闻，乃逡巡却立，再整衣冠。而桂生未遽见也，憩中庭，处分童仆，呼诺，语剌剌不可了[31]。又久之，始出，心知为施氏子也，故为不识。施子备道其颠末，且云：“老母在旅次[32]。”桂乃延之西斋，留一饭，吐词简重，矜色尊严。徐问曰：“子今年几何？”对曰：“昔先生垂吊时，不肖方三龄，今别先生十五年矣。”桂颔之[33]，别无他语。饭已，更不问其母及家事。施子计穷，因微露其意。桂即变色曰：“吾知尔之来也。顾吾力亦能办此，尔毋多言，令他人闻之，为吾辱。”施唯唯而退。初，施母以桂必迎己也，倚闾而望。及闻状，不觉大恸曰：“桂生，而忘栖十亩时耶？”其子遽劝之曰：“姑待之，彼何物，戆痴而悖眊若是[34]。盖彼势压村中，习为骄慢，见我贫窭，不欲礼为上宾，而又讳言前负，故落落如是耳[35]。犬马之盟，言犹在耳，而矧今已赫赫乎？岂有负人桂叔子[36]？”母意稍释。过数日，施子以晨往候，日停午，而竟弗达。施不胜惭忿，攘袂直趋，大言曰：“我施生宁求人者？为人求我，而特取宿值耳，胡为其窘辱我？”顷之，其长男自外入。施整衣向前揖曰：“某姑苏施生也。”言未竟，长男曰：“然则故人矣！门下不识耳！昨家君备道足下来意，正在措置，而足下遽发大怒，岂数十年之久，而不能待数日耶？然此亦不难，明旦可无负矣。”言讫竟去。施子方悔己之失言，又怨彼之无礼，涕泣而归。其母复劝之曰：“吾与尔数百里投人，分宜谦下[37]，若得原值二十锭，意望亦完，不必过为悲愤也。”明旦戒行，母复嘱之曰：“慎毋英锐，坐失事机，以劳我心。”于是施子鞠躬屏气，再候于桂之门下。久之，曰：“宿酒未醒也。”乃求见其长男，且曰：“得见长公，足矣，无烦主翁也。”又久之，则曰：“已往东庄催租矣。”问其次男，则曰：“已于西堂陪馆宾矣[38]。”施子怒气填胸，羞颜满面，然无可奈何。顷之，桂生乘驺而出，则就谒于马首，甚恭。桂谩不为礼，曰：“尔施生耶？”顾一仆，以金二锭偿之。施子视偿，仅什一也，大骇，方欲一言白，而桂飘然已去，且使人来数曰：“尔昨何浅暴如是？本欲从容、从厚，今不能矣。然犹念尔年幼远来。故纤毫不缺，可速归。”施子大失望，而不敢见于辞色。求赂阍者，通问于其妻。妻又令人数曰：“曩先公以为德，而子今以为负也。幸吾主翁长者，偿之如数，夫复何言？无已，可归取券来，虽百锭不负也。”施无以对，归以语母。母郁抑不堪，遂抱疾还家，竟不起。而日所取偿于桂生者，曾不足为道途丧葬之费。吁！亦悲矣夫！已而，桂生家益裕，产益伙。当元年[39]，赋役繁增，桂甚苦之，每颦蹙曰：“某非国家之民，乃一老奴仆耳！”里有刘生者，善滑稽，奔走要津有年矣[40]。侦知桂意，说之曰：“方今赋税不均，贵者千百顷而无科[41]，贱者倍蓰输而无算[42]，以公之资，宁不能少入作显客，而碌碌甘税户耶？”桂长叹不答。刘笑曰：“公岂以废举子业久乎？公不见吴之张万户、李都赤，不识一丁，而食禄千石，是何人也？此皆仆为之斡旋[43]。仆自恨无力耳，使有如公十分之一，今不知衣紫乎，衣朱乎。”桂闻其言，心动耳热，因抚臂问曰：“费当几何？”曰：“二千足矣，多则近三千耳。”桂甚喜，且曰：“卜吉即与君行。”刘辞曰：“恐有为公惜者，必以仆言为诞。然以仆计，公赋岁不下千余，今所费仅三年赋役之耗耳，夫捐耗赀而跻崇秩[44]，不愈于岁作输户而犹辄折腰墨绶耶[45]？今为计，吾见来年之春，吏不敢昼入公之堂矣[46]。语曰：‘成大功者不谋于众，图大事者不惜小费。’必欲仆行，惟公裁之。”桂益惑。明日遂行。刘又辞以未有室家，桂乃以赀安其孥，挈金三千，与俱至都下，罄以金付之，不问出入。未逾月，金尽，则谬来贺曰：“旦夕贵矣！第非五千不可。”桂稍有难色，辄去不顾曰：“徒费前物，毋咎我也！”桂不得已，称贷得金二千，而留其半，以半与之。又月余，或告桂生曰：“刘某已除亲军指挥使矣[47]。”桂未信。少顷，从者奔入曰：“适见刘生，骤贵甚，呵拥塞道途。”桂且信且疑，倚门望焉。忽有四卒前曰：“大人致请。”桂曰：“大人何为者？”曰：“新亲军刘公也。”桂愕然，始信刘之卖己矣，大怒欲入，则卒掖之行。及至，桂犹意其以乡曲见，而刘端坐如故，久始言曰：“曩赀便宜假我，决不尔负。但吾新莅署，需钱甚急，尔前所留，幸并贷我，不数月，当悉偿也。”即令卒押取之。卒去，而索贷者填门矣，乃令从者归取偿之。桂羞还故乡，止居京邸，以厚价得利匕首，将俟刘入朝，刺杀之。然急于报仇，夜不能少寐，月光黯淡，而误以为东方明矣；急奔出，则路杳无行人，禁漏方三催耳。乃倚身阛阓[48]，少息焉。须臾，梦匍匐入高堂，一老翁据案坐，乃施君也。桂见之，大赧，不得已，摇尾前曰：“曩令嗣来，非敢忘德，恐其不克负荷，欲得当以报之耳。”君大叱曰：“是欲死耶！胡自吠其主也？”桂见诉不听，见其子自内出，乃衔衣笑曰：“向辱惠顾，不能辄厚遗，幸无罪！”其子以足蹴之曰：“是欲速死耶！胡自啮其主也？”桂不敢仰视，行至厨，见施母方分羹，乃蹲足叩首，乞哀曰：“向令嗣不能少待，以致薄母，罪不敢辞。今我馁甚，能以余羹食我乎？”母命大杖扑之。逃至后庭，则其妻与二子，少女咸在焉，谛视之，皆成犬形，反自顾，亦无少异。乃大骇曰：“我辈何至此哉？”妻怒曰：“尔贵他人而辱妻子，独不思负施君乎？施在堂，乞怜万状，而不见听，比尔曩时侮慢其子，能相当否？”桂詈曰：“桑下得金，尔以为暮夜无知，致我如此，顾咎我耶？”妻复詈曰：“其子来时，谁为尔言而弗报也？”二子前解之曰：“此往事，言之何益，徒增伤痛耳！但自今以后，再世为人，其勉为无兽行哉！”相与欷歔久之。桂馁甚，索食之急，顾有小儿遗溷池上[49]，桂心知其秽恶，而见妻子攒聚欲食，亦不觉垂涎焉，见所遗堕落池中，深惜之。已而厨人奉主翁之命，烹其长男，惊惧而苏，汗液浃背，乃一梦也。则曙色渐开而朝罢矣。桂皤然曰[50]："噫！有是哉！天道好还，丝粟不爽，人之不可辄负，彰彰矣！夫负人之与负于人，一也。今日之梦，是天以象告，非其实也，犹可得而悔悟。安知刘生不实受于此乎？则于刘何尤！"乃弃匕首河中而返。急至吴，访施君之子，时年二十七矣。更厚葬其父母，载之至越，以女妻焉。居无何，刘果以赃败，抄录拷讯，备尝窘辱。桂适以事赴京，偕子婿谒刑曹[51]，会见刘，颈荷铁徽[52]，手交木叶[53]，颜色枯槁，步履艰难；妻子自后来，与之诀别，或怨或啼，而旁观者益怒。忽见桂生，悲惭伏地曰："向负大人，故有今日。"其冀食乞哀之情，怨悔颠连之状，宛若曩时梦中故态。桂不觉心动，以钱数十贯赠焉。刘跽而受之曰[54]："今生已矣，俟来世为犬马以报德也。"桂因大感叹，与子婿归，三分其财产，遂为会稽名家。江左之人[55]，迄今尤有能道其详者。

选自《觅灯因话》

【题解】

桂迁经商失败，在债主的逼迫下，面临家破人亡的危险，他幼年的同学施济慷慨解囊，帮助他渡过难关，并赠给他十亩地，使他全家得以耕种度日。以后桂迁挖得窖藏白银，到外地购置田产，致富发家，却瞒着施济。十年后施济去世，家道中落。施济妻带着儿子去见桂迁，请求接济，遭到冷遇，施妻一气之下得病身亡。桂迁捐官受人欺骗，财产损失巨大。这时他梦中见到施济，惭愧得无地自容，觉得自己像是一条摇尾乞怜的狗。梦醒后悔过自新。这篇小说中知恩必报，善有善报、恶有恶报的主题并不新奇，而篇中对桂迁的丑恶面目刻画得相当生动，对他的种种行为和思想活动写得真实自然，并不漫画化和脸谱化。

【注释】

①大德：元成宗年号（1297—1307）。 ②长洲：今江苏省苏州市。③荦（luò）荦：原意为明显、分明，此处意为超群不俗。 ④剑池：在江苏苏州市郊的虎丘山。相传秦始皇当年东巡至虎丘，用阖闾宝剑击虎，误击石上，石陷成剑，故称剑池。 ⑤真娘墓：唐代苏州名妓真娘之墓，在剑池西。⑥读书台：三国时吕蒙所建，在苏州西贯桥。 ⑦嘒（huì）：蝉鸣声。 ⑧南薰：南风。 ⑨壶内：家中。 ⑩输其诚：说出实话。 ⑪折券：立典卖契据。 ⑫天乎不余贷：天不照顾我。 ⑬橐悬磬：口袋空空。 ⑭藐焉：卑微。 ⑮尺寸有立：略有成就。 ⑯沟中之瘠（zì）：沟中的死尸。瘠，未腐烂的尸体。 ⑰徒：无用。 ⑱结茅：建屋。 ⑲瘗（yì）：埋藏。 ⑳倩：委托。 ㉑会稽：今浙江绍兴。 ㉒干谒：有所求而请见。 ㉓靦（tiǎn）颜：惭愧。 ㉔宁转而之他：宁愿离开此地去他乡。 ㉕素饶干局：一向能干。 ㉖饔飧（yōngsūn）：早晚饭食。 ㉗故值：过去借给桂迁的银数。㉘奕然：高大华美。 ㉙榱榱（cuī）：房屋的柱、椽，指房舍。 ㉚杨铁崖：杨维桢，字廉夫，号铁崖，元代著名文学家、书法家。 ㉛语刺刺：形容话多。 ㉜旅次：旅店。 ㉝颔之：点头。 ㉞悖眊：糊涂不讲理。 ㉟落落：冷落。 ㊱ “岂有”句：套用《晋书》“岂有酖人羊叔子（祜）”的句式，意思是桂迁不会这样背信弃义。 ㊲分宜谦下：理应谦逊，低声下气。 ㊳馆宾：塾师。 ㊴元年：大约指元顺帝至元元年（1335年）。 ㊵要津：高官显贵。 ㊶科：租税。 ㊷倍蓰（xǐ）：一倍到五倍。 ㊸斡旋：奔走周旋，设法谋取。 ㊹跻崇秩：登上高位。 ㊺输户：纳税的人家。 ㊻更不敢昼入公之堂：指做了高官，一般人白天不敢去您家了。 ㊼除：授予，被委派。 ㊽阛阓（huánhuì）：街市。 ㊾遗溷（hùn）：大便。 ㊿幡然：悔悟。 (51)刑曹：刑部。 (52)铁徽：铁链。 (53)木叶：束缚手足的木制刑具。 (54)跽（jì）：跪。 (55)江左：长江以东地区，今江苏、浙江一带。

姚公子传

浙东有姚公子，不必指其里氏[①]。父拜尚书，妻亦宦族，家累巨万，周匝百里内，田圃、池塘、山林、川薮[②]，皆姚氏世业也。公子自倚富强，不事生产，酷好射猎，交游匪人[③]。客有谈诗书、习科举者，见之则面赪头重，手足无措；有计盈缩，图居积者，则笑以为朴樕小人[④]，不足指数；惟矫猛猿捷之辈，滑稽桀黠之雄，则日与之逐犬敌鹰，伐狐击兔。市井无赖少年，因而呼引罗致之门下者数十百人。此数十百人之家，皆待公子以举火[⑤]，公子不吝也。或麾千金，使易骏马；或倾百斛，使买食弓；或与之数道并驰，克时期会，而后至者罚；或与之分队角胜，计获献功，而多禽者赏；或秉烛夜围而无厌，或浃旬长往而忘归[⑥]。至若蹂躏稼穑，毁伤柴木，则必估值而倍酬之。曰："人生行乐耳，吝啬何为？"间有举先尚书聚敛掊克之术以谏者[⑦]，公子未发口，群少年共嗾之曰[⑧]："彼田舍翁，气量浅陋，何足为公子道耶？"公子颔之。一日，出猎稍远，粮运不继，虽囊有余钱，而野无邸店。正饥窘中，忽有数人迎拜道左，曰："某等小人，难遇公子至此，谨备瓜果酒肴，以献从者。"公子与群少年拍手大笑，以为神助，乃下马直抵其室，恣意饕酣[⑨]。少年曰："此辈不可不报。"公子乃酬以三倍。其人大获所愿，乃拜伏送于马首。公子复喜曰："此辈非但解事，兼有礼数。"急命后骑倾囊劳之。由是此风既倡，人皆效尤，公子东驰则西人已为之饬馔[⑩]，南狩则北人已为之戒厨[⑪]。士有余粮，兽有余食，虽旬日之久，而不烦馈运。一呼百诺，顾盼生辉，此送彼迎，尊荣莫并[⑫]。公子大喜，虽竭力报答，犹自歉然。诸少年各欲染指其中[⑬]，齐声力赞，以为此辈乃小人，今不劳督率，而供粮大备，奉承公子，过于君王矣。不有重赏，其何以慰？公子是之。然而公子数年之间，囊空橐罄[⑭]，止有世业存焉。诸少年相与进言曰："公子田连阡陌，地占半州，足迹所不能到者，不知其几。然大率皆有势之时，小民投献，官府赂遗，非用价乎买者也。即有以价得之，亦不过债负盘折，因其户绝人穷，收其硗田瘠地[15]，所值又能几何？故今荒芜者多，垦辟者少，钱粮督促，租课萧条，以公子视之，直土泥耳。如以荒芜之土泥，为偿赉之赀费[16]，小民得之，寸土如金，是以泥沙同金用也，奚不可者？"公子大以为得策，于是所至辄立卖券为赏。诸人故难之，群少年以好言慰勉，公子踧踖[17]，惟恐其人不受也。凡肥饶之产，奸民欲得之，则必先赂少年。少年故令公子受其酒食，或饰歌妓为妻女，故调公子。公子或识之，亦不问也。将去，则群少年一人运笔，一人屈指，一人查籍，写券已成，令公子押字，多寡美恶之间，公子不得主张焉。既而，公子曰："吾倦矣！岂能执笔签判，习书生之劳哉！"群少年乃镂版刷印，备载由语及图籍年月[18]，后附七言八句诗一首，则公子所作也。诗曰：

千年田土八百翁，何须苦苦较雌雄？
古今富贵知谁在，唐宋山河总是空。
去时却似来时易，无他还与有他同。
若人笑我亡先业，我笑他人在梦中。

每日晨出，先印数十本，临时则填注数目而已。然而游猎无度，赏赐无算，加以少年之侵渔[19]，及日用之豪侈，不逾数年，产业荡尽，先人之丘垅不守[20]，妻子之居室无存。向日少年，皆华衣鲜食，肥马高车，出遇公子，渐不相识。诸尝匍匐迎谒道傍者，气概反加其上，见公子饥寒，掉臂不顾，且相与目哂之[21]。公子计无所出，思鬻其妻，而惮于妻之翁，不敢启口。乃翁固达者[22]，深识其情，先令人许之；已而阴迎其女，养之别室，诈令人为豪族，以厚财为聘。与之约曰："尔妻价不及此，闻其贤能，故不惜厚聘。然一入豪门，终身不得相见。"公子大喜过望，亦甘心焉。妻去未数月，而聘金又尽，左顾右盼，孑然无依，将自卖其身，而苦无主者。妻翁又以厚价诈令庄客收之，亦与之约曰："尔本贵人，故重其值，但输券之后[23]，当唯命是从，不得违忤。"公子自念：己富盛时，家徒数百，皆游荡饱暖而已，殊无所苦。乃允诺，随之而去。至则主人旦令之采薪，暮督之舂谷，劳筋苦力，时刻不堪。数日，遂逃去，与乞儿为伍。自作长歌，丐食于市。歌曰：

人道流光疾似梭，我说光阴两样过。
昔日繁华人慕我，一年一度易蹉跎！
可怜今日我无钱，一时一刻如长年！
我也曾轻裘肥马载高轩，指麾万众驱山泉。
一声围合魑魅惊，百姓邀迎如神明。
今日啊！黄金散尽谁复矜[24]？朋友离盟猎狗烹！
昼无饘粥夜无眠，学得街头唱哩莲[25]。
一生两截谁能堪？不怨爹娘不怨天。
蚤知到此遭坎坷，悔教当年结妖魔。
而今无计可奈何，殷勤劝人休似我。

妻翁知其在市中，故令乞儿百般侮之，稍不顺意，吓之曰："吾将诉尔主人。"则抱头鼠窜而逸，不敢回顾。以是东西流转，莫能容身，冻馁忧愁，备尝艰苦。翁乃令其女筑环堵之室于大门之傍[26]，器具衾裯[27]，稍稍略备。故又令人说公子曰："尔本大家，乃为乞儿所侮，尔非畏乞儿，畏主人也。尔主朝夕寻访，幸不相遇，遇则幽禁牢狱中，死无日矣。尔之故妻，今为豪家主母，门庭赫奕，不异曩时。吾盍与尔言，求为门役，但有启闭之劳，无樵舂之苦；终享安佚之乐，无饥寒之虑，岂不愈于旦夕死沟壑乎？"公子涕泗乞怜，拜伏泥涂中曰："如此，则再生父母也。"于是引至妻之别室。公子见一舍清净，器服整洁，喜不自胜，如入仙境。乃戒之曰："尔主母家富，故待仆役皆修整，然势尊望重，羞睹尔颜。尔誓不可窃入中堂，且不宜暂出门外，倘为尔主人所获，受祸不浅矣！”于是公子谨守戒言，虽饱食暖衣，不无弋猎之想[28]，而内忧外惧，甚严出入之防。竟不知妻之未嫁，终其身不敢一面，老死于斗室云。

选自《觅灯因话》

【题解】

旧时代的富家子弟不务正业，不事生产，游冶浪荡，挥金如土，从而祖传家产挥霍一尽，成为败家子弟，是常见的现象。这种现象对封建宗族社会和门阀制度是一种威胁和破坏，这在宋元以来的文学作品中多有反映。本篇所写的姚公子就是一个败家子形象。如果与同类故事比较，这个人物又自有特点。作者写他之所以败家，并非是一味吃喝嫖赌的结果，作者在这方面没有着意刻画，而是写他不懂世事，受人蒙骗，还写他从摆阔的思想出发，打猎时损坏了人家的庄稼就加倍偿还。写到他随便把土地送给别人，同时又写他具有富贵皆空思想。这就不是一般意义上的纨袴子弟了。但也不像是一个放浪形骸者。在这个意义上说，这一人物形象性格特点自有复杂性。故事的结局也不落俗套：他终于沦为乞丐，依赖岳父和妻子的暗中帮助才得以生存，但他们并不愿意再和他见面，他便在寂寞中死去了。

【注释】

①里氏：籍贯和姓氏，这里指籍贯。 ②薮（sǒu）：多草的沼泽。③匪人：不正派的人。 ④朴樕（sù）：本为树名，此处比喻凡庸之人。⑤待公子以举火：依靠公子维持生计。 ⑥浃旬：满十天。 ⑦间：有时候。先尚书：姚公子的父亲。聚敛掊克之术：用严酷的手段搜刮民财。 ⑧嗾（sǒu）：唆使。 ⑨恣意饕（tāo）酣：肆无忌惮地大吃大喝。 ⑩饬馔（chìzhuàn）：准备饭菜。 ⑪戒厨：吩咐厨房准备酒菜。 ⑫莫并：无比。 ⑬染指其中：意为从中得到利益。 ⑭囊空橐（tuó）罄：钱袋空了，

指钱财花光。 ⑮硗（qiāo）田瘠地：土质坚硬而不肥沃的田地。 ⑯偿赉（lài）：赏赐。 ⑰踧踖（cùjí）：恭敬而局促不安的样子。 ⑱由语：事由，原因。 ⑲侵渔：侵占掠夺，从中渔利。 ⑳丘垅：坟墓。 ㉑目哂：眼光中流露出嘲笑。 ㉒达者：通达的人。 ㉓输券：立契约。 ㉔矜：怜悯。 ㉕哩莲：乞丐所唱的莲花落。 ㉖环堵之室：小屋。 ㉗衾裯：被褥。 ㉘弋猎：狩猎。

贞烈墓记

天台县郭老①，五十无子，祷于神，梦白雉集于庭②，遂生女，因名雉真。聪慧有色，略通书数。年十七，嫁同里旗卒，姿色甚丽，见之者莫不啧啧称赏。年二十三，因夫卧病，至里社祠中祈祷③。本卫千夫长李奇见之④，心慕焉。时至正四年八月也⑤。去县八十里，地名杨村，向设亭障⑥，分兵戍守，李遂遣卒行。郭氏独居，李乃日至卒家，百计调之，郭氏毅然莫犯。经半载，夫归，具以情白。为属所辖，罔敢谁何。一日，李复来，卒故匿床下，听其语涉戏，大怒，持刃出，而李脱走。李诉于县，捕系穷竟，案议持刃杀本部官⑦，罪该死，桎于囹圄中。从而邑之恶少年与吏胥、皂隶辈，无有不起觊觎之心者。而李尤其日夜夤缘⑧，欲速杀其夫，使郭氏无所归。故嘱其左右邻，不与馈食。左右邻皆伍中人，无不畏李本官者。郭氏时生男六岁，女四岁。郭老死矣。茕茕一身，乃躬馈于卒⑨，哀号载道。归则闭户绩纺，人不敢一至其家。久之，府檄调黄岩州一狱卒叶姓者至，复有意于郭氏，欲以情感之，乃顾视其卒，周其饮食，宽其桎梏，情若手足，卒感激入骨。一日，卒所卧竹床，肤色皆青，节节生叶，若素种植者。卒与同禁者皆惊喜，吏亦来贺，以为肆赦可待⑩。叶独心恶之也。忽狱中传有五府官出。五府之官，所以斩决罪囚者。叶心喜，遂入以报曰："祯祥之兆，未必非祸祟也。"且煦煦顾怜其子女[11]，切齿骂李，以为不仁，与卒抱持而泣。已乃谓曰："我与尔爱如手足，尔万一不保，尔妻必入仇人之手，子女为人奴仆；顾我尚未娶，宁肯俾我为室乎？若然，我之视汝子女，犹我子女也。而且无快仇人之心。"卒深诺其言。叶乃令郭氏私见卒。卒谓曰："我死有日，此叶押狱性柔善，未有妻，汝可嫁之，无甘心事仇雠也。"郭氏泣曰："尔之死，以我故，我又能二适以求生乎[12]？"既归，持二幼，涕泣而言曰："汝父以娘故，行且死。汝父死，娘必不生，儿辈无所依怙[13]，终必死于饥寒，不若娘死于汝父之前，事或可解。卖汝于人，或可度日。盖势不容已，将复奈阿！汝在他人家，非若父母膝下，毋仍旧娇痴为也！天苟有知，使汝成立，岁时能以卮酒奠父母，则是为有后矣。"遂携二儿出。至县前，遇人具道其故。行路之人，为之掩泣。有怜之者，纳其子女，赠钱三十缗[14]，郭氏以三之一具酒馔，携至狱，与卒相持，哽咽不能语。既而以二之一与之曰："君扰押狱厚矣，可用此答之。又余钱若干，可收取自给。我去一富家执作，为口食计，恐旬日不能馈食故也。"泣别而出，走至仙人渡溪水中，危坐而死[15]。渡头人烟凑集，一时喧哄。又此处水极险恶，竟不为冲激倒仆，人以为奇，走报县官。官往检视得实，令人舁之起，水势冲涌不得近，以木为桥，木皆中折，而死者危坐如故。众益以为神，倾动城邑。县官乃焚香再拜，令妇人共举之，则水不为患。于怀中得一纸，具述李本官之逼与夫之冤，虽不成章，达意而已。官为殓具，即葬于死所之侧山下。又为申达总管府，将李抵罪而释卒。官赎还其子女，人亦义之，不受原值，更与之钱。卒亦终身不娶。郭氏死之日，至正五年九月九日也。次年丙戌，宣抚使巡行列郡，廉得其事[16]，闻之于朝，乃旌其墓曰："贞烈郭氏之墓。"而复其夫家云[17]。

选自《觅灯因话》

【题解】

郭雉真是一位美丽的民间女子，嫁给了一个普通军卒。军官李奇企图占有她，不断地想方设法，却总被郭女拒绝。李奇卑鄙地陷害郭女的丈夫，使之入狱。这时另外一些恶少和小吏也都对郭女起了觊觎之心。其中一个狱卒尤其阴险，表面上待她丈夫很好，暗地里使尽坏招，竟然骗得了她丈夫的信任，嘱咐妻子在他死后嫁给这位狱卒。但郭女不为所动，决意先丈夫而死。她卖儿鬻女，溺水自杀。这时，出现了一个奇迹，她的尸首端坐在水中，任凭水势汹涌也不倒下。这一奇迹感动了县官，为她伸了冤。小说作者意在歌颂女子贞烈，但它的实际内容相当充分地暴露了封建社会衙狱、军队中的黑暗以及人心的险恶。

【注释】

①天台县：在今浙江省。 ②白雉：白色的野鸡。 ③里社祠：土地庙。 ④本卫：本地驻军。 ⑤至正四年：元顺帝至正四年（1344）。⑥亭障：岗亭。 ⑦案议：判罪。 ⑧夤缘：本意是攀附权贵以求进身，此处意为想方设法。 ⑨躬馈于卒：自己给丈夫送饭。 ⑩肆赦：此处意为赦免。 ⑪煦煦：给予同情恩惠的样子。 ⑫二适：再嫁。 ⑬怙（hù）：依靠。 ⑭缗（mín）：古代穿钱的绳子，也指成串的钱，一千文为一缗。⑮危坐：端坐。 ⑯廉得：察访得知。 ⑰复其夫家：免去她丈夫家的赋税，徭役。

詹詹外史（生卒年不详）

明末人，《情史》（一作《情史类略》）的编辑者。冯梦龙为此书所撰的序言中说他自己有志于“择取古今情事之美者，各著小传”，但因“落魄奔走，砚田尽荒，乃为詹詹外史氏所先”，说明《情史》的编纂者是詹詹外史，他是冯梦龙的友人。但学界向来有冯梦龙即詹詹外史，序中所言只是托词的看法。（冯梦龙，1574—1646，字犹龙，一字子犹，又字耳犹，别号龙子犹，又尝自称冯仲子。因其室名墨憨斋，故常自题为墨憨斋主人。编著有话本小说集《喻世明言》《警世通言》《醒世恒言》，合称“三言”；长篇小说《平妖传》《新列国志》，传奇《双雄记》《万事足》等，并更订传奇作品十余种。）《情史》是选录历代笔记小说和其他著作中的有关男女之情的故事编纂而成的，有的可以查明出处，有的难以考明，其中不少篇章还经过编者的加工、修改，也有的是编者自己撰写的。

刘　奇[①]

宣德间，河西务刘翁夫妇，业沽酒，家亦小康，年俱六十余，无子。值雪天，有童子少俊，随父投宿。及明，父病寒不能兴[②]，数日竟死。刘为殡于屋后。此童遂留为儿，不没本姓，命名刘方，克尽子道。

居二载，复值大风，有少年舟覆遇救，坚持一竹笼[③]，哭泣不止。叩之，则山东刘奇，父以三考听选[④]，举家在京，遭时疫，父母俱丧，无力扶柩，此笼中乃火花遗骨也。既被溺，行李荡然，无复归计。刘翁恻然，为助资斧。奇去月余，复负笼而来，云：“故乡遭河决，已漂尽矣。愿乞片地埋骨，而身为仆役以报。”刘翁许之。奇与方遂为兄弟，同眠共食，情爱甚笃。奇颇通文理，因教方读书，方亦日进。久之，刘翁夫妇俱殁，二人丧之如嫡[⑤]。方复往京移母柩至，与父坟合茔，三家之墓，如鼎峙焉。事毕，停沽酒而开布肆，家事日起。镇富民有来议姻者，刘奇欲之，而方执不可。奇不能强。一日，见梁燕营巢，奇题一词于壁云：

营巢燕，双双雄，朝暮衔泥辛苦同。

若不寻雌继彀卵[⑥]，巢成毕竟总还空。

方见之，笑诵数次，亦援笔而和词云：

营巢燕，双双飞，天设雌雄事久期。

雌兮得雄愿已足。雄兮将雌胡不知[⑦]？

奇览和，大惊曰："吾弟殆木兰乎[⑧]？自同卧以来，即酷暑未尝赤体，合之题词，情可知也。"乃佯为不悟，使方再和一词。方复书云：

营巢燕，声声叫，莫使青春空岁月！

可怜和氏璧无瑕，何事楚君终不识？

奇笑曰："吾弟果女子也。"方闻言面发赤。未及时，奇复云："你我情同骨肉，何必隐讳？但不识何故作此装束？"方蹙额告云："妾家向寓京师，因母丧，随父还乡，恐中途不便，故为男扮。后因父没，尚埋浅土，未得与母同穴，故不敢改形，欲求一安身之地，以厝先灵[⑨]。幸葬事已毕，即欲自明，思家事尚微，兄独力难成，故复迟迟耳。"奇云："尔我同榻数年，爱踰嫡血，弟词中已有俯就之意，我亦决无更娶之理。昔为兄弟，今为夫妇，恩义两全，不亦可乎？"方曰："妾筹之熟矣。三宗坟墓俱在于斯，弃此而去，亦难恝然[⑩]。兄若不弃陋质，使侍箕帚[⑪]，共奉三姓香火，妾之愿也。"是夜，两人遂分席而卧。次日，奇请镇中年老者为媒，择吉告于三墓，遂成花烛。里中传为异事，因名其地为三义村。

选自《情史》

【题解】

酒肆主人刘翁收留了一位失去父母的少年刘方，后又收留了另一位失去父母的少年刘奇，二人成为兄弟。篇中描写刘翁急公好义，拯人于危，同时写刘方、刘奇重恩义、尚操守，是一篇既有现实性又富于理想色彩的作品。在写到刘翁死后，小说忽然波澜突起，刘方原来是女扮男装，真是平凡中见奇迹，作品情节也就显得曲折有致。

【注释】

①本篇似据《玉芝堂谈荟·女子男饰》增饰而成，增饰者当是詹詹外史。②兴：起。③坚持：紧握不放。④三考：科举制中的“乡试”“会试”“殿式”被称为“三考”。另外古代官吏考绩三次也称“三考”。⑤丧之如嫡：为刘翁夫妇办丧事如同亲生父母。⑥彀（kuò）：雏鸟。⑦将：与。⑧木兰：传说古代花木兰代父从军，此处指女扮男装。⑨厝（cuò）：浅埋以待改葬，此处意为暂时安顿。⑩恝（jiá）然：无动于衷的样子。⑪侍箕帚：意为做妻子。

张幼谦[1]

浙东张忠父与罗仁卿邻居，张宦族而贫，罗崛兴而富。宋端平间[2]，两家同日生产，张生子名幼谦，罗生女名惜惜。稍长，罗女寄学于张[3]，人常戏曰：“同日生者，合为夫妇。”张子、罗女私以为然，密立券约，誓必偕老，两家父母罔知也。

明年，罗女不复来学，张子虽屡至罗门，闺院深邃，终不见女。至冬，张子书词名《一剪梅》云：

同年同日又同窗，不似鸾凰，谁似鸾凰？石榴树下事匆忙，惊散鸳鸯，拆散鸳鸯。　一年不到读书堂，教不思量，怎不思量？朝朝暮暮只烧香，有分成双，愿早成双。

伺其婢，连日不至，又成诗云：

昔人一别恨悠悠，犹托梅花寄陇头。
咫尺花开君不见，有人独自对花愁。

一日婢至，与之云：“斋前梅花已开，可托折梅花递回信来。”去无报音。明年，随父忠父馆寓越州太守斋[4]，两年方归。罗女遣婢笺，箧中有金钱十枚，相思子一粒。张大喜，语婢欲得一会期，且复书一诗云：

一朝不见似三秋，真个三秋愁不愁？

金钱难买尊前笑，一粒相思死不休！

尝掷金钱为戏，母见诘之，云："得之罗女。"母觉其意，遣里妪问婚[⑤]。罗父母以其贫，不许。曰："若会及第做官则可。"

明年，张又随父同越州太守候差于京，又两年方归。而罗氏受里富室辛氏聘矣。张大恨，作词名《长相思》云：

天有神，地有神，海誓山盟字字真。如今墨尚新。

过一春，又一春，不解金钱变作银。如何忘却人？

遣里妪密送与女。女言："受聘乃父母意，但得君来会面，宁与君俱死，永不与他人俱生也。"罗屋后墙内有山茶数株，可以攀缘及墙，约张候于墙外，中夜令婢登墙，用竹梯置墙外以度。凡伺候三夕而失期，赋诗云：

山茶花树隔东风，何啻云山万万重；

销金帐暖贪春梦，人在月明风露中。

复遣里妪递去。女言："三夕不寐，无间可乘。"约以今夕灯烛后为期。至期，果有竹梯在墙外，遂登墙缘树而下，女延入室，登阁，极其缱绻。遂订后期，以楼西明三灯为约，如至墙外止一灯，不可候也。自后无夕不至，或一二夕，或三四夕，明三灯，则墙外亦有竹梯矣。月余，又随父馆寓湖北帅厅。先数日，相与泣别，女遗金帛甚厚，曰："幸未即嫁，则君北归，尚有会期；否则，君其索我于井中，结来世姻矣。"

其年，张赴湖北留寓试笔。归里，则女亦拟是冬出适。闻张归，即遣婢订约今夕，且书《卜算子》词一阕云：

幸得那人归，怎便教来也。一日相思十二辰，直是情难舍。　　本是好姻缘，又怕姻缘假。若是教随别个人，相见黄泉下。

张如约至，女喜且怨曰："幸有期会，奈何又向湖北？又不务早归，从今若无夜不会，亦衹两月余矣，当与君极欢，虽死无恨。君少年才俊，前程未可量，妾不敢以世俗儿女态邀君俱死也。"相对泣下。久之，张索笔和其《卜算子》云：

去时不由人，归怎由人也。罗带同心结到成，底事教拼舍。　心是十分真，情没些儿假。若道归迟打棹篦，甘受三千下。

自是，遂无夜不至。半月余，为罗父母所觉，执送有司。女投井不果，令人日夕随之。张到官，历历具实供答。宰怜其才，欲贷其罪，而辛氏有巨赀，必欲究竟。

张母遣信报其父，父恳湖北帅，关节本郡太守[⑥]。未几，湖北帅寓试揭晓，张作《周易》魁，旗铃就圄中报捷[⑦]。宰大喜，延至公厅贺之，送归拜母，申州请旨。邑方逮女出官，中途而返。太守得湖帅使书，而本县申文亦至。辛氏以本县擅释张子，赴州陈诉，太守晓辛曰："罗氏不廉女也，天下多美妇人，汝焉用此为？当令罗氏还尔聘财。"辛辞塞，太守令吏取辛情愿休亲状，行移本县，追理聘财。密书与宰，令为张、罗了此一段姻缘。宰具札招罗仁卿公厅相见，即贺其得佳婿，盛礼特筵，具道守意。罗归招张来赘。张明年登科，仕至倅[⑧]，夫妇偕老焉。

选自《情史》

【题解】

张幼谦和罗惜惜是邻居，又是少年同学，相互爱慕。但罗父是富商，张父是穷儒，致使他们的婚姻难成。罗父很快将女儿许聘给一富户辛氏。罗惜惜决定约张幼谦长期私会，到嫁期时她即自杀，坚决抵制家长包办的婚事。作品中极力渲染罗惜惜那种只要生前极欢，虽死无恨的心态。篇中写到他们的私情幽会被发现后，辛氏为发泄怨愤，坚持打官司追究。地方太守却说，罗是不贞女子，你们收回聘礼算了。实际上太守又密书给县宰。嘱他为张、罗大办婚宴。论者认为本篇小说反映了市民阶层的道德观念。

【注释】

①此篇出处不明，或以为作者佚名，詹詹外史选录时有所修订。今姑系外史名下。 ②端平：南宋理宗年号（1234—1236）。 ③寄学：附读于别人家的家塾。 ④馆寓越州太守斋：意为在越州太守家做事，就住在他家。越州，今浙江省绍兴市一带。 ⑤里妪：同里的老妇。 ⑥关节：疏通。 ⑦旗铃：这里指帅府的差人。圜中：狱中。圜，即囹圄。 ⑧倅：副职，可能指通判。

乐　　和[①]

南宋时，临安钱塘门外乐翁，衣冠之族，因家替[②]，乃于钱塘门外开杂货铺。有子名和，幼年寄养于永清巷舅家。舅之邻喜将士，有女名顺娘，少和一岁。二人因同馆就学[③]，学中戏云：“喜乐和顺。合是天缘。”二人闻之，遂私约为夫妇。久之馆散，和还父处，各不相闻。又三年，值清明节，舅家邀甥扫墓，因便游湖。杭俗湖船男女不避。适喜家宅眷亦出游，会于一船。顺娘年已十四，姿态发越[④]，和见之魂消。然一揖之外，不能通语，惟彼此相视，微微送笑而已。和既归，怀思不已，题绝句于桃花笺云：“嫩蕊娇香郁未开，不因蜂蝶自生猜。他年若作扁舟侣，日日西湖一醉回。”题毕，折为方胜[⑤]，明日携至永清巷，欲伺便投之顺娘。徘徊数次，而未有路。闻潮王庙著灵[⑥]，乃私市香烛祷焉。焚楮之际[⑦]，袖中方胜偶坠火中，急简之[⑧]，已烬，惟余一侣字。侣者双口，和自以为吉征也。步入碑亭，方凝思间，忽见一老叟，衣冠甚古，手握团扇，上写“姻缘”二字。和问曰："翁能算姻缘之事乎？"叟云："能之。"因询年甲，于五指上轮算良久，乃曰："佳眷是熟人，非生人也。"和云："某正拟一熟人，未审缘法如何？"叟引至八角井边，使和视井中有缘与否。和见井内水势汹涌，如万顷汪洋，其明如镜，中有美女，年可十六、七，紫罗衫杏黄裙，绰约可爱。细辨，乃顺娘也。喜极往就，不觉坠井，惊觉乃梦耳。查碑文，其神石瑰，唐时捐财筑塘捍水，没为潮王。和意梦中所见叟即神也。还告诸父，欲往请婚。父谓盛衰势殊，徒取其怒。再请舅，舅亦不许，和大失望，乃纸书牌位供亲妻喜顺娘。昼则对食，夜置枕旁，三唤而后寝。每至胜节佳会，必整容出访，绝无一遇。有议婚者，和坚谢之，誓必俟顺娘嫁后乃可。而顺娘亦竟蹉跎未字。又三年，八月，因观潮之会，和往江口巡视良久。至团围头，遥见席棚中，喜氏一门在焉。乃插身人丛，渐逼视之。顺娘亦觉，交相注目。忽闻喧言潮至，众俱散走。其年潮势甚猛，如冰城数丈，顷刻逾岸。顺娘失足坠予潮中，和骤见哀苦，意不相舍，仓皇逐之，不觉并溺。喜家夫妇急于救女，不惜重赂弄潮子弟，竞往捞救。见紫罗衫、杏黄裙浮沉浪中，众掖而起，则二尸对面相抱。唤之不苏，拆之亦不解。时乐翁闻儿变，亦跄攘而至[⑨]。哭曰："儿生不得吹箫侣，死当成连理枝耳。"喜公怪问，备述其情。喜公恚曰："何不早言，悔之何及。今若再活，当遂其愿也。"于是高声共唤，逾时始苏，毫无困状，若有神佑焉。喜公不敢负诺，择日婚配。事见《小说》。

一对多情，若非得潮神撮合，且为情死矣。

选自《情史》

【题解】

乐和与喜顺娘幼时相邻，旁人说他们"喜乐和顺，合是天缘"。当他们十四五岁时，更是难解相思。乐和梦里情怀，梦见一能卜算姻缘之事的老叟，引他到八角井边，见井中水势汹涌，中有美女，这美女就是顺娘。他想去找她，不觉坠入井中。梦醒后，恳求父亲去聘婚，但因门第不相当，难以成就。三年后，他们一起在钱塘江观潮，大潮把顺娘卷走，乐和追去，双双溺死。人们捞起他们时，只见二尸对面相抱，拆解不开。至喜公允婚，他们突然甦醒，终成夫妻。这可真正算得是情之所至，金石为开的美丽故事。

【注释】

①本篇末尾有“事见小说”四字，小说当指《警世通言》中的同题材作品《乐小舍拚生觅偶》，可知本篇据白话小说写定，作者似应为詹詹外史。　②替：衰败。　③馆：塾馆。　④发越：更加，更有。　⑤方胜：用纸折成两个斜方连合的形状。　⑥著灵：灵验。　⑦楮：祭神用的纸钱。　⑧急简之：赶紧从楮钱中挑出方胜。简，择；区别。　⑨跄攘：形容慌乱中走路跌跌撞撞。

黄　损　传①

秀士黄损者，丰姿韶秀，早有隽誉，家世阀阅②，至生旁落③。生有一玉马坠，色泽温栗，镂刻精工，生自幼佩带。一日，游市中，遇老叟，鹤发朱标，大类有道者。生与谈竟日，语多玄解④。向生乞取玉坠，生亦无所吝惜，解授老人。不谢而去。荆襄守帅，慕生才名，聘为记室。生应其聘，行至江渚，见一舟泊岸，蓬窗雅洁，朱栏油幕。讯之，乃贾于蜀者⑤，道出荆襄。生求附舟，主人欣然诺焉。抵暮，生方解衣假寐，忽闻筝声凄惋，大似薛琼琼。琼琼，狭邪女，筝得郝善素遗法，为当时第一手。此生素所狎昵者也，入宫供奉矣。生急披衣起，从窗中窥伺，见幼女，年未及笄，衣杏红轻绡，云鬟半亸⑥，燃兰膏⑦，焚凤脑⑧，纤手抚筝。而娇艳之容、婉媚之态，非目所睹。少选，筝声阒寂，兰销篆灭。生视之，神魂俱荡，情不自持，挑灯成一词云：

生平无所愿，愿作乐中筝。得近佳人纤手子，研罗裙上放娇声，便死也为荣。

遂展转不寐。早起伺之，女理妆甫华，容更鲜妍，以金盆洁手，玉腕兰芽，香气芬馥，扑出窗棂。生恐舟人知之，不敢久视，乘间以前词书名字，从门隙中投入。女拾词阅之，叹赏良久，曰："岂意庾子山复见今日耶[9]？"遂启半窗窥生。见生丰姿皎然，乃曰："生平耻为贩夫贩妇，若与此生偕伉俪，愿毕矣。"自是，启朱户露半体，频以目挑；畏父在舟，倏启倏闭，终不通一语。停午，主人出舟理楫，女隔窗招生密语曰："夜无先寝，妾有一言。"生喜不自胜，惟恨阳乌不速坠也[10]。至夜，新月微明，轻风徐拂，女开半户，谓生曰："君室中有妇乎？"生曰："未也。"女曰："妾贾人女，小字玉娥，幼喜弄柔翰，承示佳词，逸思新美，君一片有心人也，愿得从伯鸾齐眉德曜足矣[11]。傥不如愿，有相从地下耳。慕君才华，不羞自献，君异日富贵，万勿相忘。"生曰："卿家雅意，阳侯河伯实闻此言[12]，所不如盟者，无能济河。"女曰："舟子在前，严父在侧，难以尽言。某月某日，舟至涪州，父偕舟人往赛水神，日晡方返，君来当为决策，勿以迂道失期，使妾望眼空穿也。"生曰："敬如约。"生欲执其手，女谨避不犯。其父呼女，女急掩门就寝。生恍惚，如在柯蚁梦中[13]，午夜目不交睫。

次日，舟泊荆江，群从促行，生徘徊不忍去，促之再三，始简装登岸，复竚立顾望。女亦从窗中以目送生，粉黛淫淫有泪痕矣。生唏嘘哽咽。顷之，轻舟挂帆，迅速如飞，生益不胜情。入谒守帅，心摇摇如悬旌，帅屡叩之，不能举词，惟辞帅欲往谒故友，数日复来。帅曰："军务倥偬[14]，急需借箸[15]，且无他往。"命使洁幸舍，治供具，馆生。生逡巡就旅舍，障守甚严，生度不得出，恐失前期，踰垣逸走。沿途问讯，间关险阻，如期抵涪州。客舟云集，见一水崖，绿荫拂岸，女舟孤泊其下，女独倚蓬窗，如有所待。见生至，喜动颜色，招之曰：“郎君可谓信士矣。”嘱生：“水急，绁缆登舟。”生以手解维欲登，水势汹涌，力不能持，舟逐水漂漾，瞬息顺流，去若飞电。生自岸叫呼，女从舟哭泣。生沿河渚狂走十余里，望舟若灭若没，不复见矣。晚，女父至，觅舟不得，或谓缆断，舟顺水去多时矣。女父急觅舟追寻，无迹，涕泗而回故里。

适琼琼之假母薛媪者[16]，以琼琼供奉内庭，随之长安，行抵汉水，见舟覆中流，急命长年绁起，舟中一幼女，有殊色，气息奄奄。媪负以纻絮，调以苏合[17]，踰日方苏。诘其姓氏，曰：“妾裴姓，玉娥小字也。随父入蜀，至涪州，父偕舟人赛神，妾独居舟中，缆解漂没至此。”媪曰：“字人无也？”女言：“与生订盟矣。”出其词为信。媪素契重生，乃善视女，携入长安，谓之曰：“黄生，吾素所向慕也，岁当试士，生必入长安，为女侦访，宿盟可谐也。”女衔谢不已。自此，女修容不整，扃户深藏，刺绣自给。思生之念，寝食俱废，或梦呼生名而不觉也。一日，有胡僧直抵其室募化，女见僧有异状，女跪膜拜曰：“弟子堕落火坑，有宿缘未了，望师指迷津。”僧曰：“汝诚念皈依，但汝有尘劫，我授汝玉坠，佩之可解，勿轻离衣裾。”授女而出，女心窃异之，未敢泄于媪也。

然生遍访女，杳然无踪，若醉若狂，功名无复置念，穷途资尽，每望门投止。适至荒林，见古刹，生入投宿，有老僧趺坐入定。生以五体投地。老僧曰：“先生欲了生死耶？”生曰：“否，否，旧与一女子有约涪州，为天吴漂没[18]。师圣僧也，敢以叩问。”僧曰：“老僧心若死灰，岂知儿女子事？速去，毋溷我[19]！”生固求，僧以杖驱之使出，生礼拜益坚。僧曰：“姑俟君试后，徐为访求，当有报命。”生曰：“富贵吾所自有也，佳人难再得，愿慈悲怜悯，速为指示。”僧曰：“大丈夫致身青云，亢宗显亲，乃其事也，迷念欲海，非夫矣。”迫之再三，复出数金，以助行装，生不得已，一宿戒行，终恋不能舍。勉强应制，得通籍[20]，授金部郎。

时吕用之柄政，敛怨中外，生疏其不法，吕免官就第。生少年高第，长安议婚者踵至，悉为谢却，盖不忍背女初盟也。吕闭居，遍觅姬妾。闻薛媪有女佳丽，以五百缗为聘，随遣婢仆数十人劫之归第。吕见女姿容，喜曰：“我得此女，不数石家绿珠矣[21]。”女布素缟衣，云髻不理，吕出綦组纨绮，命易妆饰，女啼泣不已，掷之于地。吕令诸婢拥女入曲房。诸客贺吕得尤物，置酒高会。有牧夫狂呼曰：“一白马突至厩争枥，啮伤群马！”白马从堂奔入内室，吕命索之，则寂无所见，众咸骇异，因而罢酒。吕入女寝室，叱去诸婢，好言慰之曰：“女从我，何患不生富贵乎？”女曰：“妾本阛阓女子[22]，裙布椎作，固所甘之，无愿富贵也。相公后房玉立，岂少一女子耶？罗敷自有夫[23]，如苦相迫，愿以颈血溅相公衣，此志不可夺也。”吕自为解衣，女力拒不得脱。忽有白马长丈余，从床第腾跃，向吕蹄啮。吕释女，环室而走。急呼女侍入，马啮女侍，伤数人倒地。吕惊惶趋出寝所，马遂不见。吕曰：“此妖孽也。”然贪恋女姿，不忍驱去，亦不敢复入女室矣。惟遍求禳遣，有胡僧自言能禳妖，吕延僧入。僧曰：“此上帝玉马为祟女家[24]，非人力所能遣也，兆不利于主人。”吕曰：“将奈之何？”僧曰：“移之他人可代也。”吕曰：“谁为我代耶？”僧良久曰：“长安贵人，相公有素所仇恨者，赠以此女，彼当之矣。”吕恨生刺己，思得甘心，乃曰：“得其人矣。”以金帛酬僧，僧不受，拂衣而出。

吕呼薛媪至曰：“我欲以尔女赠故人，尔当偕往。媪曰：“故人为谁？”吕曰：“金部郎黄损也。”媪闻之私喜，入谓女曰：“相公欲以汝赠故人，汝愿酬矣。”女曰：“所不即死者，意黄郎入长安，了此宿盟耳。萧郎从此自路人矣[25]，我九原死骨，奈何驱之若东西水也？”媪曰：“黄郎为金部郎，相公以汝不利于主，故欲以赠之，此胡僧之力也，汝当急去。”吕乃以后房奁饰，悉以赠女。先令长须持刺投生，生力拒不允。适薛媪至，生曰："此薛家媪也，何因至此？"媪曰："相公欲以我女充下陈，故与偕来。"生曰："媪女已供奉内庭矣。"媪曰："昔在汉水中，复得一女。"遂出其词示生。生曰："是赠裴玉娥者，媪女岂玉娥耶？"媪曰："香车及于门矣。"生趋迎入，相抱呜咽。生曰："今日之会，梦耶？真耶？"女出玉马谓生曰："非此物妾为泉下人矣！"生曰："此吾幼时所赠老叟者，何从得之？"女言是胡僧所赠，方知离而复合，皆胡僧之力，胡僧真神人，玉马真神物也。乃设香烛供玉马而拜之。马忽在案上跃起，长丈余，直入云际，前时老叟于空中跨去，不知所适。

选自《情史》

【题解】

本篇写黄损和裴玉娥的婚姻经过。两人偶然同舟西行，相互爱慕，黄损因故中途离舟，很快又星夜兼程，赶到涪州相会。不料裴所乘之船缆断，舟顺流而下，在汉水翻覆。后被人搭救，携带到京。黄损赴京考中得官。权臣吕用之娶妾，因妾以死相拒，并出现白马咬人等怪事，吕以为不吉利，便把妾送给黄损，实际上是为了转嫁灾祸。那位妾原来就是裴玉娥。中间还穿插胡僧（神人）相助关目，总之，故事曲折，情节离奇，因此主题虽不新鲜——歌颂坚贞爱情，但情节不落俗套。本篇的最早母题是宋人江洵的《纥须叟》，两相对照，本篇内容扩展，描写更趋细致，人物姓名也有变异。

【注释】

①本篇末尾有"事见《北窗志异》"六字，该书已佚，作者不明，无法查考。因此有把本篇定为无名氏作品，但也可能是詹詹外史据《北窗志异》改写而成。 ②阀阅：官宦人家。阀和阅原指古时官宦人家门前所立的左右两根柱子。 ③旁落：中落，衰落。 ④玄解：玄奥之理。 ⑤贾：经商。 ⑥犇

（dǒu）：下垂。 ⑦兰膏：指灯油。 ⑧凤脑：灯名。 ⑨庾子山：南北朝著名文人庾信，字子山。 ⑩阳乌：太阳。 ⑪ “愿得”句：意为愿我们像梁鸿（字伯鸾）和孟光那样成为举案齐眉，相敬相爱的夫妻。 ⑫阳侯河伯：水神名。 ⑬柯蚁梦：同南柯梦，意为虚幻。参见本集所收《南柯太守传》。 ⑭倥偬：繁重忙碌。 ⑮借箸：出谋划策。 ⑯假母：义母。 ⑰苏合：药名。 ⑱天吴：海神，这里借指江水。 ⑲毋溷我：不要打搅我。溷，通“混”。 ⑳得通籍：考中进士。 ㉑石家绿珠：参见本书《绿珠传》。 ㉒阛阓（huánhuì）：此处指平民人家。 ㉓罗敷自有夫：汉乐府《陌上桑》中写一太守要强娶罗敷，罗敷说她有丈夫，严词拒绝。 ㉔女家：汝家。女，汝。 ㉕“萧郎”句：萧郎：情郎。唐崔郊《赠去婢》：“侯门一入深如海，从此萧郎是路人。”

周 廷 章[①]

天顺间[②]，有临安卫王指挥，以从征广西苗蛮违限被参，降调河南南阳卫千户。王有二女，长娇鸾，次娇凤。凤已嫁，惟鸾从行。鸾幼通书史，王之文移，俱属代笔，钟爱甚至。王之妻周氏，有妹嫁于曹，贫而寡，迎使伴鸾，呼为曹姨。

值清明节，鸾与曹姨率诸婢，戏秋千于后园。忽闻人声，惊视，则墙缺处有美少年，窥视称羡。鸾大惊，走匿，遗罗帕于地。生踰垣拾去，方展玩间，旋有侍女来园寻觅，周折数次。生笑曰：“物入人手，尚可觅耶？”侍女曰：“郎君收得，乞以见还！”生问：“此帕谁人之物？”侍女曰：“鸾姐，主人爱女也。”生曰：“若鸾姐自来，当即奉璧[③]。”侍女叩生姓氏，并家远近。生曰：“周姓，廷章名，苏州吴江人也。父为本学司教，随任于此，与尊府只一墙之隔。久闻尊小姐精于文事，仆有小诗，烦为一致。如得报言，帕可还矣。”女急于得帕，允之。生踰垣而出。少顷，复至，以桃花笺叠成方胜[4]，授女。女返命。鸾发缄，得一绝云：

帕出佳人分外香，天公教付有情郎。
殷勤寄取相思句，拟作红丝入洞房。

鸾微笑，亦取笺答诗云：

妾身一点玉无瑕，产自侯门将相家。
静里有亲同对月，闲中无事独看花。
碧梧只许来奇凤，翠竹那容入老鸦？
寄语异乡孤另客，莫将心事乱如麻！

侍儿捧诗至园，则生已候于墙缺矣。自此诗句往返数次，侍女得赂，喜于传送，不复言罗帕之事。

适端阳节，王治酒园中家宴。生往来墙外，恨不得一与席末。是晚，生复寄一绝云：

配成彩线思同结，倾就蒲觞拟共斟[5]。
雾隔湘江欢不见，锦葵空有向阳心。

鸾阅诗嗟叹，不意为曹姨所窥，细叩从来。鸾与姨素厚，因备述之。姨曰："周生江南之秀，门户相敌，何不遣媒礼聘，成百年之眷乎？"鸾点头称是。遂答诗，末有"多情果有相怜意[6]，好倩冰人片语传[7]"之句。生乃伪托父命，求媒于王。王亦雅重生，但爱女不欲远嫁他乡，迟疑未许。

生遂设计，指以衙斋窄狭，假卫署后园肄业；且以周夫人同姓，请拜为姑。王武人，喜于奉承，许之，且愿任餐飧[8]。周遂寓居园亭，因得以兄妹之礼见鸾，情愈亲密。而曹姨居间，以盟主自任，先立婚誓，始订幽期。从此绸缪无间，恩踰夫妇。

约半载，周司教升任去，生托病独留。又半载余，而司教引疾还乡。生闻之，欲谋归觐，而心恋鸾，情不能自割。鸾察其意，因置酒劝驾，且曰："君恋私情而忘公义，不惟君失子道，累妾亦失妇道矣。"曹姨亦曰："今暮夜之期，原非久计。公子不如暂归故乡，且觐双亲。倘于定省之间[9]，兼议婚姻之事，早完誓愿，岂不美乎？”周犹豫未决。鸾使曹姨竟以生欲归省为言于王。王致赆饯行[10]。生不得已，始束装。是夜，鸾邀生再伸前誓，且询生居址，以便通信。

明日，生归，而司教已与同里一富家议姻。生始颇不欲，后闻其女甚美，贪财慕色，顿忘前约。未几，毕姻，夫妇相得甚欢，不复知鸾为何人矣。

鸾久不得生耗[11]，念之成疾。每得便邮，屡以书招之，俱不报。父欲为鸾择配，鸾不可，必欲俟生的信。乃以重赂遣卫卒孙九，专往吴江致书，附古风一篇。其略云：

忆昔清明佳节时，与君邂逅成相知。
嘲风弄月频来往，拨动风情无限思。
侯门曳断千金索[12]，携手并肩游画阁。
好把青丝结死生，盟山誓海情不薄。
白云渺渺草青青[13]，才子思亲欲别情。
顿觉桃脸无春色，愁听传书雁几声。
君行虽不排鸾驭，胜似征蛮父兄去。
悲悲切切断肠声，执手牵衣理前誓。
与君成就鸾凤友[14]，切莫苏城恋花柳。
自君之去妾攒眉，脂粉慵调发如帚。
姻缘两地相思重，雪月风花谁与共？
可怜夫妇正当年，空使梅花胡蝶梦，
临风对月无欢好，凄凉枕上魂颠倒。
一宵忽梦汝娶亲，来朝忽觉愁颜老。
盟言愿作神雷电，九天玄女相传遍。
只归故里未归泉，何故音容难得见？
才郎意假妾意真，再驰驿使陈丹心。
可怜三七羞花貌，寂寞香闺思不禁。

曹姨亦作书，备述女甥相思之苦，相望之切。

孙九至吴江，得生居于延陵桥下，知生再娶，乃候面，方致其情。生一语不答，入而复出，以昔日罗帕，并誓书封还，使鸾勿念。孙九愤然而去，逢人诉之，故生薄幸之名，播于吴下。

孙九还报鸾。鸾制《绝命诗》三十六首，复为《长恨歌》数千言，备述合离之事，语甚激愤。欲再遣孙九，孙怒不肯行。

鸾久蓄抱石投崖之意，特不忍自泯没以死⑮，故有待耳。偶值其父有公牍，当投吴江县，勾本卫逃军⑯。乃取从前倡和之词，并今自《绝命诗》《长恨歌》汇成一帙，合同婚书二纸，总作一缄，入于公牍中，用印发邮。乃父不知也。其晚。鸾沐浴更衣，取昔日罗帕自缢而死。

吴江令发封得鸾诗，大以为奇，为闻于直指樊公祉⑰。公祉见之忿然，深惜鸾才，而恨廷章之薄幸，命司理密访其人，搒杀之。闻者无不称快。司教亦以忧死。

选自《情史》

【题解】

本篇描写并谴责负心汉。在通称为俗文学的小说、戏曲作品中，这类题材自宋代就已出现，如王魁和蔡伯喈的故事最为出名。他们都受到了惩罚，前者被受骗女子的鬼魂活捉，后者遭到了上天报应，非命而亡。本篇中的女主人公王娇鸾采取了自杀前公开揭露负心汉的行动，于是那个“贪财慕色，顿忘前约”的周廷章被官府笞打而死。篇中写到王娇鸾病中相思之时，正是周廷章另求新欢之时，对比鲜明，强化了作品的思想意义。

【注释】

①本篇出处不明，似据《寻芳雅集》中吴廷璋的故事改写而成，改写

者或是缺名作者，或是詹詹外史。今姑系外史名下。 ②天顺：明英宗年号（1457—1464）。 ③奉璧：原物奉还。 ④方胜：以彩绸或花笺迭成的彩胜，本是古代妇女的饰物，此处指书信。 ⑤蒲觞：一种葫芦形的酒具。 ⑥相怜：相爱。 ⑦冰人：媒人。 ⑧餐飧：饮食。 ⑨定省："昏定晨省"的省语，意为子女早晚向父母问安。 ⑩致赆：赠送路费或礼物。 ⑪耗：音讯。 ⑫侯门曳断千金索：侯门的千金小姐为追求爱情不顾礼教的束缚。 ⑬白云渺渺草青青：比喻游子思亲之情。语出汉乐府《饮马长城窟行》："青青河边草，绵绵思远青"。 ⑭鸾凤友：夫妻。 ⑮泯没：淹没无闻。 ⑯勾：捉拿。 ⑰直指：官名，汉代始置的政府特派官员，有权处置不法官员。

戋戋居士（生卒年不详）

只知他生活在晚明时代，是《小青传》作者的别号，其他不详。

小 青 传

小青者，虎林某生姬也[①]。家广陵[②]，与生同姓，故讳之，仅以小青字云。姬夙根颖异，十岁，遇一老尼，授《心经》[③]，一再过了了，覆之，不失一字。尼曰："是儿早慧福薄，愿乞作弟子。即不尔，无令识字，可三十年活耳。"家人以为妄，嗤之。母本女塾师，随就学。所游多名闺，遂得精涉诸技，妙解声律。江都固佳丽地，或诸闺彦云集[④]，茗战手语，众偶纷然，姬随变酬答，悉出意表，人人唯恐失姬。虽素娴仪则[⑤]，而风期异绝[⑥]，绰约自好，其天性也。

年十六，归生。生，豪公子也，性嘈唼[⑦]，憨跳不韵。妇更奇妒，姬曲意下之，终不解。一日，随游天竺[⑧]，妇问曰："吾闻西方佛无量，而世多尊礼大士者何？"姬曰："以其慈悲耳。"妇知讽已，笑曰："吾当慈悲汝。"乃徙之孤山别业[9]，诫曰："非吾命而郎至，不得入；非吾命而郎手札至，亦不得入！"姬自念彼置我闲地，必密伺短长，借莫须有事鱼肉我，以故深自敛戢[10]。妇或出游，呼与同舟。遇两堤间驰骑挟弹游冶少年，诸女伴指点谑跃，倏东倏西，姬淡然凝坐而已。

妇之戚属某夫人者，才而贤，尝就姬学弈，绝爱怜之。因数取巨觞觞妇，瞯妇已醉[11]，徐语姬曰："船有楼，汝伴我一登。"比登楼，远眺久之，抚姬背曰："好光景可惜，无自苦。章台柳亦倚红楼盼韩郎走马[12]，而子作蒲团空观邪？"姬曰："贾平章剑锋可畏也[13]！"夫人答曰："子误矣，平章剑钝，女平章乃利害耳！"居顷之，顾左右寂无人，从容讽曰："子既娴仪则，又多技能，而风流绰约复尔，岂当堕罗刹国中[14]，吾虽非女侠，力能脱子火坑。顷言章台柳，子非会心人耶？天下岂少韩君乎？且彼视子去，拔一眼中钉耳，纵能容子，子终向党将军帐下作羔酒侍儿乎[15]？"姬谢曰："夫人休矣！妾幼梦手折一花，随风片片著水，命止此矣！夙业未了，又生他想，彼冥曹姻缘簿，非吾如意珠[16]，再辱奚为？徒供群口画描耳！"夫人叹曰："子言亦是，吾不子强。虽然，子亦宜自爱。彼或好言饮食汝，乃更可虑。即旦夕所须，第告我无害。"因相顾泣下沾衣，恐他婢窃听，徐拭泪还坐，寻别去。夫人每向宗戚语及之，无不咨嗟叹息云。

姬自是幽愤凄恻，俱托之诗或小词。而夫人后亦从宦远方，无与同调者，遂郁郁感疾，岁余益深。妇命医来，仍遣婢捧药至。姬佯感谢，婢出，掷药床头，叹曰："吾即不愿生，亦当以净体皈依[17]，作刘安鸡犬[18]，岂汝以一杯鸩能断送耶[19]？"然病益不支，水粒俱绝，日饮梨汁一小盏许。益明妆冶服，拥襟欹坐，或呼琵琶妇唱盲词自遣。虽数晕数醒，终不蓬首偃卧也。

忽一日，语老妪曰："可传语冤业郎[20]，觅一良画师来。"师至，命写照[21]。写毕，揽镜熟视曰："得吾形似矣，未尽吾神也，姑置之。”又易一图，曰：“神是矣，而风态未流动也。若见我而目端手庄，太矜持故也，姑置之。”命捉笔于旁，而自与妪指顾语笑，或扇茶铛，或简图书，或自整衣褶，或代调丹碧诸色，纵其想会。久之，复命写图。须臾图成，果极妖纤之致，笑曰：“可矣！”师去，即取图供榻前，爇名香，设梨酒奠之，曰：“小青，小青，此中岂有汝缘分耶？”抚几而泣，泪雨潸潸下，一恸而绝。时万历壬子岁也[22]，年才十八耳。哀哉！人美于玉，命薄于云，琼蕊优昙[23]，人间一现，欲求如杜丽娘牡丹亭畔重生，安可得哉！

日向暮，生始踉跄来，披帷，见容光藻逸，衣袂鲜好，如生前无病时，忽长号顿足，呕血升余。徐简得诗一卷，遗像一幅，又一缄寄某夫人，启视之，叙致惋痛，后书一绝句。生痛呼曰：“吾负汝！吾负汝！”妇闻恚甚，趋索图。乃匿第三图，伪以第一图进。立焚之。又索诗，诗至，亦焚之。“广陵散”从兹绝矣[24]！悲夫！楚焰诚烈，何不以纪信诳之[25]？则罪不在妇，又在生耳！及再简草稿，业散失尽。而姬临卒时，取花钿数事赠妪之小女，衬以二纸，正其诗稿。得九绝句，一古诗，一词，并所寄某夫人者，共十二篇。古诗云：

雪意阁云云不流，旧云正压新云头。
米颠颠笔落窗外[26]，松岚秀处当我楼。
垂帘只愁好景少，卷帘又怕风缭绕。
帘卷帘垂底事难，不情不绪谁能晓？
炉烟渐瘦剪声小，又是孤鸿唳悄悄。

绝句云：

稽首慈云大士前[27]，莫生西土莫生天。
愿为一滴杨枝水[28]，洒作人间并蒂莲。

春衫血泪点轻纱，吹入林逋处士家[29]。
岭上梅花三百树，一时应变杜鹃花。

新妆竟与图画争，知在昭阳第几名[30]。
瘦影自临秋水照，卿须怜我我怜卿。

西陵芳草骑辚辚[31]，内使传来唤踏春。
杯酒自浇苏小墓[32]，可知妾是意中人？

冷雨幽窗不可听，挑灯闲看《牡丹亭》。
人间亦有痴于我，岂独伤心是小青！

何处双禽集画栏，朱朱翠翠似青鸾。
如今几个怜文采，也向秋风斗羽翰。

脉脉溶溶滟滟波，芙蓉睡醒意如何。
妾映镜中花映水，不知秋思落谁多。

盈盈金谷女班头[33]，一曲骊珠众伎收[34]。
直得楼前身一死，季伦原是解风流[35]。

乡心不畏两峰高，昨夜慈亲入梦遥。
见说浙江潮有信，浙潮争似广陵潮？

其《天仙子》词云：

文姬远嫁昭君塞，小青又续风流债。也亏一阵黑罡风[36]，火轮下，抽身快，单单别别清凉界。原不是鸳鸯一派，休算作相思一概。自思自解自商量，心可在？魂可在？著衫又捻裙双带。

与某夫人书曰：

元元叩首沥血致启夫人台座下：关头祖帐[37]，迥隔人天；官舍良辰，当非寂度。驰情感往，瞻睇慈云，分燠嘘寒，如依膝下。糜身百体，未足云酬。娣娣姨姨无恙？

犹忆南楼元夜，看灯、谐谑，姨指画屏中一凭栏女曰："是妖娆儿，倚风独盼，恍惚有思，当是阿青。"妾亦笑指一姬曰："此执拂狡鬟，偷近郎侧，将无似娣？"于时角采寻欢，缠绵彻曙，宁复知风流云散，遂有今日乎？

往者仙槎北渡[38]，断梗南楼，狺语哮声[39]，日焉三至。渐乃微词含吐，亦如尊旨云云。窃揆鄙衷，未见其可。夫屠肆菩心，饿狸悲鼠，此直供其换马，不即辱以当垆。去则弱絮风中，往则幽兰霜里。兰因絮果，现业谁深？若使祝发空门[40]，洗汝浣虑，而艳思绮语，触绪纷来。正恐莲性虽胎，荷丝难杀[41]，又未易言此也！乃至远笛哀秋，孤灯听雨，雨残笛歇，谡谡松声。罗衣压肌，镜无干影。晨泪镜潮，夕泪镜汐。今兹鸡骨，殆复难支。痰灼肺然，见粒而呕。错情易意，悦憎不驯。老母娣弟，天涯间绝。嗟呼！未知生乐，焉知死悲！憾促欢淹，无乃非达？妾少受天颖，机警灵速；丰兹啬彼，理讵能双？然而神爽有期，故未应寂寂也。至其沦忽，亦非至今。结縭以来[42]，有宵靡旦，夜台滋味[43]，谅不殊斯。何必紫玉成烟[44]，白花飞蝶，乃谓之死哉！

或轩车南返，驻节维扬，老母惠存，如妾之受，阿秦可念，幸终垂悯，畴昔珍赠，悉令见殉。宝钿绣衣，福星所赐，可以超轮消劫耳[45]。然小六娘竟先期相俟，不忧无伴。附呈一绝，亦是鸟语鸣哀[46]。其诗集小像，托陈媪好藏，觅便驰寄。身不自保，何有于零膏冷翠乎？他时放船堤下，探梅山中，开我西阁门，坐我绿阴床，仿生平于响象，见空帏之寂飏。是邪？非邪？其人斯在。嗟乎！夫人，明冥异路，永从此辞。玉腕朱颜，行就尘土。兴思及此，恸也何如！元元叩首叩首上。

后附绝句云：

百结回肠写泪痕，重来惟有旧朱门。

夕阳一片桃花影，知是亭亭倩女魂。

生之戚某，集而刻之，名曰《焚余》。

戋戋居士曰：读小青诸咏，虽凄惋，不失气骨。憾全稿不传，要之径寸珊瑚，更有可怜惜耳！闻第二图藏妪家，余竭力购得之。娟娟楚楚，如秋海棠花。其衣里珠外翠，秀艳有文士韵。然尚是副本，即妪所谓“神已是，而风态未流动者。”未知第三图更复何如？妪尝言姬喜看书，书少，就郎取，不得，悉从某夫人借观。间作小画，画一扇，甚自爱。郎闻之，苦索不与。又言姬好与影语，或斜阳花际，烟空水清，辄临池自照，对影絮絮如问答。婢辈窥之，则不复尔。但微见眉痕惨然，似有泣意。余览集中第四绝，知此语非妄也。嗟乎！世之负才零落，踯躅泥犁中，顾影自怜，若忽若失，如小青者，可胜道哉！

选自《情史》

【题解】

封建婚姻制度曾经造成了许许多多的爱情婚姻悲剧。门第观念，父母之命，一夫多妻，都是导致悲剧产生的因素。本篇小说所写的小青的悲剧，其根源主要是一夫多妻制。善良贤淑、多才多艺的小青，嫁给了一个庸夫做妾，在大妇的摧残压迫下，饮恨而死。这是一个情节哀婉、文笔清丽的作品，作者成功地渲染出一种幽愤凄恻的气氛，通过善良和美的毁灭，使人看到封建制度的罪恶。这个作品多次被改写或改编，因而小青的故事在明清时代流传极广。曹雪芹塑造《红楼梦》中林黛玉的形象时，在一定程度上也受到小青故事的影响。

【注释】

①虎林：即武林，杭州的别称。 ②广陵：今江苏省扬州市。 ③《心经》：佛经《般若波罗蜜多心经》的简称。 ④闺彦：女中俊杰。 ⑤素娴仪则：一向遵循礼仪规范。 ⑥风期：风韵，风度。 ⑦嗻唼（shà）：性格外向，信口乱说。 ⑧天竺：山名，在杭州市西。 ⑨别业：别墅。 ⑩深自敛戢：不出头露面。 ⑪瞯（jiàn）：窥视。 ⑫ “章台柳”句：指唐代韩翊和爱姬柳氏的故事。 ⑬ “贾平章”句：贾似道的剑锋是可怕的。参看《绿衣人传》。 ⑭罗刹国：指恶劣的环境。罗刹，印度梵语，恶鬼名。 ⑮党将军：指党进，宋初人。官至忠武节度使，性粗俗。陶谷买了党家故姬。一次，陶谷用雪水烹茶，问姬：“党太尉家应不识此。”姬答：“彼粗人也，安有此景，但能销金暖帐下，浅斟低唱，饮羊羔美酒耳。” ⑯如意珠：佛家所说的一种能满足人愿望的宝珠。 ⑰皈依：佛家用语，佛教徒的入教仪式。此处指死去。 ⑱刘安鸡犬：刘安，汉代人，《列仙传》载：淮南刘安炼丹求仙，丹成服之，得道仙去。药器在庭中，鸡犬舔之，都成仙升天。 ⑲鸩：毒酒。 ⑳冤业郎：指她丈夫。 ㉑写照：画像。 ㉒万历壬子：明万历四十年（1612）。 ㉓琼蕊：琼花，一种稀有、珍贵的花。优昙：即昙花，花期很短，有“昙花一现”之说。 ㉔广陵散：琴曲名。三国魏嵇康善弹此曲，从不传人。后嵇康为司马昭害，临刑索琴弹此曲，叹曰：“《广陵散》从兹绝矣”。 ㉕以纪信诳之：以假的顶替，使真的得以保留。秦末楚汉相争时，项羽围汉王刘邦于荥阳。汉将领纪信与刘邦换车，代替汉王假装投降项羽，使汉王得以脱险，纪信被项羽杀掉。 ㉖米颠：即米芾，字元章，宋襄阳人，世称米襄阳，著名书画家，因性格狂放不羁，人称米颠。 ㉗慈云大士：宋僧人遵式，灵山寺灵应尊者。 ㉘杨枝水：指甘露。 ㉙林逋：字君复，宋初人，隐居西湖孤山，工诗画。 ㉚昭阳：汉代宫殿名。 ㉛骑辚辚：车马来往的声音。 ㉜苏小墓：即南齐时钱塘名妓苏小小墓，在杭州西湖。 ㉝金谷女班头：指晋代石崇的爱姬绿珠。 ㉞骊珠：《骊歌》之误，《骊歌》是告别之歌。 ㉟季伦：石崇，字季伦。 ㊱罡（gāng）风：高空的风。 ㊲祖帐：

为送别在郊外设的帷帐，也指送别酒筵。 ㊳仙槎：仙舟，此处指某夫人所乘之船。 ㊴狺语：指犬吠之声，这里比喻小青受到的责骂。 ㊵祝发空门：剪去头发出家为尼。 ㊶莲性虽胎，荷丝难杀：虽然心中有遁入空门之念，但尘世之念难以割断。 ㊷结褵以来：出嫁以后。 ㊸夜台：指九泉之下。 ㊹紫玉成烟：指实现爱情梦想。吴王夫差小女紫玉与韩重相爱，生前未能如愿，死后与韩相会。后化烟而去。 ㊺超轮消劫：越出轮回，免去劫难。 ㊻鸟语鸣哀：临终绝笔。取《论语》“鸟之将死，其鸣也哀”之意。

于慎行（1545—1608）

字可远，一字无垢，东阿（今属山东省）人。明隆庆二年进士，官至礼部尚书。著有《谷城山馆诗集》和《谷山笔麈》等。

海外见闻

嘉靖中[①]，海丰有渔子数人驾一舟入海[②]，忽为飓风所漂，泊一绝岛，险峭无人，渔子相对号泣，以为必死。因入其中，见古木蓊蔚[③]，鸟雀啁啾[④]，不似人境。行可里许，林木之中，微有烟火，稍见人迹。其人皆稚结袒裼[⑤]，网木叶为裳[⑥]，面目犁黑[⑦]，肌肤如枯，睢睢盱盱[⑧]。见渔子入，相顾惊笑，语不可解。稍前逼之。辄走不敢近。其居率如蘧庐[⑨]，而无爨釜[⑩]，其旁往往有池，池中以蜜浸食物，大抵黄精、薯芋之属。渔子饥甚，前取食之，其人亦不嗔[⑪]，但远立而笑。已而取栢叶食之，亦将以授渔子使食。渔子始泊，舟有馀鱼，已而鱼尽，苦饥不得已，从之食。食久益甘，而其人亦稍狎，相与游处。但语不通耳，如是者月余。其山涧流水处，皆文石五色，璀落可玩[⑫]，渔子各收数升，置之舟中。一日，飓风大至，飘返故岸。

家人以为已死，见之惊喜。已而取所挈之文石[13]，则皆靺鞨瑟瑟诸宝也[14]。其中有紫者，以五铢入火[15]，间以白金，成黄金二两，不熔，则柔甚，可屈折云。

选自《谷山笔麈》

【题解】

宋元明以来，随着海路贸易的发展，文学作品中出现了不少描写海外风光、海外风情和海外奇遇的作品。它们实际上反映了当时人们向往去海外冒险从而致富的心理。本篇也属此类。篇中写渔人与海外人语言不通但相互友好的细节甚为生动。

【注释】

①嘉靖：明世宗朱厚熜年号（1522—1566）。 ②海丰：地名，今属广东省。 ③蓊蔚：形容草木茂盛。 ④啁啾（zhōujiū）：象声词，形容鸟叫的声音。 ⑤袒裼（tǎnxī）：袒开上衣，露出内衣或身体的一部分。 ⑥裳：古代指裙子。 ⑦犁：通“黧”，黑色。 ⑧睢睢盱盱（suīsuīxūxū）：张大眼睛到处张望的样子。睢，睁着眼睛向上看。盱，张大眼睛。 ⑨率：大概。蘧：蘧麦，多年生草本植物。 ⑩爨釜（cuàn fǔ）：做饭的锅。 ⑪嗔：生气。 ⑫瓘（guàn）：美玉。 ⑬挈（qiè）：带。 ⑭靺鞨（mòhé）：我国古代居住在东北部的民族，女真族的祖先。 ⑮铢：古代重量单位，一两的二十四分之一。

徐　芳（生卒年不详）

字仲光，号愚山子，建昌南城（今属江西）人。明崇祯十三年进士，曾任泽州知府。入清后，归隐不仕。著有《松明阁诗选》和《诺皋广记》等。

雷州盗记

雷于粤为最远郡[①]。崇祯初，金陵人某，以部曹出守[②]。舟入江，遇盗。知其守也，杀之，并歼其从者，独留其妻女。以众中一最黠者为伪守，持牒往[③]，而群诡为仆人，人莫能察也。抵郡踰月，甚廉干[④]，有治状[⑤]，雷人相庆得贤太守。其寮属暨监司使[⑥]，咸诵重之。未几，太守出示禁游客，所隶毋得纳金陵人只履[⑦]，否者，虽至戚必坐[⑧]。于是，雷人益信服新太守，乃能严介若此也。

亡何[⑨]，守之子至。入境，无敢舍者；问之，知其禁也。心惑之。诘朝[⑩]，守出，子道视，非父也。讯其籍里名姓，则皆父。子悟曰："噫！是盗矣。"然不敢暴语，密以白监司使。监司曰："止！吾旦日饭守而出子。"于是戒吏，以卒环太守舍，而伏甲酒所。旦日，太守入谒。监司饮之酒，出其子质[⑪]，不辨也。守窘。拟起为变，而伏甲发，就坐捽之。其卒之环守者，亦破署入。贼数十人卒起格斗[⑫]，胥逸去[⑬]，仅获其七。狱具如律，械送金陵杀之。于是，雷之人乃知向之守，非守也，盗也。

东陵生闻而叹曰："异哉！盗乃能守若此乎？今之守，非盗也；而其行，鲜不盗也，则无宁以盗守矣。其贼守，盗也；其守而贤，犹愈他守也。"或曰："彼非贤也。将间而括其藏与其郡人之资以逸[⑭]。"曰："有之。今之守，亦孰有不括其郡之藏若赀而逸者哉？"愚山子曰："其哉！东陵生言也，推其意，足以砥守[⑮]。"

选自《虞初新志》

【题解】

一伙江洋大盗，杀死赴任的雷州知府及其仆从，然后持着公文，冒充知府和随从到雷州上任，居然干练清正，甚有政绩。但最终被识破。一向信服和颂扬新知府的百姓突然得知这个好官原来是强盗，大感惊讶。这篇小说无疑是虚构的，而且描写中也存在漏洞，但寓意可称绝妙。

【注释】

①雷：雷州，今广东省雷州市。 ②部曹：明清时中央政府六部的官员的通称。出守：调到外省做州郡长官，这里指知府。本文中“太守”都指知府。 ③牒：任命职务的公文。 ④廉干：廉洁干练。 ⑤有治状：有政绩。 ⑥监司使：监察州县的地方长官，是知府的上级。 ⑦所隶：所管辖的地方。 ⑧坐：依法治罪。 ⑨亡何：不久。 ⑩诘朝：第二天。 ⑪质：对质。 ⑫卒：同“猝”，突然。 ⑬胥逸去：全跑了。 ⑭间：趁机。 ⑮砥守：砥砺做太守的人。

王猷定（1589—1662）

字于一，号轸石，南昌（今属江西省）人。明末贡生，曾入史可法幕下为记室。入清不仕。寓居杭州西湖庙宇。诗文、书法都很有名，著有《四照堂集》，并有传奇小说多种行世。

汤琵琶传

汤应曾，邳州人[①]，善弹琵琶，故人呼为汤琵琶云。贫无妻，事母甚孝。所居有石楠树，构茅屋，奉母朝夕。幼好音律，闻歌声辄哭。已[②]，学歌，歌罢又哭。其母问曰：“儿何悲？”应曾曰：“儿无所悲也，心自凄动耳。”

世庙时[③]，李东垣善琵琶，江对峰传之，名播京师；江死，陈州蒋山人独传其妙。时，周藩有女乐数十部[④]，咸习蒋技，罔有善者，王以为恨。应曾往学之，不期年而成。闻于王。王召见，赐以碧镂牙嵌琵琶，令著宫锦衣，殿上弹《胡笳十八拍》，哀楚动人。王深赏，岁给米万斛，以养其母。应曾由是著名大梁间[⑤]，所至狭邪[⑥]，争慕其声，咸狎昵之。然颇自矜重，不妄为人奏。后，征西王将军招之幕中[⑦]，随历嘉峪、张掖、酒泉诸地，每猎及阅士[⑧]，令弹塞上之曲。戏下颜骨打者[⑨]，善战阵，其临敌，令为壮士声，乃上马杀贼。

一日，至榆关[⑩]，大雪。马上闻觱篥[⑪]，忽思母痛哭，遂别将军去。夜宿酒楼，不寐，弹琵琶作觱篥声，闻者莫不陨涕。及旦，一邻妇诣楼上曰："君岂有所感乎？何声之悲也！妾孀居十载，依于母而母亡；欲委身，无可适者，愿执箕帚为君妇。"应曾曰："若能为我事母乎？"妇许诺，遂载之归。襄王闻其名，使人聘之。居楚者三年。偶汛洞庭[⑫]，风涛大作，舟人惶扰失措。应曾匡坐弹《洞庭秋思》[⑬]，稍定，舟泊岸。见一老猿，须眉甚古，自丛篁中跳入蓬窗[⑭]，哀号中夜。天明，忽抱琵琶跃水中，不知所在。自失故物，辄惆怅不复弹。已，归省母，母尚健，而妇已亡，惟居旁抔土在焉[⑮]。母告以妇亡之夕，有猿啼户外，启户不见。妇谓我曰："吾待郎不至，闻猿啼，何也？吾殆死，惟久不闻郎琵琶声，倘归，为我一奏石楠之下。"应曾闻母言，掩抑哀痛不自胜。夕，陈酒浆，弹琵琶于其墓而祭之。自是猖狂自放，日荒酒色。值寇乱，负母鬻食兵间。耳目聋瞽，鼻漏，人不可迩[⑯]。召之者，隔以屏障，听其声而已。

所弹古调百十余曲，大而风雨雷霆，与夫愁人思妇，百虫之号，一草一木之吟，靡不于其声中传之。而尤得意于《楚汉》一曲[⑰]，当其两军决战时，声动天地，瓦屋若飞坠，徐而察之，有金声、鼓声、剑弩声、人马辟易声[⑱]，俄而无声。久之，有怨而难明者，为楚歌声；凄而壮者，为项王悲歌慷慨之声、别姬声；陷大泽，有追骑声；

至乌江，有项王自刎声，余骑蹂践争项王声。使闻者始而奋，既而恐，终而涕泪之无从也。其感人如此。应曾年六十余，流落淮浦。有桃源人见而怜之[19]，载其母同至桃源。后不知所终。

轸石王子曰：古今以琵琶著名者多矣，未有如汤君者。夫人苟非有至性，则其情必不深，乌能传于后世乎？戊子秋[20]，予遇君公路浦，已不复见君曩者衣宫锦之盛矣。明年复访君，君坐士室，作食奉母，人争贱之，予肃然加敬焉。君仰天呼呼曰："已矣！世鲜知音，吾事老母百年后，将投身黄河死矣！"予凄然，许君立传。越五年，乃克为之。呜呼！世之沦落不偶，而叹息于知音者，独君也乎哉？

选自《虞初新志》

【题解】

本篇描写的是善弹琵琶的汤应曾的悲凉身世。他原是开封藩王府中的艺人，名震一时。他矜重自珍，从不轻易演奏。由于他经常被各地藩王、将军聘去演奏，漂泊不定，不能奉母，便有一只老猿变化为一位寡妇，愿意和他结为夫妇，为他在家服侍老母。这个猿精是他的知音，后来因为许久未闻他的琵琶声，郁郁死去。此后，他再也没有知音。悲愤之下，日荒酒色，自己作践自己，落得一身病痛。晚年流落淮上，仰天长呼："世鲜知音，吾事老母百年后，将投身黄河死矣。"作品中传奇性很强的描写，更加深了这位艺人遍尝人生坎坷的悲哀。

【注释】

①邳州：今江苏省邳州市。　②已：后来。　③世庙：明世宗，即嘉靖皇帝。　④周藩：周王，明朱元璋第五子封为周王，封国在河南开封。　⑤大梁：今河南省开封市。　⑥狭邪：妓院，此指妓女。　⑦征西王将军：王崇古，字学甫，隆庆初以兵部侍郎总督陕西、延、宁、甘肃军务，后移督宣、

大、山西军务。 ⑧阅士：检阅士兵。 ⑨戏下：麾下，部下。颜骨打：人名，王崇古麾下战将。 ⑩榆关：山海关。 ⑪觱篥（bìlì）：一种古代乐器，声音悲壮。 ⑫汎洞庭：过洞庭湖。汎，同泛。 ⑬匡坐：端坐。 ⑭丛篁：竹丛。 ⑮抔土：土堆，此指坟墓。 ⑯迩：近，靠近。 ⑰《楚汉》：古琵琶曲名，内容为表现楚汉相争。 ⑱辟易：后退。 ⑲桃源：今湖南省常德市。 ⑳戊子：清顺治五年（1648）。

张 岱（1597—1689？）

字宗子，一字石公，号陶庵，又号蝶居士，山阴（今浙江省绍兴市）人。明末著名作家。著有《陶庵梦忆》《西湖梦寻》和《琅嬛文集》等。

柳敬亭说书

南京柳麻子，黧黑[①]，满面疤瘤[②]，悠悠忽忽，土木形骸[③]。善说书，一日说书一回，定价一两，十日前先送书帕下定[④]，常不得空。南京一时有两行情人[⑤]：王月生[⑥]、柳麻子是也。

余听其说景阳冈武松打虎白文[⑦]，与本传大异[⑧]。其描写刻画，微入毫发，然又找截干净[⑨]，并不唠叨哱呋[⑩]，声如巨钟，说至筋节处[⑪]，叱咤叫喊，汹汹崩屋。武松到店沽酒，店内无人，蓦地一吼，店中空缸空甓皆瓮瓮有声[⑫]。闲中著色，细微至此。

主人必屏息静坐，倾耳听之，彼方掉舌[⑬]。稍见下人呫哔耳语[⑭]，听者欠伸有倦色，辄不言，故不得强。每至丙夜[⑮]，拭桌剪灯，素瓷净递[⑯]，款款言之[⑰]。其疾徐轻重，吞吐抑扬，入情入理，入筋入骨，摘世上说书之耳而使之谛听，不怕其齰舌死也[⑱]。

柳麻子貌奇丑，然其口角波俏[19]，眼目流利，衣服恬静，直与王月生同其婉娈[20]，故其行情正等。

选自《陶庵梦忆》

【题解】

柳敬亭是明末清初的一位优秀的说书艺人，还曾做过著名将领左良玉的幕客。左良玉去世后他流寓各地，八十多岁时穷困而死。本篇主要描写柳敬亭说书的情景。他说书时的神态、动作和语言等方面的特点描写得十分传神。篇中开头和末尾两次写到柳敬亭面貌丑陋，但他一旦献艺，就眼目流利，衣服恬静，艺术魅力能同外貌英俊漂亮的艺人相匹敌，这种描写既表现出作者敏锐的艺术感受力，也表现出优秀艺术家的奇特感染力。

【注释】

①黧（lí）黑：黑中带黄。 ②瘰（lěi）：皮肤上的小疙瘩。 ③土木形骸：形体像泥塑木雕般呆板。 ④书帕：指酬金。 ⑤行情人：受观众欢迎的著名艺人。 ⑥王月生：当时的著名歌妓。 ⑦白文：说书分大书、小书两种，大书只说不唱，小书有说有唱，重点在唱。白文指大书，柳敬亭擅长的是大书。 ⑧本传：指小说《水浒传》中武松打虎的故事。 ⑨找截：对不足的地方加以补充，删去冗长的部分。 ⑩哱唊（bōxuè）：杂乱无章。 ⑪筋节：关键情节。 ⑫甓（pì）：一种陶器。 ⑬掉舌：开始说书。 ⑭呫哔（chèbì）：低声说话。 ⑮丙夜：半夜三更时。 ⑯素瓷：白瓷杯。 ⑰款款：慢慢地。 ⑱齰（zé）舌：咬舌，此处形容口舌生硬，学不像。 ⑲波俏：风趣。 ⑳婉娈：美好。

杜　濬（1611—1687）

初名招先，字于皇，又字逢源，号茶树，又号十泉、半翁。黄冈（今属湖北省）人。明崇祯十二年中副榜举人。清兵入关，他到南京，见国事不可为，避居江淮，后隐逸于南京，为明末清初著名的遗氏诗人。著有《变雅堂诗钞》和《茶村诗》。

陈小怜传

陈小怜，郯城女子也[①]。年十四，遭兵乱，失所，落狭斜[②]。有贵公子睱之[③]，购以千金，贮之别室，作小妻。相好者弥年[④]。大妇知之，恚甚[⑤]，磨砺白刃，欲得而甘心焉。公子不得已，召媒议遣。居间者以为奇货，遂将小怜入燕中[⑥]，住西河沿。西河沿，亦斜狭也。小怜姿慧不凡，遂倾动都人士，声价翔贵。虽达官富人，有华筵上客，欲得小怜一佐酒，必先致意，通殷勤，为期旬日之后，然后得其一至。时燕聚四方之士，座中往往多年少美姿容者，结束济楚[⑦]，媚态百出，自谓必得当于小怜。小怜弗睇也。而钱唐知名士范性华者，老成人也，馆于燕[⑧]。一日以赴某公讌，遭小怜、虽颇异其姿，然平澹遇之耳。范时年五十余，人地固自轩轩[⑨]，顾貌已苍然，意不在佻达。而小怜一见，独为之心醉，注目视范，自入座以至酒阑，目不他视。凡范起则视其起，范步则视其步，范复就座，则视其就座，往则目送，旋则目迎。已或时起，数步之外，必回头视范，如恐失之。小怜固素谨，忽如此，举坐成诧异。范反为之跼蹐不自得[⑩]，笑而左右顾。而小怜自如也。将别，则详问范姓字，归而朝夕诵之。有潘生者，往来于其家，又素识范，谓小怜曰："尔念范君如此，盍往访之？”小怜正色曰：“吾既已心许范君终身矣，若猝往，是奔也。姑少待，范君相迎，斯可矣！”潘以其言白范，范犹恐其难致，试走伻探之[11]。值小怜是日有钜公之约[12]，肩舆在门矣，立改其所向，语其妪曰“某公之约，一惟汝多方辞绝之，我赴范君召，不顾矣！”小怜至范所，语次[13]，谓范君曰：“君知我日者席间注目视君之故乎[14]？”范曰：“初不知。”小怜曰：“吾见君之酷似吾故夫也，吾不能舍君矣！”是时小怜年始十七，范答曰；“以子之姿慧，从良固甚善，然当择年相若者，吾岂若偶耶？”小怜应曰：“君误矣！三十年以内所生之人，岂有可与论吾心者哉？”范大奇其言，叩之，知尝读书，粗通朱子《纲目》[15]。范初无意，至是固已心动矣。因留连旬朔[16]，相与定盟，然后去。而小怜所与一时宦[17]，方与范相忌，闻之，雅不能平，辄计致小怜曲室中，出而扃其户以困之。小怜顾室中。有髹几长丈余[18]，遂泚笔于几上[19]，书“范性华”三字几千百满之。时宦归而观几上字，色变不能言。燕中尝作盛会，广召宾友，及狎客、妓女皆与。酒酣，客为觞政[20]，下令人各引满，既酹，自言其心上人为某，不实者，有如酒[21]。次第至小怜，或戏之曰：“尔心上人多矣，莫适言谁也？”小怜嗔曰：“是何言，一人而已！”起持巨觥命满酹，一饮绝沥[22]，覆觞大呼曰：“范性华！”举座相顾，以为此子无所引避矣，其笃挚至于此。然久之无成事，范于是仰天叹曰：“醇政独非丈夫乎[23]，何遂力不能举一女子，而忍负之也？且小怜与吾约者，极不难耳。督过衍期[24]，至于舌敝[25]，金台之下[26]，识范性华者多矣，而将伯之助寂然[27]，又安事交游为！”乃为诗自伤云：“只愁世少黄衫客[28]，李益终为薄倖人[29]！信乎其为薄倖人矣！”小怜以河清难俟[30]，竟为有势者强劫以去，犹留书与范云：“非妾负君，妾终不负君也！”噫，是可悲矣！先是小怜每数日不晤范，辄废眠食，及范至，则又庄语相勉以大义，且曰：“出处一不慎，则君之词翰，俱可惜矣！”闻者以为此非巷中人语。又力劝范迎其室人来燕中[31]，曰：“小怜异日得事君子，固甘为之副。”范用其言，既而得与室人病诀，厚为之殡，祭吊成礼，小怜一言之力也，范尤感之云。

徐无山人赞曰：昔晋羊皇后[32]，丑诋故夫以媚刘聪[33]，其死也化为千百亿男子，滔滔者皆是也。陈小怜何人，独不以故夫为讳，而吾友范性华，也似其故夫见许，岂羊皇后之教反不行于女子乎？噫，是为立传。

选自《虞初新志》

【题解】

十四岁的浙江女子陈小怜，兵乱中与父母失散，堕入风尘，成为妓女。一位贵公子娶她做妾，相处甚好。却因不见容于大妇，又被卖入燕中妓院，由于她姿慧不凡，成为名妓。这时她才十七岁，不少人想娶她。她独看中了五十多岁的浙江名士范性华。作品中写她初见那位虽然气宇轩昂，但面貌已经苍然的范性华时，心醉神往，目不他视。后来范问她何以如此，她说：“吾见君之酷似故夫也，吾不能舍君矣！”这种话语颇见奇特，却也符合一种情爱心理。但因范性华无钱为她赎身，最终陈小怜被“有势力强劫以去”，两人之间留下了人生长恨。陈小怜在临去留书中说：“非妾负君，妾终不负君也！”使作品增添了哀婉之情。在历来描写妓女生活的作品中，这算得是很有特色的一篇。这里没有对大风大浪、大喜大悲的渲染，却始终充溢着淡淡的哀愁。

【注释】

①郯（tán）城：今浙江省嵊州市。 ②狭斜：妓院。 ③暱之：喜爱她。 ④弥年：满一年。 ⑤恚甚：十分生气。 ⑥燕中：北京。 ⑦结束济楚：衣装整齐华丽。 ⑧馆：做幕僚或家庭教师。 ⑨人地固自轩轩：人品气慨固然高贵轩昂。 ⑩跼蹐（jújí）：坐立不安。 ⑪走伻（bēng）：派仆人

去。伻，使者。 ⑫钜公：大官。 ⑬语次：谈话间。 ⑭日者：那天。 ⑮朱子《纲目》：宋朝朱熹编撰的《资治通鉴纲目》。 ⑯旬朔：一月。 ⑰时宦：走红的官员。 ⑱髹（xiū）几：上过油漆的几。 ⑲泚笔：用笔蘸墨。 ⑳觞政：酒令。 ㉑有如酒：罚饮酒一杯。 ㉒绝沥：一滴不剩。 ㉓“醇政”句：清明的政治独不适用大丈夫吗？ ㉔督过愆期：催促已过期。指过了陈小怜希望范生赎娶的日期。 ㉕舌敝：舌头都磨破了。意为范生四处借贷未成。 ㉖金台：黄金台，代指北京。燕昭王筑黄金台，广招天下贤士，在今北京市大兴区东南。 ㉗将伯之助：慷慨帮助。语出《诗经·小雅》：“将伯助予”。将，请；伯，长者。 ㉘黄衫客：侠客。见唐人传奇《霍小玉传》。 ㉙ “李益”句：《霍小玉传》中，李益与妓女霍小玉相好，后终于舍弃霍小玉另娶。 ㉚河清：黄河清。比喻没有希望。 ㉛室人：妻子。㉜羊皇后：晋惠帝皇后，永嘉四年（310），后汉刘曜攻破洛阳被俘，被刘曜立为皇后。 ㉝刘聪：应作刘曜，刘聪是刘渊的第四子，杀兄自立为汉王，派刘曜攻洛阳。

李 渔（1611—约1679）

原名仙侣，字谪凡，后改名渔，字笠鸿，号笠翁。亦署湖上笠公和觉世稗官等。原籍兰谿（今属浙江省），生于雉皋（今江苏省如皋市）。出身富有之家。长成后随家迁回原籍，时为崇祯初年。李渔在明代考取过秀才，入清未曾应试做官。清兵入浙后，先迁杭州，以卖文刻书为业。后迁南京，营造住宅名芥子园，并以此为书铺名。又组织家庭戏班，浪游四方。晚年迁回杭州。

著作有《笠翁十种曲》（含《奈何天》《比目鱼》《蜃中楼》和《风筝误》等十种），小说《无声戏》（又名《连城璧》）、《十二楼》《肉蒲团》《合锦回文传》等，后一种虽署“笠翁先生原本”，但是否确属李作，尚有疑点。杂著《闲情偶寄》和《笠翁一家言》等，《闲情偶寄》之《词曲部》《演习部》分论戏曲创作、戏曲表演，实为戏曲理论专著，卓有贡献。

秦淮健儿传

嘉靖中[①]，秦淮民间有一儿[②]，貌魁梧，色黝异[③]。生数月，便不乳，与大人同饮啜。周岁怙恃交失[④]，鞠于外氏。长有膂力[⑤]，善拳击，尝以一掌毙一犬，人遂呼为健儿。健儿与群儿斗，莫不辟易[⑥]。群儿结数十辈攻之，健儿纵拳四挥，或啼或号，各抱头归。诉其父兄，父兄来，叱曰："谁家豚犬，敢与老子相触耶？"健儿曰："焉敢相触？为长者服步武之劳[⑦]，则可耳。"乃至父兄前，以两手擎父兄两胫，去地二尺许，且行且止，或昂之使高，或抑之使下，父兄恐颠仆，莫敢如何。但咭咭笑，乡人哄焉。健儿性善动，不喜读书，外氏命就外傅[⑧]，不率教。师夏楚之[⑨]，则夺扑裂眦曰："功名应赤手致，焉用琐琐章句为？"师出，即与同塾诸儿斗，诸儿无完肤。又时盗其外氏簪珥衣物，向酒家饮，醉即猖狂生事。外氏苦之，逐于外。为人牧羊，每窃羊换饮，诈言多歧亡。主人怒，复见摈[⑩]。

时已弱冠矣，闻倭入寇，乃大快曰："是我得意时也。"即去海上从军，从小校擢功至裨将。与僚友饮，酒酣斗力，毙之，罪当死，遂弃官，逃之泗，易姓名，隐于庖丁[⑪]。民家有犊，丙夜往盗之[⑫]，牵出，必剧呼曰："君家牛，我骑去矣。"呼竟，倒骑牛背，以斧砍牛臀，牛畏痛，迅奔若风，追之莫及。次日，亡午者适市物色之，健儿曰："昨过君家，取牛者我也。告而后取，道也，奚其盗？"索之，则牛已脯矣[⑬]，无可凭。市中恶少，推为盟主，昼纵六博[⑭]，夜游狭邪，自恃日甚，尝叹曰："世人皆不足敌，但恨生千载后，不得与拔山举鼎之雄，一较胜负耳。"

邑使者禁屠牛，健儿无所事事，取向所积牛皮，及骨龟，往瓜、扬间售之[15]，得三十金。将归，饮旅馆中，解金置案头。酒家翁见之谓曰："前途多豪客，此物宜善藏之。"健儿掷杯砍案曰："吾纵横天下三十年矣，未逢敌手，有能取我腰间物者，当叩首降之。"时有少年数人，醵于左席[16]，闻之错愕，起问姓名里居。健儿曰："某姓名不传，向尝竖功于边陲[17]，今挂冠微服，牛耳于泗上诸英雄[18]。"少年问能敌儿何辈，健儿曰："遇万万敌，遇千千敌，计人而敌。斯下矣。"诸少年益错愕。健儿饮毕，束装上马，不二三里，一骑追之甚迅。健儿自度曰："殆所云豪客耶！"比至，则一后生，健儿遂不介意。后生问何之，健儿曰："归泗。"后生曰："予小子亦泗人，归途迷失，望长者指南之。"于是健儿前驱，马上谈笑颇相得。健儿谓后生曰："子服弓矢，善决拾乎[19]？"后生曰："习矣，而未娴。"健儿援弓试之，力尽而弓不及彀[20]，弃之曰："此物无用，佩之奚为？"后生曰："物自有用，用物者无用耳。"乃引自试，时有鹫唳空[21]，后生一发饮羽，鹫坠马前。健儿异之。后生曰："君腰短刀，必善击刺。"健儿曰："然，我所长，不在彼在此。"脱以相示。后生视而嚎曰："此割鸡屠狗物，将焉用之？"以两手一折，刀曲如钩，复以两手伸之，刀直如故。健儿失色，筹腰间物，非复我有矣。虽与偕行，而股栗之状[22]，渐不自持，后生转以温言慰之。复前数里，四顾无人，后生纵声一喝，健儿坠马，后生先斩其马，曰："今日之事，有不唯吾命者如此马。"健儿匍伏请所欲[23]，后生曰："无用物，盍解腰缠来献[24]？"健儿倾囊输之，顿首乞命。后生曰："吾得此一囊金，差可十日醉。子犹草莱，何足诛锄。"拨马寻故道去。健儿神气沮丧，足循循不前，自思三十金非长物[25]，但半世英雄败于乳臭儿之手，何颜复见诸弟兄？遂不归泗。向一村墅，结庐卖酒聊生。每思往事，辄恧恧欲死[26]。

一日，春风淡荡，有数少年索饮，裘马甚都[27]，似五陵公子[28]，而意气豪纵，又似长安游侠儿[29]，击案狂歌，旁若无人，且曰："涤器翁似不俗，当偕之。"遂拉健儿入座。视九人皆弱冠，唯一总角者[30]，貌白皙若处子，等闲不发一言，一言则九人倾听，坐则右之[31]，饮则先之，健儿不解其故。而末坐一冠者，似尝谋面，睇视之，则向斩马劫财之人也。谓健儿曰："东君尚识故人耶[32]？"健儿不敢应。后生曰："畴昔途中解腰缠赠我者，非子而谁？我侪岂攘攫者流[33]？特于邮旁肆中[34]，闻子大言恐世，故来与子雌雄，不意竟输我一筹，今来归赵璧耳。"遂出左袖三十金，置案头曰："此母也[35]。于今一年，子当肖之[36]。"又探右袖，出三十金，共予之。健儿不敢受。旁一后生，投剑努目曰："物为人攫而不能复，还之又不敢取，安用此懦夫为？"健儿惧，急内袖中，乃治鸡黍为欢。诸后生不肯留，归金者曰："翁亦可怜矣！峻拒之则难堪[37]。众乃止。时爨下薪穷，健儿欲乞诸邻，后生指屋旁枯株谓之曰："盍载斧斤？"健儿曰："正苦无斧斤耳。"后生踌躇久之，曰："此事须让十弟，我九人无能为也。"总角者以两手抱株，左右数绕，株已卧矣，遂拔剑砍旁柯燃之。酒至无算[38]，乃辞去，竟不知其何许人。健儿自是绝不与人较力，人殴之，则袖手不报。或曰："子曩日英雄安在？"健儿则以衰朽谢之。后得以天年终，不可谓非后生力也。

选自《笠翁一家言》

【题解】

本篇所写"健儿"有独特的天赋，他生后数月就不吃母乳，而同大人一样饮食。长大后更是体力惊人。但他并没有成为英雄，自幼便养成了无赖习气，偷盗、赌博和打架，无所不为，还成为恶少们的"盟主"。使他改恶从善的契机是他遇到了武艺远比他高强的人物，在那些人物面前，他吓得"顿首乞命"，自卑怯懦。后来卖酒度日，再不与人较力争胜，甚至自称"衰朽"。因此，这篇小说可作一篇

"无赖传"看，它的特色也就在于此。由于它写人物性格相当传神生动，使人读来津津有味。

【注释】

①嘉靖：明世宗年号（1522—1566）。 ②秦淮：河名，在今江苏南京市，秦朝开凿。此处代指南京。 ③黝异：肤色黑得出奇。 ④怙恃交失：父母先后去世。 ⑤膂力：体力，力气。 ⑥辟易：退避。 ⑦步武：步行、走路。 ⑧外傅：塾师。 ⑨夏楚：用棍杖责打。夏，同榎，山楸木；楚，荆条。 ⑩见摈：被解雇。 ⑪隐于庖丁：以做厨师为生。 ⑫丙夜：半夜三更。 ⑬脯：肉干，此处为动词，做成肉干。 ⑭六博：古代一种游戏。 ⑮瓜、扬：地名，瓜州、扬州。 ⑯醵：聚饮。 ⑰向尝竖功于边陲：以前曾经立功于边疆。 ⑱牛耳：执牛耳，为首之意。 ⑲决拾：射箭用具，此处指射箭。决，骨制的指套，套在右手拇指上，用作钩弦。拾，皮制的肩垫，弓不用扛在肩上时，起保护皮肤和衣服的作用。 ⑳彀（gòu）：弓弦拉满。 ㉑唳空：在天空鸣叫。 ㉒股栗：害怕发抖。 ㉓请所欲：询问需要什么。 ㉔腰缠：褡裢，内装钱物，缠在腰上。 ㉕长物：贵重之物。 ㉖恧（nǜ）恧：惭愧。 ㉗都：华美。 ㉘五陵公子：指富贵人家子弟。五陵，是汉朝五个皇帝的陵墓，周围地区多居住贵族、豪富之家。 ㉙长安游侠儿：汉代京城游荡青年。 ㉚总角者：未成年的少年。 ㉛右之：上座，尊位。古代以右为尊。 ㉜东君：主人。 ㉝攘攫者：抢劫者。 ㉞邮旁肆中：驿站旁的酒店里。 ㉟母：本钱。 ㊱子当肖之：利息当与本钱相等。 ㊲峻拒之：坚决拒绝。 ㊳无算：不计其数。

徐士俊（生卒年不详）

原名翙，字三有，号野君，又号紫珍道人。仁和（今浙江省杭州市）人。其创作活动在明代末年，是一位多产的剧作家，诗文著作有《雁楼集》。

汪十四传

汪十四者，新安人也[①]。不详其名字。性慷慨激烈，善骑射，有燕赵之风。时游西蜀，蜀中山川险阻，多相聚为盗，凡经商往来于兹者，辄被劫掠。闻汪十四名，咸罗拜马前，愿作护身符，汪许之。遂与数百人俱拥骑而行。闻山上嚆矢声[②]，汪即弯弓相向，与箭锋相触，空中堕折。以故绿林甚畏之，秋毫不敢犯，商贾尽得数倍利。而白梃之徒[③]，日益贫困，心忮之[④]，而莫可谁何也。

无几时，汪慨然曰："吾老矣，不思归计，徒挟一弓一矢之勇，跋履山川，向猿猱豺虎之地，以博名高，非丈夫之所贵也。"因决计归，归则以田园自娱，绝不问户外事。而曩时往来川中者，尽被剽掠，山径不通。乃踉跄走新安，罗拜于门外曰："愿乞壮士，重过西川，使我辈弱者可强，贫者可富，俾啸聚之徒，大不得志于我旅人也。壮士其许之乎？"是时，汪十四雄心不死，遂许之曰："诺。"大笑出门，挟弓矢，连骑而去。于是重山叠岭之间，复有汪之马迹也。绿林闻之，咸惊悸，谋所以胜汪者。告诸山川雷雨之神，当以汪十四之头，陈列鼎俎[⑤]。乃选骁骑数人，如商客装，杂于诸商之队而行。近贼巢，箭声飒沓来，汪正弯弓发矢，而后有一人，持利刃，向弦际一挥，弦断矢落，汪忙迫无计，遂就擒。

擒入山寨中，见贼党，咸持金称贺。然犹意在往劫汪之护行者，暂置汪于空室，絷其手足不得动，俟日晡[⑥]，取汪十四头，陈之俎豆，以酬山川雷雨之神。汪忽瞪目，见一美人向汪笑曰："汝诚豪杰，何就缚至此？"汪且愤且怜曰："毋多言。汝能救我，则救之。娘子军不足为也！"美人曰："我意如斯。但恐救汝之后，汝则如饥鹰怒龙，夭矫天外[7]，而我凄然一身，徒婉转娇啼，作帐下之鬼，为之奈何？”汪曰：“不然。救其一，失其一，亦无策甚矣。吾行百万军中，空空如下天状，况区区贼奴，何足当吾前锋哉！”因相对慷慨激烈。美人即以佩刀断其缚而出之。汪不遑起谢，见舍旁有刀剑弓矢，悉挟以行。左挈美人，右持器械，间行数百步[8]，遇一骑甚骏，遂并坐其上。贼人闻之，疾驱而前，汪厉声曰：“来！来！吾射汝！”应弦而倒。连发数十矢，应弦倒者凡数十人。贼人终已无可奈何，纵之去。

汪从马上问美人姓名。美人泣曰：“吾宦女也。父为兰省给事中[9]，现居京国[10]。今年携眷属至京，被劫。妾之老母，与诸婢子尽杀。独留妾一人。凌逼蹂践，不堪言状。妾之所以不死者，必欲一见严君[11]，可以无恨。又私念世间，或有大豪杰，能拔人虎穴者，故踌躇至今。今遇明公，得一拜严君，妾乃知死所矣。”汪曰：“某之重生，皆卿所赐。京华虽辽远，当担簦杖策[12]，卫汝以行。”于是陆行从车，水行从舟。奔走数千里。同起居饮食者非一日，略无相狎之意。竟以女归其尊人。即从京国返新安终老也，老且死。里人壮其生平奇节，立庙以祀，称为“汪十四相公庙”。有祷辄应。春秋歌舞以乐之，血食至今不衰[13]。

选自《虞初新志》

【题解】

本篇所写的新安人汪十四是一位侠士，也是一位镖师式的人物。他善于骑射，在蜀中保护客商，绿林中人闻名丧胆，不敢相犯。他回乡后，客商千里赴新安，恳求他再到蜀中。绿林中人恨之入骨，设计将他擒获。亏得一个被掳女子搭救，他与此女子并坐一马，箭射数十人，疾驰脱险。他还护送女子到京城，送她回到家中。论者认为本篇描写草莽英雄历险，美人虎穴相救，千里同行，不涉私情，是典型的东方式的侠士传奇故事。

【注释】

①新安：今安徽歙县。 ②嚆（hāo）矢：响箭。 ③白梃之徒：以拦路抢劫为生的强盗。梃，木棍。 ④忮（zhì）：忌恨。 ⑤鼎俎：盛放祭器的器具。 ⑥俟日晡：等到下午时。日晡，下午三时至四时之间。 ⑦夭矫天外：形容人无所顾忌，为所欲为。 ⑧间行：躲躲闪闪地行走。 ⑨兰省：即兰台，御史台的别称。 ⑩京国：京城，指北京。 ⑪严君：对父亲的称呼。 ⑫担簦（dēng）杖策：背着伞，拿着棍棒。 ⑬血食：享受祭品。古时多用牲畜作供品。

余 怀（1617—？）

字淡心，一字无怀，号曼翁、曼持老人，莆田（今属福建省）人。明末著名文士。明亡后流寓金陵，晚年定居苏州，诗歌作品中颇多家国兴亡之悲。著有《板桥杂记》《味外斋文稿》和《研山堂集》等。

王翠翘传

余读《吴越春秋》[①]，观西施沼吴[②]，而又从范蠡以归于湖[③]，窃谓妇人受人之托，以艳色亡人之国，而不以死殉之，虽不负心，亦负恩矣。若王翠翘之于徐海[④]，则公私兼尽，亦异于西施者哉！嗟乎，翠翘故娼家，辱人贱行，而所为耿耿若此，须眉男子，愧之多矣！余故悲其志，缀次其行事[⑤]，以为之传。传曰：王翠翘，临淄人，幼鬻于倡，冒姓马，假母呼为翘儿。美姿首，性聪慧，携来江南。教之《吴歈》歌[⑥]，则善《吴歈》歌；教之弹胡琵琶，则善弹胡琵琶。吹箫度曲，音吐清越，执板扬声，往往倾其座客。平康里中[7]，翘儿名藉甚[8]。然翘儿雅淡，顾沾沾自喜[9]，颇不工涂抹倚门术。遇大腹贾，及伧父之多金者[10]，则目笑之，不予一盼睐温语。以是假母日忿而笞骂。会有少年私翘儿金者[11]，以计脱假母，而自徙居嘉兴，更名王翠翘云。当是时，歙人罗龙文，饶于财，侠游结宾客，与翠翘交骧最久[12]，兼暱小妓绿珠。而越人徐海者，狡佻，贫无赖，方为博徒所窘，独身跳翠翘家，伏匿不敢昼见人。龙文习其壮士[13]，倾身结友，接臂痛饮，推所暱绿珠与之荐寝，海亦不辞。酒酣耳热，攘袂持杯，附龙文耳语曰："此一片土非吾辈得意场，丈夫安能郁郁久居人下乎！公宜努力，吾亦从此逝矣！他日苟富贵，毋相忘！"因慷慨悲歌，居数日别去。徐海者，杭之虎跑寺僧，所谓明山和尚者是也。居无何，海入倭[14]，为舶主[15]，拥雄兵海上，数侵江南。嘉靖三十五年，围巡抚阮鹗于桐乡，翠翘、绿珠皆被掳。海一见惊喜，命翠翘弹胡琵琶以佐酒，日益宠幸，号为夫人，斥诸姬罗拜[16]。翠翘既已骄爱无比，凡军机密画，惟翠翘与闻。乃翠翘阳为亲暱，阴实幸其复败，冀归国以老，泪渍渍常承睫洗面也。会总督胡宗宪开府浙江[17]，善用兵，多计策，欲招致徐海自戕麻叶、陈东[18]，而离散王直之党；乃遣华老人赍檄招降。海怒，缚华老人，将斩之。翠翘语海曰："今日之事，生杀在君，降不降何与来使？"海乃释其缚，畀金而遣之[19]。老人归，告宗宪曰："贼气方锐，未可图也。然臣睨海所幸王夫人者[20]，左右视，有外心，或可藉以歼贼耳。"而罗龙文者，微闻是语，自喜与翠翘旧好，乃因幕府上客山阴徐渭以见于宗宪[21]。宗宪以乡曲故，降阶迎揖曰："生亦有意功名富贵乎，吾今用君矣！"与语大说[22]，遂受指诣海营；摄旧日任侠衣冠，投刺谒海。海亟延入，坐上座，置酒握龙文手曰："足下远涉江湖，为胡公作说客耶？"龙文笑曰："非为胡公作说客，乃为故人作忠臣耳。王直已遣子纳款，故人不乘此时解甲释兵，他日必且为虏。"海愕然曰："姑置之，且与故人饮酒。"

锦绣音乐，备极豪侈，僩然自以为大丈夫得志于时之所为也[23]。酒半，出王夫人及绿珠者见龙文。龙文改容礼之，极宴语不及私[24]。翠翘素习龙文豪侠，则劝海遣人同诣督府输款[25]，解桐乡围。宗宪喜，从龙文计，益市金珠宝玉，阴赂翠翘。翠翘益心动，日夜说海降矣。海信之，于是定计，缚麻叶，缚陈东，约降于宗宪。至桐乡城，甲胄而入。是时赵文华[26]、阮鹗，与宗宪列坐堂皇。海叩首谢罪，又谢宗宪。宗宪下堂摩其顶曰："朝廷今赦汝，汝勿复反。"厚劳而出。海既出，见官兵大集，颇自疑。宗宪犹怜海，不欲杀降，而文华迫之。宗宪乃下令，命总兵俞大猷整师而进[27]。会大风，纵火，诸军鼓噪乘之，贼大溃，歼焉。海仓皇投水，引出，斩其首，而生致翠翘于军门[28]。宗宪大飨参佐，命翠翘歌《吴歈》歌，遍行酒。诸参佐或膝席[29]，或起舞捧觞，为宗宪寿[30]。宗宪被酒大醉，瞀乱[31]，亦横槊障袖[32]，与翘儿戏。席乱，罢酒。次日，宗宪颇愧悔醉时事，而以翠翘赐所调永顺酋长。翠翘既随永顺酋长，去之钱塘江中，恒悒悒椳床叹曰："明山遇我厚，我以国事诱杀之，毙一酋又属一酋，吾何面目生乎？"向江潮长号，大恸投水死。

外史氏曰：嗟乎，翠翘以一死报徐海，其志亦可哀也！罗龙文者，世称小华道人，善制烟墨者也[33]。始以游说阴赂翠翘，诱致徐海休兵，可谓智士。然其后依附权势，与严世蕃同斩西市[34]，则视翠翘之死，犹鸿毛之于泰山也。人当自重其死，彼倡且知之，况士大夫乎？乃倡且知之，而士大夫反不知者，何也？悲夫！

选自《虞初新志》

【题解】

本篇写妓女王翠翘，实际上涉及诸多政治、军事人物，其间最主要的是徐海和罗龙文。前者本是西湖边的无赖僧人，后者是任侠江湖的安徽财主。他们在王翠翘处相识，一见如故。徐海后来投奔倭寇，成为海盗大头目，王翠翘被掳，成了徐的夫人。罗龙文借机进见胡宗宪总督，自荐招降徐海，并建议行贿翠翘，王说服徐海归降。胡宗宪乘机进兵，擒杀徐海。罗龙文依附权贵目的告遂。王翠翘则被胡宗宪送给另一降者。王翠翘痛哭悲号，思念徐海，投水而死。死前感叹自己参与国事，却不得好报。王翠翘的悲剧故事在明末清初流传颇广，被写进多种文学作品中。余怀此篇似根据徐学谟所撰《王翘儿》改写而成，较原作更有增饰、提高。

【注释】

①《吴越春秋》：书名，汉赵晔著，记载春秋时吴、越二国争霸史。 ②沼吴：使吴国亡国。 ③范蠡：春秋时越国大夫，灭吴后载西施隐居太湖。 ④徐海：明嘉靖时海盗，引倭寇侵掠沿海。 ⑤缀次：整理列举。⑥《吴歈（yú）》歌：吴地的歌曲。 ⑦平康里：唐末京城长安妓院集中地区，此处代指妓院。 ⑧名藉甚：名声很大。 ⑨顾：特。 ⑩伧父：粗俗的人。 ⑪私翘儿金者：私下里给翘儿钱。 ⑫交驩（huān）：相好。 ⑬习其壮士：知道他是壮士。 ⑭入倭：投顺倭寇。 ⑮舶主：海盗船主。 ⑯斥：命令。 ⑰胡宗宪：字汝贞，当时以兵部右侍郎总督浙江军事。 ⑱麻叶、陈东：都是投顺倭寇的海盗。 ⑲畀（bì）：赏给。 ⑳睨：看，观察。 ㉑徐渭：字文长，山阴（今浙江绍兴）人，著名文学家、画家。此时在胡宗宪幕府参与决策。 ㉒大说：非常高兴。说，同悦。 ㉓僩（xiàn）然：威武自大的样子。 ㉔极宴：终席。 ㉕输款：投诚。 ㉖赵文华：奸臣严嵩的义子，后来胡宗宪死于他的诬陷。 ㉗俞大猷（yóu）：字志辅，明代抗倭名将。㉘生致：活捉。 ㉙膝席：跪在地上。 ㉚寿：祝贺。 ㉛瞀（mào）乱：昏乱。 ㉜横槊：用曹操横槊赋诗典故，形容志得意满的样子。障袖：用三国蜀后主刘禅亡国后，晋武帝请他赴宴欣赏歌舞，他假装悲伤，以袖掩面的典故，形容昏乱不知羞耻。 ㉝烟墨：墨。 ㉞严世蕃：字东楼，奸臣严嵩之子。

中山公子

中山公子徐青君[1]，魏国介弟也[2]，家赀钜万。性豪侈，自奉甚丰，广蓄姬妾。造园大功坊侧，树石亭台，拟于平泉、金谷[3]。每当夏月，置宴河房[4]，选名妓四五人，邀宾侑酒。木瓜佛手，堆积如山；茉莉珠兰，芳香似雪。夜以继日，把酒酣歌，纶巾鹤毛，真神仙中人也。福王时[5]，加中府都督，前驱班列，呵导入朝，愈荣显矣。乙酉鼎革[6]，籍没田产，遂无立锥。群姬星散，一身孑然，与傭丐为伍，乃至为人代杖[7]。其居第易为兵道衙门。一日与当刑人约定杖数，计偿若干。受杖时其数过倍，青君大呼曰："我徐青君也！"兵宪林公骇问左右。有哀王孙者，跪而对曰："此魏国公之公子徐青君也，穷苦为人代杖。此堂乃其家厅，不觉伤心呼号耳。"林公怜而释之，慰藉甚至，且曰："君尚有非钦产可清还者[8]，本道当为查给，以终余生。"青君跪谢曰："花园是某自造，非钦产也。"林公唯唯[9]，厚赠遗，查还其园，卖花石、货柱础以自活[10]。吾观《南史》所记，东昏宫妃[11]，卖蜡烛为业。杜少陵诗云："问之不肯道姓名，但道困苦乞为奴[12]。"呜呼，岂虚也哉！

选自《板桥杂记》

【题解】

本篇所写的"中山公子徐青君"，是明初开国元勋徐达的后裔，这样的公侯子弟仗有贵族特权，极尽豪侈之能事。忽然改朝换代，沦落穷困，又因没有一技之能，只好与乞丐为伍，甚至充当代杖人——代犯人受刑。作者善于描写沧桑，这个作品通过徐青君的生活变迁也抒发了尘海沧桑的感慨。

【注释】

①中山：中山王徐达，明朝开国元勋，封魏国公，卒后追封中山王。 ②魏国介弟：魏国公的弟弟。 ③拟于平泉、金谷：与平泉、金谷差不多。平泉是唐宰相李德裕的别墅，在今河南省洛阳市南。金谷是晋朝石崇的花园，在河南省洛阳市西北。 ④河房：河边的房间。 ⑤福王：南明皇帝，年号弘光（1644）。 ⑥乙酉鼎革：1645年，清兵攻入南京，南明王朝灭亡，清朝统治建立。 ⑦为人代杖：代替判处杖刑的人受刑，以挣钱为生。 ⑧钦产：明朝官府的产业。 ⑨唯唯：答应。 ⑩货柱础：卖掉柱石地基。 ⑪东昏：东昏侯，南齐皇帝，荒淫无度，被臣子杀。 ⑫杜少陵：唐代诗人杜甫。

侯方域（1618—1654）

字朝宗，号雪苑，商丘（今属河南）人。明末“复社”成员。“复社”是张溥、陈贞慧等发起的结社，继承东林传统，讲究气节，复兴古学。侯方域在当时已有文名，与方以智、冒襄、陈贞慧合称“四公子”。清兵南下后，他曾先后投奔史可法、高杰等将领，后还居乡里。清廷迫使他应乡试，中副榜举人，为人所讥，不久病故。著有《壮悔堂文集》《四忆堂诗集》等。

李姬传

李姬者，名香，母曰贞丽。贞丽有侠气，尝一夜博，输千金立尽。所交皆当世豪杰，尤与阳羡陈贞慧善[①]。姬为其养女，亦侠而慧，略知书，能辨别士大夫贤否。张学士溥、夏吏部允彝[②]，亟称之。少风调皎爽不群。十三岁，从吴人周如松受歌。玉茗堂四传奇[③]，皆能尽其音节，尤工《琵琶词》[④]，然不轻发也[⑤]。雪苑侯生，己卯来金陵[6]，与相识。姬尝邀侯生为诗，而自歌以偿之。

初，皖人阮大铖者[7]，以阿附魏忠贤论城旦[8]，屏居金陵[9]，为清议所斥[10]。阳羡陈贞慧，贵池吴应箕实首其事[11]，持之力。大铖不得已，欲侯生为解之，乃假所善王将军，日载酒食与侯生游。姬曰："王将军贫，非结客者。公子盍叩之？"侯生三问，将军乃屏人述大铖意。姬私语侯生曰："妾少从假母识阳羡君，其人有高义，闻吴君尤铮铮。今皆与公子善。奈何以阮公负至交乎？且以公子之世望，安事阮公？公子读万卷书，所见岂后于贱妾耶？"侯生大呼称善，醉而卧。王将军者殊怏怏，因辞去，不复通。

未几，侯生下第，姬置酒桃叶渡[12]，歌《琵琶词》以送之，曰："公子才名文藻，雅不减中郎[13]。中郎学不补行，今《琵琶》所传词固妄，然尝昵董卓，不可掩也。公子豪迈不羁，又失意，此去相见未可期，愿终自爱，无忘妾所歌《琵琶词》也。妾亦不复歌矣！"

侯生去后，而故开府田仰者[14]，以金三百锾邀姬一见[15]，姬固却之。开府惭且怒，且有以中伤姬。姬叹曰："田公宁异于阮公乎？吾向之所赞于侯公子者谓何？今乃利其金而赴之，是妾卖公子矣！"卒不往。

选自《壮悔堂文集》

【题解】

李香是个才艺出众的歌妓，更可贵的是她能判断政治上的忠奸是非，辨别人间的贤佞善恶，有识见，讲气节。同作品中的阮大铖、王将军这些无耻的须眉男子相对照，更加显出她品格、情操的高尚。本篇的人物和情节描写对著名的戏曲作品《桃花扇》也有影响。

【注释】

①陈贞慧：字定生，明末复社后期领导人之一。明亡后隐居家乡。　②张学士溥：张溥，字天如，明末复社的创建者。夏吏部允彝：夏允彝，字允仲，

崇祯七年进士，几社的创建人之一。 ③玉茗堂四传奇：明代剧作家汤显祖的四部传奇《还魂记》《紫钗记》《南柯记》《邯郸记》。 ④《琵琶词》：元末高明的传奇《琵琶记》。 ⑤不轻发：不轻易演唱。 ⑥己卯：明崇祯十二年（1639）。 ⑦阮大铖：字集之，号圆海，一号石巢。明末魏忠贤党羽，后降清。 ⑧论城旦：判罪。城旦，对犯人的一种惩罚，白天侦察敌情，晚上筑城。 ⑨屏居：退居。 ⑩清议：社会舆论。 ⑪吴应箕：字次尾，明末复社的重要人物。 ⑫桃叶渡：南京秦淮河上的一个渡口。 ⑬中郎：蔡邕，字伯喈，东汉末年人，《琵琶记》中的男主角。 ⑭田仰：南朝时淮阳巡抚，奸臣马士英的党羽。 ⑮锾（huán）：重量单位，六两为一锾。

马伶传

马伶者，金陵梨园部也[①]。

金陵为明之留都[②]，社稷、百官皆在，而又当太平盛时人易为乐，其士女之问桃叶渡、游雨花台者[③]，趾相错也[④]。梨园以技鸣者，无论数十辈，而其最著者二，曰兴化部，曰华林部。

一日，新安贾合两部为大会[⑤]，遍征金陵之贵客文人，与夫妖姬、静女，莫不毕集。列兴化于东肆[⑥]，华林于西肆。两肆皆奏《鸣凤》[⑦]，所谓椒山先生者[⑧]。迨半奏，引商刻羽[⑨]，抗坠疾徐[⑩]，并称善也。当两相国论河套[⑪]，而西肆之为严嵩相国者曰李伶，东肆则马伶，坐客乃西顾而叹，或大呼命酒，或移坐更近之，首不复东。未几更进，则东肆不复能终曲。询其故，盖马伶耻出李伶下，已易衣遁矣。马伶者，金陵之善歌者也，既去，而兴化部又不肯辄以易之[⑫]，乃竟辍其技不奏，而华林部独著。

去后且三年而马伶归，遍告其故侣，请于新安贾曰：“今日幸为开宴，招前日宾客，愿与华林部更奏《鸣凤》，奉一日欢。”既奏已而论河套，马伶复为严嵩相国以出。李伶忽失声匍匐前，称弟子。兴化部是日遂凌出华林部远甚。

其夜，华林部过马伶曰："子，天下之善技也，然无以易李伶[13]，李伶之为严相国至矣，子又安从授之而掩其上哉[14]？"马伶曰："固然，天下无以易李伶，李伶即又不肯授我。我闻今相国昆山顾秉谦者，严相国俦也[15]。我走京师，求为其门卒三年，日侍昆山相国于朝房，察其举止，聆其语言，久乃得之。此吾之所为师也。"华林部相与罗拜而去[16]。

马伶名锦，字云将，其先西域人，当时犹称马狷狷云[17]。

选自《壮悔堂文集》

【题解】

本篇描写一位演员马锦在同行竞争中先败后胜的故事。金陵的兴化部和华林部都是著名戏班。一次，这两个戏班唱对台戏，都演《鸣凤记》，兴化部的马锦扮演严嵩，演技不及华林部的李姓艺人，马锦当场遁去。随后，他似乎消失了。三年后，他忽然又回到金陵，再次与华林部唱对台戏，终于赛过了李伶。原来，马锦在三年中北走京城，在一位宰相家当门卒，"察其举止，聆其语言，久乃得之"。生活是艺术源泉，生活体验使他在戏曲表演上获得了成功。

【注释】

①梨园部：指戏班。 ②留都：明朝朱元璋建都于南京，明成祖迁都北京，南京仍保留都城的建制，称留都。 ③问：游览、观赏。 ④趾相错：脚挨脚，形容游人多。 ⑤新安贾：新安的商人。新安，今安徽省歙县。 ⑥肆：店铺，此处指戏场。 ⑦《鸣凤》：明代王世贞所作传奇剧本《鸣凤记》，剧作写杨继盛等正直之士与奸相严嵩的斗争。 ⑧椒山先生：即杨继盛，字仲芳，号椒山，任南京兵部右侍郎，弹劾严嵩，被害死。 ⑨引商刻羽：指演唱附和曲调节拍的要求。古代音乐五声叫宫、商、角、徵、羽。

⑩抗坠疾徐：指曲调的高低快慢。　⑪两相国论河套：《鸣凤记》第六出演夏言与严嵩争论应该与否收复河套地区的问题。　⑫辄以易之：随便用其他演员来代替马伶。　⑬易：此处意为胜过。　⑭安从授之：从哪里学来。　⑮俦：同类。　⑯罗拜：环列而拜。　⑰狪狪：即回回，古代对回族人的称呼。

魏　禧（1624—1680）

字叔子，又字冰叔，号裕斋，曾题居室为勺庭，故又称勺庭先生。宁都（今属江西省）人。生于明末，明亡后隐居翠微峰，交结遗民和方外之士。清康熙年间，清政府以博学鸿儒征他出仕，不就。他以古文名世，和兄长魏祥、弟弟魏礼合称“宁都三魏”，以魏禧品学最高。在清初文章家中，他与汪琬、侯方域齐名。著有《魏叔子文集》和《左传经世》等。

大铁椎传

大铁椎，不知何许人。北平陈子灿省兄河南[①]，与遇宋将军家。宋，怀庆青华镇人[②]，工技击，七省好事者皆来学，人以其雄健，呼“宋将军”云。宋弟子高信之，亦怀庆人，多力善射，长子灿七岁，少同学，故尝与过宋将军[③]。时座上有健啖客，貌甚寝[④]，右胁夹大铁椎，重四五十斤，饮食拱揖不暂去；柄铁摺叠环复如锁上练，引之长丈许。与人罕言语，语类楚声。扣其乡及姓字[⑤]，皆不答。

既同寝，夜半，客曰：“吾去矣！”言讫不见。子灿见窗户皆闭，惊问信之。信之曰：“客初至，不冠不袜，以蓝手巾裹头，足缠白布。大铁椎外，一物无所持，而腰多白金。吾与将军俱不敢问也。”子灿寐而醒，客则鼾睡炕上矣。

一日，辞宋将军曰："吾始闻汝名，以为豪，然皆不足用。吾去矣！"将军强留之，乃曰："吾尝夺取诸响马物[⑥]，不顺者辄击杀之；众魁请长其群[⑦]，吾又不许，是以仇我。久居此，祸必及汝。今夜半，方期我决斗某所。"宋将军欣然曰："吾骑马挟矢以助战！"客曰："止！贼能且众，吾欲护汝，则不快吾意。"宋将军故自负，且欲观客所为，力请客。客不得已，与偕行。

将至斗处，送将军登空堡上，曰："但观之，慎勿声，令贼知汝也！"时鸡鸣月落，星光照旷野，百步见人。客驰下，吹觱篥数声[⑧]。顷之，贼二十余骑四面集，步行负弓矢从者百许人。一贼提刀纵马奔客，曰："奈何杀我兄！"言未毕，客呼曰："椎！"贼应声落马，人马尽裂。众贼环而进，客从容挥椎，人马四面仆地下，杀三十许人。宋将军屏息观之，股栗欲堕。忽闻客大呼曰："吾去矣！"但见地尘起，黑烟滚滚，东向驰去。后遂不复至。

选自《魏叔子文集》

【题解】

本篇写一位无名侠士，他从不道及他的姓名和乡里，因他用一个重四五十斤的大铁椎做武器，故人称"大铁椎"。篇中写他武器不离身，"右胁夹大铁椎"，即使"饮食拱揖不暂去"。还写他行踪不定，来去无声。又写他虽得到宋将军礼遇，却在相处一段时间后，率直地说宋将军"皆不足用"，随即辞去。篇中描写大铁椎和强盗决斗场面尤其生动，鸡鸣月落，觱篥数声，他一人与一百多个强盗交锋，杀得强盗们四面仆地。论者认为这篇"传"可能是写的真人真事，但无确据。无宁把它看作是一篇具有英雄传奇色彩的短篇小说。

【注释】

①北平：北平府，今北京市。 ②怀庆：地名，在今河南省。 ③过：

探望。 ④寝：容貌丑恶。 ⑤扣：询问。 ⑥响马：拦劫过往行人的强盗。 ⑦长其群：做强盗的首领。 ⑧觱篥（bìlì）：一种古乐器名。

卖酒者传

万安县有卖酒者[①]，以善酿致富。平生不欺人，或遣童婢沽[②]，必问："汝能饮酒否？"量酌之，曰："毋盗瓶中酒，受主翁笞也。"或倾跌破瓶缶，辄家取瓶，更注酒，使持以归。由是远近称长者。里有事，醵饮者[③]，必会其肆。里中有数聚饮，平事不得决者[④]，相对咨嗟，多墨色[⑤]。卖酒者问曰："诸君何为数聚饮，平事不得决，相咨嗟也？"聚饮者曰："吾侪保甲贷乙金，甲逾期不肯偿，将讼。讼则破家，事连吾侪数姓人不得休矣。"卖酒者曰："几何数？"曰："子母四百金。"卖酒者曰："何忧为？"立出四百金偿之，不责券。乙得金欣然，以为甲终不负己也。四年，甲乃仅偿卖酒者四百金。客有橐重赀于途，甚雪不能行，闻卖酒者长者，趋寄宿。雪连日，卖酒者日呼客同博，以赢钱买酒肉相饮啖。客多负，私怏怏曰："卖酒者，乃不长者耶？然吾已负，且大饮啖，酬吾金也。"雪霁，客偿博所负行。卖酒者笑曰："主人乃取客钱买酒肉耶？天寒甚，不名博，客将不肯大饮啖。"尽取所偿负还之。术者谈五行[⑥]，立决人死，疏先后宜死者六人矣。卖酒者将及期，置酒，召所买田宅主毕至，曰："吾往买若田宅，若中心愿之乎？价无亏乎？"欲赎者视券，价不足者，追偿以金。又召诸子贷者曰："汝贷金若干，子母若干矣。"能偿者捐其息，贫者立券还之。曰："毋使我子孙患若汝也。"及期，卖酒者大会戚友，沐棺更衣待死。是日也，卖酒者颜色阳阳如平时，戚友相候视，至夜分乃散去。其后第八人以下各如期死，卖酒者活更七年。

选自《魏叔子文集》

【题解】

本篇写一位酒店主急公好义，慷慨助人。如果说他的借给人钱不计利、置产不压价等行为还算不上奇特的话，那么他以赌博的方式赢了一位客人的钱，又以这些钱买酒肉款待这位客人，最后还拿出一笔与所赢钱数相等的钱，如数奉还。这种行为确可算得上奇特了。这种描写别出一格，颇有特点。只是末尾写酒店主因乐善好施而延寿，流入俗套。

【注释】

①万安县：今属江西省。 ②沽：买酒。 ③醵（jù）饮：凑钱喝酒。 ④平事：评事，商量事。 ⑤墨色：为难的脸色。 ⑥术者：以五行之术测算命运的人。

陆次云（生卒年不详）

字云士，钱塘（今浙江省杭州市）人。其主要活动年代在清初顺治、康熙时期。曾在河南、江苏等地任知县。著有《澄江集》《湖壖杂记》和《北墅绪言》等。

圆 圆 传

圆圆，陈姓，玉峰歌妓也，声甲天下之声，色甲天下之色。崇祯癸未岁[①]，总兵吴三桂慕其名[②]，赍千金往聘之，已先为田畹所得。时圆圆以不得事吴快快也，而吴更甚。田畹者，怀宗妃之父也[③]，年耄矣。圆圆度《流水高山》之曲以歌之，畹每击节，不知其悼知音之希也。

甲申春[④]，流氛大炽[⑤]，怀宗宵旰忧之，废寝食。妃谋所以解帝忧者于父，畹进圆圆。圆圆扫眉而入[⑥]，冀邀一顾，帝穆然也[⑦]。旋命之归畹第。

时闯师将迫畿辅矣，帝急召三桂对平台，锡蟒玉，赐上方，托重寄，命守山海关。三桂亦慷慨受命，以忠贞自许也。而寇深矣！长安富贵家胥皇皇。畹忧甚，语圆圆。圆圆曰："当世乱而公无所依，祸必至，曷不缔交于吴将军，庶缓急有藉乎？"畹曰："斯何时？吾欲与之缱绻，不暇也。"圆圆曰："吴慕公家歌舞有时矣。公鉴于石尉[⑧]，不借人看，设玉石焚时，能坚闭金谷耶[⑨]？盍以此请？当必来，无却顾。"畹然之，遂躬迓吴观家乐[⑩]。吴欲之而固却也，强而可。至则戎服临宴，俨然有不可犯之色。畹陈列益盛，礼益恭。酒甫行，吴即欲去。畹屡易席，至邃室，出群姬，调丝竹，皆殊秀。一淡妆者，统诸美而先众音，情艳意娇。三桂不觉其神移心荡也，遽命解戎服，易轻裘，顾谓畹曰："此非所谓圆圆耶？洵足倾人城矣[⑪]！公宁勿畏而拥此耶？"畹不知所答，命圆圆行酒。圆圆至席，吴语曰："卿乐甚？"圆圆小语曰："红拂尚不乐越公[⑫]，矧不逮越公者耶[⑬]！"吴颔之。酣饮间，警报踵至，吴似不欲行者，而不得不行。畹前席曰："设寇至，将奈何？"吴遽曰："能以圆圆见赠，吾当保公家，先于保国也。"畹勉许之。吴即命圆圆拜辞畹，择细马驮之去。畹爽然，无如何也。

帝促三桂出关，三桂父督理御营名骧者，恐帝闻其子载圆圆事，留府第，勿令往。三桂去，而闯贼旋拔城矣。怀宗死社稷。李自成据宫掖，宫人死者半，逸者半。自成询内监曰："上苑三千，何无一国色耶？"内监曰："先帝屏声色，鲜佳丽。有一圆圆者，绝世所希；田畹进帝，而帝却之。今闻畹赠三桂，三桂留之其父吴骧第中矣。"是时骧方降闯，闯即向骧索圆圆，且籍其家，而命其作书以招子也。骧俱从命，进圆圆。自成惊且喜，遽命歌。奏吴歈[⑭]，自成蹙额曰：

“何貌甚佳而音殊不可耐也！”即命群姬唱西调，操阮、筝、琥珀，己拍掌以和之，繁音激楚，热耳酸心。顾圆圆曰：“此乐何如？”圆圆曰：“此曲只应天上有，非南鄙之人所能及也！”自成甚嬖之[15]，随遣使以银四万两犒三桂军。

三桂得父书，欣然受命矣，而一侦者至，询之曰：“我家无恙耶？”曰：“为闯籍矣[16]！”曰：“吾至当自还也。”又一侦者至，曰：“吾父无恙耶？”曰：“为闯拘絷矣！”曰：“吾至当即释也。”又一侦者至，曰：“陈夫人无恙耶？”曰：“为闯得之矣！”三桂拔剑砍案曰：“果有是，吾从若耶？”因作书答父，略曰：“儿以父荫，待罪戎行，以为李贼猖狂，不久即当扑灭。不意我国无人，望风而靡。侧闻圣主晏驾，不胜眦裂！犹意吾父奋椎一击，誓不俱生，否则刎颈以殉国难。何乃隐忍偷生，训以非义？既无孝宽御寇之才，复愧平原骂贼之勇。父既不能为忠臣，儿安能为孝子乎？儿与父决，不早图贼，虽置父鼎俎旁以诱三桂，不顾也。”随效秦庭之泣[17]，乞王师以剿巨寇，失败之于一片石[18]。

自成怒，戮吴襄并其家人三十余口。欲杀圆圆，圆圆曰：“闻吴将军卷甲来归矣，徒以妾故，又复兴兵。杀妾何足惜，恐其为王死敌不利也！”自成欲挈圆圆去。圆圆曰：“妾既事大王矣，岂不欲从大王行？恐吴将军以妾故而穷追不已也。王图之，度能敌彼，妾即褰裳跨征骑。”自成乃凝思。圆圆曰：“妾为大王计，宜留妾缓敌，当说彼不追，以报王之恩遇也。”自成然之，于是弃圆圆，载辎重，狼狈西行。是时也，闯胆已落，一鼓可灭。三桂复京师，急觅圆圆。既得，相与抱持，喜泣交集，不待圆圆为闯致说，自以为法戒追穷，听其纵逸而不复问矣。

旋受王封，建苏台、营郿坞于滇南[19]，而时命圆圆歌。圆圆每歌《大风》之章以媚之[20]。吴酒酣，恒拔剑起舞，作发扬蹈厉之容，圆圆即捧觞为寿，以为其神武不可一世也。吴益爱之，故专房之宠，数十年如一日。其蓄异志，作谦恭，阴结天下士，相传曰“多出于同梦之谋”。而世之不知者，以三桂能学申胥以复君父大仇，忠孝人也。曷知其乞师之故，盖在此而不在彼哉？厥后尊荣南面三十余年，又复浪沸潢池[21]，致劳挞伐，跛扈艳妻，同归歼灭，何足以偿不子不臣之罪也哉？

陆次云曰：语云无征不信，圆圆之说有征乎？曰：有。征诸吴梅村祭酒伟业之诗矣[22]。梅村效《琵琶》、《长恨》体，作《圆圆曲》以刺三桂曰：“冲冠一怒为红颜。”盖实录也。三桂赍重币，求去此诗，吴勿许。当其盛时，祭酒能显斥其非，却其赂遗而不顾，于甲寅之乱，似早有以见其微者。呜呼！梅村非诗史之董狐也哉！

选自《虞初新志》

【题解】

陈圆圆是明末著名歌妓，当时文人的诗文中对她的生平事迹多有描写和记载，最为流传的是吴伟业的长诗《圆圆曲》。这篇《圆圆传》是仿唐代白居易写《长恨歌》诗篇，陈鸿为之写《长恨歌传》小说的先例，继《圆圆曲》之后写作的。篇中写吴三桂与陈圆圆彼此倾慕，但陈圆圆被国丈田畹所得。田畹把陈圆圆献给崇祯皇帝，陈盛装进见，却被拒绝。于是，陈圆圆说服田畹将她送给吴三桂。李自成进北京后，陈圆圆归李自成。吴三桂大怒，引清兵入关，复得陈圆圆。后来吴三桂到了云南，与陈圆圆朝夕相处。陈劝吴起兵反清，终于败亡，“同归歼灭”。作者谴责吴三桂有“不子不臣之罪”，同时对陈圆圆也有微词。正如有的论者所说，今天的读者早已不接受“女人是祸水”这类古老的偏见，然而从这个传奇性故事中，读者可以看到在陈圆圆活动的周围交织着荒淫、无耻、美色、权欲等等内容的历史生活画面。

【注释】

①崇祯癸未岁：崇祯十六年（1643）。　②吴三桂：字长白，武举出身，明末任辽东总兵，驻防山海关。李自成攻克北京后，吴三桂引清兵入关，受封为平西王。他奉命镇守云南，手握重兵，形成割据势力。康熙十二年（1673）举兵叛乱，十七年称帝，后病死。　③怀宗：崇祯皇帝。　④甲申：明崇祯十七年（1644）。　⑤流氛大炽：指李自成农民起义军的气势很盛。　⑥扫眉：画眉，这里指盛装。　⑦穆然：严肃、庄严的样子。　⑧石尉：晋时富豪石崇。　⑨金谷：石崇有金谷园。　⑩迓（yà）：迎接。　⑪洵（xún）：实在，确实。　⑫红拂：隋朝越国公杨素的侍婢，后私奔李靖。　⑬矧（shěn）不逮越公者：况且不及越公。　⑭吴歈（yú）：吴歌。　⑮嬖（bì）：宠爱。　⑯籍：抄家。　⑰秦庭之泣：指乞求援军。春秋时，伍子胥率吴兵攻打楚国，楚大夫申包胥赴秦国求援，在秦宫外哭了七天七夜，秦国终于出兵救楚。　⑱一片石：地名，在今河北省秦皇岛市抚宁区。　⑲苏台：春秋时吴王阖闾游乐之处，吴三桂在云南仿建。郿邬：汉末董卓所建储粮处，在今陕西省眉县北，吴三桂亦仿建之。　⑳《大风》：汉高祖刘邦所作的《大风歌》。　㉑浪沸潢池：指造反。　㉒祭酒：官职，即国子监祭酒。吴梅村：名伟业，作有长诗《圆圆曲》。

宝婺生传

宝婺生[①]，忘其名。顺治初，我师破金华[②]，宝婺生夫妇相散失，生卧积尸中得免死，妇行不知所向，为健儿所获[③]。无何，健儿移师驻华亭[④]，生觅耗于华亭，不可得。困乏无聊，坐叹于旅馆之侧。旅馆主人鉴其貌，怜而问之，生告以故。主人日：“若识字乎？”曰：“识”。“习会计乎？”曰：“习”。主人曰：“盍留我馆中，勷若事[⑤]，而徐访尔妻，可乎？”生曰：“得如是，诚幸甚。”生入馆，悉代主人劳，主人逸甚，而业加盛，利倍入。主人有女，欲妻之，而未发也。

一日者，旭始旦，一人急遽趋而来，至馆饭。饭毕，酬值，急遽趋而去。生视其有所遗，启之，灿然白镪五十金也[⑥]。以告主人，俟其返。日亭午，其人复急遽趋而来，汗渍衣，息喘喘，详视几地，茫然也。生问之。曰："觅遗金。"生曰："遗几何？"曰："金五十。"生曰："何用乎？"曰："持向营中往娶妇，失之矣，将奈何！"生曰："金固在，还之于子，无苦也。"即出金，其人受金拜谢去。越数日，失金者持二柬云："蒙子还金，事偕矣，某日当婚。此婚，君所赐也，敬请主人与君饮卮酒。"生固辞。主人曰："吾勿暇，而不可却也[⑦]。"生秉主人之命，至期往。往见失金者之家，乃亦一善族也。

日未晡[⑧]，生闲步溪头，遥见一叶扁舟，半篙春水，中有翠袖云鬟之人，掩袖而坐，云载新妇至。生偶举目视妇，俨然故妻也；妇偶举目视生，俨然故夫也。于是，生一恸而偃于碧草之上；妇一恸而伏于孤蓬之中。舟及门，促妇起，不能起也。问其故。曰："适见一人如故夫，故伤悼欲绝耳。"问其人何若，妇言其仪表衣冠，宛然生也。娶妇者急觅生，见生悲卧不能起。问其故，不肯言。固问之。曰："适见一人……"语未毕，哽咽不能续。娶妇者憬然曰[⑨]："我知之，是妇，即君妇矣；君既得金，君之金矣；还金而赎妇，是天命我代君以完其耦也。君无悲，吾感君义，敢不以此报乎？"生难之。娶妇者请其主人以为主。主人曰："还金者，义士也；还妇者，义不在还金下。娶妇而失妇，不可也；吾有女，当妻还妇者；所娶妇，当返还金者。"闻者，咸以为善而两从之。更推主人之义，与二义士相鼎立。

陆子曰："余读愚山学士《兔丝女萝》之篇[⑩]，见有商山人失妇[⑪]，为健儿妻，健儿亦失妻，为商山人妇，征途相遇，各易以归者，叹其奇绝，而宝婺生之遇更奇。乱离之际，镜破珠沉，不胜数矣！而健儿以不吝，使商山人认妇而得妻，彼还金者，亦犹是也。天乎？人乎？虽曰天意，而所以格天者⑫，吾以为不在天也。

选自《虞初新志》

【题解】

封建社会中，战乱兵灾时，军士掠人妻女为妻妾，然后再卖出去，这种罪恶行径可以说是司空见惯的，当时的人民面对这种惨痛的现实已是欲哭无泪。不少文学作品则以夫妻失散又重圆的悲喜剧来反映这种现实，虽对掠人卖人者并不做正面描写，其中的暴露和谴责却也很深。本篇写宝婺生的妻子被掠，但他的义行换来了好报。一次他把拾金还给失主，失主正要用这笔钱去军营中买一被掳女子为妻，而这个女子正是宝婺生的妻子。最后，失金者把这个女子送还给宝婺生。这种以仁义与罪恶相对照的描写是相当深湛的。

【注释】

①宝婺（wù）：浙江金华府，在今浙江省金华市一带。　②我师：指清军。　③健儿：指清兵。　④华亭：地名，在今上海市松江区一带。　⑤勷（xiāng）：帮助。　⑥白镪：白银。　⑦而：你。　⑧晡（bū）：泛指晚上。　⑨憬然：恍然醒悟。　⑩愚山：施润章，号愚山，清顺治时进士。清初有名的文学家，著有《学余堂文集》。《兔丝女萝》之篇，即《浮萍兔丝篇》。　⑪商山：地名，在今陕西省商洛市商州区一带。　⑫格天：感动天。

黄周星（1611—1680）

原字景明，后改字景虞，号九烟。幼年育于湘潭周氏，曾为周姓，后恢复本姓。入清以后，更名人，字略似，号半非。上元（今江苏省南京市）人，明崇祯十三年进士，官户部主事。明亡隐居不仕，崇拜屈原，晚年在一个端午日自沉而死。著有《九烟先生遗集》和传奇剧本《人天乐》等。

补张灵崔莹合传

余少时，阅唐解元《六如集》[①]，有云：“六如尝与祝枝山[②]、张梦晋[③]，大雪中效乞儿唱《莲花》，得钱沽酒，痛饮野寺中。曰：‘此乐，惜不令太白见之[④]。’”心窃疑焉，然不知梦晋为何许人也。顷阅稗乘中[⑤]，有一编曰《十美图》，乃详载张梦晋、崔素琼事。不觉惊喜叫跳，已而潸然雨泣。此真古今来才子佳人之轶事也，不可以不传，遂为之传。

张梦晋，名灵，盖正德时吴县人也[⑥]。生而姿容俊爽，才调无双，工诗善画，性风流豪放，不可一世。家故赤贫，而灵独蚤慧。当舞勺时[⑦]，父命灵出应童子试，辄以冠军补弟子员[⑧]。灵心顾不乐，以为才人何苦为章缝束缚[⑨]，遂绝意不欲复应试。日纵酒高吟，不肯妄交人，人亦不敢轻交与。惟与唐解元六如，作忘年友。灵既长，不娶。六如试叩之。灵笑曰：“君岂有中意人，足当吾耦者耶？”六如曰：“无之。但自古才子宜配佳人，吾聊以此探君耳。”灵曰：“固然，今岂有其人哉？求之数千年中，可当才子佳人者，惟李太白与崔莺莺耳[⑩]。吾唯不才，然自谪仙而外[⑪]，似不敢多让。若双文[⑫]，惜下嫁郑恒，正未知果识张君瑞否[⑬]？”六如曰：“谨受教。吾自今请为君访之，期得双文以报命，可乎？”遂大笑别去。

一日，灵独坐读《刘伶传》[⑭]，命童子进酒，屡读屡叫绝，辄拍案浮一大白[⑮]。久之，童子跪进曰：“酒罄矣。今日唐解元与祝京兆宴集壳丘，公何不挟此编一往索醉耶？”灵大喜，即行。然不欲为不速客，乃屏弃衣冠，科跣双髻[⑯]，衣鹑结[⑰]，左持《刘伶传》，右持木杖，讴吟《道情词》，行乞而前。抵虎丘，见贵游蚁聚，绮席喧阗。灵每过一处，辄执书向客曰：“刘伶告饮！”客见其美丈夫，不类丐者，竞以酒馔贻之。有数贾人，方酌酒赋诗，灵至前，请属和[18]。贾人笑之。其诗中有“苍官、青十、扑握、伊尼”四事，因指以问灵。灵曰：“松竹兔鹿，谁不知耶？”贾人始骇。令赓诗[19]，灵即立挥百绝而去。遥见六如及祝京兆枝山数辈，共集可中亭。亦趋前执书告饮。六如早已知为灵，见其佯狂游戏，戒座客佯为不识者，以观之。语灵曰：“尔丐子持书行乞，想能赋诗。试题悟石轩一绝句，如佳，即赐尔卮酒；否则，当叩尔胫。”灵曰：“易耳。”童子遂进毫楮[20]。灵即书云：

胜迹天成说虎丘，可中亭畔足酣游。

吟诗岂让生公法[21]，顽石如何不点头。

遂并毫楮掷地曰：“佳哉！掷地金声也。”六如览之，大笑。因呼与共饮。时，观者如堵，莫不相顾惊怪。灵既醉，即拂衣起，仍执书向悟石轩长揖曰：“刘伶谢饮！”遂不别座客径去。六如谓枝山曰：“今日我辈此举，不减晋人风流，宜写一帧[22]，为《张灵行乞图》，吾任绘事，而公题跋之，亦千秋佳话也。”即舐笔伸纸，俄顷图成。枝山题数语其后。座客争传玩叹赏。忽一翁缟衣素冠，前揖曰：“二公即唐解元、祝京兆耶？仆企慕有年，何幸识韩[23]！”六如逊谢，徐叩之，则南昌明经崔文博，以海虞广文告归者也[24]。翁得图谛视，不忍释手。因讯适行乞者为谁。六如曰：“敝里才子张灵也。”翁曰：“诚然，此固非真才子不能。”即向六如乞此图归。将返舟，见舟已移泊他所，呼之始至。盖翁有女素琼者，名莹，才貌俱绝世。以新丧母，随翁扶榇归。先舣舟岸侧时[25]，闻人声喧沸，乍启槛窥之。则见一丐者，状貌殊不俗。丐者亦熟视槛中，忽登舟长跪，自陈张灵求见，屡发遣不去。良久，有一童子入舟，强挽之，始去。故莹命移舟避之。崔翁乃出图示莹，且备述其故，莹始知行乞者为张灵。叹曰："此乃真风流才子也！"取图藏笥中。翁拟以明日往谒唐、祝二君，因访灵。忽抱疴数日不起，为榜人所促[26]，遽返豫章[27]。

灵既于舟次见莹，以为绝代佳人，世难再得。遂日走虎丘侦之，久之杳然。属靳人方志来校士[28]。志既深恶古文词，而又闻灵跅弛不羁[29]，竟褫其诸生[30]。灵闻乃大喜曰："吾正苦章缝束缚，今幸免矣！顾一褫，何虑再褫；且彼能褫吾诸生之名，亦能褫吾才子之名乎？"遂往过六如家，见车骑填门，胥尉盈座。则江右宁藩宸濠[31]，遣使来迎者也。六如拟赴其招。灵曰："甚善！吾正有厚望于君。吾曩者虎丘所遇之佳人，即豫章人也。乞君为我多方访之，冀得当以报我，此开天辟地第一吃紧事也。幸无忽忘。"六如曰："诺。"即偕藩使过豫章。时，宸濠久蓄异谋，其招致六如，一博好贤虚誉；一慕六如诗画兼长，欲倩其作《十美图》，献之九重[32]。其时，宫中已觅得九人，尚虚其一。六如请先写之。遂为写九美，而各缀七绝一章于后。九美者：广陵汤之谒（字雨君，善画）、姑苏木桂（文舟，善琴）、嘉禾朱嘉淑（文孺，善书）、金陵钱韶（凤生、善歌）、江陵熊御（小冯，善舞）、荆溪杜若（芳洲，善筝）、洛阳花萼（朱芳，善笙）、钱唐柳春阳（絮才，善瑟）、公安薛幼端（端清，善箫）也。图咏既成，进之濠，濠大悦。乃盛设特宴六如，而别一殿僚季生副之[33]。季生者，俭人也[34]。酒次，请观九美图。因进曰："十美欠一，殊属缺陷。某愿举一人以充其数，诘朝请持图来献。"比持图以献，即崔莹也。濠见之曰："此真国色矣！"即属季生往说之。

先是，崔翁家居时，莹才名噪甚，求姻者踵至，翁度非莹匹，悉拒不纳。既从虎丘得张灵，遂雅属意灵，不意疾作遽归。思复往吴中，托六如主其事。适季生旋里丧耦，熟闻莹名，预遣女画师潜绘其容，而求姻于翁。翁谋诸莹，莹固不许。于是，季生衔之[35]。因假手于濠，以泄私忿。时，濠威殊张甚，翁再三力辞，不得。莹窘激欲自裁，翁复多方护之。莹叹曰："命也，已矣！夫复何言！"乃取笥中

《行乞图》自题诗其上云：

才子风流第一人，愿随行乞乐清贫。

入宫祗恐无红叶[36]，临别题诗当会真[37]。

举以授翁曰："愿持此复张郎，俾知世间有情痴女子如崔素琼者，亦不虚其为一生才子也！"遂恸哭入宫。濠得之喜甚，复倩六如图咏，以为十美之冠。而六如先已取季生所献者，摹得一纸藏之。莹既知六如在宫中，乘间密致一缄，以述己意。六如得缄，乃大惊惋，始知此女即灵所托访者。"今事既不谐，复为绘图进献，岂非千古罪人！将来何面目见良友！"因急诣崔翁，索得《行乞图》返宫，将相机维挽。不意十美已即日就道，六如悔恨无已。又见濠逆迹渐著，急欲辞归，苦为濠羁縻。乃发狂，号呼颠掷，溲秽狼藉。濠久之不能堪，仍遣使送归，杜门月余乃起。过张灵时，灵已颓然卧病矣。

盖灵自别六如后，邑邑亡憀[38]，日纵酒狂呼，或歌或哭。一日中秋，独走虎丘千人石畔，见优伶演剧，灵伫视良久，忽大叫曰："尔等所演不佳，待吾演王子晋吹笙跨鹤[39]！"遂控一童子于地而跨其背，攫伶人笙吹之，命童作鹤飞；捶之不起，童子怒，掀灵于地。灵起曰："鹤不肯飞，吾今既不得为天仙，惟当作水中仙耳！"遂跃入剑池中。众急救之出，则面额俱损，且伤股不能行，人送其归家。自此委顿枕席，日日在醉梦中。至是，忽闻六如至，乃从榻间跃起，急叩豫章佳人状。六如出所摹素琼图示之。灵一见，诧为天人，急捧置案间，顶礼跪拜，自陈"才子张灵拜谒"云云。已，闻莹已入宫，乃抚图痛哭。六如复出莹所题《行乞图》示之。灵读罢，益痛哭。大呼："佳人崔素琼！"随踣地呕血不止。家人拥至榻间，病愈甚。三日后，邀六如与诀曰："已矣！唐君！吾今真死矣！死后，乞以此图殉葬。"索笔书片纸云："张灵，字梦晋，风流放诞人也，以情死。"遂掷笔而逝。六如哭之恸，乃葬灵于玄墓山之麓，而以图殉焉。检其生平文章，先已自焚，惟收其诗草及《行乞图》以归。

时，莹已率十美抵都。因驾幸榆林[40]，久之未得进御。而宸濠已举兵反，为王守仁所败[41]，旋即就擒。驾还时，以十美为逆藩所献，悉遣归母家，听其适人。于是，莹仍得返豫章。值崔翁已捐馆舍[42]，有老仆崔恩殡之。莹哀痛至甚。然茕孑无依。葬父已毕，遂挈装迳抵吴门，命崔恩邀六如相见于舟次。莹首讯张灵近状，六如怆然收涕曰："辱姊钟情远顾，奈此君福薄，今已为情鬼矣！"莹闻之，呜咽失声。询知灵葬于玄墓，约明日同往祭之。六如明日果携灵诗草及《行乞图》至，与莹各挐舟，抵灵墓所，莹衣缞绖[43]，伏地拜哭甚哀。已乃悬《行乞图》于墓前，陈设祭仪，坐石台上，徐取灵诗草读之。每读一章，辄酹酒一卮，大呼："张灵才子！"一呼一哭，哭罢又读，往复不休。六如不忍闻，掩泪归舟。而崔恩伫立已久，劝慰无从，亦起去，徘徊丘垅间。及返，则莹已自缢于台畔。恩大惊，走告六如。六如趋视，见莹已死。叹息跪拜曰："大难！大难！我唐寅今日得见奇人奇事矣！"遂具棺衾，将易服敛之。而莹通体衫襦，皆细缀严密无少隙，知其矢死已久。六如因取诗草及《行乞图》，并置棺中为殉，启灵圹与莹同穴。而植碑题其上云："明才子张梦晋、佳人崔素琼合葬之墓"。时，倾城士人哄传感叹，无贵贱贤愚，争来吊诔，络绎喧阗[44]，云蒸雨集，哀声动地，殆莫知其由也。六如既合葬灵、莹，检莹所遗橐中装，为置墓田，营丙舍[45]，命崔恩居之，以供春秋奠扫之役。呜呼！才子佳人，一旦至此。庶乎灵、莹之事毕，而六如之事亦毕矣。

而六如于明年仲春，躬诣墓所拜奠。夜宿丙舍傍，辗转不寐，启窗纵目，则万树梅花，一天明月，不知身在人世。六如怅然叹曰："梦晋一生狂放，沦落不偶，今得与崔美人合葬此间，消受香光，亦差可不负矣！但将未知谁葬我唐寅耳！"不觉欷歔泣下。忽遥闻有人朗吟云："花满山中高士卧，月明林下美人来。"六如急起入林迎揖，则张灵也。六如讶曰："君死已久，安得来此吟高季迪诗[46]！"

灵笑曰："君以为我真死耶？死者形，不死者性，吾既为一世才子，死后岂若他人泯没耶？今乘此花满山中，高士偃卧时来造访耳。"复举手前指曰："此非'月明林下美人来'乎？"六如回顾，有美人姗姗来前，则崔莹也。于是，两人携手整襟，向六如拜谢合葬之德。六如方扶掖之，忽又有人大呼曰："我高季迪梅花诗，乃千古绝唱，何物张灵，妄称才子，改'雪'为'花'，定须饱我老拳！"六如转瞬之间，灵、莹俱失所在。其人直前呼曰："当捶此改诗之贼才子！"捽六如欲殴之，六如惊寤。则半窗明月，阒其无人[47]。六如怃然[48]，始信真才子与真佳人，盖死而不死也。因匡坐梅窝下[49]，作《张灵崔莹合传》以纪其事。然今日《六如集》中，固未尝见此传也。余又安得而不亟补之哉。

畸史氏曰[50]：嗟乎！盖吾阅《十美图编》，而后知世间真有才子佳人也。从来稗官家言，大抵真赝参半。若梦晋之名，既章章于《六如集》中，但素琼之事，无从考证。虽然，有其事何必无其人，且安知非作者有为而发乎？独怪梦晋之才，目空千古，而其尚论才子佳人，则啙以太白与莺莺当之[51]。夫太白诚天上仙才，不可有二，若千古佳人，自当以文君为第一[52]。而梦晋顾舍彼取此，厥后，果遇素琼，毋乃思崔得崔，适符其谶耶[53]？至于张以情死，崔以情殉，初非有一词半缕之成约，而慷慨从容，等泰山于鸿毛，徒以才色相怜之故。推此志也，凛凛生气，日月争光，又远出琴心犊鼻之上矣[54]。而或者犹追恨于梦晋之蚤死[55]。以为梦晋若不死，则素琼遣归之日，正崔张好合之年，后此或白头唱和，兰玉盈阶，未可知也。噫！此固庸庸蚩蚩者之厚福也[56]，何有于才子佳人哉！

选自《虞初新志》

【题解】

本篇据白话小说《十美图》改编，但有独特的艺术风格，是明末清初文言小说中的佳篇。篇中所写的张灵实有其人。他是封建社会中比较典型的愤世嫉俗、放浪形骸的才子。他的放浪形骸实际上是对封建社会的世俗和礼教表示一种深切的不满和绝望。他的狂放行为和稍后的徐渭、李贽的行为相通相似。本篇写他和崔莹为情而死，当系虚构。却也表现出与稍后的汤显祖、冯梦龙等人相近的思想。本篇末尾写他死后托梦唐寅，说道："死者形，不死者性"。作者还直接发议论，认为如果有人为张、崔之死而遗憾，希望他们生前好合的话，那不过是庸庸之见。可见作者也持有只要有情，虽死犹生这种具有当时时代特点的思想见解。

【注释】

①唐解元：唐寅，字伯虎，号六如。明代画家、文学家。弘治年中乡试第一，故称解元。 ②祝枝山：祝允明，字希哲，号枝山，能诗文，工书法。 ③张梦晋：张灵，字梦晋，善画。 ④太白：李白，字太白，唐代诗人。 ⑤稗乘：指流传的小说。 ⑥正德：明武宗年号（1506—1521）。 ⑦舞勺：指童年时代。舞勺是古代孩童学的一种乐舞，按古礼，十三岁学舞勺。 ⑧补弟子员：即入学，俗称秀才。 ⑨章缝：诸生服，一般称青衿。 ⑩崔莺莺：唐元稹《莺莺传》和元王实甫《西厢记》中的女主人公。 ⑪谪仙：李白，人称谪仙人。 ⑫双文：崔莺莺，一名双文。⑬张君瑞：《西厢记》中的男主角。 ⑭《刘伶传》：见《晋书》，西晋时"竹林七贤"之一，酷好酒，放情肆志，常乘鹿车携酒，命仆人带着铲子随其后，说"死便埋我"。 ⑮浮一大白：喝一杯酒。大白，酒杯。 ⑯科跣双髻：赤脚光头露顶。 ⑰衣鹑结：穿破烂的衣服。 ⑱属和：和诗。⑲赓：继续。 ⑳毫楮：笔纸。 ㉑生公法：生公是南北朝梁高僧，传说他在苏州虎丘寺说法，顽石点头。 ㉒写一帧：画一幅画。 ㉓识韩：李白《上韩荆州书》说："生不用封万户侯，但愿一识韩荆州"。韩荆州：韩朝宗，当时为荆州长史。"识韩"后成为初次见面的敬辞。 ㉔广文：唐朝国子监

有广文馆，做教官的郑虔被称为广文先生，后以“广文”做教官的代称。㉕舣舟：使船靠岸。㉖榜人：船家。㉗豫章：今江西省。㉘属：恰好。蕲人：湖南人。校士：担任学使。㉙跅弛不羁：放纵不拘礼法。㉚褫其诸生：革除秀才。褫，剥去诸生服。㉛江右宁藩宸濠：江西宁王朱宸濠。㉜九重：指皇帝。㉝副之：做陪客。㉞憸人：阴险奸诈的小人。㉟衔：意为怀恨在心。㊱红叶：唐僖宗时，宫女韩氏题诗红叶放入御沟流出宫外，为文士于祐拾得，于是互相赠答，终谐良缘。㊲真：唐人指仙女，后也泛指美女。㊳邑邑亡憀（liáo）：郁闷无聊。邑邑，同悒悒。㊴王子晋：即王子乔，相传为周灵王太子，名晋。喜欢吹箫作凤凰鸣声。后乘白鹤升天成仙。㊵驾幸榆林：皇帝到榆林。榆林，今陕西省榆林市。㊶王守仁：字伯安，弘治进士，官至南京兵部尚书。曾平定“宸濠之乱”。㊷已捐馆舍：去世。㊸缞绖（cuīdié）：丧服。㊹喧豗（huī）：哄闹。㊺丙舍：存放灵柩的房屋。㊻高季迪：高启，字季迪，号青丘。明初著名诗人，曾任翰林院编修。㊼阒（qù）：寂静。㊽怃然：怅然的样子。㊾匡坐：正坐。㊿畸史氏：作者自称。畸，不正。51耑（zhuān）：专。52文君：卓文君，西汉时人，丧夫后与司马相如相恋，后一同私奔。53谶（chèn）：预言。54琴心犊鼻：指司马相如与卓文君的故事。琴心，司马相如弹琴挑动卓文君。犊鼻，司马相如卖酒时所系的围裙。55蚤：同“早”。56庸庸蚩蚩：庸庸碌碌，平凡无知。

钮　琇（？—1704）

字玉樵，苏州吴江（今属江苏省）人，清康熙十一年拔贡生，历任河南项城、陕西白水、广东高明等县知县。工于诗文，传奇小说有唐人之风。著有《临野堂文集》和《觚賸》等。

睐 娘

睐娘者，姓易氏，居松陵之舜水镇[①]。祖某以阀阅世宦[②]，累赀亿万。其父某尽散其赀，畜古名画。环室为香木城[③]，城有十架，架藏百卷为率，各以镂金牌记之，其锦韬玉轴者为最品[④]。睐方四五岁，性聪良，善记诵。父尝戏举古人姓名，叩以所作某画，睐即指第几卷中，靡不悉符。父以是爱之，令其掌镂金牌而司画城，呼曰“画奴”。长及齿龀[⑤]，作花鸟小图，工刀札，善吟咏。姿体绝丽，未尝假粉脂，而浮香发艳，盈盈欲仙。星眸流离，远黛明媚，复嫣然善睐[⑥]，故其母氏更“画奴”名为“睐娘”。

明甲申岁，海内鼎沸，兵燹所被，诸郡县皆陆沉[⑦]。秋八月，睐与父母夜饭罢，画楹间列绣灯，围以紫丝步帐，月光掩映帘幕，睐方研墨濡颖，手摹吴道子画观音像[⑧]，将赛于邻侧醉香庵[⑨]，施其庵之女冠。未举笔，忽闻号呶成雷[⑩]，燎火四张，外宅大呼曰：“兵至矣！兵至矣！”睐仓卒入内阁，取画城之锦韬玉轴者，持以出，从父母走僻巷中，潜达金牛村。居金牛村三载，卖珠以缀衣，佣绣以佐馔，备旅食之困。时舜水庐室悉为灰烬。乱稍定，睐父将理故业，而无资可缮。睐泫然曰：“吾家世业隆大，不幸蹈于离乱，茕茕飘寄，非长策也。闻女之姑在午溪东新巷，姑以艾孀守贞[⑪]，女可就访合居，共为晨昏。女装中有古画十余卷，售之当得千金。父以其值稍葺故庐而新之，女时可从父母从容完聚耳。”父然之，为买小舫，从一女奴曰问香，赋诗泪别。诗曰：“漂泊何由返故园，桃花春雨照离魂。凭将别后双红袖，记取东风旧泪痕。”遂至东新巷，次于姑家。

姑字倩娘，夫家姓言氏，于新巷亦豪族。倩夫以痫痳之病[⑫]，走死乱军，无子。倩故甚爱睐娘，视睐娘若子也。倩有表之自出潘生，绪其亲与倩乃异姓之叔嫂。生故世胄[⑬]，其父母以行秽见黜于族，僦倩之侧舍以居[14]。生能诗文，然无士君子行，窥倩寡处阒寂，日以事请见。睐目哆口，欹肩摄足，以意挑倩娘。倩娘意惑焉，久而相悦。睐之卧室，去倩之卧室可百武[15]，在东厢小红楼，锁帘闭帏，旦晚不下楼级。倩之事，问香稍知之，以告睐，睐嘿不应。倩之家有一园，名隔梦，景颇幽胜。时暮春初旬，倩娘辟诸女从，邀睐娘往游，睐辞以午绣方倦，倩频促之，乃启隔梦门，转曲池上小山左侧，憩半峰亭。绿柳数树，红栏三折，茶以竹垆，棋以石磴。复转而左，隔太湖石累丈，海棠盛开，烂如绣屏。缘海棠行数十武，一径皆樱桃花，一径皆蔷薇花。倩曰："樱桃未子而花容少媚，不若蔷薇红香足爱也。"挈睐左腕，低扇微笑，乃至蔷薇架下。瞥然一声，片花乱舞，落红满鬟鬓间，垂垂拂衫袖，有细彩流苏贯相思子[16]，缀以同心凤凰结，杂花而坠，中睐之右肩。睐惊愕，隔花望见一生，乌巾倩容，凝睇于睐。问香遽呼之曰："潘秀才从谁来耶？"倩娘曰："潘郎从樱桃径来耶？郎素不识睐娘，何敢唐突西子[17]？"生视而笑，倩亦视生而笑。遂散去。睐知倩之卖已也，赧颜不怿者累日[18]。盖倩娘素悦于生，耻睐之独为君子也，故潜生于园以俟睐之至，将市秽于睐[19]。倩知事不谐，于是始不慊于睐[20]，而为生计益深。

一日睐娘晓妆方竟，绮窗无事，偶叠红笺作细字，集唐句成一绝云："蚤是伤春梦雨天，莺啼燕语报新年。东风不道珠帘隔，引出幽香落外边。"盖隐刺倩事也。书毕，以玉篆狮镇纸。忽闻楼级有点屐声，乃倩娘至。睐拾袿连屧趋迎倩[21]，线笺诗犹在镇狮下。睐急取置镜台锁橱内，而尾纸半露。倩出读之，纳于杏衫左袖，遽下楼级。睐止之不能，惋悒而已。倩出中堂，适遇生于梧桐轩下。倩出笺于袖，望生而投曰："樱桃径上，有援琴之挑[22]。梧桐轩下，乃无掷车之果耶[23]？"生舒笺展视，乃绝句云云，后有"画奴戏草"四楷书。倩曰："画奴，是睐娘小字。红笺，是潘郎良媒也。"生携笺而去。

后累日新霁始凉，金风初扇[24]，沼荷零香，庭草凄绿，睐孤坐凝眸，惘惘有思归之意。见问香携斑竹锁丝篮，篮置画金小方奁，进曰：“倩娘以为娘午茶，少润诗脾。”开奁视之，乃石榴子二盒，金柑四蒂。果尽覆奁，奁衣下文锦尺幅，绣带双结，密缄重重。发缄而观，则薄赫蹄也[25]，得五十六字云：“珠楼十二夜初长[26]，秋恨应知怯晚妆。巫水有云通楚佩，贾墙无梦问韩香[27]。锦弦旧瑟调鹦鹉，兰酒新垆忆鹔鹴。落月斜廊无限意，可能流影到西厢。”篇末著云：“米在田而可实，水非米而何炊？”睐以指画者久之，作“潘”字状，瀌焉起立，碎纸而掷于地。堕鬟拂衣，遂往见倩。时倩方坐绣裀，裁凤花细袜。忽见睐，以睐至，意必有合，移席骈坐，为睐整髻上坠钗。睐晕脸潮红，严容噎气。良久乃言曰：“侄以稚年，背慈就外，孤迹单心，托命于姑。以姑之惠，被以绮绣，饵以珍错，良厚矣。乃不训之以德，而假道于不令之生[28]，传以亵词。姑纵不爱侄，独不自爱乎？曩者以楮墨闲情，染成小句，姑掠而取之，致以秽意见诱。修筠有节，高柏有心，岂相浼也[29]！陌上之金，尚不能乱桑中之妇[30]，而谓红闺流叶[31]，乃自媒于东墙宋玉哉[32]？侄非敢断绝雅恩，然久安于此，实败令名，请从此辞。”欷歔再拜而起。倩以好言固留，不许。时舜水已成小筑，睐之父母将欲迎睐，睐适归，惊喜道故，睐所不悦于倩娘者，匿不以告也。

先是，生之父母为生婚于王氏，自溺志于倩，遂背婚于王，王亦以生狂荡无检，字女他姓。至是，生欲因倩娘求合于睐，而不惬其愿，故扬红笺之诗以诬睐，使闻于睐之父母，因而求娶。阅岁余，倩以他事至睐父母家，起居外，并为睐议姻。口筹心语，未白其人，而数目睐父。睐父无忤色，因极口潘生之才，而讳其贫。又附睐母耳密语。睐父母嘿然，相顾微叹，遂首肯之。倩归，即为生致六礼。睐父母择吉，将赘生于家，而绝不以闻于睐。至宴尔之夕[33]，银釭斜照，黼帐高张[34]。夜阑撤妆流盻，见此良人，则即隔梦园樱桃花下生也。睐大号恸，绝而后苏。问香驰走，惊呼睐父母至，睐悲极不能言。良久唯曰："倩娘误我。"父母再四救解。然伉俪之际，非其本情，虽勉为笑语，而眉妩间锁愁驻恨，如不胜致。

居又二年，生亦构数椽别墅，挈睐以归。生之父母穷悍极虐，素知睐之不礼生也，为盛怒以待睐。睐拜告方毕，含啼入室，意不聊生。岁辛丑，生以不给家食，为砚耕之谋[35]，复隙窥馆之邻女，见黜其主。睐愈不礼生。生大愠睐，叱詈之声，达于庭户。睐支颐语生曰："薄命之薄，衔冤可知。狂童之狂，负心若此。何须何眉，无耻无礼！我死为鬼，尔生尚能为人乎？"语未竟，鞭楚乱下，散发蒙面，流血被肩。维时明月入户，青灯荧荧，睐朦目呜咽而叹曰："命尽此矣。"令问香于故箧中取《愁盐》一卷，诗词若干首，及绿窗小写百叶，皆幼时所画花鸟粉本[36]，悉焚之火。乃裂帛盈尺，和泪为书，授之问香，曰："迟明，汝为吾送易氏爹娘。"书略云："女不幸少逢离乱，骨肉飘依，两地异处。况复长年羸病，自知弱蕙易殇，薄云难寿。然从垂髫以来[37]，溺情芸艺[38]，散志签图，将谓结褵名族[39]，执爨良家，俾慈帏二人[40]，得慰心于白发，窃所愿也。不意媒妁之欺，近在至戚。涅我素名[41]，织彼萋计。致匹合于琐类，终身之仰，失在一朝。怨魄不舒，愁魂欲断，岂知有生之乐哉！女自春首分袂而后[42]，郁为沉疾，尝累日一粥，而见粒则呕，薄饮不及蠡勺，悲苦之状，不可殚陈。当夫兰门暮掩，薄寒中人，檐雨淅沥，灯花频落，砧声远飘，谯鼓断续。女于斯时，凄其泪零，倚枕竟夕，不知忧之何从也。及夫画窗晓开，丽花笑暖，慧鸟争啼，凭栏数回，因思稚年西园随伴，踏青始归，泛锦瑟于芳楼，驰红衫于细马[43]，匏丝稠杂[44]，谐笑为欢。方之今时，遂若隔世。同是一身，而苦乐顿异，命之不犹，夫复何言！今秋负心人以窥窬失意[45]，迁怒于女，笞楚千态，垂垂待毙，无复生理。爰令丫环问香告情父母，即夜是命尽之日。父母一来垂视，永以遐隔。绿香帐里，岂有冷翠零膏；红叶窗前，莫问韶颜稚齿。将见柳眼露凝，埋春化泪，莲心风折，劈恨成丝。明月三更，天涯草碧，还家之期，当在晓风新梦间耳。父母春秋已高，强饭自爱，无以女为念。幸收女余骨，覆以抔土，得以脱迹人间，销形天上，粱黄槐绿，烟冷云荒，遂毕此生矣。孟光同隐[46]，未得是人；弄玉俱仙[47]，徒为虚语。独念父母畜我不卒，绕膝之欢，邈矣难再。梅花犹在额乎[48]？莲花犹在足乎[49]？镜台旧影，翠帷余香，姗姗其来迟者，知是亭亭倩女魂也。”及晨，睐父母得书，愤骇长恸而至，则睐已缢于前轩左榹间矣。生与父母俱逃，莫晓所在。睐父母及易氏诸戚，乃棺睐于两楹，而以问香归。

盖睐之为人，风神散朗，亦珊珊流雅，而幽情如缄，慧心长结，艺能穷巧，而貌若不知。咳唾生珠玉，而寡于辩给，援管成牍，而挥染必本于性，故写愉则墨以欢露，道哀则字与泪并。盖孝穆所谓妙解文章者也[50]。惜紫纨无托，红颜非耦，才丰命啬，生短恨长。悲哉！睐生才二十四岁。殓后数日，忽有豪士，戟髯拳发，红巾绿缦，跨剑跃马而驰，后从碧眼奴背负血囊，至睐之门，排门直入。豪立马柩前，掀髯大呼曰：“负心人已杀之矣。”从者下囊前倾，血糊模一髑髅着地疾走，乃生之首也。其明年，午溪盗乱，倩娘虏去，不知所终。人咸以为睐冤之所雪云。

选自《觚賸》

【题解】

在明末清初的兵荒马乱中，聪慧美丽的睐娘寄居在姑母倩娘家。倩娘孀居，和潘生私好，却又要为睐娘和潘生保媒，遭到睐娘拒绝。后来倩娘、潘生设下圈套，使睐娘父母被迫将女儿嫁给潘生。两年后，睐娘积愤难释，留下一封沉痛控诉的遗书后，自缢身亡。作者善于渲染悲剧气氛，写来凄清幽婉，十分动人。

【注释】

①松陵：古地名，苏州一带。这里指苏州。 ②阀阅：世族大家。 ③香木城：用香木做成架子，环置屋里如城墙。 ④锦韬玉轴：用锦缎做套，用玉做画轴。 ⑤齿龀（chèn）：换牙，指七岁。 ⑥睐（lài）：顾盼，以目斜视。 ⑦陆沉：国土沦陷。 ⑧吴道子：唐代著名画家。 ⑨赛：酬神。 ⑩号呶：呼喊吵闹。 ⑪艾孀：年轻守寡。 ⑫痫疾（xiānhū）：癫痫。 ⑬世胄：世代官宦之家。 ⑭僦（jiù）：租。 ⑮百武：百步。 ⑯相思子：红豆。 ⑰唐突西子：冒犯西施，指潘生向睐娘抛相思子的举动。 ⑱赪颜不怿：脸红不愉快。 ⑲市秽：使睐娘有淫乱行为。 ⑳慊：满意。 ㉑拾袿（guī）：整整上衣。 ㉒援琴之挑：用琴曲表达爱情。用司马相如弹琴向卓文君表示爱情故事。 ㉓掷车之果：指表达爱慕之情。潘安貌美，乘车外出，女子们向他掷果表示爱慕。 ㉔金风：秋风。 ㉕赫蹄：一种薄纸。 ㉖珠楼十二：十二楼为传说中仙女所居之处，此处指睐娘住所。 ㉗ “贾墙”句：晋朝韩寿偷越贾充院墙与贾女相会，贾女以名香相赠，二人终成夫妻。 ㉘不令：不好。 ㉙浼（měi）：污染。 ㉚ “陌上”两句：用汉乐府《陌上桑》中采桑女子罗敷拒绝太守调戏故事。 ㉛红闺流叶：用《流红记》中于祐与韩氏的爱情故事。 ㉜东墙宋玉：宋玉《登徒子好色赋》中，东邻女美丽非常，登墙向宋玉主动表示爱情。 ㉝宴尔：新婚。 ㉞黼帐：绣有花纹的幔帐。 ㉟砚耕：教书或卖文为生。 ㊱粉本：稿本。 ㊲垂髫：童年。 ㊳芸艺：诗书绘画。芸，一种能驱除书中蠹虫的香草，故以芸代指书画。 ㊴结褵：出嫁。 ㊵慈帏：父母。 ㊶涅：污染。 ㊷分袂：分别。 ㊸细马：投壶游戏所用的器具。 ㊹匏丝：乐器。 ㊺窥窬：偷看，跳墙。指潘生调戏邻女一事。 ㊻孟光同隐：孟光与梁鸿夫妇一同隐居霸陵山，相敬如宾。 ㊼弄玉俱仙：弄玉是秦穆公女，与丈夫一同飞升成仙。 ㊽梅花在额：梅花妆，少女的一种装扮。 ㊾莲花在足：南齐东昏侯凿金为莲花形，嵌在地上，让潘妃在上面走，称“步步生莲花”。 ㊿孝穆：南朝陈徐陵，字孝穆，文学家。

张 羽 军

张翚字羽军，一字采舒，吴县人，工诗善琴，而豪于饮。性喜交游，重然诺[①]，即利害无所避。年十八，从其父于京师，闻旗人有法宝者[②]，才而好士，以诗谒之，一见倾倒。宾于家，礼意优渥[③]，往来酬唱者半载。翠父促归，宝以五百金为赠。翠固辞曰："大丈夫一日定交，则终身生死以之。彼须金而结者，悠悠世上人耳。非所望于公也。"挥手而别。宝倚国戚，且数以吟咏傲其侪辈，行事不甚循理，上闻之不悦。宝惧祸，挈妻子奴婢十数人出走。买舟直抵湖广，访其旧友总兵某，而某已殁。惘惘无可依。因念吴中有故人张翚[④]，侠者也，家在虎阜[⑤]。犹忆曩年分岐之语，投之必能纳我。遂泛长江，由毗陵潜达姑苏。一日，山塘晚市初罢，翚侍其父夜酌，忽有叩门者，翚出见，乃宝也。翚延之坐，入告其父曰："法公为我知己，被罪出亡，于国法无赦，留者罪与之均。今穷而归我，畏法则执而首于官，死法公矣。昔孔融藏匿张俭[⑥]，义声炳于千秋，敢告严君，将背友而保家乎？抑舍生而取义乎？"翚父张目奋髯曰："北海之母何人[⑦]，我岂不及一巾帼哉？其留之。"因致诸窟室居焉。先是宝出奔时，九重震怒[⑧]，命大索天下。宝寄翚日久，恐事露累翚，乃与故所善邹生谋，更移无锡之惠山。康熙二十四年，翚华南巡，宝之仆告宝谋逆，且历指所匿处。捕宝并逮翚与父，翚力辩父脱罪，翚竟论斩，减等流秦[⑨]。凡官于秦者，高其义，皆愿与交，不以流人目之，为之营居长安市中。造其庐，萧然环堵，花木幽疏。客至携入小楼，辄具尊酒。酒阑，鼓琴一曲，或赋诗四韵，若忘其身在异乡矣。余惟翚慷慨自命，知难不避，意必有英悍之色见于眉宇，如朱亥郭解之流[⑩]。今观其貌，恂恂㧑雅[⑪]，弦歌终日，则儒生也而烈士哉，乃其父亦非常人也。

选自《觚賸》

【题解】

本篇描写清王室的一位国戚，名法宝，因事得祸，挈家南行，在茫茫无可依的情况下，投奔苏州张羽军家。张羽军早先随父进京时曾和法宝有半年往来。这时张氏父子冒着身家性命的危险收留了法宝。后来因人告密，张氏父子和法宝同时被捕。张羽军尽力使老父脱罪，自己被判死刑。后减罪流放到秦中。篇中描写“凡官于秦者，高其义，皆愿与交”，张羽军在秦地得到地方官的妥善安排。这种描写实际是对当时统治阶级高压政策的不满，就其写作时代来说，这种描写是难能可贵的。

【注释】

①重然诺：讲信义，说话算数。 ②旗人：满族人。 ③优渥（wò）：优厚。渥，浓厚。 ④吴中：今江苏省苏州市一带。 ⑤虎阜：虎丘，此处代指苏州。 ⑥孔融藏匿张俭：《后汉书·孔融传》载，张俭被官府追捕时，投奔孔融兄孔褒，孔褒不在，孔融做主收留了他，当时孔融才十六岁，后孔融兄弟二人都被捕。 ⑦北海：指孔融。孔融曾任北海相，时称孔北海。 ⑧九重：指皇帝。 ⑨流秦：流放到秦地（今陕西省一带）。 ⑩朱亥：战国时魏国人，屠夫。信陵君救赵时，朱亥以铁椎杀晋鄙，夺其兵，帮助信陵君解赵之围。郭解：汉代人，侠士。 ⑪恂恂㧑（huī）雅：诚恳忠厚，谨慎文雅。

王士祯（1634—1711）

字子真，一字贻上，号阮亭，又号渔阳山人，新城（今山东省桓台县）人。清顺治十二年进士，十五年赴殿试，授推官。后官至刑部尚书。为清代诗文名家，所倡“神韵说”影响极大。著有《渔洋诗文集》和《池北偶谈》等。

女侠

新城令崔懋，以康熙戊辰往济南[①]，至章丘西之新店[②]，遇一妇人，可三十余[③]，高髻如宫妆[④]，髻上加毡笠，锦衣弓鞋，结束为急装，腰剑，骑黑卫，极神骏。妇人神采四射，其行甚驶[⑤]。试问何人？停骑漫应曰："不知何许人。"将往何处？又漫应曰："去处去。"顷刻东逝，疾若飞隼[⑥]。崔云："惜赴郡匆匆，未暇蹑其踪迹，或剑侠也。"以侄鹓因述莱阳王生言：顺治初，其县役某解官银数千两赴济南，以木夹函之[⑦]。晚将宿逆旅，主人辞焉，且言镇西北不里许，有尼庵，凡有行橐者皆往投宿，因导之往。方入旅店时，门外有男子著红帩头[⑧]，状貌甚狞。至尼庵入门，有厅廨三间，东向，床榻备设。北为观音大士殿，殿侧有小门扃焉。叩门久之，有老妪出应，告以故，妪云："但宿西廨不妨。"久之，持朱封镉山门而入[⑨]，役相戒夜勿寝，明灯烛，手弓刀伺之。三更，大风骤作，山门砉然而辟。方愕然相顾，倏闻呼门声甚厉，众急持械以待，而廨门已启。视之，即红帩头人也，徒手握束香掷於地，众皆仆，比天晓始苏，银已亡矣。急往市询逆旅主人，主人曰："此人时游市上，无敢谁何者，唯投尼庵，客辄无恙，今当往诉耳。然尼异人，吾代往求之。"至则妪出问故曰："非为夜失官银事耶？"曰："然。"入白，顷之，尼出，妪挟蒲团敷坐[⑩]，逆旅主人跪白前事。尼笑曰："此奴敢来此弄狡狯，罪合死，吾当为一决。"顾妪入，牵一黑卫出，取剑臂之，跨卫向南山径去，其行如飞，倏忽不见。市人集观者数百人。移时，尼徒步手人头驱卫而返，驴背负木夹函数千金，殊无所苦。入门呼役曰："来，视汝木夹官封如故乎？"验之良是。掷人头地上曰："视此贼不错杀却否？"众聚观，果红帩头人也。众罗拜谢去。比东归，再往访之，庵已镉闭，空无人矣。尼高髻盛妆，衣锦绮，行缠罗袜，年十八九，好女子也。市人云，尼三四年前挟妪俱来，不知何许人。常有恶少夜入其室，腰斩掷垣外，自是无敢犯者。

选自《池北偶谈》

【题解】

莱阳县的衙役押解官银到济南，晚上要在一个小镇上住店，旅店主人拒绝接纳，让他们去尼庵借宿。原来，尼庵中有一位尼姑是个女侠，盗贼不敢光顾。这反映了清初极不安定的社会现实。篇中又写了一个红帕包头的盗匪，贪心急切，居然到尼庵中劫取了官银，女侠立即行动，臂上挂剑，骑驴如飞，不久，便手执盗匪的头颅，驱赶着驮着官银的驴子而归，当着数百围观者说：我没有杀错吧！形象生动，写出了她刚健果敢的性格。但同时也表现出这类女侠实际已走上护卫官府的道路。

【注释】

①康熙戊辰：康熙二十七年（1688）。　②章丘：今山东省济南市章丘区。　③可：大约。　④宫妆：古代宫女装束。　⑤驶：快。　⑥飞隼：鹰。　⑦函之：包装。　⑧著红帩头：用红帕包着头。　⑨朱封镭山门：用硃笔写好的封条把尼庵大门封上。　⑩敷坐：铺排座位。

某　中　丞

某中丞[①]，巡抚上江[②]。一日，遣使赍金数千赴京师[③]。途宿古庙中，扃鐍甚固。晨起，已失金所在，而门钥宛然。怪之。归以告中丞，中丞怒，亟责偿官。吏告曰："偿固不辞，但事甚疑怪，请予假一月，往踪迹之，愿以妻子为质。"中丞许之。

比至失金处，询访久之，无所见。将归矣，忽于市中遇瞽叟，胸悬一牌云："善决大疑。"漫问之。叟忽曰："君失金多少？"曰：若干。叟曰："我稍知踪迹，可觅露车乘我[4]。君第随往，冀可得也。"如其言。初行一日，有人烟村落。次日，入深山，行不知几百里，无复村疃[5]。至三日，蹰亭午，抵一大市镇。叟曰："至矣。君但入，当自得消息。"不得已，第从其言[6]。比入市，则肩摩毂击[7]，万瓦鳞次。忽一人来讯曰："君非此间人，奚至此？"告以故，与俱至市口，觅瞽叟，已失所在。乃与曲折行数街，抵大宅，如王公之居。历阶及堂，寂无人。戒令少待。顷之，传呼令入。至后堂，堂中堆设一榻，有伟男子科跣坐其上[8]，发长及骭[9]。童子数人，执扇拂左右侍。拜跪讫，男子讯来意，具对。男子颐指[10]，语童子曰："可将来。"即有少年数辈，扛金至，封识宛然。问曰："宁欲得金乎？"吏叩头曰："幸甚，不敢请也。"男子曰："乍来此，且好安息。"即有人引至一院，扃门而去，馈之食，极丰腆。

是夜，月明如昼。启后户视之，见粉壁上累累有物。审视之，皆人耳鼻也。大惊，然无隙可逸去。彷徨达晓，前人忽来传呼。复至后堂，男子科跣坐如初。谓曰："金不可得矣。当予汝一纸书。"辄据案作书，掷之，挥出。前人复导至市口，惝怳疑梦中。急觅路归。

见中丞，历述前事。叱其妄。出书呈之。中丞启缄，忽变色而入。移时，传令吏归舍，释妻子，豁其赔偿[11]。吏大喜过望。久之，乃知书中大略斥中丞贪纵，谓勿责吏偿金；否则，某月日夫人夜三更睡觉，发截三寸，宁忘之乎？问之夫人，良然[12]。始知其剑侠也。日照李洗马应鹰闻之[13]，望江龙检讨燮云[14]。

选自《池北偶谈》

【题解】

本篇写侠盗盗走官府的不义之财，思想基调似无新意，但描写别开生面。作品中的主线是写一个衙吏在奉命押运途中失银，一位盲翁带他走了三天，方见到侠盗，盲翁突然消失了。侠盗交给衙吏一封信，嘱他带回去交给巡抚，巡抚一见此信，便什么也不说了。衙吏才明白，贪酷的巡抚早已受到过侠盗的警告和惩罚，这时更是吓破了胆。这种描写曲折有致，且有神秘色彩。

【注释】

①中丞：汉代为御史大夫的属官，清代用作称巡抚。 ②上江：指安徽。 ③赍：送。 ④露车：敞蓬车。 ⑤村疃（tuǎn）：村庄。 ⑥第：只好。 ⑦肩摩毂击：形容人多车多。 ⑧科跣：光头赤脚。 ⑨骭（gàn）：小腿。 ⑩颐指：用下巴示意指使他人。 ⑪豁：免除。 ⑫良然：确实如此。 ⑬日照：地名，今属山东省。 ⑭望江：地名，今属安徽省。检讨：官名，掌修国史。

蒲松龄（1640—1715）

字留仙，号剑臣，别号柳泉居士，山东淄川（今山东省淄博市）人。十九岁初应“童子试”，获得县、府、道三个第一，学使施闰章十分赏识。此后，他参加乡试屡屡受挫。三十一岁时，应同邑进士、扬州府宝应县知县孙蕙之聘，在孙处当幕僚。在此期间，他深切了解到官府的黑暗和老百姓生活的艰难。1671年秋，蒲松龄做幕宾一年后，离开了孙蕙的幕府，回到家乡。

此后，蒲松龄一直设馆授徒于缙绅之家，在明代尚书毕自严之子毕际有家设馆时间最长，达三十年之久。毕家藏书甚丰，蒲松龄利用毕家优越的条件读书和写作。直到1709年冬，蒲松龄才结束塾师生涯，回到家中。1710年，蒲松龄以七十一岁高龄补岁贡生，1715年辞世。

《聊斋志异》是蒲松龄的代表作，是他毕生心血的结晶。全书有四百多篇故事，大部分描写的是花妖狐魅和幽冥世界，但表达的却是作者对现实世界的认识和思考，对现实人生的感受和激愤之情。鲁迅在评价《聊斋志异》时说："使花妖狐魅，多具人情，和易可亲，妄为异类。"作者通过对虚幻世界的描写，寄托对现实世界的感受和希冀。艺术上，作者融会贯通前人的经验，形成了独特的风格，把中国文言小说推向了艺术高峰，《聊斋志异》成为我国文言小说中的珍品。

蒲松龄一生著作甚丰，除小说创作外，诗、文，尤其是俚曲，也取得了一定的成就。

劳山道士

邑有王生[①]，行七[②]，故家子[③]。少慕道[④]，闻劳山多仙人[⑤]，负笈往游[⑥]。登一顶，有观宇[⑦]，甚幽。一道士坐蒲团上，素发垂领[⑧]，而神光爽迈。叩而与语，理甚玄妙。请师之。道士曰："恐娇惰不能作苦。"答言："能之。"其门人甚众，薄暮毕集[⑨]。王俱与稽首，遂留观中。凌晨，道士呼王去，授以斧，使随众采樵。王谨受教。过月余，手足重茧[⑩]，不堪其苦，阴有归志[⑪]。

一夕归，见二人与师共酌，日已暮，尚无灯烛。师乃剪纸如镜，粘壁间。俄顷，月明辉室，光鉴毫芒[⑫]。诸门人环听奔走。一客曰："良宵胜乐，不可不同。"乃于案上取壶酒，分赉诸徒[⑬]，且嘱尽醉。王自思：七八人，壶酒何能遍给？遂各觅盎盂，竞饮先釂[⑭]，惟恐樽尽[⑮]；而往复挹注[⑯]，竟不少减。心奇之。俄一客曰："蒙赐月明之照，乃尔寂饮[⑰]。何不呼嫦娥来？"乃以箸掷月中[⑱]。见一美人，自光中出。初不盈尺，至地遂与人等。纤腰秀项，翩翩作"霓裳舞[⑲]"。已而歌曰："仙仙乎，而还乎，而幽我于广寒乎[⑳]！"其声清越，烈如箫管。歌毕，盘旋而起，跃登几上，惊顾之间，已复为箸。三人大笑。又一客曰："今宵最乐，然不胜酒力矣。其饯我于月宫可乎？"三人移席，渐入月中。众视三人，坐月中饮，须眉毕见，如影之在镜中。移时，月渐暗；门人然烛来㉑，则道士独坐而客杳矣㉒。几上肴核尚故㉓。壁上月，纸圆如镜而已。道士问众："饮足乎？"曰："足矣。""足宜早寝，勿误樵苏㉔。"众诺而退。王窃欣慕，归念遂息。

又一月，苦不可忍，而道士并不传教一术。心不能待，辞曰："弟子数百里受业仙师，纵不能得长生术，或小有传习，亦可慰求教之心；今阅两三月㉕，不过早樵而暮归。弟子在家，未谙此苦。"道士笑曰："我固谓不能作苦，今果然。明早当遣汝行。"王曰："弟子操作多日，师略授小技，此来为不负也。"道士问："何术之求？"王曰："每见师行处，墙壁所不能隔，但得此法足矣。"道士笑而允之。乃传以诀，令自咒毕㉖，呼曰："入之！"王面墙，不敢入。又曰："试入之。"王果从容入，及墙而阻。道士曰："俯首骤入，勿逡巡！"王果去墙数步，奔而入；及墙，虚若无物；回视，果在墙外矣。大喜，入谢。道士曰："归宜洁持㉗，否则不验。"遂助资斧㉘，遣之归。

抵家，自诩遇仙，坚壁所不能阻。妻不信。王效其作为，去墙数尺，奔而入，头触硬壁，蓦然而踣㉙。妻扶视之，额上坟起㉚，如巨卵焉。妻揶揄之㉛。王惭忿，骂老道士之无良而已。

异史氏曰㉜："闻此事，未有不大笑者；而不知世之为王生者，正复不少。今有伧父㉝，喜疢毒而畏药石㉞，遂有舐痈吮痔者㉟，进宣威逞暴之术，以迎其旨，诒之曰㊱：'执此术也以往，可以横行而无碍。'初试未尝不小效，遂谓天下之大，举可以如是行矣，势不至触硬壁而颠蹶不止也。"

选自《聊斋志异》

【题解】

这是《聊斋志异》中的名篇。作者通过对王生学道未成，归来"碰壁"等情节的描写，塑造出一个虽然"慕道"，但怕吃苦，又爱自吹自擂的人物形象——王生。王生上劳山学道。看来，只为学点在人前卖弄的本事，哪里受得了修炼的劳苦，于是三心二意，终于半途而废。他仅仅学了点皮毛小技，就急于下山，回家向妻子炫耀，而把老师的嘱咐抛在一边，结果大出其丑，连妻子也嘲笑他。耐人寻味的是，王生学道不成，不在自己身上找失败的原因，反而"骂老道士之无良"，把责任推到别人身上，表现出这个人物的可笑与可悲。时至今日，我们仍能从这个故事中悟出不少求学与做人的道理。

【注释】

①邑：泛指城镇。②行七：在弟兄中排行第七。③故家子：世家大户的子弟。④道：此处指道教。⑤劳山：又作崂山或牢山，位于山东省青岛市即墨区东南海滨，旧时是道教胜地。⑥负笈（jí）往游：原意为出外求学，这里指出门访道。笈，书箱；游，游学。⑦观（guàn）宇：道教的庙宇。⑧素发垂领：白发垂到衣领。素，白色。⑨薄暮：傍晚。薄，迫近。⑩手足重茧：手脚都长出厚茧。⑪阴：暗暗寻思。⑫光鉴毫芒：月光明亮，月光中，细小如毫毛、麦芒般的东西都能看见。⑬分赉（lài）：分赐。⑭釂（jiào）：干杯。⑮樽：盛酒器具，也作罇。⑯往复挹（yì）注：相互反复倒酒。⑰乃尔寂饮：如此寂寞冷清地饮酒。⑱箸（zhù）：筷子。⑲"霓裳舞"：即《霓裳羽衣舞》，唐代的一种宫廷舞蹈，相传从西域传来，由唐玄宗改制而成。⑳"仙仙乎"之句：大意为，我翩翩起舞，是回到了人间？还是仍被幽禁在广寒宫？仙仙：同"僊僊"，起舞的样子。㉑然：通"燃"。㉒杳：不见踪影。㉓肴核：指菜肴果品之类。㉔樵苏：砍柴割草。㉕阅：经历。㉖咒：念诵施行法术的口诀。㉗洁持：保持纯洁心地。㉘资斧：路费。㉙踣：跌倒。

㉚坟起：起疱。 ㉛揶揄（yéyú）：讥讽嘲笑。 ㉜异史氏：作者自称。 ㉝伧（cāng）父：旧时骂人话，类似鄙夫的意思。 ㉞疢（chēn）毒：疾病。 ㉟舐痈吮痔：通常作“吮痈舐痔”，意为吸舔脓疮，此喻极度地阿谀谄媚。 ㊱诒（dài）：骗。

娇 娜

孔生雪笠，圣裔也[1]，为人蕴藉[2]，工诗。有执友令天台[3]，寄函招之。生往，令适卒。落拓不得归[4]，寓菩陀寺，佣为寺僧抄录。寺西百余步，有单先生第。先生故公子，以大讼萧条[5]，眷口寡，移而乡居，宅遂旷焉。一日，大雪崩腾，寂无行旅。偶过其门，一少年出，丰采甚都。见生，趋与为礼，略致慰问，即屈降临。生爱悦之，慨然从入。屋宇都不甚广，处处悉悬锦幕，壁上多古人书画。案头书一册，签云[6]：“琅嬛琐记[7]。”翻阅一过，皆目所未睹。生以居单第，意为第主，即亦不审官阀[8]。少年细诘行踪，意怜之，劝设帐授徒。生叹曰：“羁旅之人，谁作曹丘者[9]？”少年曰：“倘不以驽骀见斥[10]，愿拜门墙[11]。”生喜，不敢当师，请为友。便问：“宅何久锢？”答曰：“此为单府，曩以公子乡居，是以久旷。仆皇甫氏，祖居陕。以家宅焚于野火，暂借安顿。”生始知非单。当晚，谈笑甚欢，即留共榻。昧爽[12]，即有僮子炽炭火于室。少年先起入内，生尚拥被坐。僮入，白：“太公来。”生惊起。一叟入，鬓发皤然[13]，向生殷谢曰：“先生不弃顽儿，遂肯赐教。小子初学涂鸦，勿以友故，行辈视之也[14]。”已而进锦衣一袭，貂帽、袜、履各一事。视生盥栉已[15]，乃呼酒荐馔[16]。几、榻、裙、衣，不知何名，光彩射目。酒数行，叟兴辞，曳杖而去。餐讫，公子呈课业[17]，类皆古文词，并无时艺[18]。问之，笑云：“仆不求进取也。”抵暮，更酌曰：“今夕尽欢，明日便不许矣。”呼僮曰：“视太公寝未；已寝，可暗唤香奴来。”僮去，先以绣囊将琵琶至。少顷，一婢入，红妆艳绝。公子命弹湘妃[19]。婢以牙拨勾动[20]，激扬哀烈，节拍不类夙闻。又命以巨觞行酒，三更始罢。次日，早起共读。公子最惠[21]，过目成咏，二三月后，命笔警绝。相约五日一饮，每饮必招香奴。一夕，酒酣气热，目注之。公子已会其意，曰：“此婢乃为老父所豢养。兄旷邈无家[22]，我夙夜代筹久矣。行当为君谋一佳耦。”生曰：“如果惠好，必如香奴者。”公子笑曰：“君诚‘少所见而多所怪’者矣。以此为佳，君愿亦易足也。”

居半载，生欲翱翔郊郭[23]，至门，则双扉外扃[24]，问之。公子曰：“家君恐交游纷意念，故谢客耳。”生亦安之。时盛暑溽热，移斋园亭[25]。生胸间瘇起如桃，一夜如碗，痛楚呻吟。公子朝夕省视，眠食都废。又数日，创剧，益绝食饮。太公亦至，相对太息。公子曰：“儿前夜思先生清恙[26]，娇娜妹子能疗之。遣人于外祖处呼令归，何久不至？”俄僮入白：“娜姑至，姨与松姑同来。”父子疾趋入内。入间，引妹来视生。年约十三四，娇波流慧，细柳生姿。生望见颜色，嚬呻顿忘，精神为之一爽。公子便言：“此兄良友，不啻胞也，妹子好医之。”女乃敛羞容，揄长袖[27]，就榻诊视。把握之间，觉芳气胜兰。女笑曰：“宜有是疾，心脉动矣[28]。然症虽危，可治；但肤块已凝，非伐皮削肉不可。”乃脱臂上金钏安患处，徐徐按下之。创突起寸许，高出钏外，而根际余肿，尽束在内，不似前如碗阔矣。乃一手启罗衿[29]，解佩刀，刃薄于纸，把钏握刃，轻轻附根而割。紫血流溢，沾染床席，而贪近娇姿，不惟不觉其苦，且恐速竣割事，偎傍不久。未几，割断腐肉，团团然如树上削下之瘿[30]。又呼水来，为洗割处。口吐红丸，如弹大，着肉上，按令旋转：才一周，觉热火蒸腾；再一周，习习作痒[31]；三周已，遍体清凉，沁入骨髓。女收丸入咽，曰：“愈矣！”趋步出。生跃起走谢，沉痼若失。而悬想容辉，苦不自已。自是废卷痴坐，无复聊赖。公子已窥之，曰：“弟为兄物色，得一佳偶。”问：“何人？”曰：“亦弟眷属。”生凝思良久，但云：“勿须。”面壁吟曰：“曾经沧海难为水，除却巫山不是云[32]。”公子会其指，曰：“家君仰慕鸿才，常欲附为婚姻。但止一少妹，齿太稚。有姨女阿松，年十八矣，颇不粗陋。如不见信，松姊日涉园亭，伺前厢，可望见之。”生如其教，果见娇娜偕丽人采，画黛弯蛾，莲钩蹴凤[33]，与娇娜相伯仲也[34]。生大悦，请公子作伐[35]。公子翼日自内出，贺曰：“谐矣。”乃除别院，为生成礼。是夕，鼓吹阗咽[36]，尘落漫飞，以望中仙人，忽同衾幄，遂疑广寒宫殿，未必在云霄矣。合卺之后[37]，甚惬心怀。一夕，公子谓生曰：“切磋之惠，无日可以忘之。近单公子解讼归，索宅甚急，意将弃此而西。势难复聚，因而离绪萦怀。”生愿从之而去。公子劝还乡闾，生难之。公子曰：“勿虑，可即送君行。”无何，太公引松娘至，以黄金百两赠生。公子以左右手与生夫妇相把握，嘱闭眸勿视。飘然履空，但觉耳际风鸣，久之曰：“至矣。”启目，果见故里。始知公子非人。喜叩家门。母出非望，又睹美妇，方共忻慰。及回顾，则公子逝矣。松娘事姑孝；艳色贤名，声闻遐迩。

后生举进士，授延安司李[38]，携家之任。母以道远不行。松娘举一男，名小宦。生以迕直指[39]，罢官，罣碍不得归[40]。偶猎郊野，逢一美少年，跨骊驹，频频瞻顾。细看，则皇甫公子也。揽辔停骖，悲喜交至。邀生去，至一村，树木浓昏，荫翳天日。入其家，则金沤浮钉[41]，宛然世族。问妹子，则嫁；岳母，已亡，深相感悼。经宿别去，偕妻同返。娇娜亦至，抱生子掇提而弄曰[42]：“姊姊乱吾种矣。”生拜谢曩德。笑曰：“姊夫贵矣。创口已合，未忘痛耶？”妹夫吴郎，亦来拜谒。信宿乃去[43]。

一日，公子有忧色，谓生曰：“天降凶殃，能相救否？”生不知何事，但锐自任[44]。公子趋出，招一家俱入，罗拜堂上。生大骇，亟问。公子曰：“余非人类，狐也。今有雷霆之劫。君肯以身赴难，一门可望生全；不然，请抱子而行，无相累。”生矢共生死。乃使仗剑于门，嘱曰：“雷霆轰击，勿动也！”生如所教。果见阴云昼暝，昏黑如礐[45]。回视旧居，无复闬闳[46]，惟见高冢岿然，巨穴无底。方错愕间，霹雳一声，摆簸山岳；急雨狂风，老树为拔。生目眩耳聋，屹不少动。忽于繁烟黑絮之中，见一鬼物，利喙长爪，自穴攫一人出，随烟直上。瞥睹衣履，念似娇娜。乃急跃离地，以剑击之，随手堕落。忽而崩雷暴裂，生仆，遂毙。少间，晴霁，娇娜已能自苏。见生死于旁，大哭曰：“孔郎为我而死，我何生矣！”松娘亦出，共舁生归。娇娜使松娘捧其首；兄以金簪拨其齿；自乃撮其颐，以舌度红丸入，又接吻而呵之。红丸随气入喉，格格作响。移时，醒然而苏。见眷口满前，恍如梦寤。于是一门团圞[47]，惊定而喜。生以幽旷不可久居[48]，议同旋里。满堂交赞，惟娇娜不乐。生请与吴郎俱，又虑翁媪不肯离幼子，终日议不果。忽吴家一小奴，汗流气促而至。惊致研诘[49]，则吴郎家亦同日遭劫，一门俱没。娇娜顿足悲伤，涕不可止。共慰劝之。而同归之计遂决。生入城，勾当数日，遂连夜趣装[50]。既归，以闲园寓公子，恒反关之；生及松娘至，始发扃。生与公子兄妹，棋酒谈宴，若一家然。小宦长成，貌韶秀，有狐意。出游都市，共知为狐儿也。

异史氏曰：“余于孔生，不羡其得艳妻，而羡其得腻友也[51]。观其容可以忘饥，听其声可以解颐[52]。得此良友，时一谈宴，则‘色授魂与[53]’，尤胜于‘颠倒衣裳[54]’矣。”

选自《聊斋志异》

【题解】

蒲松龄擅写狐——变成人形的狐，也擅写人与狐之间的友谊和爱情。这篇小说中描写的孔生和皇甫公子、娇娜兄妹的情谊就十分感人。皇甫公子和娇娜是变成人形的狐，他们十分善良。兄长好学，妹妹能医，他们救助了陷于困境的孔生，治愈了他的沉疴，还助他娶了一位狐女松娘。孔生则在娇娜一家遭到“雷霆之劫”时挺身而出，救了他们，自己却被雷击而亡。这时又是娇娜再次救活孔生。但娇娜的未婚夫却死于灾祸。这里描写的是真正的生死交情，他们的友情经过了生死考验。读这篇小说，既会感到震撼，也会看到温情。至于作者评论中强调孔生、娇娜的“腻友”关系，却与作品客观上并不很契合。

【注释】

①圣裔：孔子的后代。　②蕴藉：宽厚有涵养。　③有执友令天台：有志同道合的朋友任天台县县令。天台，在今浙江省。　④落拓：穷困潦倒，漂泊无依。　⑤以大讼萧条：因为一场大的官司家境败落。　⑥签：书籍封面的题字。　⑦琅嬛琐记：虚拟的书名。古代笔记小说有《琅嬛记》，其中多记神怪故事。　⑧官阀：官位门第。　⑨曹丘：汉初的曹丘生。季布为曹丘生所推崇，在曹丘生的宣传下，季布享有盛名。后人以“曹丘”代指推荐人。　⑩驽骀（tái）：劣马。喻平庸无才的人。　⑪拜门墙：拜为老师。　⑫昧爽：拂晓。　⑬皤（pó）：白。　⑭行辈：同辈人。　⑮盥栉（guànzhì）：洗脸、梳头。　⑯荐馔：上菜。　⑰呈课业：拿出作业给老师审阅。　⑱时艺：时文。明、清时，把应科举的八股文称为“时艺”或“时文”。　⑲湘妃：湘水女神。此处是乐曲名。　⑳牙拨：象牙拨子，用以弹拨弦乐的丝弦。　㉑惠：通“慧”，聪明。　㉒旷邈无家：独居无妻。㉓翱翔：遨游。　㉔扃（jiōng）：关门。　㉕斋：书房。　㉖清恙：称人疾病的敬语。　㉗揄（yū）：挥。　㉘心脉动：指有心思。　㉙罗衿：丝衣的下摆。　㉚瘿（yǐng）：肿块，此处指树瘤。　㉛习习作痒：微微发痒。㉜“曾经”两句：此为唐代诗人元稹《离思五首》中悼念亡妻的诗句。意思是再也无法找到像亡妻那样中意的女子。孔生吟此诗意为，除了娇娜他都不中意。　㉝莲钩蹴凤：纤瘦的小脚穿着凤头鞋。　㉞相伯仲：不相上下。㉟作伐：做媒。　㊱鼓吹阗咽（tiányīn）：音乐声齐响。　㊲合卺（jǐn）：举

行婚礼。一瓠做成两瓢称卺，新婚夫妇各执其一对饮，称为“合卺”，为古时结婚礼仪之一。 ㊳延安司李：延安府推官。司李，即司理，宋代官名，掌管狱讼的官员。 ㊴直指：官名，即直指使。汉代朝廷派侍御史为“直指”使，巡视地方，审理重大案件。 ㊵罣（guà）碍：罢官后留在任所听候处理，不许随意离开。 ㊶金沤浮钉：涂金门钉，为古代贵族家的门饰。 ㊷掇提而弄：抱起逗弄。 ㊸信宿：住了两天。 ㊹但锐自任：但很快表示自己愿意承当。锐，迅速。 ㊺黟（yī）：黑石。 ㊻闬闳（hànhǒng）：里巷的门。此处指皇甫公子宅院。 ㊼团圞（luán）：团圆。 ㊽幽旷：幽圹，指墓穴。 ㊾惊致研诘：吃惊地仔细询问。 ㊿趣装：急忙整理行装。趣，促。 51腻友：美丽而亲昵的女朋友。 52解颐：开口笑。 53色授魂与：语出司马相如《上林赋》。此处指男女精神上的互相倾慕。 54颠倒衣裳：语出《诗·齐风·东方未明》。此处指男女两性关系。

青　凤

太原耿氏，故大家，第宅弘阔。后凌夷[1]，楼舍连亘，半旷废之。因生怪异，堂门辄自开掩，家人恒中夜骇哗。耿患之，移居别墅。留老翁门焉。由此荒落益甚。或闻笑语歌吹声。耿有从子去病，狂放不羁，嘱翁有所闻见，奔告之。至夜，见楼上灯光明灭，走报生，生欲入觇其异[2]。止之，不听。门户素所习识，竟拨蒿蓬，曲折而入。登楼，殊无少异。穿楼而过，闻人语切切。潜窥之，见巨烛双烧，其明如昼。一叟儒冠南面坐，一媪相对，俱年四十余。东向一少年，可二十许；右一女郎，裁及笄耳[3]。酒胾满案[4]，团坐笑语。生突入，笑呼曰：“有不速之客一人来！”群惊奔匿。独叟出，叱问：“谁何入人闺闼[5]？”生曰：“此我家闺闼，君占之。旨酒自饮，不一邀主人，毋乃太吝？”叟审谛，曰：“非主人也。”生曰：“我狂生耿去病，主人之从子耳。”叟致敬曰：“久仰山斗[6]！”乃揖生入，便呼家人易馔。生止之。叟乃酌客。生曰："吾辈通家[7]，座客无庸见避，还祈招饮。"叟呼："孝儿！"俄少年自外入。叟曰："此豚儿也[8]。"揖而坐，略审门阀。叟自言："义君姓胡。"生素豪，谈议风生，孝儿亦倜傥；倾吐间，雅相爱悦。生二十一，长孝儿二岁，因弟之。叟曰："闻君祖纂涂山外传[9]，知之乎？"答："知之。"叟曰："我涂山氏之苗裔也[10]。唐以后，谱系犹能忆之；五代而上开传焉[11]。幸公子一垂教也。"生略述涂山女佐禹之功，粉饰多词，妙绪泉涌[12]。叟大喜，谓子曰："今幸得闻所未闻。公子亦非他人，可请阿母及青凤来，共听之，亦令知我祖德也。"孝儿入帏中[13]。少时，媪偕女郎出，审顾之，弱态生娇，秋波流慧，人间无其丽也。叟指妇云："此为老荆[14]。"又指女郎："此青凤，鄙人之犹女也[15]。颇惠，所闻见辄记不忘，故唤令听之。"生谈竟而饮，瞻顾女郎，停睇不转。女觉之，辄俯其首。生隐蹑莲钩，女急敛足，亦无愠怒。生神志飞扬，不能自主，拍案曰："得妇如此，南面王不易也！"媪见生渐醉，益狂，与女俱起，遽搴帏去。生失望，乃辞叟出。而心萦萦，不能忘情于青凤也。

至夜，复往，则兰麝犹芳，而凝待终宵，寂无声咳。归与妻谋，欲携家而居之，冀得一遇。妻不从，生乃自往，读于楼下。夜方凭几，一鬼披发入，面黑如漆，张目视生。生笑，染指研墨自涂，灼灼然相与对视。鬼惭而去。次夜，更既深，灭烛欲寝，闻楼后发扃[16]，辟之闸然[17]。急起窥觇，则扉半启。俄闻履声细碎，有烛光自房中出。视之，则青凤也。骤见生；骇而却退，遽阖双扉。生长跽而致词曰[18]："小生不避险恶，实以卿故，幸无他人，得一握手为笑，死不憾耳。"女遥语曰："惓惓深情，妾岂不知？但叔闺训严[19]，不敢奉命。"生固哀之，云："亦不敢望肌肤之亲，但一见颜色足矣。"女似肯可，启关出，捉之臂而曳之。生狂喜，相将入楼下[20]，拥而加诸膝。女曰："幸有夙分[21]；过此一夕，即相思无用矣。"问："何故？”曰：“阿叔畏君狂，故化厉鬼以相吓，而君不动也。今已卜居他所[22]，一家皆移什物赴新居，而妾留守，明日即发矣。言已，欲去，云：“恐叔归。”生强止之，欲与为欢。方持论间。叟掩入。女羞惧无以自容，俯首倚床，拈带不语。叟怒曰：“贱辈辱吾门户！不速去，鞭挞且从其后！”女低头急去，叟亦出。尾而听之，诃诟万端。闻青凤嘤嘤啜泣，生心意如割，大声曰：“罪在小生，于青凤何与？倘宥凤也，刀锯鈇钺[23]，小生愿身受之！”良久寂然，生乃归寝。自此第内绝不复声息矣。生叔闻而奇之，愿售以居，不较直。生喜，携家口而迁焉。居逾年，甚适，而未尝须臾忘凤也。

会清明上墓归，见小狐二，为犬逼逐。其一投荒窜去，一则皇急道上。望见生，依依哀啼，阘耳辑首[24]，似乞其援。生怜之，启裳衿，提抱以归。闭门，置床上，则青凤也。大喜，慰问。女曰：“适与婢子戏，遘此大厄。脱非郎君，必葬犬腹。望无以非类见憎。”生曰：“日切怀思，系于魂梦。见卿如获异宝，何憎之云！”女曰：“此天数也，不因颠覆[25]，何得相从？然幸矣，婢子必以妾为已死，可与君坚永约耳。”生喜，另舍舍之。积二年余，生方夜读，孝儿忽入。生辍读，讶诘所来。孝儿伏地，怆然曰：“家君有横难，非君莫拯。将自诣恳，恐不见纳，故以某来。”问：“何事？”曰：“公子识莫三郎否？”曰：“此吾年家子也[26]。”孝儿曰：“明日将过，倘携有猎狐，望君之留之也。”生曰：“楼下之羞，耿耿在念，他事不敢预闻[27]。必欲仆效绵薄，非青凤来不可！”孝儿零涕曰：“风妹已野死三年矣！”生拂衣曰[28]：“既尔，则恨滋深耳！”执卷高吟，殊不顾瞻。孝儿起，哭失声，掩面而去。生如青凤所，告以故，女失色曰：“果救之否？”曰：“救则救之；适不之诺者，亦聊以报前横耳[29]。”女乃喜曰：“妾少孤，依叔成立。昔虽获罪，乃家范应尔。”生曰：“诚然，但使人不能无介介耳[30]。卿果死，定不相援。”女笑曰：“忍哉！”次日，莫三郎果至，镂膺虎韔[31]，仆从甚赫。生门逆之[32]。见获禽甚多，中一黑狐，血殷毛革[33]，抚之，皮肉犹温。便托裘敝，乞得缀补。莫慨然解赠。生即付青凤，乃与客饮。客既去，女抱狐于怀，三日而苏，展转复化为叟。举目见凤，疑非人间。女历言其情。叟乃下拜，惭谢前愆[34]。喜顾女曰："我固谓汝不死，今果然矣。"女谓生曰："君如念妾，还乞以楼宅相假，使妾得以申返哺之私[35]。"生诺之。叟赧然谢别而去。入夜，果举家来。由此如家人父子，无复猜忌矣。生斋居，孝儿时共谈宴。生嫡出子渐长，遂使傅之[36]；盖循循善教，有师范焉[37]。

选自《聊斋志异》

【题解】

狂放不羁的耿去病为叔父看守经常闹鬼的宅院，遇到了变为人形的狐精，俨然一家四口：老叟、老妇、儿子和侄女。耿去病爱上了那位侄女青凤，而且言态放浪。老叟对他的举动很生气，举家迁去。青凤也已爱上耿生，为此遭到老叟痛斥。后来耿去病先后搭救了遭到灾祸并且处在生死边缘的青凤和老叟。老叟由感恩而亲近、最后接纳了耿去病，成为一家人。本篇中的老叟十分注意礼教、门风，对男女私情深恶痛绝，与《聊斋志异》中的不少写狐仙的篇章不很一致。就本篇的基本内容看，却像是受动物报恩故事的影响，或者是吸收了民间这类传说而写成。《聊斋志异》的题材的确是十分丰富多样的。

【注释】

①凌夷：衰落。　②入觇（chān）其异：进去悄悄地看其怪异何在。　③裁及笄耳：才十五岁的样子。古代女子十五岁结发插簪表示成年，故女子十五岁称及笄之年。　④酒胾（zì）：酒肉。胾，大块肉。　⑤闺闼（tà）：内室。　⑥山斗：泰山北斗。"久仰山斗"是初次见面表示敬仰的客套话。　⑦通家：世交。　⑧豚儿：称自己儿子的谦词。豚，小猪，也泛指

猪。 ⑨涂山外传：作者杜撰的书名。涂山，原为古地名，此处指涂山氏，大禹之妻。 ⑩涂山氏之苗裔：涂山氏的后代。据古代传说，一说涂山氏是古涂山国诸侯之女，一说她是涂山九尾白狐之女。 ⑪“唐以后”二句：一说唐指古帝唐尧，“五代”指唐虞夏商周五个朝代。一说唐指李唐，“五代”指梁陈齐周隋。 ⑫妙绪泉涌：思绪流畅，妙语迭出。 ⑬帏中：此处指妇女居住的内室。 ⑭老荆：妻子。 ⑮犹女：侄女。 ⑯发扃（jiōng）：打开门闩。 ⑰辟之闸（pēng）然：开门发出响声。 ⑱长跽（jì）：身体挺直地跪着。 ⑲闺训：封建家庭管束妇女的规矩。 ⑳相将：携手。 ㉑夙分：前世注定的缘分。 ㉒卜居：选择住处。 ㉓铁钺：此处指受刑。铁，同“斧”；钺，大斧。 ㉔蓦（tā）耳辑首：垂耳缩首，害怕驯服的样子。 ㉕颠覆：比喻大的灾祸。 ㉖年家子：科举同年登榜的人的子侄。 ㉗预闻：过问。 ㉘拂衣：以袖拂衣，表示气愤。 ㉙报前横：报复从前胡叟对耿生与青凤关系的干涉。 ㉚介介：耿耿于怀。 ㉛镂膺虎韔：马的胸前饰以镂金带，弓袋绘有老虎图形。 ㉜生门逆之：耿生到门外迎接他，逆：迎。 ㉝血殷毛革：血染红了皮毛。 ㉞惭谢前愆（qiān）：惭愧地对过去的罪过表示道歉。 ㉟申反哺之私：满足孝养父母的愿望。传说乌雏长大后衔食喂养老乌，人称“反哺”。 ㊱傅之：作孩子的老师。 ㊲有师范：有老师的风范。

画　皮

太原王生，早行，遇一女郎，抱襆独奔①，甚艰于步。急走趁之，乃二八姝丽②。心相爱乐，问：“何夙夜踽踽独行③？”女曰：“行道之人，不能解愁忧，何劳相问。”生曰：“卿何愁忧？或可效力，不辞也。”女黯然曰：“父母贪赂，鬻妾朱门④。嫡妒甚，朝詈而夕楚辱之⑤，所弗堪也，将远遁耳。”问：“何之？”曰：“在亡之人⑥，乌有定所。”生言：“敝庐不远，即烦枉顾。”女喜，从之。生代携襆物，导与同归。女顾室无人，问：“君何无家口？”

答云："斋耳[7]。"女曰："此所良佳。如怜妾而活之，须秘密勿泄。"生诺之。乃与寝合。使匿密室，过数日而人不知也。生微告妻。妻陈，疑为大家媵妾[8]，劝遣之。生不听。

偶适市，遇一道士，顾生而愕。问："何所遇？"答言："无之。"道士曰："君身邪气萦绕，何言无？"生又力白。道士乃去，曰："惑哉！世固有死将临而不悟者。"生以其言异，颇疑女；转思明明丽人，何至为妖，意道士借魇禳以猎食者[9]。无何，至斋门，门内杜[10]，不得入。心疑所作，乃逾垝垣[11]。则室门亦闭。蹑迹而窗窥之，见一狞鬼，面翠色，齿巉巉如锯[12]。铺人皮于榻上，执彩笔而绘之；已而掷笔，举皮，如振衣状，披于身，遂化为女子。睹此状，大惧，兽伏而出[13]。急追道士，不知所往。遍迹之，遇于野，长跪乞救。道士曰："请遣除之。此物亦良苦，甫能觅代者，予亦不忍伤其生。"乃以蝇拂授生[14]，令挂寝门。临别，约会于青帝庙[15]。生归。不敢入斋，乃寝内室，悬拂焉。一更许，闻门外戢戢有声，自不敢窥也，使妻窥之。但见女子来，望拂子不敢进；立而切齿，良久乃去。少时复来，骂曰："道士吓我。终不然宁入口而吐之耶！"取拂碎之，坏寝门而入。径登生床，裂生腹，掬生心而去。妻号。婢入烛之，生已死，腔血狼藉。陈骇涕不敢声。明日，使弟二郎奔告道士。道士怒曰："我固怜之，鬼子乃敢尔！"即从生弟来。女子已失所在。既而仰首四望，曰："幸遁未远。"问："南院谁家？"二郎曰："小生所舍也。"道士曰："现在君所。"二郎愕然，以为未有。道士问曰："曾否有不识者一人来？"答曰："仆早赴青帝庙，良不知。当归问之。"去少顷而返，曰："果有之。晨间一妪来，欲佣为仆家操作，室人止之[16]，尚在也。"道士曰："即是物矣。遂与俱往。仗木剑，立庭心，呼曰："孽魅[17]！偿我拂子来！"妪在室，惶遽无色，出门欲遁。道士逐击之。妪仆，人皮划然而脱，化为厉鬼，卧嗥如猪。道士以木剑枭其首；身变作浓烟，匝地作堆[18]。道士出一葫芦，拔其塞，置烟中，飗飗然如口吸气，瞬息烟尽。道士塞口入囊。共视人皮，眉目手足，无不备具。道士卷之，如卷画轴声，亦囊之，乃别欲去。陈氏拜迎于门，哭求回生之法。道士谢不能[19]。陈益悲，伏地不起。道士沉思曰："我术浅，诚不能起死。我指一人，或能之，往求必合有效。"问："何人？"曰："市上有疯者，时卧粪土中。试叩而哀之，倘狂辱夫人，夫人勿怒也。"二郎亦习知之。乃别道士，与嫂俱往。

见乞人颠歌道上，鼻涕三尺，秽不可近。陈膝行而前。乞人笑曰："佳人爱我乎？"陈告之故。又大笑曰："人尽夫也，活之何为？"陈固哀之。乃曰："异哉！人死而乞活于我。我阎摩耶[20]？"怒以杖击陈。陈忍痛受之。市人渐集如堵。乞人咯痰唾盈把[21]，举向陈吻曰："食之！"陈红涨于面，有难色；既思道士之嘱，遂强啖焉[22]。觉入喉中，硬如团絮，格格而下，停结胸间。乞人大笑曰："佳人爱我哉！"遂起，行已不顾。尾之，入于庙中。追而求之，不知所在；前后冥搜，殊无端兆，惭恨而归。既悼夫亡之惨，又悔食唾之羞，俯仰哀啼，但愿即死。方欲展血敛尸[23]，家人伫望，无敢近者。陈抱尸收肠，且理且哭。哭极声嘶，顿欲呕。觉鬲中结物[24]，突奔而出，不及回首，已落腔中[25]。惊而视之，乃人心也。在腔中突突犹跃，热气腾蒸如烟然。大异之。急以两手合腔，极力抱挤。少懈，则气氤氲自缝中出[26]，乃裂缯帛急束之。以手抚尸，渐温。覆以衾裯。中夜启视，有鼻息矣。天明，竟活。为言："恍惚若梦，但觉隐痛耳。"视破处，痂结如钱，寻愈[27]。

异史氏曰："愚哉世人！明明妖也，而以为美。迷哉愚人！明明忠也，而以为妄，然爱人之色而渔之[28]，妻亦将食人之唾而甘之矣。天道好还[29]，但愚而迷者不悟耳。可哀也夫！"

选自《聊斋志异》

【题解】

以虚幻的鬼魅写现实的人生是《聊斋志异》独具魅力的内在根源。蒲松龄笔下的鬼怪，有善有恶，有美有丑，千差万别，千姿百态。在《画皮》这篇著名的小说中，作者塑造了一个披着美丽外衣的恶鬼形象。他怀有险恶的目的，披上自己画的人皮，装扮成美丽的少女；他看似温情脉脉，但为达到目的却可以使出毒辣的手段；他有高明的骗术，诱使人解除戒备，上当遭殃。这篇小说写出了社会人生中一个深刻的道理，人的一生中会遇到许许多多的诱惑，有的诱惑对自身是极为有害的。一个人一方面应该善于分辨真假美丑，另方面要勇于战胜自己，这样，那些“当面是人，背后是鬼”的恶人及其行径就不会得逞。像王生这样的既不善于又无心识别真伪，轻信而又放纵贪欲的人，遭遇到灾难是必然的。

【注释】

①襆（fú）：同“袱”，包袱。 ②二八姝丽：妙龄美女。 ③夙夜：清晨黎明时分。夙，早。踽（jǔ）踽：走路孤独的样子。 ④鬻妾朱门：把我卖到富贵人家。鬻，卖；朱门，富贵人家。 ⑤詈（lì）：骂。 ⑥在亡之人：正在逃亡的人。 ⑦斋：书房。 ⑧媵（yìng）妾：陪嫁的婢女或侍妾。 ⑨魇禳（yǎnráng）：驱除邪祟灾害的活动。 ⑩门内杜：门从里面闩住。 ⑪垝垣：残破的院墙。 ⑫巉巉（chán）：原形容山势险峻，此处形容牙齿尖利。 ⑬兽伏而出：像野兽一样爬出。 ⑭蝇拂：拂尘、用于驱赶蚊蝇，道士常拿在手中。 ⑮青帝庙：即东岳庙，祭祀泰山神的庙宇。古时传说，青帝主东方。 ⑯室人：妻子。 ⑰孽魅：恶鬼。 ⑱匝地作堆：在地上旋绕，而后形成一堆。 ⑲谢：推辞。 ⑳阎摩：即阎罗，传说中阴间帝王。 ㉑痰唾：痰。把：手掌。 ㉒啖（dàn）：吞吃。 ㉓展血敛尸：擦掉血污，收尸入棺。展，同“搌”，轻轻擦抹。 ㉔鬲：胸膈。 ㉕腔中：这里指王生的胸腔。 ㉖氤氲（yīnyùn）：热气飘浮的样子。 ㉗寻：过了

一阵。 ㉘渔：指贪求女色。 ㉙天道好（hào）还：人的善恶都会按天理得报偿。

婴　宁

王子服，莒之罗店人[①]。早孤。绝惠[②]，十四入泮[③]。母最爱之，寻常不令游郊野。聘萧氏，未嫁而夭，故求凰未就也[④]。会上元[⑤]，有舅氏子吴生，邀同眺瞩[⑥]。方至村外，舅家有仆来，招吴去。生见游女如云，乘兴独遨。有女郎携婢，拈梅花一枝，容华绝代，笑容可掬。生注目不移，意忘顾忌。女过去数武[⑦]，顾婢曰："个儿郎目灼灼似贼！"遗花地上，笑语自去。

生拾花怅然，神魂丧失，怏怏遂返。至家，藏花枕底，垂头而睡，不语亦不食。母忧之。醮禳益剧[⑧]，肌革锐减[⑨]。医师诊视，投剂发表，忽忽若迷。母抚问所由，默然不答。适吴生来，嘱密诘之。吴至榻前，生见之泪下。吴就榻慰解，渐致研诘[⑩]。生具吐其实，且求谋画。吴笑曰："君意亦复痴！此愿有何难遂？当代访之。徒步于野，必非世家。如其未字[⑪]，事固谐矣；不然，拚之以重赂[⑫]，计必允遂。但得痊瘳，成事在我。"生闻之，不觉解颐[⑬]。吴出告母，物色女子居里，而探访既穷，并无踪绪。母大忧，无所为计。然自吴去后，颜顿开，食亦略进。数日，吴复来。生问所谋。吴绐之曰[⑭]："已得之矣。我以为谁何人，乃我姑氏女，即君姨妹行，今尚待聘。虽内戚有婚姻之嫌[⑮]，实告之，无不谐者。"生喜溢眉宇，问："居何里？"吴诡曰："西南山中，去此可三十余里。"生又付嘱再四，吴锐身自任而去。

生由是饮食渐加，日就平复。探视枕底，花虽枯，未便雕落。凝思把玩，如见其人。怪吴不至，折柬招之。吴支托不肯赴招[⑯]。生恚怒[⑰]，悒悒不欢。母虑其复病，急为议姻；略与商确[⑱]，辄摇首不愿，惟日盼吴。吴迄无耗，益怨恨之。转思三十里非遥，何必仰息他人？怀梅袖中，负气自往，而家人不知也。伶仃独步，无可问程，但望南山行去。约三十余里，乱山合沓[19]，空翠爽肌，寂无人行，止有鸟道[20]。遥望谷底，从花乱树中，隐隐有小里落。下山入村，见舍宇无多，皆茅屋，而意甚修雅。北向一家，门前皆丝柳，墙内桃杏尤繁，间以修竹[21]；野鸟格磔其中[22]。意其园亭，不敢遽入。回顾对户，有巨石滑洁，因据坐少憩。俄闻墙内有女子，长呼“小荣”，其声娇细。方伫听间，一女郎由东而西，执杏花一朵，俯首自簪。举头见生，遂不复簪，含笑拈花而入。审视之，即上元途中所遇也。心骤喜。但念无以阶进[23]；欲呼姨氏，顾从无还往，惧有讹误。门内无人可问。坐卧徘徊，自朝至于日昃[24]，盈盈望断[25]，并忘饥渴。时见女子露半面来窥，似讶其不去者。忽一老媪扶杖出，顾生曰：“何处郎君，闻自辰刻便来，以至于今。意将保为？得勿饥耶？”生急起揖之，答曰：“将以盼亲[26]。”媪聋聩不闻。又大言之[27]。乃问：“贵戚何姓？”生不能答。媪笑曰：“奇哉！姓名尚自不知，何亲可探？我视郎君，亦书痴耳。不如从我来，啖以粗粝，家有短榻可卧。待明朝归，询知姓氏，再来探访，不晚也。”生方腹馁思啖，又从此渐近丽人，大喜。从媪入，见门内白石砌路，夹道红花，片片堕阶上；曲折而西，又启一关，豆棚花架满庭中。肃客入舍[28]，粉壁光明如镜；窗外海棠枝朵，探入室中；裀藉几榻[29]，罔不洁泽。甫坐[30]，即有人自窗外隐约相窥。媪唤：“小荣！可速作黍。”外有婢子噭声而应[31]。坐次[32]，具展宗阀[33]。媪曰：“郎君外祖，莫姓吴否？”曰：“然。”媪惊曰：“是吾甥也！尊堂，我妹子。年来以家窭贫[34]，又无三尺男，遂至音问梗塞。甥长成如许，尚不相识。”生曰：“此来即为姨也，匆遽遂忘姓氏。”媪曰：“老身秦姓，并无诞育；弱息仅存[35]，亦为庶产[36]。渠母改醮[37]，遗我鞠养。颇亦不钝，但少教训，嬉不知愁。少顷，使来拜识。”

未几，婢子具饭，雏尾盈握[38]。媪劝餐已，婢来敛具。媪曰："唤宁姑来。"婢应去。良久，闻户外隐有笑声。媪又唤曰："婴宁，汝姨兄在此。"户外嗤嗤笑不已。婢推之以入，犹掩其口，笑不可遏。媪嗔目曰："有客在，咤咤叱叱，是何景象？"女忍笑而立，生揖之。媪曰："此王郎，汝姨子。一家尚不相识，可笑人也。"生问："妹子年几何矣？"媪未能解。生又言之，女复笑，不可仰视。媪谓生曰："我言少教诲，此可见矣。年已十六，呆痴裁如婴儿[39]。"生曰："小于甥一岁。"曰："阿甥已十七矣，得非庚午属马者耶？"生首应之。又问："甥妇阿谁？"答云："无之。"曰："如甥才貌，何十七岁犹未聘？婴宁亦无姑家，极相匹敌；惜有内亲之嫌。"生无语，目注婴宁，不遑他瞬[40]。婢向女小语云："目灼灼，贼腔未改！"女又大笑，顾婢曰："视碧桃开未？"遽起，以袖掩口，细碎连步而出。至门外，笑声始纵。媪亦起，唤婢襆被[41]，为生安置。曰："阿甥来不易，宜留三五日，迟迟送汝归[42]。如嫌幽闷，舍后有小园，可供消遣；有书可读。"次日，至舍后，果有园半亩，细草铺毡，杨花糁径[43]；有草舍三楹，花木四合其所。穿花小步，闻树头苏苏有声，仰视，则婴宁在上。见生来，狂笑欲堕。生曰："勿尔，堕矣！"女且下且笑，不能自止。方将及地，失手而堕，笑乃止。生扶之，阴捘其腕[44]。女笑又作，倚树不能行，良久乃罢。生俟其笑歇，乃出袖中花示之。女接之，曰："枯矣。何留之？"曰："此上元妹子所遗，故存之。"问："存之何意？"曰："以示相爱不忘也。自上元相遇，凝思成病，自分化为异物[45]；不图得见颜色，幸垂怜悯。"女曰："此大细事[46]。至戚何所靳惜[47]？待郎行时，园中花，当唤老奴来，折一巨捆负送之。"生曰："妹子痴耶？"女曰："何便是痴？"曰："我非爱花，爱拈花之人耳。"女曰："葭莩之情[48]，爱何待言。"生曰："我所谓爱，非瓜葛之爱[49]，乃夫妻之爱。"女曰："有以异乎？"曰："夜共枕席耳。"女俯思良久，曰：“我不惯与生人睡。”语未已，婢潜至，生惶恐遁去。少时，会母所。母问：“何往？”女答以园中共话。媪曰：“饭熟已久，有何长言，周遮乃尔[50]。”女曰：“大哥欲我共寝。”言未已，生大窘，急目瞪之。女微笑而止。幸媪不闻，犹絮絮究诘。生急以他词掩之，因小语责女。女曰：“适此语不应说耶？”生曰：“此背人语。”女曰：“背他人，岂得背老母。且寝处亦常事，何讳之？”生恨其痴，无术可以悟之。食方竟，家中人捉双卫来寻生[51]。

先是，母待生久不归，始疑；村中搜觅几遍，竟无踪兆[52]。因往询吴。吴忆曩言，因教于西南山村行觅。凡历数村，始至于此。生出门，适相值，便入告媪，且请偕女同归。媪喜曰：“我有志，匪伊朝夕[53]。但残躯不能远涉，得甥携妹子去，识认阿姨，大好！”呼婴宁。宁笑至。媪曰：“有何喜，笑辄不辍？若不笑，当为全人。”因怒之以目。乃曰：“大哥欲同汝去，可便装束。”又饷家人酒食，始送之出曰：“姨家田产丰裕，能养冗人[54]。到彼且勿归，小学诗礼，亦好事翁姑。即烦阿姨，为汝择一良匹。”二人遂发。至山坳，回顾，犹依稀见媪倚门北望也。

抵家，母睹姝丽，惊问为谁。生以姨女对，母曰：“前吴郎与儿言者，诈也。我未有姊，何以得甥？”问女，女曰：“我非母出。父为秦氏，没时，儿在褓中，不能记忆。”母曰：“我一姊适秦氏，良确；然殂谢已久[55]，那得复存？”因审诘面庞、志赘[56]，一一符合。又疑曰：“是矣。然亡已多年，何得复存？”疑虑间，吴生至，女避入室。吴询得故，惘然久之。忽曰：“此女名婴宁耶？”生然之。吴亟称怪事。问所自知，吴曰：“秦家姑去世后，姑丈鳏居，祟于狐，病瘠死。狐生女名婴宁，绷卧床上，家人皆见之。姑丈没，狐犹时来；后求天师符粘壁上[57]，狐遂携女去。将勿此耶？”彼此疑参。但闻室中吃吃皆婴宁笑声。母曰：“此女亦太憨生[58]。”吴请面之。母入室，女犹浓笑不顾。母促令出，始极力忍笑，又面壁移时，方出。

才一展拜，翻然遽入，放声大笑。满室妇女，为之粲然。吴请往觇其异，就便执柯[59]。寻至村所，庐舍全无，山花零落而已。吴忆姑葬处，仿佛不远；然坟垅湮没。莫可辨识，诧叹而返。母疑其为鬼。入告吴言，女略无骇意；又吊其无家[60]，亦殊无悲意，孜孜憨笑而已[61]。众莫之测。母令与少女同寝止。昧爽即来省问[62]，操女红精巧绝伦[63]。但善笑，禁之亦不可止；然笑处嫣然，狂而不损其媚，人皆乐之。邻女少妇，争承迎之。母择吉将为合卺[64]，而终恐为鬼物。窃于日中窥之[65]，形影殊无少异。至日，使华装行新妇礼；女笑极不能俯仰，遂罢。生以其憨痴，恐泄漏房中隐事；而女殊密秘，不肯道一语。每值母忧怒，女至，一笑即解。奴婢小过，恐遭鞭楚，辄求诣母共话；罪婢投见，恒得免。而爱花成癖，物色遍戚党；窃典金钗，购佳种，数月，阶砌藩溷[66]，无非花者。

庭后有木香一架，故邻西家。女每攀登其上，摘供簪玩。母时遇见，辄诃之[67]。女卒不改。一日，西人子见之，凝注倾倒。女不避而笑。西人子谓女意已属，心益荡。女指墙底笑而下，西人子谓示约处，大悦。及昏而往，女果在焉。就而淫之，则阴如锥刺，痛彻于心，大号而踣[68]。细视非女，则一枯木卧墙边，所接乃水淋窍也。邻父闻声，急奔研问，呻而不言。妻来，始以实告。爇火烛窍[69]，见中有巨蝎，如小蟹然。翁碎木捉杀之。负子至家，半夜寻卒。邻人讼生，讦发婴宁妖异[70]。邑宰素仰生才，稔知其笃行士[71]，谓邻翁讼诬，将杖责之。生为乞免，逐释而出。母谓女曰："憨狂尔尔，早知过喜而伏忧也。邑令神明，幸不牵累；设鹘突官宰[72]，必逮妇女质公堂，我儿何颜见戚里？"女正色，矢不复笑。母曰："人罔不笑，但须有时。"而女由是竟不复笑，虽故逗，亦终不笑；然竟日未尝有戚容。

一夕，对生零涕。异之，女哽咽曰："曩以相从日浅，言之恐致骇怪。今日察姑及郎，皆过爱无有异心，直告或无妨乎？妾本狐产。母临去，以妾托鬼母，相依十余年，始有今日。妾又无兄弟，所恃者惟君。老母岑寂山阿[73]，无人怜而合厝之[74]，九泉辄为悼恨。君倘不惜烦费，使地下人消此怨恫，庶养女者不忍溺弃。”生诺之，然虑坟冢迷于荒草。女但言无虑。刻日，夫妻舆榇而往[75]。女于荒烟错楚中[76]，指示墓处，果得媪尸，肤革犹存。女抚哭哀痛。舁归，寻秦氏墓合葬焉。是夜，生梦媪来称谢，寤而述之。女曰："妾夜见之，嘱勿惊郎君耳。”生恨不邀留。女曰："彼鬼也。生人多，阳气胜，何能久居？”生问小荣，曰："是亦狐，最黠。狐母留以视妾，每摄饵相哺[77]，故德之常不去心。昨问母，云已嫁之。”由是岁值寒食，夫妻登秦墓，拜扫无缺。女逾年，生一子。在怀抱中，不畏生人，见人辄笑，亦大有母风云。

异史氏曰："观其孜孜憨笑，似全无心肝者；而墙下恶作剧，其黠孰甚焉。至凄恋鬼母，反笑为哭，我婴宁殆隐于笑者矣[78]。窃闻山中有草，名‘笑矣乎’。嗅之，则笑不可止。房中植此一种，则合欢、忘忧[79]，并无颜色矣。若解语花[80]，正嫌其作态耳。”

选自《聊斋志异》

【题解】

《聊斋志异》中塑造了一系列性格特征十分鲜明的人物形象，婴宁就是其中之一。小说描写到，她父亲早亡，母亲是狐，很早就弃她而去。她由鬼母抚养长大。这番身世本很不幸，但作者并没有把她写成一个心态悲凉的人物。在她一出场时就写她爱笑、爱花。她经常不断地憨笑成为她性格特点的主要表现之一。她还爱花成癖，她撚花含笑地娇态也成为她的形象美的表征之一。只是在她生平第一次遭到官司威胁后，她脸上才消失了几乎是与生俱来的笑容，但也并无戚容。她生平第一次哽咽哭泣是在她与丈夫王子服相处多时、自述身世之日，那时她感到王子服的确是深爱她而无异心的。作品中写她由笑到哭泣，内在的逻辑很严密，因而富有艺术感染力。此外，作品中写王子服寻访婴宁进入一个山村，种种风光景色的描写极其生动，可以与唐宋古文比美。

【注释】

①莒（jǔ）：周代国名，在今山东省莒县。 ②绝惠：非常聪明。惠通“慧”。 ③十四入泮（pàn）：十四岁考取秀才。泮，泮宫，原为西周诸侯所设的学府，后用来泛指学校。 ④求凰：男子求偶。 ⑤上元：农历正月十五为上元节。 ⑥眺瞩：远望，此处指郊游观景。 ⑦数武：几步。古代以六尺为步，半步为武。 ⑧醮禳（jiàoráng）：祭神除灾。 ⑨肌革锐减：迅速消瘦。 ⑩研诘：仔细询问。 ⑪字：女子许配人家。 ⑫拚（pàn）：舍弃，不顾惜。 ⑬解颐：面露笑容。 ⑭绐（dài）：哄骗。 ⑮内戚有婚姻之嫌：姨表亲结婚因血缘近有禁忌。 ⑯支托：支吾推托。 ⑰恚（huì）：恼恨、发怒。 ⑱商确：确当为“榷”，商量。 ⑲合沓：重叠。 ⑳鸟道：形容道路险峻，只有飞鸟可过。 ㉑修竹：细高的竹子。 ㉒格磔（zhé）：鸟叫声。 ㉓无以阶进：没有理由进去。 ㉔日昃（zè）：太阳偏西。 ㉕盈盈望断：形容急切盼望的神情。 ㉖盼亲：探望亲戚。 ㉗大言：大声说话。 ㉘肃客入舍：请客人进屋。 ㉙裀藉：垫席。 ㉚甫：刚、才。 ㉛嗷（jiào）声而应：大声答应。 ㉜坐次：坐着的时候。 ㉝具展宗阀：把宗族门第全部陈述一遍。 ㉞窭（jù）贫：贫穷。 ㉟弱息：指女儿。 ㊱庶产：妾生。 ㊲改醮（jiào）：改嫁。 ㊳雏尾盈握：形容雏鸡肥嫩。 ㊴裁：通“才”。 ㊵不遑他瞬：无暇他顾。遑，空闲。 ㊶襆被：包被子。 ㊷迟迟：慢慢地。 ㊸杨花糁（sǎn）径：杨花散落在小路上。糁，饭粒，此处用作动词，意为撒落。 ㊹捘（zùn）：捏。 ㊺化为异物：指死去。 ㊻大细事：极小的事。 ㊼靳惜：吝惜。 ㊽葭莩（jiǎfú）之情：亲戚之情。 ㊾瓜葛：亲戚。 ㊿周遮：形容话多。 51捉双卫：牵两头驴。 52踪兆：踪迹。 53匪伊朝夕：不止一朝一夕。匪，非；伊，语气词。 54冗（rǒng）：多余的。 55殂谢：死亡。 56志赘：身体上独特

的记号，如痣、疣之类。 ㊼天师符：张道陵的神符。张道陵，东汉人，元朝被道家封为天师。 ㊽太憨生：过于憨傻。生，语助词。 ㊾执柯：做媒。 ㊿吊：可怜。 (61)孜孜：不住地。 (62)昧爽：黎明。省问：问安。 (63)女红（gōng）：古代指妇女所做的纺织、绣花、缝纫等活儿。红，同“功”。 (64)择吉将为合卺：选择吉日良辰为他们举行婚礼。 (65)窃于日中窥之：悄悄在日光下观察婴宁。因为传说鬼在日光下无影无踪，以此考察婴宁是否为鬼。 (66)藩溷（hùn）：篱笆厕所。 (67)诃（hē）：同“呵”，怒责，斥责。 (68)踣（bó）：跌倒。 (69)爇（ruò）：点燃、焚烧。 (70)讦（jié）：攻击、揭发。 (71)笃行士：品行端正、性格忠厚的读书人。 (72)鹘突：糊涂。 (73)岑寂山阿：在山中很孤独。 (74)合厝（cuò）：合葬。 (75)舆榇（chèn）：车装着棺材。 (76)错楚：杂乱的树丛。 (77)摄饵：拿食物。 (78)隐于笑：用笑来保护自己。 (79)合欢、忘忧：即夜合花、马缨花。 (80)解语花：比喻美丽聪明善解人意的女子。

阿　宝

粤西孙子楚[①]，名士也。生有枝指[②]。性迂讷[③]，人诳之，辄信为真。或值座有歌妓，则必遥望却走。或知其然，诱之来，使妓狎逼之，则赪颜彻颈[④]，汗珠珠下滴。因共为笑。遂貌其呆状，相邮传作丑语[⑤]，而名之“孙痴”。

邑大贾某翁，与王侯埒富[⑥]。姻戚皆贵胄。有女阿宝，绝色也。日择良匹，大家儿争委禽妆[⑦]，皆不当翁意。生时失俪[⑧]，有戏之者，劝其通媒。生殊不自揣，果从其教。翁素耳其名，而贫之。媒媪将出，适遇宝，问之，以告。女戏曰：“渠去其枝指，余当归之[⑨]。”媪告生。生曰：“不难。”媒去，生以斧自断其指，大痛彻心，血益倾注，滨死[⑩]。过数日，始能起，往见媒而示之。媪惊，奔告女。女亦奇之，戏请再去其痴。生闻而哗辨，自谓不痴；然无由见而自剖。

转念阿宝未必美如天人，何遂高自位置如此？由是曩念顿冷[11]。

会值清明，俗于是日，妇女出游，轻薄少年，亦结队随行，恣其月旦[12]。有同社数人，强邀生去。或嘲之曰："莫欲一观可人否？"生亦知其戏已；然以受女揶揄故，亦思一见其人，忻然随众物色之。遥见有女子憩树下，恶少年环如墙堵。众曰："此必阿宝也。"趋之，果宝也。审谛之，娟丽无双。少顷，人益稠。女起，遽去。众情颠倒，品头题足，纷纷若狂。生独默然。及众他适，回视，生犹痴立故所，呼之不应。群曳之曰："魂随阿宝去耶？"亦不答。众以其素讷，故不为怪，或推之、或挽之以归。至家，直上床卧，终日不起，冥如醉，唤之不醒。家人疑其失魂，招于旷野，莫能效。强拍问之，则蒙眬应云："我在阿宝家。"及细诘之，又默不语。家人惶惑莫解。初，生见女去，意不忍舍，觉身已从之行，渐傍其衿带间，人无呵者。遂从女归，坐卧依之，夜辄与狎，甚相得；然觉腹中奇馁[13]，思欲一返家门，而迷不知路。女每梦与人交，问其名，曰："我孙子楚也。"心异之，而不可以告人。生卧三日，气休休若将澌灭[14]。家人大恐，托人婉告翁，欲一招魂其家。翁笑曰："平昔不相往还，何由遗魂吾家？"家人固哀之，翁始允。巫执故服、草荐以往[15]。女诘得其故，骇极，不听他往，直导入室，任招呼而去。巫归至门，生榻上已呻。既醒，女室之香奁什具，何色何名，历言不爽[16]。女闻之，益骇，阴感其情之深。

生既离床寝，坐立凝思，忽忽若忘。每伺察阿宝，希幸一再遘之[17]。浴佛节[18]，闻将降香水月寺，遂早旦往候道左，目眩睛劳。日涉午，女始至，自车中窥见生，以掺手搴帘[19]，凝睇不转。生益动，尾从之。女忽命青衣来诘姓字。生殷勤自展[20]，魂益摇。车去，始归。归复病，冥然绝食，梦中辄呼宝名。每自恨魂不复灵。家旧养一鹦鹉，忽毙，小儿持弄于床。生自念：倘得身为鹦鹉，振翼可达女室。心方注想，身已翩然鹦鹉，遽飞而去，直达宝所。女喜而扑之，锁其肘，饲以麻子。大呼曰："姐姐勿锁！我孙子楚也！"女大骇，解其缚，亦不去。女祝曰："深情已篆中心[21]。今已人禽异类，姻好何可复圆？"鸟云："得近芳泽，于愿已足。"他人饲之，不食；女自饲之，则食。女坐，则集其膝；卧，则依其床。如是三日。女甚怜之，阴使人瞷生[22]，生则僵卧，气绝已三日，但心头未冰耳。女又祝曰："君能复为人，当誓死相从。"鸟云："诳我！"女乃自矢[23]。鸟侧目若有所思。少间，女束双弯[24]，解履床下，鹦鹉骤下，衔履飞去。女急呼之，飞已远矣。女使妪往探，则生已寤。家人见鹦鹉衔绣履来，堕地死，方共异之。生既苏，即索履。众莫知故。适妪至，入视生，问履所在。生曰："是阿宝信誓物。借口相覆：小生不忘金诺也[25]。"妪反命。女益奇之，故使婢泄其情于母。母审之确，乃曰："此子才名亦不恶，但有相如之贫[26]。择数年得婿若此，恐将为显者笑。"女以履故，矢不他。翁媪从之。驰报生。生喜，疾顿瘳[27]。翁议赘诸家。女曰："婿不可久处岳家。况郎又贫，久益为人贱。儿既诺之，处蓬茅而甘藜藿[28]，不怨也。"生乃亲迎成礼，相逢如隔世欢。

自是家得奁妆，小阜，颇增物产。而生痴于书，不知理家人生业；女善居积，亦不以他事累生。居三年，家益富。生忽病消渴[29]，卒。女哭之痛，泪眼不晴，至绝眠食。劝之不纳，乘夜自经。婢觉之，急救而醒，终亦不食。三日，集亲党，将以殓生。闻棺中呻以息，启之，已复活。自言："见冥王，以生平朴诚，命作部曹[30]。忽有人白：'孙部曹之妻将至。'王稽鬼录，言：'此未应便死。'又白：'不食三日矣。'王顾谓：'感汝妻节义，姑赐再生。'因使驭卒控马送余还。"由此体渐平。值岁大比[31]，入闱之前，诸少年玩弄之，共拟隐僻之题七，引生僻处与语，言："此某家关节[32]，敬秘相授。"生信之，昼夜揣摩，制成七艺[33]。众隐笑之。时典试者虑熟题有蹈袭弊[34]，力反常经。题纸下，七艺皆符。生以是抡魁[35]。明年，举进士，授词林[36]。上闻异，召问之。生具启奏。上大嘉悦。后召见阿宝，赏赉有加焉[37]。

异史氏曰："性痴则其志凝，故书痴者文必工，艺痴者技必良；世之落拓而无成者，皆自谓不痴者也。且如粉花荡产，卢雉倾家[38]，顾痴人事哉！以是知慧黠而过，乃是真痴，彼孙子何痴乎！"

选自《聊斋志异》

【题解】

《聊斋志异》中既写痴情女子，也写痴情男子。本篇中的孙子楚就是一位"痴男"。他爱上了阿宝，请人前去作媒。由于孙子楚长有六个手指，阿宝对他开玩笑，信口说了一句："渠去其枝指，余当归之"。孙子楚居然拿起斧子便砍去了余指。不久，他出游时路遇阿宝，痴呆发愣，灵魂出窍，随了心上人而去，但被女巫招回。阿宝被孙子楚的深情打动，孙子楚则思念更切。一次，他看见一只死去的鹦鹉，心想：如果身化为鸟，就能振翼，"可达女室"，想着想着，他真的成了一只鹦鹉，振飞而去。作品中写到，孙子楚被人嘲笑，被称为"孙痴"。他这种"痴"实际上是刻骨铭心的真挚爱情的一种特殊表现。这篇小说显出题材的别致和描写的新颖。

【注释】

①粤西：今广东广西地区。 ②枝指：手有六指。 ③迂讷：迂阔而拙于言辞。 ④赪颜彻颈：脸红到脖子。 ⑤相邮传作丑语：相互传播当作被嘲笑的话题。 ⑥埒（liè）：相等。 ⑦争委禽妆：争着送聘礼。禽，指雁，古代纳采用雁。 ⑧失俪：丧偶。 ⑨归之：嫁给他。古代女子出嫁称归。 ⑩濒死：接近死亡。 ⑪曩念：过去的念头。 ⑫月旦：评论。东汉许劭和他的堂兄许靖喜好品评乡里人物，每月更换一个品评的题目，人称"月旦评"，后以"月旦"指评论人物。 ⑬奇馁：出奇地饿。 ⑭澌灭：

消失尽，此处指断气。 ⑮故服、草荐：往日孙子楚穿的衣服、用的垫席。⑯历言不爽：一一说出，一点不差。 ⑰遘（gòu）：相遇。 ⑱浴佛节：即佛诞节。佛释迦诞生的纪念日。农历四月八日，各寺院都用各种香浸水为佛像洗浴。 ⑲掺（shān）：纤细。 ⑳自展：自己陈述。 ㉑篆（zhuàn）：刻。 ㉒瞯（jiàn）：看视。 ㉓自矢：自己发誓。 ㉔束双弯：缠足。㉕金诺：对别人诺言尊重的说法。 ㉖相如之贫：贫穷但有才华。相如，司马相如，西汉人，家贫而有文才，富家女卓文君自愿嫁给他。 ㉗瘳（chōu）：病愈。 ㉘处蓬茅而甘藜藿：住草屋吃野菜我也心甘情愿。㉙消渴：糖尿病。 ㉚部曹：指地府某部属官。 ㉛大比：乡试，明清两代每三年举行一次乡试，称“大比”。 ㉜关节：此处指行贿得到的试题。㉝七艺：指七篇应试文章。 ㉞典：掌管，主管。 ㉟抡魁：选拔为榜首。抡，选择。 ㊱授词林：授官翰林。词林，翰林院的别称。 ㊲赉（lài）：赐。 ㊳粉花荡产，卢雉倾家：嫖娼赌博以致倾家荡产。

林 四 娘

青州道陈公宝钥[①]，闽人。夜独坐，有女子搴帏入[②]。视之，不识；而艳绝，长袖宫装[③]。笑云：“清夜兀坐[④]，得勿寂耶？”公惊问：“何人？”曰：“妾家不远，近在西邻。”公意其鬼，而心好之。捉袂挽坐，谈词风雅，大悦。拥之，不甚抗拒。顾曰：“他无人耶？”公急阖户，曰：“无。”促其缓裳，意殊羞怯。公代为之殷勤。女曰：“妾年二十，犹处子也，狂将不堪。”狎亵既竟，流丹浃席，既而枕边私语，自言“林四娘”。公详诘之。曰：“一世坚贞，业为君轻薄殆尽矣。有心爱妾，但图永好可耳，絮絮何为？”无何，鸡鸣，遂起而去。由此夜夜必至。每与阖户雅饮。谈及音律，辄能剖悉宫商[⑤]。公遂意其工于度曲[⑥]。曰：“儿时之所习也。”公请一领雅奏[⑦]。女曰：“久矣不托于音[⑧]，节奏强半遗忘[⑨]，恐为知者笑耳。”

再强之，乃俯首击节，唱伊凉之调[10]，其声婉。歌已，泣下。公亦为酸恻[11]，抱而慰之曰："卿勿为亡国之音，使人悒悒[12]。"女曰："声以宣意，哀者不能使乐，亦犹乐者不能使哀。"两人燕昵，过于琴瑟[13]。

既久，家人窃听之，闻其歌者，无不流涕。夫人窥见其容，疑人世无此妖丽，非鬼必狐；惧为厌蛊，劝公绝之。公固能听，但固诘之。女愀然曰："妾，衡府宫人也[14]。遭难而死，十七年矣。以君高义，托为燕婉，然实不敢祸君。倘见疑畏，即从此辞。"公曰："我不为嫌；但燕好若此，不可不知其实耳。"乃问宫中事。女缅述，津津可听。谈及式微之际[15]，则哽咽不能成语。女不甚睡，每夜辄起诵准提、金刚诸经咒[16]。公问："九原能自忏耶[17]？"曰："一也。妾思终身沦落，欲度来生耳[18]。"又每与公评骘诗词[19]，瑕辄疵之[20]；至好句，则曼声娇吟。意绪风流，使人忘倦。公问："工诗乎？"曰："生时亦偶为之。"公索其赠。笑曰："儿女之语，乌足为高人道。"

居三年。一夕，忽惨然告别。公惊问之。答云："冥王以妾生前无罪，死犹不忘经咒，俾生王家。别在今宵，永无见期。"言已，怆然。公亦泪下。乃置酒相与痛饮。女慷慨而歌，为哀曼之音，一字百转；每至悲处，辄便呜咽。数停数起，而后终曲，饮不能畅。乃起，逡巡欲别。公固挽之，又坐少时。鸡声忽唱，乃曰："必不可以久留矣。然君每怪妾不肯献丑；今将长别，当率成一章[21]。"索笔构成，曰："心悲意乱，不能推敲，乖音错节，慎勿出以示人。"掩袖而去。公送诸门外，湮然没。公怅悼良久。视其诗，字态端好，珍而藏之。诗曰："静镇深宫十七年，谁将故国问青天？闲看殿宇封乔木，泣望君王化杜鹃[22]。海国波涛斜夕照，汉家箫鼓静烽烟。红颜力弱难为厉[23]，惠质心悲只问禅[24]。日诵菩提千百句[25]，闲看贝叶两三篇[26]。高唱梨园歌代哭[27]，请君独听亦潸然[28]。"诗中重复脱节，疑有错误。

选自《聊斋志异》

【题解】

林四娘的故事见于多种清人笔记，内容略有歧异。《红楼梦》第七十八回描写贾宝玉作《姽婳词》歌颂林四娘，是写的林四娘的生前。这篇小说写的是林四娘的鬼魂。前者英武，后者凄凉。林四娘原是衡王府中宫人，“遭难而死”，死后与陈宝钥同居三年。在这三年中，唱曲则唱“亡国之音”，“闻其歌者，无不流涕”，言谈往事，“哽咽不能成语”。最后与陈宝钥分别时歌唱“哀曼之音”更是酸恻痛楚。总之，小说中弥漫着悲凉气氛。看来，作者所描写的林四娘的凄凉声情表现着一种故国之思，代表着当时的一种留恋明王朝的心态。这篇小说中的男主人公陈宝钥是清初青州道的一位官员，作品中写他与林四娘之间的“枕边之情”几无避讳，同其他有关记载中说他们虽亲狎而“不及乱”不同，这也颇有特点，耐人寻味。看来作者在这一点上无所顾忌。

【注释】

①青州道：清代把一省划分为数道。青州，今山东青州。陈宝钥，字绿崖，康熙初年任青州道佥事。　②搴（qiān）：掀，提起。　③宫装：宫女的装束。　④兀坐：一人端坐。　⑤剖悉宫商：通晓五音。古代五音为宫商角徵羽，此处“宫商”指五音。　⑥工于度曲：长于作新曲。　⑦领：领教，此处指聆听。　⑧不托于音：不弹奏乐曲。　⑨强半：大半。　⑩伊凉之调：伊州、凉州二曲，曲调悲凉。　⑪酸恻：心酸，悲伤。　⑫悒悒：心情抑郁。　⑬琴瑟：喻夫妻。　⑭衡府：衡王府。明宪宗第六子朱祐楎被封为衡恭王，藩镇青州。　⑮式微：衰落、衰败。　⑯准提、金刚：两部佛经名。　⑰九原：九泉，地下。　⑱度来生：佛教称以行善尊佛解脱今生痛苦，得以超度，求得来生幸福为“度来生”。　⑲评骘（zhì）：评定优劣。　⑳疵（cī）：毛病、缺点。此处用作动词，意为指出缺点。　㉑率成：很快地、仓促地写成。　㉒“闲看”两句：看到荒草中的宫殿，引起对已故的衡王的怀

念。传说周末蜀帝杜宇死后化为杜鹃。㉓厉：恶鬼、厉鬼。㉔问禅：探求佛教道理，以求得大彻大悟。㉕菩提：梵语音译，佛教名词，指佛教的一种彻悟成佛的境界。此处菩提指佛。㉖贝叶：原意是印度贝多罗树的叶子，印度人用以抄写佛经，故佛经也称贝叶经，此处贝叶指佛经。㉗梨园：唐玄宗时宫廷训练乐工的机构，此处指宫中乐曲。㉘潸然：流泪的样子。

罗刹海市

马骥，字龙媒，贾人子。美丰姿。少倜傥，喜歌舞。辄从梨园子弟[①]，以锦帕缠头，美如好女，因复有“俊人”之号。十四岁，入郡庠，即知名。父衰老，罢贾而居。谓生曰：“数卷书，饥不可煮，寒不可衣。吾儿可仍继父贾。”马由是稍稍权子母[②]。

从人浮海[③]，为飓风引去，数昼夜至一都会。其人皆奇丑；见马至，以为妖，群哗而走。马初见其状，大惧；迨知国中之骇己也，遂反以此欺国人。遇饮食者，则奔而往；人惊遁，则啜其余[④]。久之，入山村。其间形貌亦有似人者，然褴褛如丐。马息树下，村人不敢前，但遥望之。久之，觉马非噬人者，始稍稍近就之。马笑与语。其言虽异，亦半可解。马遂自陈所自。村人喜，遍告邻里，客非能搏噬者。然奇丑者望望即去，终不敢前；其来者，口鼻位置，尚皆与中国同。共罗浆酒奉马。马问其相骇之故，答曰：“尝闻祖父言：西去二万六千里，有中国，其人民形象率诡异[⑤]。但耳食之[⑥]，今始信。”问其何贫。曰：“我国所重，不在文章，而在形貌。其美之极者，为上卿；次任民社[⑦]；下焉者，亦邀贵人宠，故得鼎烹以养妻子[⑧]。若我辈初生时，父母皆以为不祥，往往置弃之；其不忍遽弃者，皆为宗嗣耳。”问：“此名何国？”曰：“大罗刹国。都城在北去三十里。”马请导往一观。于是鸡鸣而兴，引与俱去。天明，始达都。都以黑石为墙，色如墨，楼阁近百尺。然少瓦，覆以红石；拾其残块磨甲上，无异丹砂。时值朝退，朝中有冠盖出，村人指曰："此相国也[9]。"视之，双耳皆背生，鼻三孔，睫毛覆目如帘。又数骑出，曰："此大夫也。"以次各指其官职，率鬇鬡怪异[10]；然位渐卑，丑亦渐杀[11]。无何，马归，街衢人望见之，噪奔跌蹶，如逢怪物。村人百口解说，市人始敢遥立。既归，国中咸知村有异人，于是搢绅大夫，争欲一广见闻，遂令村人要马。然每至一家，阍人辄阖户，丈夫女子窃窃自门隙中窥语；终一日，无敢延见者。村人曰："此间一执戟郎[12]，曾为先王出使异国，所阅人多，或不以子为惧。"造郎门。郎果喜，揖为上客。视其貌，如八九十岁人。目睛突出，须卷如猬。曰："仆少奉王命，出使最多；独未尝至中华。今一百二十余岁，又得睹上国人物，此不可不上闻于天子。然臣卧林下，十余年不践朝阶，早旦，为君一行。"乃具饮馔，修主客礼。酒数行，出女乐十余人，更番歌舞。貌类夜叉，皆以白锦缠头，拖朱衣及地。扮唱不知何词，腔拍恢诡[13]。主人顾而乐之，问："中国亦有此乐乎？"曰："有。"主人请拟其声，遂击桌为度一曲。主人喜曰："异哉！声如凤鸣龙啸，从未曾闻。"翼日，趋朝，荐诸国王。王忻然下诏。有二三大夫，言其怪状，恐惊圣体。王乃止。郎出告马，深为扼腕[14]。居久之，与主人饮而醉，把剑起舞，以煤涂面作张飞。主人以为美，曰："请君以张飞见宰相，宰相必乐用之，厚禄不难致。"马曰："嘻！游戏犹可，何能易面目图荣显？"主人固强之，马乃诺。主人设筵，邀当路者饮[15]，令马绘面以待。未几，客至，呼马出见客。客讶曰："异哉！何前媸而今妍也！"遂与共饮，甚欢。马婆娑歌"弋阳曲"[16]，一座无不倾倒。明日，交章荐马[17]，王喜，召以旌节。既见，问中国治安之道，马委曲上陈[18]，大蒙嘉叹，赐宴离宫。酒酣，王曰："闻卿善雅乐，可使寡人得而闻之乎？"马即起舞，亦效白锦缠头，作靡靡之音。王大悦，即日拜下大夫。时与私宴，恩宠殊异。久而官僚百执事颇觉其面目之假[19]；所至，辄见人耳语，不甚与款洽。马至是孤立，惘然不自安[20]。遂上疏乞休致[21]，不许；又告休沐[22]，乃给三月假。于是乘传载金宝[23]，复归山村。村人膝行以迎。马以金资分给旧所与交好者，欢声雷动。村人曰："吾侪小人受大夫赐，明日赴海市，当求珍玩，用报大夫。"问："海市何地？"曰："海中市，四海鲛人[24]，集货珠宝；四方十二国，均来贸易。中多神人游戏。云霞障天，波涛间作。贵人自重，不敢犯险阻，皆以金帛付我辈，代购异珍。今其期不远矣。"问所自知，曰："每见海上朱鸟来往，七日，即市。"马问行期，欲同游嘱。村人劝使自贵。马曰："我顾沧海客，何畏风涛？"

未几，果有踵门寄资者，遂与装资入船。船容数十人，平底高栏。十人摇橹，激水如箭。凡三日，遥见水云幌漾之中，楼阁层叠；贸迁之舟[25]，纷集如蚁。少时，抵城下。视墙上砖，皆长与人等。敌楼高接云汉[26]。维舟而入[27]，见市上所陈，奇珍异宝，光明射目，多人世所无。一少年乘骏马来，市人尽奔避，云是"东洋三世子"。世子过，目生曰："此非异域人？"即有前马者来诘乡籍[28]。生揖道左，具展邦族。世子喜曰："既蒙辱临，缘分不浅！"于是授生骑，请与连辔。乃出西城。方至岛岸，所骑嘶跃入水。生大骇失声。则见海水中分，屹如壁立。俄睹宫殿，玳瑁为梁，鲂鳞作瓦；四壁晶明，鉴影炫目。下马揖入。仰视龙君在上，世子启奏："臣游市廛，得中华贤士，引见大王。"生前拜舞。龙君乃言："先生文学士，必能衙官屈、宋[29]。欲烦椽笔赋'海市'，幸无吝珠玉。"生稽首受命。授以水精之砚，龙鬣之毫，纸光似雪，墨气如兰。生立成千余言，献殿上。龙君击节曰："先生雄才，有光水国矣！"遂集诸龙族，宴集采霞宫。酒炙数行，龙君执爵而向客曰："寡人所怜女，未有良匹，愿累先生。先生倘有意乎？"生离席愧荷，唯唯而已。龙君顾左右语。无何，宫人数辈，扶女郎出。珮环声动，鼓吹暴作。拜竟，睨之，实仙人也。女拜已而去。少时酒罢，双鬟挑画灯[30]，导生入副宫。女浓妆坐伺。珊瑚之床，饰以八宝；帐外流苏，缀明珠如斗大；衾褥皆香耎[31]。天方曙，则雏女妖鬟，奔入满侧。生起，趋出朝谢。拜为驸马都尉。以其赋驰传诸海。诸海龙君，皆耑员来贺[32]；争折简招驸马饮。生衣绣裳，驾青虬，呵殿而出[33]。武士数十骑，背雕弧，荷白棓，晃耀填拥。马上弹筝，车中奏玉。三日间，遍历诸海。由是"龙媒"之名，噪于四海。宫中有玉树一株，围可合抱；本莹澈，如白琉璃，中有心，淡黄色，稍细于臂；叶类碧玉，厚一钱许，细碎有浓阴。常与女啸咏其下。花开满树，状类薝蔔[34]。每一瓣落，锵然作响。拾视之，如赤瑙雕镂，光明可爱。时有异鸟来鸣，毛金碧色，尾长于身，声等哀玉[35]，恻人肺腑。生闻之，辄念乡土。因谓女曰："亡出三年，恩慈间阻每一念及，涕膺汗背。卿能从我归乎？"女曰："仙尘路隔，不能相依。妾亦不忍以鱼水之爱，夺膝下之欢。容徐谋之。"生闻之，涕不自禁。女亦叹曰："此势之不能两全者也！"明日，生自外归。龙君曰："闻都尉有故土之思，诘旦趣装，可乎？"生谢曰："逆旅孤臣，过蒙优宠，衔报之诚，结于肺肝。容暂归省，当图复聚耳。"入暮，女置酒话别。生订后会，女曰："情缘尽矣。"生大悲，女曰："归养双亲，见君之孝。人生聚散，百年犹旦暮耳，何用作儿女哀泣？此后妾为君贞，君为妾义，两地同心，即伉俪也，何必旦夕相守，乃谓之偕老乎？若渝此盟，婚姻不吉。倘虑中馈乏人[36]，纳婢可耳。更有一事相嘱：自奉衣裳[37]，似有佳朕[38]，烦君命名。"生曰："其女耶，可名龙宫；男耶，可名福海。"女乞一物为信。生在罗刹国所得赤玉莲花一对，出以授女。女曰："三年后四月八日，君当泛舟南岛，还君体胤[39]。"女以鱼革为囊，实以珠宝，授生曰："珍藏之，数世吃著不尽也。"天微明，王设祖帐[40]，馈遗甚丰。生拜别出宫。女乘白羊车，送诸海涘。生上岸下马。女致声珍重，回车便去，少顷便远。海出复合，不可复见。

生乃归。自浮海去，咸谓其已死；及至家，家人无不诧异。幸翁媪无恙，独妻已他适。乃悟龙女“守义”之言，盖已先知也。父欲为生再婚；生不可，纳婢焉。谨志三年之期，泛舟岛中。见两儿坐浮水面，拍流嬉笑，不动亦不沉。近引之，儿哑然捉生臂，跃入怀中。其一大啼，似嗔生之不援己者。亦引上之。细审之，一男一女，貌皆婉秀。额上花冠缀玉，则赤莲在焉。背有锦囊，拆视，得书云：“翁姑计各无恙。忽忽三年，红尘永隔；盈盈一水，青鸟难通[41]。结想为梦，引领成劳，茫茫蓝蔚，有恨如何也！顾念奔月姮娥，且虚桂府[42]；投梭织女，犹怅银河。我何人斯，而能永好？兴思及此，辄复破涕为笑。别后两月，竟得孪生。今已啁啾怀抱，颇解言笑；觅枣抓梨，不母可活。敬以还君。所贻赤玉莲花，饰冠作信。膝头抱儿时，犹妾在左右也。闻君克践旧盟，意愿斯慰。妾此生不二，之死靡他。奁中珍物，不蓄兰膏；镜里新妆，久辞粉黛。君似征人，妾作荡妇[43]，即置而不御，亦何得谓非琴瑟哉？独计翁姑亦既抱孙，曾未一觌新妇[44]，揆之情理，亦属缺然。岁后阿姑窀穸[45]，当往临穴，一尽妇职。过此以往，则‘龙宫’无恙，不少把握之期[46]；‘福海’长生，或有往还之路。伏惟珍重，不尽欲言。”生反覆省书揽涕。两儿抱颈曰：“归休乎！”生益恸，抚之曰：“儿知家在何许？”儿啼，呕哑言归。生视海水茫茫，极天无际；雾鬟人渺，烟波路穷。抱儿返棹，怅然遂归。生知母寿不永，周身物悉为预具，墓中植松槚百余[47]。逾岁，媪果亡。灵舆至殡宫，有女子缞绖临穴。众方惊顾，忽而风激雷轰，继以急雨，转瞬已失所在。松柏新植多枯，至是皆活。福海稍长，辄思其母，忽自投入海，数日始还。龙宫以女子不得往，时掩户泣。一日，昼暝，龙女忽入，止之曰：“儿自成家，哭泣何为？”乃赐八尺珊瑚一树，龙脑香一帖，明珠百颗，八宝嵌金合一双，为嫁资。生闻之突入，执手啜泣。俄顷，疾雷破屋，女已无矣。

异史氏曰：“花面逢迎，世情如鬼。嗜痂之癖，举世一辙[48]。‘小惭小好，大惭大好[49]。若公然带须眉以游都市，其不骇而走者盖几希矣。彼陵阳痴子，将抱连城玉向何处哭也？呜呼！显荣富贵，当于蜃楼海市中求之耳！”

选自《聊斋志异》

【题解】

商人之子马骥浮海，先到大罗刹国，再到海市。前者是一个以俊为丑、以媸为妍的国度，翩翩的马骥被认为是怪异，大家都退避三舍。但当马骥抹黑自己的脸后，便受到了“恩宠”。他又到了海市，那里圣君贤臣，义夫贞妻，重视人才，崇拜斯文，马骥被龙君招为驸马。但他到底还是回到了生他养他的故乡。自此天涯永隔，他再也见不到他的龙女妻子了。作者笔下的大罗刹国是乌有之乡，海市更是一种虚假的存在。那么，这篇小说便是“海外奇谈”了。但是，读者自会从其中得到真实的感受，其中的寓意显而易见。前人称赞这个作品逼近唐人传奇，篇中龙女致马骥的信更是文情并茂。

【注释】

①梨园子弟：戏曲艺人。 ②权子母：权衡本利，指经商。 ③浮海：航海，去海外经商。 ④啜（chuò）：吃、喝。 ⑤率：都，全部。 ⑥耳食：耳闻，听说。 ⑦民社：人民和社稷，此处指地方官。 ⑧鼎烹：美食。 ⑨相国：宰相。 ⑩鬇鬡（zhēngníng）：毛发散乱的样子。 ⑪杀：减少。 ⑫执戟郎：官门警卫官员。 ⑬恢诡：怪异、离奇。 ⑭扼腕：惋惜。 ⑮当路者：身居要职的人。 ⑯婆娑歌“弋阳曲”：边舞蹈边唱弋阳曲。弋阳曲，南曲声腔的一种，源于江西弋阳。 ⑰交章荐马：纷纷上奏章推荐马骥。 ⑱委屈上陈：原原本本地陈述。 ⑲百执事：百官。 ⑳僩（xiàn）然：不安的样子。 ㉑休致：退职辞官。 ㉒休沐：休假。 ㉓传：驿站的公用车。 ㉔鲛人：相传南海有鲛人，善纺织，所织的织物叫鲛绡。 ㉕贸迁：贸易。 ㉖敌楼：城楼。 ㉗维舟：拴好船。 ㉘前马者：在

马前开路的人。 ㉙衙官屈、宋：超过屈原、宋玉。衙官，唐代刺史的属官，此处是使动用法，让屈原、宋玉做属官。 ㉚双鬟：年幼的婢女。 ㉛耎：同“软”。 ㉜耑员：派专人。 ㉝呵殿：形容贵官出行前呼后拥。 ㉞薝蔔：栀子花。 ㉟声等哀玉：声音如同玉制乐器奏出的哀婉曲调。 ㊱中馈乏人：没有主持家务的人。意为未娶妻。 ㊲自奉衣裳：结婚以来。 ㊳佳朕：好征兆，指怀孕。 ㊴体胤：亲生儿女。胤，后嗣。 ㊵设祖帐：设宴饯别。古时为出行者送行祭路神称为“祖祭”，祖祭时用的帷帐叫“祖帐”。 ㊶青鸟：传说中送信的使者。 ㊷桂府：月宫。 ㊸荡妇：游子妇。 ㊹觌（dí）：见。 ㊺窀穸（zhūnxī）：墓穴，此处指下葬。 ㊻把握之期：见面的机会。 ㊼檟：楸树。 ㊽举世一辙：全世界都一样。 ㊾ “小惭”两句：唐代韩愈《与冯宿论文书》中：“时时应事作俗下文字，下笔令人惭，及示人，则人以为好矣。小惭者亦蒙谓之小好，大惭者即必以为大好矣。”意思是世人喜欢虚假的逢迎奉承。

田七郎

武承休，辽阳人。喜交游，所与皆知名士。夜梦一人告之曰：“子交游遍海内，皆滥交耳。惟一人可共患难，何反不识？”问：“何人？”曰：“田七郎非与？”醒而异之。诘朝[①]，见所与游，辄问七郎。客或识为东村业猎者。武敬谒诸家，以马箠挝门[②]。未几，一人出，年二十余，貙目蜂腰[③]，着腻帢[④]，衣皂犊鼻[⑤]，多白补缀。拱手于额而问所自。武展姓氏；且托途中不快，借庐憩息。问七郎，答曰：“我即是也。”遂延客入。见破屋数椽，木岐支壁。入一小室，虎皮狼蜕[⑥]，悬布楹间，更无杌榻可坐。七郎就地设皋比焉[⑦]。武与语，言词朴质，大悦之。遽贻金作生计[⑧]，七郎不受。固予之，七郎受以白母。俄顷将还，固辞不受。武强之再四。母龙钟而至，厉色曰：“老身止此儿，不欲令事贵客！”武惭而退。归途展转，不解其意。适从人于舍后闻母言，因以告武。先是，七郎持金白母，母曰："我适睹公子，有晦纹[9]，必罹奇祸，闻之：受人知者分人忧，受人恩者急人难。富人报人以财，贫人报人以义。无故而得重赂，不祥，恐将取死报于子矣。"武闻之，深叹母贤；然益倾慕七郎。

翼日[10]，设筵招之，辞不至。武登其堂，坐而索饮。七郎自行酒，陈鹿脯，殊尽情礼。越日，武邀酬之，乃至。款洽甚欢。赠以金，即不受。武托购虎皮，乃受之。归视所蓄，计不足偿，思再猎而后献之。入山三日，无所猎获。会妻病，守视汤药，不遑操业[11]。浃旬[12]，妻奄忽以死。为营斋葬，所受金稍稍耗去。武亲临唁送，礼仪优渥[13]。既葬，负弩山林，益思所以报武，而迄无所得。武探得其故，辄劝勿亟。切望七郎姑一临存[14]，而七郎终以负债为憾，不肯至。武因先索旧藏，以速其来。七郎检视故革，则蠹蚀殃败，毛尽脱，懊丧益甚。武知之，驰行其庭，极意慰解之。又视败革，曰："此亦复佳。仆所欲得，原不以毛。"遂轴鞹出[15]。兼邀同往。七郎不可，乃自归。七郎念终以不足报武，裹粮入山[16]，凡数夜，得一虎，全而馈之。武喜，治具，请三日留。七郎辞之坚。武键庭户，使不得出。宾客见七郎朴陋，窃谓公子妄交。而武周旋七郎，殊异诸客。为易新服，却不受；承其寐而潜易之，不得已而受之。既去，其子奉媪命，返新衣，索其敝裰[17]。武笑曰："归语老姥，故衣已拆作履衬矣。"自是，七郎日以兔鹿相贻[18]，召之即不复至。武一日诣七郎，值出猎未返。媪出，踦门语曰[19]："再勿引致吾儿，大不怀好意！"武敬礼之，惭而退。

半年许，家人忽白："七郎为争猎豹，殴死人命，捉将官里去。"武大惊，驰视之，已械收在狱。见武无言，但云："此后烦恤老母。"武惨然出，急以重金赂邑宰；又以百金赂仇主。月余无事，释七郎归。母慨然曰："子发肤受之武公子[20]，非老身所得而爱惜者矣。但祝公子终百年无灾患，即儿福。"七郎欲诣谢武，母曰："往则往耳，见公子勿谢也。小恩可谢，大恩不可谢。”七郎见武；武温言慰藉，七郎唯唯。家人咸怪其疏；武喜其诚笃，益厚遇之。由是恒数日留公子家。馈遗辄受，不复辞，亦不言报。

会武初度[21]，宾从烦多，夜舍履满。武偕七郎卧斗室中，三仆即床下藉刍藁[22]。二更向尽，诸仆皆睡去，两人犹刺刺语[23]。七郎佩刀挂壁间，忽自腾出匣数寸许，铮铮作响，光闪烁如电。武惊起。七郎亦起，问：“床下卧者何人？”武答：“皆厮仆。”七郎曰：“此中必有恶人。”武问故，七郎曰：“此刀购诸异国，杀人未尝濡缕[24]。迄今佩三世矣。决首至千计，尚如新发于硎[25]。见恶人则鸣跃，当去杀人不远矣。公子宜亲君子，远小人，或万一可免。”武颔之。七郎终不乐，辗转床席。武曰：“灾祥数耳，何忧之深？”七郎曰：“我诸无恐怖，徒以有老母在。”武曰：“何遽至此？”七郎曰：“无则便佳。”盖床下三人：一为林儿，是老弥子[26]，能得主人欢；一僮仆，年十二三，武所常役者；一李应，最拗拙[27]，每因细事与公子裂眼争，武恒怒之。当夜默念，疑必此人。诘旦，唤至，善言绝令去。武长子绅，娶王氏。一日，武他出，留林儿居守。斋中菊花方灿。新妇意翁出，斋庭当寂，自诣摘菊。林儿突出勾戏。妇欲遁，林儿强挟入室。妇啼拒，色变声嘶。绅奔入，林儿始释手逃去。武归闻之，怒觅林儿，竟已不知所之。过二三日，始知其投身某御史家。某官都中，家务皆委决于弟。武以同袍义[28]，致书索林儿，某弟竟置不发。武益恚，质词邑宰。勾牒虽出[29]，而隶不捕，官亦不问。武方愤怒，适七郎至。武曰：“君言验矣。”因与告愬[30]。七郎颜色惨变，终无一语，即迳去。武嘱干仆逻察林儿[31]。林儿夜归，为逻者所获，执见武。武掠楚之。林儿语侵武。武叔恒，故长者，恐侄暴怒致祸，劝不如治以官法。武从之，絷赴公庭。而御史家刺书邮至[32]；宰释林儿，付纪纲以去[33]。林儿意益肆，倡言丛众中[34]，诬主人妇与私。武无奈之，忿塞欲死。驰登御史门，俯仰叫骂。里舍慰劝令归。逾夜，忽有家人白："林儿被人脔割[35]，抛尸旷野间。"武惊喜，意稍得伸。俄闻御史家讼其叔侄，遂偕叔赴质。宰不听辨，欲笞恒。武抗声曰："杀人莫须有！至辱詈搢绅，则生实为之，无与叔事。"宰置不闻。武裂眦欲上，群役禁捽之。操杖隶皆绅家走狗，恒又老耄，籤数未半[36]，奄然已死。宰见武叔垂毙，亦不复究。武号且骂，宰亦若弗闻也者。遂舁叔归，哀愤无所为计。因思欲得七郎谋，而七郎更不一吊问[37]。窃自念：待七郎不薄，何遽如行路人？亦疑杀林儿必七郎。转念：果尔，胡得不谋？于是遣人探索其家，至则扃鐍寂然[38]，邻人并不知耗。一日，某弟方在内廨[39]，与宰关说。值晨进薪水，忽一樵人至前，释担抽利刃，直奔之。某惶急，以手格刃[40]，刃落断腕；又一刀，始决其首。宰大惊，窜去。樵人犹张皇四顾。诸役吏急阖署门，操杖疾呼。樵人乃自刭死。纷纷集认，识者知为田七郎也。宰惊定，始出复验，见七郎僵卧血泊中，手犹握刃。方停盖审视，尸忽崛然跃起，竟决宰首，已而复踣。衙官捕其母、子，则亡去已数日矣。武闻七郎死，驰哭尽哀。咸谓其主使七郎。武破产夤缘当路[41]，始得免。七郎尸弃原野三十余日，禽犬环守之。武取而厚葬。其子流寓于登[42]，变姓为佟。起行伍，以功至同知将军。归辽，武已八十余，乃指示其父墓焉。

异史氏曰："一钱不轻受，正一饭不敢忘者也。贤哉母乎！七郎者，愤未尽雪，死犹伸之，抑何其神？使荆卿能尔[43]，则千载无遗恨矣。苟有其人，可以补天网之漏；世道茫茫，恨七郎少也。悲夫！"

选自《聊斋志异》

【题解】

猎户田七郎深受武承休之恩，当武承休受恶仆侮辱和官绅迫害时，田七郎暗中为武报仇，诛杀恶仆和官绅，自己随后自刎捐身。作者把田七郎比作古时著名的荆轲，有的评论者也认为读这篇小说有如读《史记》中的《刺客列传》。如果把田七郎故事归类，确可归入“刺客型”，但它又并不完全落入类型故事的套路，而是自有特点。不少细节描写富有神奇色彩，如写田七郎的佩刀见到恶人便能自己跳出刀鞘，并且铮铮作响；又如写田七郎死后手中还紧握利刃，并且尸体竟能从血泊中“崛然跃起”，把县宰砍死。凡此等等，使这篇作品读来有声有色，充满传奇性，具有特殊的魅力。

【注释】

①诘朝：第二天清早。②以马箠（chuí）挝门：用马鞭敲门。箠，马鞭；挝（zhuā），敲、打。③貙（chū）：兽名，大小如狗，毛纹如狸。④腻帢（qià）：沾满油污的帽子。⑤皂犊鼻：黑色围裙。⑥狼蜕：狼皮。⑦皋比：虎皮。⑧遽（jù）：此处意为遂，于是，就。⑨晦：晦气，不祥之气。⑩翼日：明天，同“翌日”。⑪不遑：没有闲暇。⑫浃旬：十天。浃，周匝，满。⑬优渥：优厚。⑭临存：暂时来住几天。⑮轴鞹（kuò）：捲起皮革。鞹，去毛的兽皮。⑯裹粮：带着干粮。⑰敝裰（duō）：破旧的衣服。⑱贻：送。⑲踦（yǐ）门：靠着门。⑳发肤受之武公子：意为武公子有救命之恩，如再生父母。㉑初度：生日。㉒藉刍藁：睡在草上。㉓刺刺语：形容不停地说话。㉔未尝濡缕：杀人时血不沾湿衣服，形容刀锋利无比。㉕新发于硎（xíng）：刚从磨刀石上磨好。硎，磨刀石。㉖老弥子：指深受宠爱的童仆。㉗拗拙：倔强，执拗。㉘同袍：同事。㉙勾牒：捉拿拘捕犯人的公文。㉚愬：同“诉”。㉛干仆：机警干练的仆人。㉜刺书：书信。㉝纪纲：管家。㉞倡言：扬言。㉟脔（luán）割：割碎致死。㊱籤数：指规定的杖刑的杖数。㊲吊问：慰问。㊳扃鐍：门上了锁。㊴内廨：官衙的内舍。㊵格刃：抵挡刀刃。㊶賫缘当路：贿赂当权者。㊷登：地名，登州，明清时为府。今属山东省。㊸荆卿：荆轲。战国时齐人。曾奉燕太子丹之命刺秦王，未成被杀。

公孙九娘

于七一案[①]，连坐被诛者，栖霞、莱阳两县最多。一日，俘数百人，尽戮于演武场中[②]。碧血满地[③]，白骨撑天。上官慈悲，捐给棺木，济城工肆[④]，材木一空。以故伏刑东鬼[⑤]，多葬南郊。甲寅间[⑥]，有莱阳生至稷下[⑦]，有亲友二三人亦在诛数，因市楮帛[⑧]，酹奠榛墟[⑨]。就税舍于下院之僧。明日，入城营干[⑩]，日暮未归。忽一少年，造室来访。见生不在，脱帽登床，着履仰卧。仆人问其谁何，合眸不对。既而生归，则暮色朦胧，不甚可辨。自诣床下问之。瞠目曰："我候汝主人，絮絮逼问，我岂暴客耶[⑪]！"生笑曰："主人在此。"少年即起着冠，揖而坐，极道寒暄。听其音，似曾相识。急呼灯至，则同邑朱生，亦死于七之难者。大骇却走。朱曳之云："仆与君文字交，何寡于情？我虽鬼，故人之念，耿耿不去心。今有所渎，愿无以异物遂猜薄之[⑫]。"生乃坐，请所命。曰："令女甥寡居无耦，仆欲得主中馈[⑬]。屡通媒妁，辄以无尊长之命为辞。幸无惜齿牙馀惠[⑭]。"先是，生有女甥，早失恃[⑮]，遗生鞠养，十五始归其家。俘至济南，闻父被刑，惊恸而绝。生曰："渠自有父，何我之求？"朱曰："其父为犹子启椋去[⑯]，今不在此。"问："女甥向依阿谁？"曰："与邻媪同居。"生虑生人不能作鬼媒。朱曰："如蒙金诺，还屈玉趾[⑰]。"遂起握生手。生固辞，问："何之？"曰："第行！"勉从与去。北行里许，有大村落，约数十百家。至一第宅，朱叩扉，即有媪出。豁开二扉，问朱："何为？"曰："烦达娘子，阿舅至。"媪旋反，顷复出，邀生入。顾朱曰："两椽茅舍子大隘，劳公子门外少坐候。"生从之入。见半亩荒庭，列小室二。女甥迎门啜泣，生亦泣。室中灯火荧然。女貌秀洁如生时。凝眸含涕，遍问妗姑。生曰："具各无恙，但荆人物故矣[⑱]。"女又呜咽曰："儿少受舅妗抚育，尚无寸报，不图先葬沟渎，殊为恨恨。旧年，伯伯家大哥迁父去，置儿不一念；数百里外，伶仃如秋燕。舅不以沉魂可弃，又蒙赐金帛，儿已得之矣。”生乃以朱言告，女俛首无语。媪曰：“公子曩托杨姥三五返。老身谓是大好；小娘子不肯自草草，得舅为政[19]，方此意慊得。”言次，一十七八女郎，从一青衣，遽掩入；瞥见生，转身欲遁。女牵其裾曰：“勿须尔！是阿舅，非他人。”生揖之。女郎亦敛衽[20]。甥曰：“九娘，栖霞公孙氏。阿爹故家子，今亦‘穷波斯’[21]，落落不称意。旦晚与儿还往。”生睨之，笑弯秋月，羞晕朝霞，实天人也。曰：“可知是大家，蜗庐人那如此娟好[22]。”甥笑曰：“且是女学士，诗词俱大高。昨儿稍得指教。”九娘微哂曰：“小婢无端败坏人，教阿舅齿冷也。”甥又笑曰：“舅断弦未续[23]，若个小娘子，颇能快意否？”九娘笑奔出，曰：“婢子颠疯作也！”遂去。言虽近戏，而生殊爱好之。甥已微察，乃曰：“九娘才貌无双，舅倘不以粪壤致猜[24]，儿当请诸其母。”生大悦。然虑人鬼难匹。女曰：“无伤，彼与舅有夙分。”生乃出。女送之，曰：“五日后，月明人静，当遣人往相迓。”生至户外，不见朱。翘首西望，月衔半规[25]，昏黄中犹认旧径。见南面一第，朱坐门石上，起逆曰：“相待已久，寒舍即劳垂顾。”遂携手入，殷殷展谢。出金爵一、晋珠百枚[26]，曰：“他无长物，聊代禽仪[27]。”既而曰：“家有浊醪，但幽室之物，不足款嘉宾，奈何！”生㧑谢而退[28]。朱送至中途，始别。生归，僧仆集问。生隐之曰：“言鬼者，妄也。适赴友人饮耳。”后五日，果见朱来，整履摇箑[29]，意甚欣适。才至户庭，望尘即拜。少间，笑曰：“君嘉礼既成，庆在今夕，便烦枉步。”生曰：“以无回音，尚未致聘，何遽成礼？”朱曰：“仆已代致之矣。”生深感荷，从与俱去。直达卧所，则女甥华妆迎笑。生问：“何时于归[30]？”女曰：“三日矣。”生乃出所赠珠，为甥助妆。女三辞乃受，谓生曰：“儿以舅意白公孙老夫人，夫人作大欢喜。但言老耄无他骨肉[31]，不欲九娘远嫁，期今夜舅往赘诸其家。伊家无男子，便可同郎往也。”朱乃导去。村将尽，一第门开，二人登其堂。俄白：“老夫人至。”有二青衣，扶妪升阶。生欲展拜，夫人云：“老朽龙钟，不能为礼，当即脱边幅[32]。”乃指画青衣，进酒高会。朱乃唤家人，另出肴俎，列置生前；亦别设一壶，为客行觞[33]。筵中进馔，无异人世。然主人自举，殊不劝进。既而席罢，朱归。青衣导生去。入室，则九娘华烛凝待。邂逅含情，极尽欢昵。初，九娘母子，原解赴都。至郡[34]，母不堪困苦死，九娘亦自刭。枕上追述往事，哽咽不成眠。乃口占两绝云[35]：“昔日罗裳化作尘，空将业果恨前身。十年露冷枫林月，此夜初逢画阁春。”“白杨风雨绕孤坟，谁想阳台更作云[36]？忽启镂金箱里看，血腥犹染旧罗裙。”天将明，即促曰：“君宜且去，勿惊厮仆。”自此昼来宵往，嬖惑殊甚[37]。一夕，问九娘：“此村何名？”曰：“莱霞里。里中多两处新鬼[38]，因以为名。”生闻之欷歔。女悲曰：“千里柔魂，蓬游无底；母子零孤，言之怆恻。幸念一夕恩义，收儿骨归葬墓侧，使百年得所依栖，死且不朽。”生诺之。女曰：“人鬼路殊，君不宜久滞。”乃以罗袜赠生，挥泪促别。生凄然出，忉怛不忍归[39]。因过拍朱氏之门。朱白足出逆[40]；甥亦起，云鬓鬅鬆，惊来省问。生惆怅移时，始述九娘语。女曰：“妗氏不言，儿亦夙夜图之。此非人世，久居诚非所宜。”于是相对汍澜，生亦含涕而别。叩寓归寝，展转申旦[41]。欲觅九娘之墓，则忘问志表。乃夜复往。则千坟累累，竟迷村路，叹恨而返。展视罗袜，着风寸断，腐如灰烬，遂治装东旋。

半载不能自释，复如稷门，冀有所遇。及抵南郊，日势已晚，息驾庭树，趋诣丛葬所。但见坟兆万接，迷目榛荒；鬼火狐鸣，骇人心目。惊悼归舍。失意遨游，返辔遂东。行里许，遥见女郎独行丘墓间，神情意致，怪似九娘。挥鞭就视，果九娘。下与语，女竟走，若不相识；再逼近之，色作怒，举袖自障。顿呼“九娘”，则湮然灭矣。

异史氏曰："香草沉罗，血满胸臆[42]；东山佩玦，泪渍泥沙[43]：古有孝子忠臣，至死不谅于君父者。公孙九娘岂以负骸骨之托，而怨怼不释于中耶？脾鬲间物[44]，不能掬以相示，冤乎哉！"

选自《聊斋志异》

【题解】

这篇作品实际上描写了一群冤鬼。他们都是在清政府镇压山东于七起义的大屠杀中受牵连而死去的，公孙九娘是其中之一。作者描写公孙九娘和她的母亲死后住在济南南郊的"莱霞里"，那里都是莱阳、栖霞籍的冤鬼，他们互有来往、彼此照顾，还结亲通婚，与人世无异。公孙九娘却嫁给了一位阳世君子——莱阳生。这位君子不畏风险，眷念旧情，他趁赴济南办事的机会，到南郊祭奠被害的旧日亲友，才有了和公孙九娘结合的机遇。不落俗套的是，作者写他们的洞房之夜一片凄清，公孙"哽咽不成眠"，还口吟了两首既感伤冤死身世，也是谴责清廷罪恶的诗篇。"忽启镂金箱里看，血腥犹染旧罗裙"，即是直言不讳、充满怨愤的诗句。同样不落俗套的是，最后公孙九娘对莱阳生永怀怨恨的原因只是由于莱阳生找不到公孙的坟墓而无法携骨还乡，莱阳生其实是力不从心，却又无从解释。那么，他不也是含冤莫白吗？

【注释】

①于七一案：指于七领导的农民武装抗清事件。于七，名乐吾，字孟熹。山东栖霞人。明崇祯年间武举人。清世祖顺治五年（1648），领导农民武装起义抗清，占领莱阳、栖霞等县。康熙元年（1662）在清廷的镇压下起义失败，栖霞、莱阳两县被杀的人最多。 ②演武场：练兵场，故址在山东省济南市南。 ③碧血：含冤而死的人的血。相传周代大夫苌弘含冤被

杀，其血化为碧玉。 ④工肆：作坊，此处指棺材铺。 ⑤伏刑东鬼：指栖霞、莱阳一带人被屠杀者。因栖霞、莱阳两地地处山东东部，故有“东鬼”之称。⑥甲寅：康熙十三年（1674）。 ⑦稷下：稷门下。春秋战国时齐国都城有稷门，故以稷下代指济南。 ⑧楮帛：纸钱。 ⑨酹奠榛墟：在杂草丛生的荒丘墓地浇酒祭奠死者。 ⑩营干：办事。 ⑪暴客：强盗。 ⑫猜薄：猜疑、冷淡。 ⑬得主中馈：娶之为妻。 ⑭齿牙馀惠：说些褒扬的话。 ⑮失恃：丧母。 ⑯犹子：侄子。启榇：移葬。榇，棺材。 ⑰屈玉趾：劳驾走一趟。 ⑱荆人物故：妻子去世。荆人，对自己妻子的的谦称。 ⑲为政：作主。 ⑳敛衽：行礼。 ㉑穷波斯：破落潦倒，四处奔波。 ㉒蜗庐：狭小简陋的住所，此处指小户人家。 ㉓断弦未续：妻死未续娶。 ㉔粪壤：粪土，指已入土的人。 ㉕衔（xián）：含，此处意为隐设。 ㉖晋珠：山西出产的珠玉。 ㉗禽仪：订婚的聘礼。 ㉘㧑（huī）：谦逊。 ㉙箑（shà）：扇子。 ㉚于归：女子出嫁。 ㉛老耄（mào）：年老。 ㉜脱边幅：不拘礼节。 ㉝行觞：进酒。 ㉞郡：此处指济南府。 ㉟口占：随口念出。㊱阳台：指男女欢会之处。 ㊲嬖（bì）惑：爱恋，迷恋。 ㊳两处：指莱阳、栖霞两地。 ㊴忉怛（dáodá）：形容哀伤。 ㊵白足：光着脚。形容出迎时匆忙仓促，未来得及穿鞋。 ㊶展转申旦：在床上翻来覆去，直到天亮。 ㊷“香草”两句：指战国时楚国诗人屈原自沉于汨罗江，悲愤满腔。 ㊸“东山”两句：春秋时，晋献公宠幸骊姬，听信谗言，憎恶太子申生。命申生出征讨伐东山的皋落氏，临行时，给他金玦，表示诀绝。此处意思是申生蒙冤难伸。 ㊹脾鬲间物：指心。

促　织

宣德间①，宫中尚促织之戏②，岁征民间③。此物故非西产④；有华阴令欲媚上官⑤，以一头进，试使斗而才，因责常供。令以责之里正⑥。市中游侠儿⑦，得佳者笼养之，昂其直，居为奇货。里胥猾黠[8]，假此科敛丁口[9]，每责一头，辄倾数家之产。邑有成名者，操童子业[10]，久不售[11]。为人迂讷[12]，遂为猾胥报充里正役，百计营谋不能脱。不终岁，薄产累尽。会征促织，成不敢敛户口，而又无所赔偿，忧闷欲死。妻曰："死何裨益？不如自行搜觅，冀有万一之得。"成然之。早出暮归，提竹筒铜丝笼，于败堵丛草处探石发穴，靡计不施，迄无济；即捕得三两头，又劣弱不中于款[13]。宰严限追比[14]；旬余，杖至百，两股间脓血流离，并虫亦不能行捉矣。转侧床头，惟思自尽。

时村中来一驼背巫，能以神卜。成妻具资诣问。见红女白婆[15]，填塞门户。入其舍，则密室垂帘，帘外设香几。问者爇香于鼎[16]，再拜。巫从旁望空代祝，唇吻翕辟[17]，不知何词。各各竦立以听。少间，帘内掷一纸出，即道人意中事，无毫发爽[18]。成妻纳钱案上，焚拜如前人。食顷，帘动，片纸抛落。拾视之，非字而画：中绘殿阁，类兰若[19]；后小山下，怪石乱卧，针针丛棘，青麻头伏焉[20]；旁一蟆，若将跳舞。展玩不可晓。然睹促织，隐中胸怀。摺藏之，归以示成。成反复自念，得无教我猎虫所耶？细瞻景状，与村东大佛阁真逼似。乃强起扶杖，执图诣寺后。有古陵蔚起[21]；循陵而走，见蹲石鳞鳞，俨然类画。遂于蒿莱中，侧听徐行，似寻针芥；而心目耳力俱穷，绝无踪响。冥搜未已[22]，一癞头蟆猝然跃去。成益愕，急逐趁之[23]。蟆入草间。蹑迹披求[24]，见有虫伏棘根；遽扑之，入石穴中。掭以尖草[25]，不出；以筒水灌之，始出。状极俊健，逐而得之。审视，巨身修尾，青项金翅。大喜笼归，举家庆贺，虽连城拱璧不啻也[26]。土于盆而养之，蟹白栗黄[27]，备极护爱，留待限期，以塞官责。

成有子九岁，窥父不在，窃发盆，虫跃掷径出，迅不可捉，及扑入手，已股落腹裂，斯须就毙。儿惧，啼告母。母闻之，面色灰死，大骂曰："业根[28]！死期至矣！而翁归[29]，自与汝覆算耳！"儿涕而出。未几成归，闻妻言，如被冰雪。怒索儿，儿渺然不知所往。既得其尸于井，因而化怒为悲，抢呼欲绝。夫妻向隅[30]，茅舍无烟，相对默然，不复聊赖[31]。日将暮，取儿藁葬。近抚之，气息惙然[32]。喜置榻上，半夜复苏。夫妻心稍慰。但蟋蟀笼虚，顾之则气断声吞，亦不敢复究儿。自昏达曙，目不交睫。

东曦既驾，僵卧长愁。忽闻门外虫鸣，惊起觇视，虫宛然尚在。喜而捕之。一鸣辄跃去，行且速。覆之以掌，虚若无物；手裁举，则又超忽而跃[33]。急趁之。折过墙隅，迷其所往。徘徊四顾，见虫伏壁上。审谛之，短小，黑赤色，顿非前物。成以其小，劣之。惟彷徨瞻顾，寻所逐者。壁上小虫，忽跃落衿袖间，视之，形若土狗，梅花翅，方首长胫，意似良。喜而收之。将献公堂，惴惴恐不当意，思试之斗以觇之[34]。村中少年好事者，驯养一虫，自名“蟹壳青”，日与子弟角，无不胜。欲居之以为利，而高其直，亦无售者[35]。径造庐访成。视成所蓄，掩口胡卢而笑[36]。因出己虫，纳比笼中。成视之，庞然修伟，自增惭怍，不敢与较。少年固强之。顾念蓄劣物终无所用，不如拚博一笑。因合纳斗盆。小虫伏不动，蠢若木鸡。少年又大笑。试以猪鬣毛，撩拨虫须，仍不动。少年又笑。屡撩之，虫暴怒，直奔，遂相腾击，振奋作声。俄见小虫跃起，张尾伸须，直龁敌领。少年大骇，解令休止。虫翘然矜鸣[37]，似报主知。成大喜。方共瞻玩，一鸡瞥来[38]，径进以啄。成骇立愕呼。幸啄不中，虫跃去尺有咫[39]；鸡健进，逐逼之，虫已在爪下矣。成仓猝莫知所救，顿足失色。旋见鸡伸颈摆扑；临视，则虫集冠上，力叮不释。成益惊喜，掇置笼中。

翼日进宰。宰见其小，怒诃成。成述其异，宰不信。试与他虫斗，虫尽靡[40]；又试之鸡，果如成言。乃赏成。献诸抚军[41]。抚军大悦，以金笼进上，细疏其能[42]。既入宫中，举天下所贡蝴蝶、螳螂、油利挞、青丝额……一切异状，遍试之，无出其右者[43]。每闻琴瑟之声，则应节而舞。益奇之。上大嘉悦，诏赐抚臣名马衣缎。抚军不忘所自；无何，宰以“卓异”闻[44]。宰悦，免成役。又嘱学使，俾入邑庠[45]。由此以善养虫名，屡得抚军殊宠。不数岁，田百顷，楼阁万椽，牛羊蹄躈各千计。一出门，裘马过世家焉[46]。

异史氏曰："天子偶用一物，未必不过此已忘；而奉行者即为定例。加之官贪吏虐，民日贴妇卖儿[47]，更无休止。故天子一跬步[48]，皆关民命，不可忽也。独是成氏子以蠹贫[49]，以促织富，裘马扬扬。当其为里正、受扑责时，岂意其至此哉！天将以酬长厚者，遂使抚臣、令尹，并受促织恩荫。闻之：一人飞升，仙及鸡犬。信夫！"

选自《聊斋志异》

【题解】

本篇是《聊斋志异》中的著名作品之一。成生被迫进贡蟋蟀，导致倾家荡产。几度走投无路，打算自尽。待到捉到一头"青项金翅"的俊健蟋蟀，又被儿子无意弄死，吓破了胆的儿子投井自杀，被救出后气息奄奄，"神气痴木"。这时的成生却又因为捕捉蟋蟀无着落而"亦不复以儿为念"。最后，他终于捉到了一头"形若土狗"的小蟋蟀，不仅交了差，还发了财。这头小蟋蟀原来是他儿子"身化"。人要化为小虫去充当皇帝取乐的玩物，人要靠化为小虫得赏而富家，这是多么残酷的现实，这就是这篇小说使人惊心怵目的所在。

【注释】

①宣德：明宣宗朱瞻基的年号（1426—1435）。②促织：蟋蟀。③岁征民间：每年在民间征收。④西：此处指陕西。⑤华阴：地名，在今陕西省。⑥里正：明代役法规定，以自然邻近的一百一十户为一"里"，从中推富裕的十户轮流当里长，也即古代的"里正"。里长负责征催粮税和分派徭役。⑦游侠儿：指游手好闲的青年。⑧里胥：乡里的公差。⑨科敛丁口：按人口摊派费用。⑩操童子业：读书打算考秀才。⑪不售：没有达到目的，指没有考中。⑫迂讷：迂阔而不善言辞。⑬不中

于款：不合标准。款，规格。 ⑭严限追比：规定期限，定期催逼，逾期未完成则用杖责打。 ⑮红女白婆：红妆少女和白发老妇。 ⑯爇香：烧香。 ⑰翕（xī）辟：开合。 ⑱爽：差错。 ⑲兰若：指佛寺。 ⑳青麻头：一种上等品种的蟋蟀的名称。 ㉑古陵蔚起：草丛中古墓隆起。 ㉒冥搜：到处搜寻。 ㉓逐趁：追赶。 ㉔蹑迹披求：拨开深草，跟踪寻求。 ㉕掭（tiàn）：轻轻拨。 ㉖不啻（chì）：不止。 ㉗蟹白栗黄：蟹肉和栗子肉，用来喂养蟋蟀，说明蟋蟀的珍贵。 ㉘业根：祸根。业，佛家语，指过去的所作所为。 ㉙而翁：你父亲。 ㉚向隅：指悲伤。 ㉛不复聊赖：不再有希望。 ㉜惙（chuò）然：形容呼吸微弱。 ㉝超忽而跃：在远处跳跃。 ㉞觇（chān）：悄悄地看。 ㉟售：此处意为买。 ㊱掩口胡卢而笑：强忍住笑的样子。 ㊲矜鸣：骄傲地鸣叫。 ㊳瞥来：突然来。 ㊴咫（zhǐ）：周制八寸为咫。 ㊵靡：被打败。 ㊶抚军：明清时称巡抚为抚军。 ㊷细疏其能：在奏章上详细陈述这头蟋蟀的本领。疏，给皇帝的奏章。 ㊸右：上。古代以右为上。 ㊹以“卓异”闻：以优异的考绩上报。明清时每三年对官员进行一次考核。 ㊺俾入邑庠：使入县学。即取得生员资格。 ㊻裘马过世家：衣着车马的排场超过世族之家。 ㊼贴妇卖儿：卖妻卖子。贴，典质。 ㊽一跬（kuǐ）步：指一举一动。 ㊾蠹：蛀虫。此处指奸猾的里胥。

续 黄 粱

福建曾孝廉，高捷南宫时[①]，与二三新贵，遨游郊郭。偶闻昆卢禅院，寓一星者[②]，因并骑往诣问卜。入揖而坐。星者见其意气，稍佞谀之[③]。曾摇箑微笑[④]，便问：“有蟒玉分否[⑤]？”星者正容许二十年太平宰相。曾大悦，气益高。值小雨，乃与游侣避雨僧舍。舍中一老僧，深目高鼻，坐蒲团上，淹蹇不为礼[⑥]。众一举手，登榻自话，群以宰相相贺。曾心气殊高，指同游曰：“某为宰相时，推张年丈作南抚[⑦]，家中表为参、游[⑧]，我家老苍头亦得小千把[⑨]，于愿足矣。”

一坐大笑。

俄闻门外雨益倾注，曾倦伏榻间。忽见有二中使，赍天子手诏，召曾太师决国计。曾得意，疾趋入朝。天子前席[10]，温语良久。命三品以下，听其黜陟[11]。赐蟒玉名马。曾被服稽拜以出。入家，则非旧所居第，绘栋雕榱，穷极壮丽。自亦不解，何以遽至于此。然拈须微呼，则应诺雷动。俄而公卿赠海物[12]，伛偻足恭者，叠出其门。六卿来[13]，倒履而迎；侍郎辈，揖与语；下此者，颔之而已[14]。晋抚馈女乐十人[15]，皆是好女子。其尤者为袅袅，为仙仙，二人尤蒙宠顾。科头休沐[16]，日事声歌。一日，念微时尝得邑绅王子良周济，我今置身青云，渠尚蹉跎仕路，何不一引手？早旦一疏，荐为谏议，即奉俞旨[17]，立地擢用。又念郭太仆曾睚眦我[18]，即传吕给谏及侍御陈昌等，授以意旨；越日，弹章交至，奉旨削职以去。恩怨了了，颇快心意。偶出郊衢，醉人适触卤簿，即遣人缚付京尹，立毙杖下。接第连阡者，皆畏势献沃产。自此，富可埒国。无何而袅袅、仙仙，以次殂谢，朝夕遐想。忽忆曩年见东家女绝美，每思购充媵御，辄以绵薄违宿愿，今日幸可适志。乃使干仆数辈，强纳资于其家。俄顷，藤舆舁至，则较昔之望见时，尤艳绝也。自顾生平，于愿斯足。

又逾年，朝士窃窃[19]，似有腹非之者[20]。然各为立仗马[21]；曾亦高情盛气，不以置怀。有龙图学士包上疏，其略曰："窃以曾某，原一饮赌无赖，市井小人。一言之合，荣膺圣眷，父紫儿朱，恩宠为极。不思捐躯摩顶，以报万一；反恣胸臆，擅作威福。可死之罪，擢发难数！朝廷名器，居为奇货，量缺肥瘠，为价重轻。因而公卿将士，尽奔走于门下，估计夤缘，俨如负贩[22]，仰息望尘，不可算数。或有杰士贤臣，不肯阿附，轻则置之闲散，重则褫以编氓[23]。甚且一臂不袒，辄迕鹿马之奸[24]；片语方干，远窜豺狼之地[25]。朝士为之寒心，朝廷因而孤立。又且平民膏腴，任肆蚕食；良家女子，强委禽妆。沴气冤氛[26]，暗无天日！奴仆一到，则守、令承颜；书函一投，则司、院枉法。或有厮养之儿，瓜葛之亲，出则乘传[27]，风行雷动。地方之供给稍迟，马上之鞭挞立至。荼毒人民，奴隶官府，扈从所临，野无青草。而某方炎炎赫赫，怙宠无悔。召对方承于阙下，萋菲辄进于君前[28]；委蛇才退于自公，声歌已起于后苑[29]。声色狗马，昼夜荒淫；国计民生，罔存念虑。世上宁有此宰相乎！内外骇讹，人情汹汹。若不急加斧锧之诛，势必酿成操、莽之祸[30]。臣夙夜祗惧，不敢宁处，冒死列款，仰达宸听[31]。伏祈断奸佞之头，籍贪冒之产，上回天怒，下快舆情。如果臣言虚谬，刀锯鼎镬，即加臣身。”云云。疏上，曾闻之，气魄悚骇，如饮冰水。幸而皇上优容[32]，留中不发。又继而科、道、九卿，交章劾奏；即昔之拜门墙、称假父者[33]，亦反颜相向。奉旨籍家，充云南军。子任平阳太守，已差员前往提问。曾方闻旨惊怛，旋有武士数十人，带剑操戈，直抵内寝，褫其衣冠，与妻并系。俄见数夫运资于庭，金银钱钞以数百万，珠翠瑙玉数百斛，幄幕帘榻之属，又数千事，以至儿襁女舄，遗坠庭阶。曾一一视之，酸心刺目。又俄而一人掠美妾出，披发娇啼，玉容无主。悲火烧心，含愤不敢言。俄楼阁仓库，并已封志。立叱曾出。监者牵罗曳而出。夫妻吞声就道，求一下驷劣车，少作代步，亦不得。十里外，妻足弱，欲倾跌，时以一手相攀引。又十余里，己亦困惫。欻见高山[34]，直插霄汉，自忧不能登越，时挽妻相对泣。而监者狞目来窥，不容稍停驻。又顾斜日已坠，无可投止，不得已，参差蹩躠而行[35]。比至山腰，妻力已尽，泣坐路隅。曾亦憩止，任监者叱骂。忽闻百声齐噪，有群盗各操利刃，跳梁而前[36]。监者大骇，逸去。曾长跪，言：“孤身远谪，橐中无长物。”哀求宥免。群盗裂眦宣言：“我辈皆被害冤民，只乞得佞贼头，他无索取。”曾叱怒曰：“我虽待罪，乃朝廷命官，贼子何敢尔！”贼亦怒，以巨斧挥曾项。觉头堕地作声，魂方骇疑，即有二鬼来，反接其手，驱之行。

行逾数刻，入一都会。顷之，睹宫殿；殿上一丑形王者，凭几决罪福。曾前，匐伏请命。王者阅卷，才数行，即震怒曰："此欺君误国之罪，宜置油鼎！"万鬼群和，声如雷霆。即有巨鬼捽至墀下。见鼎高七尺已来，四围炽炭，鼎足尽赤。曾觳觫哀啼[37]，窜迹无路。鬼以左手抓发，右手握踝，抛置鼎中。觉块然一身，随油波而上下；皮肉焦灼，痛彻于心；沸油入口，煎烹肺腑。念欲速死，而万计不能得死。约食时，鬼方以巨叉取曾出，复伏堂下。王又检册籍，怒曰："倚势凌人，合受刀山狱！"鬼复捽去。见一山，不甚广阔；而峻削壁立，利刃纵横，乱如密笋。先有数人罥肠刺腹于其上[38]，呼号之声，惨绝心目。鬼促曾上，曾大哭退缩。鬼以毒锥刺脑，曾负痛乞怜。鬼怒，捉曾起，望空力掷。觉身在云霄之上，晕然一落，刃交于胸，痛苦不可言状。又移时，身躯重赘，刀孔渐阔；忽焉脱落，四支蠖屈。鬼又逐以见王。王命会计生平卖爵鬻名，枉法霸产，所得金钱几何。即有髯须人持筹握算[39]，曰："三百二十一万。"王曰："彼既积来，还令饮去！"少间，取金钱堆阶上，如丘陵。渐入铁釜，熔以烈火。鬼使数辈，更以杓灌其口，流颐则皮肤臭裂[40]，入喉则脏腑腾沸。生时患此物之少，是时患此物之多也。半日方尽。王者令押去甘州为女。

行数步，见架上铁梁，围可数尺，绾一火轮，其大不知几百由旬[41]，焰生五采，光耿云霄[42]。鬼挞使登轮。方合眼跃登，则轮随足转，似觉倾坠，遍体生凉。开目自顾，身已婴儿，而又女也。视其父母，则悬鹑败絮[43]。土室之中，瓢杖犹存。心知为乞人子。日随乞儿托钵，腹辘辘然常不得一饱。着败衣，风常刺骨。十四岁，鬻与顾秀才备媵妾，衣食粗足自给。而冢室悍甚[44]，日以鞭箠从事，辄用赤铁烙胸乳。幸良人颇怜爱[45]，稍自宽慰。东邻恶少年，忽逾墙来逼与私。乃自念前身恶孽，已被鬼责，今那得复尔。于是大声疾呼。良人与嫡妇尽起，恶少年始窜去。居无何，秀才宿诸其室，枕上喋喋，方自诉冤苦。忽震厉一声，室门大辟，有两贼持刀入，竟决秀才首，囊括衣物。团伏被底，不敢复作声。既而贼去，乃喊奔嫡室。嫡大惊，相与泣验。遂疑妾以奸夫杀良人，因以状白刺史。刺史严鞫，竟以酷刑诬服，依律凌迟处死。絷赴刑所，胸中冤气扼塞，距踊声屈㊻，觉九幽十八狱，无此黑黯也。

正悲号间，闻游者呼曰："兄梦魇耶？"豁然而寤，见老僧犹跏趺座上㊼。同侣竞相谓曰："日暮腹枵，何久酣睡？"曾乃惨淡而起。僧微笑曰："宰相之占验否？"曾益惊异，拜而请教。僧曰："修德行仁，火坑中有青莲也。山僧何知焉。"曾胜气而来，不觉丧气而返。台阁之想㊽，由此淡焉。入山不知所终。

异史氏曰："福善祸淫，天之常道。闻作宰相而忻然于中者，必非喜其鞠躬尽瘁可知矣。是时方寸中㊾，宫室妻妾，无所不有。然而梦固为妄，想亦非真。彼以虚作，神以幻报。黄粱将熟，此梦在所必有，当以附之邯郸之后㊿。"

选自《聊斋志异》

【题解】

热衷功名富贵的曾孝廉在梦中当了宰相，却结党营私，贪赃枉法，掠夺财物，强娶美女。于是被人弹劾，发配充军，途中被受害而落草的"群盗"杀死。死后下到地狱，受尽苦楚。惊醒后万念俱灰，"入山不知所终"。本篇小说前半部分基本格局与唐人《枕中记》写卢生黄粱梦相似。后半部分写曾孝廉"游地狱"，不乏惊心动魄的笔墨。但写他投胎再世，做乞丐女儿，后当小老婆等等，宣扬轮回思想，却嫌陈旧。

【注释】

①高捷南宫：指会试考中。此处南宫指礼部，礼部主持会试。 ②星者：以占卜算命为职业的人。 ③佞谀：吹捧奉承。 ④箑（shàn）：扇

子。 ⑤蟒玉分：做大官的福分。 ⑥淹蹇：傲慢。 ⑦年丈：同科考中者的父辈。 ⑧参、游：参将、游击，明清中级武官的官名。 ⑨千把：千总、把总，明清低级武官名。 ⑩天子前席：天子专心倾听，不知不觉地向前移动身子。 ⑪黜陟（chùzhì）：贬职或提升。 ⑫海物：海外来的珍品。 ⑬六卿：指吏、户、礼、兵、刑、工六部尚书。 ⑭颔（hàn）：点头打招呼。 ⑮晋抚：山西巡抚。 ⑯科头休沐：指休假时间。科头，不戴帽子 休沐，休息沐浴。 ⑰俞旨：皇帝应允的旨令。 ⑱睚眦（yázì）：瞪眼，怒目而视，指小怨恨。 ⑲朝士窃窃：朝廷官员私下议论。 ⑳腹非：心里有意见，嘴里不说。 ㉑各为立仗马：意思是朝臣有意见都不敢说。唐代皇帝临朝时，立八匹马于宫门外，作为仪仗，称“立仗马”。这种马安静站立，从不嘶鸣。后以“立仗马”比喻不敢直言的官员。 ㉒偃如负贩：偃然如同商贩。 ㉓褫以编氓：削职为民。褫，剥夺。 ㉔鹿马之奸：颠倒是非。 ㉕窜：放逐。 ㉖沴（lì）气：灾害的恶气。 ㉗乘传（zhuàn）：乘官府驿站的车马。按规定官员因公出行才能乘坐这些车马。 ㉘萋菲：花纹交错，比喻谗言巧语。 ㉙“委蛇”二句：意思是刚刚洋洋自得地从官衙回家，马上以声歌自娱。 ㉚操、莽之祸：篡夺帝位的祸患。曹操、王莽都曾篡夺朝廷大权。 ㉛仰达宸听：陈诉让皇帝知道。宸，帝王居住的地方，也指帝王。 ㉜优容：宽容。 ㉝拜门墙、称假父者：指那些门生、干儿子。 ㉞欻（xū）：忽然。 ㉟蹩躠（biésà）：跛行，尽力向前走。 ㊱跳梁：跳跃。 ㊲觳觫（húsù）：害怕而发抖。 ㊳罥（juàn）：挂。 ㊴髯须：又长又乱的胡须。 ㊵颐：面颊。 ㊶由旬：梵语音译。古代印度计算长度的单位，一说指四十里，也有说指三十里或十六里的。 ㊷耿：光明。此处意为照耀。 ㊸悬鹑败絮：形容衣服破烂。 ㊹冢室：正妻。 ㊺良人：丈夫。 ㊻距踊声屈：顿足喊冤。 ㊼跏趺：打坐。 ㊽台阁之想：做宰相的念头。 ㊾方寸中：心中。 ㊿邯郸：指明代剧作家汤显祖据唐人传奇《枕中记》改编的戏曲剧本《邯郸记》。

武　技

李超，字魁吾，淄之西鄙人[①]。豪爽，好施。偶一僧来托钵[②]，李饱啖之[③]。僧甚感荷，乃曰："吾少林出也[④]。有薄技，请以相授。"李喜，馆之客舍[⑤]，丰其给，旦夕从学。三月，艺颇精，意得甚。僧问："汝益乎[⑥]？"曰："益矣。师所能者，我已尽能之。"僧笑，命李试其技。李乃解衣唾手，如猿飞，如鸟落，腾跃移时，诩诩然骄人而立[⑦]。僧又笑曰："可矣。子既尽吾能，请一角低昂[⑧]。"李忻然，即各交臂作势。既而支撑格拒[⑨]，李时时蹈僧瑕[⑩]；僧忽一脚飞掷，李已仰跌丈余。僧抚掌曰："子尚未尽吾能也。"李以掌致地[⑪]，惭沮请教。又数日，僧辞去。

李由此以武名，遨游南北，罔有其对[⑫]。偶适历下[⑬]，见一少年尼僧[⑭]，弄艺于场，观者填溢。尼告众客曰："颠倒一身[⑮]，殊大冷落。有好事者，不妨下场一扑为戏。"如是三言。众相顾，迄无应者。李在侧，不觉技痒，意气而进。尼便笑与合掌[⑯]。才一交手，尼便呵止曰："此少林宗派也。"即问："尊师何人？"李初不言。固诘之，乃以僧告。尼拱手曰："憨和尚汝师耶？若尔，不必交手足，愿拜下风。"李请之再四，尼不可。众怂恿之，尼乃曰："既是憨师弟子，同是个中人[⑰]，无妨一戏。但两相会意可耳。"李诺之。然以其文弱故，易之[⑱]；又年少喜胜，思欲败之，以要一日之名。方颉颃间[⑲]，尼即遽止。李问其故，但笑不言。李以为怯，固请再角。尼乃起。少间，李腾一踝去[⑳]。尼骈五指下削其股[㉑]；李觉膝下如中刀斧，蹶仆不能起[㉒]。尼笑谢曰："孟浪迕客[㉓]，幸勿罪！"李舁归[㉔]，月余始愈。

后年余，僧复来，为述往事。僧惊曰："汝大卤莽！惹他何为？幸先以我名告之；不然，股已断矣！"

选自《聊斋志异》

【题解】

李超向僧人学武艺，稍有所成，便沾沾自喜，以为已经得到师父的全部本领。但师父和他比试时，他立刻“仰跌丈余”。于是，他似有所悟。以后走南闯北，难遇真正的对手，又骄傲自大起来。这时，一位卖艺的尼姑又教训了他一次。这篇小说所宣扬的道理是深刻的，但并不新鲜，无非是戒骄戒躁，学无止境。文中描写的李超和师父、李超和尼姑的两次角力以及围绕角力展开的对话都很生动。看来，这篇小说之所以能吸引人，并不仅仅依靠它所传达的古训。

【注释】

①淄之西鄙：淄川县的西部边远地区。鄙，边远地区。 ②托钵：化缘，乞食。 ③李饱啖（dàn）之：李超给他饱吃了一顿。啖，吃或喂。 ④少林：少林寺，北魏建，在河南省登封市西北嵩山腹地少室山北麓。唐初，少林僧人佐唐太宗开国有功。少林僧人拳术自成流派，被称“少林派”。 ⑤馆：安排住宿。 ⑥益：收益、进步。 ⑦诩诩然：得意扬扬的样子。 ⑧一角低昂：一比高低。 ⑨格拒：格斗。 ⑩瑕：此处指破绽，弱点。 ⑪致地：撑地。 ⑫罔：无。 ⑬历下：古邑名，在今山东省济南市。 ⑭尼僧：尼姑。 ⑮颠倒一身：一人独自表现武技。 ⑯合掌：两手相合表示敬意。⑰个中人：指武术技艺精当的内行人。 ⑱易之：轻视她，认为她容易对付。 ⑲颉颃（jiéháng）：原意是形容鸟上下飞翔，此处形容比武时人腾越进退。 ⑳腾一踝（huái）去：飞起一脚踢去。 ㉑骈五指：并拢五指。㉒蹶仆：跌倒。 ㉓孟浪迕（wǔ）客：鲁莽冒犯了你。 ㉔舁（yú）：本意为抬，此处意为坐轿回去。

小　谢

渭南姜部郎第[①]，多鬼魅，常惑人。因徙去。留苍头门之而死[②]。

数易皆死。遂废之。里有陶生望三者，夙倜傥，好狎妓，酒阑辄去之。友人故使妓奔就之，亦笑内不拒[③]，而实终夜无所沾染。常宿部郎家，有婢夜奔，生坚拒不乱，部郎以是契重之。家綦贫，又有“鼓盆之戚[④]”，茅屋数椽，溽暑不堪其热。因请部郎，假废第。部郎以其凶故，却之。生因作《续无鬼论》献部郎[⑤]，且曰：“鬼何能为！”部郎以其请之坚，诺之。

生往除厅事[⑥]。薄暮，置书其中；返取他物，则书已亡。怪之。仰卧榻上，静息以伺其变。食顷，闻步履声，睨之[⑦]，见二女自房中出，所亡书送还案上。一约二十，一可十七八，并皆姝丽。逡巡立榻下，相视而笑。生寂不动。长者翘一足踹生腹，少者掩口匿笑。生觉心摇摇若不自持，即急肃然端念[⑧]，卒不顾。女近以左手捋髭，右手轻批颐颊，作小响。少者益笑。生骤起，叱曰：“鬼物敢尔！”二女骇奔而散。生恐夜为所苦，欲移归，又耻其言不掩[⑨]，乃挑灯读。暗中鬼影憧憧，略不顾瞻。夜将半，烛而寝。始交睫，觉人以细物穿鼻，奇痒大嚏；但闻暗处隐隐作笑声。生不语，假寐以俟之。俄见少女以纸条拈细股，鹤行鹭伏而至[⑩]；生暴起诃之，飘窜而去。既寝，又穿其耳。终夜不堪其扰。鸡既鸣，乃寂无声，生始酣眠，终日无所睹闻。日既下，恍惚出现。生遂夜炊，将以达旦。长者渐曲肱几上[⑪]，观生读；既而掩生卷。生怒捉之，即已飘散；少间，又抚之。生以手按卷读。少者潜于脑后，交两手掩生目，瞥然去，远立以哂。生指骂曰：“小鬼头！捉得便都杀却！”女子即又不惧。因戏之曰：“房中纵送[⑫]，我都不解，缠我无益。”二女微笑，转身向灶，析薪溲米[⑬]，为生执爨[⑭]。生顾而奖曰：“两卿此为，不胜憨跳耶[⑮]？”俄顷，粥熟，争以匕、箸、陶碗置几上。生曰：“感卿服役，何以报德？”女笑云：“饭中溲合砒、酖矣[⑯]。”生曰：“与卿夙无嫌怨，何至以此相加。”啜已，复盛，争为奔走。生乐之，习以为常。日渐稔，接坐倾语，审其姓名。长者云：“妾秋容，乔氏；彼阮家小谢也。”又研问所由来。小谢笑曰：“痴郎！尚不敢一呈身，谁要汝问门第，作嫁娶耶？”生正容曰：“相对丽质，宁独无情；但阴冥之气，中人必死。不乐与居者，行可耳；乐与居者，安可耳。如不见爱，何必玷两佳人？如果见爱，何必死一狂生？”二女相顾动容，自此不甚虐弄之；然时而探手于怀，捋裤子地，亦置不为怪。

一日，录书未卒业而出，返则小谢伏案头，操管代录[17]。见生，掷笔睨笑。近视之，虽劣不成书，而行列疏整。生赞曰：“卿雅人也！苟乐此，仆教卿为之。”乃拥诸怀，把腕而教之画。秋容自外入，色乍变，意似妒。小谢笑曰：“童时尝从父学书，久不作，遂如梦寐。”秋容不语。生喻其意，伪为不觉者，遂抱而授以笔，曰：“我视卿能此否？”作数字而起，曰：“秋娘大好笔力！”秋容乃喜。生于是折两纸为范，俾共临摹[18]，生另一灯读。窃喜其各有所事，不相侵扰。仿毕，祗立几前[19]，听生月旦[20]。秋容素不解读[21]，涂鸦不可辨认，花判已[22]，自顾不如小谢，有惭色。生奖慰之，颜始霁。二女由此师事生，坐为抓背，卧为按股，不惟不敢侮，争媚之。逾月，小谢书居然端好，生偶赞之。秋容大惭，粉黛淫淫[23]，泪痕如线。生百端慰解之，乃已。因教之读，颖悟非常，指示一过，无再问者。与生竞读，常至终夜。小谢又引其弟三郎来，拜生门下。年十五六，姿容秀美。以金如意一钩为贽[24]；生令与秋容执一经[25]。满堂咿唔；生于此设鬼帐焉。部郎闻之喜，以时给其薪水。积数月，秋容与三郎皆能诗，时相酬唱。小谢阴嘱勿教秋容[26]，生诺之；秋容阴嘱勿教小谢，生亦诺之。一日，生将赴试，二女涕泪持别。三郎曰：“此行可以托疾免；不然，恐履不吉。”生以告疾为辱，遂行。

先是，生好以诗词讥切时事，获罪于邑贵介，日思中伤之。阴赂学使，诬以行检[27]，淹禁狱中。资斧绝，乞食于囚人，自分已无生理。忽一人飘忽而入，则秋容也，以馔具馈生。相向悲咽，曰：“三郎虑君不吉，今果不谬。三郎与妾同来，赴院申理矣。”数语而出，人不之睹。越日，部院出[28]，三郎遮道声屈，收之。秋容入狱报生，返身往侦之，三日不返。生愁饿无聊，度一日如年岁。忽小谢至，怆惋欲绝，言：“秋容归，经由城隍祠，被西廊黑判强摄去[29]，逼充御媵[30]。秋容不屈，今亦幽囚。妾驰百里，奔波颇殆；至北郭，被老棘刺吾足心，痛彻骨髓，恐不能再至矣。”因示之足，血殷凌波焉[31]。出金三两，跛踦而没。部院勘三郎，素非瓜葛，无端代控，将杖之，扑地遂灭。异之。览其状，情词悲恻。提生面鞫[32]，问：“三郎何人？”生伪为不知。部院悟其冤，释之。既归，竟夕无一人。更阑，小谢始至，惨然曰：“三郎在部院，被廨神押赴冥司；冥王以三郎义，令托生富贵家。秋容久锢，妾以状投城隍，又被按阁[33]，不得入，且复奈何？”生忿然曰：“黑老魅何敢如此！明日仆其像，践踏为泥，数城隍而责之。案下吏暴横如此，渠在醉梦中耶！”悲愤相对，不觉四漏将残。秋容飘然忽至。两人惊喜，急问。秋容泣下曰：“今为郎万苦矣！判日以刀杖相逼，今夕忽放妾归，曰：‘我无他，原以爱故；既不愿，固亦不曾污玷。烦告陶秋曹[34]，勿见谴责。’”生闻少欢，欲与同寝，曰：“今日愿为卿死。”二女戚然曰：“向受开导，颇知义理，何忍以爱君者杀君乎？”执不可。然俯颈倾头，情均伉俪。二女以遭难故，妒念全消。

会一道士途遇生，顾谓：“身有鬼气。”生以其言异，具告之。道士曰：“此鬼大好，不拟负他。”因书二符付生，曰：“归授两鬼，任其福命：如闻门外有哭女者，吞符急出，先到者可活。”生拜受，归嘱二女。后月余，果闻有哭女者。二女争奔而去。小谢忙急，忘吞其符。见有丧舆过，秋容直出，入棺而没；小谢不得入，痛哭而返。生出视，则富室郝氏殡其女。共见一女子入棺而去，方共惊疑；俄闻棺中有声，息肩发验，女已顿苏。因暂寄生斋外，罗守之。忽开目问陶生。郝氏研诘之，笑云：“我非汝女也。”遂以情告。郝未深信，欲舁归；女不从，迳入生斋，偃卧不起。郝乃识婿而去。生就视之，面庞虽异，而光艳不减秋容：喜惬过望，殷叙平生。忽闻呜呜鬼泣，则小谢哭于暗陬[35]。心甚怜之，即移灯往，宽譬哀情，而衿袖淋浪[36]，痛不可解。近晓始去。天明，郝以婢媪赍送香奁，居然翁婿矣。暮入帷房，则小谢又哭。如此六七夜。夫妇俱为惨动，不能成合卺之礼。生忧思无策。秋容曰："道士，仙人也。再往求，倘得怜救。"生然之。迹道士所在，叩伏自陈。道士力言"无术"。生哀不已。道士笑曰："痴生好缠人。合与有缘，请竭吾术。"乃从生来，索静室，掩扉坐，戒勿相问。凡十余日，不饮不食。潜窥之，瞑若睡。一日晨兴，有少女搴帘入，明眸皓齿，光艳照人。微笑曰："跋履终夜，惫极矣！被汝纠缠不了，奔驰百里外，始得一好庐舍[37]，道人载与俱来矣。得见其人，便相交付耳。"敛昏，小谢至，女遽起迎抱之，翕然合为一体，仆地而僵。道士自室中出，拱手迳去。拜而送之。及返，则女已苏。扶置床上，气体渐舒，但把足呻言趾股痠痛，数日始能起。后生应试得通籍[38]。有蔡子经者与同谱[39]，以事过生，留数日。小谢自邻舍归，蔡望见之，疾趋相蹑[40]；小谢侧身敛避，心窃怒其轻薄。蔡告生曰："一事深骇物听[41]，可相告否？"诘之，答曰："三年前，少妹夭殒，经两夜而失其尸，至今疑念。适见夫人，何相似之深也？"生笑曰："山荆陋劣，何足以方君妹[42]？然既系同谱，义即至切，何妨一献妻孥[43]。"乃入内，使小谢衣殉装出[44]。蔡大惊曰："真吾妹也！"因而泣下。生乃具述其本末。蔡喜曰："妹子未死，吾将速归，用慰严慈[45]。"遂去。过数日，举家皆至。后往来如郝焉。

异史氏曰："绝世佳人，求一而难之，何遽得两哉！事千古而一见，惟不私奔女者能遘之也。道士其仙耶？何术之神也！苟有其术，丑鬼可交耳。"

选自《聊斋志异》

【题解】

本篇是《聊斋志异》中描写人鬼恋的佳作之一。陶生丧妻后，遇到两个美丽的女鬼——乔秋容和阮小谢。陶生教她们读书写字，她们为陶生煮茶做饭。他们在一起戏谑、玩耍，友好相处，十分欢乐。陶生被人陷害时，她们奔走相救，甚至为此遭受苦难。这一男二女间的恋情就在这种交往过程中萌生和发展。他们都知道，人鬼成为夫妻，会使人暴亡，因此他们克制着、痛苦着。最后，在术士的帮助下，秋容和小谢转为人身。尽管她们只是附着别人的尸首得生，但终于遂了心愿。这篇小说在一夫二妻团圆的和美气氛中结束。这个结尾与整个作品对鬼女生动活泼的描写以及通篇洋溢着的生趣盎然的气氛相比，使人觉得不太调和。

【注释】

①渭南：地名，在今陕西省。部郎：明清中央各部的郎中、员外郎等官员的统称。　②苍头：奴仆。门之：看守它。　③内：通“纳”。　④鼓盆之戚：指丧妻之痛。《庄子·至乐》载，庄子的妻子死了，惠子去吊唁，见庄子正敲着瓦盆唱歌，“鼓盆之戚”由此而来。　⑤《续无鬼论》：晋代阮瞻、唐代林蕴均曾作《无鬼论》，所以这里称陶生之作为《续无鬼论》。　⑥厅事：厅堂。　⑦睨（nì）：斜着眼睛看。　⑧肃然端念：严肃地端正意念。　⑨其言不掩：已说出大话。　⑩鹤行鹭伏：指弯腰轻步、悄悄地走动。　⑪肱：胳膊。　⑫房中纵送：指男女交欢。　⑬析薪溲米：劈柴洗米。　⑭执爨：烧火做饭。　⑮憨跳：顽皮吵闹。　⑯砒、酖（zhèn）：毒药。砒，砒霜；酖，一种有毒的鸟羽毛浸成的酒。　⑰操管代录：拿笔代为抄写。　⑱俾共临摹：让她们一起临摹。　⑲祇立几前：恭敬地站在桌前。　⑳听生月旦：听陶生品评。东汉许劭与其堂兄许靖喜欢品评乡里人物，每月更换一个论题，称“月旦评”。　㉑不解读：不识字。　㉒花判已：评论完后。　㉓淫淫：泪流的样子。　㉔贽（zhì）：初次拜见长辈或较自己地位高的人送的礼物。　㉕执

一经：学习一种经书。㉖阴嘱：暗地里叮嘱。㉗诬以行检：诬蔑他的品行。㉘部院：巡抚。㉙判：判官。㉚御媵（yìng）：侍妾。㉛血殷凌波：血浸透了鞋袜。㉜鞫（jū）：审问。㉝按阁：搁置。㉞秋曹：对刑部官员的尊称，此处称陶生。㉟陬（zōu）：角落。㊱衿袖淋浪：襟袖被泪水浸湿。㊲庐舍：本指房屋，此处指能让灵魂依附的人的躯体。㊳通籍：中进士。古代首次做官要把名籍报知朝廷，故称“通籍”。㊴同谱：同榜。科举考试同年中榜。㊵疾趋相蹑：快步走跟踪。㊶深骇物听：意为骇人听闻。㊷方：比。㊸一献妻孥（nú）：让妻子、儿子出来相见。㊹殉装：殉葬的衣服。㊺严慈：父母。

胡 四 娘

程孝思，剑南人[①]。少惠能文。父母俱早丧，家赤贫，无衣食业，求佣为胡银台司笔札[②]。胡公试使文，大悦之，曰：“此不长贫，可妻也。”银台有三子四女，皆褓中论亲于大家；止有少女四娘，孽出[③]，母早亡，笄年未字[④]，遂赘程[⑤]。或非笑之，以为惛耄之乱命[⑥]，而公弗之顾也。除馆馆生[⑦]，供备丰隆。群公子鄙不与同食，婢仆咸揶揄焉。生默默不较短长，研读甚苦。众从旁厌讥之，程读弗辍；群又以鸣钲锽聒其侧[⑧]，程携卷去，读于闺中。

初，四娘之未字也，有神巫知人贵贱，遍观之，都无谀词[⑨]；惟四娘至，乃曰：“此真贵人也！”及赘程，诸姊妹皆呼之“贵人”以嘲笑之；而四娘端重寡言，若罔闻之。渐至婢媪，亦率相呼。四娘有婢名桂儿，意颇不平，大言曰：“何知吾家郎君，便不作贵官耶？”二姊闻而嗤之曰：“程郎如作贵官，当抉我眸子去[⑩]！”桂儿怒而言曰：“到尔时，恐不舍得眸子也！”二姊婢春香曰：“二娘食言，我以两睛代之。”桂儿益恚[⑪]，击掌为誓曰：“管教两丁盲也！”二姊忿其语侵，立批之[⑫]。桂儿号哗。夫人闻知，即亦无所可否，但微哂焉。桂儿噪诉四娘；四娘方绩[13]，不怒亦不言，绩自若。会公初度[14]，诸婿皆至，寿仪充庭[15]。大妇嘲四娘曰："汝家祝仪何物？"二妇曰："两肩荷一口[16]！"四娘坦然，殊无惭作。人见其事事类痴，愈益狎之[17]。独有公爱妾李氏，三姊所自出也，恒礼重四娘，往往相顾恤。每谓三娘曰："四娘内慧外朴，聪明浑而不露[18]，诸婢子皆在其包罗中，而不自知。况程郎昼夜攻苦，夫岂久为人下者？汝勿效尤[19]，宜善之，他日好相见也。"故三娘每归宁，辄加意相欢。

是年，程以公力，得入邑庠[20]。明年，学使科试士[21]，而公适薨，程缞哀如子[22]，未得与试。既离苫块[23]，四娘赠以金，使趋入遗才籍[24]。嘱曰："曩久居，所不被呵逐者，徒以有老父在；今万分不可矣！倘能吐气，庶回时尚有家耳。"临别，李氏、三娘赂遗优厚[25]。程入闱，砥志研思，以求必售。无何，放榜，竟被黜。愿乖气结，难于旋里，幸囊资小泰[26]，携卷入都。时妻党多任京秩，恐见诮讪，乃易旧名，诡托里居，求潜身于大人之门。东海李兰台见而器之，收诸幕中，资以膏火[27]，为之纳贡[28]，使应顺天举；连战皆捷[29]，授庶吉士[30]。自乃实言其故。李公假千金，先使纪纲赴剑南，为之治第。时胡大郎以父亡空匮，货其沃墅，因购焉。既成，然后贷舆马，往迎四娘。

先是，程擢第后，有邮报者，举宅皆恶闻之；又审其名字不符，叱去之。适三郎完婚，戚眷登堂为馔[31]，姊妹诸姑咸在，惟四娘不见招于兄嫂。忽一人驰入，呈程寄四娘函信；兄弟发视，相顾失色。筵中诸眷客，始请见四娘。姊妹惴惴，惟恐四娘衔恨不至。无何，翩然竟来[32]。申贺者，捉坐者，寒暄者，喧杂满屋。耳有听，听四娘；目有视，视四娘；口有道，道四娘也：而四娘凝重如故。众见其靡所短长[33]，稍就安帖，于是争把盏酌四娘。方宴笑间，门外啼号甚急，群致怪问。俄见春香奔入，面血沾染。共诘之，哭不能对。二娘呵之，始泣曰："桂儿逼索眼睛，非解脱，几抉去矣！"二娘大惭，汗粉交下。四娘漠然[34]；合坐寂无一语，各始告别。四娘盛妆，独拜李夫人及三姊，出门登车而去。众始知买墅者，即程也。四娘初至墅，什物多阙。夫人及诸郎各以婢仆、器具相赠遗，四娘一无所受；惟李夫人赠一婢，受之。

居无何，程假归展墓[35]，车马扈从如云。诣岳家，礼公柩，次参李夫人。诸郎衣冠既竟，已升舆矣[36]。胡公殁，群公子日竞资财，柩之弗顾。数年，灵寝漏败[37]，渐将以华屋作山丘矣[38]。程睹之悲，竟不谋于诸郎，刻期营葬，事事尽礼。殡日，冠盖相属，里中咸嘉叹焉。

程十余年历秩清显[39]，凡遇乡党厄急[40]，罔不极力。二郎适以人命被逮，直指巡方者[41]，为程同谱[42]，风规甚烈[43]。大郎浼妇翁王观察函致之，殊无裁答[44]，益惧。欲往求妹，而自觉无颜，乃持李夫人手书往。至都，不敢遽进，觑程入朝，而后诣之。冀四娘念手足之义，而忘睚眦之嫌。阍人既通，即有旧媪出，导入厅事，具酒馔，亦颇草草。食毕，四娘出，颜温霁[45]，问："大哥人事大忙，万里何暇枉顾？"大郎五体投地，泣述所来。四娘扶而笑曰："大哥好男子，此何大事，直复尔尔？妹子一女流，几曾见呜呜向人？"大郎乃出李夫人书。四娘曰："诸兄家娘子，都是天人[46]，各求父兄，即可了矣，何至奔波到此？"大郎无词，但顾哀之。四娘作色曰："我以为跋涉来省妹子，乃以大讼求贵人耶！"拂袖径入。大郎惭愤而出。归家详述，大小无不诟詈[47]；李夫人亦谓其忍。逾数日，二郎释放宁家，众大喜，方笑四娘之徒取怨谤也。俄而四娘遣价候李夫人[48]。唤入，仆陈金币，言："夫人为二舅事，遣发甚急，未遑字覆[49]。聊寄微仪，以代函信。"众始知二郎之归，乃程力也。后三娘家渐贫，程施报逾于常格。又以李夫人无子，迎养若母焉。

选自《聊斋志异》

【题解】

本篇小说描写胡银台慧眼识人，把四女儿（即胡四娘）嫁给了穷士程孝思，却遭到种种讥刺，都认为他年老昏愦。四娘的兄嫂姐妹对四娘夫妇极尽冷待之能事，连奴仆也都揶揄嘲讽她。但当程孝思得中高官后，全家人一反故态，“耳有听，听四娘；目有视，视四娘；口有道，道四娘”。清代嘉庆年间人冯镇峦评论说：“此篇写炎凉世态，浅薄人情，写到十分，令人涕笑不得。”这个评论是恰当的。

【注释】

①剑南：地名，在四川剑阁以南。　②银台：古代官名，执掌奏状案牍。　③孽出：庶出，妾所生。　④笄年未字：年已及笄尚未许配人家。笄年，指女子十五岁。　⑤遂赘程：于是便招程孝思为女婿。　⑥惛耄之乱命：年老糊涂所作出的决断。　⑦除馆馆生：收拾房屋，让程生居住。　⑧鸣钲锽聒：敲锣鼓搅扰。　⑨谀词：奉承的话。　⑩抉我眸子去：挖掉我的眼珠。　⑪恚（huì）：恼恨，发怒。　⑫批：打耳光。　⑬绩：把棉或麻搓成线。　⑭初度：生日。　⑮寿仪：寿礼。　⑯两肩荷一口：只带来一张嘴。指只来吃寿宴不送寿礼。　⑰狎之：欺侮她。　⑱浑而不露：浑厚不露锋芒。　⑲效尤：照别人坏样子去做。尤，错误。　⑳邑痒：县学。　㉑科试：乡试前，由各省学政举行的考试，目的是选拔生员参加乡试。　㉒缞哀如子：像儿子一样穿重孝，非常哀痛。　㉓既离苫块：居丧期满。苫，草席；块，土块。古人居丧时，睡草席，枕土块。　㉔趋入遗才籍：赶快去参加补考。　㉕赂遗（wèi）：赠送钱物。　㉖小泰：较为丰足。　㉗膏火：指学习费用。　㉘纳贡：明清时准许通过捐纳钱财入国子监，取得监生资格。由生员纳捐的称纳贡。纳贡者有资格参加乡试。　㉙连战皆捷：指乡试、会试、殿试都顺利通过，中了举人、又中进士。　㉚庶吉士：官名，以进士擅长文学和书法者担任。　㉛馔（nuǎn）：女子出嫁后三日，娘家馈送食物，称“馔女”。　㉜翩然竟来：竟然大方地来了。翩然，轻盈洒脱的样子。　㉝靡所短长：无所计较。　㉞漠然：若无其事的样子。　㉟展墓：扫墓。　㊱升舆：上轿。　㊲灵寝：存放灵柩的内堂。　㊳以华屋作山丘：形容存放灵柩的内堂

破败，灵柩还未下葬，把屋子当作坟墓了。 ㊴历秩清显：历任要职，地位显贵。 ㊵乡党：同乡。 ㊶直指：官名，汉代设直指使，出巡地方，审判案件。 ㊷同谱：同宗。 ㊸风规甚烈：执法很严。 ㊹裁答：回信。 ㊺颜温霁：脸色温和。 ㊻天人：本领极大的人。 ㊼诟詈（gòu lì）：指责、辱骂。 ㊽价：仆人。 ㊾未遑字覆：没有来得及写回信。

金和尚

金和尚，诸城人①。父无赖，以数百钱鬻子五莲山寺②。小顽钝，不能肄清业③，牧猪赴市，若佣保④。后本师死⑤，稍有遗金，卷怀离寺，作负贩去。饮羊、登垄⑥，计最工。数年暴富，买田宅于水坡里。弟子繁有徒，食指日千计⑦。绕里膏田千百亩。里中起第数十处，皆僧，无人⑧；即有，亦贫无业，携妻子，僦屋佃田者也⑨。每一门内，四缭连屋，皆此辈列而居。僧舍其中：前有厅事，梁楹节棁⑩，绘金碧，射人眼；堂上几屏，晶光可鉴；又其后为内寝，朱帘绣幕，兰麝充溢喷人；螺钿雕檀为床，床上锦茵褥，褶叠厚尺有咫；壁上美人、山水诸名迹，悬粘几无隙处。一声长呼，门外数十人轰应如雷。细缨革靴者，皆乌集鹄立⑪；受命皆掩口语，侧耳以听。客仓卒至，十余筵可咄嗟办⑫，肥醴蒸薰⑬，纷纷狼藉如雾霈。但不敢公然蓄歌妓；而狡童十数辈⑭，皆慧黠能媚人，皂纱缠头，唱艳曲，听睹亦颇不恶⑮。金若一出，前后数十骑，腰弓矢相摩戛。奴辈呼之皆以“爷”；即邑之人若民⑯，或“祖”之，“伯、叔”之，不以“师”，不以“上人”⑰，不以禅号也。其徒出，稍稍杀于金⑱，而风鬟云辔⑲，亦略于贵公子等。金又广结纳，即千里外呼吸亦可通，以此挟方面短长，偶气触之，辄惕自惧⑳。而其为人，鄙不文，顶趾无雅骨㉑。生平不奉一经，持一咒，迹不履寺院，室中亦未尝蓄铙鼓㉒；此等物，门人辈弗及见，并弗及闻。凡僦屋者，妇女浮丽如京都，脂泽金粉，皆取给于僧；僧亦不之靳[23]，以故里中不田而农者以百数。时而恶佃决僧首瘗床下[24]，亦不甚穷诘，但逐去之，其积习然也。金又买异姓儿，私子之。延儒师，教帖括业[25]。儿聪慧能文，因令入邑庠[26]；旋援例作太学生；未几，赴北闱[27]，领乡荐[28]。由是金之名以"太公"噪。向之"爷"之者"太"之，膝席者皆垂手执儿孙礼。

无何[29]，太公僧薨。孝廉缞绖卧苫块[30]，北面称孤[31]；诸门人释杖满床榻[32]；而灵帏后嘤嘤细泣，惟孝廉夫人一而已。士大夫妇咸华妆来，搴帏吊唁，冠盖舆马塞道路。殡日，棚阁云连，旛旌翳日。殉葬刍灵[33]，饰以金帛；舆盖仪仗数十事；马千匹，美人百袂[34]，皆如生。方弼、方相，以纸壳制巨人，皂帕金铠；空中而横以木架，纳活人内负之行。设机转动，须眉飞舞；目光铄闪，如将叱咤。观者惊怪，或小儿女遥望之，辄啼走。冥宅壮丽如宫阙，楼阁房廊连垣数十亩，千门万户，入者迷不可出。祭品象物，多难指名。会葬者盖相摩[35]，上自方面，皆伛偻入，起拜如朝仪；下至贡监簿史，则手据地以叩，不敢劳公子，劳诸师叔也。当是时，倾国瞻仰，男女喘汗属于道；携妇襁儿，呼兄觅妹者声鼎沸。杂以鼓乐喧豗[36]，百戏鞺鞳[37]，人语都不可闻。观者自肩以下皆隐不见，惟万顶攒动而已。有孕妇痛急欲产，诸女伴张裙为幄，罗守之；但闻儿啼，不暇问雌雄，断幅绷怀中，或扶之，或曳之，蹩躠以去[38]。奇观哉！葬后，以金所遗资产，瓜分而二之：子一，门人一。孝廉得半，而居第之南；之北、之西东，尽缁党[39]。然皆兄弟叙，痛痒又相关云。

异史氏曰："此一派也，两宗未有[40]，六祖无传[41]，可谓独辟法门者矣。抑闻之：五蕴皆空，六尘不染，是谓'和尚'；口中说法，座上参禅，是谓'和样'；鞋香楚地，笠重吴天[42]，是谓'和撞'；鼓钲锽聒，笙管敖曹，是谓'和唱'；狗苟钻缘，蝇营淫赌，是谓'和幛'。金也者，'尚'耶？'样'耶？'唱'耶？'撞'耶？抑地狱之‘幛’耶？”

选自《聊斋志异》

【题解】

佛教在我国古代民间影响很大。全国各地名刹林立，高僧辈出，这都是历史事实。但是，佛门也鱼龙混杂，良莠不齐。在古代文学作品中，恶僧形象时有出现。这篇小说中的金和尚就是披着袈裟的豪强人物。他经营暴富，骄横乡里，还交结官府，为非作歹。作者在描写中对他大加挞伐，但却并不把他漫画化。同时，作品中描写为金和尚捧场的种种人物的情状和心理也入木三分，更加加深了作品批判现实的意义。

【注释】

①诸诚：属今山东省。 ②五莲山：在今山东省五莲、日照两地交界处。五莲山寺：名万寿护国光明寺，明万历年间修建。 ③不能肄（yì）清业：不能完成僧徒应该学习的清苦的功课。肄，学习。 ④佣保：佣工。⑤本师：师父。 ⑥饮羊、登垄：指以欺诈的手段谋利、垄断市场等行为。饮羊，羊贩卖羊前给羊喝水，使羊增加重量以非法获取高利。 ⑦食指日千计：每天吃饭者上千人，说明徒弟多。 ⑧无人：没有僧人以外的俗世人。 ⑨僦屋：租房屋。 ⑩梁楹节棁（zhuó）：指屋梁、楹柱等。 ⑪乌集鹄立：形容仆人众多，恭敬地站立。 ⑫可咄嗟办：可以立即办好。 ⑬肥醴：肥肉、甜酒。 ⑭狡童十数辈：美貌的少年十多个。狡童，美貌伶俐的少男，此处指男妓；辈，称人的多数。 ⑮听睹亦颇不恶：听着看着都不错。 ⑯邑之人若民：同乡的上层人士或老百姓。若，或。 ⑰上人：佛教称德行高尚的人，这里是对僧人的敬称。 ⑱稍稍杀于金：威风排场比金和尚稍减。 ⑲风鬃云辔：形容车马云集，排场很大。 ⑳偶气触之，辄惕自惧：偶然有所触犯，就会惊恐不安。 ㉑顶趾无雅骨：从头到脚无一点文雅气，也即俗气透顶。

㉒未尝蓄铙（náo）鼓：没有置作法事的器具，说明从不作法事。铙鼓，僧人做法事时用的两种乐器。 ㉓靳：吝惜。 ㉔决僧首瘗床下：砍断僧人的头埋在床下。 ㉕帖括业：科举应试之业。 ㉖邑痒：县学。 ㉗赴北闱：赴考。 ㉘领乡荐：考中举人。 ㉙无何：没多久。 ㉚缞经卧苫块：穿丧服睡在草垫子上。 ㉛北面称孤：跪在灵前自称孤儿。 ㉜杖：指古代为父母服丧所用的竹杖，也即哭丧棒。 ㉝刍灵：殉葬用的草扎成的人马。 ㉞美人百袂：美女五十人。袂，衣袖。 ㉟盖相摩：车盖互相碰撞、摩擦。 ㊱喧豗（huī）：喧闹。 ㊲百戏鞺鞳（tāngtà）：乐舞杂技锣鼓喧腾。 ㊳蹩躠以去：歪歪倒倒，踉踉跄跄地离去。 ㊴尽缁党：全是僧人。缁，黑色。僧人服多黑色，因以代指僧人。 ㊵两宗：指佛教禅宗的南北两支。 ㊶六祖：禅宗自达摩起，共传六世，称禅宗六祖。 ㊷"鞋香"两句：指僧人草鞋斗笠，云游四方。

司 文 郎

平阳王平子[①]，赴试北闱[②]，赁居报国寺[③]。寺中有馀杭生先在，王以比屋居[④]，投刺焉[⑤]。生不之答。朝夕遇之，多无状。王怒其狂悖，交往遂绝。一日，有少年游寺中，白服裙帽，望之傀然[⑥]。近与接谈，言语谐妙，心爱敬之。展问邦族，云："登州宋姓。"因命苍头设座，相对噱谈[⑦]。馀杭生适过，共起逊坐[⑧]。生居然上座，更不抝挹[⑨]。卒然问宋[⑩]："尔亦入闱者耶？"答曰："非也。驽骀之才[⑪]，无志腾骧久矣[⑫]。"又问："何省？"宋告之。生曰："竟不进取，足知高明。山左、右并无一字通者[⑬]。"宋曰："北人固少通者，而不通者未必是小生；南人固多通者，然通者亦未必是足下。"言已，鼓掌。王和之[⑭]，因而哄堂。生惭忿，轩眉攘腕而大言曰[⑮]："敢当前命题，一校文艺乎[⑯]？"宋他顾而哂曰："有何不敢！"便趋寓所，出经授王。王随手一翻，指曰："'阙党童子将命[⑰]。'"生起，求笔札。宋曳之曰："口占可也。我破已成[18]：'于宾客往来之地，而见一无所知之人焉。'"王捧腹大笑。生怒曰："全不能文，徒事嫚骂，何以为人！"王力为排难，请另命佳题。又翻曰："'殷有三仁焉[19]。'"宋立应曰："三子者不同道[20]，其趋一也。夫一者何也？曰：仁也。君子亦仁而已矣，何必同？"生遂不作，起曰："其为人也小有才。"遂去。

王以此益重宋。邀入寓室，款言移晷[21]，尽出所作质宋[22]。宋流览绝疾，逾刻已尽百首，曰："君亦沉深于此道者？然命笔时，无求必得之念，而尚有冀倖得之心，即此已落下乘。"遂取阅过者一一诠说。王大悦，师事之；使庖人以蔗糖作水角[23]。宋啖而甘之，曰："生平未解此味，烦异日更一作也。"从此相得甚欢。宋三五日辄一至，王必为之设水角焉。馀杭生时一遇之，虽不甚倾谈，而傲睨之气顿减。一日，以窗艺示宋[24]。宋见诸友圈赞已浓[25]，目一过，推置案头，不作一语。生疑其未阅，复请之。答已览竟。生又疑其不解。宋曰："有何难解？但不佳耳！"生曰："一览丹黄[26]，何知不佳？"宋便诵其文，如夙读者，且诵且訾[27]。生跼蹐汗流，不言而去。移时，宋去；生入，坚请王作[28]。王拒之。生强搜得，见文多圈点，笑曰："此大似水角子！"王故朴讷，觍然而已。次日，宋至，王具以告。宋怒曰："我谓'南人不复反矣[29]'，伧楚何敢乃尔[30]！必当有以报之！"王力陈轻薄之戒以劝之，宋深感佩。

既而场后，以文示宋，宋颇相许。偶与涉历殿阁，见一瞽僧坐廊下，设药卖医。宋讶曰："此奇人也！最能知文，不可不一请教。"因命归寓取文。遇馀杭生，遂与俱来。王呼师而参之。僧疑其问医者，便诘症候[31]。王具白请教之意。僧笑曰："是谁多口？无目何以论文？"王请以耳代目。僧曰："三作两千余言，谁耐久听！不如焚之，我视以鼻可也。"王从之。每焚一作，僧嗅而颔之曰："君初法大家[32]，虽未逼真，亦近似矣。我适受之以脾。"问："可中否？"

曰："亦中得。"馀杭生未深信，先以古大家文烧试之。僧再嗅曰："妙哉！此文我心受之矣，非归、胡何解办此[33]！"生大骇，始焚已作。僧曰："适领一艺，未窥全豹，何忽另易一人来也？"生托言："朋友之作，止此一首；此乃小生作也。"僧嗅其余灰，咳逆数声，曰："勿再投矣！格格而不能下，强受之以膈；再焚，则作恶矣。"生惭而退。数日榜放，生竟领荐[34]；王下第。生与王走告僧。僧叹曰："仆虽盲于目，而不盲于鼻；帘中人并鼻盲矣[35]。"俄馀杭生至，意气发舒，曰："盲和尚，汝亦啖人水角耶？今竟何如？"僧曰："我所论者文耳，不谋与君论命。君试寻诸试官之文，各取一首焚之，我便知孰为尔师。"生与王并搜之，止得八九人。生曰："如有舛错，以何为罚？"僧愤曰："剜我盲瞳去！"生焚之，每一首，都言非是；至第六篇，忽向壁大呕，下气如雷。众皆粲然。僧拭目向生曰："此真汝师也！初不知而骤嗅之，刺于鼻，棘于腹，膀胱所不能容，直自下部出矣！"生大怒，去，曰："明日自见，勿悔，勿悔！"越二三日，竟不至；视之，已移去矣。乃知即某门生也。

宋慰王曰："凡吾辈读书人，不当尤人，但当克己：不尤人则德益弘，能克己则学益进。当前蹶落[36]，固是数之不偶；平心而论，文亦未便登峰，其由此砥砺，天下自有不盲之人。"王肃然起敬。又闻次年再行乡试，遂不归，止而受教。宋曰："都中薪桂米珠[37]，勿忧资斧。舍后有窖镪[38]，可以发用。"即示之处。王谢曰："昔窦、范贫而能廉[39]，今某幸能自给，敢自污乎？"王一日醉眠。仆及庖人窃发之。王忽觉，闻舍后有声；窃出，则金堆地上。情见事露，并相慑伏。方诃责间，见有金爵，类多镌款[40]，审视，皆大父字讳[41]。盖王祖曾为南部郎，入都寓此，暴病而卒，金其所遗也。王乃喜，秤得金八百余两。明日告宋，且示之爵，欲与瓜分，固辞乃已。以百金往赠瞽僧，僧已去，积数月，敦习益苦。及试，宋曰："此战不捷，始真是命矣！"

俄以犯规被黜。王尚无言；宋大哭，不能止。王反慰解之。宋曰："仆为造物所忌，困顿至于终身，今又累及良友。其命也夫！其命也夫！"王曰："万事固有数在。如先生乃无志进取，非命也。"宋拭泪曰："久欲有言，恐相惊怪。某非生人，乃飘泊之游魂也。少负才名，不得志于场屋。佯狂至都，冀得知我者，传诸著作。甲申之年[42]，竟罹于难，岁岁飘蓬。幸相知爱，故极力为'他山'之攻[43]，生平未酬之愿，实欲借良朋一快之耳。今文字之厄若此，谁复能漠然哉！"王亦感泣，问："何淹滞？"曰："去年上帝有命，委宣圣及阎罗王核查劫鬼，上者备诸曹任用，余者即俾转轮[44]。贱名已录，所未投到者，欲一见飞黄之快耳。今请别矣！"王问："所考何职？"曰："梓潼府中缺一司文郎，暂令聋僮署篆[45]，文运所以颠倒。万一倖得此秩，当使圣教昌明。"明日，忻忻而至，曰："愿遂矣！宣圣命作'性道论'，视之色喜，谓可司文。阎罗稽簿，欲以'口孽'见弃[46]。宣圣争之，乃得就。某伏谢已，又呼近案下，嘱云：'今以怜才，拔充清要[47]；宜洗心供职，勿蹈前愆。'此可知冥中重德行更甚于文学也。君必修行未至，但积善勿懈可耳。"王曰："果尔，馀杭其德行何在？"曰："不知。要冥司赏罚，皆无少爽。即前日瞽僧，亦一鬼也，是前朝名家。以生前抛弃字纸过多，罚作瞽。彼自欲医人疾苦，以赎前愆，故托游廛肆耳。"王命置酒。宋曰："无须。终岁之扰，尽此一刻，再为我设水角足矣。"王悲怆不食，坐令自啖。顷刻，已过三盛[48]，捧腹曰："此餐可饱三日，吾以志君德耳。向所食，都在舍后，已成菌矣。藏作药饵，可益儿慧。"王问后会，曰："既有官责，当引嫌也。"又问："梓潼祠中，一相酹祝，可能达否？"曰："此都无益。九天甚远，但洁身力行，自有地司牒报，则某必与知之。"言已，作别而没。

王视舍后，果生紫菌，采而藏之。旁有新土坟起，则水角宛然在焉。王归，弥自刻厉[49]。一夜，梦宋舆盖而至，曰："君向以小忿。

误杀一婢，削去禄籍；今笃行已折除矣。然命薄不足任仕进也。”是年，捷于乡；明年，春闱又捷。遂不复仕。生二子，其一绝钝，啖以菌，遂大慧。后以故诣金陵，遇馀杭生于旅次，极道契阔[50]，深自降抑，然鬓毛斑矣。

异史氏曰：“馀杭生公然自诩，意其为文，未必尽无可观；而骄诈之意态颜色，遂使人顷刻不可复忍。天人之厌弃已久，故鬼神皆玩弃之。脱能增修厥德，则帘内之‘刺鼻棘心’者，遇之正易，何所遭之仅也[51]。”

选自《聊斋志异》

【题解】

这是一篇揭露和挞伐以八股文取士的科举制度的罪恶和弊端的作品。其中写了二人二鬼。二人是王平子和馀杭生，二鬼是盲僧和宋生。盲僧有种本领，根据焚烧八股文味儿，他能用鼻子嗅出文章的好坏。渊博有才的王平子烧文时，他指出“亦中得”，浅薄无能的馀杭生烧文时，他说：“勿再投矣……，再焚，则作恶矣。”然而，馀杭生高中，王平子落选。于是，盲僧说，我虽瞎眼，“而不盲于鼻”，试官却鼻子也“盲”了。宋生生前也是热衷于以八股文博取功名的人，他也为王平子不平，但他亟力敦劝王平子再接再励，所以他能在天界文昌帝君驾下当了司文郎。宋生这个形象的出现，说明作者对封建科举制度还有某种幻想。

【注释】

①平阳：府名，治所在今山西省临汾市。 ②北闱：在顺天府（今北京市）举行的乡试。 ③报国寺：在北京广宁门外。 ④比屋居：邻屋而居。 ⑤投刺：递送名帖。 ⑥傀（guī）然：高大的样子。 ⑦噱谈：谈笑。 ⑧逊坐：让坐。 ⑨㧑挹（huīyì）：谦逊。 ⑩卒然：突然、贸

然。 ⑪驽骀之才：指平庸之才。驽、骀均为劣马。 ⑫腾骧：马抬头快跑。 ⑬山左、右：指山东省和山西省。 ⑭和（hè）：附和。 ⑮轩眉攘腕：扬眉毛，捋衣袖，形容愤怒。 ⑯文艺：作八股文。 ⑰阙党童子将命：《论语·宪问》中的一句话，用作比试作文的题目。 ⑱破：破题。八股文开头两句点明题旨的话，叫作破题。 ⑲殷有三仁焉：《论语·微子》中的一句话，意思是商朝有三位仁人：箕子、微子和比干。 ⑳三子者不同道：对待殷纣王的暴政，箕子、微子、比干三人态度表现不一样，微子跑了，箕子装疯，比干因劝谏纣王被杀了。 ㉑款言移晷（guǐ）：亲切交谈很长时间。 ㉒质：质疑请教。 ㉓水角：水饺。 ㉔窗艺：平时练习作的八股文。 ㉕圈赞已浓：被赞美之处已经很多。古人阅读文章，遇佳句则在旁边加圈，称圈赞。 ㉖丹黄：古代点校书籍所用的两种颜色。用朱笔点校书籍，用雌黄涂抹误字。故以“丹黄”代指对文章的评点。 ㉗訾（zǐ）：诋毁。 ㉘坚请王作：坚决请求要拜读王生的文章。 ㉙ “南人”句：三国时，诸葛亮南征孟获，七擒七纵，最后孟获心悦诚服，说了这句话。这里南人指馀杭生，意思是原来以为馀杭生已经心服。 ㉚伧楚：愚昧卑微的人。 ㉛症候：病情症状。 ㉜初法大家：开始仿效名家的文章。 ㉝归、胡：归有光、胡友信，二人均为明代嘉靖、隆庆年间的八股文名家。 ㉞领荐：中举。 ㉟帘中人：指阅卷官员。 ㊱蹴（cù）落：失意。 ㊲薪桂米珠：柴贵如桂枝，米贵如珍珠，比喻物价高。 ㊳窖镪：埋在地下的白银。 ㊴窦、范：宋代的窦仪和范仲淹。 ㊵镌款：凿刻的文字。 ㊶大父：祖父。 ㊷甲申之年：明崇祯十七年（1644）。这年李自成领导的农民起义军攻陷北京。 ㊸ “他山”之攻：比喻互相勉励，在学问上互相研讨。 ㊹俾转轮：使投胎转世。 ㊺署篆：代掌官印。 ㊻口孽：佛教用语，指言语闪失。 ㊼清要：重要显赫的官位。 ㊽三盛：三碗。 ㊾弥自刻厉：更加刻苦自励。 ㊿契阔：久别之情。 ㊿①所遭之仅：指馀杭生乡试考中后，会试一直未中。

席方平

席方平，东安人。其父名廉，性戆拙[①]。因与里中富室羊姓有郤[②]，羊先死；数年，廉病垂危，谓人曰："羊某今贿嘱冥使搒我矣[③]。"俄而身赤肿，号呼遂死。席惨怛不食[④]，曰："我父朴讷，今见陵于强鬼，我将赴地下，代伸冤气耳。"自此不复言，时坐时立，状类痴，盖魂已离舍矣。

席觉初出门，莫知所往，但见路有行人，便问城邑。少选[⑤]，入城。其父已收狱中。至狱门，遥见父卧檐下，似甚狼狈。举目见子，潸然流涕，便谓："狱吏悉受赇嘱[⑥]，日夜搒掠，胫股摧残甚矣！"席怒，大骂狱吏："父如有罪，自有王章，岂汝等死魅所能操耶！"遂出，抽笔为词[⑦]。值城隍早衙，喊冤以投。羊惧，内外贿通，始出质理。城隍以所告无据，颇不直席[⑧]。席忿气无所复伸，冥行百余里，至郡，以官役私状，告之郡司[⑨]。迟之半月，始得质理。郡司扑席[⑩]，仍批城隍复案[⑪]。席至邑，备受械梏，惨冤不能自舒。城隍恐其再讼，遣役押送归家。役至门辞去。席不肯入，遁赴冥府，诉郡邑之酷贪。冥王立拘质对[⑫]。二官密遣腹心与席关说，许以千金。席不听。过数日，逆旅主人告曰："君负气已甚，官府求和而执不从，今闻于王前各有函进，恐事殆矣。"席以道路之口[⑬]，犹未深信。俄有皂衣人唤入。升堂，见冥王有怒色，不容置词，命笞二十。席厉声问："小人何罪？"冥王漠若不闻。席受笞，喊曰："受笞允当，谁教我无钱也！"冥王益怒，命置火床。两鬼捽席下，见东墀有铁床，炽火其下，床面通赤。鬼脱席衣，掬置其上，反复揉捺之。痛极，骨肉焦黑，苦不得死。约一时许，鬼曰："可矣。"遂扶起，促使下床着衣，犹幸跛而能行。复至堂上，冥王问："敢再讼乎？"席曰："大怨未伸，寸心不死，若言不讼，是欺王也。必讼！"王曰："讼何词？”席曰：“身所受者，皆言之耳。”冥王又怒，命以锯解其体。二鬼拉去，见立木高八九尺许，有木板二，仰置其下，上下凝血模糊。方将就缚，忽堂上大呼“席某”，二鬼即复押回。冥王又问：“尚敢讼否？”答曰：“必讼！”冥王命捉去速解。既下，鬼乃以二板夹席，缚木上。锯方下，觉顶脑渐辟，痛不可禁，顾亦忍而不号。闻鬼曰：“壮哉此汉！”锯隆隆然寻至胸下。又闻一鬼云：“此人大孝无辜，锯令稍偏，勿损其心。”遂觉锯锋曲折而下，其痛倍苦。俄顷，半身辟矣。板解，两身俱仆。鬼上堂大声以报。堂上传呼，令合身来见。二鬼即推令复合，曳使行。席觉锯缝一道，痛欲复裂，半步而踣。一鬼于腰间出丝带一条授之，曰：“赠此以报汝孝。”受而束之，一身顿健，殊无少苦。遂升堂而伏。冥王复问如前；席恐再罹酷毒，便答：“不讼矣。”冥王立命送还阳界。

隶率出北门，指示归途，反身遂去。席念阴曹之暗昧尤甚于阳间，奈无路可达帝听。世传灌口二郎为帝勋戚[14]，其神聪明正直，诉之当有灵异。窃喜两隶已去，遂转身南向。奔驰间，有二人追至，曰：“王疑汝不归，今果然矣。”捽回复见冥王。窃意冥王益怒，祸必更惨；而王殊无厉容，谓席曰：“汝志诚孝。但汝父冤，我已为若雪之矣。今已往生富贵家，何用汝鸣呼为。今送汝归，予以千金之产、期颐之寿[15]，于愿足乎？”乃注籍中，嵌以巨印，使亲视之。席谢而下。鬼与俱出，至途，驱而骂曰：“奸猾贼！频频翻复，使人奔波欲死！再犯，当捉入大磨中，细细研之！”席张目叱曰：“鬼子胡为者！我性耐刀锯，不耐挞楚。请反见王，王如令我自归，亦复何劳相送。”乃返奔。二鬼惧，温语劝回。席故蹇缓，行数步，辄憩路侧。鬼含怒不敢复言。约半日，至一村，一门半辟，鬼引与共坐；席便据门阈[16]。二鬼乘其不备，推入门中。惊定自视，身已生为婴儿。愤啼不乳，三日遂殇。魂摇摇不忘灌口，约奔数十里，忽见羽葆来[17]，旛戟横路[18]。越道避之，因犯卤簿[19]，为前马所执[20]，絷送车前。

仰见车中一少年，丰仪瑰玮。问席："何人？"席冤愤正无所出，且意是必巨官，或当能作威福，因缅诉毒痛。车中人命释其缚，使随车行。俄至一处，官府十余员，迎谒道左，车中人各有问讯。已而指席谓一官曰："此下方人，正欲往愬[21]，宜即为之剖决。"席询之从者，始知车中即上帝殿下九王，所嘱即二郎也。席视二郎，修躯多髯，不类世间所传。

九王既去，席从二郎至一官廨，则其父与羊姓并衙隶俱在。少顷，槛车中有囚人出[22]，则冥王及郡司、城隍也。当堂对勘[23]，席所言皆不妄。三官战栗，状若伏鼠。二郎援笔立判；顷之，传下判语，令案中人共视之。判云："勘得冥王者：职膺王爵，身受帝恩。自应贞洁以率臣僚，不当贪墨以速官谤[24]。而乃繁缨棨戟[25]，徒夸品秩之尊：羊狠狼贪，竟玷人臣之节。斧敲斵，斵入木，妇子之皮骨皆空[26]；鲸吞鱼，鱼食虾，蝼蚁之微生可悯[27]。当掬西江之水，为尔湔肠[28]；即烧东壁之床，请君入瓮[29]。城隍、郡司，为小民父母之官，司上帝牛羊之牧[30]。虽则职居下列，而尽瘁者不辞折腰[31]；即或势逼大僚，而有志者亦应强项。乃上下其鹰鸷之手，既罔念夫民贫；且飞扬其狙狯之奸，更不嫌乎鬼瘦。惟受赃而枉法，真人面而兽心！是宜剔髓伐毛，暂罚冥死；所当脱皮换革，仍令胎生[32]。隶役者：既在鬼曹，便非人类。只宜公门修行，庶还落蓐之身[33]；何得苦海生波，益造弥天之孽？飞扬跋扈，狗脸生六月之霜[34]；隳突叫号，虎威断九衢之路。肆淫威于冥界，咸知狱吏为尊；助酷虐于昏官，共以屠伯是惧。当以法场之内，剁其四肢；更向汤镬之中，捞其筋骨。羊某：富而不仁，狡而多诈。金光盖地，因使阎摩殿上尽是阴霾；铜臭熏天，遂教枉死城中全无日月。余腥犹能役鬼，大力直可通神。宜籍羊氏之家[35]，以偿席生之孝。即押赴东岳施行。"又谓席廉："念汝子孝义，汝性良懦，可再赐阳寿三纪[36]。"因使两人送之归里。

席乃抄其判词，途中父子共读之。既至家，席先苏；令家人启棺视父，僵尸犹冰，俟之终日，渐温而活。及索抄词，则已无矣。自此，家道日丰，三年间良沃遍野；而羊氏子孙微矣，楼阁田产，尽为席有。里人或有买其田者，夜梦神人叱之曰：“此席家物，汝乌得有之！”初未深信；既而种作，则终年升斗无所获，于是复鬻于席。席父九十余岁而卒。

异史氏曰：“人人言净土，而不知生死隔世，意念都迷，且不知其所以来，又乌知其所以去；而况死而又死，生而复生者乎？忠孝志定，万劫不移，异哉席生，何其伟也！”

选自《聊斋志异》

【题解】

席方平的父亲得罪了羊姓富室，这位姓羊的人竟在死后行贿，使席父在临终时遭受极大的痛苦。席方平灵魂出窍，来到阴间控告，不料也遭酷刑。最后告到二郎神处方得昭雪。作品中写席方平坚强不屈的性格十分感人，写阴曹地府的残酷黑暗却又令人扼腕，二郎神的判词中说：“金光盖地，因使阎摩殿上尽是阴霾；铜臭熏天，遂教枉死城中全无日月。”而这些正是人世间社会现实的反映。

【注释】

①戆（zhuàng）拙：憨厚而耿直。 ②郤（xì）：同“隙”，不和。 ③搒（péng）：用棍子或竹板打。 ④惨怛（dá）：极其伤心，非常悲伤。 ⑤少选：不多久，一会儿。 ⑥赇（qiú）嘱：贿赂。 ⑦词：此处指讼状。 ⑧不直席：对席方平的投诉不以为然。 ⑨郡司：一府之长。郡，这里指府。 ⑩扑席：拷打席方平。扑，杖击。 ⑪复案：复审，重新审案。 ⑫冥王：阴间的阎王。 ⑬道路之口：传闻。 ⑭灌口二郎：二郎神，通常指杨戬。 ⑮期（jī）颐之寿：一百岁。期颐，一百年。 ⑯门阈（yú）：门槛。 ⑰羽葆：用鸟羽连缀而成的装饰，这里指仪仗。 ⑱旛

戟：旌旗、戟等仪仗。 ⑲卤簿：古代帝王出行时的仪仗。 ⑳前马：仪仗队的前列。 ㉑愬（sù）：同“诉”，投诉。 ㉒槛车：囚车。 ㉓对勘：对质。 ㉔贪墨：因为贪污而罢官。官谤：当官不称职而遭到指责。 ㉕繁缨：古代天子的马饰。棨戟：漆饰华丽的木戟。繁缨棨戟，指仪仗。 ㉖“斧敲”三句：形容敲诈勒索之狠毒。 ㉗“鲸吞”三句：形容欺凌百姓之凶恶。 ㉘湔（jiān）：清洗。 ㉙“即烧”二句：意为以其人之道还治其人之身，让动辄给人施以刑法的冥王也受刑。 ㉚司上帝牛羊之牧：为天帝管理百姓。 ㉛尽瘁者：鞠躬尽瘁，尽心尽力的人。 ㉜“所当”二句：使脱胎为畜生。 ㉝“只宜”二句：如果做官能够廉洁清正，就可以脱胎为人。 ㉞狗脸：指公门隶役。 ㉟籍羊氏之家：抄没羊氏的家产。 ㊱纪：十二年为一纪。

胭　脂

东昌卞氏，业牛医者[①]，有女小字胭脂，才姿惠丽。父宝爱之，欲占凤于清门[②]，而世族鄙其寒贱，不屑缔盟，以故及笄未字[③]。对户龚姓之妻王氏，佻脱善谑[④]，女闺中谈友也。一日，送至门，见一少年过，白服裙帽，丰采甚都[⑤]。女意似动，秋波萦转之。小年俯其首趋而去。去既远，女犹凝眺。王窥其意，戏之曰：“以娘子才貌，得配若人，庶可无恨。”女晕红上颊，脉脉不作一语。王问：“识得此郎否？”女曰：“不识。”王曰：“此南巷鄂秀才秋隼，故孝廉之子。妾向与同里，故识之。世间男子无其温婉，今衣素，以妻服未阕也[⑥]。娘子如有意，当寄语使委冰焉[⑦]。”女无言，王笑而去。

数日无耗，心疑王氏未暇即往，又疑宦裔不肯俯拾。邑邑徘徊[⑧]，萦念颇苦，渐废饮食，寝疾惙顿[⑨]。王氏适来省视，研诘病因。答言：“自亦不知。但尔日别后，即觉忽忽不快，延命假息，朝暮人也[⑩]。”王小语曰：“我家男子，负贩未归，尚无人致声鄂郎。芳体违和，非为此否？”女赪颜良久。王戏之曰：“果为此者，病已至是，尚何顾忌？先令其夜来一聚，彼岂不肯可？”女叹息曰：“事至此，已不能羞。若渠不嫌寒贱，即遣媒来，疾当愈；若私约，则断断不可！”王颔之，遂去。王幼时与邻生宿介通，既嫁，宿侦夫他出，辄寻旧好。是夜宿适来，因述女言为笑，戏嘱致意鄂生。宿久知女美，闻之窃喜，幸其有机之可乘也。将与妇谋，又恐其妒，乃假无心之词[11]，问女家闺闼甚悉。次夜，逾垣入，直达女所，以指叩窗。内问：“谁何？”答以“鄂生”。女曰：“妾所以念君者，为百年，不为一夕。郎果爱妾，但宜速倩冰人；若言私合，不敢从命。”宿姑诺之，苦求一握纤腕为信。女不忍过拒，力疾启扉[12]。宿遽入，即抱求欢。女无力撑拒，仆地上，气息不续。宿急曳之。女曰：“何来恶少，必非鄂郎；果是鄂郎，其人温驯，知妾病由，当相怜恤，何遂狂暴如此！若复尔尔，便当鸣呼[13]，品行亏损，两无所益！”宿恐假迹败露，不敢复强，但请后会。女以亲迎为期。宿以为远，又请。女厌纠缠，约待病愈。宿求信物，女不许。宿捉足解绣履而出。女呼之返，曰：“身已许君，复何吝惜？但恐‘画虎成狗’[14]，致贻污谤。今亵物已入君手[15]，料不可反。君如负心，但有一死！”宿既出，又投宿王所。既卧，心不忘履，阴揣衣袂，竟已乌有。急起篝灯[16]，振衣冥索。诘之，不应。疑妇藏匿，妇故笑以疑之。宿不能隐，实以情告。言已，遍烛门外，竟不可得。懊恨归寝，犹意深夜无人，遗落当犹在途也。早起寻之，亦复杳然。

先是，巷中有毛大者，游手无籍[17]。尝挑王氏不得，知宿与洽，思掩执以胁之。是夜，过其门，推之未扃，潜入。方至窗外，踏一物，耎若絮帛，拾视，则巾裹女舄[18]。伏听之，闻宿自述甚悉，喜极，抽身而出。逾数夕，越墙入女家，门户不悉，误诣翁舍。翁窥窗，见男子，察其音迹，知为女来者。心忿怒，操刀直出。毛大骇，反走。方欲攀垣，而下追已近，急无所逃，反身夺刀；媪起大呼，毛不得脱，因而杀之。女稍痊，闻喧始起。共烛之，翁脑裂不能言，俄顷已绝。于墙下得绣履，媪视之，胭脂物也。逼女，女哭而实告之；但不忍贻累王氏，言鄂生之自至而已。天明，讼于邑。邑宰拘鄂。鄂为人谨讷，年十九岁，见客羞涩如童子。被执，骇绝。上堂不知置词，惟有战慄。宰益信其情真，横加梏械。生不堪痛楚，以是诬服[19]。既解郡，敲扑如邑。生冤气填塞，每欲与女面相质；及相遭，女辄诟詈[20]，遂结舌不能自伸，由是论死。往来复讯，经数官无异词。

后委济南府复案。时吴公南岱守济南[21]，一见鄂生，疑其不类杀人者，阴使人从容私问之，俾得尽其词。公以是益知鄂生冤。筹思数日，始鞫之[22]。先问胭脂："订约后，有知者否？"答："无之。""遇鄂生时，别有人否？"亦答："无之。"乃唤生上，温语慰之。生自言："曾过其门，但见旧邻妇王氏与一少女出，某即趋避，过此并无一言。"吴公叱女曰："适言侧无他人，何以有邻妇也？"欲刑之。女惧曰："虽有王氏，与彼实无关涉。"公罢质[23]，命拘王氏。数日已至，又禁不与女通，立刻出审，便问王："杀人者谁？"王对："不知。"公诈之曰："胭脂供言，杀卞某汝悉知之，胡得隐匿？"妇呼曰："冤哉！淫婢自思男子，我虽有媒合之言，特戏之耳。彼自引奸夫入院，我何知焉！"公细诘之，始述其前后相戏之词。公呼女上，怒曰："汝言彼不知情，今何以自供撮合哉？"女流涕曰："自己不肖，致父惨死，讼结不知何年，又累他人，诚不忍耳。"公问王氏："既戏后，曾语何人？"王供："无之。"公怒曰："夫妻在床，应无不言者，何得云无？"王供："丈夫久客未归。"公曰："虽然，凡戏人者，皆笑人之愚，以炫己之慧，更不向一人言，将谁欺？"命梏十指。妇不得已，实供："曾与宿言。"公于是释鄂拘宿。宿至，自供："不知。"公曰："宿妓者必非良士！"严械之。宿自供："赚女是真。自失履后，未敢复往，杀人实不知情。"公怒曰："逾墙者何所不至！"又械之。宿不任凌藉[24]，遂以自承。招成报上，无不称吴公之神。铁案如山，宿遂延颈以待秋决矣。

然宿虽放纵无行，故东国名士[25]。闻学使施公愚山贤能称最[26]，又有怜才恤士之德，因以一词控其冤枉，语言怆恻。公讨其招供，反复凝思之，拍案曰："此生冤也！"遂请于院、司[27]，移案再鞫。问宿生："鞋遗何所？"供言："忘之。但叩妇门时，犹在袖中。"转诘王氏："宿介之外，奸夫有几？"供言："无有。"公曰："淫乱之人岂得专私一个？"供言："身与宿介，稚齿交合，故未能谢绝；后非无见挑者，身实未敢相从。"因使指其人以实之，供云："同里毛大，屡挑而屡拒之矣。"公曰："何忽贞白如此？"命搒之。妇顿首出血，力辨无有，乃释之。又诘："汝夫远出，宁无有托故而来者？"曰："有之。某甲、某乙，皆以借贷馈赠，曾一二次入小人家。"盖甲、乙皆巷中游荡子，有心于妇而未发者也。公悉籍其名，并拘之。既集，公赴城隍庙，使尽伏案前。便谓："曩梦神人相告，杀人者不出汝等四五人中。今对神明，不得有妄言。如肯自首，尚可原宥；虚者，廉得无赦[28]！"同声言无杀人之事。公以三木置地[29]，将并加之；括发裸身，齐鸣冤苦。公命释之，谓曰："既不自招，当使鬼神指之。"使人以毡褥悉障殿窗，令无少隙；袒诸囚背，驱入暗中，始授盆水，一命自盥讫；系诸壁下，戒令"面壁勿动，杀人者，当有神书其背"。少间，唤出验视，指毛曰："此真杀人贼也！"盖公先使人以灰涂壁，又以烟煤濯其手：杀人者恐神来书，故匿背于壁而有灰色；临出，以手护背，而有烟色也。公固疑是毛，至此益信。施以毒刑，尽吐其实。判曰："宿介：蹈盆成括杀身之道[30]，成登徒子好色之名[31]。只缘两小无猜，遂野鹜如家鸡之恋；为因一言有漏，致得陇兴望蜀之心。将仲子而逾园墙[32]，便如鸟堕；冒刘郎而至洞口[33]，竟赚门开。感帨惊尨[34]，鼠有皮胡若此？攀花折树，士无行其谓何！幸而听病燕之娇啼，犹为玉惜；怜弱柳之憔悴，未似莺狂。而释幺凤于罗中[35]，尚有文人之意；乃劫香盟于袜底，宁非无赖之尤！蝴蝶过墙，隔窗有耳；莲花卸瓣，堕地无踪。假中之假以生，冤外之冤谁信？天降祸起，酷械至于垂亡；自作孽盈，断头几于不续。彼逾墙钻隙，固有玷夫儒冠；而僵李代桃，诚难消其冤气。是宜稍宽笞扑，折其已受之惨；姑降青衣[36]，开其自新之路。若毛大者：刁滑无籍，市井凶徒。被邻女之投梭，淫心不死；伺狂童之入巷，贼智忽生。开户迎风，喜得履张生之迹；求浆值酒，妄思偷韩掾之香[37]。何意魄夺自天，魂摄于鬼。浪乘槎木，直入广寒之宫；径泛渔舟，错认桃源之路。遂使情火息焰，欲海生波。刀横直前，投鼠无他顾之意；寇穷安往，急兔起反噬之心。越壁入人家，止期张有冠而李借；夺兵遗绣履，遂教鱼脱网而鸿离[38]。风流道乃生此恶魔，温柔乡何有此鬼蜮哉！即断首领，以快人心。胭脂：身犹未字，岁已及笄。以月殿之仙人，自应有郎似玉；原霓裳之旧队，何愁贮屋无金？而乃感关雎而念好逑，竟绕春婆之梦[39]；怨摽梅而思吉士[40]，遂离倩女之魂。为因一线缠萦，致使群魔交至。争妇女之颜色，恐失'胭脂'；惹鸷鸟之纷飞，并托'秋隼'。莲钩摘去，难保一瓣之香；铁限敲来，几破连城之玉。嵌红豆于骰子，相思骨竟作厉阶；丧乔木于斧斤，可憎才真成祸水！葳蕤自守，幸白璧之无瑕；缧绁苦争，喜锦衾之可覆。嘉其入门之拒，犹洁白之情人；遂其掷果之心，亦风流之雅事。仰彼邑令，作尔冰人。"

案既结，遐迩传诵焉。自吴公鞫后，女始知鄂生冤。堂下相遇，腼然含涕，似有痛惜之词，而未可言也。生感其眷恋之情，爱慕殊切；而又念其出身微，且日登公堂，为千人所窥指，恐娶之为人姗笑，日夜萦回，无以自主。判牒既下，意始安帖。邑宰为之委禽，送鼓吹焉。

异史氏曰："甚哉！听讼之不可以不慎也！纵能知李代为冤，谁复思桃僵亦屈？然事虽暗昧，必有其间，要非审思研察，不能得也。

呜呼！人皆服哲人之折狱明，而不知良工之用心苦矣。世之居民上者，棋局消日，䌷被放衙[41]，下情民艰，更不肯一劳方寸。至鼓动衙开，巍然坐堂上，彼哓哓者直以桎梏静之，何怪覆盆之下多沉冤哉[42]！”

愚山先生，吾师也。方见知时，余犹童子。窃见其奖进士子，拳拳如恐不尽。小有冤抑，必委曲呵护之，曾不肯作威学校，以媚权要。真宣圣之护法，不止一代宗匠，衡文无屈士已也。而爱才如命，尤非后世学使虚应故事者所及。尝有名士入场，作“宝藏兴”文[43]，误记“水下”[44]；录毕而后悟之，料无不黜之理。作词曰：“宝藏在山间，误却在水边。山头盖起水晶殿，瑚长峰尖，珠结树颠；这一回崖中跌死撑船汉！告苍天：留点蒂儿，好与朋友看。”先生阅文至此而和之曰：“宝藏将山夸，忽然见在水涯。樵夫漫说渔翁话。题目虽差，文字却佳，怎肯放在他人下。尝见他，登高怕险；那曾见，会水淹杀？”此亦风雅之一斑、怜才之一事也。

选自《聊斋志异》

【题解】

宋元时代的话本中有“说公案”名目，后来也就有公案小说的名称，《胭脂》是《聊斋志异》中的公案作品之一。由于曾被多种戏曲样式改编，它的故事已广为人知。这篇作品中描写胭脂爱上鄂生，被宿生侦知，冒名顶替，取得信物。又被毛大得悉，也冒名前往，以致杀死胭脂的父亲。鄂生受冤，后由清官断清官司。论者认为这个故事框架受前代戏曲小说《留鞋记》和《陆五汉硬留合色鞋》等作品的影响。但蒲松龄在这篇小说中前后写三个官员断案，颇有特色。最初鄂生被告受冤，年轻怕事，一上公堂就吓得发抖，邑宰以为他是心虚，于是屈打成招。济南知府倒是察觉鄂生不像杀人之辈，做了点调查研究，逮捕了宿生。但却由宿生有嫖娼行为推断他一定是凶手，也属主观片面的推断。宿生上书学使施愚山，在施的主持下，经过周密调查，终于挖出了真凶毛大。把这篇小说和稍早出现的苏州剧作家朱素臣的《十五贯》联系起来考察，就会发现，明末清初的一些公案作品在描写清官善于调查研究和侦破手段的细致方面确实比前代的同类作品有所进步。

【注释】

①牛医：给牛治病的兽医。　②占凤于清门：择婿于官宦人家。占凤，比喻择婿。　③及笄未字：成年还未许配人家。古代女子十五岁即成年，称及笄之年。　④佻脱善谑：轻佻而喜欢开玩笑。　⑤都：漂亮。　⑥妻服未阕：为亡妻服丧，尚未期满。阕，终止。　⑦委冰：委托媒人。　⑧邑邑：同“悒悒”，忧郁。　⑨惙顿：虚弱无力。　⑩朝暮人：将死的人。　⑪假无心之词：借漫不经心的话。　⑫力疾启扉：忍着病痛勉强支撑着打开窗子。　⑬鸣呼：呼喊。　⑭画虎成狗：此处意为把好事办坏。　⑮亵物：贴身衣物。这里指绣花鞋。　⑯篝灯：点灯。　⑰无籍：没有固定住处和职业。　⑱舄（xì）：鞋。　⑲诬服：蒙冤服罪。　⑳诟詈：咒骂。　㉑吴公南岱：指吴南岱，顺治年间任济南知府。守：太守，这里指知府。　㉒鞫（jū）：审讯。　㉓罢质：暂停审讯。　㉔不任凌藉：不能忍受酷刑折磨。　㉕东国：指山东。　㉖施公愚山：施愚山，名润章，清代著名文学家，曾任山东提学佥事。　㉗院、司：院，巡抚；司，臬司。　㉘廉得：查出。　㉙三木：三种木制刑具：枷、手铐和脚镣。　㉚盆成括：战国时人名。《孟子》中记他小有才而不晓大道，这样的人做官必遭杀身之祸，后果然被杀。　㉛登徒子：宋玉《登徒子好色赋》中的人物。　㉜将仲子：《诗经·郑风·将仲子》中有“将仲子兮，无逾我墙。”　㉝刘郎：指刘晨。传说刘晨、阮肇在天台山遇见仙女，在洞中同居半年，世上已过几世。　㉞感帨惊尨：出于《诗经》：“无感我帨兮，无使尨也吠。”感，同撼；帨，佩巾；尨，狗。　㉟幺凤：一种五色小鸟，这里比喻少女胭脂。　㊱姑降青衣：秀才（生员）穿蓝衫，降一等只许穿青衣，此处指对宿介的处分。　㊲偷韩掾之香：韩掾指韩寿，据《晋书·贾充传》记载，

贾女把皇帝所赐异香偷偷送给韩寿，表示钟情于韩。㊳鱼脱网而鸿离：比喻真凶毛大漏网而宿介被抓。离，同“罹”，意为遭遇。㊴春婆之梦：此处借用春梦婆的故事，比喻胭脂的情爱只是一场春梦。事出赵令畤《侯鲭录》，宋苏轼被贬居海南昌化，一老妇对他说，你当年富贵，如春梦一场。老妇被称为“春梦婆”。㊵“怨摽梅”句：语出《诗经》，比喻胭脂钟情鄂生，相思成病。㊶䌷被放衙：指因贪睡废政。㊷覆盆：意为暗无天日。语出《汉书·司马迁传》：“戴覆盆何以望天”。㊸“宝藏兴”：考场试题，由《礼记·中庸》中“宝藏兴焉”句来。㊹误记“水下”：《中庸》所说宝藏是在山间，而前文所说的“名士”误记为“水下”。

瑞　云

瑞云，杭之名妓[1]，色艺无双。年十四岁，其母蔡媪，将使出应客。瑞云告曰：“此奴终身发轫之始[2]，不可草草。价由母定，客则听奴自择之。”媪曰：“诺。”乃定价十五金，遂日见客。客求见者必以贽[3]：贽厚者，接以弈[4]，酬以画；薄者，留一茶而已。瑞云名噪已久，自此富商贵介，日接于门。

馀杭贺生，才名夙著，而家仅中赀[5]。素仰瑞云，固未敢拟同鸳梦[6]，亦竭微贽，冀得一睹芳泽[7]。窃恐其阅人既多，不以寒畯在意[8]；及至相见一谈，而款接殊殷。坐语良久，眉目含情，作诗赠生曰：“何事求浆者，蓝桥叩晓关？有心寻玉杵，端只在人间[9]。”生得之狂喜。更欲有言，忽小鬟来白“客至”，生仓猝遂别。既归，吟玩诗词，梦魂萦扰。过一二日，情不自已，修贽复往。瑞云接见良欢。移坐近生，悄然谓：“能图一宵之聚否？”生曰：“穷踧之士[10]，惟有痴情可献知己。一丝之贽[11]，已竭绵薄。得近芳容，意愿已足；若肌肤之亲，何敢作此梦想。”瑞云闻之，戚然不乐，相对遂无一语。生久坐不出，媪频唤瑞云以促之，生乃归。心甚邑邑，思欲罄家以博一欢[12]，而更尽而别，此情复何可耐？筹思及此，热念都消，由是音息遂绝。

瑞云择婿数月，更不得一当，媪颇恚[13]，将强夺之[14]，而未发也。一日，有秀才投贽，坐语少时，便起，以一指按女额曰："可惜，可惜！"遂去。瑞云送客返，共视额上有指印黑如墨，濯之益真。过数日，墨痕渐阔；年余，连颧彻準矣[15]。见者辄笑，而车马之迹以绝[16]。媪斥去妆饰，使与婢辈伍。瑞云又荏弱[17]，不任驱使，日益憔悴。贺闻而过之，见蓬首厨下，丑状类鬼。起首见生，面壁自隐。贺怜之，便与媪言，愿赎作妇。媪许之。贺货田倾装[18]，买之而归。入门，牵衣揽涕，不敢以伉俪自居，愿备妾媵，以俟来者[19]。贺曰："人生所重者知己：卿盛时犹能知我，我岂以衰故忘卿哉！"遂不复娶。闻者共姗笑之，而生情益笃。

居年余，偶至苏[20]，有和生与同主人[21]，忽问："杭有名妓瑞云，近如何矣？"贺以适人对。又问："何人？"曰："其人率与仆等[22]。"和曰："若能如君，可谓得人矣。不知价几何许？"贺曰："缘有奇疾，姑从贱售耳。不然，如仆者，何能于勾栏中买佳丽哉！"又问："其人果能如君否？"贺以其问之异，因反诘之。和笑曰："实不相欺：昔曾一觐其芳仪，甚惜其以绝世之姿，而流落不偶[23]，故以小术晦其光而保其璞[24]，留待怜才者之真鉴耳。"贺急问曰："君能点之，亦能涤之否？"和笑曰："乌得不能，但须其人一诚求耳[25]。"贺起拜曰："瑞云之婿，即某是也。"和喜曰："天下惟真才人为能多情，不以妍媸易念也[26]。请从君归，便赠一佳人。"遂与同返。既至，贺将命酒。和止之曰："先行吾法，当先令治具者有欢心也[27]。"即令以盥器贮水，戟指而书之[28]，曰："濯之当愈。然须亲出一谢医人也。"贺笑捧而去，立俟瑞云自靧之[29]，随手光洁，艳丽一如当年。夫妇共德之，同出展谢，而客已渺，遍觅之不得，意者其仙欤？

选自《聊斋志异》

【题解】

妓女瑞云和才士贺生相爱，但贺生并不富有。尽管瑞云“不以寒酸在意”，贺生也只得搁起思念之情。忽然出现一位仙侠，他使瑞云面貌变丑，从此，瑞云“门前冷落车马稀”，还被鸨母赶往厨房做粗活。贺生卖掉田地，救出瑞云娶做妻子。不久，仙客又出现，又使瑞云“艳丽一如当年”。如果把这篇小说与明代白话小说《卖油郎独占花魁》相比照，可以发现它们有某些相似之处，那就是表现出真挚的感情不为贫富所支配，人生相知难觅的思想内容。蒲松龄写《聊斋》时也受前代白话小说影响，于此可见出端倪。

【注释】

①杭：指今浙江省杭州市。 ②发轫（rèn）：比喻事情的开端。轫，垫塞止住车轮转动的木块，车启动时须先拿掉轫，称为“发轫”。这里指妓女初次接客。 ③贽（zhì）：见面礼。 ④弈：下棋。 ⑤中赀（zī）：中产阶层，小康之家。赀，同“资”，财物、钱。 ⑥同鸳梦：指男女结合。 ⑦芳泽：喻女子容貌。 ⑧寒畯（jùn）：寒士，贫穷的读书人。 ⑨“何事求浆”四句：含义是，只要你真心实意，就会实现爱情的愿望。此诗用唐人裴铏的传奇小说《裴航》的故事。 ⑩穷蹴（cù）：穷困。蹴通“蹙”。 ⑪一丝之贽：微薄之礼。 ⑫罄（qìng）家：拿出全部家产。 ⑬恚（huì）：恼怒。⑭强夺之：强迫她改变主意。 ⑮连颧彻準：从颧骨到鼻子都布满了黑痕。準，鼻梁。 ⑯车马之迹：指前来探访的贵客。 ⑰荏（rěn）弱：柔弱，怯懦。 ⑱货田倾装：卖田地，倾其所有。 ⑲“愿备”二句：愿做妾，以便贺生另娶正妻。 ⑳苏：今江苏省苏州市。 ㉑与同主人：同住一处。 ㉒率与仆等：大概与我差不多。 ㉓不偶：不遇。 ㉔晦其光而保其璞：遮掩她的光彩而保护她的纯洁。 ㉕一诚求：真诚地相求一次。 ㉖妍媸（yánchī）：美丽丑陋。 ㉗治具者：准备酒菜的人，指瑞云。 ㉘戟指而书：手指形状如戟，书写符箓，施行法术。 ㉙靧（huì）：洗脸。

仇大娘

仇仲，晋人，忘其郡邑。值大乱，为寇俘去。二子福、禄俱幼；继室邵氏[1]，抚双孤，遗业幸能温饱。而岁屡祲[2]，豪强者复凌藉之[3]，遂至食息不保[4]。仲叔尚廉利其嫁[5]，屡劝驾[6]，而邵氏矢志不摇。廉阴券于大姓[7]，欲强夺之；关说已成，而他人不之知也。里人魏名，夙狡狯，与仲家积不相能[8]，事事思中伤之。因邵寡，伪造浮言以相败辱。大姓闻之，恶其不德而止。久之，廉之阴谋与外之飞语，邵渐闻之，冤结胸怀，朝夕陨涕，四体渐以不仁[9]，委身床榻[10]。福甫十六岁[11]，因缝纫无人，遂急为毕姻。妇，姜秀才屺瞻之女，颇贤能，百事赖以经纪。由此用渐裕，仍使禄从师读。

魏忌嫉之，而阳与善，频招福饮，福倚为腹心交。魏乘间告曰："尊堂病废，不能理家人生产；弟坐食，一无所操作。贤夫妇何为作马牛哉！且弟买妇，将大耗金钱。为君计，不如早析[12]，则贫在弟而富在君也。"福归，谋诸妇；妇咄之。奈魏日以微言相渐渍[13]，福惑焉，直以己意告母。母怒，诟骂之。福益恚，辄视金粟为他人之物而委弃之。魏乘机诱博赌，仓粟渐空，妇知而未敢言。既至粮绝，被母骇问，始以实告。母愤怒，而无如何，遂析之。幸姜女贤，旦夕为母执炊[14]，奉事一如平日。福既析，益无顾忌，大肆淫赌[15]。数月间，田屋悉偿戏债，而母与妻皆不及知。福资既罄[16]，无所为计，因券妻贷资，苦无受者。邑人赵阎罗，原漏网之巨盗，武断一乡[17]，固不畏福言之食也，慨然假资。福持去，数日复空。意踟蹰，将背券盟。赵横目相加[18]。福惧，赚妻付之。魏闻窃喜，急奔告姜，实将倾败仇也。姜怒，讼兴。福惧甚，亡去。姜女至赵家，始知为婿所卖，大哭，但欲觅死。赵初慰谕之，不听；既而威逼之，益骂；大怒，鞭挞之，终不肯服。因拔笄自刺其喉，急救，已透食管，血溢出。赵急以帛束其项，犹冀从容而挫折焉[19]。明日，拘牒已至，赵行行不置意[20]。官验女伤重，命笞之，隶相顾无敢用刑。官久闻其横暴，至此益信，大怒，唤家人出，立毙之，姜遂舁女归。

自姜之讼也，邵氏始知福不肖状[21]，一号几绝，冥然大渐[22]。禄时年十五，茕茕无以自主[23]。先是，仲有前室女大娘[24]，嫁于远郡，性刚猛，每归宁[25]，馈赠不满其志，辄迕父母，往往以愤去，仲以是怒恶之；又因道远，遂数载已不一存问[26]。邵氏垂危，魏欲招之来而启其争。适有贸贩者，与大娘同里，便托寄语大娘，且歆以家之可图[27]。数日，大娘果与少子至。入门，见幼弟侍病母，景象惨澹，不觉怆恻。因问弟福，禄备告之。大娘闻之，忿气塞吭，曰："家无成人，遂任人蹂躏至此！吾家田产，诸贼何得赚去！"因入厨下，爇火炊糜[28]，先供母，而后呼弟及子啖之。啖已，忿出，诣邑投状，讼诸博徒。众惧，敛金赂大娘。大娘受其金，而仍讼之。官令拘甲、乙等，各加杖责，田产殊置不问。大娘愤不已，率子赴郡。郡守最恶博者。大娘力陈孤苦，及诸恶局骗之状，情词慷慨。守为之动，判令知县追田给主；仍惩仇福，以儆不肖。既归，邑宰奉令敲比[29]，于是故产尽反。大娘时已久寡，乃遣少子归，且嘱从兄务业，勿得复来。大娘由此止母家，养母教弟，内外有条。母大慰，病渐瘥[30]，家务悉委大娘。里中豪强，少见陵暴，辄握刃登门，侃侃争论，罔不屈服。居年余，田产日增。时市药饵珍肴，馈遗姜女。又见禄渐长成，频嘱媒为之觅姻。魏告人曰："仇家产业，悉属大娘，恐将来不可复返矣。"人咸信之，故无肯与论婚者。

有范公子子文，家中名园，为晋第一。园中名花夹路，直通内室。或不知而误入之，值公子私宴，怒执为盗，杖几死。会清明，禄自塾中归，魏引与遨游，遂至园所。魏故与园丁有旧，放令入，周历亭榭[31]。俄至一处，溪水汹涌，有画桥朱栏，通一漆门；遥望门内，繁花如锦，盖即公子内斋也。魏绐之曰[32]："君请先入，我适欲私焉[33]。”禄信之，寻桥入户，至一院落，闻女子笑声。方停步间，一婢出，窥见之，旋踵即返。禄始骇奔。无何，公子出，叱家人绾索逐之[34]。禄大窘，自投溪中。公子反怒为笑，命诸仆引出。见其容裳都雅，便令易其衣履，曳入一亭，诘其姓氏。蔼容温语，意甚亲昵。俄趋入内；旋出，笑握禄手，过桥，渐达曩所[35]。禄不解其意，逡巡不敢入。公子强曳入之，见花篱内隐隐有美人窥伺。既坐，则群婢行酒。禄辞曰："童子无知，误践闺闼[36]，得蒙赦宥，已出非望。但求释令早归，受恩匪浅。"公子不听。俄顷，肴炙纷纭。禄又起，辞以醉饱。公子捺坐，笑曰："仆有一乐拍名[37]，若能对之，即放君行。"禄唯唯请教。公子云："拍名'浑不似'[38]。"禄默思良久，对曰："银成'没奈何'[39]。"公子大笑曰："真石崇也[40]！"禄殊不解。盖公子有女名蕙娘，美而知书，日择良偶。夜梦一人告之曰："石崇，汝婿也。"问："何在？"曰："明日落水矣。"早告父母，共以为异。禄适符梦兆，故邀入内舍，使夫人女辈共觇之也。公子闻对而喜，乃曰："拍名乃小女所拟，屡思而无其偶，今得属对，亦有天缘。仆欲以息女奉箕帚[41]；寒舍不乏第宅，更无烦亲迎耳。"禄惶然逊谢，且以母病不能入赘为辞。公子姑令归谋，遂遣圉人负湿衣[42]，送之以马。既归告母，母惊为不祥。于是始知魏氏险；然因凶得吉，亦置不仇，但戒子远绝而已。逾数日，公子又使人致意母，母终不敢应。大娘应之，即倩双媒纳采焉[43]。未几，禄赘入公子家。年余游泮，才名籍甚[44]。妻弟长成，敬少弛；禄怒，携妇而归。母已杖而能行。频岁赖大娘经纪，第宅颇完好。新妇既归，仆从如云，宛然有大家风焉。

魏又见绝，嫉妒益深，恨无瑕之可蹈，乃引旗下逃人诬禄寄资[45]。国初立法最严[46]，禄依令徙口外[47]。范公子上下贿托，仅以蕙娘免行；田产尽没入官。幸大娘执析产书，锐身告理[48]，新增良沃如千顷，悉挂福名，母女始得安居。禄自分不返，遂书离婚字付岳家，伶仃自去。行数日，至都北，饭于旅肆。有丐子怔营户外[49]，貌绝类兄；近致讯诘，果兄。禄因自述，兄弟悲惨。禄解复衣，分数金，嘱令归。福泣受而别。禄至关外，寄将军帐下为奴。因禄文弱，俾主支籍[50]，与诸仆同栖止。仆辈研问家世，禄悉告之。内一人惊曰："是吾儿也！"盖仇仲初为寇家牧马，后寇投诚，卖仲旗下，时从主屯关外。向禄缅述，始知真为父子，抱头悲哀，一室为之酸辛。已而愤曰："何物逃东[51]，遂诈吾儿！"因泣告将军。将军即命禄摄书记[52]；函致亲王，付仲诣都。仲伺车驾出，先投冤状。亲王为之婉转[53]，遂得昭雪，命地方官赎业归仇。仲返，父子各喜。禄细问家口，为赎身计。乃知仲入旗下，两易配而无所出，时方鳏也。禄遂治任返。

初，福别弟归，蒲伏自投[54]。大娘奉母坐堂上，操杖问之："汝愿受扑责，便可姑留；不然，汝田产既尽，亦无汝啖饭之所，请仍去。"福涕泣伏地，愿受笞。大娘投杖曰："卖妇之人，亦不足惩。但宿案未消[55]，再犯首官可耳[56]。"即使人往告姜，姜女骂曰："我是仇家何人，而相告耶！"大娘频述告福而揶揄之，福惭愧不敢出气。居半年，大娘虽给奉周备，而役同厮养[57]。福操作无怨词，托以金钱辄不苟[58]。大娘察其无他，乃白母，求姜女复归。母意其不可复挽。大娘曰："不然。渠如肯事二主，楚毒岂肯自罹？要不能不有此忿耳。"率弟躬往负荆。岳父母诮让良切[59]。大娘叱使长跪，然后请见姜女。请之再四，坚避不出；大娘搜捉以出。女乃指福唾骂，福惭汗无以自容。姜母始曳令起。大娘请问归期，女曰："向受姊惠綦多，今承尊命，岂复敢有异言？但恐不能保其不再卖也！且恩义已绝，更何颜与黑心无赖子共生活哉？请别营一室，妾往奉事老母，较胜披削足矣[60]。"大娘代白其悔，为翌日之约而别。次朝，以乘舆取归，母逆于门而跪拜之。女伏地大哭。大娘劝止，置酒为欢，命福坐案侧，乃执爵而言曰："我苦争者，非自利也。今弟悔过，贞妇复还，请以簿籍交纳[61]；我以一身来，仍以一身去耳。”夫妇皆兴席改容[62]，罗拜哀泣，大娘乃止。

居无何，昭雪之命下，不数日，田宅悉还故主。魏大骇，不知其故，自恨无术可以复施。适西邻有回禄之变[63]，魏托救焚而往，暗以编菅爇禄第[64]，风又暴作，延烧几尽；止余福居两三屋，举家依聚其中。未几，禄至，相见悲喜。初，范公子得离书，持商蕙娘。蕙娘痛哭，碎而投诸地。父从其志，不复强。禄归，闻其未嫁，喜如岳所。公子知其灾，欲留之；禄不可，遂辞而退。大娘幸有藏金，出葺败堵。福负锸营筑，掘见窖镪，夜与弟共发之，石池盈丈，满中皆不动尊也[65]。由是鸠工大作，楼舍群起，壮丽拟于世胄[66]。禄感将军义，备千金往赎父。福请行，因遣健仆辅之以去。禄乃迎蕙娘归。未几，父兄同归，一门欢腾。大娘自居母家，禁子省视，恐人议其私也。父既归，坚辞欲去。兄弟不忍。父乃析产而三之：子得二，女得一也。大娘固辞。兄弟皆泣曰：“吾等非姊，乌有今日！”大娘乃安之。遣人招子，移家共居焉。或问大娘：“异母兄弟，何遂关切如此？”大娘曰：“知有母而不知有父者，惟禽兽如此耳，岂以人而效之？”福禄闻之皆流涕，使工人治其第，皆与己等。

魏自计十余年，祸之而益以福之，深自愧悔。又仰其富，思交欢之，因以贺仲阶进[67]，备物而往。福欲却之；仲不忍拂，受鸡酒焉。鸡以布缕缚足，逸入灶；灶火燃布，往栖积薪，僮婢见之而未顾也。俄而薪焚灾舍[68]，一家惶骇。幸手指众多，一时扑灭，而厨中百物俱空矣。兄弟皆谓其物不祥。后值父寿，魏复馈牵羊。却之不得，系羊庭树。夜有僮被仆殴，忿趋树下，解羊索自经死[69]。兄弟叹曰：“其福之不如其祸之也！”自是魏虽殷勤，竟不敢受其寸缕，宁厚酬之而已。后魏老，贫而作丐，仇每周以布粟而德报之。

异史氏曰：“噫嘻！造物之殊不由人也！益仇之而益福之，彼机诈者无谓甚矣。顾受其爱敬，而反以得祸，不更奇哉？此可知盗泉之水[70]，一掬亦污也。”

选自《聊斋志异》

【题解】

仇仲一家屡遭劫难，多次沾湿濒临家破人亡的境地，亏得仇仲的大女儿——仇大娘回娘家经营料理，才度过种种难关，最后家业大兴。故事曲折，情节迭宕。其间写仇大娘的异母弟仇福落拓浪荡，败家卖妻，后又浪子回头；又写另一异母弟仇禄遭诬告发配关外，遇见早已失散多年的父亲仇仲；整个故事中还穿插仇禄误入范家花园，被人追索而自投溪中，却因此得配佳偶的大段描写。小说中除了仇仲本人流落关外这一情节外，其他仇家所遭受的种种苦难，如仇福的落拓、仇禄的被发配乃至误入别人的花园，都是邻居魏名施计引诱陷害造成。作者意在表现“益仇之而益福之”的“造物之殊”，事实上反而削弱了作品揭示现实社会问题的深刻性。

【注释】

①继室：续娶的妻子。 ②祲（jīn）：原意指不祥的云气，此处指灾害。 ③凌藉：侵凌，欺凌。 ④食息不保：生活没有保障。 ⑤利其嫁：可从邵氏改嫁中得利。 ⑥劝驾：敦促。 ⑦阴券：私下与人立下契约，即强迫邵氏改嫁。 ⑧积不相能：长期互不相容。 ⑨不仁：麻痹。 ⑩委身床榻：卧床不起。 ⑪甫：刚，才。 ⑫析：指分家。 ⑬渐渍：指影响。 ⑭执炊：做饭。 ⑮淫赌：滥赌。 ⑯罄（qìng）：完，尽。 ⑰武断一乡：横行乡里。 ⑱横目相加：怒目相对，形容凶狠的样子。 ⑲“犹冀”句：还希望逐渐挫折姜女的意志，使她渐渐服从于他。 ⑳行（háng）行：强横的样子。 ㉑不肖：不贤。 ㉒大渐：病情加剧。 ㉓茕（qióng）茕：孤独无依的样子。 ㉔前室女：前妻的女儿。 ㉕归宁：出嫁的女儿回娘家看望父母。 ㉖存问：慰问。 ㉗歆（xīn）以家之可图：以可以得到仇家家产引诱

仇大娘。歆，感动，引诱。 ㉘爇火炊糜：烧火煮粥。 ㉙敲比：强令限期归还田产。 ㉚瘥（chài）：病痊愈。 ㉛周历亭榭：遍游园中亭台园林。 ㉜绐（dài）：哄骗。 ㉝私：小便。 ㉞绾索：拿着绳子。 ㉟曩所：先前所到之处。 ㊱闺闼（tà）：内室的门。闼，门。 ㊲乐拍名：乐曲的名称。 ㊳浑不似：一种弹拨乐器名。 ㊴银成“没奈何”：相传宋代张俊家白银甚多，铸成一千两一个的大球，称为“没奈何”。意思是银球太大，难以搬动，窃贼也拿它没奈何。 ㊵石崇：字季伦，晋代巨富。 ㊶奉箕帚：持箕帚打扫，代指作妻子。 ㊷圉人：仆人。 ㊸纳采：男家下聘礼。 ㊹才名籍甚：才名远扬。 ㊺ “乃引”句：引诱被清兵掳去又逃亡出来的人诬陷仇禄窝藏其钱财。 ㊻国初：指清朝初年。 ㊼依令徙口外：依照法令应该流放口外充军。 ㊽锐身告理：挺身而出，据理上告。 ㊾怔营：惊恐的样子。 ㊿俾主支籍：让他主管账目。 (51)逃东：清兵未入关前称为“东师”，被其掳为奴而又逃走的人称为“逃东”。 (52)书记：主管文书记录一类事物的人员。 (53)婉转：周旋，说情。 (54)蒲伏自投：伏地认错。 (55)宿案：旧案。 (56)首官：告到官府。 (57)厮养：仆人。 (58)不苟：一丝不苟，认真对待。 (59)诮让良切：责备严厉。 (60)披削：披缁削发，即出家为尼。 (61)簿籍：记录家产的账簿。 (62)兴席改容：站起离席变了脸色。 (63)回禄之变：火灾。 (64)“暗以”句：暗地里用草垫子点燃仇禄的住宅。 (65)不动尊：白银。 (66)拟于世胄：类似世家望族。 (67)“因以”句：以向仇仲祝贺为由进见。 (68)薪焚灾舍：柴火燃起烧了房屋。 (69)自经：自缢。 (70)盗泉：古泉名，故址在今山东省泗水县东北。一般以“盗泉之水”比喻用不正当的手段获得的东西。这里用来指魏名所送的礼物。

黄　英

马子才，顺天人。世好菊，至才尤甚。闻有佳种，必购之，千里不惮①。一日，有金陵客寓其家，自言其中表亲有一二种，为北方所无。马欣动[2]，即刻治装，从客至金陵。客多方为之营求，得两芽，裹藏如宝。归至中途，遇一少年，跨蹇从油碧车[3]，丰姿洒落。渐近与语。少年自言："陶姓。"谈言骚雅[4]。因问马所自来，实告之。少年曰："种无不佳，培溉在人。"因与论艺菊之法[5]。马大悦，问："将何往？"答云："姊厌金陵，欲卜居于河朔耳[6]。"马欣然曰："仆虽固贫，茅庐可以寄榻。不嫌荒陋，无烦他适。"陶趋车前，向姊咨禀[7]。车中人推帘语，乃二十许绝世美人也。顾弟言："屋不厌卑，而院宜得广。"马代诺之，遂与俱归。

第南有荒圃，仅小室三四椽[8]，陶喜，居之。日过北院，为马治菊。菊已枯，拔根再植之，无不活。然家清贫，陶日与马共食饮，而察其家似不举火[9]。马妻吕，亦爱陶姊，不时以升斗馈恤之。陶姊小字黄英[10]，雅善谈，辄过吕所，与共纫绩。陶一日谓马曰："君家固不丰，仆日以口腹累知交[11]，胡可为常。为今计，卖菊亦足谋生。"马素介[12]，闻陶言，甚鄙之，曰："仆以君风流高士，当能安贫；今作是论，则以东篱为市井[13]，有辱黄花矣。"陶笑曰："自食其力不为贪，贩花为业不为俗。人固不可苟求富[14]，然亦不必务求贫也。"马不语，陶起而出。自是，马所弃残枝劣种，陶悉掇拾而去。由此不复就马寝食，招之始一至。未几，菊将开，闻其门嚣喧如市。怪之，过而窥焉，见市人买花者，车载肩负，道相属也。其花皆异种，目所未睹。心厌其贪，欲与绝；而又恨其私秘佳本[15]，遂款其扉[16]，将就诮让。陶出，握手曳入。见荒庭半亩皆菊畦，数椽之外无旷土[17]。劚去者[18]，则折别枝插补之；其蓓蕾在畦者，罔不佳妙：而细认之，尽皆向所拔弃也。陶入屋，出酒馔，设席畦侧，曰："仆贫不能守清戒，连朝幸得微资，颇足供醉。"少间，房中呼"三郎"，陶诺而去。俄献佳肴，烹饪良精。因问："贵姊胡以不字？"答云："时未至。"问："何时？"曰："四十三月。"又诘："何说？"但笑不言。尽欢始散。过宿，又诣之，新插者已盈尺矣。大奇之，苦求其术。陶曰："此固非可言传；且君不以谋生，焉用此？"又数日，门庭略寂，陶乃以蒲席包菊，捆载数车而去。逾岁，春将半，始载南中异卉而归[19]，于都中设花肆，十日尽售，复归艺菊。问之去年买花者，留其根，次年尽变而劣，乃复购于陶。陶由此日富：一年增舍，二年起夏屋。兴作从心，更不谋诸主人。渐而旧日花畦，尽为廊舍。更于墙外买田一区，筑墉四周[20]，悉种菊。至秋，载花去，春尽不归。而马妻病卒。意属黄英，微使人风示之[21]。黄英微笑，意似允许，惟专候陶归而已。

年余，陶竟不至。黄英课仆种菊，一如陶。得金益合商贾，村外治膏田二十顷，甲第益壮[22]。忽有客自东粤来，寄陶生函信，发之，则嘱姊归马。考其寄书之日，即妻死之日；回忆园中之饮，适四十三月也。大奇之。以书示英，请问"致聘何所"。英辞不受采。又以故居陋，欲使就南第居，若赘焉。马不可，择日行亲迎礼。黄英既适马。于间壁开扉通南第，日过课其仆[23]。马耻以妻富，恒嘱黄英作南北籍[24]，以防淆乱。而家所需，黄英辄取诸南第。不半岁，家中触类皆陶家物。马立遣人一一赍还之，戒勿复取。未浃旬[25]，又杂之。凡数更，马不胜烦。黄英笑曰："陈仲子毋乃劳乎[26]？"马惭，不复稽，一切听诸黄英。鸠工庀料[27]，土木大作，马不能禁。经数月，楼舍连亘，两第竟合为一，不分疆界矣。然遵马教，闭门不复业菊，而享用过于世家。马不自安，曰："仆三十年清德，为卿所累。今视息人间[28]，徒依裙带而食[29]，真无一毫丈夫气矣。人皆祝富[30]，我但祝穷耳！"黄英曰："妾非贪鄙；但不少致丰盈，遂令千载下人，谓渊明贫贱骨[31]，百世不能发迹，故聊为我家彭泽解嘲耳[32]。然贫者愿富，为难；富者求贫，固亦甚易。床头金任君挥去之，妾不靳也[33]。"马曰："捐他人之金，抑亦良丑。"英曰："君不愿富，妾亦不能贫也。无已，析君居：清者自清，浊者自浊，何害。"乃于园中筑茅茨[34]，择美婢往侍马。马安之。然过数日，苦念黄英。招之，不肯至；不得已，反就之。隔宿辄至，以为常。黄英笑曰："东食西宿[35]，廉者当不如是。"马亦自笑，无以对，遂复合居如初。

会马以事客金陵，适逢菊秋。早过花肆，见肆中盆列甚烦，款朵佳胜[36]，心动，疑类陶制。少间，主人出，果陶也。喜极，具道契阔[37]，遂止宿焉。要之归。陶曰："金陵，吾故土，将婚于是。积有薄资，烦寄吾姊。我岁杪当暂去。"马不听，请之益苦。且曰："家幸充盈，但可坐享，无须复贾。"坐肆中，使仆代论价，廉其直，数日尽售。逼促囊装，赁舟遂北。入门，则姊已除舍，床榻裀褥皆设，若预知弟也归者。陶自归，解装课役，大修亭园，惟日与马共棋酒，更不复结一客。为之择婚，辞不愿。姊遣二婢侍其寝处，居三四年，生一女。

陶饮素豪，从不见其沉醉。有友人曾生，量亦无对。适过马，马使与陶相较饮。二人纵饮甚欢，相得恨晚。自辰以迄四漏[38]，计各尽百壶。曾烂醉如泥，沉睡座间。陶起归寝，出门践菊畦，玉山倾倒[39]，委衣于侧，即地化为菊，高如人；花十余朵，皆大于拳。马骇绝，告黄英。英急往，拔置地上，曰："胡醉至此！"覆以衣，要马俱去，戒勿视。既明而往，则陶卧畦边。马乃悟姊弟菊精也，益敬爱之。而陶自露迹，饮益放，恒自折柬招曾，因与莫逆。值花朝[40]，曾乃造访，以两仆舁药浸白酒一坛，约与共尽。坛将竭，二人犹未甚醉。马潜以一瓻续入之[41]，二人又尽之。曾醉已惫，诸仆负之以去。陶卧地，又化为菊。马见惯不惊，如法拔之，守其旁以观其变。久之，叶益憔悴。大惧，始告黄英。英闻骇曰："杀吾弟矣！"奔视之，根株已枯。痛绝，掐其梗，埋盆中，携入闺中，日灌溉之。马悔恨欲绝，甚怨曾。越数日，闻曾已醉死矣。盆中花渐萌，九月既开，短干粉朵，嗅之有酒香，名之"醉陶"，浇以酒则茂。后女长成，嫁于世家。黄英终老，亦无他异。

异史氏曰："青山白云人[42]，遂以醉死，世尽惜之，而未必不自以为快也。植此种于庭中，如见良友，如对丽人，不可不物色之也。”

选自《聊斋志异》

【题解】

小说中的女主人公黄英和她的兄弟都爱菊，而且种菊卖菊，宗旨是“自食其力不为贫，贩花为业不为俗”。马才子也爱菊，却鄙视市井之业。但他终于娶了黄英，却又“耻于妻富”。黄英则坚持“君不愿富，妾亦不能贫”的原则，于是两人只好分居。最后，由于丈夫不能忍受分居生活，妥协了。作品写来情趣盎然，也使人深思。

【注释】

①千里不惮：不怕路远。惮，怕。 ②欣动：欣喜，动心。 ③骞：驴子。油碧车：也作“油壁车”，是古代妇女所乘的一种车，因车壁上用油涂饰，故名。 ④谈言骚雅：谈吐文雅，有书卷气。 ⑤艺菊：培植菊花。 ⑥河朔：黄河以北。 ⑦咨禀：商量，告诉。 ⑧三四椽：三四间。 ⑨不举火：不烧火做饭。 ⑩小字：小名。 ⑪ “仆日”句：每天增加两个人的饮食，给好友增加负担。 ⑫素介：一向清高耿介。 ⑬以东篱为市井：拿菊花做买卖。东篱，代指菊花。 ⑭苟求富：以不正当的方式谋求财富。 ⑮私秘佳本：私下秘藏优良品种。 ⑯款：敲。 ⑰旷土：空地。 ⑱劚（zhǔ）：砍，掘。 ⑲南中：泛指南方。 ⑳墉（yōng）：高墙。 ㉑风示之：暗示她。 ㉒甲第：此处指宅院。 ㉓课其仆：督促她的仆人。 ㉔作南北籍：把南北两宅的财物分开立账簿。 ㉕浃（jiá）旬：十日。 ㉖“陈仲子”句：意为马才子追求的清廉太过分。陈仲子，战国时齐国人。他哥哥是齐国的贵族，因耻食兄禄，以至于饿死。 ㉗鸠工庀（pǐ）料：召集工匠，准备建筑材料。 ㉘视息人间：活在人间。 ㉙徒依裙带而食：只靠妻子生活。 ㉚祝：祈求。 ㉛渊明：晋代诗人陶渊明。 ㉜我家彭泽：陶渊明曾任彭泽县令，黄英也姓陶，故言。 ㉝靳（jìn）：吝惜，舍不得。 ㉞茅茨：草屋。 ㉟东

食西宿：指兼得两利。《艺文类聚》引《风俗通》，齐国有一个女子，同时有两个男子向她求婚，东家的男子富有而貌丑，西家的男子贫穷而貌美。女子的父母犹豫不决，问女儿愿嫁谁，女儿说，愿在东家吃饭，在西家住宿。黄英用这个典故嘲笑马才子所坚持的“清廉”。 ㊱款朵佳胜：花朵的式样十分美好。 ㊲契阔：离合，此处指分离之情。 ㊳自辰以迄四漏：从早晨七八点到夜里四更。 ㊴玉山倾倒：形容酒醉摔倒。 ㊵花朝：民间以阴历二月十二为百花生日，称为花朝节。 ㊶瓻（chī）：古代酒具。 ㊷青山白云人：指醉死的陶生。唐代人傅奕生平不曾生病，到八十五岁仍常常醉酒酣睡。一天，忽然自己说将要死去，自为墓志铭说：“傅奕，青山白云人也，因酒醉死。”

王桂庵

王穉，字桂庵，大名世家子。适南游，泊舟江岸。临舟有榜人女[①]，绣履其中，风姿韶绝。王窥既久，女若不觉。王朗吟“洛阳女儿对门居[②]，”故使女闻。女似解其为己者，略举首一斜瞬之[③]，俯首绣如故。王神志益驰，以金一锭投之，堕女襟上。女拾弃之，金落岸边。王拾归，益怪之，又以金钏掷之，堕足下；女操业不顾。无何，榜人自他归。王恐其见钏研诘，心急甚；女从容以双钩覆蔽之[④]。榜人解缆，径去。王心情丧惘，痴坐凝思。时王方丧偶，悔不即媒定之。乃询舟人，皆不识其何姓。返舟急追之，杳不知其所往。不得已，返舟而南。务毕[⑤]，北旋，又沿江细访，并无音耗。抵家，寝食皆萦念之。

逾年，复南，买舟江际，若家焉。日日细数行舟，往来者帆楫皆熟，而曩舟殊杳[⑥]。居半年，资罄而归[⑦]。行思坐想，不能少置。一夜，梦至江村，过数门，见一家柴扉南向，门内疏竹为篱，意是亭园，径入。有夜合一株[⑧]，红丝满树。隐念：诗中“门前一树马缨花[⑨]”，此其是矣。过数武，苇笆光洁。又入之，见北舍三楹，双扉阖焉。南有小舍，红蕉蔽窗。探身一窥，则椸架当门[10]，罥画裙其上[11]，知为女子闺闼，愕然却退；而内亦觉之，有奔出瞰客者[12]，粉黛微呈，则舟中人也。喜出望外，曰："亦有相逢之期乎！"方将狎就，女父适归，倏然惊觉，始知是梦。景物历历，如在目前。秘之，恐与人言，破此佳梦。

又年余，再适镇江[13]。郡南有徐太仆[14]，与有世谊，招饮。信马而去，误入小村，道途景象，仿佛平生所历。一门内，马缨一树，梦境宛然。骇极，投鞭而入。种种物色，与梦无别。再入，则房舍一如其数。梦既验，不复疑虑，直趋南舍，舟中人果在其中。遥见王，惊起，以扉自幛，叱问："何处男子？"王逡巡间[15]，犹疑是梦。女见步趋甚近，闸然扃户。王曰："卿不忆掷钏者耶？"备述相思之苦，且言梦征[16]。女隔窗审其家世，王具道之。女曰："既属宦裔，中馈必有佳人，焉用妾？"王曰："非以卿故，婚娶固已久矣。"女曰："果如所云，足知君心。妾此情难告父母，然亦方命而绝数家[17]。金钏犹在，料钟情者必有耗闻耳[18]。父母偶适外戚，行且至。君姑退，倩冰委禽，计无不遂；若望以非礼成耦，则用心左矣[19]。"王仓卒欲出。女遥呼王郎曰："妾芸娘，姓孟氏。父字江蓠。"王记而出。罢筵早返[20]，谒江蓠。江迎入，设坐篱下。王自道家阀[21]，即致来意，兼纳百金为聘。翁曰："息女已字矣。"王曰："讯之甚确，固待聘耳，何见绝之深？"翁曰："适间所说，不敢为诳。"王神情俱失，拱别而返。当夜辗转，无人可媒。向欲以情告太仆，恐娶榜人女为先生笑；今情急，无可为媒，质明，诣太仆，实告之。太仆曰："此翁与有瓜葛，是祖母嫡孙，何不早言？"王始吐隐情。太仆疑曰："江蓠固贫，素不以操舟为业，得毋误乎？"乃遣子太郎诣孟，孟曰："仆虽空匮[22]，非卖婚者。曩公子以金自媒，谅仆必为利动，故不敢附为婚姻。既承先生命，必无错谬。但顽女颇恃娇爱，好门户辄便拗却[23]，不得不与商榷，免他日怨婚也。"遂起，少入而返，拱手一如尊命[24]，约期乃别。大郎复命，王乃盛备禽妆，纳采于孟，假馆太仆之家，亲迎成礼。

居三日，辞岳北归。夜宿舟中，问芸娘曰："向于此处遇卿，固疑不类舟人子。当日泛舟何之？"答云"妾叔家江北，偶借扁舟一省视耳。妾家仅可自给，然傥来物颇不贵视之[25]。笑君双瞳如豆[26]，屡以金赀动人。初闻吟声，知为风雅士，又疑为儇薄子作荡妇挑之也[27]。使父见金钏，君死无地矣。妾怜才心切否？"王笑曰："卿固黠甚，然亦堕吾术矣！"女问："何事？"王止而不言。又固诘之，乃曰："家门日近，此亦不能终秘。实告卿：我家中固有妻在，吴尚书女也。"芸娘不信，王故壮其词以实之[28]。芸娘色变，默移时[29]，遽起，奔出；王蹦履追之[30]，则已投江中矣。王大呼，诸船惊闹，夜色昏濛，惟有满江星点而已。王悼痛终夜，沿江而下，以重价觅其骸骨，亦无见者。邑邑而归[31]，忧痛交集。又恐翁来视女，无词可对。有姊丈官河南，遂命驾造之。

年余始归。途中遇雨，休装民舍，见房廊清洁，有老妪弄儿厦间。儿见王入，即扑求抱，王怪之。又视儿秀婉可爱，揽置膝头。妪唤之，不去。少顷，雨霁，王举儿付妪，下堂趣装[32]。儿啼曰："阿爹去矣！"妪耻之，呵之不止，强抱而去。王坐待治任，忽有丽者自屏后抱儿出，则芸娘也。方诧异间。芸娘骂曰："负心郎！遗此一块肉，焉置之？"王乃知为己子。酸来刺心，不暇问其往迹[33]，先以前言之戏，矢日自白[34]。芸娘始反怒为悲，相向涕零。先是，地主莫翁[35]，六旬无子，携媪往朝南海[36]。归途泊江际，芸娘随波下，适触翁舟。翁命从人拯出之，疗控终夜，始渐苏。翁媪视之，是好女子，甚喜，以为己女，携归。居数月，欲为择婿，女不可。逾十月，生一子，名曰寄生。王避雨其家，寄生方周岁也。王于是解装，入拜翁媪，遂为岳婿。居数日，始举家归。至，则孟翁坐待，已两月矣。翁初至，见仆辈情词恍惚[37]，心颇疑怪；既见，始共欢慰。历述所遭，乃知其枝梧者有由也[38]。

选自《聊斋志异》

【题解】

王桂庵去南方游历，舟泊江岸时见邻舟上有一位风姿韵绝的少女，来不及交谈，邻舟已解缆离去。王桂庵多方设法寻找，最后终于找到了这位名叫孟芸娘的少女。故事内容虽没有跳出一见钟情，千里追寻，终成眷属的格局，但作品中悬念丛生。先是王桂庵误以为孟芸娘是船家女，别后相思，沿江细访，毫无音讯。后来才得知孟家并不操舟为业。王桂庵好不容易找到了孟家，初次求婚孟父说女儿已有婆家，王桂庵十分懊丧，后来方知孟父认为他"以金为媒"有买婚之嫌。成婚后，又因夫妻间一句戏言，芸娘投江自尽。一年多后，王桂庵无意中在一家民舍见一小孩儿，十分可爱，而这孩子的母亲就是芸娘。原来芸娘投江后被人救起，那时已怀孕在身。清人但明伦引用陆游诗句来评论这个作品中的种种疑阵："山重水复疑无路，柳暗花明又一村。"

【注释】

①榜人：船家、船夫。 ②"洛阳"句：此为唐代诗人王维《洛阳女儿行》一诗中的诗句。 ③斜瞬：斜着眼睛看了一眼。 ④双钩：双脚。因女人的脚纤小，故称钩。 ⑤务毕：办完公务。 ⑥曩舟殊杳：先前所见女子乘的船杳无踪迹。 ⑦资罄（qìng）：钱用完了。罄，完、尽。 ⑧夜合：夜合花，别名马缨花。 ⑨"门前"句：此为元代诗人虞集《水仙神》诗的最后一句。 ⑩椸（yì）架：衣架。 ⑪罥（juàn）：挂。 ⑫瞰（kàn）：看。 ⑬镇江：府名，治所在今江苏省镇江市。 ⑭太仆：官职名，即太仆寺卿，掌管皇帝车马等事物。 ⑮逡（qūn）巡：因有顾虑而徘徊不前。 ⑯梦征：梦兆。 ⑰方命：违抗父母之命。 ⑱耗闻：消息。 ⑲用心左矣：想错

了。 ⑳罢筵：指去徐太仆家赴宴完毕。 ㉑家阀：家世门第。 ㉒空匮：指贫穷。 ㉓拗（niù）却：固执地拒绝。 ㉔一如尊命：一切按您的意思办。表示应允婚事。 ㉕“然傥来物”句：然而并不把意外之财看得很贵重，意为不贪图意外之财。 ㉖双瞳如豆：指目光短浅，小瞧人。 ㉗儇薄子：轻薄少年。 ㉘壮其词：夸大其词。 ㉙默移时：沉默了一会。 ㉚跚（xǐ）履：拖着鞋。说明急迫，来不及穿好鞋。跚：不把脚跟穿进鞋里。 ㉛邑邑：同“悒悒”，闷闷不乐。 ㉜趣（cù）装：赶紧整顿行装。 ㉝往迹：指芸娘投江后的经历。 ㉞矢日自白：指日发誓，自我表白。 ㉟地主：意为第主，宅主。 ㊱南海：指位于浙江省舟山市的普陀山。 ㊲情词恍惚：神情反常，言辞含糊。 ㊳枝梧：搪塞敷衍。

袁 枚（1716—1797）

字子才，号简斋，随园老人，苍山居士。钱塘（今浙江省杭州市）人。清乾隆元年荐举博学鸿词，乾隆四年中进士。曾任江宁等地知县，四十岁即辞官，定居江宁。论诗主“性灵”说，是当时诗坛的重要作家。著有《小仓山房诗文集》《随园诗话》和《子不语》等。

真龙图变假龙图

嘉兴宋某[①]，为仙游令[②]，平素峭洁[③]，以包老自命[④]。

某村有王监生者，奸佃户之妻。两情相得，嫌其本夫在家，乃贿算命者，告其夫以在家流年不利，必远游他方才免于难。本夫信之，告王监生，王遂借本钱令贸易四川。三年不归，村人相传某佃户被王监生谋死矣。宋素闻此事，欲雪其冤。一日过某村，有旋风起于轿前，迹之，风从井中出。差人撩井，得男子腐尸，信为某佃；遂拘王监生与佃妻，严刑拷讯，俱自认谋害本夫，置之于法。邑人称为宋龙图，演成戏本，沿村弹唱。

又一年，其夫从四川归。甫入城，见戏台上演王监生事，就观之，方知己妻业已冤死。登时大恸，号控于省城。臬司某为之申理[⑤]。宋令以故勘平人致死抵罪。仙游人为之歌曰："瞎说奸夫害本夫，真龙图变假龙图。寄言人世司民者，莫恃官清胆气粗。"

选自《子不语》

【题解】

这是一个讽刺短篇。王监生和佃户之妻有私情，两情相得，便设计打发佃户到四川经商，一去三年不归。村里传言佃户被王监生谋杀。仙游宋知县从村中一口井内发现一男子腐尸，立即断定是佃户尸体。无庸说，王监生和佃户妻同被冤死，知县却被称为"宋龙图"。亏得佃户归来，此冤才得以伸。诚如篇末所写："莫恃官清胆气粗"，官清而主观，一样害人。

【注释】

①嘉兴：地名，在今浙江省。　②仙游：地名，在今福建省。　③峭洁：清廉果敢。　④包老：指包拯，北宋著名清官，曾任龙图阁直学士，故人称包龙图。　⑤臬司：官职名，按察使。

李 百 年

无锡张塘桥华协权者，与好事数人设乩盘于家[①]。其降鸾者曰"仲山王问"[②]。仲山故明进士，锡之闻人也[③]。众因与酬答。出语蹇涩，诗亦不甚韵，每召辄至。时华方构一楼，请仙题其匾。仙曰："无锡秦园有匾曰'聊逍遥兮容与'，此可用乎？"众疑此语出屈子[④]，而必曰秦园，不似仲山语也。

一日者，与众答问方欢，忽书“吾欲去矣”。问何之，曰：“钱汝霖家见招赴席。”乩遂寂然。钱汝霖者，亦里中人，所居去张塘桥不二三里。众因怪而侦之，则是日以病故祷神也。明日，仙复至。华因问：“昨饮钱家乎？”曰：“然。”“盛馔乎？”曰：“颇佳。”众嘲之曰：“钱乃祷神，非请仙也。所请者城隍土地之属，岂有高人王仲山而往赴席乎？”仙语塞，乃曰：“吾非王仲山，乃山东李百年耳。”

问：“百年何人？”曰：“吾于康熙年间在此贩棉花。死不得归，魂附张塘桥庵。庵有无主魂与我共十三人，皆无罪孽、无羁束。里中之祷者，皆吾辈享之。”华曰：“所祷城隍诸神，俱有主名。若既无名，何得参与其间？”曰：“城隍诸神，岂轻向人家饮食？所祷者都是虚设，故吾辈得而享焉。”华曰：“无名冒食，天帝知之，恐加罪，奈何？”曰：“天上岂知有祷乎？是皆愚民习俗之所为。即鬼祟索食[⑤]，间或有之，究无关于生死也。况我非索之，而彼自设之，而我享之，何忤于天帝？即君家茶酒，亦非我索之也。”

曰：“既如此，子何必托名于王仲山耶？”曰：“君家檐头神执符来请。彼不敢上请真仙，所请者皆我辈也。十三人中惟吾稍识几字，故聊以应命。使直书姓名曰李百年，君等肯尊奉我乎？我见此处人家扁额，多仲山王问书，知为名人，故托其名来耳。”问：“‘聊逍遥兮容与’，六字何出？”曰：“吾但于秦家园见之，不知所出。道听途说，见笑大方矣。”华曰：“子既无羁束，何不归山东？”曰：“关津桥梁，是处有神，非钱不得辄过。”华曰：“吾今以一陌纸钱送汝归，何如？”曰：“唯唯，谢谢。既见惠，须更以一陌酹于桥神[⑥]。不然，仍不获拜赐也。”时华之侄某在旁，曰：“吾早暮过桥上，汝得无祟我乎？”曰：“顷吾言之矣，鬼安能为祟？”于是焚楮锭送之，而毁其乩焉。

选自《子不语》

【题解】

旧时有设乩盘请仙人占卜的迷信活动，本篇写无锡人华协权和朋友们设乩，请来了同县已故进士名叫王仲山，但这位王仲山言语对答一点也不文雅，并且牛头不对马嘴，引起了大家的怀疑。盘问之下，那位“仙人”才说出他名叫李百年，是山东棉花商人，客死无锡，冒名王仲山。同时，他大讲了一通冒名顶替的道理，说仙界也盛行此风。作品写来风趣幽默，是讽世佳篇。

【注释】

①乩（jī）盘：旧时人们求神降示吉凶所用的沙盘。 ②降鸾：即降神，因传说神仙降临时都驾凤乘鸾，故日降鸾。王问：字子裕，明代无锡人，嘉靖时进士，官至广东按察使佥事，时称仲山先生。 ③闻人：有名望的人。④屈子：屈原。 ⑤祟（suì）：鬼神给人的灾祸。 ⑥酹（lèi）：原是把酒浇到地上，表示祭奠，此处意为烧钱祭祀。

鬼宝塔

杭人有邱老者[1]，贩布营生。一日取帐回，投宿店家。店中人满，前路荒凉，更无止所。与店主商量，主人云：“老客胆大否？某后墙外有骰子房数间，日久无人歇宿，恐藏邪祟，未敢相邀。”邱老曰：“吾计半生所行，不下数万里，何惧鬼为？”

于是主人执烛，偕邱老穿室内，行至后墙外。视之，空地一方，约可四五亩，贴墙矮屋数间，颇洁净。邱老进内，见桌椅床帐俱全，甚喜。主人辞出。邱老以天热，坐户外算帐。

是夕淡月朦胧，恍惚间，似前面有人影闪过。邱疑贼至，注目视之，忽又一影闪过。须臾，连见十二影往来无定，如蝴蝶穿花，不可捉摸。定睛熟视[2]，皆美妇也。邱老曰：“人之所以畏鬼者，鬼有恶状故也。今艳冶如斯③，吾即以美人视鬼可矣。”遂端坐，看其作何景状。

未几，二鬼踞其足下④，一鬼登其肩，九鬼接踵以登，而一鬼飘然据其顶，若戏场所谓搭宝塔者然。又未几，各执大圈，齐套颈上，头发俱披，舌长尺余。邱老笑曰：“美则过于美，恶则过于恶。情形反复，极似目下人情世态。看汝辈到底作何归结耳。”言毕，群鬼大笑，各还原形而散。

选自《子不语》

【题解】

布商邱老遇见十二个鬼，先前都是美妇人形状。邱老端坐静观其变，这十二个美妇人一个接一个登上邱老之肩，搭成宝塔形，后又变成披发吐舌的恶鬼。邱老镇定自若地说：“看汝辈作何归结耳！”群鬼无奈而散。这也是一个有惊世意义的不怕鬼的故事。

【注释】

①杭：地名，今杭州市。 ②熟视：仔细看。 ③艳冶：过分妖艳。 ④踞（jù）：曲，屈。

三 姑 娘

钱侍御琦巡视南城①，有梁守备年老②，能超距腾空③，所擒获大盗以百计。公奇之，问以平素擒贼立功事状。梁跪而言曰：擒贼未足奇也。某至今心悸且叹绝者，擒妓女三姑娘耳。请为公言之。

雍正三年某月日④，九门提督某，召我入，面谕曰：“汝知金鱼胡同有妓三姑娘，势力绝大乎？”曰：“知。”“汝能擒以来乎？”曰：“能。”“需役若干？”曰：“三十。”提督与如数，曰：“不擒来，抬棺见我。”

三姑娘者，深堂广厦，不易篡取者也。梁命三十人环门外伏，已缘墙而上。时已暮，秋暑小凉，高篷荫屋，梁伏篷上伺之。漏初下，见二女鬟，从屋西持朱灯，引一少年入，跪东窗，低语曰：“郎君至矣。”少年中堂坐良久，上茶者三。四女鬟持朱灯拥丽人出，交拜昵语。肤色目光如明珠射人，不可逼视。少顷，两席横陈，六女鬟行酒，奇服炫妆，纷趋左右。三爵后[5]，绕梁之音与笙箫间作。女目少年曰：“郎倦乎？”引身起，牵其裾，从东窗入，满堂灯烛尽灭，惟楼西风竿上，纱灯双红。

梁窃意此是探虎穴时也，自篷下，足蹋寝户入。女惊起，赤体跃床下，趋前抱梁腰，低声辟咡曰[6]：“何衙门使来？”曰：“九门提督。”女曰：“孽矣，安有提督拘人而能免者乎？虽然，裸妇见贵人，非礼也。请着衣一，谢明珠双。”梁许之，掷与一裩，一裙，一衫，一领袄。女开箱取明珠四双，掷某手中。

女衣毕，乃从容曰：“公带若干人来？”曰：“三十。”曰：“在何处？”曰：“环门伏。”曰：“速呼之进，夜深矣，为妾故，累若饥渴，妾心不安。”顾左右治具[7]。诸婢烹羊炮兔，咄嗟立办。三十人席地大嚼，欢声如雷。梁私念床中客未获，将往揭帐。女摇手曰：“公胡然？彼某大臣公子也，国体有关，且非其罪，妾已教从地道出矣。提督讯时必不怒公，如怒公，妾愿一身当之。”

天黎明，女坐红帷车，与梁偕行。离公署未半里，提督飞马硃书谕梁曰：“本衙门所拿三姑娘，访闻不确，作速释放，毋累良民，致干重谴[8]。”梁惕息下车[9]，持珠还女。女笑而不受。前婢十二人骑马来迎，拥护驰去。明日侦之，室已空矣。

选自《子不语》

【题解】

本篇写京城内的梁守备自述捉拿一个妓女三姑娘的经过。奉命之初，如临大敌，九门提督还严令：“不擒来，抬棺见我。”实际上，这个妓女并无半点武艺，只是有靠山。同她往来的多是达官贵人。当梁守备打算捉拿一位嫖客时，三姑娘说因为“国体有关”，已打发他从地道中出去。当梁守备押她回公署时，九门提督遣人飞马书谕，要求“作速释放”。显然提督已受到压力，所以出尔反尔。梁守备第二天再去侦察时，已经人去楼空。实际上，三姑娘是一个行踪诡秘、带有政治色彩的妓女，小说从一个侧面写出了当时社会的腐败。

【注释】

①南城：指北京南城。 ②守备：驻城的武官。 ③超距：跳得高。 ④雍正三年：1725年。 ⑤三爵后：三杯酒后。 ⑥辟咡（èr）：耳语。 ⑦治具：准备饭菜。 ⑧致干重谴：如果冒犯了要重责。干，冒犯。 ⑨惕息：惶恐的样子。

奇 骗

骗术之巧者，愈出愈奇。

金陵有老翁，持数金，至北门桥钱店易钱，故意较论银色，哓哓不休①。一少年从外入，礼貌甚恭，呼翁为老伯，曰：“令郎贸易常州，与侄同事，有银信一封，托侄寄老伯。将往尊府，不意侄之路遇也。”将银信交毕，一揖而去。老翁拆信，谓钱店主人曰：“我眼昏不能看家信，求君诵之。”店主人如其言，皆家常琐屑语，末云：“外纹银十两，为爷薪水需②。”翁喜动颜色曰：“还我前银，不必较论银色矣。儿所寄纹银，纸上书明十两，即以此兑钱，何如？”主人接其银，称之，十一两零三钱，疑其子发信时匆匆未检，故信上只言十两，老人又不能自称，可将错就错，获此余利。遽以九千钱与之。时价：纹银十两例兑钱九千。翁负钱去。

少顷，一客笑于旁曰："店主人得无受欺乎？此老翁者，积年骗棍，用假银者也。我见其来换钱，已为主人忧，因此老在店，故未敢明言。"店主惊剪其银，果铅胎，懊恼无已。再四谢客，且询此翁居址。曰："翁住某所，离此十里余，君追之犹能及之。但我，翁邻也。使翁知我破其法，将仇我。请告君以彼之门向，而君自往追之。"店主人必欲与俱，曰："君但偕行，至彼地，君告我以彼门向，君即脱去，则老人不知是君所道，何仇之有？"客犹不肯，乃酬以三金，客若为不得已而强行者。

同至汉西门外，远望见老人摊钱柜上，与数人饮酒。客指曰："是也。汝速往擒，我行矣。"店主喜，直入酒肆，捽老翁③，殴之，曰："汝，积骗也，以十两铅胎银换我九千钱！"众人皆起问故。老翁夷然曰④："我以儿银十两换钱，并非铅胎。店主既云我用假银，我之原银可得见乎？"店主以剪破原银示众，翁笑曰："此非我银。我止十两，故得钱九千。今此假银似不止十两者，非我原银，乃店主来骗我耳！"酒肆人为持戥称之，果十一两零三钱。众大怒，责店主，店主不能对，群起殴之。

店主一念之贪，中老翁计，懊恨而归。

选自《子不语》

【题解】

本篇写一个老骗子，用假银子去兑换钱，居然成功了。被骗者不仅丢财，还遭一顿毒打，有口难言，懊恨至极。作者开头就发议论，说骗术越出越奇。但仔细想来，只要坐得正，不贪心，是可以避免上当受骗的。本篇中的受骗者钱店主人就是一个爱占小便宜的人。

【注释】

①哓哓不休：争辩不止，没完没了。 ②薪水需：日常生活需要的费

用。 ③捽（zuó）：揪住。 ④夷然：平静地。

姚伯祥（生卒年不详）

清代乾隆年间人，生平事迹无考。

名 捕 传

金坛王伯弢孝廉，自言丙午偕计至德州①，见道旁有捕贼勾当②，与州解相噪③。问之，云："放马贼昼劫上供银若干④，追之则死贼手，不追则死坐累。"各相向呼天，泣数行下；然贼马尘起处，犹目力可望也。忽有夫妇两骑，从他道来。诸捕咸惊相庆曰："保定名捕至矣，当无忧也！"诸捕控名捕马，问何从来。言："夫妇泰山进香耳。"然名捕病甚，俯首鞍上；其妻亦短小好妇人，以皂罗覆面，手抱一婴儿。诸捕告之故，哀乞相助。名捕曰："贼几人？"曰："五人"。曰："余病甚，吾妇往足矣。"妇摇手："我不耐烦。"名捕嗔骂曰："懒媳妇！今日不出手，只会火炕上，搏老公乎？"妇面发红，便下马，抱儿与夫；更束马肚⑤，结缚裙靴⑥，攘臂袖一刀⑦，长三尺许，光若镜也。夫言："将我箭去。"妇曰："吾弹固自胜。"言未讫，身已在马上，绝尘而去⑧。诸捕皆奔马随之。须臾，追及贼骑。妇人发声清亮，顺风呼贼曰："我保定名捕某妻，为此官钱，故来相索。宜急置，毋尝我丸也！"贼言："丈夫平平，牝猪敢尔！"贼发五弓射妇，妇从马上以弹弓拨箭，箭悉落地。急发一弹，杀一人。四人拔刀拟妇。妇接战，挥斥如意，复斫杀一人。三人惧，少却⑨。妇更言曰："急置银，舁两尸去，俱死无益也！"三人下马乞命，置银，以二尸缚马上逸。未几诸捕至，舁银而还。此妇犹旖旎寻常，善刀藏之，下马遍拜诸捕曰："妮子着力不健，纵此三寇，要是裙襦伎俩耳⑩。"州守为治酒，宴劳五日而去。姚伯祥曰：此皆伯弢口授于予，予为之记，所谓舌端有写生手也。

【题解】

捕役，或叫捕快，指州县衙门专司缉捕盗贼的差役。职位不高，但常有能人，本篇写一对捕役夫妇的一次追击行动，他们帮助其他捕快追回了官银。这位丈夫是保定名捕，因在病中，就由他长得小巧玲珑而又美丽的妻子出马，面对五个响马，她几乎不费吹灰之力，就取得胜利。她追击时神勇威武，胜利后温柔和顺，作者对这一人物的描写，无论是她的语言还是行动，都十分灵动。

【注释】

①偕计：举人（即孝廉）进京考试，叫偕计。 ②捕贼勾当：即捕役、捕快。勾当，差役名。 ③解：解差，这里指押送官银的差役。 ④放马贼：骑马的强盗。 ⑤更束：更加束紧。 ⑥靴：指长筒靴。 ⑦攘臂袖一刀：从袖中抽出一把刀。 ⑧绝尘：迅速。 ⑨少却：稍稍退后。 ⑩裙襦：妇女，这里是自谦词。

纪 昀（1724—1805）

字晓岚，又字春帆，号观弈道人，献县（今属河北省）人。乾隆十九年进士，授翰林院编修，后官至礼部尚书，协办大学士。其间曾任《四库全书》总纂官，为当时著名学者。有诗文集《纪文达文集》和小说集《阅微草堂笔记》。

李 生

太白诗曰[①]：“徘徊映歌扇，似月云中见。相见不相亲，不如不相见。”此为冶游言也。人家夫妇有睽离阻隔而日日相见者[②]，则不知是何因果矣。

郭石洲言：中州有李生者，娶妇旬余而母病。夫妇更番守侍，衣不解结者七八月。母殁后，谨守礼法，三载不内宿。后贫甚，同依外家[③]。外家亦仅仅温饱，屋宇无多，扫一室留居。未匝月，外姑之弟远就馆[④]，送母来依姊，无室可容，乃以母与女共一室，而李生别榻书斋，仅早晚同案食耳。

阅两载，李生入京规进取[⑤]，外舅亦携家就幕江西[⑥]。后得信云，妇已卒。李生意气懊丧，益落拓不自存，仍附舟南下觅外舅。外舅已别易主人，随往他所。无所栖托，姑卖字糊口。

一日，市中遇雄伟丈夫，取视其字曰：“君书大好，能一岁三四十金为人书记乎？”李生喜出望外，即同登舟，烟水淼茫，不知何处。至家，供张亦甚盛[⑦]，及观所属笔札，则绿林豪客也。无可如何，姑且依止；虑有后患，因诡易里籍、姓名。

主人性豪侈，声伎满前，不甚避客。每张乐，必召李生。偶见一姬，酷肖其妇，疑为鬼。姬亦时时目李生，似曾相识。然彼此不敢通一语。盖其外舅江行，适为此盗劫，见妇有姿首，并掠以去。外舅以为大辱，急市薄槥[⑧]，诡言女中伤死，伪为哭，敛载以归。妇惮死，失身，已充盗后房[⑨]。故于是相遇。然李生信妇已死，妇又不知李生改姓名，疑为貌似，故两相失。大抵三五日必一见，见惯亦不复相目矣。如是六七年。

一日，主人呼李生曰：“吾事且败，君文士，不必与此难。此黄金五十两，君可怀之，藏某处丛荻间，候兵退，速觅渔舟返。此地人皆识君，不虑其不相送也。”语讫，挥手使急去伏匿。未几，闻哄然格斗声。既而闻传呼曰：“盗已全队扬帆去，且籍其金帛、妇女。”时已曛黑，火光中窥见诸乐伎皆披发肉袒[10]，反接系颈[11]，以鞭杖驱之行，此姬亦在内，惊怖战栗，使人心恻。明日，岛上无一人，痴立水次良久，忽一人棹小舟呼曰：“某先生耶？大王故无恙，且送先生返行。”一日夜至岸，惧遭物色[12]，乃怀金北归。

至则外舅已先返，仍住其家，货所携，渐丰裕。念夫妇至相爱，而结褵十载，始终无一月共枕席，今物力稍充，不忍终以薄槥葬，拟易佳木，且欲一睹其遗骨，亦夙昔之情。外舅力沮[13]，不能止，词穷，吐实。急兼程至豫章，冀合乐昌之镜[14]，则所俘乐伎，分赏已久，不知流落何所矣。每回忆六七年中，咫尺千里，辄惘然如失。又回忆被俘时缧绁鞭笞之状[15]，不知以后摧折更复若何，又辄肠断也。从此不娶，闻后竟为僧。

戈芥舟前辈曰：此事竟可作传奇，惜末无结束，与《桃花扇》相等。虽曲终不见，江上峰青，绵邈含情，正在烟波不尽，究未免增人怊怅耳[16]。

选自《阅微草堂笔记》

【题解】

本篇写了一个命运悲剧。李生夫妇结婚十年，很少有正常的夫妻生活。像是命运在捉弄他们。实际上造成他们悲剧命运的主要原因还是生活贫困和社会不安定。他们一度穷到连一间可容安身的居室也没有。以后妻子被强盗抢去。等到李生稍稍富裕，却又天涯茫茫，再也找不到妻子的下落。小说中没有交代李生的妻子是死是活，只写到李生最后出家为僧。这样的结局，确实可说是“此恨绵绵无绝期”。

【注释】

①太白：唐代诗人李白。 ②暌离：分离。 ③外家：岳父母家。 ④外姑：岳母。远就馆：在远方找到职业，前往行事。 ⑤规：谋求。 ⑥外舅：岳父。 ⑦供张：摆设。 ⑧薄榗：粗陋的棺材。 ⑨后房：姬妾。 ⑩肉袒：脱去上衣，露出身体。 ⑪反接：双手反绑。系颈：脖子上绑着绳索。 ⑫物色：寻找。 ⑬沮：阻止。 ⑭合乐昌之镜：意为夫妻重圆。陈朝亡时，乐昌公主和丈夫分离，打破铜镜，各拿一半，后夫妻相逢，破镜重圆。 ⑮缧绁：绳索捆绑。 ⑯怊怅：悲恨。

山　西　商

有山西商居京师信成客寓，衣服、仆马皆华丽，云："且援例报捐[①]。"

一日，有贫叟来访，仆辈不为通。自候于门，乃得见。神意索漠[②]，一茶后别无寒温[③]。叟徐露求助意，咈然曰[④]："此时捐项且不足，岂复有余力及君！"叟不平，因对众具道："西商昔穷困，待叟举火者十余年[⑤]，复助百金，使商贩渐为富人。今罢官流落，闻其来，喜若更生，亦无奢望，或得囊所助之数，稍偿负累，归骨乡井足矣。"语讫，絮泣[⑥]。西商亦似不闻。

忽同舍一江西人，自称姓杨，揖西商而问曰："此叟所言，信否？"西商面赪，曰："是固有之，但力不能报为恨耳。"杨曰："君且为官，不忧无借处。倘有人肯借君百金，一年内乃偿，不取分毫利，君肯举以报彼否？"西商强应曰："甚愿。"杨曰"君但书券[⑦]，百金在我。"西商迫于公论，不得已，书券。杨收券，开敝箧[⑧]，出百金，付西商。西商怏怏持付叟。杨更治具[⑨]，留叟及西商饮。叟欢甚，西商草草终觞而已。叟谢去；杨数日亦移寓去。从此遂不相闻。

后西商检箧中，少百金，鐍锁封识皆如故[⑩]，无可致诘；又失一狐皮半臂，而箧中得质票一纸[11]，题钱二千，约符杨置酒所用之数。乃知杨本术士，姑以戏之。同舍皆窃称快。西商惭沮[12]，亦移去，莫知所往。

选自《阅微草堂笔记》

【题解】

山西一个商人穷困时得到一位老叟的帮助，后老叟因罢官，流落困窘，求助于商人，商人忘恩负义，不念旧情。篇中刻画这个富商的嘴脸，较为灵动。

【注释】

①援例报捐：按照政府规定的条例，交一定数量的钱买官爵。 ②神意索漠：态度冷漠。 ③寒温：寒暄。 ④咈然：不以为然的样子。 ⑤举火：做饭，此意为维持生计。 ⑥絮泣：不断地抽泣。 ⑦书券：写借条。 ⑧敝箧：破旧的箱子。 ⑨治具：备酒饭。 ⑩封识：封条。 ⑪质票：当票。 ⑫惭沮：惭愧沮丧。

道士捉鬼

德州田白岩曰：有额都统者，在滇黔间山行，见道士按一丽女于石，欲剖其心。女哀呼乞救。额急挥骑驰及，遽格道士手[1]。女噭然一声[2]，化火光飞去。道士顿足曰："公败吾事！此魅已媚杀百余人，故捕诛之以除害。但取精已多，岁久通灵，斩其首则神遁去，故必剖其心乃死。公今纵之，又贻患无穷矣。惜一猛虎之命，放置深山，不知泽麋林鹿，劘其牙者几许命也[3]！"匣其匕首，恨恨渡溪去。此殆白岩之寓言，即所谓一家哭，何如一路哭也[4]。姑容墨吏[5]，自以为阴功，人亦多称为忠厚；而穷民之卖儿贴妇，皆未一思，亦安用此长者乎！

选自《阅微草堂笔记》

【题解】

在田白岩的阻拦下，女妖从道士手下逃走。本篇说明了这样的道理：对贪官污吏和对妖魅一样，不能姑息怜悯，不能被他们外表所迷惑，否则会贻害一方。

【注释】

①格：阻拦。 ②噭（jiào）然：形容尖厉的号叫声。 ③劘（mó）：磨。 ④“一家哭”两句：典出范仲淹事。范仲淹为参政时，把不称职的监司从名册上勾去。富弼说，这一勾掉，一家人都要为之哭泣。范仲淹回答说，一家哭，比一路哭哪种更好？意为富弼只怜悯贪官一家哭，而不顾贪官造成百姓一路哭。 ⑤墨吏：贪官污吏。

唐打猎

族兄中涵知旌德县时[①]，近城有虎暴，伤猎户数人，不能捕。邑人请曰：“非聘徽州唐打猎，不能除此患也。”（休宁戴东原曰：“明代有唐某，甫新婚而戕于虎[②]。其妇后生一子，祝之曰：‘尔不能杀虎，非我子也；后世子孙如不能杀虎，亦皆非我子孙也。’故唐氏世世能捕虎。”）乃遣吏持币往。归报唐氏选艺至精者二人，行且至。至则一老翁，须发皓然，时咯咯作嗽[③]；一童子十六七耳。大失望，姑命具食。老翁察中涵意不满，半跪启曰：“闻此虎距城不五里，先往捕之，赐食未晚也。”遂命役导往。役至谷口，不敢行。老翁哂曰：“我在，尔尚畏耶？”入谷将半，老翁顾童子曰：“此畜似尚睡，汝呼之醒。”童子作虎啸声。果自林中出，径搏老翁。老翁手一短柄斧，纵八九寸，横半之，奋臂屹立。虎扑至，侧首让之。虎自顶上跃过，已血流仆地。视之，自颔下至尾间[④]，皆触斧裂矣。乃厚赠遣之。老翁自言炼臂十年，炼目十年。其目以毛帚扫之不瞬，其臂使壮夫攀之，悬身下缒不能动[⑤]。《庄子》曰："习伏众神，巧者不过习者之门[⑥]。"信夫。尝见史舍人嗣彪，暗中捉笔书条幅，与秉烛无异。又闻静海励文恪公，剪方寸纸一百片，书一字其上，片片向日迭映，无一笔丝毫出入。均习而已矣，非别有谬巧也[⑦]。

选自《阅微草堂笔记》

【题解】

徽州唐氏以擅捕虎闻名。两位唐姓人，一位是"咯咯作嗽"的老翁，一位是十六七岁的少年就能合作捕虎。少年善作虎啸声，引出猛虎，老翁只持一把短柄斧，顷刻即可置虎于死地。原来这位老翁经过二十年苦练，才有这惊人的本领。

【注释】

①旌德县：今属安徽省。 ②甫：刚、才。戕：杀害。 ③时咯咯作嗽：不时咳嗽。 ④尾间：原指海水归宿处，此处指虎的肛门处。 ⑤缒（zhuì）：拽着绳子坠下。 ⑥"习伏"二句：意为熟练能够使众神服，巧者不敢过熟练者的门。 ⑦谬巧：窍门。

耿　　某

毛其人言：有耿某者，勇而悍。山行遇虎，奋一梃与斗，虎竟避去，自以为中黄、佽飞之流也[①]。偶闻某寺后多鬼，时嬲醉人[②]，愤往驱逐。有好事数人随之往。至则日薄暮，乃纵饮至夜，坐后垣上待其来。二鼓后，隐隐闻啸声，乃大呼曰："耿某在此。"倏人影无数，涌而至，皆吃吃笑曰：“是尔耶，易与耳。”耿怒跃下，则鸟兽散去，遥呼其名而詈之。东逐则在西，西逐则在东，此没彼出，倏忽千变。耿旋转如风轮，终不见一鬼，疲极欲返，则嘲笑以激之。渐引渐远，突一奇鬼当路立，锯牙电目，张爪欲搏。急奋拳一击，急噭然自仆，指已折，掌已裂矣，乃误击墓碑上也。群鬼合声曰：“勇哉！”瞥然俱杳。诸壁上观者闻耿呼痛，共持炬舁归。卧数日，乃能起，右手遂废。从此猛气都尽，竟唾面自干焉[3]。夫能与虓虎敌[4]，而不能不为鬼所困，虎斗力，鬼斗智也。以有限之力，欲胜无穷之变幻，非天下之痴人乎？然一惩即戒，毅然自返，虽谓之大智慧人，亦可也。

选自《阅微草堂笔记》

【题解】

耿某勇悍搏虎，虎被吓逃跑。他仗着勇悍又同鬼斗，而不知智勇要结合，不能一味蛮干，于是吃了大亏。更可悲的是，他由此消极悲观，连勇悍也丢掉了。

【注释】

①中黄：原为古代国名，国中多勇士，此指代勇士。佽（cì）飞：古代勇士名，善用剑。 ②嬲（niǎo）：纠缠。 ③唾面自干：人唾其面而不擦，等其自干，形容逆来顺受，忍辱求安。 ④虓（xiào）虎：发怒的虎。

讲　学　者

董曲江前辈言：有讲学者，性乖僻，好以苛礼绳生徒[1]，生徒苦之。然其人颇负端方名，不能诋其非也。塾后有小圃，一夕，散步月下，见花间隐隐有人影。时积雨初晴，土垣微圮[2]，疑为邻里窃蔬者。迫而诘之，则一丽人匿树后，跪答曰：“身是狐女，畏公正人不敢近，故夜来折花。不虞为公所见，乞曲恕。”言词柔婉，顾盼间百媚俱生。讲学者惑之，挑与语。宛转相就，且云妾能隐形，往来无迹，即有人在侧亦不睹，不至为生徒知也。因相燕昵。比天欲晓，讲学者促之行。曰：“外有人声，我自能从窗隙去，公无虑。”俄晓日满窗，执经者麇至[③]，女仍垂帐偃卧。讲学者心摇摇，然尚冀人不见。忽外言某媪来迓女。女披衣径出，坐皋比上[④]，理鬓讫，敛衽谢曰：“未携妆具，且归梳沐。暇日再来访，索昨夕缠头锦耳[⑤]。”乃里中新来角妓[⑥]，诸生徒贿使为此也。讲学者大沮，生徒课毕归早餐，已自负衣装遁矣。外有余必中不足，岂不信乎！

选自《阅微草堂笔记》

【题解】

一位塾师以礼法要求学生到了苛刻的地步，由此以端方闻名，人们几乎找不到他的缺点。学生们设了一个圈套，招来一个妓女，谎称是能隐形的狐女，塾师挑逗她，终于上当。原来他也是一位假道学。

【注释】

①绳：约束，要求。 ②土垣微圮：土墙稍稍有些坍塌。 ③麇（qún）：成群。 ④皋比：虎皮坐垫，指学生坐席。 ⑤缠头锦：古代艺妓以锦缠头作为装饰，客人也多以此为酬。后以此借指给妓女的钱物。 ⑥角妓：艺妓。

狂　生

刘东堂言：狂生某者，性悖妄[①]，诋訾今古[②]，高自位置。有指摘其诗文一字者，衔之次骨[③]，或至相殴。值河间岁试，同寓十数人，或相识，或不相识。夏夜散坐庭院纳凉。狂生纵意高谈，众畏其唇吻，皆缄口不答。惟树后坐一人，抗词与辩，连抵其隙[4]。理屈词穷，怒问："子为谁？"暗中应曰："仆焦王相也。"（河间之宿儒。）骇问："子不久死耶？"笑应曰："仆如不死，敢捋虎须耶？"狂生跳掷叫号，绕墙寻觅。惟闻笑声吃吃，或在木杪，或在檐端而已。

选自《阅微草堂笔记》

【题解】

本篇所写的狂生，高傲不可一世，容不得一点儿批评，所以只有死去的大学者才敢同他辩论，但狂生仍然"跳掷叫号"，要找死者报复。本篇讥刺狂傲的人，笔调讽刺与幽默相间，生动传神。

【注释】

①悖妄：狂妄荒唐。 ②诋訾：毁谤指责。 ③衔之次骨：恨之入骨。 ④连抵其隙：连续不断批评他言论中的疏漏。

乡民妻

王梅序言：交河有为盗诬引者[1]，乡民朴愿，无以自明，以赂求援于县吏。吏闻盗之诬引，由私调其妇，致为所殴，意其妇必美，却赂而微示以意曰："此事秘密，须其妇潜身自来，乃可授方略。"居间者以告乡民。乡民惮死失志，呼妇母至狱，私语以故。母告妇，咈然不应也[2]。越两三日，吏家有人夜扣门。启视，则一丐妇，布帕裹首，衣百结破衫，闯然入。问之不答，且行且解衫与帕，则鲜妆华服艳妇也。惊问所自，红潮晕颊，俯首无言，惟袖出片纸。就所持灯视之，某人妻三字而已。吏喜过望，引入内室，故问其来意。妇掩泪曰："不喻君语，何以夜来？既已来此，不必问矣，惟祈毋失信耳。”吏发洪誓，遂相嬿婉[3]。潜留数日，大为妇所蛊惑，神志颠倒，惟恐不得当妇意。妇暂辞去，言：“村中日日受侮，难于久住，如城中近君租数楹[4]，便可托庇荫，免无赖凌藉，亦可朝夕相往来。”吏益喜，竟百计白其冤。狱解之后，遇乡民，意甚索漠。以为狎昵其妇，愧相见也。后因事到乡，诣其家，亦拒不见。知其相绝，乃大恨。会有挟妓诱博者讼于官[5]，官断妓押归原籍。吏视之，乡民妇也，就与语。妇言；“苦为夫禁制，愧相负，相忆殊深。今幸相逢，乞念旧时数日欢，免杖免解。”吏又惑之，因告官曰：“妓所供乃母家籍，实县民某妻。宜究其夫。”盖觊怂恿官卖[6]，自买之也。遣拘乡民，乡民携妻至，乃别一人。问乡里皆云不伪。问吏何以诬乡民？吏不能对，第曰：“风闻”；问闻之何人？则噤无语。呼妓问之，妓乃言：“吏初欲挟污乡民妻，妻念从则失身，不从则夫死，值妓新来，乃尽脱簪珥，赂妓冒名往，故与吏狎识。今当受杖，适与相逢，因仍诳托乡民妻，冀脱棰楚。不虞其又有他谋，致两败也。”官覆勘乡民，果被诬。姑念其计出救死，又出于其妻，释不究，而严惩此吏焉。神奸巨蠹，莫吏若矣[7]，而为村妇所笼络，如玩弄婴孩。盖愚者恒为智者败，而物极必反，亦往往于所备之外，有智出其上者，突起而胜之。无往不复，天之道也。使智者终不败，则天地间惟智者存，愚者断绝矣。有是理哉！

选自《阅微草堂笔记》

【题解】

一位老实乡民被诬告入狱，为求县吏相救，行贿县吏。此县吏乘人之危。示意乡民让妻子同他相好，乡民妻用计买通了一个妓女，顶替她去和县吏幽会，县吏中计，最后受到官家严惩。文中关于妓女冒充乡民妇的描写，声口形神都较生动。

【注释】

①交河：今河北省沧州市交河镇。诬引：受诬告，被牵累。　②咈然：反对，不赞成。　③嫵婉：指男女情好。　④数楹：古时计算房屋间架有一楹为一列的说法。这里数楹是泛言，指几间屋。　⑤讼于官：被讼于官，即俗谓吃官司。　⑥觊：图谋，企图。　⑦莫吏若矣：即莫若吏矣，意谓没有像县吏这样的人了。

柳　青

断天下之是非，据礼据律而已矣。然有于礼不合，于律必禁，而介然孤行其志者[①]。亲党家有婢名柳青，七八岁时，主人即指与小奴益寿为妇。迨年十六七，合婚有日。益寿忽以博负逃[②]，久而无耗[③]。主人将以配他奴，誓死不肯。婢颇有姿，主人乘间挑之，许以侧室[④]。亦誓死不肯。乃使一媪说之曰："汝即不肯负益寿，且暂从主人，当多方觅益寿，仍以配汝。如不从，即鬻诸远方，无见益寿之期矣。"婢暗泣数日，竟俯首荐枕席，惟时时促觅益寿。越三四载，益寿自投归。主人如约为合卺[⑤]。合卺之后，执役如故，然不复与主人交一语。稍近之，辄避去。加以鞭箠，并赂益寿，使逼胁，讫不肯从[⑥]。无可如何，乃善遣之。临行以小箧置主母前，叩拜而去。发之，皆主人数年所私给，纤毫不缺。后益寿负贩，婢缝纫，拮据自活，终无悔心。余乙酉家居[⑦]，益寿尚持铜磁器数事来售，头已白矣。问其妇，云久死。异哉，此婢不贞不淫，亦贞亦淫，竟无可位置，录以待君子论定之。

选自《阅微草堂笔记》

【题解】

婢女柳青甘心嫁给男仆益寿，并且痴心等待他归来。主人想娶她作姬妾，她不从。卑鄙的主人以卖她到远方、使她永远见不着益寿相威胁，她无奈屈从。但她最终还是与益寿成婚并自食其力。本篇所写的婢女几乎受尽了人格凌辱，是封建社会不平等制度造成了她的不幸遭遇。

【注释】

①介然孤行：刚直不阿，我行我素。 ②博负：赌博输了钱。 ③耗：音信。 ④侧室：妾。 ⑤合卺：成婚。 ⑥讫：终。 ⑦乙酉：乾隆三十年（1765年）。

和邦额（1736—？）

字闲（mǐ）斋，号霁园主人。满洲人。以“八旗俊秀者”入咸安宫官学。曾任知县。著有《夜谭随录》。

米芗老

康熙间，总兵王辅臣叛乱，所过掳掠。得妇女，不问其年之老少，貌之妍丑，悉贮布囊中；四金一囊，听人收买。三原民米芗老，年二十未娶，独以银五两诣营，以一两赂主者，冀获佳丽。主者导入营，令其自择。米逐囊揣摩，检得腰细足纤者一囊，负之以行。至逆旅起视[①]，则闯然一老妪也，满面瘢耆，年近七旬。米悔恨无及，默坐床上，面如死灰。

无何，一斑白叟控黑卫载一好女子来投宿[②]，扶女下，系卫于槽，即米之西室委装焉[③]。相与拱揖，各叩里居姓字。叟自述刘姓，虾蟆洼人，年六十七。昨以银四两，自营中买得一囊人，不意齿太稚，幸好颜色，归而著以纸阁芦帘④，亦足以娱老矣。米闻之，心热如火，惋惜良深。刘意得甚，拉米过市饮酒。米念借他人酒杯浇自己块垒，计亦得，乃从之去。

妪俟其去远，蹀躞至西舍，启帘入。女子方掩面泣，见妪，乃起敛衽，秋波凝泪，态如雨浸桃花。妪诘其由，女曰："奴平凉人⑤，姓葛氏，年十七矣。父母兄弟，皆被贼杀。奴独被掳，逼欲淫污，奴哭骂，群贼怒，故以奴鬻之老翁。细思不如死休，是以悲耳。"妪叹曰："是真造化小儿颠倒众生，不可思议矣。老身老而不死，遭此乱离，且无端窘一少年，心亦何忍！适见尔家老翁龙钟之态，正与老身年相当。况老夫女妻⑥，未必便利。彼二人一喜一闷，不醉无归，我二人盍李代桃僵⑦，易地而寝。待明日五更，尔与吾家少年郎早起速行，拼我老骨头，与老翁同就于木⑧，勿悲也。"女踟蹰，不遽从。妪正色曰："此所谓交易而退，各得其所，一举两得之策也。可速去，迟则事不谐矣。"即解衣相易，女拜谢。妪导入米房，以被复之，嘱勿言，乃自归西室，蒙首而卧。

二更后，叟与米皆醉归，奔走劳苦，亦各就枕。三更后，米梦中闻叩户声，披衣起视，则老妪也。米讶曰："汝何往？"妪止之，令禁声。旋入室闭户，以情告之。米且惊且喜曰："虽承周折，奈损人利己何！"妪哂曰："不听老人言，则郎君弃掷一小娘，断送一老翁矣，于人何益？而于己得无损乎？"米首肯。妪启衾促女起，嘱之再四。米与女泣拜，妪止之，嘱："早行！恐叟寤，老身从此别矣。"即出户去。米亟束装，女以青纱障面，米扶之出店。店主人曰："无乃太早发？"米漫应之曰："早行避炎暑也。"遂遁去。

翌日，叟见妪大惊，诘知其故，怒极，挥以老拳。妪亦老健，搒掠不少让⑨。合店人环观如堵，叟忿诉其冤，欲策蹇追之⑩，闻者无不粲然⑪。居停主人曰⑫："彼得少艾而遁，岂肯复遵大路以俟汝追耶？况四更已行，此时走数十里矣。人苦不自知耳，人苟自知而安分者，竟载此媪以归，老夫妻正好过日，勿生妄念也。”叟痴立移时，气渐平，味主人言，大有理，遂载妪去。迄今秦陇人皆能悉之。

选自《夜谭随录》

【题解】

兵荒马乱，百姓流离失所。妇女被掠劫后，装在布袋中出售，更是骇人听闻。本篇写一少年买到一老妇，一老翁却买到一少女，老妇主张相互交换，看似喜剧，实是悲剧。

【注释】

①逆旅：旅馆。 ②控黑卫：驾一头黑驴。 ③委装：卸下行装。 ④纸阁芦帘：指乡下的茅草房。 ⑤平凉：地名，今属甘肃省。 ⑥老夫女妻：即老夫少妻。 ⑦李代桃僵：相互替换。 ⑧同就于木：一同去死，意谓与老翁拼命。 ⑨搒掠：厮打。 ⑩策蹇：赶驴。 ⑪粲然：大笑。 ⑫居停主人：店主人。

嵩 棨 篙①

嵩棨篙，以身修长而得名也。官某部笔帖式②。其亲戚有苦狐祟者，嵩偶至其家，适有飞石破窗，举室变色。嵩问得其故，怒摘其帽，掷炕头，指帽上金顶大言曰：“何物妖狐，敢放肆乃尔！岂不识此为何物也？此虽金顶，非云小可，乃朝廷制度也。汝诚能侮人，曷不去扰乱我家，庶称强项③，而欺人孤儿寡妇？唯孤儿寡妇之是欺，则我老嵩之所以震怒也！”狐果为其所慑，寂不敢逞。其家喜悦敬服，以酒酬谢，嵩愈大声急呼，夸其帽顶，辱骂万端。

方饮啖间，忽家之老平头④，坌息哆口来告曰：“爷尚在此饮酒耶？家中不知何故，门窗器物尽为飞砖打碎，老太太惊吓欲死。爷不早回，乃尚在此饮酒耶！”嵩初犹不信，既而家人裹疮告急而至者踵相接也[5]，嵩始惶惶，不知所措。二奴掖之急走，遗帽顶于炕。其家追还之，嵩曰：“斯亦不必，姑留镇汝家狐怪。”

选自《夜谭随录》

【题解】

嵩枈篙的亲戚家闹狐祟，他高傲地用象征他品秩的帽子上的金顶来驱狐，正庆幸收效，突然他家中也闹起狐祟来了，于是，他惶惶不知所措。这个故事对那种喜欢摆出派头、色厉内荏的人的讽刺，入木三分。

【注释】

①嵩枈（shā）篙：人名，本篇主人公。 ②笔帖式：抄写文书的书记官。 ③庶称强项：才可称硬骨头。庶，差不多；强项，不低头，倔强。 ④老平头：老奴。平头，原意指一种头巾，此处代指家奴。 ⑤裹疮：包扎着伤口。

陆水部

周南溪先生，常述其亡友水部主事陆公荣生楠[1]，有罪，戍察哈尔时，单骑至归化城赁驼[2]。有赵姓者，以二驼应，一乘，一载行李。既而曰：“君无仆从，与我三驼价，仆我可乎？”水部如其言，立券授银。将发，其一驼以马代，曰：“驼上下难，马便。”陆知其绐己[3]，盖是时驼价四倍于马，自念彼贪利，吾贪路，驼马奚择焉，遂行。行一日，赵曰：“一人难兼二役，牧与炊，君请择一。”陆领牧。又数日称疾，陆且牧且炊，赵坐食。适盆有宿餐，冷热半，赵掇热者去，曰：“我不惯冷食。”陆笑曰：“汝北人，亦不惯耶？”乃取冷者自食之。行两月，食无肉，骂陆，佯不闻。骂甚，辱及所生[4]。陆正色曰：“吾纵不才，曾忝朝籍[5]，况年倍汝，奈何至是？”

赵曰："媿，罢职即民耳。老去死来，蝼蚁引领久矣，尚以此傲我乎？"骂益甚。

陆掩耳走至牧所，坐草中，雪纷纷下。追忆昔时，歌《鹿鸣》⑥，登玉陛，在家妻孥相守，出门僮仆相随。今破帽敝裘，昼行夜牧，掬蹄涔饮⑦，拾马通炊，肤裂肌消，手龟足皲，又不幸为鼠子所窘辱。不禁涕泗交颐，仰天大恸曰："天乎！不意我陆公荣竟至此！"拔佩刀欲自刎，既又自念曰："吾奉命从军，此非吾死所。"方忖念间，忽见一老翁，年约七旬，方袍古冠，扶筇而至⑧，揖陆而进之曰："伤哉，贵人失路若此！寒家去此数武，粗粝生刍⑨，足以供给。"陆感之而阴怪其衣冠不时，陆意颇逡巡。翁笑曰："夫以穷发之北⑩，得居停主人如老夫，亦幸甚矣！奈何以物外见疑？"陆释然，问姓名，自称黎公。

相将行数里，越土山，得巨宅一区，缭粉砌，荫青松，雅洁清幽，迥殊塞外。入门，俊仆十余辈传呼："太翁邀得陆主事来矣！"即有二少年华服出迎，执礼恭谨。登堂，陆拜，翁答拜。少年拜，陆亦拜。翁掖之，曰："此吾家豚犬⑪，君不当受其拜耶？"俄而列烛张筵，穷极水陆。酒再巡，陆请辞去。翁曰："君尚欲听驼人之余骂乎？老夫虽俭陋，犹畜齐马数十匹，足以代君步，此时不必预计。"陆唯唯。翁曰："老夫家本沈阳，流寓于此，几五十年矣。幸与老妻相守，生四子三女。长子青，入秦探亲未返。少子碧，方在襁褓。次子苍，三子白，所见二子是也。长女阿红，嫁于大同。次女阿黄，嫁于杭城。在阁者三女阿紫而已。"顾谓二子曰："入语阿驰⑫，可同阿紫出见客也。"陆辞不敢当。翁曰："固是通家，无回避者。"二子趋入。良久，将命而出曰："母已设馔于室，谓堂上寒，请翁挽客入内，当亲奉杯酒表意也。"翁笑曰："有媪周折如此⑬，君当以得贤内助贺我也。"急延入室。

室中燃画烛，张锦屏，钩蒜垂帘⑭，氍毹铺地。美婢数十人，拥媪而立，被服鲜华，年与翁埒[15]。陆拜，媪答拜。翁曰："何不见阿紫？"媪曰："想羞容，不肯便来耳。"翁笑曰："儿女态，每每如是。但使出嫁半年，亦便似渠二姊，面皮如城堵墙矣。"一室皆笑。媪又使人往促之。移时，一双鬟婢启帘报曰："紫姐来矣！"随以目视陆，含笑而去。既而女至，粉黛云从，麝兰雾霈，年可二九，光艳绝伦。侧立筵前，俯首理袖。翁媪同声曰："儿勿尔尔，陆君非外人也。"强女再拜，始各就座。酒炙并陈，笙箫聒耳。

夜将半，陆曰："且休。今宵之会，诚所谓雅集也。盍赋诗以纪，安用此繁弦急管为？"翁曰："善！"亟命撤乐。侍儿捧砚舒笺，濡毫授陆，陆被酒兴豪，赋七言近体一章，中有"碧血丹心迁客恨，云鬟玉臂故园情"之句。翁览之，笑曰："观君此诗，谓能忘情于小女，老夫不信也！"陆惶恐，避席而谢曰："鄙人讵有异心？聊以自感，故有是鸣。希翁谅之！"翁曰："此亦数也。小女与君有夙分，遇非偶然。会须蠲吉[16]，与友琴瑟耳。"是夕尽欢，陆覼觑两目[17]，醉不能语。二子伴陆出宿斋中。翌日，陆请行，二子留鞭截镫以止之，陆无如之何。

居数日，有翁之宅相胡秀才者[18]，谒曰："舅氏慕君名士，欲以少女奉箕帚，幸勿弃也。"陆辞谢曰："西粤鄙人，身荷重罪，行年五十，落拓穷边，自活未遑，敢累及他人爱女乎？望致语令舅，善为我辞。"胡曰："不然，吾相君面有死气，远期不过二年。舅氏得道有年，附之足以免祸。况表妹不恶，贞静幽娴。古人斗酒博梁州，君不破一文，成此奇缘，自受多福。否则孤立无偶，窃恐祸至时，欲求一人援手救，不可得也。"陆心动，因出玉蟾蜍一枚以聘，并以交桂二束奉胡以为谢[19]，曰："感君进药石之言，故以药为报。"胡拜纳而去。

花烛之期将届之前二日，胡与黎氏二子携酒来斋中，与陆小酌。半酣，复话及赘婿事。胡盛称阿紫淑美，陆意得甚，且中酒，乃大言曰："若人之丰姿，予已于初到时审谛之矣。特笑老翁不学，命名阿紫。夫阿紫者，狐狸之称，淫妇之所化也。奈何取以名女？”言未毕，胡愕然失色，二子颈赤，拂袖而入。胡跣足曰：“君失言矣，予执柯之功[20]，乃至此休哉。可惜！可惜！”陆茫然不解所谓。俄而翁与二子俱至，立帘下，以扶杖指陆曰：“何物书痴，轻薄至此！辜负老夫左顾[21]，何足恨？所可恨者，必害得小女子数日不餐也。君自薄福，于我何尤？行矣！请从此决。”言讫，于袖中探白银一锭，掷地有声，去不复顾。胡亦太息而去。

陆深自愧悔，酒力尽消，隐几而卧。昧爽方觉[22]，则身坐一大石旁，砂碛茫茫，无复第宅，始大惊异。取视白金，固朱提也[23]。徘徊怅悒，泣下数行。赵已不知所之。重至牧所，驼马俱无。茕茕竟日[24]，得遇周南溪先生适乘一驼两马而来，乃订交于积雪之间。于路备详所遇，南溪决其为狐，且讶曰：“昨遇一人，哭于道周。询之，自称山西赵姓，有一驼一马，为暴客劫去，想即与公为仇者。”陆质其年貌，果赵也。天之报施于人，岂爽哉！相为太息者久之。

至军营，陆金尽，以岐黄术[25]，寄食于军中。然性愎而执，口不择言，竟坐讪谤伏法[26]。南溪收其尸，葬之于火，始悟胡生谓其面有死气之说，为不谬也。

选自《夜谭随录》

【题解】

陆公荣因罪充军，一路受尽雇役欺侮，苦不堪言，忽然梦见狐仙，待以上宾，并将狐女许配与他。他因不改快口直言，得罪了狐仙，深感悔愧，醒后闷闷不乐。他到达军营后，还是“性愎而执，口不择言”，终于被杀。这实际上是一篇曲折地抨击文字狱的小说。

【注释】

①水部：工部中的都水司，掌管水利、水运诸事。 ②归化：今内蒙古

呼和浩特市。 ③绐：欺骗。 ④所生：指父母。 ⑤曾忝朝籍：曾做过朝廷的官。忝，辱没，谦辞。 ⑥《鹿鸣》：《诗经·小雅》篇名。古代考中举人后举行鹿鸣宴。 ⑦掬蹄涔饮：收拾牲畜的蹄子，饮大量的水，形容饲养骆驼。 ⑧筇（qióng）：古书中说的一种竹子，可做手杖，此处指手杖。 ⑨粝：粗米。刍：喂牲口的草。 ⑩穷发：边远不毛之地。 ⑪豚犬：儿子的谦辞。 ⑫阿毑（jiě）：母亲。 ⑬周折：周到。 ⑭钩蒜垂帘：指铸银为蒜形，拴在帘下以坠帘。 ⑮埒（lèi）：相等。 ⑯蠲（juān）吉：选择吉日。 ⑰觌觌（bīnfān）：醉眼蒙眬。 ⑱宅相：外甥。 ⑲交桂：交趾（今越南）产的肉桂。一种中药。 ⑳执柯：做媒。 ㉑左顾：意为顾念地位在自己之下的人。 ㉒昧爽：拂晓。 ㉓朱提：白银的产地，此处指白银。 ㉔茕（qióng）茕：孤独貌。 ㉕岐黄术：中医医术。岐，岐伯，传说中的古代医生；黄，黄帝。 ㉖坐：定罪。

冯　勰

华亭汪瑾，年五十余。潦倒都门，未离席帽，颇倦游。值秋风起，鲈脍兴思[①]，买舟南下。候放闸，泊武城故县之西[②]。日薄暮，方苦岑寂，蓦见一小奚奴，汗走而至，投一刺曰："家主人冯二官奉谒。"阅名纸，称"乡眷晚生冯勰"。素昧平生，自分老而贫，至亲良友交臂且不相识，那复有强来亲近者？疑其错误，璧不受[③]。奴曰："老翁非松江汪姓耶？"曰："然。"曰："然则不错也。"遂驰去。

俄而冯至，鲜衣新帽，年约三旬，揖让登舟，执礼甚谦谨，以潞细四端为贺[④]。自称："山西人，将之扬州就一相识为上官桥巡检者。知兄归松江[⑤]，愿附便舟，未知肯容纳否？"汪察其人朴厚，许之。冯拜谢，奴乃携襆被，委诸船舱。夜间相叙，汪曰："兄西人，弟南人，何为称乡眷也？"冯曰："祖贯松江，鼎革后入籍汾阳[⑥]，名纸称乡眷，不忘本也。”汪曰：“胡为不仕，负此壮年？”冯曰：“是有命焉，不可强致。行贿累万矣，终无成就。初甚抑郁，后遂释然。盖转念才如袜线，拆之无寸长[⑦]，何必尸位。如日为贫而仕，则弟固富于资者。于彼于此，一无足取，故甘为布衣耳。兄不见江东独步之王文度乎[⑧]？苟守志不出，则弱冠重名，当终身不隳，何至倒执手板，贻诮后人[⑨]？”汪叹曰：“兄言是也。贿且不官，况无金行赂如弟者，欲不弃掷，得乎？”冯曰：“贿赂行而无门可入，非世路之难，正皇朝景运之隆，英才用世之秋也。故行贿非难其人也，受贿之难其人也；非行贿受贿之难其人，惟不受贿之难其人也。世之衰也，一变而为请托，更变而为贿赂，三变而为捐纳。寒畯之士遗于野矣，厮役之贱升于朝矣。廉介者黜，贪墨者进矣。甚之，臣赂其君，崔烈博司徒矣[⑩]；君贿其臣，子明从封禅矣。习俗移人，贤者不免，下焉者又何冀乎？兄际盛世而不见用，命也，于贫何尤焉。”汪深佩其言，牢愁顿减，自是朝夕晤对，相得甚欢。

一日，舟次淮安，值仲秋之望，汪市酒邀冯赏月。酣饮间，冯忽把盏叹曰：“华亭鹤唳，可复闻乎？”汪不以为意，因问：“贵友官巡检，官况料必清苦。数千里就之，莫徒劳往返否？”冯不应，良久，乃停杯，惨然曰：“旬日来，感兄遇我厚，屡欲以诚告，恐骇听闻，用兹隐忍。今承下询，实难默默。上官桥巡检陈某，虽朋友，实仇雠也。十三年前，弟贩布千捆之苏州，路经茌平[⑪]，与陈同一逆旅。会大雨，留行，陈与同舍客呼卢一日夜[⑫]，一败涂地，囊橐尽倾，尚负百余金。无可措置，大为同舍客所窘辱。弟怜之，如数代偿，事乃已。复以二十金赠其行。彼时陈感荷之言，报复之意，一若粉骨糜肌，亦所甚甘者。既而与弟谋：‘家有老亲，无以养志，欲援例捐一杂职[⑬]，苦无囊可解。公仗义者，能假五百金，任权子母，苟得缺，必不相负。’弟方喜其能爱人以德，慨然诺之。彼时亦太鲁莽，竟不立券。越五年，予重入都门。闻其得缺扬州，尚未领凭，侨寓宣武门外。急往访之，辞以他出。再四往候，甫得一见，而相见又甚冷淡倨傲。”汪闻至此，不禁裂眦曰：“人心叵测至如此乎？”冯曰：“非人心叵测也，乃吾辈心太实，口太直，以君子待小人，未闻有中山狼之事故也。”汪曰：“然，诚如兄言，弟亦受此气遫久矣。此种人，第宜索其所负，绝交而已矣。”冯曰：“弟之转念，讵不若是哉！乃问及欠项，不特不承，且出恶言。弟愤怒时，与之争论。所以然者，不恨失财，恨其人之负心太甚也。岂意其行如鬼蜮，毒甚蜂虿，买嘱坊正[14]，执送官司。无券可伸，官不加察，遂致瘠死他乡，首丘莫正。讼之阴府，已许追偿。幸兄携之入扬，得泄愤于彼，必报德于兄，结草衔环，敢忘异日？”汪闻之，悚然曰；“然则兄其鬼耶？”冯曰：“然。试于灯前月下验之可知矣。”汪验之，无影，大惧。对席枯坐，面色如灰。冯慰之曰：“兄勿怖，感戴且无既，岂为兄害者？”良久，汪稍定，然兢兢与处，如背有芒。

及抵扬，冯惘然曰：“从此别矣！虽然，吾闻为浮图者，必合其尖[15]。知兄与太守有旧，明日希往过之，乘间一白弟冤，无使负心奴盗清白名，以欺世人也。”言讫，再拜辞行。汪亦恻然送之，指小奚奴谓曰：“此小奚，人耶？鬼耶？”冯曰：“身且为鬼，安能役人？此亦于冥中以五千钱所买者，亦兄之乡里，南门外市袜人李四之子也。”既去，汪心中始安。汪性谨默，始终未泄于人，故舟人咸不知之。

翌日，谒太守，留饮。正款洽间[16]，忽报上官桥陈巡检于夜间暴疾死矣。太守愕然曰：“矍铄翁，那得便死？”汪叹曰：“幽冥之理，岂其妄哉！”为述所遇于太守，太守瞠目乍舌者久之。陈死无家可归，太守为具棺衾，瘗诸义冢[17]。计其宦囊约千金，恨其人不良，倾囊赠汪曰：“吾为冯勰报怨，以报德也。”汪初不受，以太守理直，乃受之。归而小康。询诸乡人，有识李四者，本回民，果有一子，年十五，于二年前病疟死矣。质其形貌，正与冯奴同，第不识冥中为何人所居以货之也⑱。

选自《夜谭随录》

【题解】

商人冯勰资助陈某捐官，陈某得官后，反将冯勰害死，冯勰的鬼魂报仇。这样的故事内容流于一般，而本篇用冯勰鬼魂和一位正直老儒生同船对话的形式来表达，申讨官场腐败，抨击人心险恶，就显出描写上的特点。

【注释】

①鲈脍兴思：起思乡之情。 ②武城：地名，今属山东省。 ③璧不受：不接受的敬语。 ④潞紬：潞州产的绸子。 ⑤松江：府名，治所在华亭县，在今江苏省。 ⑥汾阳：地名，今属山西省。 ⑦才如袜线，拆之无寸长：拆袜的线没有一寸长的，比喻人没有长处。 ⑧王文度：王坦之，字文度，东晋名臣。 ⑨“倒执手板”二句：一次王坦之被桓温邀请赴宴，见四壁有伏兵，他吓得“倒执手板，汗流沾衣”，从而名声顿减。 ⑩崔烈博司徒：崔烈是后汉灵帝时人。皇帝卖官爵，崔烈以五百万钱买一司徒职位。 ⑪茌（chí）平：地名，今属山东省。 ⑫呼卢：赌博。 ⑬援例：按惯例。 ⑭坊正：街坊主管。 ⑮ “吾闻”二句：我听说造佛塔的，必然要把塔尖造好才算完工，意为帮人要帮到底。 ⑯款洽：情意融洽。 ⑰瘗（yì）：埋葬。 ⑱货：卖。

谭　九

京都花户子谭九①，奉父母命，探亲于烟郊②。策卫出门，日已向夕。道遇一媪，衣悬鹑③，而跨白颠马，鞍辔华美，左右相追随，问：“小郎何往？”谭以所之告。媪曰：“此去烟郊尚数十里，路多积潦[4]，颇不易行，小郎不闻乎？风度蒲牢[5]，都城漏下矣。荒野寂寥，保无有暴客相值？茅舍在迩，盍留一宿？翌日早行，得从容也。”谭正恇怯[6]，闻言深荷其谊。媪策马先导，循僻径约二里许，隐隐见林际灯光，媪以鞭指示曰：“至矣！”纵辔即之。则矮屋两椽，土垣及肩。媪弃骑启扃，延客入室。

室中空无所有，惟篝灯悬壁，一少妇卧炕头哺儿。媪呼曰：“有客来，媳妇可速起！”妇徐起掠鬓，儿呱呱啼。媪探袖出胡饼一枚，付之，啼始止。谭视妇年可二十，泪睫惨黛，殊少欢容。媪曰：“汝起烧茶，老身送马便回。”言讫，出户牵马去。妇折穄引火于灯[7]，着红布短袄，绿布裤，蓝布短袜，趿高底破红鞋，皆敝甚，露一肘一腓并两踵焉。谭年少口讷，不能致诘，但阴怜之。俄而媪还曰：“为还代步，致郎寂坐。渠宅上闻有客至[8]，亦欲延款，老身辞以太晚，嘱为致意。”谭唯唯。媪曰：“奔驰半日，想客亦苦饥矣。媳妇备饭来，老身且出喂驴。”谭曰：“相扰何安？刍豆之费[9]。临行当厚偿。”媪摇手曰：“莫漫作客套语，所值几何哉？既而饲驴已，妇陈列酒肴。瓦器绝粗，折秭为箸[10]，以盆代壶，而肴皆鱼肉，但冷不中啖。媪移灯劝谭饮，谭辞不能釂。乃进饭，饭又冰冷，勉进一盛。妇敛具去，相与坐话，妇就灯为儿捉虱。

谭曰：“听姥言，似非京师人，娘子则又旗妆，敢问邦族？”媪曰：“诚如郎说，身本凤阳侯氏，因岁荒流离入京，为人缝纫补缀，谋衣食；再醮此间村民郝四，近三十年，今成翁矣。生一女一子。女已适人，子为圬者[11]，居城中。翁以衰耄，佣于野肆中，为人提壶涤器。小郎明日当过其处，见鸡皮白髭耳后有瘤如卵大者，即是也。媳妇余氏，实宅上婢子，其主人为巴参领[12]，久退闲，幼主袭职矣，适借马处也。”谭曰：“视姥家亦甚清苦，何苦盛设待客？”媪笑曰：“仓卒客值茅舍主人，岂能咄嗟办此肴膳？亦缘中元节例[13]，分得宅上馂余[14]，方愧亵渎，敢云盛设！”

谭坐久颇倦，又不便偃息，乃出具就灯吸烟。妇频睃[15]，有欲烟之色。媪察知其意，亟拊掌曰："媳妇垂涎吃烟矣，小郎肯见赐否？"谭以烟囊付之。媪曰："近以窘迫，不有此物已半年矣，那得有烟具？"谭乃并具奉之。妇吸之甚适，眉颦顿舒。媪视之，点首曰："老身在世六十余年，不识此味，诚不解嗜痂者何故好之如此？"谭曰："亦自不解。第不会则已，学会辄一刻不能离，宁可食无饭，不可吸无烟也。"媪大笑。谭曰："娘子嗜此，予迟日当市具与烟来，作野人芹敬[16]。"媪颔之。

谭出溲，见银河西耿，斜月在林，约略四更。媪扬声于室曰："客不时欠伸，当使寝息。"谭应曰："尚可稍坐。"媪曰；"勿太勉强，明日尚有路行。更有所恳，望留意。"谭问："何事？"媪惘然曰："明日过肆，苟见我家老翁，烦为致声，促其急送数缗钱来，但言家中吃着都尽矣。"谭曰："无不尽心。"媪又赧然曰："以贫故，并无被褛，一夜屈郎甚矣。"谭曰："假一席地，得一夕安，已承厚贶[17]，敢过望耶？"因各就枕。

谭疲极，着枕便熟睡。既而梦回，觉草虫鸣于耳畔，萤火耀于目前。矍然惊起，则身卧松柏间，秋露湿衣，清寒砭骨，系驴树根上，龁草不休；茅舍乌有，媪与妇并失所在。但见古冢颓然，半倾于蒿莱枳棘之中而已。不禁毛发森竖，急捉驴乘之，得得而驱。行三五里，天已向曙，稍稍心定。

抵烟郊，事毕，复遵故道，小憩旗亭[18]。有涤器老人，酷肖侯媪所述。询之，果郝四也，愈异之。引至僻处，告以前夜所遇。郝泫然曰："据郎所见，真先妻与亡媳并夭孙也。先妻下世二年，亡媳去岁以难产，母子一夕皆死。讵意尚聚首地下哉！"谭亦恻然。又问巴参领为何如人，郝曰："某旗某佐领之父也，死已十余年矣。直北乔木处，即其墓道。亡媳，其家婢也。老朽夫妇，故宅上守墓人。往岁零雨，屋舍倾圮[19]，佐领无力缮葺，老朽无容身处，故佣工于此，聊以自活。前日中元节，佐领展墓[20]，犹焚船马数事，第不知亡妻借马，何事何之耳？”谭感叹久之，乃解囊赠以青蚨五百[21]，俾具冥资，勿致魂馁。郝泣谢。谭归后，不欲食言于鬼，亟备纸烟具二枚，烟一封，重至其墓祝而焚之。更访巴参领墓，果在直北数十武外[22]，松柏森郁，有新碑可扪云。

选自《夜谭随录》

【题解】

谭九去燕郊，途中借宿一郝姓老媪家，室中空无所有。其儿媳衣敝鞋破，吃饭时连正式的筷子也没有。原来这家夫妇是守坟人，儿子是泥瓦匠，媳妇是大户人家的婢女。谭九次日醒来，发现睡在坟地中，方知夜间遇着鬼了。本篇借写穷鬼来写穷人。篇末写谭九真的遇见了老媪的丈夫郝四，他还未死，但已“老朽无容身处”。对于那些生活在底层的人来说，的确是人犹鬼、鬼犹人。

【注释】

①京都：指清代京城北京。花户：以种花为生的人家。 ②烟郊：即燕郊，在北京城东。 ③悬鹑：形容衣服破烂。 ④积潦：积水。 ⑤风度蒲牢：一阵阵风送来寺庙的钟声。蒲牢，兽名，因钟纽多为蒲牢的造型，故以蒲牢指代钟。 ⑥恇怯：害怕。 ⑦穄（jì）：高粱秸。 ⑧渠宅上：她家里。指下文所说的巴参领家。渠，指媳妇，媳妇原是巴家的奴婢。 ⑨刍豆：饲料。 ⑩箸（zhù）：筷子。 ⑪圬者：泥瓦匠。 ⑫参领：官职名，正三品武官。 ⑬中元节：农历七月十五，旧俗七月十五为鬼节，民间这天祭祀祖先，祭祀死者。 ⑭馂余：剩余食物。 ⑮睃：看。 ⑯芹敬：微薄的礼物，谦词。 ⑰贶（kuàng）：赏赐，恩惠。 ⑱旗亭：集市，此处指店铺。 ⑲倾圮（pǐ）：倒塌。 ⑳展墓：扫墓。 ㉑青蚨：指铜钱。 ㉒武：古人以六尺为步，半步为武。

铁 公 鸡

济南某富翁，拥资数十万，性极悭吝。居积取赢[①]，持筹会计，日不暇给；而敝衣破帽，向亲故作贫窭状。老小数十口，日市肉半斤、菜数斤，饭脱粟，皆取给于一灶。早餐恒午饭，晚飧恒夜食[②]。不计茶酒，终年不宴客，虽骨肉至亲，未尝见其匕箸是何形状[③]。翁亦不知款客作何周旋。然往往见招于人，歌筵舞席，颇极欢洽。又似毫不知生人之乐者[④]。乡人号之为铁公鸡，谓一毛不拔也。近五旬无子，议纳妾，价欲极廉，而人欲至美。媒笑曰："翁所谓又要马儿好，又要马儿不吃草也！是当求之于牝牡骊黄之外[⑤]，讵可骤得[⑥]？"翁嘱其速觅。

居无何，有陕西客携一女来，不索值，但取衣食不致冻馁以死足矣。女年十八，丽如舜华[⑦]。翁喜惬过望，留为侧室，赠客钱一缗[⑧]，不争而去。翁得女，嬖幸殊甚[⑨]，曲意悦之，而鄙吝犹昔。女戒之曰："昔乌氏倮鄙人牧长[⑩]，寡妇清穷乡嫠妇[⑪]，而名显天下，礼伉王侯，徒以富之一事耳。君之富堪敌国矣，不特不能知名当时，且将泯焉漠焉，几不得与中人伍[⑫]，窃为君羞之苦之！"翁讶曰："尔胡为出此言？独不虑造次间有人属耳耶[⑬]？且尔言过矣。钱之为物，难聚而易散。我自龆龀时节[⑭]，多市扑满[⑮]。日积数钱，积十二年，共得二百二十余扑满。扑而计之，得钱三十余千。贯之以索，贷之于人，权其子母[⑯]，又三十年计之，甫能盈兆。中间又设赌局，如一切呼卢、压宝、樗蒲及琐琐罗丹拍格诸戏取其头，迄今又十余年矣。凡经营五十余年，仅有今日。则积财之辛苦，予备尝之矣。平生所见所闻，诸缙绅世家，或竭资营第宅，或倾囊助亲友，更有老悖不念子孙者，辄以白似雪、圆如月之宝物，沽酒市肉，日与宾客欢宴，一似与银钱二物有深仇大恨者，必欲尽力消耗之而后已。予每以之自惩，犹恐久而不逮。尔乃欲我蹈此窠臼，其未知物力艰难，故漫作是语耶？小儿女福大几许，而自捐折如是[17]！幸勿更举是念，罪过不小。”女笑曰：“聊以相试，何遽惊讶？儿岂不知君之志牢不可破，将厚积余藏，欲以遗所不知何人者哉！”然翁自闻此说，终不能释，虽爱之如珍错[18]，而防之如盗贼矣。

其密室中，旧有贮银铁匮十数，封志甚固，例一月一开检视。居无何，又值检视之期，婢媪僮仆尽摽诸大门之外[19]，独与女闭户下窗。匮既发，则藏镪尽空[20]。大惊，如失左右手，瞠目视女诘其故，女笑而不答。翁大怒，即抽刀逼之。女笑曰：“君以儿为人乎？”翁怒曰：“尔非人，鬼耶？”女曰：“亦非鬼，实狐也。以尔鄙陋，故盗而之他人耳。”翁大怒曰：“平生血资，盗归何所？”女曰：“流通物也。盗去，何处不足以济人，岂必深藏固守于一老秃翁之手乎？”言讫，径入内室。觅之，杳无踪迹。翁始信果为狐祟，大恸而绝。家人草草殡殓，所遗财物，劫夺一空，其宅亦随废为蔬圃云。

先是，翁宅后有楼七楹，为狐所据，已近百年。其祖父相沿于每月初二、十六日，具鸡子白酒祝而祀之，罔敢弛懈。及翁承家后，以多费罢之；又以楼房出租于人。狐遂大扰，妖异迭兴。其妻力劝，翁愤恨，出入嫚骂。一日，见群狐来辞曰：“翁全福之人，吾辈何能为？请徙去，不敢复居此矣。”遂不再至。翁以为得计，初不意为其所愚弄至此。

选自《夜谭随录》

【题解】

本篇所说“铁公鸡”是一位富翁的外号，即说他是一毛不拔的悭吝者。他五旬无子，打算纳妾。要求“价欲极廉，人欲至美”。一位狐女“不索值”，做了他的妾，却把他的财产一盗而空。狐女认为，这些钱物用来救济人比深藏在一“老秃翁”手中更好。前人评论这篇作品“令人叫快”。

【注释】

①赢：赢利。 ②“早餐”二句：早餐总是到中午才吃，晚餐总是夜里才吃。 ③匕箸（zhù）：汤匙筷子。 ④生人之乐：生活的乐趣。 ⑤牝（pìn）牡骊（lí）黄：指普通人。牝，雌性的鸟、兽；牡，雄性的鸟、兽；骊，黑色的马；黄，黄色的马。 ⑥讵（jù）：怎么（表示反问）。 ⑦舜华：木槿花，形容女子美丽。出自《诗经·郑风·有女同车》：“有女同车，颜如舜华。” ⑧缗（mín）：成串的钱，一千文为一缗。 ⑨嬖（bì）幸殊甚：特别宠爱。 ⑩乌氏（zhī）倮：先秦时人，以畜牧业致富。 ⑪清：人名，秦时巴地富人。嫠（lí）：寡妇。 ⑫中人：中等人，普通人。 ⑬有人属耳：有人听见。 ⑭龆龀（tiáochèn）：换牙，指童年。 ⑮扑满：储币用的器具。 ⑯子母：本利。 ⑰ “小儿女”二句：古人认为胡言乱语会折损福寿。 ⑱珍错：珍宝。 ⑲摽（biāo）：挥之使去。 ⑳镪（qiǎng）：成串的钱，此处泛指钱。

沈起凤（1741—？）

字桐威，号蒉渔，又号红心词客。吴县（今江苏省苏州市）人。清乾隆三十三年中举，后屡次应试不第。曾在两淮巡盐御史伊龄阿全德衙门当幕僚，还曾任安徽祁门和全椒的县学训导。工诗词，并擅长戏曲创作，计有三十余种戏曲作品，还著有小说集《谐铎》。

桃 夭 村

太仓蒋生，弱冠能文。从贾人泛海，飘至一处，山列如屏，川澄若画。四围绝无城郭，有桃树数万株，环若郡治。时值仲春，香风飘拂，数万株含苞吐蕊，仿佛锦围绣幄，排列左右。

蒋大喜，偕贾人马姓者，傍花徐步而入。忽见小绣车数十队，蜂拥而来。粗钗俊粉，媸妍不一。中有一女子，凹面挛耳，齞唇历齿[①]，而珠围翠裹，类富贵女。抹巾障袖，强作媚态。生与马皆失笑。末有一车，上坐龆齿女郎，荆钗压鬓[②]，布衣饰体，而一种天姿，玉蕊琼英，未能方喻。生异之，与马尾缀其后。轮轴喧阗，风驰电发，至一公署，纷纷下车而入。生殊不解，询之土人。曰："此名桃夭村，每当仲春男女婚嫁之时，官兹土者，先录民间女子，以面目定其高下；再录民间男子，试其文艺优劣，定为次序；然后合男女两案[③]，以甲配甲，以乙配乙，故女貌男才，相当相对。今日女科场，明日即男闱矣。先生倘无室，何不一随喜？"生唯唯，与马赁屋而居。因思车中女郎其面貌当居第一；自念文才卓荦[④]，岂亦作第二人想。倘得天缘有在，真不负四海求凰之愿。而马亦注念女郎，欲赴闱就试，商诸生。生笑曰："君素不谙此，何必插标卖钱帐薄耶？"马执意欲行，生不能阻。

明日，入场扃试[⑤]，生文不加点，顷刻而成；马草草涂鸦而已。试毕归寓，即有一人传主试命[⑥]：索青蚨三百贯[⑦]，许一冠军。生怒曰："无论客囊羞涩，不足以餍老饕[⑧]；即使黄金满屋，岂肯借钱神力，令文章气短哉！"其人羞惭而退。马蹑其后，出橐中金予之。案发，马竟冠军，而生忝然居殿[⑨]。生叹曰："文字无权固不足惜，但失佳人而获丑妇奈何！"亡何，主试者以次配合，命女之殿者，赘生于家。生意必前所见凹面挛耳，齞唇历齿者。及揭巾视之：黛色凝香，容光闪烛，即龆齿女郎也。生细诘之。曰："妾家贫，卖珠补屋，日且不遑。而主试者，索妾重赂，许作案元[⑩]，被妾叱之使去，因此怀嫌，缀名案尾。"生笑曰："塞翁失马，焉知非福。使予以三百贯钱，列名高等，安得今夕与玉人相对耶？"女亦笑曰："是非倒置，世态尽然。惟守其素者[11]，终能邀福耳。”生大叹服。翌日，就马称贺。马形神沮丧，不作一词。盖所取冠军之女，即前所见抹巾障袖，强作媚态者也。笑鞠其故。此女以千金献主试，列名第一；而马亦夤缘案首[12]，故适得此宝。生笑曰：“邀重名，而失厚实，此君自取，夫何尤？”马郁郁不得意，居半载，浮海而归。生笃于伉俪，竟家于海外，不复返矣。

铎曰：钱神弄人，是非颠倒；岂知造化弄人，更有颠倒钱神之柄哉？然此女出千金装不赀，意气故自不凡，即谓之嘉耦亦可。

选自《谐铎》

【题解】

本篇写蒋生的海外奇遇，那里叫作桃夭村，女子以面貌美丑定高下，男子以文章优劣定次序，然后高与优、低与劣互相婚配。蒋生文章最优，只因无钱行贿，得了末名，不料却配了位美女。原来，这位美女也因无钱贿赂，貌虽艳丽而排名末尾。两人相对，是喜是悲？还是美女说得对：“是非倒置，世态尽然。”

【注释】

①龈唇历齿：嘴合不拢，牙齿稀疏不齐。 ②荆钗：一种木制头饰 ③案：指排好的名次。 ④卓荦（luò）：卓越。荦，明显。 ⑤扃试：关门考试，指考试时考生互相隔离。 ⑥主试：主考官。 ⑦青蚨：指钱。 ⑧餍（yàn）：饱。老饕（tāo）：贪吃者，此处指贪官。 ⑨忝然：耻辱状。 ⑩案元：第一名。 ⑪守其素者：保持纯洁、正直品质的人。 ⑫夤缘：攀附，拉关系。

苏　三

刘生名伟，字琬如，己酉应试白门[1]，寓丁家水阁。先是，晋陵某公子[2]，费千金定花案[3]。曲中诸妓，有文状元、文探花之名。文探花者，随母姓苏氏，字绣英，以其行三，群呼为小三云。慕刘生名，乞同邑查君为介，愿邀一顾。刘笑曰："琴心粉葬[4]，葛嫩香埋[5]，一片秦淮，久已鞠为茂草，安有板桥旧艳[6]，能歌《白练裙》者？"查怂恿再三，要遮而去。

行未数武，值旧识黄生强邀过寓。甫登堂，见一姬，两鬟堆茉莉如雪，着蝉翼衫，左右袒露，红墙一抹；下曳冰绡裤，白足拖八寸许蝴蝶履。见客来，不甚酬接，摩两臂金条脱铮然作响[7]。刘厌薄之。黄曰："君勿白眼觑[8]，此秦淮文状元某姬也。刘笑曰："状元声价，果是不凡。然君司空见惯，仆不能向石榴裙底攀高谒贵。"匆匆告别，急欲回寓。查曰："未到桃源，何言返棹？"刘愤然曰："状元若此，探花可知。吾宁识英雄于孙山之外，不敢向及第花下抡才矣[9]！"拂袖竟归。查述诸小三，俯首不语。既而叹曰："前明复社诸君，中周延儒榜进士[10]，比诸佛头着粪。儿不幸与若辈联名，宜为英流唾弃也！"抚床一恸，潸潸泪下。查劝慰，乃止。

后生试毕，偕查旋里，买棹武定桥东。见一姬病容愁态，临流倚槛，而衫痕黛影，湖水皆香。刘数目之，顾查笑曰："何处惊鸿，翩来洛浦[11]？"查曰："是即予所荐之文探花也。"刘大悔曰："因艾弃兰，恶鸦黜凤，吾知罪矣！"急维舟过坊，并谢前愆。小三曰："君子观人，必因其类；通人持论，不徇于名。但得终邀青眼，亦何恨相见之晚耶？"刘大喜。小三张筵款之。酒三行，刘避席而起曰："仆固钟于情者，但狭邪之游[12]，生平未习，今日欢筵，已同祖帐[13]。请留数语，以当雪泥鸿爪。"小三覆素巾案上。刘援笔题《水调歌头》一阕，曰：

敲断燕钗股，锦瑟不须弹。喁喁儿女恩怨，说向镜中鸾。侬是修文种子[14]，卿是修眉仙史[15]，同押紫宸班。小谪三千岁，来往只人间　兰槛外，苔砌畔，露华寒。女郎花

放，一树莫近玉阑干。昨日青州买醉，今日青楼买笑，明日

买青山。偕隐共卿赋，双凤月中还。

题毕，榜人竞催解缆，与查登舟而去。白下诸名士传为美谈，至有作长歌以纪者。自此探花之名大著，而所谓文状元者，门前冷落车马稀矣。

选自《谐铎》

【题解】

本篇所写苏三，名叫苏绣英，排行第三，是清代南京城的一名妓女，同流传的“玉堂春”故事无关。旧时无聊文人要为名妓排名，这位苏三被称作“文探花”。她慕刘伟之名，托人相邀求见，刘伟因先见了一位“文状元”，十分厌恶，不愿再见这位“文探花”，后却在无意中邂逅，惊为天人，方悟“通人持论，不徇于名”的道理。作者的创作意图是借此来譬喻不要以名观人，方能真正发现人才。

【注释】

①已酉：清乾隆五十四年（1789）。白门：南京的别称。 ②晋陵：今江苏省常州市一带古名晋陵。 ③花案：妓女的排名榜。 ④琴心粉葬：琴心是明末秦淮名妓，经过明清之际的战乱，已销声匿迹。 ⑤葛嫩香埋：葛嫩亦为明末秦淮名妓，在明末清初战乱中遇难而死。 ⑥板桥旧艳：指明末秦淮妓女。当时南京的妓院在秦淮河畔，附近有长坂桥。 ⑦条脱：手镯。 ⑧白眼觑：表示鄙薄厌恶。 ⑨抡才：挑选人才。 ⑩周延儒：崇祯三年（1630）始任首辅，清兵入关，他自请督师，谎报战绩，后被赐死，入《明史·奸臣传》。 ⑪ “何处”两句：形容美女出现，语出曹植《洛神赋》。 ⑫狭邪之游：狎妓。 ⑬祖帐：以酒食饯别。 ⑭修文种子：贤德的人的后人，相传孔子的弟子颜回、卜商死后为地下修文郎。 ⑮修眉仙史：有才的仙女。

壮夫缚虎

沂州山峻险[①]，故多猛虎。邑宰时令猎户捕之，往往反为所噬。有焦奇者，陕人，投亲不值，流寓于沂。素神勇，曾挟千佛寺前石鼎，飞腾大雄殿左脊，故人呼为焦石鼎云。知沂岭多虎，日徒步入山，遇虎辄手格毙之，负以归，如是为常。

一日入山，遇两虎帅一小虎至。焦性起，连毙两虎，左右肩负之，而以小虎生擒而反。众皆辟易[②]，焦笑语自若。富家某，钦其勇，设筵款之。焦于座上，自述其平昔缚虎状，听者俱色变，而焦益张大其词，口讲指画，意气自豪。

倏有一猫，登筵攫食，腥汁淋漓满座上。焦以为主人之猫也，听其大嚼而去。主人曰："邻家孽畜，可厌乃尔！"亡何，猫又来。焦急起奋拳击之，座上肴核尽倾碎，而猫已跃伏窗隅。焦怒，又逐击之，窗棂尽裂，猫一跃登屋角，目眈眈视焦。焦愈怒，张臂作擒缚状，而猫嗥然一声，曳尾徐步，过邻墙而去。焦计无所施，面墙呆望而已。主人抚掌笑，焦大惭而退。

夫能缚虎而不能缚猫，岂真大敌勇小敌怯哉，亦分量不相当耳。函牛之鼎，不可以烹小鲜[③]；千斤之弩，不可以中鼷鼠[④]。怀材者宜知，用材者益宜知矣。

选自《谐铎》

【题解】

焦奇力大神勇，经常入山毙虎，为此向人口讲指画，自大自傲。一次，人家要他捉猫，他拿出缚虎的架势，不料这只猫跳跃腾越，十分灵活，他费尽力气，无计可施。作者借此譬喻"量材而用"的道理。篇中焦奇作为壮夫形象，写得相当成功。

【注释】

①沂州：沂州府，府治在今山东省临沂市。 ②辟易：惊退、避让。 ③小鲜：小鱼。 ④鼷（xī）鼠：即小家鼠，鼠类中较小的一种。

村姬毒舌

内姑丈陈公永斋[①]，己丑大魁天下[②]，给假南归。行至甜水铺，旁有小村落，绿树阴浓，野棠花妥，顾而乐之。遂步屧独行[③]，忘路远近。

村尽处，见竹篱半架，左有双黑扉，一女郎倚扉斜立，捉风中絮搓掌上，嗤嗤憨笑。陈睨之，魂飞色夺，因兜搭与语。女郎不怒亦不答，但呼阿母来。亡何，一驼背媪出，问女何为。女曰："不知何处来一莽汉，烦絮煞人。"陈意窘，诡以乞浆告。媪曰："斗室难容客坐。小慧，取一盏凉水来！"女嗷声而进[④]。陈曰："令爱年几何矣？"媪曰："但记其生年属虎，不知今当几何岁也。"问："婿家为谁？"媪曰："老身残废，止此一女，留伴膝下，不欲遣事他人。"陈曰："女生有家，膝下非长计也。"

适女取凉水至，闻余语，大声谓媪曰："是客不怀好意，毋多谈！"媪笑曰："可听则听，是诚在我，婢子何必琐琐。"陈乃夸状元以歆动之[⑤]。媪俯思良久，曰："状元是何物？"陈曰："读书成进士，名魁金榜，入词垣[⑥]，掌制诰[⑦]，以文章华国[⑧]，为天下第一人，是名状元。"媪曰："不知第一人，几年一出？"曰："三年。"女从旁微哂曰："吾谓状元，是千古第一人，原来只三年一个！此等脚色，也向人喋喋不休，大是怪事！"媪叱日："小妖婢嚣薄嘴[⑨]，动辄翘人短处。"女曰："于侬甚事，痴儿自取病耳！"一笑竟去。

陈惘然久之，继而谓媪日："如不弃嫌，敬留薄聘。"脱囊中双南金予之⑩。媪手摩再四，曰："嗅之不馨，握之辄冰，是何物哉？"陈曰："此名黄金，汝辈得之，寒可作衣，饥可作食，真世宝也。"媪曰："吾家有桑百株，有田半顷，颇不忧冻馁。是物恐此间无用处，还留状元郎作用度。"掷之地曰："可惜风魔儿，全无一点大雅相，徒以财势恐吓人耳！"言毕，阖扉而进。陈痴立半晌，嗟叹而返。

选自《谐铎》

【题解】

一位新科状元见到一位美丽的村姑，十分爱慕，他炫耀自己身为状元的权势和金钱来求娶，村姑和她的母亲却说："状元是何物？""此等脚色，也向人喋喋不休！"还把黄金掷在地上。状元无奈，嗟叹而返。篇中写人物对话，尤其是村姑的快言快语，惟妙惟肖，十分性格化。

【注释】

①内姑丈：妻子的姑父。 ②己丑：清乾隆三十四年（1769）。 ③步屧（xiè）：穿着鞋步行。屧，木鞋。 ④嗷（jiào）：高声回答。 ⑤歆动：打动。 ⑥入词垣：进翰林院。 ⑦掌制诰：负责管理起草皇帝下达的命令或文告。 ⑧华国：为国家增辉。 ⑨嚣薄：刻薄。 ⑩南金：即黄金，因南方的荆州、扬州产金子，故称南金。

曾衍东（1751—1830以后）

字青瞻，号七如，又号七如道人、七道士。嘉祥（今属山东省）人。青年时代因家贫曾为小贩，四十岁后历任楚北、咸宁、江夏、巴东等地知县。六十三岁时因罪革职，流徙温州。工诗善画。著有《七道士诗钞》《七如题画小品》和《小豆棚》。

常 运 安

常运安，永平府人[①]。性刚猛，与人谈古今不平事。辄詈愤[②]，终日不怿。看《精忠传》[③]，凡集中“秦桧”字样，皆手抠之。一日观剧，演《如是观》[④]，至“标本”一出，常大怒，跃登台上，夺武穆王椎，痛击假桧，几毙。讼于官，鞫之[⑤]，与伶素无宿怨，实深恶当日之桧，故今日见其似者而扑之耳！’搜其家所藏传本，皆无“桧”字，官释之。由是乡人输服。

常与人排难解纷，不避嫌怨。每常所到，角者即散，常犹悻悻寻殴不已。里有邱三，邪无行。遇一孀妇吴姓者，与常同巷居，偶过市，邱尾之，披襟而歌淫亵之词。常捉邱三，唾其面曰：“人尚恤孤矜寡，汝凌之耶？请试老拳。”邱不能敌，鼻遭之而梁折，目遇之而珠流。邱归，平复后，约党群殴，常亦颅破臂伤，众救舁返。其妻劝之曰：“琴不对驴鼓，力不与牛斗。奈何与无赖狯争强弱？”常日：“挞我于市，是可忍，孰不可忍！”常起，日伺邱。人见其色厉，不敢问。邱闻之，请肉袒[⑥]，不许，遂远避之。

常一日甫出门，见孀妇号跪于前。常问其故，孀曰：“前日邱某之辱，多蒙义愤。今遘祸益烈，实望大力拯救，生死含感。”旁有人告常曰：“孀有族中侄吴侨，窥妇无子，欲夺妇产。计无所出，乃诬妇以不洁，将逐之而自肥。”常闻言眦睛暴裂，气冲于冠，攘臂寻吴。时吴正在市口，喋沓其嫂[⑦]，手持一纸若状词。众哗然曰：“常运安来！”吴望而欲去。常曰：“啃，休走！”吴曰：“此我家事，汝不得预。，常曰：“汝欲霸汝兄之白产，何至玷汝嫂之苦节。”突飞一掌，吴仰仆；常进步踏其胸，指吴曰：“汝是吴侨否？”曰：“是！”常曰：“这回当不是场上之伪丞相也。”拳脚交加，登时立毙。常乃谓孀日："娘子请回。杀人者，常运安也！管领疾风暴雨，再不入寡妇之门矣！"孀泣谢，常慨然自首于庭。官义之，人哀之，而莫能救，遂问抵。逾年，援赦得释，夫妻抱痛，如逢隔世，第以逮罪[8]，产业荡尽。

妻乃日夜号泣，劝其改行；常亦力悔前非，誓不再蹈，卒为善士。然而闻鸡起舞，终未免有冯妇之见存[9]，其妻实忧之。当夜绩，见火珠满地，累累行入墙隅中。妻告常，掘而视，得窖金不可测。常喜曰："吾得金，金得所用矣！使此倘来者[10]，俾一二钱虏得之[11]，将不知几经慢藏，几经严密，势不至不及于祸不止[12]。何如今日假我行义，不以利为利，而以义为利之得哉？！"妻曰："得之利，勿暴其气，是集义所生者。"常自此遇人急难，脱骖留佩[13]，往往出诸水火之中，即或偶逢按剑[14]，一钩金尽可冰消。故常君晚岁躁释矜平[15]，义士而有蔼然之容。

称之者谓其半生仗义，半世疏财，其克保首领终也，宜矣！

选自《小豆棚》

【题解】

本篇描写的常运安是一位刚直、勇猛的人物。遇到世间不平事，总是挺身而出，扶弱抑强。他算得上是侠义人物，但又没有超群的武艺，并非身怀绝技，因而不时被人打得头破血流。有一次，闹出人命，他不得不入狱服刑，甚至家业荡尽。这样的遭遇是悲剧性的，但却有力地表现了他疾恶如仇的性格。作品写他出狱后，"力悔前非"，豪情挫折，意气消磨，这也是发人深思的结局。而作者又写到天赐横财，使他成为富翁，于是以"疏财"代替仗义，刚毅之貌变成了"蔼然之容"，这种描写给人蛇足之感。

【注释】

①永平府：治所在今河北省卢龙县。 ②罣愤：愤怒。 ③《精忠传》：写岳飞抗金被杀害的故事。 ④《如是观》：传奇剧本。写岳飞抗金故事，结局为岳飞抗金胜利，迎回徽、钦二帝，秦桧被处死。 ⑤鞫（jū）：审讯。 ⑥肉袒：请罪，谢罪。 ⑦喋（dié）沓：闲言碎语。 ⑧第：但，只是。 ⑨冯妇：指重操旧业的人。 ⑩倘来者：意外得到之物。 ⑪钱虏：守财奴。 ⑫“势不至”句：不是遇到大事不会动用这笔钱。 ⑬脱骖留佩：指助人财物。 ⑭按剑：动怒动武。 ⑮躁释矜平：骄躁傲气消释了。

柳 孝 廉

青州府诸生柳鸿图[①]，夫妻完娶，值岁歉不能谋生，携妻就食于外，继且结衣行乞，而乞者又多如蚁。一日，夫妇饥甚，相抱而哭。妇曰：“盍鬻我，汝得生；留我，则并死，无益也！”柳感恸，莫知所言，但摇手而已。俄见有小车载男女数人，盖贩人者。妇曰：“推车大哥，我夫妇饥惫，愿鬻身以就食。”车者见妇美，乃曰：“问尔男子几何值？”柳泣不能答，妇曰：“得十缗则随汝往。”贩者曰：“不值。五缗则可。”路旁人见而怂之，得八缗。车者遂脱贯出，妇负镪置柳前曰：“我生时幼少，父母爱我，呼我‘一捻金’，孰知竟成今日之谶！柳郎，柳郎！有此则生，无此则亡。但无虚生，为前人光。鬻妻活命，过时莫忘！”柳号曰：“以妻之貌，何所不可？我今与妻遂永诀于斯耶，抑尚有重逢之日耶？”车者促之，两人相持不舍。车者拥妇上车，推柳仆地，辗轸争而奔。柳望影失声，孑然挟资，呜呜以北。

妇车行数日，问价者颇多，贩者又奇其货，遂不得售。一日，抵新城一村[②]，村有王鸣生，武生也。家殷实而性慷慨，事母最孝，乡里敬畏之。年虽灾而是村赖王得安。于村口开一旅店，值贩者来投宿，王见妇举止非贱流，且凄惋欲动人怜。王知其为贩，而恐其流于娼也。王问贩者曰：“若女有姿。”贩者曰：“相公如爱好，何不留之？但得如本偿，不敢望倍利。”王归告母，母不许。王曰：“儿非爱其貌，实怜其人。母盍女之，以为保母。”母点首。王至店见之，告以为妹故，妇感谢，王以二十缗得之，王母遂视如女焉。后欲为女婚，女不从，愿以老女终事母，王母亦乐得膝前煦妪云[3]。

当柳生之北也，欲往关东，值关禁，不许出，复还东。是夏麦大收，遗穗于道，乃为人佣。逾年还乡，迤逦东归至新城，亦宿于是店。柳固穷：一身外了无长物。夜雨达旦，积水满院，不能行，柳拥篲为之粪除[4]。值王生至，见阶前如洗，喜曰：“那个人扫得院中无一点泥？”柳曰：“雨后早起无事，故洒扫耳。”王生曰：“汝何处人？”柳曰：“我姓柳，青州人，自早岁离家，今欲作归计。”王曰：“想富贵还乡矣！”柳曰：“如此蓝缕，何相谑耶！但谋得一枝栖，亦随处可安身也。”王曰：“汝归计既未决，盍为我店中料理冗事？”柳曰：“固所愿也！”王喜，即令其居柜前屋，日则洁尔舍宇，暮则安彼行旅；又识字能算，王倚赖之，乃不以佣视柳，而柳竟以兄视王，称莫逆焉。如是二年有余，无事时柳犹咿唔章句于梦魂鸡火间也[5]。

岁次戊申乡比[6]，柳诡言于王曰：“弟欲还乡一省家门，往返约可月余耳。”王即为之治装，衣履悉更，复厚赠之。柳别王就道，则易东辙而南辕，至省录遗[7]，场事终返，王以其自青州来也。时将重九，东省揭晓多在三四两日，柳屈指，心怦怦动。是年新城落科，故无耗。越日，传榜首出寿光[8]，柳不怿[9]，出村口蹀躞于大槐荫间[10]。遥见两人喘而来，坐树根。柳视之似传报者，心痒，问曰：“二位何往？”甲曰：“自青州来。”乙曰：“休题起！时晦至此，言之恐人讪。费尽手眼，谋得一新举人报，星驰往青，四觅并无其人。佥曰：‘荒歉携家不知所往。岂鬼也耶！’”柳忖逾时，曰：“日之夕矣，盍入此室？我逆旅主人也。”二人从之，入村店宿。晚时灯上，柳携壶酌来曰：“二友遄行惫，盍饮我一瓯秫榨[11]，以消烦闷？”两人起谢，遂同饮闲谈。柳复煨一壶来，皆酣。柳曰：“适所访青州举人，其姓伊何？”甲曰：“柳姓。”柳曰：“汝报人将何为据？”乙曰：“有草榜剪出蓝条者。”柳曰：“乞借一观。”甲若吝，乙曰：“至好相示何碍！”甲解缠开摺以示柳[12]，试目曰，“第四十名柳鸿图，青州府廪膳生。”柳观罢，凄然泪落如雨。甲曰：“兄何悲切为？岂族兄弟耶？”柳曰：“非也。”曰：“岂堂子侄耶？”柳曰：“亦非也。盖族兄弟之弟兄，堂子侄之叔父耳！”两人起曰：“然则新举人乎？”柳曰：“惭愧！”众人皆哗，王生至，问柳，柳乃细述赴省伪作归计事。王大喜，安置两捷人，奔告母，母亦喜。乃为罗酒浆，村之中皆贺客也。

一日，母与女在厨下置馔馔柳，捧盆者入厨曰：“柳伙在此二年，竟不闻名，今贵矣，皆知其为柳鸿图。”女闻之失箸[13]，母忖曰：“此女誓不嫁，今闻柳名而惊，岂以显者动心耶？”晚，王生归，母问曰：“柳伙有妻否？”王生曰：“家尚无，焉得有室！”女曰：“是青州人否？”王曰：“然。”至夜，母谓女曰：“自儿随侍我，二年有余，颇称孝顺，即亲生女无以过此。但筵席百年，终有散期。趁我暮年尚在，眼看汝寻一佳婿，我亦瞑目，无执前见。若个人家女儿在闺中老者？”女固深沉，已审其为柳，又不欲直言之，但曰：“惟母命是从耳。”母告王，王告柳，且重以母命。柳曰：“生离甚于死别，凶荒捐弃，临别数言，依依在耳。我今得续佳偶，恐人在天涯不胜白头之叹，则男儿薄幸，莫我为甚！”王曰：“鸾胶再续[14]，为无后计。兄必欲胶柱鼓瑟，作抱桥之守[15]，倘果琴碎人亡，则终身留天涯之憾，又孰重而孰轻耶？”柳曰：“恩兄之言，加以老母之命，敢不谨从？犹有言者：万一珠还璧合，尚望不栉公稍屈一坐耳[16]？”王反命，母颔之而视女，女曰：“俟到其间再作商量未晚也。”

王即店中设青庐焉[17]。至日，彩舆鼓吹，女著锦帔，至撤帐换盏，诸嫂姨具来。柳簪花冠带，为亲揭红盖。妇见柳，喜动颜色，不觉嗤然有声，既而止。诸嫂见之，以姑不识羞，归告母。柳固未近觑，亦私以为何其貌之似我妻也。乃晚客散，入室，柳执烛前，妇掩面悲恸。柳执其手惊曰：“卿真我前妻‘一捻金’耶？”妇曰：“郎固无恙乎？”柳大恸，继复挑灯话旧，细数离悰[18]，悲喜交集，真若再世！

及晨，侍妪扑被，第见鸳枕波纹，渍渍盈尺，将不知其湿从何处来也！柳乃衣冠见王，长跪谢曰：“吾兄恩义，令我刻骨镂心，此并非当时杨、裴诸公所可比拟[19]！”王惊问，柳夫妻始告以破镜重圆之故。王母知之，亦怡然曰：“吾固料女之不苟笑也！”后柳居新城，王为之揽生徒，设教于乡。

忆自五十、五十一两年，东省各府旱荒，苗枯棉槁，杼轴为空[20]，民皆束手待毙。国家蠲免之令，赈济之事，备御之策，靡不周详，较之前古，实所未有。而野中饿莩为狗鸢食者，仍相望不绝。呜呼！救荒无善策，诚哉是言也！又复鬻妻卖女，比比皆是，官府知之而不禁。盖鬻之则妻女去，而父母与其夫获生，否则终为沟壑鬼耳。是时草根芰蔓，每斤十钱，市中有货食者，辄抢而奔，比追及，已入口矣。又有数十为群，沿村夺食，夜则放火，故日未哺即锢户，通宵不得安静。如柳生之幸，诚千万中之一耳。

选自《小豆棚》

【题解】

本篇描写的是在年荒时难背景下发生的一个悲欢离合的故事。山东大旱，赤地千里，新婚不久的柳鸿图夫妻随众流亡，为了保全生命，柳妻主动出卖自身给人贩子，亏得遇见慷慨仗义的旅店主人王鸣生把她买下，服侍王母，得免沦入娼门。后来柳生闯关东遇阻，也来到王的旅店当佣工，只是夫妻互不知情。直到柳生考中举人，夫妻才得团圆。篇中描写柳生夫妻分别时，文笔哀婉，同时刻画出凄凉的灾民心态。末尾描写柳生悄悄前去考试，生怕不中，考中后最初不敢相信的种种心情，细致传神。

【注释】

①青州府：治所在今山东省青州市。 ②新城：今属河北省高碑店市。 ③膝前煦妪：在身边侍奉老太太。 ④粪除：扫除。 ⑤咿唔章句：读书。鸡火间：俗语有“三更灯火五更鸡”，指早晚。 ⑥戊申：乾隆五十三年（1788）。 ⑦录遗：补报名。因为柳鸿图不在本乡，故到本省报名时作为遗漏者补报。 ⑧寿光：地名，今山东省寿光市。 ⑨不怿（yì）：不高兴。 ⑩蹀躞：小步走貌。 ⑪秫榨：烧酒。 ⑫解缠：打开包袱。 ⑬失箸：筷子从手中落地。 ⑭鸾胶再续：再娶。 ⑮抱桥之守：男女间坚守誓言，宁死不变。《庄子·盗跖》记载，尾生和心上人约好在桥下相会，女子未来而大水涌来，尾生不离开，抱桥柱而死。 ⑯不栉公：指新娶妇。 ⑰青庐：举行婚礼用的棚。 ⑱离悰（cóng）：离情。悰，心情。 ⑲杨、裴：杨指杨素，归还徐德言妻，使其破镜重圆。裴是裴度，指其香山还带的故事。 ⑳杼轴为空：织布机空停着，无布可织。

长白浩歌子（生卒年不详）

或称浩歌子，满族人，著有《萤窗异草》。其他事迹不详。也有人认为《萤窗异草》的作者是尹庆兰，满洲镶黄旗人，著名官宦尹继善之子，卒于乾隆年间。

田 凤 翘

韩城卢孝廉[①]，某年下第，将归秦省。从一仆，跨二健骡，行于燕南道上。夕阳在山，犹未得所栖止。心正茫然，忽闻犬吠声，知去人家伊迩[②]，遂疾行。然细聆之，声在树间，不由孔道[③]，乃迂路而趋之。未及里许，日渐昏黄。比至，则屋宇不繁，草庐低矮，惟一家，面水而居。谛视之，则槐荫盈门，柳绵匝地，墙头杏子累累垂熟，令人起乡关之想。客未款户，金铃复吠于门中[④]。有老翁，年约六十许，蹒跚而出，询客何为。语以故，再三始闻。笑曰："女孟尝固不拒客者[⑤]，但虑湫隘[⑥]，不足以容车从，可若何？"孝廉又言之，乃曰："俟白主人。"入闺良久，方出肃客[⑦]，则已月印前溪矣。孝廉弃乘从之，入门，东向一矮屋，中甚修洁。翁延孝廉入室，仆骑均止于院中。翁谢曰："暮夜仓卒，蓬门市远，不及备斗酒为客洗尘，幸勿怪。"言已，自去。孝廉视仆秣驹，徘徊月下。见其居偪仄，主人卧室似与客寝毗联，只隔一层篱落，而人声笑语，入耳逼清。孝廉立未久，闻细声言曰："田家小妮子今夕不来，殊慢客。"其音似一少妇。语未竟，闻小女子声笑曰："子非我，安知我不来？"妇亦笑曰："正说曹操，曹操便到也。"小女子又曰："远迢迢的，陈家姨未审来否？妇曰："渠亦好事者，将无来？第予家适有嘉客，欲邀预席，但恐汝曹羞缩，皆逃去。"女子哂曰："汝自不羞，欲捉官路作人情[⑧]，我辈大家风范，岂村庄小儿女所能揣测者！"妇乃大笑曰："婢子面皮，故铁包者哉！我真未及料也。"语次，忽风声隐隐，似又有老少闺人杂遝而至。凡数辈，各叙寒喧，声亦渐远，不复闻。

有顷，老翁出速客曰："家主母不揣寒陋，窃思一晤高贤，请即行。"孝廉聆其言语，颇歆动，又值客况无聊，遂与偕入。院宇不甚宽广，而花香浓郁，树影阴森，银蟾之下[⑨]，布置举一一可见。左侧三楹，华美不类民家，疑即主人所寝者。右侧一草亭，颇轩敞，中设三席，而虚其一。妇人四五辈，语笑甚欢。闻孝廉至，皆出迎。一衣缟素者，貌甚清丽，敛袂改容曰："妾以先夫见背，僻陋村居。今幸君子惠临，顿光蓬荜。适田妹设有薄酌，藉花献佛，万勿疑讶。"孝廉知其为主人，乃答揖曰："不才羞等刘蒉[10]，穷如苏季[11]，抱惭点额[12]，狼狈西归。猥以日暮途长，惧逢虎狼暴客，轻造潭府[13]。已荷优容，更与华筵，益惊宠召。"语已，众客亦相见毕，逊之入亭，延之首席。孝廉辞谢而后就坐。筵前无烛，映月窥观，左席一媪二妇，媪年近五旬，状貌魁梧，衣杂彩之服，五色翩跹，众呼之以姨。妇容俱风格，衣亦素色，齿与主人相埒[14]。右席则缟衣而外，只一红裳少女，美如图画。坐间恒流盼相属，意似有所欲言。孝廉处众美之中，深自敛抑，不敢少纵。酒甫行，即觉微酣，不胜惊讶。细咀之，其酿味浓而色淡，醇酽异常。遂不多饮，略馎蔬果，以见主人之意而已。酒方再巡，媪谓众曰："鲸吞牛饮，虽八斗亦奚以为？请效桃李园故事[15]，各吟短篇，以充觞政[16]，客以为何如？"孝廉唯唯。因请媪首唱，媪亦倨慢不辞，口占一绝曰："曾兆霸图侔翙凤[17]，更符圣道笑冥鸿[18]。红颜老去风流在，每向南阳化赤虹。"吟讫，众妇鼓掌曰："兴殊不浅，但不觉遽露本色矣。"次及孝廉，辞让至再，乃吟曰："一园红杏原无我，满眼夭桃信是谁。犹作广寒花下客，不须胪唱且舒眉[19]。"众聆之，谢曰："妾辈远逊嫦娥，何克当此。"再次及三妇，皆推不能，愿以巨觥受罚。惟红裳女子低吟曰："长夜无灯磷自照，断魂谁伴月为俦？凄凄一树白杨下，埋尽金闺万斛愁。"孝廉见其诗有鬼气，咄咄逼人，不禁变色而起。众俱恚曰："婢子何败人清兴？"遂皆不欢而散。

孝廉出就外舍，心悸不宁。欲行则暮夜苍茫，莫知所往；欲止则踪迹诡异，深以为虞。乃和衣假寐。方转侧间，倏闻窗外弹指作声。起视之，欻见红裳女子，仓皇闪入，谓之曰"非妾拙作，则君危矣。此地较虎狼尤恶，故为栖栖于是？”孝廉愕然，惊询之。女急曳其袂曰：“行矣，犹问耶？”孝廉欲顾仆马，女曰：“身存而此可徐图。”径携之只身而出。东窜里许，乃复西行。孝廉惶怖汗浃，罔知所措。至一大树下，女曰：“此即妾家，可少息，妖来自有以御之。”孝廉坌息[20]，叩其颠末。女曰：“妾名凤翘，田姓女也。陈姨居于岐州[21]，实一雌雉之怪。彼三人者，皆千年之蝟，专伏地底，啖人脑髓，左近之丘墓，无不罹其荼毒。妾生时虔诵《金刚经》[22]，殁后以之为殉，妖不敢近吾坐，因结为姊妹行。晨夕同游，实欲盗吾宝也。昨夕，妾家以酒馔饷妾，渠等知之，以法摄致，强妾为东道主，不图君乃与席。妾不忍以口腹之故，使人肝脑涂地，以饱无餍之馋。曾数数目君，君竟漠然；幸得赋诗见志，耸动君听，不然，此时已莫能生矣。”孝廉闻女言，益惊。方将研诘，瞥见火光数团，越阡度陌，疾如飞隼，将至树下。女出袖中一卷，曼声娇诵，其光即摇摇不前，如有所忌惮然，相持至鸡鸣，始各散去。孝廉窜伏蓬颗，屏息不敢出声，汗蒸蒸，衣襦尽湿。比及天曙，女贺曰：“君生矣，请俟日出，重诣故处，以验所言之信否。妾阴质不能昼见，今宵旅邸梦中当来与君细叙，将有要事相商。”言讫不见。孝廉视之，蔓草寒烟，新坟三尺，犹有纸钱，以片石镇其上，因揖而谢之。仍循故道。至客夕居停，则丛冢如布棋，绝无庐舍。行装辎重，散委于榛莽间。急寻其仆，则已溘然长逝，囟门有小穴[23]，其中空空然，想为群妖吸去矣。愈大骇，物色得其骡，犹幸无恙，乘之以行。旁午始抵城市，即以告人，莫不惊异，遂止孝廉于传舍，而白之官。

至夜，孝廉梦女来，面酬其德，并询仆死之由。女曰：“是妖虎踞泉壤，非此莫得延年。然遇生人而餍之[24]，恒胜于化者什倍。以君颇有福泽，无敢骤近，故假酒色以乱君。君倘酣卧，渠乃可逞。君幸从妾遁，而仆犹在梦中，其罹于毒手，又何疑哉？”孝廉又咨以驱除之方，女曰：“渠寿既长，兼具灵异，往来数百里，鬼神亦莫可如何，况人乎？”因腼然曰：“妾已与妖为仇，不复可以居此。知君失偶，愿承琴瑟之乏[25]，从君入秦。留经作镇，亦可永护残骸，不识肯俯从否？”孝廉虽艳其姿，而惧为阴类，乃答曰：“再生之恩，何所不可？但卿生之而复死之，予心虽无憾，不亦重累卿德？是以不敢。”女沉思良久，喟曰：“言实近道，妾不敢强。”又曰：“明旦诣官，恐有辩难，第亟呼妾名，当有裨益。”言已，孝廉顿寤。及见邑宰，果以杀仆疑之。孝廉愤激，因呼凤翘不置。宰骇然，亟退厅，引孝廉与语曰：“此吾女也，殁已两月，君何以悉其乳名？”孝廉遂述其异，并及其女之衣妆，无不吻合。宰惊喜曰：“亡女好诵《金刚经》，存日尝怪之，不意竟得其力。微先生言，吾不知也。”盖宰本闽人，因道远，尸榇难携[26]，又不忍失之，故即葬于任所，亦视宦为家之积习也[27]。于是不疑仆死之枉，仅以暴卒详于上官，狱遂解。

孝廉起女柩，浮厝佛寺，免令死者悬悬，宰亦从之。孝廉遂辞谢，旋里。至家，其母适妊娠将产，一夕，又梦女来，谓孝廉曰：“与君终属有缘，不倡随而埙篪矣[28]。”孝廉醒，闻母已诞生一女，知为凤翘转世，乃禀于父母，仍以字之。乃长，能友其兄，不啻悌弟。孝廉年五十，犹困于公车[29]，家又中落，其妹嫁一巨家，辄不时资助焉。

选自《萤窗异草》

【题解】

卢孝廉夜行遇鬼妖，亏得田凤翘相救，才得以脱身。田凤翘也是鬼，不过是新死的鬼。她的救人行为结怨于鬼妖，已无法再在原处安身，她表示愿与孝廉结合，远走他乡，却遭孝廉婉拒。尽管如此，她继续帮助孝廉，使他安然返里。并且，她投胎到孝廉家，成为他的小妹妹，长大出嫁后，不时以金钱资助兄长。篇中描写的田凤翘救人救难，心地美好，形象可爱。关于她不能为人妻，也要为人妹的描写，颇见新奇。

【注释】

①韩城：今属陕西省。 ②伊迩：很近。 ③孔道：大路。 ④金铃：指狗。 ⑤孟尝：孟尝君，战国时齐国人，以好客养士闻名于世。 ⑥湫隘：狭小。 ⑦肃客：恭敬地引客人进去。 ⑧捉官路作人情：拿别人的东西作人情。 ⑨银蟾：月亮。 ⑩刘蒉（fén）：字去华，唐代人。赴科考应贤良对策考试，因说宦官误国，下第。 ⑪苏季：即苏秦，战国时人，发迹前非常穷困。 ⑫点额：意为应试落第。 ⑬潭府：称别人家宅第的敬辞。 ⑭相埒（liè）：相等。 ⑮桃李园故事：指李白在桃花园夜宴诸兄弟一事。 ⑯觞政：酒令。 ⑰翙（huì）凤：凤凰。 ⑱冥鸿：高飞的鸿。 ⑲胪唱：考中进士后，皇帝召见时唱名传呼，称为胪唱。 ⑳坌息：喘粗气。 ㉑岐州：今陕西省凤翔县一带。 ㉒《金刚经》：佛经名。 ㉓囟门：在头顶中间靠前部分。 ㉔餍：吃。 ㉕琴瑟：喻夫妻。 ㉖榇：棺材。 ㉗视宦为家：把任职之地看作家乡。 ㉘不倡随而埙篪（xūnchí）矣：不能做夫妻便做兄妹了。埙篪，两种乐器，比喻兄妹。 ㉙困于公车：一直没有考中进士。

青　眉

皮工竺十八，邑之鄙人也。年仅弱冠，貌姣好如女子。虽居市廛，里之美少年，莫之能掩，以故有"俊竺"之号。其室曰青眉，色尤姝丽，见者疑为画图。初诘其所自，坚讳不言，后乃稍稍露之，则实北山之狐也。

盖竺少佣于乡，始学裁皮，年甫十六耳。师嗜酒，夜出恒不归，肆中惟竺一人，缝纫至中宵，然后敢寝，率以为常。一夕，师又出。竺方夜作，闻弹指声，意为比邻取履者。隔扉询之，则答曰："侬。"其音绝娇细。竺大骇，且虑为市中恶少，侦其师不在，来寻断袖欢①，心益惴惴②。乃绐之曰："已卧矣，客请明日来！"外又曰："侬非暴客，实邻女也。盍开，我与若一言。"竺不得已，从板缺觇之，果似二八垂髫，立于檐下，因启之，女径掩笑入。竺视其貌，容光照映斗室，虽少小，心亦不能无动，遂覥然诘所自来。答曰："家居距此咫尺，缘夜绩，烛为风灭，特来乞子新火，非有他也。"竺素醇谨，慨然与之，不敢交一言，女亦持炬径去。竺虽未通情话，而心颇爱好，冀其复来。乃师归，女竟不再至。日夕，坐肆中伺之，亦杳无其迹。

无何，师又他往，女则又来乞火。两情渐稔③，欣然延入，与坐谈，女以年岁询竺，答曰："一十有六矣。"女微笑曰："阿侬适与君同庚。"竺亦询女之居址，答曰："久当自悉。"絮语移时，犹无去志。竺亦贪其貌，眷恋弗舍，四目痴痴，将不可解。女忽回顾衽席，谓竺曰："此即君之卧榻耶？恐偪仄不足以容二人④。"竺会其意，乃答曰："卿试先卧，看能容否？"女笑而起曰："明夕来，当试之。"又复去。竺终腼腆，弗能挽留，然已心志蛊惑矣。晨起无心操作，惟冀其师不归，得以成此佳会。而师果为曲蘖所羁⑤，向晦不复，心益悦。及昏，明灯兀坐，形状类痴，亦不再捆屦⑥。漏下二鼓，女果来款户，启之入，则靓妆艳服，迥异昨之朴素。询之，笑而不答，径登竺榻，面壁卧。竺知其惧羞，乃先解己衣，息火就枕，暗中摸索，手战情炽。女忽佯拒之曰："市井儿，同衾已足，复望其它耶？"竺笑曰："予意同衾者，未能无事。"已而娇香流溢，带缓衣松，女若战战弗克胜任，而缱绻之意尤浓。竺初近女色，颠倒神魂，不须臾而玉山颓矣。于是柔肌互贴，梦寐皆春，及寤而东方已白。竺尚流连，女早揽衣先起曰："乐正未央，不可使他人窥见底里。"乃去。竺起而师返，女绝不来。竺亦不以为讶。阅数夕，乘师之出，又复欢会，款洽且倍于初。女谓竺曰："侬自见君，顿为情系，以故不以自坚，致有前宵之事。今幸两相欢爱，生死弗渝，君能不弃，即以妾为糟糠妇乎？”竺嗫嚅良久，始答曰：“阿谁不愿？但予幼失怙恃[⑦]，育于兄嫂。今从师习此末艺，将来尚未知若何。畴有余赀[⑧]，为予纳妇耶？且年齿尚卑，尤未敢漫然启口。”女曰：“然！以侬计之，君能辞师出游，妾自能相君立业。奚为仰人眉睫，使我燕尔不欢？”竺恍然。乃诘之曰：“若言有家在，岂无父母而可自主耶？”女笑曰：“妾初绐君，君今乃悟乎？侬字青眉，居北山，实狐也。羡君玉貌，故假邻女以相就，岂真有高堂为予缚束者？”竺年幼，且贪新欢，茫不知惧，唯曰：“闻狐恒为人害，信然否？”女曰：“亦信有之，而妾非其伦也。妾不爱君，亦不屑至此，爱之而复杀之，宁能见容于天地乎？”因侃侃盟誓，竺亦相信不疑。临去，授竺以策，竺如其教，启于师曰：“昨闻里人言，予嫂病且甚危殆，予少受其抚育，请给假，一归省视。”言已，泣下。师亦微闻其嫂疾，见其悱恻，心甚悯焉。乃自营肆务[⑨]，遣之行。

竺出肆，未及里许，女早逆于道周，问之曰：“君将奚适？”竺曰：“将归予家。”女大笑曰：“君误矣！若往汝家，有兄嫂在，其何能不从师？”竺曰：“为之奈何？”女曰：“侬视君之业，虽未能游刃有余[⑩]，而尚可以进乎技。妾幸有薄积，请与君游于外郡，自立生计，必有以愈于为人佣。君以为何如？”竺本漫无主裁，欣然从之。女出白金一锭，觅舟南行，竺与女倡随甚乐，亦不念及乡族。舟抵常熟，女犹欲前进，竺不愿，乃僦居邑之北门。女又以金半笏[⑪]，为营肆具，遂开设于市中，其后为居室。女以竺齿尚稚，不令合人生理，凡竺所不能制者，女皆代庖为之，式甚新奇，名乃大噪，邑中之履咸归焉。女亲操井臼，治饔餐[⑫]，暇则织屦，相夫子，怡怡然无怨色，竺益心德之。

明年，竺已十七，家小裕，志遂少荒，数从无赖游，女禁之弗听。适常熟有富家子，性佻达，尤好龙阳君[⑬]。时来肆中市履，见竺之色，深悦之。会竺与无赖交，乃以重金啖诸无赖[⑭]，值望后，月色甚明，众置酒于邑中慈觉寺，邀竺为长夜饮。竺以他故绐女，遂从无赖行，至则富家子亦在座，极致款曲。竺素限于量，饮未半，已不胜酒力。众引之别室，俾其小憩，实则以计嬲之也[15]。竺方转侧欲眠，忽闻人小语曰："舍妾孤栖，君乃在此高卧耶？"竺急张目视，则青眉立于榻侧。因诘其盍以至此，女曰："君之危，若履虎尾，犹问乎？请即从妾归。"竺内惭，因诈以醉辞。女以气噀竺面[16]，冷若觱栗之风[17]，酒顿醒，强起随之行。女曰："君未得其实，归将怨妾。盍少留，当有笑柄，供君解颐。"随捉一矮凳，置床头以待。麾之，倏成人形，衣缕面容，与竺无差别。竺亦莫测其意，惟伫伺之。有顷，见富家子与众嬉笑而入，曰："啜醨之鱼可捉矣！"径以手启卧者之衣，潜捋其裤，狎亵之状，不可胜言。竺面赤汗流，始悟众等恶计。女顿以纤腕相握，曰："去！去！"遂悄然出走，恍若梦寐，两身早在室中矣。既归。女延之坐，长跽而数之曰："妾携君远离故里，虽不敢望君大成，亦宜自爱！今君数作游荡，几以丈夫之躯，陷入妾妇之队。使狡谋果遂，不独妾羞为弥子之妻[18]，君又何面目归向桑梓乎？"语甚悲咽，泣下数行。竺愧悔无以自容，颜色沮丧，莫措一词。女恐其过惭，乃起以温言慰藉曰："后勿复然。过固贵于能改也。"遂仍欢好，不再言。乃富家子为欢良久，顿觉有异，视之，则裸伏凳上，竺之迹渺然。大惊，疑竺为妖，与众共首于县。时巴陵苏莐臣，以进士宰常熟，素稔富家子有邪行，不欲究其事。然因马朝柱一案[19]，逮捕妖术甚亟，爰命役拘竺。竺至，公见其少小，且事涉暧昧，略加研诘，竟笑遣之。竺归肆，女忽谓之曰："是地不可复居，居将有祸。"遂货其器具，束装北行，徙家于瓜步间[20]，爰卜山阳之南郭而居之。女以竺少不更事，前因多资，致荡其心，遂不复设肆，日令竺荷担入市，所得者仅足糊口。已乃茅屋数椽，纺绩相助，此外别无盈余。竺渐不能堪，每出，窃与市儿赌，始亦获采[21]，少助杖头[22]，遂欣欣以为得意。女故知而不问。

一日，女出汲，突遇同巷某，瞥见之，惊以为神仙中人。盖某素业赌，以博得罪于势豪，方切忧惧。见女居为奇货，顿思假为释憾之计，献媚于豪。因乘间以言饵竺曰[23]："子业此欲赡两口，势必有所不能。且男子远离乡井，亦当思奋身立业，始可归见里族。若仅日觅蝇头，竟同株守，不第不能归，归亦何颜也？"竺闻言，适中所患，乃咨嗟曰："君言良是，但无处措赀，业由何立？"某又佯为踌躇，徐曰："此事亦非大难，某同辈中，某某均以博起家，获资千万。闻子采兴甚高，战无不利，盍为此不母而子之策[24]？白手可致素封[25]，犹愈于坐操会计多多矣。"竺本以此自负，又不禁歆羡之私，遽攘臂曰："君能贷我十缗，我当试一为之。看花骨子非我如意珠耶[26]！"某慨然许诺。暮，又偕一人来，曰："予适小匮乏，贷于此兄，幸如数，请即署券。"竺素不能书，女虽能，又不敢以告。即倩某捉刀[27]，其名实即某豪，竺不及知也。其一人得券，即以赀付竺，匆遽而去。竺亦未及致详，径携赀就某家赌，其始小胜，后乃大亏，比及鸡鸣，早已万钱立罄。众哄然散去，竺亦垂首而归。抵家倦卧，女故悉其所为，亦不致诘。又明日，竺诣某处，与商背城之策[28]，数往皆不遇。瞬息月余，某忽偕数人至，衣帽甚都[29]，前人亦在内。某谓竺曰："积欠猝未能清，其子可偿也。"竺为此故。已私蓄千钱，毅然曰："息几何矣？"答曰："五十缗耳！"竺骇曰："其母仅十千，其子何反数倍耶？"众哗曰："语都不类！"急出券，令竺自阅，则已千缗实书其上矣。竺不觉颈赤，与某力争，某亦不相下，手口交加。众咸怒曰："逋欠者亦敢肆虐耶？"遂群殴之，几毙而后去。邻人有怜竺者，扶掖入室。女为之抚摩疮痍，毫无诟谇，人益贤之。诘朝，豪仆又来取索，且风示其旨曰[30]："能以妇偿，百缗尚可得。"竺大詈之。其人即返，又引前数人来，挝门秽辱，比邻俱掩耳恶闻。女背竺，急出止之曰："若勿尔尔，若之意在人不在资，侬已知之。但竺为侬夫，今甚狼狈，伉俪之情，不忍遽绝。归与若主言，果相悦，俟竺愈，径来相迎，侬固不惜此一身。”豪仆闻，皆喜，敬诺而去。里中聆其言者，俱以女为缓攻计，即竺亦不疑其有去心。

浃旬[31]，竺已复初，惟忧豪家来索逋。已而果至，女出，与之约，竺亦不能尽知。晚间，女置酒室中，为竺庆，少酣，女起，满酌而语之曰：“妾为君妇，三载于兹，不克有所裨益，既致君离其乡里，骨肉不通笑言。今又以蒲柳之庸姿，辱君于狂奴之毒手，心实怍焉[32]。刻下积逋无偿[33]，进退维谷，君将何以处之？”竺默然，既而叹曰：“予诚不肖，重负吾卿，豪家之事，情甘与之涉讼，他复何言！”女泫然曰：“君奚固执若此？君以异乡之身，与豪右相较，危可翘足而待。若整装急旋故土，上可广先人之祀，下可酬兄嫂之恩，计诚莫逾于此。”竺已喻其旨，因曰：“我归子将若何？”女曰：“豪之所图者，色也，妾以色事君，即以色事豪，渠必不追吾夫矣！”竺艴然色异曰[34]：“是何言也？予宁死不以妻抵债！”女遂不再言。及寝，又以利害说之，竺方首肯。女即起，为之治装，促之行，曰：“不可缓，迟疑则祸至矣。”竺尚留连，女强之出门，以手麾之，竺遂不能自由，大奔若狂，直至百里外，始复其故步。暮投旅邸，计去山阳已二日程，竺终以女为念，止不复前，将以探其耗，阅五日，果有自淮上来者，且其熟识也，见竺即尤之曰[35]：“子诚负心，捐妻子而远遁，令其死于强暴，情何以堪！”竺故预料有此，乃大恸。诘其颠末，人曰：“尊阃至豪家[36]，涕泣不食，夜出缢于其门，尸重不能举。官知之，检其怀中，得血状，具诉其冤。官将逮子，莫知所往，因置豪于法，并诱子者亦得罪。邻里咸称快。予来时，狱将具矣。”竺心又少慰，乃市楮镪[37]，祭之于野，痛哭至呕血。病卧传舍，时时饮泣，旋复迷惘。沉顿间，女忽欻然入，就榻抚视，且笑曰：“妾已得生，君何为欲死耶？”竺愕然曰：“闻卿已殉节，今至此，得勿学桂英，来索王魁命乎？予诚负心，殁亦无憾！”女又笑曰：“年已如许大，何犹菽麦不辨，呱呱作小儿啼耶？妾本狐仙，宁无自全之策？向之殁者，特江间一片石，岂侬亦效痴妇人，作投缳鬼哉？”竺夙知其灵异，欣喜不胜，而病已甚惫，女投之以药，遂霍然。女又谓竺曰：“妾不可露形于此，致人疑怪，当仍往前途候君。君亦勿久滞。”乃先行。竺至次日亦就道，至夕与女重圆于旅次。竺谋他适，女不可，曰：“前因一时孟浪，屡踬于他乡[38]，今而知安乐莫如故土也。请即偕归，不再与君作汗漫游矣[39]。”于是出金为竺制衣履并己之妆饰，遂返本邑。

初，竺之兄不见弟，欲讼其师。乡人有见竺远行者，力止之，而兄嫂恒思忆不置。一旦见竺携艳妻复，其邦族咸惊喜。竺诡言娶于他邑，人亦不疑。女以资授竺，使仍设肆于市，而迎兄嫂与师，奉养于家，曰：“为我约束狂郎！妇虽智，究难箝制夫也。”自此，竺与女力作，家以日裕。

余初见青眉，深异其非常人，因再三诘竺，甫肯缅陈其概。更谓余曰：“微君之文[40]，予妻将湮没毕世矣。”余亦喜其相夫之智，持节之坚，遂援笔而为之传。

选自《萤窗异草》

【题解】

本篇描写皮匠竺十八与狐女青眉的爱情、婚姻故事。开头写这一对情窦初开的少男少女互相爱慕，充满情趣。接着写在青眉的鼓励下双双私奔，在外边成家过日子，这时的青眉俨然又是持家相夫的贤妻良母。再写竺十八因涉世不深而误交奸人，青眉帮助丈夫渡过难关、跳出陷阱。这时的青眉又成了有智有勇、回天有术的仙女。经过几度波折，夫妻曾失散，最后团聚，双双返乡。全篇生活气息浓厚，写来曲折有致。

【注释】

①断袖欢：男色。 ②惴惴：惶恐的样子。 ③稔（rěn）：熟悉。 ④偪仄：狭窄。偪，“逼”的异体字。 ⑤曲糵（niè）：酒麴，此处指酒。 ⑥捆屦：做鞋。 ⑦怙恃：父母。 ⑧畴：谁。 ⑨肆务：店中事务。 ⑩游刃有余：形容技艺纯熟。 ⑪半笏：二十五两。金银以五十两为一笏。 ⑫“女亲”两句：青眉亲自汲水舂米，做饭做菜。 ⑬龙阳君：男色。 ⑭啖：收买、利诱。 ⑮嬲（niǎo）：戏弄。 ⑯噀（xùn）：喷气。 ⑰觱栗（bìlì）之风：呼啸的寒风。 ⑱弥子：弥子假，春秋时人，以男色事卫灵公。 ⑲马朝柱一案：乾隆十七年，湖北罗田人马朝柱利用迷信在英山起事，事败被杀。 ⑳瓜步：山名，在今江苏省。 ㉑获采：赢钱。 ㉒杖头：买酒钱。晋时阮修外出，常以百钱挂杖头，到酒店买酒喝。 ㉓餂（tiǎn）：诱骗。 ㉔不母而子：不要本钱而能得利。 ㉕素封：白衣卿相，指虽无官位却有权势的富豪。 ㉖花骨子：骰子，赌具。 ㉗捉刀：代笔。 ㉘背城：最后决胜负。 ㉙都：华美。 ㉚风示其旨：放出风声暗示富豪者的意思。 ㉛浃旬：十天。 ㉜怍（zuò）：惭愧。 ㉝积逋：积债。 ㉞艴（bó）然色异：因生气而变了脸色。 ㉟尤之：责怪他。 ㊱尊阃（kǔn）：对别人妻子的敬称。 ㊲楮镪：冥钱。 ㊳踬（zhì）：受挫折。 ㊴汗漫：散漫、无节制。 ㊵微：没有。

定 州 狱

直省定州①，有村民婚于近村某家。民有孀母，素婴疾病，井臼惟藉妇操。妇年二九，颇风格②，民更密于防闲。以故归宁之期绝少，妇与其父母皆不满。时届秋成，其岳家村中，演戏侑神。适民母疾小愈，岳浼人言③，欲迎女归，母许之。妇遂盛妆而往。民固雅不欲，淹留未久，往促之归。翁媪爱女，皆不听。及社事将阑，民又往，为言母以劳疾作，理宜遄归，絮絮不止。妇贪观剧，甚不愿，乃曰："尽此一夕耳！姑即抱恙，暮夜亦无所事，请俟戏终，明晨旋返，良亦无所误。"媪亦赞助，民不能强，遂悻悻自去。实亦新婚未久，燕尔情浓，非有恶念也。于路窃自愤曰："贱骨朵不念枕席情，只图欢笑，吾必辱之。"抵家，饭已，乘夜悄然复往，稔知岳家有矮屋，邻于演戏之所，妇与姑姊妹，列坐于檐际以观。远望妇果在，指顾笑语，意甚欢。民益大恚[④]，乃于人丛中委蛇行，潜身廊庑，昏暗中绝无知者。时杂剧正盛，金鼓雷鸣，满场喧哄。妇凝睇已久，渐忘形骸，频以一足垂下。民知其无备，仰而企之，竟褫其只履[⑤]，而妇犹漠然弗知。夫遂怀之急返，至家闭户高卧，亦不与母言。计俟其晨归，痛辱之，以泄积忿。

乃妇失履未久，顿觉足冰，扪之，则莲瓣已脱[⑥]，心疑猖狂者为，不胜愧悔。兼虑诸亲咸集，闻必嗤笑，遂不俟场终，急下屋，自觅尺帛缚束之。白于父母，将归其夫家。翁媪皆惊讶，叩之弗言，留之不可，惟托足软，命人控一蹇卫送之[⑦]。盖图夜归易履，免致播扬。及至，姑犹未寝，启户即讶曰："若婿言若明日归，何深夜而返？得毋令阿翁怪耶？"妇曰："儿闻母又病，是以急归，不暇俟翌日也。"姑笑曰："予病亦习惯，乌足虑。"妇俟姑寝，然后趋就己室。恐夫觉，不敢燃灯。及夫问以伊谁，始答曰："予来家。"夫微哂曰："予以汝从优人逝矣，竟归耶？"知夫怒，无敢言。夫又曰："大好戏文，诘朝闻将复演，汝何遽归？"妇益默然。窃思俟夫寝，始可取履以更。及夫又询曰："既归何不以炬来？"妇甫对曰："夜阑火烬，暗中固可寝也。"夫知其意，忽起曰："待予为汝燃烛。"妇力止之，不听。烛既燃，纤毫毕鉴，妇惧，亟匿其足。夫早见其无履，乃佯笑曰："汝以足来，迹殊有异。"妇伸有履者，亦笑曰"若孜孜凝视，岂有人跳而行耶？"夫注目良久，遽曳其右足曰："是何独无？"妇大惭，低鬟无语。夫谩骂曰："不从我言，致出予丑。虽醢汝身[⑧]，不足泄忿矣！"固诘其履，妇无以对。夫曰："履在足上，今不见，其事可知。予犹以汝为室耶？”喃喃登榻，怒骂不休，且言明日迹得之，决杀却。遂复卧，意盖愧怍之而已，辗转絮聒，不觉熟寐。妇惶恐无以自容，又虑为邻里笑，竟缒帛于梁而自缢。及夫闻声惊寤，起而抚之，体已冰矣，大怖且悔。复计妇夜归，当无知者，若潜匿其尸，反诬其父，祸可免。因断其缳[9]，负之出户，投诸邻寺井中。寂然反室，思妇之情好，不禁帐惋。待旦而出，不及见母，竟往岳家逆妇[10]。翁媪言已送归，婿力白其无。前送女者，适以事他出。共疑之，具控于官。州牧胡公，素聪察，急拘送者至。鞫之不服，惟举姑妇相语状。公颇心疑，拘妇之姑，庭讯之，所供与送者同。因以严刑拟其夫，始吐实。公命加以桎梏，押往觅尸。令善泅者出诸渊泉，则闯然一髡[11]，无所谓朱颜绿鬓者。公与吏民皆大骇，审视之，额烂身殒，乃寺僧某也。

盖妇尸坠井，适罣于坎[12]，未至没水。缚少缓，竟以更生。忽觉冷砭肌骨，不可当，且暗如昏夜，仰瞩之，又见天光。窃意身履冥途，故其境如此。迨以手扪之，寒泉浸溢，始悟入井，乃号呼望救。适寺僧起，五鼓时，桔槔灌园[13]。闻井中有声，疑失足误坠者，俯询之，则邻妇某氏也。僧故识其夫，急引修绠拯之[14]。井深九仞，妇手腻力怯，多方竟不能上。正惶急间，俄一少年贸然来，亦邻家学圃者。见僧鞠躬用力，乃笑曰："大师何作此态？岂金绳中断，以致净瓶不出耶？”僧语以故。少年曰："不仁哉，吾师也！宁有慈航普渡，而高居彼岸者乎？若素能浚井[15]，予缒汝下，渠乃可上，何计不及此？”僧曰："然，予亦熟筹之。此时值乏人，故作此拙态耳。”遂浼少年执绠，己乃缒绳而下。既得妇，解绠束其纤腰，号曰："急提之！”少年用力，妇果出。睨之，虽衣裾沾濡，貌颇婉丽，心大动。绐之曰："娘子以绠予我，请就高阜憩息，予出吾师。”妇解付少年。少年四望有巨石，其大如缶，力掇之，下诸井，适中僧颅，竟毙于水。少年虑其复活，再取他石连投之，寂然无声。知其已死，始止而不投，突牵妇衣曰："去之！此处不可以复留。妇见僧毙，知非好相识，大惧欲走。少年胁之以力，不能脱，始勉从之。

曲折里许，至一土室中，少年语妇曰："僧与予言，意颇不善，予故力救汝。今将送汝归，但衣湿，恐不可耐。予他出，任汝自便，俟燥而后行。予实无恶念。"言已趋出。妇信之，反感其德。亦觉衫裤尽水，不胜其寒。乃起，坚扃其户[16]，裸而以手挼之。正白身无备，少年早破窗突入，直据要津，妇遂无以自主。事已，少年谓妇曰："汝欲归乎？"妇答以欲归。少年曰："不可！僧以汝死，归将涉讼，予必诬汝同谋。况予送汝返，汝夫益疑，汝有三命耶？"妇果慑其夫，乃询曰："将若何？"少年曰："予籍新乐[17]，在此为人佣，拟于明晨旋里。汝能从予去，予无室，即以汝为妻，汝亦颇愿否？"妇沉思，实无所归，遂许诺。但曰："一履又陷泥中，汝丐得之，乃可行。"少年颔之，启扉复出，仍下钥焉。至暮，以饮食来，妇从之乞履，答曰："履在人趾，实无由得。"妇曰："弗得，实难行。"遂同寝处，益相欢好。明日，少年又出，妇以履之事坚嘱之，少年口诺而心以为难。傍午，闻僧尸已现，益用张皇，薄暝乃敢返室。独行野田间，见有赤钩两弯[18]，颇纤袅，似合妇足，疑为他人所遗者，喜极，不暇顾虑，掇而疾趋，抵室即以示妇。妇熟视，讶曰："此予之故物，何由得入子手？"少年方言其故。欻有二役破扉入[19]，以链絷之，曰："杀人贼果在此！"少年失色。诘罪由，乃知胡公检僧尸，并得妇履，疑妇未死，且不能远翔，与之偕者，必左近。孤男无敢向人乞此物，因命妇之夫，遍搜笥中，取妇履，悉以付役。使役散置于幽径，潜伏以待，遇有拾遗者，尾之去，则妇可得。妇得，而僧死之本末自明矣。役如公教，果获犯。语之以故，俯首伏罪。解之邑，以抵僧命。村民亦以诬罔论徙，妇遂别嫁。以是案，公骤擢美任。人咸服其明断。

选自《萤窗异草》

【题解】

这篇小说可归入公案小说类，它描写定州知府折狱断案的故事。在结构上是先叙官司发生的缘由，再写官吏出场断案，这也是公案作品的一格。故事并不太复杂，一对夫妻因归宁事稍有不和，导致妻子自杀。伤心而又惧怕的丈夫却移尸庙中，嫁祸他人。一位僧人发现女尸复活，正在搭救，却又被歹徒杀害。作品以写人心险恶来暴露社会黑暗，文笔流畅，可读性较强。

【注释】

①直省定州：直隶省定州，今河北省定县。　②风格：指风貌美好。　③浼（měi）：请托。　④恚（huì）：恼恨。　⑤褫（chǐ）：脱去。　⑥莲瓣：指鞋。　⑦控一蹇卫：牵一头驴。　⑧醢（hǎi）：剁成肉泥。　⑨缳：绳子做成的圈套。　⑩逆：迎。　⑪髡（kūn）：光头。　⑫罣（guà）：同“挂”。　⑬桔槔（gāo）：井上汲水的工具。　⑭修绠（gěng）：长绳。　⑮浚（jùn）：疏通。　⑯坚扃（jiōng）其门：把门关紧。　⑰新乐：地名，今河北省新乐市。　⑱赤钩两弯：红鞋两只。　⑲欻（xū）：忽然。

智　媪

旧传燕南有一媪，不知何许人，盖富家也。附近有巨盗，聚党十数，觊其赀，夜入其家。时媪已就寝，夙闻人言，盗首与己同乡井，且少失其父母。遂坦然无惧，披衣起，将亲迎之。聆其履声，知至户外，乃操土音，呼其子曰：“儿曹何贪睡之此？若舅来，竟不一迎耶？”盗闻而骇，意犹未深信。媪已自出，涕泣而言曰：“数年不晤弟，已魁然丈夫，奈何不一念姊，今夕始来相视哉？”语竟，掩面欷歔，悲不自胜，俨若骨肉重聚者。盗为之动容，因曰：“弟少不肖，早背椿萱[1]，不知有姊，非敢恝然相忘[2]。”媪又曰：“弟幼时，予犹归宁[③]，后从汝姊夫远出至此，遂不得返。岂意怙恃皆弃弟仙逝，弟已成立如此耶！”言已大恸，盗竟信为实然，劝慰至再，随媪入室。媪命婢爇烛[④]，盗复出，约束其众曰：“此予之姊家，非路人也，慎勿骚扰。”乃命尽屯于外，媪心窃喜，又呼其子出见舅。其子知为盗，举股栗，不得已而参谒之。盗笑曰：“甥皆长成，姊真厚福人也。”媪又命子妇出，参舅翁。时媪之中子方授室[⑤]，新妆出拜，恍若一家人。盗亦自忘其盗，惟曰：“不知吾甥嘉礼，舅竟未备一芹[⑥]，将如之何？”因呼从盗，以一袭入，倾囊出珠十粒，以为答拜之仪。媪固辞，而后命妇拜受。急命其子治筵款舅，大犒其从者。子已心安，家又素裕，咄嗟素筵立办。妪与盗对酌，絮谈乡俗，咸中肯綮[⑦]，盗益信为同胞，醉饱始去。濒行，媪曰：“姊家幸有余积，弟如乏用，数百金不妨将去。”盗大笑曰：“弟以白手游四海，反来耗姊家物耶？”径行。媪与子送之门外，呼啸而返。是日也，妪家自饮馔而外，未尝少失锱铢，举室庆幸，亦不敢以告人。

越数日，盗又夜至，以千金置媪榻上曰：“以此为姊寿，略表弱弟之诚。”媪不复辞。盗又赠甥及甥妇金币钗钏，约值数百缗。厚赉仆婢，大肆挥霍。复与媪子欢饮达旦而后去。自是习以为常，每至，辄有馈遗。妪家益富，人固不及知，抑且不及料也。媪又嘱盗，为己芘荫[⑧]，盗予以一剑曰：“绿林之豪见此，当无敢犯者。”媪大悦。后年余，盗远出行掠，媪与子谋徙其家于晋[⑨]，盖虑盗之贻累也。及迁于河东，植此剑于寝户。有小盗夜入，见之辄咋舌，不敢肆虐。自是数年，无盗患。信乎妪之智，复绝天壤，而非人所能及已。

选自《萤窗异草》

【题解】

本篇描写一位富婆设计却盗，保全家产，所以题名“智”媪。这位富婆施用的手段其实很简单，利用与盗首同乡，以乡音套近乎，并冒充是盗首多年不通音讯的姐姐。盗首不仅不能识破，反而情从中来，真诚对待她和她的子女。而这位“姐姐”实很虚伪，一方面为盗者的馈赠而高兴，一方面又处处设防，生怕受连累。两相观照，真正有人情味、讲仁义的倒是那位盗首。

【注释】

①椿萱：指父母。 ②恝（jiá）然：随便地。 ③归宁：出嫁的女儿回娘家探望父母。 ④爇（ruò）：点燃。 ⑤授室：娶媳妇。 ⑥芹：薄礼。 ⑦咸中肯綮：都说在点子上。 ⑧茈：同“庇”。 ⑨晋：今山西省。

宜　织

柳生，名家宝，山阴人[①]。其生也，祖父母年高，皆爱惜如珍，因以命名。比长，风神蕴藉，俊逸绝伦，且童年即游泮水[②]，邑中巨家有女者，咸属意焉。宝父母苛于择妇，每曰：“吾儿人中鸾凤，岂可耦世上鸡鹜？”以故媒氏踵门，恒未许可。蹉跎将弱冠，犹虚琴瑟，心亦为怅然。

一日，以父命往郭外省其姑。少叙家事，即与姑之子闲瞩门前。无何，婢来呼其弟，宝与偕入。则姑以事赴近屯，命子随往，且留宝少待，归来犹有所言。宝不得行，而心颇怏怏。盖姑子年甫舞象[③]，已定盟于某家，此行盖为姻事也。既见姑率其子欣喜自去，一时颇觉无聊，仍立闾间，遥望西南林壑，似有佳境，顿思前往观之。遂踽踽前行，阍者止焉，则曰：“予不耐此岑寂，少行当自归，勿惧也。”径去，莫能挽留。乃行未及半，至一溪，足力已疲，因憩于水次，俯视清流，意颇恬适。俄闻隔溪娇语曰：“如此丰姿，那得不令人看杀！”宝惊视之，则一女郎，约当及笄之年，玉容妩媚，花貌幽妍，将一片绛纱浣于溪内，指爪映水，雪色莹然，衣饰亦甚淡雅。宝不觉心醉，将欲通问，而腼腆不容启吻，状甚嗫嚅。女郎见其木立，乃笑曰："觑我何为？苎萝村女儿[4]，正恐未易胜汝也。"宝闻而心喜。女郎即招之曰："盍渡此溪，当与尔言。"宝以首示之意，答以不能。女郎指曰："西侧有红桥，痴郎何竟病涉耶？"宝远立而望，不数武，果有徒杠[5]，烂然赤色，遂欣趋就，蹑之以过。比及对岸，女郎早辍洗相俟。见其至前，欢然与语，谓之曰："妾处闺中，颇以贞信自守。今见郎，竟不能复坚，此中固有天意。"因挽之共坐于柳下。绿莎茸茸，宛然锦席，绝胜班荆相对者[6]。女郎因诘其里族，宝终以口讷不能言。女郎赧颜而起曰："丈夫犹如是，妾辈复何堪？请从此辞，不敢再与郎见矣。"宝犹揽其裾，强白姓氏，究以吃吃不能畅。女不禁鼓掌曰："艾艾，果有几艾[7]？"乃自陈曰："妾家居此近村，父姓令狐，有女名宜织，即妾也。君如不弃，当造访焉。垂杨门巷，偏东一带疏篱，固无难识。"言已，即举所浣之纱相赠曰："此亦足以当绣幕之丝矣。"方将缱绻，上流似有笑声。女郎亟起曰："女伴将至，妾不能复留。须记妾言，勿使人望穿此眸。"遂冉冉缘溪而去，尚以横波回顾，眷恋不胜。宝亦怃然，如有所失，伫望移时，直至不见，始能举趾而归。匆匆过桥，则夕阳在山矣。比至姑家，新月已上。时姑久已旋返，俟之不至，心以为忧，业遣仆僮遍觅之。宝至，入见，姑怒诘其焉往，答以闲行。姑叱之曰："孺子亦太不羁。邑门已闭，汝将安归？汝父母为汝倚闾，幸在予家，犹无虑；不然，肠断矣。"宝亟谢罪，姑父亦力为排解，姑始霁颜。即命婢进食相款。是夜，遂宿于姑家。明日辞归，假他事对其父母。父母素爱之，竟不穷究。宝至己室，始出纱玩之。阔仅数寸，长尺余，两端缀以金钮，缝纫已成者，状如妇人之诃子[8]。然思蛮腰即细，不应如斯。及嗅之，虽经浣濯，娇香犹在，果即是物。宝乃惊喜如狂，虑为人见，秘之笥中，夜卧辄拥之衾底，如对丽人。

自是，每至姑处，必往踪迹。无如溪水泛滥，并无桥梁，宝因心窃讶之。屡不得渡，抱闷而还。数旬后，闻父母已为问名⑨，则同邑陆弁之女，素以美色闻于乡，父母因聘之。宝心亦少安，而究思女郎不置。一日，偶过陆家，适陆女出游，肩舆息于门外。盖陆故寒微，所居湫隘，舆中人之升降，途中人皆可旁观，宝故得以瞷之。见其貌虽姣小，而丰肌啬骨，抹粉涂脂，不第视浣纱之艳，大有妍媸之分。即较掷果之容⑩，尚有黔皙之别⑪，私心遂窃有不愿；然迫于亲命，似亦无可如何。乃忿然出郭，仍至溪侧，虽故无苇可杭⑫，幸其水势清浅。于是不暇顾恤，径去其履袜，白足而涉之。宝本素未习此，溪水森森，凉欲沁骨。彳亍及岸而登，衣裤尽湿。因笑曰："'褰裳涉溱''褰裳涉洧'⑬，予今乃反而用之也。"整衣而前，约里许，果得一村。其中屋宇俨然，桑麻森秀，似不止一二人家。宝因徐步而入。东偏有小巷，绿阴垂荫，仿佛女郎所云。及入而望之，篱花堆艳，黄蝶粉飞，旋即得其门户。

宝犹未至，见有杖者，科头箕踞⑭，独坐于篱边树下。视其年，已古稀，而瑰玮奇特，不类田叟，疑即女之父也。直前趋谒，杖者颇傲慢，徐起为礼，询所自来。宝忽自觉唐突，呐呐有顷，先以姓字相告，而来意则未敢遽陈。杖者忽愕然曰："是吾妻侄也！数年不晤，今成立矣。然果何由至此？"宝窃喜，疑其误认，而藉此或可入门。遂谬对曰："久失音问，父颇思忆，故遣侄来省视耳！"杖者大笑曰："汝父讵能识予？此遁词也。虽然，有劳远涉，且系瓜葛，当非突如其来。请即入。"径揖之行。宝以失言故，其色赧然，勉随之登堂。其居亦甚幽雅，假以活水，极尽村壑之致。而琴书潇洒，案无纤尘，其人之风韵，可见一斑。因请以子侄礼见，杖者亦不辞，居然受之。始与坐谈，曰："山妻为乃尊远房之姊，物故已久。遗一女，老夫携之村居，未入城邑，至今莫识其外家，揆其心，窃以为恨。子既辱临，可使一面，俾知母族人物，不同琐屑者，小妮子庶几无憾矣！"宝唯唯。适有双鬟捧茗出，杖者遽令呼之。茶次，又诘曰：

“侄幼时，余至若家，曾见汝父，实未尝握手耳。前所云云，窃疑相给，可明以告我。”宝不得已，起白曰：“父实未及作念。侄闻人言，令狐叟世之伟人，隐居于此，故愿望见，以求教益，幸无疑。”杖者乃微笑，遂不复咨，无何，环珮璆然，则女郎盛妆至矣。宝睨之，衣饰已更，美艳倍胜于溪畔。回忆陆女，弥若霄壤。女郎低鬟伫立，凝睇无言。杖者语之曰：“汝之大兄，来自邑内，即若从舅之子也。汝为妹，当以礼见。”女郎即向宝敛衽，宝亦致揖。而当觌面之间，女郎之色顿异，若羞若恨，如怨如怒，一似深憾其来迟者。杖者又笑曰：“宜织与乃兄貌竟相若，使非育于二姓，尽足生一家之光。惜乎男不从姑。而女徒似舅也。”言次，数数目宝，意颇垂青。宝固无敢自媒，而恋女又不能去。荏苒间，阴霾陡起，骤雨滂沱，宝乃仓皇失措。杖者慰曰：“侄勿虑，此虽初遇，亦至戚也，即留宿于予家，当无不可。”宝大悦，益出望外。视女郎以手拈带，默坐于父侧，眉目间无复愠色。乃以言挑杖者曰：“妹年几何矣？”曰：“十七岁矣。”宝又曰：“只少侄二龄乎？”杖者似解其意，不复答。适值馔具，肴核杂陈，宝乃重致不安，言词爽朗。忽闻女郎低哂曰：“何对长者，反无艾气，口舌亦因人利钝耶？”宝亦为之匿笑。

食已，雨犹未霁，杖者命设榻于东堂，为客馆。且辞曰：“老夫耄矣，不能久陪晤语。侄自偃息，慎勿忆家。”径率女郎入屏后而去。宝私喜曰：“东床坦腹，予今亦俨然右军矣[15]。”未几，双鬟以烛至，小语曰：“阿姑寄声，俟翁寝，当自来也。”宝益欣悦，因取案头书翻阅之，不敢即寝。夜将半，女郎果出，则已残妆半卸，态愈动人。入见宝，即正色责之曰：“妾为一时柔情，不顾千秋笑柄，偶迩邂逅，即将近体之衣，举以赠君，意固有所受也。乃君竟弃之如遗，一别三月，玉趾弗勤，令妾愧悔交集，忿且欲死。以君少年英发，不宜无信至此。今特见君，万祈还予故物，不必再有他言。”言讫，珠泪盈眶，潸然欲泣。宝知其怨已深，挽之就坐，自白其爽约之由，并陈徒涉之苦。女郎佯不信，宝又牵裾示知，湿痕宛在，女郎始䩄然回嗔[16]，而犹絮絮不已，索取前纱。宝笑而出之于怀曰：“物则犹是也，然已近我肌肤，恐卿不可再束矣。”因缅述偎抱之状，女郎颜赤，不禁娇羞，急起而避之。宝将止之，已不能及。迨过画屏，犹闻其语曰：“亦太无赖，几令人无地置身。”俄而人语嘈杂，其声忽出于堂后。有若忿詈，有若哀泣，又有若解纷者。宝心大疑，倾听之，苦不可辨。尔许时，方寂然，宝即解衣安寝。

晨起，将见杖者陈谢，然后辞归，且少露求偶之意。忽女郎肌容憔悴，神色凄惶，疾趋而来。谓宝曰：“妾以袒衣在君处[17]，势难挽回，不得已而告父，以冀俯从。不意家严震怒，大奋雷霆，将置妾于死地。幸婢之婉言代解，甫蒙俞允[18]。限君以旬日归告父母，即当亲来定议。否则君不来之日，即妾毙命之期。须臾弗缓，惟君怜而许之。妾固无能自主也。”宝闻言大惊，且自晤女郎，早置旧姻于度外，一若未有其事者。今更睹女之状，深恫于心，惶急中益不暇顾虑，慨然曰：“诺。”女郎又要之，辄指皦日自矢[19]，流连再三。女郎直送之门侧，方始挥泪而别。及至溪边，水已平添尺许，似不能涉。逡巡久之，前桥瞥现于波上，屈曲如虹。宝甚喜，乃指而笑曰：“世称无定河[20]，此独非无定桥耶？”因得径渡，遂登彼岸。

于路忽自计曰：“陆女既已纳聘，且命于亲，此女未禀高堂，岂容昵就？前盟不可寒，后约必不能践，王魁、李益之事[21]，将见于予身，其若之何？”宝念及此，心始踌躇，而究无良策。行且至家，陡生谲计曰：“旧姻若就，新特难求。倘失此佳人，不如死。吾闻父母将诹日为予毕姻，盍重赂日者[22]，诡称陆女之年庚，实于翁姑不利。吾以孝义谏亲，誓死不娶。父母素怜我，必毁前盟，然后往就令狐不难矣。筹思已定，归家以雨泞为词，云宿于姑所，父母亦不之疑。翌日，遂行其计，邑中知命者咸私其金。父因子媳俱长，果思择吉竣其事。宝知之，亦请随往。凡过数肆，皆攒眉曰：“谁令君缔此盟者？妇人，而君之伉俪俱殆矣！”宝之父乃大骇，盖闻女美，急于遣冰[23]，其初故未卜之也。然已成言难毁，强之定期而归。至暮，宝忽涕泣于母前曰：“生儿授室，虽出罔极之恩，实以尽奉养之道，今新妇有碍于父母，而儿竟知而娶之，不孝莫大焉！纵令卜筮之言无验，此心既已不安，知其果验，儿不为名教之罪人乎？请罢此姻，昧死以告。”母闻之大惊，急语其父。父不肯，曰：“信荒诞之言，败已成之约，人其谓我何？事关名节，而儿戏至此，陆必不甘，势将构讼。如之何其可哉？且予夫妇既羸老，苟得佳妇，配此佳儿，即死亦无所憾，况未必死乎？”坚不听。宝又长跽于父前，以死自誓，断不忍就此姻。且曰：“儿请往见陆翁，索取前聘，倘有讼事，儿自当之，必不至贻罹父母也。”父终溺爱其子，虽不径许，亦姑颔之，不过安慰其心耳。诘朝，宝入邑庠，拉密友数人，径诣陆处，求退婚。陆讶之，宝与友皆侃侃正论，以纲常为言。又曰：“孝与义孰重？即令翁讼之于官，予亦死不敢就。”陆本粗鄙，莫能强词，且惮士林诸君，只唤原媒责让之，竟还其原聘，莫敢与争。此一举也，持论甚正，人反以宝为贤，而不知其计也。

宝志益得，而屈指浃旬[24]，虑女有失，因思先往践言，然后归告父母，劝使委禽[25]，庶几周匝。遂复独行以往。幸溪桥尚在，跋履无难。乃甫至村中，即遭杖者于道[26]，欢然握手，延之至家。遽曰：“侄来甚惬吾意，将有一事相浼[27]。”宝叩之，答曰：“老夫故燕吏也[28]，退休于此有年矣。昨承帝命，以幽蓟之众供职者，每私出，致为民患，特简老夫前往统摄。今将远行，而弱息断不能随，正以为忧。子乃适逢其会，忝在葭莩[29]，敬以付托。妻之固可，嫁之亦唯命，老夫从此弗问矣。侄即携去，幸勿固辞。”宝因惊且喜，毅然受教。杖者旋起入内，促女束装。别离之惨，达于外。少顷，携女郎出，美目尚含余泪，对宝再拜曰：“妹今日惟兄是依矣！”色甚凄然。杖者又曰：“宜织好从兄去。钦限甚迫，宅已转售于人，不可复留也。”遂指箱簏数十，尽以赠宝。器具书玩，咸畀之。立命起行，不容再缓。宝乃与女郎泣拜于膝下。及出，则肩舆数乘，人百余，相候于外，亦不解其何以立办。女郎携二婢，各乘其一，宝亦乘一舆，为引道，杖者目送于门。女郎痛哭失声，杖者慰之曰：“儿勿自苦，父虽官守羁身然欲相见，万里且无难，况仅数千里者？”宝更不解其语。行装既发，势难复停，一时络绎于道上，村人皆翘首以观。或叹曰：“令狐翁之富乃如此，何居乎未之前闻也？”既而渡溪。宝心自计曰：“骤携若人归家，父母将滋惧，予亦蹈不告之罪。盍往姑处暂居，使姑为我设策，当无不济。”遂麾舆从，直抵姑家。姑适与夫闲坐，谈及宝之辞婚，皆啧啧共赞其孝。宝忽偕丽人入，装束如仙，且辎重无算，举止于庭，乃骇然诘问其故，宝始具言其实。姑忽惊曰：“是女吾姊所育耶？然实出于狐，非人也。”姑之夫急询之，姑曰：“妾有从姊，未嫁而夭，其疾则为狐所祟也。病已沉顿，乃肯自言。云‘当十五岁时，即有美丈夫来同寝处，醉后每见形，实一狐耳，今既怀孕将产，死后勿即殓，恐狐来觅其子，阖家将不安。’语终而殁，父母如其教。是夜大风雨，家人有胆巨者，私瞷之。见狐来，扶尸起坐，状如生人坐褥者。俄顷，呱呱有声，竟抱之去，天复开霁。视姊，则血殷床席，依然僵卧，乃举而敛之于棺。姊生十七年而卒。今又十七稔矣。以年岁计之，是女尚二九未足。”姑既言详，室中人皆骇异，独女郎闻其母死之惨，泣不能抑。姑又熟睹其貌，酷肖姊之仪容。因握其腕同坐曰：“甥勿悲，予即汝之姨氏也。汝见予不犹之乎见母耶！”即又笑曰：“予向以家宝为朴实，今乃知其狡狯矣。予曾亲见陆女，果去吾甥远甚，无怪乎以彼易此也。但以此为词，父母国人皆为所罔，其计不亦谲乎？”姑之夫亦大笑，宝色甚惭。姑命女郎与己处闺中，而贮其细软于内室，粗重者又另置之。且语宝曰：“予为汝成此美。不然，汝愿未遂，汝罪且莫逭矣[30]。”因授以计。宝乃大喜而奔，抵家告父曰：“儿往观姑，姑念儿母綦甚[31]，不可不一行。”父果遣妻视其妹。既至，姑令女郎出见，言系邻人寄养者，乃父远宦，不能携，故以之见属，聘嫁亦皆在予也。宝之母谛观之，实远胜于陆女，因孜孜注目弗移。乘间请于姑，欲求为子妇。姑佯笑曰：“若家小郎君，二三其德[32]，不可令此女又抱弃捐之恨。”宝之母又固请，且索女之年庚。姑又笑曰：“不劳嫂虑，予已合之矣，不至有妨于贤夫妇也。”婚议遂谐。其母急归，悉以语宝之父。父亦喜，择日即纳采于姑家，不半月而亲迎。

合卺之夕，宝与女郎深感姑德。姑于女父所赠外，又复补其不足，衣饰奁具，虽贵家无以过之。宝之父母皆大悦。宝至夜，始以红纱还女郎，坚令束之。女含羞解衣，著之于胸，犹宽然。因低笑曰：“妾为君浑消瘦矣！”宝乃知楚宫细腰[33]，非古人妄传者，愈觉得意，欢好倍深。

三朝出见，戚党咸以为玉人有双，殊不负择婚之苛。女郎自此克供妇职，舅姑皆深喜。唯时时思父，夜寝即能相晤，随其所欲，暗中赠遗，女郎遂无所憾。间或为宝言：“其数龄时，父始自山中相携至此。稍长，教以女红，兼授以书，督课如严师，无少间歇。父自居此地，不耕不织，衣食裕如。且闭门不与乡党通，人但知其姓为令狐而已。今岁之春。忽令妾日浣于溪畔，婢子相从，亦各任其游戏。妾所云女伴者即此，非他人也。每出，即予妾一红箸，嘱曰：‘有少年郎欲渡者，汝须以此渡之。’遂授妾以口诀，妾以是少通神术。今在梦中相见，辄曰：‘为汝夫妇跋涉，良不易；然在我，只须一日功，不甚劳苦。’因嘱妾善事翁姑，克相夫子，郎竟充耳不闻耶？”宝遂叹息其奇，并悟桥之无定，皆狐翁之术焉。初，陆弁知宝另聘，以为邑中无出其女之右者，所娶必非绝色。及宜织归宁于姨氏，陆之族姓间有见者，莫不心折，以陆女实有弗如。后宝所贿之日者，稍稍漏言，人始知宝之本意，孝特其托辞。宝之名遂以少减，竟困于青衿[34]，不克腾达，咸谓为弃妻所致。惟藉女郎之资，加以世家余蓄，迄今犹富甲一邑。其姑至事定后，时或语其兄嫂亲族，甫得女郎所自出。闺中宛若相与嘲戏[35]，恒以灵狐呼之。

选自《萤窗异草》

【题解】

柳生和宜织相爱，但柳生父母已为柳生聘定陆家女儿。篇中写柳生买通算命人，说陆女命中克公婆，还请来学中朋友向父母游说。这样的抗婚斗争适应了旧俗，而在描写上见出新意。篇中写柳生和宜织在浣纱溪边初次见面，既腼腆又亲切，既胆怯又依恋，种种情态，细致传神。

【注释】

①山阴：今浙江省绍兴市。 ②泮（pàn）水：古代学宫前半月形的水池，代指学官。游泮水，指中秀才。 ③舞象：指十五岁以上的成童。《礼记·内则》："成童舞象。" ④苎罗村：在今浙江省诸暨市南，相传春秋时越国的西施居住在此。 ⑤徒杠：供人行走的木桥。 ⑥班荆：铺荆于地，席地而坐。 ⑦"艾艾，果有几艾"：形容人口吃。《世说新语·言语》："邓艾口吃，语称'艾艾'。晋文王戏之曰：'卿云艾艾，定是几艾？'"。 ⑧诃子：胸衣。 ⑨问名：古代婚礼程序之一，男方问女方之名。 ⑩掷果之容：形容人貌美。典出《晋书·潘岳传》。潘岳貌美，出游时，妇女争向潘岳掷果，车为之满。 ⑪黔皙：黑白。 ⑫无苇可杭：无舟可渡。 ⑬褰裳涉溱、褰裳涉洧：《诗经·郑风·褰裳》中有："子惠思我，褰裳涉溱""子惠思我，褰裳涉洧"。意思是，女子向情人说，如果你思念我，我就提起裙裳过河去看你。 ⑭科头：光头，没戴帽子。 ⑮右军：王羲之，东晋人。太尉郗鉴遣门生向王导求女婿，王家的男子听说来觅婿，都有些紧张，不自然，只有一人东床上坦腹卧，毫不在意，此人即王羲之，后成为郗家女婿。 ⑯辴（chǎn）然：笑的样子。 ⑰衵（nì）衣：内衣。 ⑱甫蒙俞允：才蒙他

应允的敬语。 ⑲指暾日自矢：指着明亮的太阳发誓。 ⑳无定河：黄河中游支流，以深浅无定得名。 ㉑王魁：宋传奇《王魁》中男主人公。李益：唐传奇《霍小玉传》中男主人公，二人均背誓弃盟，负义另娶。 ㉒日者：占卜的人。 ㉓冰：冰人，媒人。 ㉔浃旬：满十天。 ㉕委禽：下聘礼。 ㉖遭：遇到。 ㉗浼（měi）：求。 ㉘燕吏：燕地的官员。 ㉙葭莩：远亲。 ㉚逭（huàn）：逃避。 ㉛綦（qí）：极。 ㉜二三其德：三心二意。 ㉝楚宫细腰：据《韩非子·二柄》："楚灵王好细腰，而国中多饿人。"楚宫细腰指女子细腰。 ㉞困于青衿：一直没有考中举人。青衿：指秀才。 ㉟宛若：妯娌。

秦吉了

剑南巨家[1]，蓄一婢，貌美而黠，主人颇宠之，不使与群婢伍。时某太守将致仕[2]，以一秦吉了相赠，绝巧惠，能作人言。主因命婢司其饮啄，此外无余事也。一日，婢饲鸟，鸟忽言曰："姊哺我，当得一好姊夫。"婢羞，扑之以扇，鸟亦不惊。自是鸟有所语，婢或戏而答之，或笑而詈之[3]，习以为常，婢亦不甚介意。盖婢独居一室，鸟即悬其闼[4]，喁喁小窗，俨然伴侣，人亦莫得问焉。又一日，婢浴于堂，忽闻鸟呼曰："姊故好身体，愧我非男儿，见之当销魂欲死。"婢大恚，白身往扑之。适鸟亦新浴，因驯，未闭其笼，竟振羽而出，绕屋周匝。婢捉之倍亟[5]，鸟忽洞穿窗纸，翱翔而去。婢遂仓皇无措。深惧主责，顿生狡狯，著衣后即移笼于檐下，径诣主前，泣诉曰："婢子偶不谨，闭户澡身，不意为人所中伤，竟放鸟去。情甘罪责，死无怨。"主人素怜婢，且悉众有妒心，果不究典守，而反究他人，其计亦谲矣。既而莫得其主人名[6]，亦姑置之。

旬日后，婢奉主母命，往省同邑梁孺人。其子名绪犹未婚，方昼读于斋中，俄有鸟飞集其案，作人语曰："为君觅一佳配，盍往视诸？”绪惊而谛观，则一秦吉了。因释卷而逐之，鸟飞甚缓。甫出院门，见有二八妖鬟，青衣红裙，冉冉自外入，鸟忽失所在。绪睨女貌，美丽不群，乃托故尾之以行。直入内室，与母絮絮话言。始悉为某巨家婢，而姿容态度，娴雅动人。婢见少年郎，亦时时顾之，两情颇眷恋，但不能通片语。良久，婢自归，既复主命，言旋其室[7]。空笼故在床侧，瞥见前鸟，瞑目拳足憩息其上。大喜，如获拱璧，将执之复置诸樊。鸟大噪曰：“予为姊奔波几殆，幸得好姻缘，何犹欲以此困我耶？”婢奇其言，诘之。鸟一一缅述，婢顿悟，遽敛其手。鸟亦不飞，止于榻上，谓婢曰：“予虽不能如昆仑[8]，出姊于重垣之外，然姊之心事，非予莫与之传。姊果有意乎？”婢腼腆不答，鸟作笑声，曰：“儿女之态固如是。虑有人来，予且去。”言已，振翮而飞，旋不见。

婢故慕绪之丰采，且耻为画屏姬[9]，反侧中宵，不能自主。明日，鸟瞯无人，又复爰止。婢招之，即下。因言曰：“主人甚爱予，必不忍以珠弹雀[10]。况梁生青年才俊，纵慕少艾[11]，讵屑以婢妾充好逑？费子苦心，恐事不谐，可奈何？”鸟解所言，两翼旋作，至夕始还，乘昏复婢曰：“梁生之情，见乎词矣！”因诵其所吟曰：“不妨团扇白，只喜玉颜红[12]。倘遂乘鸾愿，终应跨凤同。”婢闻而心喜，遂以意授鸟，侵晨复纵之去。乃绪在萧斋，日夕注念于婢，朝起仰视翔禽，颇似畴昔之鸟，因戏曰：“卿能语我可人乎？当为汝立传，俾与苏武之雁并传[13]。”语未已，鸟忽垂翅而下，集于粉垣，与绪对语，致婢相思之意，并所虑之深。绪大悦，因诘婢知书否。鸟答曰：“颇识之。”绪即立草数行，备叙渴衷，兼矢永好，缄封而置之地。鸟即下而衔之，径飞去，绪益骇叹其奇。乃自此数日，不再见鸟，而婢之音耗顿绝。正怅望间，忽传巨家有婢死，既已藁葬[14]。绪心动，疑而询之，果即意中所属者。大恸，几失声，而亦莫解其故。殊不知鸟衔笺去，婢见之，愧不能书，乃撤玉瑱一事，畀鸟复之；并告以父母所在，浼汝物色之[15]，啖以重金，则蛾眉不难赎，鸾俦可立效矣。

鸟唯唯，衔之高飞，至中途，突遭恶少，试以弹丸，中其颊，鸟遂陨越，身命俱捐，居无何，而婢之祸作。初，巨家以色宠婢，将以列之小星[16]，婢颇不愿，退有后言[17]。迨婢以失鸟之故，嫁祸于人，虽未遭箠楚之威，而同列者，靡不侧目。且虑其专房恃宠，行将长舌为灾，遂群起而攻。闻其在室与鸟言，夜半不辍，乃诬以与人有私，播之主耳。主闻之，甚怀醋意，搜诸室内，得绪书，益为勃然，毒加拷讯。婢以事涉荒唐，无能自明，遍体疮痍，奄奄待毙。主亦不待其死，生纳诸棺，命仆瘗之野。此婢之绝命本末，在绪亦未深知，惟有怆怀埋玉，坐而伤神，不禁隐几而卧。忽梦一女子，羽衣蹁跹，直前敛衽曰："妾即秦吉了也，与某家姊本同类。渠以善行，得以转轮为人。妾与之邂逅复聚，虑其辱于庸夫，敬以先容于君子[18]。不意妾半途折翼，致姊竟遭烁金[19]，负屈重泉，良堪扼腕。虽然，幸有生机，非君孰与援手？"绪梦中大喜，起而询之，女子戟手一指曰："郊行百步，薛涛坟固不远也[20]。"顿扑地化为孤鹤，凌空而上。

绪惊寤，即命仆马，访诸邑外，偶忆北堡村名，似合隐语，径诣之，果得婢之葬处，而未敢遽开。因假村中一席地，至夜以利啖仆，同往启之。所瘗故不甚深，及棺静伺，似闻呼吸之声。亟破之，婢果复活，绪遂惊喜如狂。左近有尼庵，卑礼叩之，缅陈其故，尼亦乐于为善，慨然许之。相与扶婢出穴，绪亲负之以行，寄养庵中，资以薪水，然后归。月余，婢竟光采如初。绪乃浼尼为撮合山[21]，托言贫家之女，力白与其母。母往视之，虽一面之识，颇能记忆，婢因泣诉其情。母素爱子，不拂其意，径为之迎娶于家。且因婢故，不与巨家通，巨家亦以婢故，杜绝往来，婢之踪迹因以秘。惟绪念秦吉了之德，遇有捕获者，必市而纵之，人咸疑讶。至巨家中落，尼乃泄其春光[22]，而说者遂得其梗概如右[23]。

选自《萤窗异草》

【题解】

秦吉了是能仿学人言的鸟。它帮助一位婢女寻找到了中意的郎君，在事情将成之际，它不幸中弹而亡。那位婢女也被觊觎她的主人恶毒拷打，并遭活埋。于是，秦吉了的魂灵托梦给那位郎君，叫他开棺救人。终于，爱情战胜了暴力和死亡。这个故事可能源于民间传说，委婉曲折，波澜迭起，写得十分动人。

【注释】

①剑南：剑阁以南、长江以北地区。 ②致仕：退休。 ③詈（lì）：骂。 ④闼（tà）：门内。 ⑤亟：急。 ⑥其主人：指放走秦吉了的人。 ⑦言旋其室：回到自己的房间。言，语助词，无义；旋，返回。 ⑧昆仑：唐裴铏小说《昆仑奴》中的磨勒，他在夜间背负红绡飞越高墙，让她与心上人崔生相会。 ⑨画屏姬：富贵人家的姬妾。 ⑩以珠弹雀：比喻用贵重之物换取平常的东西，指把心爱的婢妾嫁给粱绪。 ⑪少艾：妙龄美女。 ⑫“不妨”两句：意思是你身为婢女又有何妨，我只喜欢你的美貌。用晋王珉喜执白团扇并与嫂婢相爱的故事。 ⑬苏武之雁：西汉时苏武出使匈奴被扣留，有雁传回他给汉武帝的信。 ⑭藁葬：草草安葬。 ⑮浼（měi）：恳托。 ⑯小星：妾。 ⑰退有后言：背后有怨言。 ⑱先容：介绍。 ⑲烁金：许多人进谗言，颠倒是非。众口铄金的省略。 ⑳薛涛：唐代名妓，长于诗，此处借指婢女。 ㉑撮合山：媒人的俗称。 ㉒泄其春光：泄露这段故事。 ㉓如右：古书以左往右书写，故说如右。

沈　复（1763—1822以后）

字三白，号梅逸。长州（今江苏省苏州市）人。主要活动在清乾隆末到嘉庆年间。二十岁后曾在绩溪、青浦、扬州和荆州等地做幕僚，又曾一度经商。晚年随赴琉球使团正使齐鲲赴琉球。后在扬州做幕僚，贫病而死。工诗善画，多才多艺。著有《浮生六记》，其中包括《闺房记乐》《闲情记趣》《坎坷记愁》《浪游记快》《中山记历》和《养生记道》。今存前四记。

闺房记乐

余生乾隆癸未冬十一月二十有二日，正值太平盛世，且在衣冠之家，居苏州沧浪亭畔，天之厚我，可谓至矣。东坡云："事如春梦了无痕"。苟不记之笔墨，未免有辜彼苍之厚。因思《关雎》冠三百篇之首，故列夫妇于首卷；余以次递及焉。所愧少年失学，稍识"之无"，不过记其实情实事而已。若必考订其文法，是责明于垢鉴矣。

余幼聘金沙于氏，八龄而夭；娶陈氏。陈名芸，字淑贞，舅氏心余先生女也。生而颖慧，学语时，口授《琵琶行》即能成诵[1]。四龄失怙[2]。母金氏，弟克昌，家徒壁立。芸既长，娴女红，三口仰其十指供给，克昌从师修脯无缺[3]。一日，于书簏中得《琵琶行》，挨字而认，始识字。刺绣之暇，渐通吟咏，有"秋侵人影瘦，霜染菊花肥"之句。余年十三，随母归宁，两小无嫌，得见所作，虽叹其才思隽秀，窃恐其福泽不深。然心注不能释，告母曰："若为儿择妇，非淑姊不娶。"母亦爱其柔和，即脱金约指缔姻焉。此乾隆乙未七月十六日也。是年冬，值其堂姊出阁，余又随母往。芸与余同齿而长余十月，自幼姊弟相呼，故仍呼之曰淑姊。时，但见满室鲜衣，芸独通体素淡，仅新其鞋而已。见其绣制精巧，询为己作，始知其慧心不仅在笔墨也。其形，削肩长项，瘦不露骨，眉弯目秀，顾盼神飞，唯两齿微露，似非佳相。一种缠绵之态，令人之意也消。索观诗稿，有仅一联，或三四句，多未成篇者。询其故，笑曰："无师之作，愿得知己堪师者敲成之耳。"余戏题其签曰："锦囊佳句"，不知夭寿之机此已伏矣。是夜，送亲城外，返已漏三下，腹饥索饵，婢妪以枣脯进，余嫌其甜。芸暗牵余袖，随至其室，见藏有暖粥并小菜焉。余欣然举箸，忽闻芸堂兄玉衡呼曰："淑妹速来！"芸急闭门曰："已疲乏，将卧矣。"玉衡挤身而入，见余将吃粥，乃笑睨芸曰："顷我索粥，汝曰'尽矣'，乃藏此专待汝婿耶？"芸大窘避去，上下哗笑之。余亦负气，挈老仆先归。自吃粥被嘲，再往，芸即避匿，余知其恐贻人笑也。

至乾隆庚子正月二十二日花烛之夕[4]，见瘦怯身材依然如昔，头巾既揭，相视嫣然。合卺后，并肩夜膳，余暗于案下握其腕，煖尖滑腻，胸中不仅怦怦作跳。让之食，适逢斋期，已数年矣。暗记吃斋之初，正余出痘之期，因笑谓曰："今我光鲜无恙，姊可从此开戒否？"芸笑之以目，点之以首。廿四日为余姊于归[5]，廿三国忌[6]，不能作乐，故廿二之夜，即为余姊款嫁。芸出堂陪宴。余在洞房与伴娘对酌，拇战辄北，大醉而卧，醒则芸正晓妆未竟也。是日，亲朋络绎，上灯后始作乐。廿四子正[7]，余作新舅送嫁，丑末归来[8]，业已灯残人静。悄然入室，伴妪盹于床下，芸卸妆尚未卧，高烧银烛，低垂粉颈，不知观何书而出神若此。因抚其肩曰："姊连日辛苦，何犹孜孜不倦耶？"芸忙回首起立曰："顷正欲卧，开橱得此书，不觉阅之忘倦。《西厢》之名闻之熟矣，今始得见，真不愧才子之名，但未免形容尖薄耳。"余笑曰："唯其才子，笔墨方能尖薄。"伴妪在旁促卧，令其闭门先去。遂与比肩调笑，恍同密友重逢，戏探其怀，亦怦怦作跳。因俯其耳曰："姊何心春乃尔耶[9]？"芸回眸微笑，便觉一缕情丝，摇人魂魄，拥之入帐，不知东方之既白。芸作新妇，初甚缄默，终日无怒容，与之言，微笑而已。事上以敬，处下以和，井井然未曾稍失。每见朝暾上窗[10]，即披衣急起，如有人呼促者然。余笑曰："今非吃粥比矣，何尚畏人嘲耶？"芸曰："曩之藏粥待君，传为话柄。今非畏嘲，恐堂上道新娘懒惰耳。"余虽恋其卧而德其正，因亦随之早起。自此耳鬓相磨，亲同形影，爱恋之情有不可以言语形容者。而欢娱易过，转睫弥月。时，吾父稼夫公在会稽幕府，专役相迓，受业于武林赵省斋先生门下[11]。先生循循善诱，余今日之尚能握管，先生力也。归来完姻时，原订随侍到馆；闻信之余，心甚怅然，恐芸之对人堕泪，而芸反强颜劝勉，代整行装。是晚，但觉神色稍异而已。临行，向余小语曰："无人调护，自去经心。"及登舟解缆，正当桃李争妍之候。而余则恍同林鸟失群，天地异色。到馆后，吾父即渡江东去。居三月，如十年之隔。芸虽时有书来，必两问一答，半多勉励词，余皆浮套语，心殊怏怏。每当风生竹院，月上蕉窗，对景怀人，梦魂颠倒。

先生知其情，即致书吾父，出十题而遣余暂归，喜同戍人得赦。登舟后，反觉一刻如年。及抵家，吾母处问安毕，入房，芸起相迎，握手未通片语，而两人魂魄恍恍然化烟成雾，觉耳中惺然一响，不知更有此身矣。时当六月，内室炎蒸，幸居沧浪亭爱莲居西间壁，板桥内一轩临流，名曰"我取"，取"清斯濯缨，浊斯濯足"意也[12]。檐前老树一株，浓荫覆窗，人面俱绿。隔岸游人往来不绝，此吾父稼夫公垂帘宴客处也。禀命吾母，携芸消夏于此。因暑罢绣，终日伴余课书论古，品月评花而已。芸不善饮，强之可三杯，教以射覆为令[13]。自以为人间之乐，无过于此矣。一日，芸问曰："各种古文宗何为是？"余曰："《国策》、《南华》取其灵快[14]，匡衡、刘向取其雅健[15]，史迁、班固取其博大[16]，昌黎取其浑[17]，柳州取其峭[18]，庐陵取其宕[19]；三苏取其辩[20]，他若贾、董策对[21]，庾、徐骈体[22]，陆贽奏议[23]，取资者不能尽举，在人之慧心领会耳。"芸曰："古文全在识高气雄，女子学恐难入彀，唯诗之一道，妾稍有领悟耳。"余曰："唐以诗取士，而诗之宗匠，必推李、杜[24]。卿爱宗何人？"芸发议曰："杜诗锤炼精纯，李诗潇洒落拓，与其学杜之森严，不如学李之活泼。"余曰："工部为诗家之大成，学者多宗之，卿独取李何也？”芸曰：“格律谨严，词旨老当，诚杜所独擅；但李诗宛如姑射仙子，有一种落花流水之趣，令人可爱。非杜亚于李，不过妾之私心宗杜心浅，爱李心深。”余笑曰：“初不料陈淑珍乃李青莲知己。”芸笑曰：“妾尚有启蒙师白乐天先生，时感于怀，未曾稍释。”余曰：“何谓也？”芸曰：“彼非作《琵琶行》者耶？”余笑曰，“异哉！李太白是知己，白乐天是启蒙师，余适字三白，为卿婿，卿当与‘白’字何其有缘耶？”芸笑曰：“‘白’字有缘，将来恐‘白字’连篇耳。”（吴音呼‘别’字为‘白’字）相与大笑。余曰：“卿既知诗，亦当知赋之弃取。”芸曰：“《楚辞》为赋之祖[25]，妾学浅费解。就汉晋人中调高语炼，似觉相如为最[26]。”余戏曰：“当日文君之从长卿，或不在琴而在此乎？”复相与大笑而罢。

余性爽直，落拓不羁，芸若腐儒，迂拘多礼，偶为披衣整袖，必连声道“得罪”，或递巾授扇，必起身来接。余始厌之曰：“卿欲以礼缚我耶？语曰：‘礼多必诈。’”芸两颊发赤，曰：“恭而有礼，何反言诈？”余曰：“恭敬在心，不在虚文。”芸曰：“至亲莫如父母，可内敬在心，而外肆狂放耶？”余曰：“前言戏之耳。”芸曰：“世间反目，多由戏起，后勿冤妾，令人郁死！”余乃挽之入怀，抚慰之，始解颜为笑。自此“岂敢”、“得罪”竟成语助词矣。鸿案相庄廿有三年，年愈久而情愈密。家庭之内，或暗室相逢，窄途邂逅，必握手问曰：“何处去？”私心忒忒，如恐旁人见之者。实则同行并坐，初犹避人，久则不以为意。芸或与人坐谈，见余至必起立，偏挪其身，余就而并焉。彼此皆不觉其所以然者，始以为惭，继成不期然而然。独怪老年夫妇，相视如仇者，不知何意？或曰：“非如是焉得白头偕老哉！”斯言诚然欤？是年七夕，芸设香烛瓜果，同拜天孙于我取轩中[27]。余镌“愿生生世世为夫妇”图章二方，余执朱文，芸执白文，以为往来书信之用。是夜，月色颇佳，俯视河中波光如练，轻罗小扇并坐水窗，仰见飞云过天，变态万状。芸曰：“宇宙之大，同此一月，不知今日世间，亦有如我两人之情兴否？”余曰：“纳凉玩月，到处有之；若品论云霞，或求之幽闺绣闼，慧心默证者，固亦不少；若夫妇同观，所品论者，恐不在此云霞耳。”未几，烛烬月沉，撤果归卧。七月望[28]，俗谓之鬼节。芸备小酌拟邀月畅饮，夜，忽阴云如晦。芸愀然曰：“妾能与君白头偕老，月轮当出。”余亦索然。但见隔岸萤光，明灭万点，梳织于柳堤蓼渚间。余与芸联句以遣闷怀，而两韵之后，逾联逾纵，想入非夷，随口乱道。芸已漱涎涕泪，笑倒余怀，不能成声矣。觉其鬓边茉莉浓香扑鼻，因拍背以他词解之曰：“想古人以茉莉形色如珠，故供助妆压鬓，不知此花必沾油头粉面之气，其香更可爱，所供佛手当退三舍矣。”芸乃止笑曰：“佛手乃香中君子，只在有意无意间；茉莉是香中小人，故须借人之势，其香也，如胁肩谄笑。”余曰：“卿何远‘君子’而近‘小人’。”芸曰：“我笑君子爱‘小人’耳。”正话间，漏已三滴，渐见风扫云开，一轮涌出，乃大喜。倚窗对酌，酒未三杯，忽闻桥下哄然一声，如有人堕，就窗细瞩，波明如镜，不见一物，惟闻河滩有只鸭急奔声。余沧浪亭畔素有溺鬼，恐芸胆怯，未敢即言。芸曰：“噫！此声也，胡为乎来哉？”不禁毛骨皆栗，急闭窗携酒归房。一灯如豆，罗帐低垂，弓影杯蛇，惊神未定。剔灯入帐，芸已寒热大作，余亦继之，困顿两旬。真所谓乐极灾生，亦是白头不终之兆。中秋日，余病初愈，以芸半年新妇，未尝一至间壁之沧浪亭。先令老仆约守者勿放闲人。于将晚时，偕芸及余幼妹，一妪一婢扶焉；老仆前导，过石桥进门，折东曲迳而入。叠石成山，林木葱翠；亭在土山之巅，循级至亭心，周望极目可数里；炊烟四起，晚霞烂然。隔岸名“近山林”，为大宪行台宴集之地[29]，时正谊书院犹未启也。携一毯设亭中，席地环坐。守者烹茶以进。少焉，一轮明月，已上树梢，渐觉风生袖底，月到波心，俗虑尘怀，爽然顿释。芸曰：“今日之游乐矣！若驾一叶扁舟，往来亭下，不更快哉！”时已上灯，忆及七月十五夜之惊，相扶下亭而归。吴俗，妇女是晚，不拘大家小户，皆出，结队而游，名曰“走月亮”。沧浪亭幽雅清旷，反无一人至者。

吾父稼夫公喜认义子，以故余异姓弟兄有二十六人。吾母亦有义女九人。九人中王二姑、俞六姑与芸最好。王痴憨善饮，俞豪爽善谈。每集，必逐余居外，而得三女同榻；此俞六姑一人计也。余笑曰：“俟妹于归后，我当邀妹丈来，一住必十日。”俞曰：“我亦来此，与嫂同榻，不大妙耶？”芸与王微笑而已。时，为吾弟启堂娶妇，迁居饮马桥之仓米巷，屋虽宏畅，非复沧浪亭之幽雅矣。吾母诞辰演剧，芸初以为奇观。吾父素无忌讳，点演《惨别》等剧[30]，老伶刻画，见者情动。余窥帘，见芸忽起去，良久不出。入内探之。俞与王亦继之。见芸一人支颐独坐镜奁之侧。余曰：“何不快乃尔？”芸曰：“观剧原以陶情，今日之戏，徒令人肠断耳。”俞与王皆笑之。余曰：“此深于情者也。”俞曰：“嫂将竟日独坐于此耶？”芸曰：“俟有可观者再往耳。”王闻言先出，请吾母点《刺梁》《后索》等剧[31]，劝芸出观，始称快。余堂伯父素存公早亡无后，吾父以余嗣焉。墓在西跨塘福寿山祖茔之侧，每年春日必挈芸拜扫。王二姑闻其地有戈园之胜，请同往。芸见地下小乱石有苔纹，斑驳可观，指示余曰：“以此叠盆山，较宣州白石为古致[32]。”余曰“若此者恐难多得。”王曰：“嫂果爱此，我为拾之。”即向守坟者借麻袋一，鹤步而拾之。每得一块，余曰“善”，即收之：余曰“否”，即去之。未几，粉汗盈盈，拽袋返曰：“再拾，则力不胜矣。”芸且拣且言曰：“我闻山果收获，必藉猴力，果然。”王愤，撮十指作呵痒状；余横阻之，责芸曰：“人劳汝逸，犹作此语，无怪妹之动愤也。”归途游戈园，稚绿娇红，争妍竞媚。王素憨，逢花必折。芸叱曰：“既无瓶养，又不簪戴，多折何为！”王曰：“不知痛痒者何害。”余笑曰：“将来罚嫁麻面多须郎，为花泄忿。”王怒余以目，掷花于地，以莲钩拨入池中，曰：“何欺侮我之甚也！”芸笑解之而罢。

芸初缄默，喜听余议论；余调其言，如蟋蟀之用纬草，渐能发议。其每日饭必用茶泡。喜用茶泡食芥卤乳腐，吴俗呼之为臭乳腐，又喜食虾卤瓜。此二物，余平生所最恶者，因戏之曰："狗无胃而食粪，以其不知臭秽；蜣螂团粪而化蝉，以其修高举也。卿其狗耶？蝉耶？"芸曰："腐，取其廉价而可粥可饭，幼时食惯；今至君家，已知蜣螂化蝉，犹喜食之，不忘本也。至卤瓜之味，到此初尝耳。"余曰："然则我家系狗窦耶？"芸窘而强解曰："夫粪大家皆有之，要在食与不食之别耳。然君喜食蒜，妾亦强啖之。腐，不敢强；瓜，可掩鼻略尝，入咽当知其美，此犹无盐貌丑而德美也[33]。"余笑曰："卿陷我作狗耶？"芸曰："妾作狗久矣，屈君试尝之。"以箸强塞余口，余掩鼻咀嚼之，似觉脆美；开鼻再嚼，竟成异味。从此亦喜食。芸以麻油加白糖少许拌卤腐，亦鲜美。以卤瓜捣烂拌卤腐，名之曰："双鲜酱"，有异味。余曰："始恶而终好之，理之不可解也。"芸曰："情之所钟，虽丑不嫌。"余启堂弟妇，王虚舟先生孙女也。催妆时，偶缺珠花，芸出其纳采所受者呈吾母，婢妪旁惜之。芸曰："凡为妇人已属纯阴，珠乃纯阴之精，用为首饰，阳气全克矣，何贵焉。"而于破书残画，反极珍惜。书之残缺不全者，必搜集分门，汇订成帙，统名之曰"断简残编"；字画之破损者，必觅故纸粘补成幅，有破缺处，倩予全好而卷之，名曰"弃余集赏"。于女红中馈之暇，终日琐琐，不惮烦倦。芸于破笥烂卷中，偶获片纸可观者，如得异宝。旧邻冯妪，每收烂卷卖之。其癖好与余同，且能察眼意，懂眉语，一举一动示之以色，无不头头是道。余尝曰："惜卿雌而伏，苟能化女为男，相与访名山，搜胜迹，遨游天下，不亦快哉。"芸曰："此何难。俟妾鬓斑之后，虽不能远游五岳，而近之虎阜、灵岩[34]，南至西湖，北至平山[35]，尽可偕游。"余曰："恐卿鬓斑之日，步履已艰。"芸曰："今世不能，期以来世。"余曰："来世卿当作男，我为女子相从。"芸曰："必得不昧今生，方觉有情趣。”余笑曰：“幼时一粥，犹谈不了；若来世不昧今生，合卺之夕，细谈隔世，更无合眼时矣。”芸曰：“世传月下老人专司人间婚事，今生夫妇已承牵合，来世姻缘，亦须仰借神力，盍绘一像祀之。”时，有苕溪戚柳堤名遵，善写人物，倩绘一像，一手挽红丝，一手携杖悬姻缘簿，童颜鹤发，奔驰于非烟非雾中。此戚君得意笔也。友人石琢堂为题赞语于首，悬之内室。每逢朔望，余夫妇必焚香拜祷。后因家庭多故，此画竟失所在，不知落在谁家矣。“他生未卜此生休”㊱，两人痴情，果邀神鉴耶？

迁仓米巷，余颜其卧楼曰“宾香阁”，盖以芸名而取如宾意也。院窄墙高，一无可取。后有厢楼，通藏书处，开窗对陆氏废园，但有荒凉之象。沧浪风景，时切芸怀。有老妪居金母桥之东，埂巷之北。绕屋皆菜圃，编篱为门。门外有池约亩许，花光树影，错杂篱边。其地即元末张士诚王府废基也㊲。屋西数武，瓦砾堆成土山，登其巅可远眺，地旷人稀，颇饶野趣。妪偶言及，芸神往不置，谓余曰：“自别沧浪，魂梦常绕，今不得已而思其次，其老妪之居乎？”余曰：“连朝秋暑灼人，正思得一清凉地，以消长昼。卿若愿往，我先观其家可居，即襆被而往，作一月盘桓何如？”芸曰：“恐堂上不许。”余曰：“我自请之。”越日，至其地，屋仅二间，前后隔而为四，纸窗竹榻，颇有幽趣。老妪知余意，欣然出其卧室为赁，四壁糊以白纸，顿觉改观。于是，禀知吾母，挈芸居焉。邻仅老夫妇二人，灌园为业。知余夫妇避暑于此，先来通殷勤，并钓池鱼、摘园蔬为馈。偿其价，不受。芸作鞋报之，始谢而受。时方七月，绿树荫浓，水面风来，蝉鸣聒耳。邻老又为制鱼竿，与芸垂钓于柳荫深处。日落时，登土山观晚霞夕照，随意联吟，有“兽云吞落日，弓月弹流星”之句。少焉，月印池中，虫声四起，设竹榻于篱下。老妪报酒温饭熟，遂就月光对酌，微醺而饭。浴罢，则凉鞋、蕉扇，或坐或卧，听邻老谈因果报应事。三鼓归卧，周体清凉，几不知身居城市矣。篱边倩邻老购菊遍植之。九月花开，又与芸居十日。吾母亦欣然来观，持螯对菊，赏玩竟日。芸喜曰："他年当与君卜筑于此，买绕屋菜园十亩，课仆妪，植瓜蔬，以供薪水。君画我绣，以为诗酒之需。布衣菜饭，可乐终身，不必作远游计也。"余深然之。今，即得有境地，而知已沦亡，可胜浩叹！

离余家半里许，醋库巷有洞庭君祠，俗呼水仙庙，回廊曲折，小有园亭。每逢神诞，众姓各认一落，密悬一式之玻璃灯，中设宝座，旁列瓶几，插花陈设以较胜负。日惟演戏，夜则参差高下，插烛于瓶花间，名曰"花照"。花光灯影，宝鼎香浮，若龙宫夜宴。司事者，或笙箫歌唱，或煮茗清谈，观者如蚁集，檐下皆设栏为限。余为众友邀去，插花布置，因得躬逢其盛。归家向芸艳称之。芸曰："惜妾非男子不能往。"余曰："冠我冠，衣我衣，亦化女为男之法也。"于是，易髻为辫，添扫蛾眉，加余冠，微露两鬓尚可掩饰，服余衣长一寸又半，于腰间折而缝之，外加马褂。芸曰："脚下将奈何？"余曰："坊间有蝴蝶履，小大由之，购亦极易，且早晚可代撒鞋之用，不亦善乎？"芸欣然。及晚餐后，装束既毕，效男子拱手阔步者良久，忽变卦曰："妾不去矣。为人识出既不便，堂上闻之又不可。"余怂恿曰："庙中司事者，谁不知我，即识出亦不过付之一笑耳。吾母现在九妹丈家，密去密来，焉得知之。"芸揽镜自照，狂笑不已。余强挽之，悄然迳去。遍游庙中，无识出为女子者，或问何人，以表弟对，拱手而已。最后至一处，有少妇幼女坐于所设宝座后，乃杨姓司事者之眷属也。芸忽趋彼通款曲，身一侧，而不觉一按少妇之肩。旁有婢媪怒而起曰："何物狂生，不法乃尔！"余欲为措词掩饰，芸见势恶，即脱帽、翘足示之曰："我亦女子耳。"相与愕然，转怒为欢。留茶点，唤肩舆送归。

吴江钱师竹病故，吾父信归，命余往吊。芸私谓余日："吴江必经太湖，妾欲偕往，一宽眼界。"余曰："正虑独行踽踽[38]，得卿同行固妙，但无可托词耳。”芸曰：“托言归宁；君先登舟，妾当继至。”余曰：“若然，归途当泊舟万年桥下，与卿待月乘凉，以续沧浪韵事。”时，六月十八日也。是日早凉，携一仆先至胥江渡口，登舟而待。芸果肩舆至。解维出虎啸桥，渐见风帆沙鸟，水天一色。芸曰：“此即所谓太湖耶？今得见天地之宽，不虚此生矣。想闺中人，有终身不能见此者。”闲话未几，风摇岸柳，已抵江城。余登岸拜奠毕，归视，舟中洞然。急询舟子，舟子指曰：“不见长桥柳荫下，观鱼鹰扑鱼者乎？”盖芸已与船家女登岸矣。余至其后，芸犹汗粉盈盈，倚女而出神焉。余拍其肩曰：“罗衫汗透矣！”芸回首曰：“恐钱家有人到舟，故暂避之。君何回来之速也？”余笑曰：“欲捕逃耳。”于是，相挽登舟，返棹至万年桥下，阳乌犹未落也[39]。舟窗尽落，清风徐来，纨扇罗衫，剖瓜解暑。少焉，霞映桥红，烟笼柳暗，银蟾欲上[40]，渔火满江矣。命仆至船梢与舟子同饮。船家女名素云，与余有杯酒交，人颇不俗，招之与芸同坐。船头不张灯火，待月快酌，射覆为令。素云双目闪闪，听良久，曰：“觞政侬颇娴习，从未闻有斯令，愿受教。”芸即譬其言而开导之，终茫然。余笑曰：“女先生且罢论，我有一言作譬，即了然矣。”芸曰：“君若何譬之？”余曰：“鹤善舞，而不能耕；牛善耕，而不能舞：物性然也。先生欲反而教之，无乃劳乎？”素云笑捶余肩曰：“汝骂我耶！”芸出令曰：“只许动口，不许动手！违者，罚大觥[41]。”素云量豪，满斟一觥，一吸而尽。余曰：“动手但准摸索，不准捶人。”芸笑挽素云置余怀，曰：“请君摸索畅怀。”余笑曰：“卿非解人，摸索在有意无意间耳；拥而狂探，田舍郎之所为也。”时，四鬓所簪茉莉，为酒气所蒸，杂以汗粉油香，芳馨透鼻。余戏曰：“小人臭味充满船头，令人作恶。”素云不禁握拳连捶曰：“谁教汝狂嗅耶？”芸呼曰：“违令！罚两大觥。”素云曰：“彼又以小人骂我，不应捶耶？”芸曰：“彼之所谓小人，盖有故也。请干此，当告汝。”素云乃连尽两觥。

芸乃告以沧浪旧居乘凉事。素云曰："若然，真错怪矣，当再罚！"又干一觥。芸曰："久闻素娘善歌，可一聆妙音否？"素即以象箸击小碟而歌。芸欣然畅饮，不觉酩酊，乃乘舆先归。余又与素云茶话片刻，步月而回。时，余寄居友人鲁半舫家萧爽楼中。越数日，鲁夫人误有所闻，私告芸曰："前日，闻若婿挟两妓饮于万年桥舟中，子知之否？"芸曰："有之，其一即我也。"因以偕游始末，详告之。鲁大笑，释然而去。

乾隆甲寅七月[42]，余自粤东归，有同伴携妾回者，曰徐秀峰，余之表妹婿也，艳称新人之美，邀芸往观。芸他日谓秀峰曰："美则美矣，韵犹未也。"秀峰曰："然则若郎纳妾，必美而韵者乎？"芸曰："然。"从此痴心物色，而短于资。时有浙妓温冷香者，寓于吴，有《咏柳絮》四律，沸传吴下，好事者多和之。余友吴江张闲憨素赏冷香，携柳絮诗索和。芸微其人而置之[43]。余技痒而和其韵，中有"触我春愁偏婉转，撩他离绪更缠绵"之句，芸甚击节[44]。明年，己卯秋八月五日，吾母将挈芸游虎丘。闲憨忽至曰："余亦有虎丘之游，今日特邀君作探花使者。"因请吾母先行，期于虎丘半塘相晤。拉余至冷香寓，见冷香已半老，有女名憨园，瓜期未破，亭亭玉立，真"一泓秋水照人寒"者也。款接间，颇知文墨。有妹文园尚雏。余此时初无痴想，且念一杯之叙，非寒士所能酬，既而入简中，私心忐忑，强为酬答。因私谓闲憨曰："余贫士也，子以尤物玩我乎[45]？"闲憨笑曰："非也，今日有友人邀憨园答我。席主为尊客拉去，我代客转邀客，毋烦他虑也。"余始释然。至半塘，两舟相遇，令憨园过舟叩见吾母。芸、憨相见，欢同旧识，携手登山，备览名胜。芸独爱千顷云高旷，坐赏良久。返至野芳滨，畅谈甚欢，并舟而泊。及解维，芸谓余曰："子陪张君，留憨陪妾可乎？"余诺之。返棹至都亭桥，始过船分袂。归家已三鼓。芸曰："今日得见美而韵者矣。顷已约憨园明日过我，当为子图之。"余骇曰："此非金屋不能贮，穷措大岂敢生此妄想哉。况我两人伉俪正笃[46]，何必外求？”芸笑曰：“我自爱之，子姑待之。”明午，憨果至。芸殷勤款接，宴中以猜枚赢吟输饮为令，终席无一罗致语。及憨园归，芸曰：“顷又与密约，十八日来此结为姊妹，子宜备牲牢以待[47]。”笑指臂上翡翠钏曰：“若见此钏属于憨，事必谐矣。顷已吐意，未深结其心也。”余姑听之。十八日大雨，憨竟冒雨至。入室良久，始挽手出，见余有羞色，盖翡翠钏已在憨臂矣。焚香结盟后，拟再续前饮。适憨有石湖之游，即别去。芸欣然告余曰：“丽人已得，君何以谢媒耶？”余询其详。芸曰：“向之秘言，恐憨意另有所属也。顷探之无他，语之曰：‘妹知今日之意否？’憨曰：‘蒙夫人台举，真蓬蒿倚玉树也。但吾母望我奢，恐难自主耳，愿彼此缓图之。’脱臂上钏时，又语之曰：‘玉取其坚，且有团圞不断之意，妹试笼之以为先兆。’憨曰：‘聚合之权，总在夫人也。’即此观之，憨心已得，所难必者，冷香耳，当再图之。”余笑曰：“卿将效笠翁之《怜香伴》耶[48]？”芸曰：“然。”自此无日不谈憨园矣。后憨园为有力者夺去，不果。芸竟以之死。

选自《浮生六记》

【题解】

《浮生六记》是一部回忆录，其中的《闺房记乐》和《坎坷记愁》等篇不妨可看作是自传体小说。《闺房记乐》描写沈复和陈芸美满的夫妻生活。他们本是表姐弟，婚前青梅竹马，两小无猜，婚后志趣相投，互相尊重、体贴，伉俪情深。篇中写他们居沧浪亭畔，谈诗论文，品月评花，见出他们闲适、高雅的胸襟，还写到他们七夕“拜天孙”，中秋游沧浪亭，夜游水仙庙会，见出他们过民间节日时持有的幽情雅识。文笔清新优美，隽永雅致，读来颇有韵味。著名学者陈寅恪曾称赞，《闺房记乐》是我国古代文学中突破礼法顾忌，敢于以第一人称写闺房燕昵情景的名篇。

【注释】

①《琵琶行》：唐代诗人白居易所作的长篇叙事诗。 ②失怙：父亲去世。 ③修脯：从师学习的费用。 ④乾隆庚子：乾隆四十五年（1780）。 ⑤于归：女子出嫁。 ⑥国忌：皇帝或皇后死的日子。 ⑦子正：夜里十二时与零时之交。 ⑧丑末：下半夜一时至三时。 ⑨心舂：心跳。 ⑩朝暾（tūn）：清晨的太阳。 ⑪武林：杭州。 ⑫清斯濯缨，浊斯濯足：出自《孟子·离娄上》，意思是沧浪河水清浊不同有不同作用，比喻人的不同境遇与人的性格特点有关。 ⑬射覆：一种酒令，用相连字句隐物为谜让人猜。 ⑭《国策》、《南华》：《战国策》、《庄子》。 ⑮匡衡：字雅圭，西汉经学家。刘向：字子政，西汉经学家、文学家，著有《新序》《说苑》《列女传》等。 ⑯史迁：司马迁，字子长，西汉历史学家、文学家，《史记》的作者。班固：字孟坚，东汉史学家、文学家。 ⑰昌黎：韩愈，字退之，唐代文学家。 ⑱柳州：柳宗元，字子厚，唐代文学家。 ⑲庐陵：欧阳修，字永叔，北宋文学家、史学家。 ⑳三苏：苏洵、苏轼、苏辙，北宋文学家。 ㉑贾、董：西汉文学家贾谊和哲学家、经学大师董仲舒。 ㉒庾、徐：北周文学家庾信和南朝陈文学家徐陵。 ㉓陆贽：字敬舆，唐代人。 ㉔李、杜：唐代诗人李白与杜甫。 ㉕《楚辞》：西汉刘向辑，收屈原、宋玉等人的辞赋共十七篇，以屈原的作品为主。 ㉖相如：司马相如，字长卿，西汉辞赋家。 ㉗天孙：织女星，神话传说中织女为天帝之孙，故称天孙。 ㉘望：农历每月十五。 ㉙大宪行台：地方官员的府署。 ㉚《惨别》：出处不详。 ㉛《刺梁》：清朱佐朝著传奇《渔家乐》中的一折。《后索》：清姚子懿著传奇《后寻亲记》中的一折。 ㉜宣州：今安徽宣城一带。 ㉝无盐：《列女传》载，战国时齐国无盐地方的女子钟离春，貌丑而有识见，四十未嫁。见齐宣王后，陈述政见，指责齐宣王之过，被宣王立为王后，封无盐君。 ㉞虎阜：虎丘，在江苏省苏州市西北。灵岩：灵岩山，在江苏省南京

市六合区东南。 ㊱平山：平山堂，在今扬州市西北。 ㉟ “他生”句：唐李商隐《马嵬》一诗中的诗句。 ㊲张士诚：元末农民起义领袖之一，后投降元朝，成为地方割据势力，被朱元璋击败。 ㊳踽（jǔ）踽：独自行走孤独的样子。 ㊴阳乌：太阳。传说太阳中有三足乌，故有阳乌之称。 ㊵银蟾：月亮。 ㊶觥（gōng）：酒具。 ㊷乾隆甲寅：乾隆五十九年（1794）。 ㊸微：轻视。 ㊹击节：赞赏。 ㊺尤物：指美女。 ㊻伉俪正笃：夫妻相爱正深。 ㊼牲牢：祭祀用的牲畜。 ㊽笠翁：清初著名剧作家李渔，字笠鸿，号笠翁，《怜香伴》是他的一部戏曲作品名。

坎坷记愁

人生坎坷，何为乎来哉？往往皆自作孽耳。余则非也！多情重诺，爽直不羁，转因之为累。况吾父稼夫公慷慨豪侠，急人之难，成人之事，嫁人之女，抚人之儿，指不胜屈；挥金如土。多为他人。余夫妇居家，偶有需用不免典质，始则移东补西，继则左支右绌。谚云：“处家人情，非钱不行。”先起小人之议，渐招同室之讥。“女子无才便是德”，真千古至言也！余虽居长而行三，故上下呼芸为“三娘”；后忽呼为“三太太”。始而戏呼，继成习惯，甚至尊卑长幼皆以“三太太”呼之。此家庭之变机欤？

乾隆乙巳[①]，随侍吾父于海宁官舍。芸于吾家书中附寄小函，吾父曰：“媳妇既能笔墨，汝母家信付彼司之。”后家庭偶有闲言，吾母疑其述事不当，仍不令代笔。吾父见信非芸手笔，询余曰：“汝妇病耶？”余即作札问之，亦不答。久之，吾父怒曰：“想汝妇不屑代笔耳！”迨余归，探知委曲，欲为婉剖，芸急止之曰：“宁受责于翁[②]，勿失欢于姑也[③]。”竟不自白。庚戌之春[④]，予又随侍吾父于邗江幕中[⑤]。有同事俞孚亭者，挈眷居焉。吾父谓孚亭曰：“一生辛苦，常在客中，欲觅一起居服役之人而不可得。儿辈果能仰体亲意，当于家乡觅一人来，庶语音相合。”孚亭转述于余。密札致芸，倩媒物色，得姚氏女。芸以成否未定，未即禀知吾母。其来也，托言邻女之嬉游者。及吾父命余接取至署，芸又听旁人意见，托言吾父素所合意者。吾母见之曰：“此邻女之嬉游者也，何娶之乎？”芸遂并失爱于姑矣。壬子春[⑥]，余馆真州[⑦]。吾父病于邗江，余往省，亦病焉。余弟启堂，时亦随侍。芸来书曰：“启堂弟曾向邻妇借贷，倩芸作保，现追索甚急。”余询启堂，启堂转以嫂氏为多事。余遂批纸尾曰：“父子皆病，无钱可偿；俟启弟归时，自行打算可也。”未几，病皆愈，余仍往真州。芸覆书来，吾父拆视之。中述启弟邻项事，且云：“令堂以老人之病，皆由姚姬而起。翁病稍痊，宜密嘱姚托言思家，妾当令其家父母到扬接取，实彼此卸责之计也。”吾父见书怒甚。询启堂以邻项事，答言不知。遂札饬余曰：“汝妇背夫借债，谗谤小叔，且称姑曰‘令堂’，翁曰‘老人’悖谬之甚！我已专人持札回苏斥逐。汝若稍有人心，亦当知过！”余接此札，如闻青天霹雳；即肃书认罪，觅骑遄归，恐芸之短见也。到家述其本末，而家人乃持逐书至，历斥多过，言甚决绝。芸泣曰：“妾固不合妄言，但阿翁当恕妇女无知耳。”越数日，吾父又有手谕至，曰：“我不为已甚。汝携妇别居，勿使我见，免我生气足矣。”乃寄芸于外家。而芸以母亡弟出，不愿往依族中。幸友人鲁半舫闻而怜之，招余夫妇往居其家萧爽楼。越两载，吾父渐知始末。适余自岭南归，吾父自至萧爽楼谓芸曰：“前事我已尽知，汝盍归乎？”余夫妇欣然，仍归故宅，骨肉重圆。岂料又有憨园之孽障耶！

芸素有血疾，以其弟克昌出亡不返，母金氏复念子病没，悲伤过甚所致。自识憨园，年余未发，余方幸其得良药。而憨为有力者夺去，以千金作聘，且许养其母，佳人已属沙吒利矣[⑧]。余知之而未敢言也。及芸往探始知之，归而呜咽，谓余曰：“初不料憨之薄情乃尔也！”余曰：“卿自情痴耳，此中人何情之有哉！况锦衣玉食者，未必能安于荆钗布裙也，与其后悔，莫若无成。”因抚慰之再三。而芸终以受愚为恨，血疾大发，床席支离，刀圭无效[9]。时发时止，骨瘦形销。不数年而逋负日增[10]，物议日起。老亲又以盟妓一端，憎恶日甚。余则调停中立，已非生人之境矣。芸生一女名青君，时年十四，颇知书，且极贤能，质钗典服，幸赖辛劳。子名逢森，时年十二，从师读书。余连年无馆，设一书画铺于家门之内。三日所进，不敷一日所出，焦劳困苦，竭蹶时形[11]。隆冬无裘，挺身而过。青君亦衣单股栗，犹强曰：“不寒。”因是，芸誓不医药。偶能起床，适余有友人周春煦，自福郡王幕中归，倩人绣《心经》一部[12]。芸念绣经可以消灾降福，且利其绣价之丰，竟绣焉。而春煦行色匆匆，不能久待，十日告成。弱者骤劳，致增腰酸头晕之疾。岂知命薄者，佛亦不能发慈悲也。绣经之后，芸病转增，唤水索汤，上下厌之。

有西人赁屋于余画铺之左，放利债为业。时倩余作画，因识之。友人某，向渠借五十金，乞余作保，余以情有难却，允焉。而某竟挟资远遁。西人惟保是问，时来饶舌，初以笔墨为抵，渐至无物可偿。岁底吾父家居，西人索债咆哮于门。吾父闻之，召余诃责曰：“我辈衣冠之家，何得负此小人之债！”正剖诉间，适芸有自幼同盟姊适锡山华氏，知其病，遣人问讯。堂上误以为憨园之使，因愈怒曰：“汝妇不守闺训，结盟娼妓；汝亦不思习上，滥伍小人。若置汝死地，情有不忍。姑宽三日限，速自为计，迟必首汝逆矣[13]！”芸闻而泣曰：“亲怒如此，皆我罪孽。妾死君行，君必不忍；妾留君去，君必不舍。姑密唤华家人来，我强起问之。”因令青君扶至房外，呼华使问曰：“汝主母特遣来耶？抑便道来耶？”曰：“主母久闻夫人卧病，本欲亲来探望，因从未登门，不敢造次。临行嘱咐，倘夫人不嫌乡居简亵，不妨到乡调养，践幼时灯下之言。”盖芸与同绣日，曾有疾病相扶之誓也。因嘱之曰：“烦汝速归，禀知主母，于两日后，放舟密来。”其人既退，谓余曰：“华家盟姊，情逾骨肉，君若肯至其家，不妨同行。但儿女携之同往既不便，留之累亲又不可，必于两日内安顿之。”时，余有表兄王荩臣，一子名韫石，愿得青君为媳妇。芸曰：“闻王郎懦弱无能，不过守成之子，而王又无成可守；幸诗礼之家，且又独子，许之可也。”余谓荩臣曰：“吾父与君有渭阳之谊[14]，欲媳青君，谅无不允。但待长而嫁，势所不能。余夫妇往锡山后，君即禀知堂上，先为童媳，何如？”荩臣喜曰：“谨如命。”逢森亦托友人夏揖山转荐学贸易。安顿已定，华舟适至。时庚申之腊廿五日也[15]。芸曰：“孑然出门，不惟招邻里笑，且西人之项无着，恐亦不放。必于明日五鼓悄然而去。”余曰：“卿病中，能冒晓寒耶？”芸曰：“死生有命，无多虑也。”密禀吾父，亦以为然。是夜，先将半肩行李挑下船。令逢森先卧。青君泣于母侧。芸嘱曰：“汝母命苦，兼亦情痴，故遭此颠沛。幸汝父待我厚，此去可无他虑。两三年内，必当布置重圆。汝至汝家，须尽妇道，勿似汝母。汝之翁姑，以得汝为幸，必善视汝。所留箱笼什物，尽付汝带去。汝弟年幼，故未令知。临行时，托言就医，数日即归。俟我去远，告知其故，禀闻祖父可也。”旁有旧妪，即前卷中曾赁其家消暑者，愿送至乡；故是时陪侍在侧，拭泪不已。将交五鼓，暖粥共啜之。芸强颜笑曰：“昔一粥而聚，今一粥而散。若作传奇，可名《吃粥记》矣。”逢森闻声亦起，呻曰：“母何为？”芸曰：“将出门就医耳。”逢森曰：“起何早？”曰：“路远耳。汝与姊相安在家，毋讨祖母嫌。我与汝父同往，数日即归。”鸡声三唱，芸含泪扶妪，启后门将出。逢森忽大哭曰：“噫！我母不归矣！”青君恐惊人，急掩其口而慰之。当是时，余两人寸肠已断，不能复作一语，但止以勿哭而已。青君闭门后，芸出巷十数步。已疲不能行，使妪提灯，余背负之而行。将至舟次，几为逻者所执，幸老妪认芸为病女，余为婿，且得舟子皆华氏工人，闻声接应，相扶下船。解维后，芸始放声痛哭。是行也，其母子已成永诀矣！

华名大成，居无锡之东高山，面山而居，躬耕为业，人极朴诚。其妻夏氏，即芸之盟姊也。是日，午未之交[16]，始抵其家。华夫人已倚门而待，率两小女至舟，相见甚欢。扶芸登岸，款待殷勤。四邻妇人孺子哄然入室，将芸环视。有相问讯者，有相怜惜者，交头接耳，满屋啾啾。芸谓华夫人曰："今日真如渔父入桃源矣[17]。"华曰："妹莫笑。乡人少所见多所怪耳。"自此相安度岁。至元宵，仅隔两旬，而芸渐能起步。是夜，观龙灯于打麦场中，神情态度渐可复元。余乃心安，与之私议曰："我居此非计。欲他适，而短于资，奈何？"芸曰："妾亦筹之矣。君姊丈范惠来，现于靖江盐公堂司会计[18]，十年前曾借君十金，适数不敷[19]，妾典钗凑之。君忆之耶？"余曰："忘之矣。"芸曰："闻靖江去此不远，君盍一往？"余如其言。时天颇暖，织绒袍哔叽短褂，犹觉其热。此辛酉正月十六日也[20]。是夜，宿锡山客旅，赁被而卧。晨起趁江阴航船[21]，一路逆风，继以微雨。夜至江阴江口，春寒彻骨，沽酒御寒，囊为之罄。踌躇终夜，拟卸衬衣，质钱而渡。十九日，北风更烈，雪势犹浓，不禁惨然泪落。暗计房资渡费，不敢再饮。正心寒股栗间，忽见一老翁，草鞋毡笠，负黄包，入店，以目视余，似相识者。余曰："翁非泰州曹姓耶[22]？"答曰："然。我非公，死填沟壑矣。今小女无恙，时诵公德。不意今日相逢。何逗留于此？"盖余幕泰州时，有曹姓，本微贱，一女有姿色，已许婿家。有势力者放债谋其女，致涉讼。余从中调护，仍归所许。曹即投入公门为隶，叩首作谢，故识之。余告以投亲遇雪之由。曹曰："明日天晴，我当顺途相送。"出钱沽酒，备极款洽。二十日，晓钟初动，即闻江口唤渡声。余惊起，呼曹同济。曹曰："勿急。宜饱食登舟。"乃代偿房饭钱，拉余出沽。余以连日逗留，急欲赶渡，食不下咽，强啖麻饼两枚。及登舟，江风如箭，四肢发战。曹曰："闻江阴有人缢于靖，其妻雇是舟而往。必俟雇者来始渡耳。"枵腹忍寒[23]，午始解缆。至靖，暮烟四合矣。曹曰："靖有公堂两处，所访者，城内耶？城外耶？”余踉跄随其后，且行且对曰：“实不知其内外也。”曹曰：“然则且止宿，明日往访耳。”进旅店，鞋袜已为泥淤湿透，索火烘之。草草饮食，疲极酣睡。晨起，袜烧其半。曹又代偿房饭钱。访至城中，惠来尚未起，闻余至，披衣出。见余状惊曰：“舅何狼狈至此？”余曰：“姑勿问。有银乞借二金，先遣送我者。”惠来以番饼二元授余[24]，即以赠曹。曹力却，受一圆而去。余乃历述所遭，并言来意。惠来曰：“郎舅至戚，即无宿逋[25]，亦应竭尽绵力；无如航海盐船，新被盗，正当盘帐之时，不能挪移丰赠，当勉措番银二十圆，以偿旧欠，何如？”余本无奢望，遂诺之。留住两日，天已晴暖，即作归计。廿五日仍回华宅。芸曰：“君遇雪乎？”余告以所苦。因惨然曰：“雪时，妾以君为抵靖，乃尚逗留江口。幸遇曹老，绝处逢生，亦可谓吉人天相矣。”越数日，得青君信，知逢森已为揖山荐引入店。荩臣请命于吾父，择正月二十四日将伊接去。儿女之事粗能了了，但分离至此，令人终觉惨伤耳。

二月初，日暖风和，以靖江之项，薄备行装，访故人胡肯堂于邗江盐署。有贡局众司事公延入局，代司笔墨，身心稍定。至明年壬戌八月[26]，接芸书曰：“病体全瘳[27]。惟寄食于非亲非友之家，终觉非久长之策，愿亦来邗，一睹平山之胜。”余乃赁屋于邗江先春门外，临河两椽。自至华氏接芸同行。华夫人赠一小奚奴曰阿双，帮司炊爨，并订他年结邻之约。时已十月，平山凄冷，期以春游。满望散心调摄，徐图骨肉重圆。不满月，而贡局司事，忽裁十有五人，余系友中之友，遂亦散闲。芸始犹百计代余筹画，强颜慰藉，未尝稍涉怨尤。至癸亥仲春[28]，血疾大发。余欲再至靖江，作“将伯”之呼[29]。芸曰：“求亲不如求友。”余曰：“此言虽是，奈友虽关切，现皆闲处，自顾不遑。”芸曰：“幸天时已暖，前途可无阻雪之虑。愿君速去速回，勿以病人为念。君或体有不安，妾罪更重矣。”时已薪水不继，余佯为雇骡，以安其心，实则囊饼徒步，且食且行。向东南两渡叉河，约八九十里，四望无村落。至更许，但见黄沙漠漠，明星闪闪，得一土地祠，高约五尺许，环以短墙，植以双柏。因向神叩首，祝曰："苏州沈某，投亲失路至此，欲假神祠一宿，幸神怜佑。"于是，移小石香炉于旁，以身探之，仅容半体，以风帽反戴掩面，坐半身于中，出膝于外，闭目静听，微风箫箫而已。足疲神倦，昏然睡去。及醒，东方已白，短墙外忽有步语声。急出探视，盖土人赶集至此也。问以途。曰："南行十里即泰兴县城，穿城向东南十里一土墩，过八墩，即靖江，皆康庄也。"余乃反身，移炉于原位，叩首作谢而行。过泰兴即有小车可附。申刻抵靖，投刺焉[30]。良久，司阍者曰："范爷因公往常州去矣。"察其辞色，似有推托。余诘之曰："何日可归？"曰："不知也。"余曰："虽一年亦将待之。"阍者会余意，私问曰："公与范爷嫡郎舅耶？"余曰："苟非嫡者，不待其归矣。"阍者曰："公姑待之。"越三日，乃以回靖告，共挪二十五金。雇骡急返。芸正形容惨变，咻咻涕泣。见余归，卒然曰："君知昨午阿双卷逃乎？倩人大索，今犹不得。失物小事；人系伊母临行再三交托，今若逃归，中有大江之阻，已觉堪虞；倘其父母匿子图诈，将奈之何？且有何颜见我盟姊！"余曰："请勿急。卿虑过深矣。匿子图诈，诈其富有也；我夫妇两肩担一口耳。况携来半载，授衣分食，从未稍加扑责，邻里咸知。此实小奴丧良，乘危窃逃。华家盟姊赠以匪人，彼无颜见卿；卿何反谓无颜见彼耶？今当一面呈县立案，以杜后患可也。"芸闻余言，意似稍释。然自此梦中呓语时呼"阿双逃矣"！或呼"憨何负我"？病势日以增矣。余欲延医诊治。芸阻曰："妾病始因弟亡母丧，悲痛过甚；继为情感，后由忿激。而平素又多过虑，满望努力做一好媳妇，而不能得，以至头眩怔忡诸症毕备，所谓病入膏肓，良医束手，请勿为无益之费。忆妾唱随二十三年，蒙君错爱，百凡体恤，不以顽劣见弃。知己如君，得婿如此，妾已此生无憾。若布衣暖，菜饭饱，一室雍雍，优游泉石，如沧浪亭、萧爽楼之处境，真成烟火神仙矣。神仙几世才能修到，我辈何人，敢望神仙耶！强而求之，致干造物之忌，即有情魔之扰。总因君太多情，妾生薄命耳！”因又呜咽而言曰：“人生百年，终归一死。今中道相离，忽焉长别，不能终奉箕帚，目睹逢森娶归；此心实觉耿耿。”言已，泪落如豆。余勉强慰之曰：“卿病八年，恹恹欲绝者屡矣。今何忽作断肠语耶？”芸曰：“连日梦我父母放舟来接，闭目即飘然上下，如行云雾中，殆魂离而躯壳存乎？”余曰；“此神不守舍，服以补剂，静心调养，自能安痊。”芸又欷歔曰：“妾若稍有生机一线，断不敢惊君听闻。今冥路已近，苟再不言，言无日矣。君之不得亲心，流离颠沛，皆由妾故。妾死则亲心自可挽回，君亦可免牵挂。堂上春秋高矣，妾死，君宜早归。如无力携妾骸骨归，不妨暂厝于此，待君将来可耳。愿君另续德容兼备者，以奉双亲，抚我遗子，妾亦瞑目矣！”言至此，痛肠欲裂，不觉惨然大恸。余曰：“卿果中道相舍，断无再续之理。况‘曾经沧海难为水，除却巫山不是云’耳[31]。”芸乃执余手而更欲有言，仅断续叠言“来世”二字。忽发喘，口噤，两目瞪视，千呼万唤，已不能言。痛泪两行，涔涔流溢。既而喘渐微，泪渐干，一灵缥缈，竟尔长逝。时嘉庆癸亥三月三十日也。当是时，孤灯一盏，举目无亲，两手空拳，寸心欲碎。绵绵此恨，曷其有极！承吾友胡肯堂以十金为助，余尽室中所有，变卖一空，亲为成殓。呜呼！芸一女流，具男子之襟怀才识。归吾门后，余日奔走衣食，中馈缺乏，芸能纤悉不介意。及余家居，惟以文字相辨析而已。卒之疾病颠连，赍恨以没，谁致之耶？余有负闺中良友，又何可胜道哉！奉劝世间夫妇，固不可彼此相仇，亦不可过于情笃。语云：“恩爱夫妻不到头。”如余者，可作前车之鉴也。

回煞之期[32]，俗传是日，魂必随煞而归，故房中铺设，一如生前，且须铺生前旧衣于床上，置旧鞋于床下，以待魂归瞻顾。吴下相传谓之“收眼光”，延羽士作法[33]，先召于床而后遣之，谓之“接眚”。邗江俗例，设酒肴于死者之室，一家尽出，谓之“避眚。”以故有因避被窃者。芸娘眚期，房东因同居而出避，邻家嘱余亦设肴远避。余冀魂归一见，姑漫应之。同乡张禹门谏余曰：“因邪入邪，宜信其有，勿尝试也。”余曰：“所以不避而待之者，正信其有也。”张曰：“回煞犯煞，不利生人。夫人即或魂归，业已阴阳有间，窃恐欲见者无形可接，应避者反犯其锋耳。”时余痴心不昧，强对曰：“死生有命。君果关切，伴我何如？”张曰：“我当于门外守之。君有异见，一呼即入可也。”余乃张灯入室，见铺设宛然，而音容已杳，不禁心伤泪涌。又恐泪眼模糊，失所欲见，忍泪睁目，坐床而待。抚其所遗旧服，香泽犹存，不觉柔肠寸断，冥然昏去。转念待魂而来，何遽睡耶！开目四视，见席上双烛，青焰荧荧，缩光如豆，毛骨悚然，通体寒栗。因摩两手擦额，细瞩之，双焰渐起，高至尺许，纸裱顶格几被所焚。余正得藉光四顾间，光忽又缩如前。此时心舂股栗，欲呼守者进观。而转念柔魂弱魄，恐为盛阳所逼。悄呼芸名而祝之，满室寂然，一无所见。既而烛焰复明，不复腾起矣。出告禹门，服余胆壮，不知余实一时情痴耳。芸殁后，忆和靖“妻梅子鹤”语[34]，自号梅逸。权葬芸于扬州西门外之金桂山，俗呼郝家宝塔。买一棺之地，以遗言寄于此。携木主还乡，吾母亦为悲悼。青君、逢森归来，痛哭成服。启堂进言曰：“严君怒犹未息，兄宜仍往扬州。俟严君归里，婉言劝解，再当专札相招。”余遂拜母别子女，痛哭一场，复至扬州，卖画度日。因得常哭于芸娘之墓，影单形只，备极凄凉。且偶经故居，伤心惨目。重阳日，邻冢皆黄，芸墓独青。守坟者曰：“此好穴场，故地气旺也。”余暗祝曰：“秋风已紧，身尚衣单。卿若有灵。佑我图得一馆，度此残年，以待家乡信息。”未几，江都幕客章驭庵先生，欲回浙江葬亲，倩余代庖三月，得备御寒之具。封篆出署[35]，张禹门招寓其家。张亦失馆，度岁艰难，商于余。

即以余赀二十金倾囊借之，且告曰："此本留为亡荆扶柩之费[36]，一俟得有乡音，偿我可也。"是年，即寓张度岁。

晨占夕卜，乡音殊杳。至甲子三月[37]，接青君信，知吾父有病，即欲归苏，又恐触旧忿。正趑趄观望间，复接青君信，始痛悉吾父业已辞世。刺骨痛心，呼天莫及。无暇他计，即星夜驰归。触首灵前，哀号流血。呜呼！吾父一生辛苦，奔走于外，生余不肖，既少承欢膝下，又未侍药床前，不孝之罪，何可逭哉[38]！吾母见余哭，曰："汝何此日始归耶？"余曰："儿之归，幸得青君孙女信也。"吾母目余弟妇，遂嘿然。余入幕守灵，至七终，无一人以家事告、以丧事商者。余自问人子之道已缺，故亦无颜询问。一日，忽有向余索逋者，登门饶舌。余出应曰："欠债不还，因应催索。然吾父骨肉未寒，乘凶追呼，未免太甚。"中有一人，私谓余曰："我等皆有人招之使来。公且避出，当向招我者索偿也。"余曰："我欠我偿，公等速退！"皆唯唯而去。余因呼启堂谕之曰："兄虽不肖，并未作恶不端。若言出嗣降服[39]，从未得过纤毫嗣产。此次奔丧归来，本人子之道，岂为争产故耶？大丈夫贵乎自立，我既一身归，仍以一身去耳！"言已，返身入幕，不觉大恸。叩辞吾母，走告青君，行将出走深山，求赤松子于世外矣[40]。青君正劝阻间，友人夏南薰字淡安，夏逢泰字揖山两昆季，寻踪而至，抗声谏余曰："家庭若此，固堪动忿；但足下父死而母尚存，妻丧而子未立，乃竟飘然出世，于心安乎？"余曰："然则如之何？"淡安曰："奉屈暂居寒舍。闻石琢堂殿撰有告假回籍之信[41]，盍俟其归而往谒之，其必有以位置君也。"余曰："凶丧未满百日，兄等有老亲在堂，恐多未便。"揖山曰："愚兄弟之相邀，亦家君意也。足下如执以为不便，西邻有禅寺，方丈僧与余交最善，足下设榻于寺中何如？"余诺之。青君曰："祖父所遗房产，不下三四千金，既已分毫不取，岂自己行囊亦舍去耶？我往取之，径送禅寺父亲处可也。"因是，于行囊之外，转得吾父所遗图书、砚台、笔筒数件。寺僧安置予于大悲阁。阁南向，向东设神像。隔西首一间，设月窗，紧对佛龛，本为作佛事者斋食之地，余即设榻其中。临门有关圣提刀立像，极威武。院中有银杏一株，大三抱，荫覆满阁，夜间风声如吼。揖山常携酒果来对酌，曰："足下一人独处，夜深不寐，得无畏怖耶？"余曰："仆一生坦直，胸无秽念，何怖之有！"居未几，大雨倾盆，连宵达旦三十余天。时虑银杏折枝，压梁倾屋，赖神默佑，竟得无恙。而外之墙坍屋倒者，不可胜计。近处田禾，俱被漂没。余则日与僧人作画，不见不闻。七月初，天始霁。揖山尊人号蓴芗，有交易赴崇明[42]，偕余往，代笔书券得二十金。归，值吾父将安葬，启堂命逢森向余曰："叔因葬事乏用，欲助一二十金。"余拟倾囊与之。揖山不允，分帮其半。余即携青君先至墓所。葬既毕，仍返大悲阁。九月杪，揖山有田在东海永泰沙，又偕余往收其息。盘桓两月，归已残冬，移寓其家雪鸿草堂度岁。真异姓骨肉也。

乙丑七月[43]，琢堂始自都门回籍。琢堂名韫玉，字执如，琢堂其号也，与余为总角交。乾隆庚戌殿元[44]，出为四川重庆守。白莲教之乱[45]，三年戎马，极著劳绩。及归，相见甚欢。旋于重九日，挈眷重赴四川重庆之任，邀余同往。余即叩别吾母于九妹倩陆尚吾家。盖先君故居已属他人矣。吾母嘱曰："汝弟不足恃。汝行须努力，重振家声，全望汝也。"逢森送余至半途，忽落泪不已，因嘱勿送而返。舟出京口，琢堂有旧交王惕夫孝廉[46]，在淮扬盐署，绕道往晤，余与偕往，又得一顾芸娘之墓。返舟，由长江溯流而上。一路游览名胜，至湖北之荆州，得升潼关观察之信[47]，遂留余与其嗣君敦夫眷属等，暂寓荆州。琢堂轻骑减从，至重庆度岁，遂由成都历栈道之任。丙寅二月，川眷始由水路往。至樊城登陆，途长费巨，车重人多，毙马折轮，备尝辛苦。抵潼关甫三月，琢堂又升山左廉访[48]。清风两袖，眷属不能偕行，暂借潼川书院作寓。十月杪，始支山左廉俸，专人接眷，附有青君之书。骇悉逢森于四月间夭亡。始忆前之送余堕泪者，盖父子永诀也。呜呼！芸仅一子，不得延其嗣续耶！琢堂闻之，亦为之浩叹。赠余一妾，重入春梦。从此扰扰攘攘，又不知梦醒何时耳。

选自《浮生六记》

【题解】

本篇的主要内容是写沈复和陈芸夫妻生活后期的坎坷经历。陈芸因为不见容于公婆，又受贫困生活的煎熬，儿子去当学徒，女儿送人作童养媳，加上“素有血疾”，病情不断加重。在无锡友人家寄居一段时间后，陈芸随夫到了扬州，但这时沈复失业，陈芸因知病入膏肓，拒绝请医。临死前，陈芸握住丈夫的手像有满腹的话要说，但“仅断续叠言‘来世’二字”。陈芸死后，沈复希望在“回煞之日”能见到灵魂回归，但“满室寂然，一无所见”。他常到墓前痛哭，伤心惨目，备极凄凉。如果把这篇《坎坷记愁》和《闺房记乐》对照着读，可以发现作者是有意将欢愉和愁苦相互观照，并各以重笔渲染，从而使整个作品更显得凄恻动人。当然，作者并非有意文饰生活，正是他对妻子的深深的爱，才使他能写活陈芸这样的人物，才使他能写出这样富有神韵的作品。

【注释】

①乾隆乙巳：乾隆五十年（1785）。 ②翁：丈夫之父。 ③姑：丈夫之母。 ④庚戌：乾隆五十五年（1790）。 ⑤邗（hán）江：地名，在今江苏扬州一带。 ⑥壬子：乾隆五十七年（1792）。 ⑦真州：今江苏省仪征市。 ⑧沙吒利：唐许尧佐《柳氏传》中一番将，小说中女主人公柳氏被他劫去，此处指上文所说“有力者”。 ⑨刀圭：古代量取药物的量器，这里指医治。 ⑩逋负：债务。 ⑪竭蹶时形：不时显出钱财短缺。 ⑫《心经》：佛经名。 ⑬首汝逆：告你忤逆罪。 ⑭渭阳之谊：渭阳，为《诗经·秦风》

篇名，后世指称甥舅情谊。 ⑮庚申：嘉庆五年（1800）。 ⑯午未之交：指中午一时左右。 ⑰渔父入桃源：陶渊明的《桃花源记》中有武陵渔人进入桃花源后，村中人都来问讯的情节。 ⑱靖江：今江苏省靖江市。 ⑲不敷：不够。 ⑳辛酉：嘉庆六年（1801）。 ㉑江阴：今江苏省江阴市。 ㉒泰州：今江苏省泰州市。 ㉓枵（xiāo）腹：空腹。 ㉔番饼：银圆。 ㉕宿逋：旧债。 ㉖壬戌：嘉庆七年（1802）。 ㉗瘳（chōu）：病愈。 ㉘癸亥：嘉庆八年（1803）。 ㉙作"将伯"之呼：求人帮助。 ㉚投刺：投递名帖。 ㉛ "曾经"两句：唐代诗人元稹《离思》诗中的二句，意为除了自己心爱的女子外，其他的人都无法使他动心。 ㉜回煞：死人灵魂返回。 ㉝羽士：道士。 ㉞和靖"妻梅子鹤"语：宋人林逋，字君复，卒谥和靖先生。隐居西湖孤山，无妻无子，喜种梅养鹤，故称"妻梅子鹤"。 ㉟封篆：封印，意谓停办公事。 ㊱亡荆：亡妻。 ㊲甲子：嘉庆九年（1804）。 ㊳逭（huàn）：逃避。 ㊴出嗣：过继给叔伯为子。降服：沈复因过继给伯父，父死便不能按长子服丧，只能算侄辈。 ㊵赤松子：传说中的仙人名。 ㊶殿撰：官名，即翰林院修撰。 ㊷崇明：县名，今属上海市。 ㊸乙丑：嘉庆十年（1805）。 ㊹殿元：即状元。 ㊺白莲教：秘密宗教组织。最早出现于宋代。这里指嘉庆元年至十年（1796—1805）川楚陕白莲教大起义。 ㊻孝廉：举人的别称。 ㊼升潼关观察：升任潼关（今陕西省潼关县）道员。观察：道员。 ㊽山左：山东省的旧称。廉访：按察使。

梁章钜（1775—1849）

字闳中，又字茝（chǎi）林，晚年自号退庵。福州长乐（今属福建省）人。清嘉庆七年进士，官至两江总督。著述丰富，有《藤花吟馆诗钞》《退庵诗存》《南浦诗话》《浪迹丛谈》和《浪迹续谈》等。

尼　庵

余官江苏时，往来丹徒河干甚屡[1]，习见一尼庵，颇冷落，近年过之，则门户崭新；香火甚盛，相距不过十余年耳。偶因夜泊，与庵旁一老翁诘其颠末[2]，翁年逾七十矣，慨然曰：“凡寺观之盛衰，虽关气运，而人事亦与有功焉[3]。此庵初不振，一日遇都天庙会[4]，甚热闹，庵前赶会之船不少，有美妇趁船到此登岸，一足误陷汙泥[5]，急行入庵，众目皆睹，而舟子忽哗言妇给船钱一百[6]，乃是冥资[7]，急入庵理论，则庵中并无此妇，方与庵尼诘论，舟子忽见座上大士像一足偏染汙泥[8]，乃大惊悟，伏地叩首，即将冥资焚于炉中，于是阗塞入庵聚观者[9]，无不合声诵佛，信为大士显灵。适舟中人又来报香气四腾[10]，众益骇异，远近传闻，自此施舍沓至，香火遂煊赫至今[11]。实则妇与舟子皆庵尼所夥串[12]，妇一入庵，即卸装改容，而以汙泥移入大士足下耳。”

选自《浪迹续谈》

【题解】

明代短篇小说在描写五光十色的社会生活时，不时涉及种种骗局。即使艺术描写谈不上出色，却也颇有生命力。因为后世社会生活中还在不断重复出类似事件。这篇故事写宗教迷信方面的骗局，写来绘声绘色，作者也感慨良深。

【注释】

①丹徒：地名，在今江苏省镇江市东南。河干：河畔，这里指河。 ②诘其颠末：问其始末。诘，追问。 ③功：作用。 ④都天：神名，此处是庙宇名。 ⑤汙（wū）：同“污”，脏。 ⑥哗：同“哗”，乱吵，大声

说。 ⑦冥资：阴间用的钱。 ⑧大士：菩萨的通称。 ⑨阗（tián）：充满。 ⑩适：恰巧。 ⑪煊赫：兴旺。煊，同“喧”。 ⑫夥（huǒ）串：联合，串通。

朱翊清（1786—？）

字梅叔，别号红雪山庄外史，归安（今浙江省）人。早年热衷于科举仕进，但屡试不中，五十岁后绝意仕进，后潦倒而终。著有《埋忧集》。

金蝴蝶

汉阳闻人也[①]，名先秦。康熙初诸生。博学多通，工诗古文词，善画梅。长洲文点[②]，尝见其诗画，谓为近代所未有。先秦知之，不远千里，往与定交。性狷介[③]，不善为时文。然每一篇出，辄为人所传诵。既而连不得志于有司[④]，惟卖文及画以活。若非其人，虽辇千金不顾[⑤]。以故人遂无过问者。晚年筑室鹦鹉洲上[⑥]，以诗酒自娱，足迹不入尘市。虽炊烟屡绝，不屑也。然每醉，必携其所为诗文，至祢衡墓[⑦]，朗诵数过，痛哭而返。

会新太守湖郡王某至，闻其名，召使作画。不赴，太守怒。时方葺文庙，檄令绘壁辱之。先秦橐笔以往，画梅于壁。题其后云：“偶从处士陪琴鹤，未许山矾作弟昆。月落参横人不见，只留清气满乾坤。”书毕，拂袖竟归。后太守至，见之大惊，从一仆亲造其庐，酬以百金，不受。时已盛暑，见其犹衣木棉，顾其仆，往取绨绤各一端与之[⑧]。先秦辞曰：“性不知暑，故无需此物也。”乃止，委金而去。先秦追掷之，不及；及返，投置败簏中，终不复顾。数月，其金化为蝴蝶，一一飞去。先秦后以穷饿死。

选自《埋忧集》

【题解】

封建社会中，常有一些高才的文人一生不得志，他们性格耿介，孤高自许，不轻易交朋友，不苟合时宜，实践着士可杀不可辱的格言。本篇描写的闻先秦就是这样的“狂士”，他孤高到几无朋友的地步。当地太守对他前倨后恭，他却把太守的赠金掷在破竹篓中，最后饿死。篇中描写破竹篓中的百金化作蝴蝶飞去是清高的象征，作者十分赞许这样的高士。

【注释】

①汉阳：地名，在今湖北省武汉市。 ②长洲：在今江苏省苏州市。文点：字舆也，工诗善画，有《南云诗文集》。 ③狷介：耿直，孤高。 ④有司：指地方官吏。 ⑤虽辇千金不顾：即使送来千金也不理睬。 ⑥鹦鹉洲：在今湖北省武汉市西南长江中。 ⑦祢衡：字正平，汉末人，有才辩，气刚傲物，后被黄祖所杀。 ⑧絺（chī）：细葛布。绤（xì）：粗葛布。

空 空 儿

乾隆时，两江制府黄太保巡边至镇江府。舟泊京口[①]，忽失其项上所挂数珠，大惊。传地方著令严缉，限一月内交出。府县官受命退，即饬役各处缉访[②]，了无踪影。

无何，期限已迫，追比俱穷[③]，令某焦思无策，乃离署微行密访。数日，至句曲山后，遇一韶丽女子，衣绛绡衣，弓鞋窄袖，行绝壁间采女贞，于树下上如飞鸟。异之。伺其归，尾至溪边，入一洞穴，某亦蹴入[④]。其中大可数亩，而幽折蛇旋，迥非人境。穴将尽，有茅屋数间，门外槿篱萦绕。一老妪涤器于灶，见其讶曰；“是非某官耶？何以至此？”某前揖，具道来意。妪微笑曰：“哦，想又是吾女与贵上人作剧耳。此女憨态未改，致贵官惶急至此，自当惩之。但此时不知何往，请姑归，明日当令送还，贵官于午后至报恩寺塔顶携取可也⑤。”某悚然，敬诺而出。疾驰禀太保，太保不胜骇异。

次日命副将某率兵往环塔，彀弓注矢以待。至日中，众目睽睽，仰注塔上，忽见一道红光，瞥如飞电，而数珠已挂于顶。一时万弩齐发，渺然如捕风影焉。于是令健卒梯而登，取珠下。珠上系书一封，题曰：“空空儿手缄。”以呈太保拆视，大略言其莅任以来，挟威以扰士民，挟术以欺君上，挟势以辱长吏；以诇察纵武弁⑥，以罗织为腹心⑦，以凌辱称孤立；济贫以酷，行诈以权；身荷封疆之任⑧，心怀鬼蜮之谋；一方遍罹荼毒，而绅士无所控，科道不敢纠。故取公此物，聊用示警。若不速图悛改，仍蹈前愆，即当取公首级，以为为大吏者戒，云云。太保读毕，毛骨俱悚，其贪暴从此稍戢焉⑨。

选自《埋忧集》

【题解】

空空儿是一位女侠，她劫走封疆大臣项上所挂的念珠，然后把它放在常人难去的塔顶，制造一种轰动效应，借以警告贪暴。作品中对这位女侠没有正面描写，而是从一个官员的眼中，她母亲的嘴里和众人的眼里来写她，很有特点。

【注释】

①京口：今江苏省镇江市。 ②饬（chì）：命令。 ③追比：官府规定的期限内如不能完成旨令便受杖责，称作“追比”。 ④蹑入：跟踪而入。 ⑤报恩寺：在江苏省南京市，三国时建。 ⑥诇察：侦察。 ⑦罗织：编造罪名。 ⑧封疆之任：指统治一方的职位。 ⑨戢：收敛。

真 生

婺源真生[①]，名璞，字荆山。有俊才。尝受知于汪瑟庵先生，评其试卷，谓英姿飒爽，才气无双，从此精进，可以成家。遂拔为优贡生。

既而屡踬南闱[②]，郁郁不得志。偶出其文示人，人皆以其奇气满纸，不肯一语凡庸，相惊愕，生笑置之。然以贫故，思欲负石田为作嫁计[③]。而荐剡所投[④]，亦遭按剑[⑤]。生叹曰："穷至此乎！"于是谢绝人事，键户下帷。每文成，辄走山中抱髑髅归[⑥]，置几上，酹以酒，且读且饮，读竟痛哭。

一日方哭未已，髑髅亦涔涔泪下。生骇然，乃不复抱还。迨夜，方挑灯读，忽一美人翩然入，骂曰："劫坟贼，不畏死耶？"生视其人，韶颜稚齿，宫样梳妆，而眉锁远山，亦无愠色。已知所由来，起揖曰："得遇知音，死亦何恨！但如此三生罗隐何？"女曰："妾亦弱女子，尚不能保遗骸，何能与人功名事？"生许为收葬，女始輾然侠拜[⑦]。生见其娇娜可爱，如弱柳泥人，挽与共宿。女变色曰："妾以怜才之故，兼觑垂悯枯朽，故不惮冒行多露至此。妾本海盐吴氏，自先人殉难京师，家属南奔，会福王嗣立，被选入宫。未及邀幸，大兵破金陵，为一裨将所掠。将纳为室，妾请沐浴而后听命。遂入浴室，以佩刀自刭死。某亦怜之，为藁葬于此。今若此，是为河间妇也[⑧]。"绝裾而去。

生怅然归寝。次日抱其骸至故处，为之竭力营葬。有不足，则继以典质。且伐石表其贞烈，数日甫竣。是夜女复至，笑谢曰："今而后，知君真天下有情人也。妾不能遂捐廉耻，仰答深恩。然自幼尝蒙庭训，于制艺亦颇窥其奥。今愿得长侍砚席，以备康成诗婢[⑨]，可乎？"生大喜。出近著读之，辄为窜易数语，生服其精绝。女掷笔叹曰："妾亦何能益君？"因指一艺曰："如此艺非不沉博绝丽，但恐白雪调高，少见者不以为蜀之日，则以为越之雪耳[10]。"生为爽然。自是女无夕不至，生对之读，恒忘倦。女悯其劳也，则为置博局相与戏笑。有时瀹茗弹琴，常至达旦。

一夕女至，生录一课艺甫毕，举示。女接置于案，不视亦不语，脉脉旁坐。生诘之，惨然曰："妾本思为他山之攻，俾君成名；以报大德。今吾父以忠节为上帝所录，敕为灵芝馆仙官。以妾在此地飘泊无依，召为紫府侍书。昨归时玉符已到。顷欲言之，又恐伤君心。忆畴昔之夜，君命妾歌，曩时羞颜所不能及。今别离在即，请为一曲，以致永诀。"遂起奋袂，歌张祜《宫词》一绝[11]。一字数转，一转数泪。曲未终，哽咽不能成声。顷之，仆地而灭，觅之不得。随至墓上周呼："吴娘安在？"而香魂终杳，痛哭而返。自此生遂得咯血疾。

时已届秋试，带病入场。闱卷已入彀矣[12]。以孟艺"若伊尹莱朱"三句题，文中用金版玉筐等字。主司未解，卒为所斥，即女所指为沉博绝丽者也。榜既发，生病益剧，未几竟卒。

顾生亦不自知已死也，信步出门，意将寻女，但惘惘不知所从。方徘徊旷野，忽见羽幢绣幰，从数婢自东方来。一女子皓腕搴帘睇视，讶曰："是非真郎乎？何得至此？"生泣诉相觅之故。女笑曰："郎亦太痴心矣。妾以郎病未愈，别后常不能去心，故复纡道来视近已安否。今有一喜信报君知，昨闻真官韩愈奏：今番考试不公已极。来岁恩科，须先将试官甄别，庶免屈抑人才。帝即以命愈。愈以顺天犹为人文渊薮[13]，拟将以汪廷珍为顺天正考官[14]。此人素为君知己，君若赴试，自应针芥无差。"遂拔髻上一玳瑁簪与之，曰："妾此时将赴南岳夫人宴，不能久留。君持此速归办装，前程努力，勿恋此负心人也。"生受之，视其簪头上嵌二珠，大如戎菽，光耀炫目。方欲问讯，而香车已去如驶。

将返，适遇同学歙县曹某将入都，招与偕。生以资斧为忧，宝钗更不忍货去。某力任其费，约到京可徐为计。生喜，遂从之行。冬杪始达，投刺谒汪公。公亦喜，延入下榻焉。

明年戊寅[15]，果以万寿开科[16]。公以都御史主试，得生卷，决为江南名宿，选为南元。会试联捷。嗣以殿试第三人授编修，给假旋里。

比入门，见其妻方缞麻哭于堂中，大呼曰："我今以及第归来矣。"妻回头，见生裘马赫奕，大骇曰："君前以下第哭死，适已周年矣。勿作此态来吓人也。"生闻言，如梦始觉。长叹一声，奄然竟没，衣冠如蜕焉。

后十余年，有人于青城山遇之。葛巾道服，颜色转少。偕一女子，明艳若仙。乘翠轩，从十余骑，将入山。呼其人，问及故乡，顾仆取彩囊中两书寄回：一与其妻，言顷已得女为偶，度为地仙；一与曹生，谢其解衣之谊，兼托其妻子。盖宛然旧时手笔也。

选自《埋忧集》

【题解】

本篇通过描写真璞一生不第，死后才得高中的故事，批判科场的不公。但作品的中心故事却是写一个女鬼（后成女仙）如何陪伴真生夜读并帮助他钻研制艺文章，还指点他在死后做最后的考试。情节迂回而离奇，文情激愤而悲凉。

【注释】

①婺源：地名，在今江西省。 ②踬（zhì）：原意为绊倒，引申为事情不顺利，此处指科举考试落第。 ③石田：不能耕种的田，比喻没有用的东西。 ④荐剡（shàn）：举荐的公文。 ⑤按剑：呵退，指拒绝。 ⑥髑髅（dúlóu）：骷髅。 ⑦辴（chǎn）然：笑的样子。 ⑧河间妇：最初贞洁，后来淫荡的女子，出自柳宗元的《河间传》。 ⑨康成：郑玄，字康成，东汉经学家，相传他家的婢女也熟悉通晓《诗经》。 ⑩蜀之日、越之雪：

喻少见之物。因蜀地少见太阳，越地少下雪。 ⑪张祜：字承吉，唐代诗人，善写宫词。 ⑫入彀：指试卷已入选。 ⑬人文渊薮：人才荟萃之地。 ⑭汪廷珍：字瑟庵，清乾隆进士，官至礼部尚书。 ⑮戊寅：清嘉庆二十三年（1818）。 ⑯以万寿开科：因嘉庆帝六十大寿而加试一次。

陶公轶事

陶制军澍未第时[1]，家极贫，课徒自给。而公性颇豪，嗜饮善博，虽家无儋石储[2]，不顾也。后值岁暮，其妇崔泣谓公曰："贫迫如此，妾实不能同为饿殍。为君计，鬻妻亦可度岁。不然，愿赐绝婚书，俾妾另谋生活。"公笑曰："卿识何浅！我未交大运耳。日者谓我命当至一品[3]。姑徐之，勿愁富贵也。"妇曰："君有此大福，自有与君同享者。妾不敢作此想，请与君辞，听君好消息矣。"公不得已，书离婚书与之。会同里一饼师将谋娶妇，妇得书，忻然嫁之而去。公由是更无聊。

初，郭外火神庙有道士素善公，公暇日常宿于庙。道士性嗜弈，其技绝劣，然好胜。有从旁教客者衔次骨[4]。或豫以酒食啖客，令客饮，且谕意焉。知其癖者，每与弈必让，令胜己乃已。公自与订交，恒终岁弈无一胜，故道士尤心倾焉。至是遂襆被来止庙中。与道士书疏章，有所得，以供饮博辄尽。人皆呼为陶阿二。衣冠咸屏[5]，不与交矣。

山阴碣石村有吕某者[6]，精星相、卜筮、禽遁诸术。求之者户屦常满，于是积赀至巨万。然好施，故人以员外呼之。后于富阳设靛青行[7]，置称平准不欺客。故贾富者[8]，必就与市。而富为徽、闽、浙交会之地，众贾辐凑[9]。凡酒食之馆，江山船恒集于江岸。吕间或与客偕游，则呼吕三爷者载道。姊妹行有落拓者，乞吕一顾，声价顿起。夜则呼卢彻旦[10]，客有负者，吕必为调剂。而吕博有异传，每博辄胜。所得金常置床头，客或取用之，亦不问。间问之，则笑曰："银子本活物，想幻化矣。"其大度皆此类。

戴痴者，吕翁之值行也[11]。性至孝，以不得养父母，故不娶。每饭必先以一豆祭其先乃食。好拳勇，豪侠而勤俭。故所得俸，常贮主人处。惟见人之急，则手麾千金不惜，人往往以痴目之。亦善饮，每以无饮友为恨。一日晚饮于市，见公袒衣而沽饮，饮颇豪。呼而问为谁，公答姓陶。曰："市中有陶阿二者，非子乎？视子貌状，似非碌碌者，子饮可几何？"公曰："予好饮，而终未有能醉我者。汝岂能为查太史者乎？何劳絮问。"戴喜甚，曰："我将与子较量。"遂沽浊醪二瓮，曳与对饮。两翁既罄，公微醺，而戴已玉山颓倒矣。公起去。次日戴醒而忆之，复觅陶公饮，极欢。自是，遂与公为酒友。

富有业卖浆者窦翁，止一女，极陋，青瘢满面，广颡而豁齿[12]。日者尝谓当受一品封，翁疑其戏己也。顾女齿加长，问字者婿辄病故，故三十犹未嫁也。至是忽梦黑猿扑于身，惊悟。以告翁，翁曰："得毋有申属者问字于汝乎？"翌日戴痴来沽浆，见女，问亦曾相婿否，翁答尚未。且曰："吾贱而女陋，更谁婿？"戴力以斧柯自任[13]，因言公。翁曰："是非陶阿二乎？溺赌而滥饮，异日令吾女吸风度日乎？"戴曰："嘻！只恐汝女无此福。不然，如陶秀才而长贫贱，当抉吾两目。"翁问其年，曰："属猴。"翁忆女梦，稍心动，谓戴曰："明日可偕与来。"旦日，邀公谐翁，一见许订婚。公辞以身栖于庙，囊无半文，焉能娶妇。乃与翁谋赘诸其家。女能纺织，不致相累。公曰："即目前亦需少有所备，妙手空空，奈何？"戴又从旁怂恿，力任其费。诣吕翁索银三十两，吕问所为，语之故。吕诧曰："秀才也。子何自识之？"戴言："此人终非人下者，故与暱。"吕欲相之，使戴招公去。一见惊曰："此天下贵人也！但早年寥落耳。自后交印堂运大佳，惟木形人不及享耄期[14]，然已足矣"。回顾戴曰："此事我当相助。"立赠公五十金，谓公曰："婚后愿与新夫人一光顾也。”公许诺，且言此恩必有以报。翁曰：“区区者本无足挂齿，但有所托者：仆已有四孙，次孙命犯官刑，他日当出于台下，倘蒙记忆，尚幸垂怜。”即呼其孙出叩，公心识之，受金归。婚三日，挈夫人诣吕。吕亦许为一品夫人，欢宴终日而返。

自是伉俪相得，机杼之声，每与书声相间也。公学亦大进，次年举于乡。入都以教习授知县，分选湖北，有能吏名。未及十年，至方面[15]。其后巡抚江南，值岁饥，公为请于朝，赈蠲并举[16]，活数十万人。吴人皆尸祝之[17]。继以清理盐政，受上知，眷注颇深，而公已卒于两江总督任所。是时窦翁亦已物故。公临卒，属子孙世世奉祠翁云。

方公之巡抚江苏也，吕翁孙以索旧逋至苏[18]，殴人伤重死。方讼系，公即为赎罪释归，赠以千金。

其捕盐枭王乙也，诸官吏咸惴惴恐激变。公密敕武弁率兵往擒获。枭示时，棋道士适在抚署，笑曰：“不意陶二有此辣手。”公不为忤也。

先是，有粤僧游于绍，善相术。尝相戴痴年过四十，当以武职显，得三品封。戴笑曰：“天下岂有为人值行而受封诰者乎？”及公贵，为援例捐守备。湖广赵金龙之变，公荐戴从征。凯旋，以军功超授副镇。数年，予告回籍[19]，驺从煊赫。崔氏方曳杖乞食道左，询旁人，尽悉戴发迹所自。卧辙乞怜，戴诘其由来，叱之去。妇归号泣终夜，自缢死。其所嫁饼师，盖久以寒饿死矣。

选自《埋忧集》

【题解】

本篇描写陶澍做官前的穷困生涯和奇特遭遇。他妻子离他而去，贫穷无立锥之地。但好棋的道士，好饮的戴痴，好义的吕翁都竭诚相助，并为他续婚，重新娶了一位容貌虽丑但心地善良的市井女子。这些情节在作品中都有精湛的描写，很有艺术感染力。末尾写陶澍做官后如何报恩，前妻如何死去，落入老套，成了强弩之末。

【注释】

①陶制军澍：陶澍，字子霖，清道光年间人。官至太子少保，两江总督。制军，总督。 ②儋石：即担石，重量单位。二石为一儋。 ③日者：占卜者。 ④衔次骨：恨之入骨。 ⑤衣冠咸屏：官宦士人都躲避他，不与他交往。 ⑥山阴：县名，今浙江省绍兴市。 ⑦靛青行：卖靛青染料的店铺。 ⑧贾富者：在富阳做买卖的人。 ⑨辐凑：聚集，汇聚。 ⑩呼卢：赌博。 ⑪值行：伙计。 ⑫颡（sǎng）：前额。 ⑬斧柯：指媒人。 ⑭不及享髦期：不会高寿。髦通“耄”，八十、九十岁曰耄。 ⑮方面：指主管一方军政事务的官员。 ⑯赈：发救济粮。蠲（juān）：免除赋税。 ⑰尸祝之：为他祈祷祝福。 ⑱旧逋：旧债。 ⑲予告：告休。

乐 钧（生卒年不详）

初名宫谱，字元淑，一字莲裳，临川（今属江西省）人。清嘉庆六年中举。一生未仕。能诗擅文，被认为是清代江西诗家中继蒋士铨后第一人。著有《青芝山馆诗文集》和《耳食录》。

陈 著

陈著，富室子也。少时家遭疫，惟著仅存。一老仆执炊而已。著尝从蒙师受学，颇识字，仆因劝之读，且曰：“他日当不可量。”著深然其言，出钱使市书。仆至书肆，尽买肆中书以归。著乃键户下帷①，无寒暑昼夜，挟册呻吟，几破千卷，然略不解其文义。虽邸抄②、公檄、盲辞、稗说之类，讽诵如经史，终岁不出户庭。间出，则低头背诵。或窃听所诵，刺刺不休，往往头触墙壁，觉痛，则大叫，叫已复诵。或窃听所诵，乃颠倒拉杂，音读讹舛至甚。讪笑之，不顾也。年二十余，未尝与人通酬酢[3]。牛马菽麦不辨。

一日诵书门外，有少妇过之，著未之见也，且行且诵，竟抵其怀，妇大骇，且怒。著惶恐，遽前抚之，为摩挲其两乳。妇愈益羞怒，面发赤，诟詈而去。著谓人曰："彼何为者，一怒遂不可解乎？"人怜其呆，谕之曰："男女有嫌，奈何辱之？"著愕然，徐悟曰："彼殆书所称女子者耶？"人笑颔之。著乃狂喜叫跃，以为得解。他日读毛诗，至"女子善怀，亦各有行"，点首叹曰："书言之矣，昔者女子行而我触其怀，宜其怒耳。书义深远不可背如此。"三复不已。由是读书每冥索其解，解多类是。又日坐门外，遇物辄咨访于人。冀博识其名与状，以佐证其所读。有豕触藩，出视之，不识也。惧而却走。或告曰："猪耳，何畏？"著误以为珠，迫而视之，恍然曰："物不经见固难悬揣[4]。始吾以珠小物耳，今而知珠之能行也。"即问曰："鬻乎？"或为质主人，主人故昂其值，乃以三十千市之。著窃喜，以为书言珠价至贵，今乃贱获焉，大利也。于是谲者利其值，竞以猪来售，至则买之，无大小率准前价。老仆力谏，卒不听。期年得猪数百头，栏栅不能容。秽藉纵横满室，佣数人饲之，日不暇给。豕声狗狗然[5]，昼夜与书声相乱。著亦渐不能堪，皤然曰："昔人宝珠殊不可解。"命悉逐去之。计所耗费，殆累数百千，家以是少倾焉。著年齿既壮，仆恐其斩嗣[6]，劝之娶妻。著默然良久，曰："汝言良是。书固有之曰：'娶妻如之何？'但不知娶妻如何耳？"仆曰："公读书，岂不闻不孝有三，无后为大？"著曰："此与娶妻何与？且何以言无后耶？"仆恨其愚，乃笑曰："姑依书为之何害？"著许诺。仆遂乞邻里为之媒定。迨吉，轺軿至[7]，有赞于堂者曰："拜！"著愕眙木立[8]，问何为，仆相之跪起，乃得成礼。著笑曰："我知之矣，娶妻乃如此。"洎合卺[⑨]，熟视新妇曰："汝亦女子耶？"心惩前事，执礼甚恭，夜虽共寝，绝不敢复触其胸。久之，妇不能忍，私教以人道所在。著不觉畅言曰："此大乐事，而书中略不及之，读之何为！"次日，尽焚其书，不复览。

选自《耳食录》

【题解】

这是一篇绝妙的讽刺小说。陈著无书不读，却又每本书都读不懂，凡事都不解，竟把猪当作是"珠"，花高价大买特买。他连什么是"女人"也不知道，更不知结婚是怎么回事。结婚后，因从没有在书中读到这类"乐事"，便把所有的书都烧掉了。本篇小说细节描写虽然夸张，但又活脱传神，不只停留在漫画式的夸张上，于讽刺中见出深意。

【注释】

①键户下帷：关门闭户，指闭门读书。 ②邸抄：邸报、公文。 ③酬酢：应酬，交往。 ④悬揣：推测，猜测。 ⑤豞（hòu）豞：猪发出的声音。 ⑥斩嗣：断了后代。 ⑦轺軿（yáopíng）：马车，此处指迎娶新娘的马车。 ⑧愕眙（xū）：惊愕地张大眼睛。 ⑨洎（jì）：到，及。

吴炽昌（生卒年不详）

号芗厈，海宁（今属浙江省）人。活动年代在清末同治、光绪年间。科举不第，以做幕僚终生。著有《客窗闲话》。

查 氏 女

万历间倭寇之乱[①]，缘日本国王正妃卒，王思中华女子艳丽，遣将入寇，沿海掳掠。至盐官州[②]，猝不及备，官吏弃城逃窜。有查氏女者，年已及瓜[③]，慧中秀外，久失恃。闻寇至，诸父兄同众奔避。曰："女儿足弱，不能追随，途中虑有牵顾，俱罹于祸。莫若女自为计，决不贻羞，恐亦不致遽死也。"寇急，父兄迫之，坚持不行，父兄泣舍而去。女平日阅《本草》[④]，见有药名闹杨花者，服之即死，周时可醒，预已市得。遂密缝上下衣，研药为末以俟。闻寇入城，遽吞之，毙。倭入室，见女颜色如生，抚之温软，冀可救活，且容貌倾城，不忍舍去，负之入舟。逾时而苏，见身卧海船，诸女环泣，细询之，知同被难者。女慰之曰："毋徒怖恐，能从我谋，似可脱难。"诸女密商之，女授以计。缘倭将为王觅妃，故无敢犯诸女。及舟抵日本，倭将见美女无恙，欢欣鼓舞，以献国王。王见查氏女，遂其所欲，命通事告以敕立正妃之意。女曰："我中华人，愿与中华女子为伍，王若能尽出本国宫女，而以同来诸女为宫人，则唯王所命"王以其娇弱女子，何能为，喜允之，命扶入宫，开合欢宴。女同诸女酌酒劝王，密以前药入酒。王遽吞之，不觉眩晕，意谓醉矣，拥女入大内[⑤]，欲褫其衣。正支吾间，王瞠目流涎而倒，不知人事。女搜得兵符，唤诸女同出外廷，传通事谕倭将曰："王问悉我家有径寸珠，能定飓风，命我去取，作镇国之宝。尔诸将速备巨舟偕往。"倭将验兵符，信之，遣一旅同诸女杨帆西归。次日，王不视朝。王弟潜入大内探之，见王僵卧于寝，弑之自立。世子怒，各兴其党，互相攻击，其国大乱，故无追者。女至盐官城下，已有警备，命通事唤城上长官。女告以故，官狐疑未决。女即回，先以酒肉犒倭将等，曰："尔等其各饱餐以待。"众皆乐，醉饱而倒。报官骈戮之，以诸女归。官不废一矢而得倭将首级，遂报大捷。旌查女之门[6]，而各官晋秩有差[7]。

选自《客窗闲话》

【题解】

本篇内容属于弱女用计胜强敌类型的故事。一位查姓女子被倭寇俘虏去国，后设计返里，都凭借一种“服之即死，周时可醒”的药，使倭王倭将服后中计。本篇小说以平实的笔法传达出反抗呼声，民间传说色彩较浓。

【注释】

①万历：明神宗朱翊钧年号（1573—1620）。 ②盐官州：在今浙江省海宁市。 ③及瓜：指女子成年，十六岁。 ④《本草》：古代书名，记载中草药性能、效用等。 ⑤大内：皇宫。 ⑥旌：旌奖，表彰。 ⑦晋秩：提升。

呆 官

进士某，铨得某县令[1]。戚友虑其呆也，荐与一干仆谙习仪文者，官欣纳之。至省，谒上官，势将直入中门。其仆挽之由左。继又拜首邑令[2]，亦由左扉入。其仆推之入中门。官回馆舍，怒其仆曰：“若何颠倒播弄！我岂木偶耶！”仆知其意，对曰：“非为中门，左门之故耶？抚司道府[3]，上宪也[4]，礼应偏门入；首邑，同寅也[5]，礼应中门入。此所以辨等级，非敢播弄也。”官大悟曰：“似汝不愧为纪纲之仆，将重托汝。”仆乘机求司阍，官大笑曰：“为大令亲随，何等亲密，反求管门，是下走之职。汝舍近就远，辞尊居卑，岂非呆耶？”仆曰：“小人欲之。”官曰：“非我薄汝，莫悔莫悔！”随命司阍。往莅任所，书役盛服跪迎，官下舆答礼。至署，吏送下马饭[⑥]，甚丰腴，官大乐，命仆速备名柬谢之。仆曰："此皆属下人所应为者，受之而已，无答礼。"官以礼无不答之言反复辩论，仆以仪注告之，始悟官体应尊严也。次日，谒庙行香，师生鞠躬迎之。入门三揖，傲慢不答。师生怒，咸讥稍之。抱惭而归，怒詈其仆所云仪注之非。仆曰："入圣人礼法之门，接师生清高之士，谦让未遑，方合礼注。今自背之，非小人言谬也。"官摇首曰："世故变幻，较之八股时文，难做多矣！"

又次日点卯[⑦]，至东关地保，官大怒拍案，一筒之签尽撒于地，叱役选大杖扑之。地保不知所以，惶悚受杖讫，匍伏哀鸣曰："小人应卯无误，从无开罪，求明谕，以便改过。"官余怒未息，喝曰："我未达时[⑧]，偶欠钱粮者，借贷未遂也。尔逼我逃遁，辱及妻孥，此仇铭刻于心。剥尔肤骨，方消我恨。一挞尔尚何冤！"地保曰："爷府居原籍之东关耶？"曰："然。"曰："离此数千里矣，与小人何干？"官方知误，遽斥曰："无论远近，吾知东关地保决非好人！敢与官哗辩，应加责尔口！"地保抱头鼠窜而逸。

又次日放告，有老人面禀其子忤逆者，官讯之，对曰："小人世业纫工，今眼目昏花，藉子奉养。奈小人之子，游手好闲，弃小人不顾，将为饿莩矣！求教训之。"官怒曰："不孝重情！汝退，我即唤汝子责之！"时为纷纷递呈者所嬲，官心烦而退。忽忆及忤逆事，命仆唤纫工。仆误为其欲成衣也，唤平日伺应之纫工至。官盛怒升堂，喝命大杖。责讫，纫工泣诉曰："小人何罪？"官曰："弃养汝父，尚称无罪，真不知薄罚之恩者！"纫工曰："小人幼失怙恃，何父之有！"官益怒曰："父尚不认，悖逆之徒，岂可轻恕！"吏役佥跪告曰："此人自幼在署应差，小人等俱知细底，其父母实于某年月日病故，众所共知，惟乞照察。"官骇曰："才口诉之老人，其为鬼耶？"众曰："此某纫工之父某人也！"官知又误，强叱曰："为人子者，不能显亲扬名，仅作贱业，是为辱亲，不孝莫甚！再敢辩者，立予重罪！”纫工茹痛而去⑨。

官饮量甚洪，日必沽酒数斤，怡然独酌。突有喊冤者，正醺醺时也。阻其雅兴，怀怒升堂，拍案喝打，并不掷签。役跪请曰：“打若干？”官伸指曰：“再打二斤。”吏役笑不可遏，竟至哄堂，官惭而退。

各役领工食，动需数百金。官怒曰：“我安得如许闲钱，养如许闲人耶！”欲批饬不准⑩。仆曰：“此非出自己资，系钱粮项下留支之款。国家定例，不能不准。”官犹豫曰：“然。第若辈居心狡狯，闻其正名之外，有所谓混名者。一混则无所不混，恐其今日以正名领，异日复以混名领，则被冒支无穷矣。我意欲令其正混各名，俱注明领状，当堂验发，庶免混冒。”仆以此无碍于事，饬吏照办。官升堂点给⑪，至轿夫，怒谓曰：“我仅见二人抬轿，如何领工食者四名！岂非冒混耶！”轿夫曰：“轿后尚有二人。”官微哂曰：“据汝言，亦仅有二人。”对曰：“配以轿前之二人，非四耶？”官无词以诘。方按其名，其一曰某，又名“洋洋得意”；其二曰某，又名“不敢放屁”；其三曰某，又名“昏天黑地”；其四曰某，又名“拖来扯去”。官诧曰：“世安得有如是异名！且停放！”退问幕客，客笑曰：“若辈讥诮阁下不浅矣！”官曰：“何为？”客曰：“阁下后拥前呼，则洋洋得意。谒见上司，则不敢放屁。问案对词，则昏天黑地。何以结讼，则拖来扯去而已。”后此官决囚，因斩绞错误，被参罢去。

选自《客窗闲话》

【题解】

一位进士出身的县令不懂得官场礼仪，莅任伊始就闹了不少笑话，同时又好酒贪杯，乱断官司，乱用杖刑。但这位“呆官”在涉及金钱之事时却颇为精明，连差役、轿夫的工食钱也斤斤计较。作者是用讽刺、暴露的手法来写“呆官”的，并非只是讲笑话，文中刻画的

“呆官”不仅可笑，也可恨。

【注释】

①铨：授官职。 ②首邑：州府治所所在的县城。 ③抚司道府：巡抚、道员和知府。 ④上宪：上司。 ⑤同寅：同品级的官员。 ⑥下马饭：吏役为新上任的官员设的宴席。 ⑦点卯：官衙查点吏役。 ⑧未达：未做官时。 ⑨茹痛：负痛。 ⑩批饬：批文，下命令。 ⑪点给：点名发给。

沈 太 守

浙人沈某，少为酒家佣。亏其主人钱十五贯，年终无以报命，归谓妻曰：“我已亏负主人，纵不我索，奈伙伴皆目我为负心人，其能相容乎？此间无立足地，唯有外出营生。汝其纺绩勤劳，以奉我母，勿致冻馁，纫感无既[①]！”妻曰：“此我分内事也，毋庸多嘱。但愿贱出而荣归，不虚我望足矣！”沈曰：“汝言诚是也。”

去至淮上，作漕艘纤夫[②]，相随入都。携筐卖饼饵，自给之外，日有余赀，以置冠服，代人投刺，权充仆从。一日，有词林欲谒大丞相[③]，其仆病，请沈代。沈生平未见相府规模，贸贸然持柬直冲。值阍人刘姓将出，飞檐华毂，十数骑前引后从。盖刘已得四品题衔，其仪仗真与京卿等。前徒见沈冒昧，交鞭挞之。沈横卧于地，哭喊曰：“恃尔主为宰相耶？即皇帝，亦当论理，我何罪而辱之？”刘甫登车，闻其语操南音，命人唤至车前，详察其貌，即饬[④]：“送入后院，毋得纵逸，俟我归来问话。”应声雷诺，牵沈径去。词林见其滋事，已驱车远飏矣。

刘回院，问客何在。众人拥沈至阶前，叱跪。刘细审其籍贯戚里，沈惶悚以对。刘尽退从人，扶沈入室，纳诸上坐曰：“弟识刘某乎？舅父母无恙耶？”沈始敢仔细端详，嗫嚅而对曰：“非我三姑母之大表兄乎？久出，不通音信，自幼未闻读书应试，何富贵至是？”刘笑曰：“我非中堂[5]，是其仆也。”沈咤曰：“均是仆也，兄何其荣？弟何其辱？愿留而受业于门。”刘曰：“弟宜勉力上进，勿以区区为事。”沈曰：“弟目不识丁，力难胜用，是文武均无进途矣。”刘曰：“有志者事竟成。乘此青年，尚可为学，但求识字作书，谅无难者。兄之大儿现就师傅，弟伴读有人，便可研究矣。”乃为沈熏沐更衣，颐养月余，送之入塾。

其子之师，系名进士，体主人意，不过欲沈略知文墨，故日教以十余字及临摹仿版而已。攻苦年余，居然腹中有二三千字，腕下亦笔画分明。遽夸于刘曰：“弟之学，虽不能拾青紫[6]，以此应酬，似不欲多让人矣。”刘质诸师，师曰：“令表弟非科甲中人，以就异途，远胜于没字碑矣[7]。”刘大悦，谓沈曰：“本欲为弟纳一官，但官场中规矩礼节，弟尚未谙。兄于中堂处求书，弟携往畿南制军处图一席地[8]，以便观习仪文，留心从事，勿怠荒也。”遂具衣服车马，送之保阳[9]。

以书干制军，制军见系中堂所嘱，鞠躬迎之。问知来意，即进首郡太守而告以故。太守以适需记室为请，制军悦，推荐与之。太守往拜，以岁脩三百金延沈入幕。其幕中人争先媚之，通谱结盟，无不曲尽其道。数日后，司记室之仆以禀启书函请其答复。沈阅之不解，作色曰：“是岂予所为哉！”怒掷置之。仆诺诺而退，告于太守。太守曰：“汝等不自小心，触先生怒矣。此等寻常答复，何足以烦大手笔？如有疑难之事，我自恳之。”从此仆不敢以书札进矣。

沈终日闲暇，唯潜窥太守延客，退与幕中人议论仪注而已。同事者久已习，觉其腹内空空，然以丞相私人，皆欲得其欢心，曰：“兄如有事参商，弟辈当力图报效，勿以外人目之，则幸甚。”沈知众心之向己也，故居停所行之事，皆倩人主稿。如是者半载，心窃不安，自计仪注已习，可以归矣。遂告太守曰："昨有都中人来，奉中堂谕，唤予入都，未审其何事也。然不敢逗留，请辞。"太守曰："方仗鸿才，以匡不逮，岂可遽别！如有不适之处，何妨明以告我，自当谨领大教。"沈曰："主人忠且敬矣，予又何辞！第中堂之命，不敢不应也。"太守知不可留，以告制军。制军曰："客若不得已而去，我何以对中堂？无已，姑设法以缓其行，我等共筹一款，以壮行色。"太守唯唯，乃与宪司与幕中人递为设饯，日以优觞款之。嘱首邑长，布告各牧令，佥使致赆，集五千余金，以宪司命馈之。

沈大悦，满载而归，听命于刘，刘为谋画，以参军职入军功[10]，加等优叙，铨得县令[11]。绕道返故乡，挈母妻至任。缘自起于寒微，知民间之疾苦，故其理事也勤而恕，对牍公庭，必使无情者向人服礼而已。曰："予为朝廷执法，一挞汝，容何伤？但汝子孙或有荣显之日，知之者咸议其祖父为刑伤过犯，没齿之恨，将为世仇。且讼不可终，每见胜者亦倾家破产，矧败者乎？何如因子言以宽解之，将为日后之不可终议矣！"悟其意者感且泣，邑以大治。以是荐升太守。值丞相败，刘亦得重罪。适闻母讣音，致仕归。

方其在任时，生二子，谓其妻曰："予年将半百，有子已足，况出宰耶[12]？"予意送汝归故里，以教予子。是方成童，尚不知习俗。假令长在署中，其安分者不过无能，其不安分者，则竟败类矣！盖衙门之所尚者，骄惰奢侈，娼酒赌博，无所不为。此则知识未定之人所大忌。天下之不为习俗所移、出类拔萃者，能有几人乎？予以何等起家，祖宗功德尽于此矣，安望后世豪杰之士也？汝以二子归，先训之读二三年，可知其志。倘能读书则善，否则农、工、商、贾，各予一业，决不至饿殍者。若曰少君而已矣，此不但饿殍，皆俳优之流亚也。"其母妻皆性喜俭朴，亦恶坐享，欣然同归，教二子读。不成，置良田百亩，以一子督耕，一子学贾。及沈归来，就其子之才，在乡增田，在市立肆，各守其业。而沈则布衣草履，来往纠察，忘其曾为中大夫者[13]，优游林下二十余年以终。

选自《客窗闲话》

【题解】

当过酒保、纤夫、小贩和仆从的沈某，由于种种机缘进入官场，当了县令。因为他自己出身寒微，深知民间疾苦，所以官声颇佳，晋升太守。但他却及时退步抽身，优游林下。本篇对官场庸俗、腐败风气的描写有一定深度，并不只止于一般的暴露和抨击。

【注释】

①纫（rèn）：深深感激。 ②漕艘：古代给京城运粮的船。 ③词林：翰林，也指文人。 ④饬（chì）：上级命令下级。 ⑤中堂：丞相。 ⑥拾青紫：取得功名。 ⑦没字碑：指不通文墨而虚有外表的人。 ⑧畿（jī）南：京城南面。 ⑨保阳：保定。 ⑩参军：幕僚。 ⑪铨（quán）：选用，选拔。 ⑫出宰：出任地方长官。 ⑬中大夫：指沈曾任官职。

职　谬

滇南米商某，列肆于市。值县之少尉出[1]，四人肩舆，隶卒擎盖执杖，前拥后呼，辟人于道，遇坐者喝之起。商适与客核帐思索出神，不及起。尉见之怒，执之舆前，责掌二十。

尉去，商大哭。客哂之曰："父母官责尔不敬，能不顺受，徒泣何为？"商曰："彼父母官者，犹夫人耳，何以尊严若是？何科甲出身耶？"客笑曰："彼铜进士出身，汝何不知？"商曰："吾实不知铜进士为几甲。"客曰："是不过银子科第三甲耳。"商曰："如客所云，吾亦有银，何难与埒[2]！甘受其辱，不亦过乎！"决意止肆，携赀入都，报捐未入流，分发畿南，但未习仪注，难以谒宪。幸都中有干仆，为之谋曰："主所有者，财耳。何不普拜乡亲，大开筵宴，既联桑梓之谊[3]，藉学趋跄之礼[4]。彼同仕者，孰不愿为指教耶？"商是其言。遍拜同乡，饮之食之，乡人皆乐为教。肆习旬余，拜跪叩首，皆无谬误。众议先见府道，以熟其仪，如无错谬，则可谒宪司矣[5]，乃往见郡伯[6]。嘉庆二十五年六月也[7]。商公服而纬帽。郡伯者，人甚谦和，凡属员叩首，必手自扶之，扶之不起，必回礼。时商趋入遽跪，郡伯俯扶之。商纬帽极滑泽，贯郡伯朝珠于首，猛然起，珠散而郡伯几跌。凡有珠者，深恶此兆，以为不祥，故郡伯拂袖而入。左右检珠，咸笑曰："客可以退矣。"商乃失色出，同官传为笑柄。众尤商曰："汝未能从容进退，不可以见上宪，尚须练习。"

又逾月而国恤闻[8]，官皆白衣冠，避舍二十七日后，素服顶帽见客。商之乡亲有与方伯司阍者善[9]，谓之曰："有敝乡里，初出茅庐者。恐贻同官笑，能使之独见宪台否？"司阍曰："是不难。我主素无拘束，随到随见。使早来，我有以位置之。"随告商。时商已谒观察无误，方欣欣自得。次日入藩署投谒。

彼宪司之门房，强于下寮之厅事，铺设斐然。司阍者盛服据上坐，问其仆曰："某官已至乎？"仆乃引商入。商见陈设眩目，人物轩昂，意为即方伯，趋入拜跪，献履历。司阍者笑曰："误矣，敝主人不在此。且请少息无躁。"商知有误，赧然坐。司阍嘱其仆入探方伯。而内随官者询知司阍之友，欲逞能而见好，命其仆引商先入客室，以候方伯。商见客堂一色纯白，无字画陈设，铺垫者皆黑麻为之，不如门房远甚。意谓是必随官之室，不可自卑，再贻人笑。遂首座而趺坐。时方伯由内出，随官皆不及知，见上座有客，金其顶者，意谓幕中人，拱手让坐。商见方伯青衣，猝然问曰："足下高姓？"方伯道其姓。商诧曰："足下与大人同姓，可喜可贺！"时随官闻有人接谈，于门隙窥见主人已出，不觉皇然入，陈商之手版[10]。方伯俯首阅。商甫见珊瑚其顶，惶恐之极，趋跪膝前曰："大人该死！大人该死！”方伯拂然大怒，叱退之。后郡伯入见，方伯怒犹未息，语以故。郡伯曰：“是即散卑府之朝珠者，闻系市侩。”方伯曰：“商者无失其为商，何可乱我仕版？仍使归市可也。”遂休之。

选自《客窗闲话》

【题解】

旧时捐官入仕，导致种种弊端。本篇中写民间把捐官的人说成是“铜进士”，显然是一种尖锐的讽刺。本篇的主要内容是讽刺一位捐官的米商对官场的礼节一窍不通。如果从另一个角度来认识，米商之所以能有雄厚的财力来买官，说明他经营有道。但进入官场后，就成了低能儿。篇末写到，一位官僚说：“商者无失其为商，何可乱我仕版？”倒也不失为一种有识之见。

【注释】

①少尉：官职名，知县的属官。 ②何难与埒：和他一样有什么难。 ③桑梓之谊：故乡之情。 ④趋跄：官场礼节。 ⑤宪司：指省级长官。 ⑥郡伯：知府。 ⑦嘉庆二十五年：公元1820年。 ⑧国恤：帝后死。这年嘉庆皇帝死。 ⑨方伯：布政使。 ⑩手版：名帖。

金山寺医僧

浙右某孝廉[①]，约伴入都会试[②]。舟至姑苏[③]，孝廉疾矣。同伴唤舆送至名医叶天士家诊治。叶诊之良久，曰：“君疾系感冒风寒，一药即愈。第将何往？”孝廉以赴礼闱对。叶曰：“先生休矣。此去舍舟登陆，必患消渴症[④]，无药可救，寿不过一月耳。脉象已现，速归后事，尚及料理矣。”遂开方与之，谕门徒登诸医案。

孝廉回舟，惶然泣下，辞伴欲归。同伴曰：“此医家吓人，生财之道也。况叶不过时医，决非神仙，何必介意！”次日孝廉服药，果愈。同伴益怂恿之，遂北上，然心甚戚戚。

舟抵江口，风逆不得渡。同人约游金山寺[⑤]，山门前有医僧牌。孝廉访禅室，僧为诊视，曰：“居士将何之？”以应试对。僧蹙额曰：“恐来不及矣。此去登陆，消渴即发，寿不过月，奈何远行耶？”孝廉泣下曰：“诚如叶天士言矣！”僧曰：“天士言何？”孝廉曰：“无药可救。”僧曰：“谬哉！药如不能救病，圣贤何必留此一道？”孝廉觉其语有因，跽而请救。僧援之曰：“君登陆时，王家营所有者，秋梨也，以后车满载。渴即以梨代茶，饥则蒸梨作膳。约此物食过百斤，即无恙。焉得云无药可救，误人性命耶？”孝廉再拜而退。

行抵清河[⑥]，舍舟登陆，果渴病大作矣。如僧言，饮食必以梨。至都平服如故。入闱不售。感僧活命恩，回到金山，以二十金及都中方物为谢。僧收物而却其金，曰：“居士过苏城时，再见叶君，令其诊视。如云无疾，则以前言质之。彼如问治疗之人，即以老僧告之，胜于厚惠也。”

孝廉如其言，往见天士，复使诊视。曰：“君无疾，何治？”孝廉以前言质之。天士命徒查案相符，曰：“异哉！君遇仙乎？”孝廉曰：“是佛非仙。”以老僧言告之。天士曰：“我知之矣。先生请行，吾将停业以请益。”随摘牌散徒，更姓名，衣佣保服，轻舟往投老僧，求役门墙，以习医术，僧许之。

日侍左右，见其治过百余人，道亦不相上下，告僧曰：“余有所悟矣。请代为立方，可乎？”僧曰：“可。”天士作方呈览。僧曰：“汝学已与姑苏叶天士相类，何不各树一帜而依老僧乎？”天士曰：“弟子恐如叶之误人性命，必须精益求精，万无一失，方可救人耳。”僧曰：“善哉，此言胜于叶君矣！”

一日，有舁一垂毙之人至[⑦]，其腹如孕。来人曰：“是人腹痛数年，而今更甚。”僧诊讫，命天士复诊开方，首用白信三分[8]。僧笑曰：“妙哉！汝所以不及我者，谨慎太过。此方须用砒霜一钱，起死回生，永除疾根矣。”天士骇然曰：“此人患虫蛊，以信石三分，死其虫足矣，多则人何能堪！”僧曰：“汝既知虫，不知虫之大小乎？此虫已长二十寸余矣。试以三分，不过暂困，后必复作。再投以信，避而不受，则无药可以救矣。用一钱，俾虫毙，随矢出[9]，永绝后患，不更妙耶？”天士感甚。僧立命侍者出白信，纳病人口中，以汤下之。谓来人曰：“速舁回寓，晚必遗矢出虫，俾吾徒观之。”来人唯唯，舁病人去。至夜，果如所言，挑一赤虫来，长二尺余。病人已苏，饥而索食。僧命以参苓作糜进之，旬日痊可。

天士心悦诚服，告以真姓名而求益。僧念其虚心向往，与一册遗之。自是天士学益进，无棘手之症矣。

选自《客窗闲话》

【题解】

本篇描写两位神医，苏州叶天士和金山寺医僧。他们对病情的诊断总是相同，但在对能否使病情得到根治这点上看法有区别，于是叶天士虚心拜医僧为师。小说情节以两个病人的诊疗经历来贯串，不仅病人心理写来细致生动，也使医僧和叶天士的性格得以层层展开，对读者很有吸引力。

【注释】

①浙右：浙江省西部。孝廉：原为汉代荐举统治人才的科目之一。明清两代用作对举人的称呼。 ②会试：明清两代各省举人在京城举行的考试，一般为三年一次，考中者称贡生。 ③姑苏：苏州。 ④消渴症：即糖尿病。 ⑤金山寺：位于江苏省镇江市西北的金山上。 ⑥清河：今属河北省。 ⑦舁（yú）：抬。 ⑧白信：药名，即砒霜。 ⑨矢：通“屎”。

许奉恩（生卒年不详）

字叔平，桐城（今属安徽省）人。著有《里乘》。

柯寿鞠

柯寿鞠，字丹慧，广陵乐工女也[①]。其大母八十诞辰[②]，梦女冠持赠丹菊一枝为寿[③]，翌辰女生，遂以名之。髫龀失怙恃[④]，叔无赖，鬻入勾栏中。六七岁，闻人诵诗，窃爱之，见文士即求指授，一听了了。十岁初度，口占一绝云“戏控青鸾下碧空，十年坐梦堕西风。此生不作韩枢密[⑤]，愿抱秋心老蕊宫[⑥]。”一时传诵，佥谓是儿命薄心高[⑦]，恐非佳兆。及长，美而侠。富儿大贾，争以缠头媚之[⑧]，辄时分济寒畯[⑨]。年二十，自以千金脱籍，私谓狎客某甲曰：“儿齿渐增矣，浮沉风尘中终无了局。频年私积不下十万金，颇可自给，愿乘色未衰，择一才貌俱优、可同白首者，托一终身。君阅人多矣，烦留心物色，倘当意，不吝谢也。”甲笑曰：“诺，容徐图之。”

有山阴陶公子者，少年俊美，薄游广陵，艳女之名，兼利其资，赂甲求为说合。时女已独居谢客，甲特往述公子向慕意，并盛夸其门第才貌。女命导公子至，相而后可。既至，果一见目成，两心相许。公子言妻病瘵频年[⑩]，死在旦夕，虽暂屈篷室[⑪]，一俟中馈虚人，即当正位。甲居中怂恿，女喜，遂订割臂之盟。定情后，两情缱绻，誓同生死。居无何，公子告女，将如京师纳资求官。问：“何官之求？”曰：“倅丞可耳[⑫]。”问：“何不求守牧[⑬]？”曰：“固所愿也，奈资不足何！”问：“所绌几何？”曰：“五千金足矣。”女笑曰：“此亦甚易办，妾当足成之，奈何甘就冷宦！”公子大悦。筮日，女为治任祖饯，出五千金付公子，趣速经营，“早去早归，免妾久盼！”公子唯唯，订期珍重而别。

逾期，公子不至。女问某甲，但饰语支吾；乃坚诘不已，甲乃实告公子固携金遁归乡里，“入京求官”皆属诳语；且其妻悍妒，亦不敢纳妾媵。女知为公子所赚，殊不恚愤，笑谓甲曰；“妾初见若言大气浮，固虑少年轻薄，不可终恃，今果然也。”因详问公子里居第宅，自买太平巨舫，携媪婢五六人径如山阴，僦屋而居，与公子望衡对宇[14]，戒众勿泄。瞷公子母寿辰，贺客盈门，女华妆命舆往。公子方肃宾在堂，骤见女至，大惊失色；众客不知谁何，睹女容光焕发，讶为天人，凛然不敢正视。女乃向众客裣衽，致词曰：“妾广陵乐工女柯寿鞠也。诸公非公子族党，亦必贵戚。妾有微忱，愿为诸公陈之，可乎？”佥曰：“愿闻。”女遂备述公子赚己始末，已，乃指公子而数之曰：“始妾以若贵家子，必知自爱，故遽以终身相托。不虞轻薄儿居心龌龊，但涎妾卖笑金，巧设骗局，自以为得计。不知妾卖笑金固用之不竭，特笑若太器小，无福以消受之耳！”公子闻之，汗流满面，惶愧俯首，默无一词。众客为之缓颊，并好言抚慰，愿共为调停，令公子谢过，仍践前盟。女谢曰：“诸公休矣！此等龌龊儿，妾誓不与相见！今所以不惮劳苦千里而来者，诚以若今日可负妾，异日负君负亲负妻负友亦何不可？故特将若为人暴告诸公，俾各慎与交游，勿受其诈耳！”众以女语言爽决，知不可挽，因谓：“公子所携归五千金，当如数返璧。”女笑曰：“此尤细事。若重利轻义，妾则不然。今既为若所赚，直如当日缠头少博此戋戋耳[15]。况妾平日赒济穷困，浪掷何止倍蓰[16]。若既爱之，亦第蹴尔与之[17]，以大快其欲可也。妾去矣。”遂别众，从容上舆，登舟而去。公子面如死灰，众相对叹息，但讪诮公子薄幸而已。

女旋广陵，幡然变计，曰：“一误不可再误，今必得一中年名士之在官者而事之！且非续娶不可！”会淮安府教授周广文，五十丧偶，遣媒求为继室；女素耳周固名士，欣然许之。嫁后琴瑟甚敦。越岁生一子，周益嬖之[18]。前室固有二子。尝与女言冷官多子[19]，虑垂老无以资俯育。女曰："奈何？"周曰："老夫固善鸱夷术[20]，向苦无资。闻卿多私蓄，若假我权子母[21]，不患不得什百息也。"女曰："业夫妻矣，曷不早言？妾物即君物，但挥霍耳，何假为！"遂倾箱罄出所蓄十万金付之。周得金，罢官业鹾[22]，不三年得子金三十万。即罢所业，肆筵设席，延女上座，自奉卮以献曰："赖卿母金，得少弋获，子孙不忧冻馁，皆卿之赐。虽然，卿出身平康，无不知者，仆纵疏狂，亦不合俨然聘为继配；即仆自愿之，其如天下后世口实何？"女曰："妾从君生子已扶床矣，何忽出此言？岂畴昔申旦之誓非君意耶？"周曰："良有之。向以闻卿所蓄甚富，姑妄言之，籍可运筹生色，一洗寒酸。今幸如愿，卿之母金当仍归赵，并酬以什一之息，我有旨蓄，亦以御冬。老夫耄矣，卿近中年，独处鳏居，两足存活。自今以往，请永与卿诀矣。"女曰："诀则决矣！妾所生雏将焉置之？"曰："卿如难割爱，将雏俱去可耳。"女曰："诺。"即日携子挟金，仍旋广陵。乃鸠工庀材[23]，大治第宅，购良田沃产，择老成纪纲司之[24]。每岁出纳，躬自会计，日益饶富。不惜厚俸，聘延名师，以课其子。子十四岁，周殁。女赍重赙[25]，携子斩衰[26]。临吊，周之二子拒之，不许入门，恸哭而返。或谓，女十岁时所为诗终成谶语，所谓心高命薄者非耶！自以郁郁不乐，四十岁后改号瘦菊老人，然风骨珊珊，虽当中年，望之犹如二十许人。

选自《里剩》

【题解】

本篇的主人公柯寿鞠是个青楼女子，她能诗爱才，富有心计。多年积蓄了十万金，打算嫁一个才貌俱优的如意郎君。但她不断受人欺骗，先是少年俊美的陶公子，后是年逾五十的周教授。特别是后者，在与他结婚多年并生有一子后，公然说当初只是想利用她的钱财来经商。一旦经商致富，愿意还她本息，同她分居，因为他决不能把妓女作为妻室。作品在展开描写时，无论对陶公子还是对周教授，都不漫画化。作品描写柯寿鞠面对两次婚变也即两次被欺骗，由愤怒地当众谴责负心人到冷静地离开周教授，表现出对世态炎凉认识的逐渐清醒，表现出她悲剧命运的必然性。而作者把柯寿鞠的遭遇的根源说成是“心高命薄”，表现出认识上的局限。

【注释】

①广陵：今江苏省扬州市。 ②大母：祖母。 ③女冠：女道士。 ④髫龀失怙恃：童年时父母去世。 ⑤韩枢密：南宋抗金将领韩世忠。 ⑥蕊宫：道士的宫观。 ⑦佥（qiān）：全，都。 ⑧缠头：指赠送给妓女的钱物。 ⑨寒畯：出身寒微而才能杰出的人。畯通“俊”。 ⑩瘵（zhài）：多指痨病。 ⑪箧室：妾。 ⑫倅丞：守令的辅佐官。 ⑬守牧：知府一类的地方行政长官。 ⑭望衡对宇：门户相望。 ⑮少博此戋戋：少得到这一点点。戋戋，很少。 ⑯蓰：五倍。 ⑰第蹴（cù）尔与之：只踢过去给他。蹴，踢。 ⑱嬖（bì）：宠幸。 ⑲冷官：处于不重要位置上的官。 ⑳鸱夷术：经商之道。鸱夷，指范蠡。范蠡辅助越王勾践灭吴后，改姓鸱夷，经商致富。 ㉑假：借。 ㉒鹾（cuó）：盐。 ㉓鸠工庀（pǐ）材：召集工人，备好材料。 ㉔纪纲：仆人。 ㉕赙：送给丧家的财物。 ㉖斩衰：服丧。

宣 鼎（1832—1879或1880）

字子九，号瘦梅，别署香雪道人，天长（今属安徽省）人。其主要文学活动在清同治、光绪年间。二十岁后，家道中落，移居上海，卖画为生。后在盐城、衮州等地作幕客。工书画，有诗名，但一生颠沛流离，沉郁不得志。著有《夜雨秋灯录》和《返魂香》等。

麻疯女邱丽玉

淮南禹迹山，林壑深幽，神龙窟宅也。至明季[①]，始有居人，渐成聚落。陈生名绮，字绿琴，亦卜居山麓。父懋，母黄氏，耕种习贾，能小康。生年十五，善读。母仅有弱弟，名海客，游粤之某郡，货殖得资，遂落籍[②]。至是，母病革[③]，私执绮腕，泣曰："为母死后，汝父必继娶，芦花衣[④]，今古如一辙。汝穷促，可遁粤，寻依舅氏。"并私以所蓄数十金，与作旅费，生泣受。母殁，父续弦乌氏，果悍恶如母言，朝夕不能容。遂诣母墓痛哭，留书父枕侧而去。跋涉几半载，至则资耗，而舅杳。遍询阛阓[⑤]，无其人。茕茕走村郭，渐以乞食度命，深悔孟浪，时思遄回[⑥]。

一日，至郭之东，有槟榔树覆柴门，方引吭唱"莲花落"，内有短髯赤面，一斑白叟出。睨生诧曰："小乞儿，子何貌之文而音之悲也？"生曰："腹有诗书，焉得不文；落魄穷途，焉得不悲！"曰："何得至此？"生遂自陈乡贯，述寻舅状。叟默视生曰："子舅其黄姓海客，面白多麻？"曰："然。"曰："客死于此久矣。渠生为某巨室司会计，善营运，娶青楼女。病殁，女窃资随仆遁。老夫与渠有杯酒之交，代市榇具[⑦]，葬东郭尼庵侧大树下，墓树短碑者是也。"陈伏谢，迳至所指处，果得舅墓。问庵尼，亦如叟言。遂呼舅哀哭，祝曰："舅若有灵，佑生还，当负舅骨返祖域[⑧]。"尼怜之，餐以豆粥。语云："子所遇叟，姓司空名浑，与汝舅有素[⑨]，第往祈援手[⑩]，切勿道方外饶舌[⑪]。"明日，生见叟，遽呼："司空伯！"惊讶曰："小子！何得知吾姓氏？且知我伯名？"即诡云："夜宿墓下，梦舅氏详告，且谕乞援。"叟愕然，曰："仆与渠，原无车笠盟[⑫]，不过曾觌面。虽然，当为子徐图，尽寸心。"三日后，以绨袍一袭赠生，慨然有德色。且说生云："仆清贫，无丰赠子，谅可原。幸邻郡某山中，有富室，邱丈子本，仆之葭莩也[13]。老夫妇生有娇女，名元媚，字丽玉。年与子等，貌则鲜丽，择婚眼高，雀屏无选[14]。子虽贫，而清才雅范，此间无与比俦。仆作函，代子执柯，往就甥馆[15]，邱丈必有厚贶。尚不足运舅榇返珂乡欤[16]？陈生闻之，请思其次。问何故。曰："侄家山野，荆布藿藜，恐富室千金未能习惯。矧彰彰入赘，能任坦腹人乘龙自便者乎[17]？"叟抚掌曰："迂哉！书痴也。是不过攫伊财耳。茫茫天壤，渠于何处捕逃亡婿？"生计窘，姑受函往。

至则渠第峨峨，春深兽锁。司阍人见其落拓，叱远立。及函入，两少年出揖客云"奉严命，恭迓玉趾。"知为翁子，随入。见栋宇庭院，俱类世家。一伟丈夫，修髯过腹，立阶上。生趋与展谒。坐间，询司空氏起居。旋白夫人来，两婢扶一四十余美妇人出。翁曰："此山荆也。公子既司空世好，与寒门谊即通家，敢以妻子相见。生又展拜。妇凝睇笑谓翁曰："司空妹倩[18]，眼力不差，公子真可人也。"倏具筵宴，劝爵甚殷。席间，略询乡贯，即语生云："舍亲与郎君言否？仆小女丽玉，素所钟爱，不欲嫁远方。然觅婿欲得如仙乡人物，裙屐翩翩者，杳不可得。今得红丝牵引，文星惠临[19]，是真石证三生[20]，愿即日奉为箕帚。"生离席唯唯肃谢，婉陈曰："自惭樗栎[21]，仰托茑萝，良所深愿。然小生实为寻舅至此，婚旨三四日，即拟暂返蓬门，事蒇[22]，再回瀛第。是不得不预陈长者。"妇微笑曰："公子何匆促若此耶？"翁急止之，曰："公子孝心，何可过拂。容即代筹朱提五百金，作为旅费。"生心喜，敬诺。旋即笙管呕哑，灯火匝地，干仆引生之曲室，更簇新冠带，出就氍毹。雏婢三四，引一二八好女子，珠翠绮罗，盈盈自内出。与生交拜，送之洞房。却扇视女，则荷露桃霞，无此艳冶。生心意飞驰，反恨顷言新婚暂别，未免孟浪。容有意迁延，图静好耳。

酒阑灯灺[23]，听莲漏三催，婢妾亡去。生正隐几枨触[24]，而女亦时牵绣幙窥良人，粉黛间隐有惨悴色。生不知就里，趋近软语，代为卸妆。女则拒以纤腕。再近，则潸然流珠泪。徐起弹烛，视近阒无一人，始闭门小语曰："郎亦知死期将近乎？"曰："不知。"曰："郎从何处来，何处去？曷明告妾也。"生具告之。女唏嘘欲言又止。生知有变，伏地乞怜。女曰："妾睹郎君风采，意良不忍，故以机密告。妾，麻疯女也。此间居粤西边境，代产美娃，悉根奇疾[25]。女子年十五，富家即以千金诱远方人来，过毒尽，始与人家论婚，觅真配。若过期不御[26]，则疾根顿发，肤燥发拳，永无问鼎者。远方人若贪资误接，三四日即项有红斑，七八日即遍体骚痒。年余，拘挛拳曲，虽和缓亦不能生。"生闻之，始恍然悟。泣曰："小生万里孤身，担荷甚重，乞娘子垂悯。容我潜逃可乎？"曰："休矣！此间觅男子甚难。郎入门时，外间已环伏壮汉，持刀杖防逸。"生泣曰："身死不足惜。所悲者，家有老亲耳。"曰："妾虽女子，颇知名节。常恨是邦以地限，无贞妇，愿死不愿生。郎且与妾和衣眠三日，得资即返。妾病发，亦不久人世。乞归署木主[27]，曰'结发元配邱氏丽玉之位'，则瞑目泉台下矣。"言已，抱持隐泣，生愤然悲曰："噫！婚则仆死，否则卿死，曷饮鸩同死，结来生缘乎？"曰："不可！请书居址门巷，与妾纫衣缝中。俾他日柔魂，度关山，省舅姑，受郎君一盂麦饭耳。"生虽书与之，而涕不可仰。入衾共枕，生屡屡不能自持，女悉劝慰禁止。对食不餐，几与石女天阉同一恨事。异日，翁媪果顿同陌路。是夕，女以香舌吮生颈，作胭脂色者三四处，曰："可矣。"私赠黄金、白玉臂缠各二。生订后约，女悲曰："恐君再来，妾墓门之木拱矣！"

明日，翁赠果践言，即挥手令去。重到尼庵，尼见项上痕，闭门不纳。急以资赁巨舫，启舅榇，载之南下。夜在舟中泣，舟子疑渭阳情重[28]，奇之，敬礼益恭。抵家见父，则继母已殁。父纳婢为小星[29]，见子甚慰。睹腰缠，疑妻弟所遗，不深诘。瘗旅榇，买山田。陈翁善酿，遂种秫开酒肆，得利甚丰。生乃下帷读，入胶庠[30]。

邱翁见生去，谓其女毒尽无疑，正说媒妁觅东床，女忽疾发。视之，麻疯也。翁穷追，惟含涕。媪扪之，仍是处子。交詈曰：“淫婢！太不长进，宁定不欲生耶？”月余益惫，遂遣之麻疯局。是局，乃长官好善者所设也。因是病向能传染，家有一则全家皆病。虽掌上珠，亦恩断义绝，无顾复情。女入局，数雉经[31]，辄见一麻面叟，口操南音来救止。既而思遁，叟慨然愿导引。曰：“老夫黄姓，淮南人，娘子得毋欲寻陈生绿琴耶？渠与仆似曾相识，可同行，仆亦欲东耳。”女自恃恶疾，又以叟迈，欣然随之。叟到处，重门自辟。至郊外，叟以唾涂女莲勾，口喃喃若符咒，即迈步若健儿。感翁德，视之如父。旋拔银腕钏，易资为旅费。甫至楚，资已耗尽，遂行乞。叟吹洞箫，女口编《女贞木曲》[32]，歌唱沿门。歌曰：

女贞木，枝苍苍，前世不修为女娘，更生古粤之遐荒。生为麻疯种，长即麻疯疮。衔冤有精卫[33]，补恨无娲皇[34]。画烛盈盈照合卺，侬自掩泪窥陈郎；翩翩陈郎好容止，弹烛窥侬心自喜。妾是麻疯娘，郎岂麻疯子？妾虽麻疯得郎生，郎转麻疯为妾死。郎为妾死郎不知，洞房绣阁衔金卮。孔雀亦莫舞，杜鹃亦莫啼；鹦鹉无言愿飞去，郎堕网罗妾心悲。郎不见，骏马不跨双鞍子，烈女愿为一姓死。郎行依旧貌如仙，妾命可怜薄如纸。肤为燥，肌为皴，云鬟拳曲黄且髡[35]。掩面走入麻疯局，不欲传染伤所亲。昔作掌上珍，今作机上肉；昔居绮罗丛，今入郎当屋。月落空梁悬素罗，一缕香魂断复续。妾虽生，妾不愿守故居；妾既生，妾自当寻找夫。可怜虽生亦犹死，不死不生终何如。女贞木，枝扶疏[36]，上宿飞鸟，下荫游鱼。鸟比翼者鹣鹣[37]，鱼比目者鲽鲽[38]。生同衾，死同穴。衾穴即不同，妾心若明月。月照桃花红欲然，李代桃僵被虫啮。女贞木，红枝叶，悉是麻疯之女眼中血！

女歌韵心酸，叟箫声凄咽。闻者流涕，争以进食，不敢呼蹴与[39]。

半年，抵淮南。将近山村，见老屋万椽，青帘出树杪。叟遥指曰："向南黄石堆门者是也，子当自往。仆从此逝矣。唯祈寄语绿琴父子，云：'海客奉谢'。"言已，即杳。女惊定，诣肆门。见一老翁坐炉侧，面目似绿琴，疑为翁。歌前曲，翁掷一钱与之；再歌，又掷一钱。女泣曰："贤郎陈绮，粤西欠奴债不还，迢迢责负逋，岂一文钱所能偿也？"惊询，具告之。翁曰："陈绮耶，豚子也。汝所言，难遽信。渠秋试金陵[40]，不日归山庄，面当知真赝。"女闻之，即叩以见翁礼。翁送入尼庵中，遣村妇伺应，妇皆唾却走。幸老尼怜悯，得无苦。月余生归。翁以女询，生惊惶不知所云。翁曰："是不可负也。吾家不少闲粥饭。虽易枕席，当豢之，终其身。"生伏谢，急趋访女。遽牵生衣啼曰；"妾远来，不敢望伉俪，惟冀以骸骨葬君家祖域耳。"生且泣且慰，问："何能自来？"以黄叟面目颠末告。生惊曰："是吾舅也，其地仙耶？"携女之家，谋酒库隙地，卧丛瓮中。诸婢咸远立，不敢近。惟一雏婢，名甘蕉者，独代撤溲便琐事。至饮食药饵，皆生手调。久更衹被挈甘蕉卧女侧，亦均无恙。榜发，生乡捷[41]，里人争与论婚，生力却。父稍稍劝，生泣曰："儿年甫二十有一，麻疯女量不久生人世，曷姑待其毙再婚，亦未为晚也。"又恐已去，女无人照看。遂告病，罢南宫试[42]。女以头触瓮悲曰："为妾故，使郎迟嗣续，阻上进，妾死后，何以见祖宗于地下，诚不如死！"言已，又触。赖甘蕉救止，始已。

一日，生赴戚家饮，遇雨不归，甘蕉又因病内卧。女听雨剪灯，搔爬不已。忽闻梁际飕飗一声，大黑蛇粗如儿臂，长几七八尺，从空飒至。女始颇惧，继思："得果蛇腹，胜于自戕。"听之。蛇身盘屋梁，垂首下掀酒瓮木盖，堕地如掷。吸瓮中酒喋吹，顷刻满腹。欲上缩则木强如枯藤[43]，倏忽堕地瓮中，搅扰翻腾，力尽，声顿寂。女燃灯，强起视之，毙矣。心忆："蛇毒，或可代鸩。"掬饮升许，心顿清醒，祛烦襟，肤转奇痒；又掬以洗涤，痒顿止。明日，又潜饮而潜洗之，疾苦失。肤之燥者，转莹如玉；发之卷者，转垂若云；面目手足之皴瘃者，转如花如月，如嫩笋芽矣。甘蕉惊喜告生。询之，以蛇酒告。趋视，则遍体黑章成云篆，顶有触角，色殷然[44]。盖此山蛇王，名"乌风"者也。具锦裳绮裙，花钿珠玉，妆女出见翁与诸宛若[45]，莫不惊为天人。翁曰："吾幼闻蛇王居此山千年矣。番僧求得片鳞，为人医癣疥，不可得。孰知天专留此，为吾疗贤妇疾耶？"即日备礼为合卺，珠履满堂，吹鼓筵宴。百里外男妇咸奔至，一觇女之颜色，归以为荣。再三年，女生宁馨儿[46]。感甘蕉德，收为篷室[47]。生却之，不可。是年春，生试礼闱，入木天[48]，出为太守，专恤流亡与贫病无告者，人人称众母。升两粤制军，遣材官司招邱翁至[49]，索丽玉甚急。翁假泣曰："小女命薄，殒谢久矣。明公尚欲寻故剑耶[50]？"生又索骸骨归瘗。翁惧，献千金为太翁寿[51]。不许，旋访司空，云："惊逸，堕绝硐死。"生笑曰："渠真以小人目我矣。"旋命婢扶夫人出，则衣一品命妇服，容光焕发，翁几惊伏。视之，即己女丽玉也，洒泪问父母安否。翁咋舌，愧欲死。女亦时归宁。出蛇酒，制药设局，济粤之患麻疯者，治无算。年四十余，太翁犹清健，疏乞终养[52]。归修舅墓与尼庵，建邱夫人碑，纪事之崖略[53]。至今，此山药酒，尚驰名云。

选自《夜雨秋灯录》

【题解】

麻疯病是一种极难治愈的传染病。过去我国南方此病较多。旧时传说患者婚后会将病传染给对方，自己便可痊愈。本篇描写邱丽玉的父母招陈绮为婿，就是持这种目的。但丽玉不从，设计放走了陈绮。丽玉垂危时，投奔陈家，希望以妻子的名分入葬陈家祖茔。陈绮为此放弃进士考试，熬药做饭，体贴服侍，于是出现了丽玉服用蛇酒而痊愈的奇迹。小说通过曲折的故事情节，动人的人物性格，尖锐的思想冲突，来展现和颂扬真善美，十分成功。这个故事流传很广，晚近在有些地区几乎家喻户晓。

【注释】

①明季：明末。 ②落籍：落户。 ③病革（jí）：病重，病危。革，急。 ④芦花衣：指受后母虐待。春秋时，鲁国闵损的后母用芦花做棉衣给他穿上过冬。 ⑤阛阓（huánhuì）：街市。 ⑥遄回：赶快回去。 ⑦代市榇具：代买棺材。 ⑧祖域：祖先的坟地。 ⑨有素：有交情。 ⑩祈援手：祈求帮助。 ⑪方外饶舌：出家人多嘴。 ⑫车笠盟：指不因贵贱变化而改变的深厚友谊。 ⑬葭莩（jiāfú）：指远亲。 ⑭雀屏无选：未定婚。 ⑮往就甥馆：去入赘为婿。 ⑯珂乡：对别人家乡的敬称。 ⑰“能任”句：能任女婿自由行动吗？ ⑱妹倩：妹夫。 ⑲文星：文曲星，对文士的美称，此处指陈绮。 ⑳石证三生：意为命中注定的良缘。 ㉑樗栎（chūlì）：两种不成材的树，此处是自谦之词。 ㉒蒇（chǎn）：完结。 ㉓灯灺（xiè）：灯灭。灺，蜡烛的余烬。 ㉔枨触：心里有所感触。 ㉕悉根奇疾：都潜伏这种疾病的病根。 ㉖不御：不出嫁。 ㉗木主：木牌位。 ㉘渭阳：《诗经·秦风·渭阳》中有：“我送舅氏，日至渭阳”。后以“渭阳”指甥舅情谊。 ㉙小星：妾。 ㉚胶庠：学校。 ㉛数雉经：几次上吊自杀。 ㉜《女贞木曲》：女贞木，冬青树，邱丽玉以此自喻，表示忠贞。 ㉝精卫：相传炎帝之女溺死于东海，化为精卫鸟，衔石填沧海。 ㉞娲皇：女娲。 ㉟髡（kūn）：秃。 ㊱扶疏：形容枝叶茂密。 ㊲鹣（jiān）鹣：比翼鸟。 ㊳鲽（dié）鲽：比目鱼。 ㊴呼蹴与：不礼貌地给他们东西吃。 ㊵秋试金陵：去南京赴乡试。 ㊶乡捷：乡试考中，即考中举人。 ㊷罢南宫试：放弃进京赴考。 ㊸木强：僵硬。 ㊹殷然：深红色。 ㊺宛若：妯娌。 ㊻宁馨儿：婴儿。 ㊼簉室：妾。 ㊽入木天：进入翰林院。 ㊾材官：下等武官。 ㊿故剑：指旧妻，原配。 (51)太翁：对陈绮父亲的敬称。 (52)疏乞终养：向皇帝上书请求辞官回乡养亲。 (53)崖略：梗概。

曹　丕（187—226）

字子桓，沛国谯（今安徽省亳州市）人。曹操次子，建安二十五年（220）称帝，国号魏，在位七年。曹丕在文学创作和文学理论方面都有成就。诗歌创作形式多样，四言、五言、六言、七言、杂言均有，但成就最高的是五言诗和七言诗。诗歌风格明丽细致，《燕歌行》影响很大，是现存最早的文人七言诗。散文创作也对后世产生了影响，抒情散文留存的虽然不多，但取得了较高成就，如《与吴质书》等篇，读来文情婉转，颇具感染力。论述文也颇有特色，如《典论·论文》开了文学批评的风气，在文学批评史上具有重要意义。小说有《笑书》，今佚。有《魏文帝集》。

何　文

魏郡张奋者[①]，家巨富。后暴衰，遂卖宅与黎阳程家[②]。程入居，死病相继；转卖与邺人何文[③]。文日暮乃持刀上北堂中梁上坐[④]。至二更，忽见一人，长丈余，高冠黄衣，开堂呼曰："细腰，舍中何以有生人气也？"答曰："无之。"须臾[⑤]，有一高冠青衣者，次之，又有高冠白衣者，问答并如前。

乃将曙[⑥]，文乃下堂中，如向法呼之[⑦]。问曰："黄衣者谁也？"曰："金也，在堂西壁下。""青衣者谁也？"曰："钱也，在堂前井边五步。""白衣者谁也？"曰："银也，在墙东北角柱下。""汝谁也？"曰："我，杵也[⑧]，在灶下。"及晓，文按次掘之，得金银各五百斤，钱千余万。仍取杵焚之，宅遂清安。

选自《列异传》

【题解】

作者笔下的主人公何文是个不怕鬼魅，敢作敢为，机智多谋，有胆有识的人物形象。作者运用拟人的手法，把金、银、钱等物写成危害人类，扰乱人们生活的妖怪。何文面对它们毫无惧色，巧妙地除掉了它们，使宅院从此平安，并且得到了钱财。由此可见，困难也好，灾祸也好，一是不要怕，二是要找出治理的办法，便能逢凶化吉，转危为安。

【注释】

①魏郡：汉置郡，在今河北省临漳县到河南省安阳市一带。 ②黎阳：古地名，在今河南省浚县东。 ③邺：古地名，汉时魏郡治所，在今河南省北部安阳一带。 ④北堂：坐北朝南的正房。 ⑤须臾：片刻，一会儿。 ⑥曙：天亮。 ⑦向法：刚才的办法。 ⑧杵（chǔ）：棒槌。

谈 生

谈生者，年四十，无妇。常感激读《诗经》[①]。夜半，有女子可年十五六，姿颜服饰，天下无双，来就生为夫妇，乃言："我与人不同，勿以火照我也。三年之后，方可照。"为夫妻，生一儿，已二岁；不能忍，夜伺其寝后，盗照视之[②]。其腰以上生肉如人，腰下但有枯骨。妇觉，遂言曰："君负我。我垂生矣[③]，何不能忍一岁而竟相照也？"生辞谢，涕泣不可复止。云："与君虽大义永离[④]，然顾念我儿。若贫不能自偕活者，暂随我去，方遗君物[⑤]。"生随之去，入华堂，室宇器物不凡。以一珠袍与之，曰："可以自给。"裂取生衣裾[⑥]，留之而去。

后，生持袍诣睢阳王家[⑦]，买之，得钱千万。王识之，曰："是我女袍，此必发墓。"乃取考之[⑧]。生具以实对。王犹不信，乃视女冢[9]；冢完如故。发视之，果棺盖下得衣裾。呼其儿，正类王女。王乃信之。即召谈生，复赐遗衣，以为主婿[10]。表其儿以为侍中[11]。

选自《列异传》

【题解】

这是一个离奇的人鬼恋爱婚姻的故事。睢阳王之女的鬼魂主动选择了忠厚老实、家境贫寒而且比她大二十四五岁的书生谈生为夫，婚后夫妻恩爱，生活和美。作品中的鬼魂形象充满了人情味，实际上是人世间某种婚姻理想的体现。在门第观念很深的汉魏时代，这个故事具有破除等级观念的积极意义。

【注释】

①感激：发奋。 ②盗照：偷偷地照。 ③垂生：将要复活。 ④大义永离：再不能做夫妻。 ⑤遗（wèi）：赠送。 ⑥裾：衣服的大襟。 ⑦睢阳：今河南省商丘市。 ⑧考：审问。 ⑨冢（zhǒng）：坟墓。 ⑩主婿：郡主的女婿，郡主，王侯的女儿。 ⑪侍中：汉代宫廷的侍卫官。

蒋济亡儿

蒋济为领军[1]，其妇梦见亡儿涕泣曰："死生异路。我生时为卿相子孙，今在地下为泰山伍伯[2]，憔悴困辱，不可复言。今太庙西讴士孙阿[3]，见召为泰山令，愿母为白侯[4]，属阿，令转我得乐处。"言讫[5]，母忽然惊寤[6]。明日，以白济。济曰："梦为尔耳，不足怪也。"明日暮，复梦曰："我来迎新君，止在庙下。未发之顷，暂得来归。新君明日日中当发，临发多事，不复得归，永辞于此。侯气强，难感悟，故自诉于母。愿重启侯，何惜不一试验之？"遂道阿之形状，言甚备悉。

天明，母重启侯："昨又梦如此。虽云梦不足怪，此何太适适[7]，亦何惜不一验之？"济乃遣人诣太庙下[8]，推问孙阿[9]，果得之。形状证验，悉如儿言。济涕泣曰："几负吾儿！"于是乃见孙阿，具语其事。阿不惧当死，而喜得为泰山令，惟恐济言不信也。曰："若如节下言[10]，阿之愿也。不知贤子欲得何职？"济曰："随地下乐者与之。"阿曰："辄当奉教。"乃厚赏之。言讫，遣还。

济欲速知其验，从领军门至庙下，十步安一人，以传阿消息。辰时[11]，传阿心痛；巳时，传阿剧[12]；日中，传阿亡。济泣曰："虽哀吾儿之不幸，且喜亡者有知。"

后月余，儿复来，语母曰："已得转为录事矣[13]。"

选自《列异传》

【题解】

领军官蒋济的儿子死后也好逸恶劳，当他得知歌者孙阿将死并且要在阴间当"泰山令"后，就向母亲托梦，要求父亲去嘱托孙阿，为他在阴间改换工作。孙阿听蒋济说在阴间可以做官便欣喜不已，愿意马上死去。蒋济重赏了孙阿，孙阿死后果然提拔了蒋济之子。这是我国最早的讽刺小说佳篇之一，情节构思巧妙，语言生动传神。

【注释】

①蒋济：字子通，三国时魏人，官至太尉。领军：官名，丞相府属官。 ②伍伯：地方官府的差役。 ③太庙：帝王祭祖的家庙。 ④侯：此处指蒋济。 ⑤讫：完毕。 ⑥寤：睡醒。 ⑦适适：恰巧，让人吃惊。⑧诣：去，前往。 ⑨推问：打听。 ⑩节下：对将军的敬称。秦汉以来称皇帝为陛下，称皇太子为殿下，称将领为节下。 ⑪辰时：上午七时至九时。 ⑫剧：加剧，剧烈。 ⑬录事：官名，掌管文簿，举弹善恶。

刘 伯 夷

汝南北部督邮西平刘伯夷[1]，有大才略，案行到惧武亭夜宿[2]。或曰："此亭不可宿。"伯夷乃独住宿，去火诵诗书五经讫卧。有顷，转东首，以絮巾结两足，以帻冠之[3]，拔剑解带。夜时有异物稍稍转近，忽来覆伯夷，伯夷屈起[4]，以袂掩之[5]，以带系魅，呼火照之，视得一老狸，色赤无毛，持火烧杀之。明日发视楼屋间，见魅所杀人发数百枚。于是亭遂清静。旧说"狸髡千人[6]，得为神也。"

选自《列异传》

【题解】

本篇描写了官吏刘伯夷的一次与鬼魅做斗争的经历。刘伯夷不仅有胆量、不怕鬼，而且用智谋除掉鬼，于是，不仅保护了自己，也为民除了害。故事生动，描写情境，渲染气氛，十分细致传神。

【注释】

①汝南：郡名，汉高帝四年置，在今河南省汝南县。督邮：官名，汉置，为郡守佐吏。西平：地名，在今河南省西平市。 ②案行：外出考察案情。案，用作动词，考察。 ③帻（zé）：古代的一种头巾。 ④屈起：屈，通"倔"，屈起意为突然站起。 ⑤袂（mèi）：衣袖。 ⑥髡（kūn）：古代的一种剃光头发的刑罚。

望 夫 石

武昌新县北山上有望夫石[1]，状若人立者。传云：昔有贞妇，其夫从役，远赴国难；妇携幼子饯送此山[2]，立望而形化为石。

选自《列异传》

【题解】

这是个广为流传的民间故事，它从一个独特的角度描述了一位妇女对远赴国难的丈夫的深厚感情。路途迢迢，关山阻隔，远行的丈夫一去难回，妻子执着地伫立江畔直到化成岩石。这个故事反映了人们对忠贞爱情的赞美。

【注释】

①武昌：指东汉始置的武昌郡，治所在今湖北省鄂城。 ②饯：设酒食送行。

邯郸淳（131？—222？）

一名竺，字子叔，一作字子礼，颍川（今河南省禹州市）人。博学多才，在书法上造诣很深，是三国时著名的文学家。汉献帝初平年间曾客居荆州，曹操对他十分看重，后归附于魏。魏文帝黄初（220—226）时任博士给事中。所作《孝女曹娥碑》被蔡邕称之为“绝妙好辞”。所作《笑林》是我国古代最早的笑话集，原书已佚，鲁迅的《古小说钩沉》中辑得遗文二十多则。

谁杀陈佗①

有甲欲谒见邑宰②，问左右曰：“令何所好？”或语曰：“好《公羊传》。”后入见，令问：“君读何书？”答曰：“唯业《公羊传》。”试问：“谁杀陈佗者？”甲良久对曰：“平生实不杀陈陀。”令察谬误，因复戏之曰：“君不杀陈佗，请是谁杀③？”于是大怖，徒跣走出④。人问其故，乃大语曰：“见明府⑤，便以死事见访，后直不敢复来，遇赦当出耳。”

选自《笑林》

【题解】

小说中的主人公在拜见邑宰前，了解了邑宰的爱好，以便在交谈中有共同的语言，也是为了投其所好。没想到因为无知，还是闹了笑话，真是弄巧成拙。

【注释】

①陈佗（tuó）：春秋时陈国国君，陈文公之子。鲁桓公五年，陈桓公卒，陈佗杀太子免自立，桓公六年秋，为蔡人所杀。《公羊传》桓公六年记有此事。 ②邑宰：县令。 ③请：此处意为请问。 ④徒跣（xiǎn）：光着脚。 ⑤明府：指县令。

楚　人

楚人居贫，读《淮南方》①：“得螳螂伺蝉自障叶②，可隐形。”遂于树下仰取叶。螳螂执叶伺蝉，以摘之，叶落树下。树下先有落叶，不能复分别，扫取数斗归。一一以叶自障，问其妻曰：“汝见我不？”妻始时恒答言“见”，经日乃厌倦不堪③，绐云④：“不见。”嘿然大喜。赍叶入市⑤，对面取人物。吏遂缚诣县⑥。县官受辞；自说本末。官大笑，放而不治。

选自《笑林》

【题解】

小说塑造了一个妄想学得“隐身术”，以便明火执仗地偷窃他人财物的愚夫形象。古往今来，不想靠智慧和辛勤劳动致富，而指望凭旁门左道、投机取巧发财的人始终存在，但是成功的不多。从他们身上都或多或少地能够看到楚人的影子。

【注释】

①《淮南方》：汉代淮南王热衷道术，著有《淮南子》。《淮南方》或许是他所著的讲神仙方术的书。 ②障：隐蔽，遮挡。 ③经日：过了一整天。 ④绐（dài）：哄骗。 ⑤赍（jī）：带着，怀揣。 ⑥诣（yì）：去，到。

某 甲

某甲夜暴疾[①]，命门人钻火[②]。其夜阴瞑[③]，不得火，催之急。门人忿然曰："君责人亦太无理！今暗如漆，何以不把火照我！我当得觅钻火具，然后易得耳。"孔文举闻之[④]，曰："责人当以其方也[⑤]。"

选自《笑林》

【题解】

本篇以诙谐的笔法，描写了门人对某甲的苛刻要求及无理指责的巧妙反驳，说明了"责人当以其方"的道理。

【注释】

①暴疾：急病。 ②门人：门客或者看门人。钻火：钻木取火。或谓此处指敲石取火。 ③瞑（míng）：黑暗。 ④孔文举：孔融，字文举，汉末文学家，鲁国（今山东省曲阜市）人，"建安七子"之一。曾任北海相、少府、大中大夫等职。为人刚直，后触怒曹操被杀。 ⑤方：道理。

汉世老人

汉世有人，年老无子，家富，性俭啬。恶衣蔬食[①]，侵晨而起[②]，侵夜而息，营理产业，聚敛无厌[③]，而不敢自用。或人从之求丐者[④]，不得已而入内，取钱十，自堂而出，随步辄减，比至于外[⑤]，才余半在，闭目以授乞者。寻复嘱云[⑥]：“我倾家赡君[⑦]，慎勿他说，复相效而来。”老人饿死，田宅没官，货财充于内帑矣[⑧]。

选自《笑林》

【题解】

本篇刻画了一个聚敛无厌、悭吝成性的守财奴形象。小说中的守财奴不但吝啬，而且虚伪，这在他对待行乞者的态度和做法上表现得十分充分。其中的细节描写富有神韵，表达出作者对吝啬鬼厌恶、嘲笑的态度。

【注释】

①恶衣蔬食：衣食简陋、粗劣。 ②侵：接近，临近。 ③敛（liǎn）：收集。 ④或人：有人。 ⑤比：等到。 ⑥寻：不久。 ⑦赡（shàn）：供给。 ⑧内帑（tǎng）：旧指国库。帑，国库里的钱财。

张　华（232—300）

字茂先，范阳方城（今河北省固安县）人。魏末，曾任著作佐郎、中书郎等职。入晋以后，历任黄门侍郎、中书令、散骑常侍、太常、右光禄大夫、侍中等职，官至司空。赵王司马伦与孙秀谋反，因拒绝参加，被杀。他博学多才，工于诗赋，以华丽著称，对当时文风颇有影响，是西晋颇负盛名的文学家。所著《博物志》共十卷，书中内容多取材于古书，记述异境奇物和奇闻逸事。原书已佚，今本是后人收辑而成。并有《张茂先集》。

二小儿辩日

孔子东游，见二小儿辩斗，问其故。一小儿曰："我以日始出时，去人近[①]，而日中时远也。"一小儿曰："以日出而远，而日中时近。"一小儿曰："日初出时，大如车盖[②]，及日中时，如盘盂，此不为远者小而大者近乎？"一小儿曰："日初出，沧沧凉凉[③]，及其中，而探汤[④]，此不为近者热而远者凉乎？"孔子不能决。两小儿曰："孰谓汝多知乎[⑤]！"

选自《博物志》

【题解】

本篇写来很具思辨性和趣味性。二小儿以各自的思路思考问题，都言之成理，作品中对二小儿的聪慧十分赞赏。孔子是个博学的圣人，在小儿提出的问题面前却显得无知。这说明，世上没有全能、全知的人，再博学的人也有认识和知识上的欠缺。所以，人应该不断求知，同时不应该迷信圣贤。

【注释】

①去人近：离人近。去：距离。 ②车盖：车的顶篷。 ③沧沧：冷。 ④汤：热水。 ⑤孰：谁。汝：你。

东方朔饮不死之酒[1]

君山有道[2]，与吴包山潜通[3]，上有美酒数斗，得饮者不死。汉武帝斋七日[4]，遣男女数十人至君山，得酒，欲饮之。东方朔曰："臣识此酒，请视之。"因一饮至尽。帝欲杀之。朔乃曰："杀朔若死，此为不验[5]；以其有验，杀亦不死。"乃赦之[6]。

选自《博物志》

【题解】

本篇通过描写汉武帝处心积虑寻找不死之酒，而东方朔抢饮此酒的情节，刻画出东方朔机智善辩滑稽诙谐的性格特点，也揭露出汉武帝寻找不死之酒，相信人能长生不老的荒唐不经。

【注释】

①东方朔：西汉文学家，长于文辞，诙谐善辩，常以滑稽谈笑对皇帝进行讽谏。 ②君山：又名湘山、洞庭山，在今湖南省苏州市西南端。 ③包山：俗称洞庭西山，在今江苏省吴县西南太湖中。潜通：有暗道相连通。 ④斋：斋戒，旧时祭祀前沐浴更衣，不饮酒，不吃荤，以表示诚敬。 ⑤验：灵验。 ⑥赦：免除惩罚。

秦青韩娥

薛谭学讴于秦青[1]，未穷青之技[2]，自谓尽之，于一日遂辞归。秦青弗止，乃饯于郊衢[3]，抚节悲歌[4]，声震林木，响遏行云。薛谭乃谢求返，终身不敢言归。秦青顾谓其友曰："昔韩娥东之齐，匮粮[5]，过雍门[6]，鬻歌假食[7]。既去，而余响绕梁，三日不绝。左右以其人弗去。过逆旅，旅人辱之。韩娥因曼声哀哭[8]。一里老幼悲愁涕泣相对，三日不食，遽追而谢之。韩复曼声长歌，一里老幼喜欢抃舞[9]，弗能自禁，乃厚赂而遣之。故雍门人至今善歌哭，效娥之遗声也。”

选自《博物志》

【题解】

本篇是集结秦青、韩娥两个不同故事而成。秦青、韩娥都是古代著名歌唱家，秦青高歌一曲便“声震林木，响遏行云”；韩娥一曲唱罢便“余音绕梁，三日不绝”。他们卓越的艺术才能和炉火纯青的艺术技能与坚持勤学苦练分不开，他们歌声的超凡魅力是情动于衷、有感而发的结果。因而这篇小说道出了艺术道路的艰辛和艺术的真谛。

【注释】

①讴（ōu）：歌唱。 ②穷：完，全部。 ③饯：备酒食送行。衢：道路。 ④抚节：按节拍。 ⑤匮（kuì）：缺乏。 ⑥雍门：齐国城门。⑦鬻（yù）：卖。 ⑧曼声：拉长声。 ⑨抃（biàn）：鼓掌。

千　日　酒

昔刘玄石于中山酒家酤酒[1]，酒家与千日酒，忘言其节度[2]。归至家当醉，不醒数日，而家人不知，以为死也，权葬之。酒家计千日满，乃忆玄石前来酤酒，醉向醒耳[3]。往视之，云：“玄石亡来三年，已葬。”于是开棺，醉始醒。俗云：“玄石饮酒，一醉千日。”

选自《博物志》

【题解】

这则故事颇具趣味性，从中可见汉末、魏晋时期饮酒之风兴盛之一斑。《搜神记》卷十九也载此事，文字较此多有增益。

【注释】

①酤（gū）：买酒或卖酒，此处指买酒。 ②节度：酒量，或酒限度。 ③向：接近，快要。即将。

八月浮槎[1]

旧说云：天河与海通。近世有人居海渚者[2]，年年八月有浮槎，去来不失期。人有奇志，立正阁于槎上，多赍粮[3]，乘槎而去。十余日中，犹观星月日辰，自后芒芒忽忽[4]，亦不觉昼夜。去十余日，奄至一处[5]，有城郭状，屋舍甚严，遥望宫中多织妇，见一丈夫，牵牛渚次饮之[6]。牵牛人乃惊问曰："何由至此？"此人具说来意，并问此是何处。答曰："君还至蜀郡，访严君平则知之[7]。"竟不上岸，因还如期。后至蜀问君平，曰："某年月日有客星犯牵牛宿[8]。"计年月，正是此人到天河时也。

选自《博物志》

【题解】

这则美丽的神话故事表现了我国古代人民丰富的想象力和对大自然的勇敢探索精神。文中对太空遨游的交通工具——槎、探险准备、乘槎者茫茫忽忽的体验，以及与外星人的对话等等的描写。生动形象，细致自然。虽为幻想，有如亲历。这也是人类最古老的太空航行的幻想。

【注释】

①槎（chá）：木筏。 ②渚（zhǔ）：水中的小块陆地。 ③赍（jī）：

携带。 ④芒芒：同“茫茫”，迷茫。 ⑤奄（yǎn）：忽然，很快。 ⑥渚次：岸边。 ⑦严君平：名遵，西汉时蜀人。汉成帝时卖卜于成都市中，相传他占卜灵验。 ⑧牵牛宿（xiù）：星名，古天文学中二十八宿之一，俗称牛郎星。

葛 洪 (284—364)

字稚川，自号抱朴子，丹阳句容（今江苏省句容市）人。晋朝著名道教理论家、医学家、文学家。西晋末赐爵关内侯，东晋初任司徒掾、咨议参军等职。后辞官隐居，在罗浮山炼丹。著有《西京杂记》《抱扑子》《神仙传》《隐逸传》等。

王 嫱

元帝后宫既多[①]，不得常见，乃使画工图形，案图召幸之[②]。诸宫人皆赂画工，多者十万，少者亦不减五万。独王嫱不肯，遂不得见。匈奴入朝，求美人为阏氏[③]。于是上案图[④]，以昭君行。及去，召见，貌为后宫第一，善应对，举止娴雅。帝悔之，而名籍已定。帝重信于外国，故不复更人，乃穷案其事[⑤]，画工皆弃市[⑥]，籍其家资皆巨万[⑦]。画工有杜陵毛延寿[⑧]，为人形，丑好老少，必得其真。安陵陈敞[⑨]，新丰刘白、龚宽，并工为牛马飞鸟众势，人形好丑，不逮延寿[⑩]；下杜阳望亦善画，尤善布色[⑪]。樊育亦善布色。同日弃市。京师画工，于是差稀[⑫]。

选自《西京杂记》

【题解】

本篇叙述的是王嫱即王昭君远嫁匈奴的故事。篇幅虽然不长，但王嫱和画师的形象都很鲜明。特别是主人公王嫱，不但貌美，而且性格刚直，不愿效仿其他宫人去贿赂画工。通过王嫱与宫人们的对比，突现出她鹤立鸡群、刚直不阿的性格特点。画工们重利轻德，美丑不辨，虽然暴富一时，终究落得抛尸示众的下场。本篇是历代诗歌、小说、戏曲中描写王嫱故事的最早母题。

【注释】

①元帝：汉元帝刘奭（shì），公元前48年—前33年在位。 ②召幸：帝王召嫔妃侍寝。 ③阏氏（yān zhī）：当时匈奴君主正妻的称号。 ④上：指汉元帝。 ⑤穷案：追究事情始末。 ⑥弃市：罪犯被执行死刑后暴尸街头。 ⑦籍：没收。 ⑧杜陵：汉代地名，在今陕西省西安市东南。 ⑨安陵：汉代地名，在今陕西省咸阳市东北。 ⑩不逮：不及，不如。 ⑪布色：给画着色。 ⑫差稀：比较少。差，比较、略微。

鹔 鹴 裘[①]

司马相如初与卓文君还成都[②]，居贫愁懑，以所著鹔鹴裘就市人阳昌贳酒[③]，与文君为欢。既而，文君抱颈而泣曰："我平生富足，今乃以衣裘贳酒！"遂相与谋，于成都卖酒。相如亲著犊鼻裈涤器[④]，以耻王孙[⑤]。王孙果以为病[⑥]，乃厚给文君，文君遂为富人。文君姣好，眉色如望远山，脸际常若芙蓉，肌肤柔滑如脂。十七而寡，为人放诞风流，故悦长卿之才而越礼焉。长卿素有消渴疾[⑦]，及还成都，悦文君之色，遂以发痼疾[⑧]。乃作《美人赋》，欲以自刺[⑨]，而终不能改，卒以此疾至死。文君为诔[⑩]，传于世。

选自《西京杂记》

【题解】

富家女卓文君爱慕司马相如的文才，不嫌他贫穷，毅然冲破封建礼教的束缚，与司马相如结为夫妇。文中记述的夫妇二人初还成都的生活情景十分生动。他们在成都卖酒，一方面是为生计所迫，一方面包含了智激文君之父的动机，写来富有情趣。他们浪漫美好的爱情生活千百年来传为佳话，为各类体裁的文学作品所表现。

【注释】

①鹔鹴（sùshuāng）裘：用鹔鹴羽毛织成的衣服。 ②司马相如：字长卿，西汉著名文学家，成都人。卓文君：大商人卓王孙之女，西汉蜀郡临邛（今四川省邛崃市）人。 ③贳（shì）：赊欠。 ④犊鼻裈（kūn）：围裙，形状如牛犊鼻。 ⑤王孙：卓文君父名卓王孙。 ⑥病：此处指忧虑、不安。 ⑦消渴疾：糖尿病。 ⑧痼疾：积久难治的病。 ⑨刺：讥讽，嘲讽。 ⑩诔（lěi）：古代叙述死者生前事迹并表示哀悼的文章。

新　丰

太上皇徙长安[①]，居深宫，凄怆不乐。高祖窃因左右问其故。以平生所好，皆屠贩少年[②]，沽酒卖饼，斗鸡蹴踘[③]，以此为欢；今皆无此，故以不乐。高祖乃作新丰[④]，移诸故人实之[⑤]，太上皇乃悦，故新丰多无赖，无衣冠子弟故也[⑥]。高祖少时，常祭枌榆之社[⑦]，及移新丰，亦还立焉。高帝既作新丰，并移旧社，衢巷栋宇，物色惟旧。士女老幼，相携路首[⑧]，各知其室。放犬羊鸡鸭于通途[⑨]，亦竞识其家。其匠人胡宽所营也。移者皆悦其似而德之[⑩]，故竞加赏赠，月余致累百金。

选自《西京杂记》

【题解】

这篇故事写汉高祖刘邦的父亲当了太上皇后，住进了长安的皇宫，但他因为过不惯宫廷生活，思念家乡故园而心情抑郁。于是，刘邦便命人仿照家乡丰邑的格局和风格在长安附近营造了一座新的城镇。小说中对新丰街道景物、小镇风情的描绘，生动形象，细致自然。

【注释】

①徙（xǐ）：迁移。　②屠贩：屠夫、小贩。　③蹴踘（cùjū）：古代的一种游戏，类似今天的足球。　④新丰：刘邦的故乡是丰邑（在今江苏省丰县），所以，仿照丰邑建造的城镇叫新丰。　⑤故人：指家乡的人。　⑥衣冠子弟：官宦人家的子弟。　⑦枌（fén）榆：丰邑的乡名。社：指祭祀土地神的地方。　⑧路首：路口。　⑨通途：四通八达的大路。　⑩德：此处用作动词，意为赞赏、感激。

匡　衡[①]

匡衡字稚圭，勤学而无烛。邻人有烛而不逮[②]，衡乃穿壁引其光，以书映光而读之。

邑人大姓文不识[③]，家富多书，衡乃为其佣作，而不求偿。主人怪问衡。衡曰："愿得主人书遍读之。"主人感叹，资给以书[④]，遂成大学。衡能说诗，时人为之语曰："无说诗[⑤]，匡鼎来，匡说诗，解人颐[⑥]。"鼎，衡小名也。时人畏服之如此[⑦]，闻之皆解颐欢笑。

衡邑人有言诗者，衡从之与语，质疑[⑧]，邑人挫服，倒屣而去[⑨]。衡追之曰："先生留听，更理前论。"邑人曰："穷矣[⑩]！"遂去不顾。

选自《西京杂记》

【题解】

这是一则著名的古代勤学故事。古往今来，家境贫寒而不辍攻读、事迹传之后世的人不少，如映雪读书的孙康，囊萤读书的车胤。凿壁借光读书的匡衡也是其中著名的一位。文中写到，匡衡为了能读主人家的书，情愿干活不要报酬，这种视知识比金钱更贵重的品德一直为后人称道。正是由于这种好学精神，才使匡衡成为名重一时的大学问家。

【注释】

①匡衡：汉朝东海（今山东省枣庄市）人，汉元帝时为丞相。　②逮（dài）：到，及。　③邑人：同乡。　④资：提供。　⑤无：不，不要。　⑥解人颐（yí）：使人欢笑。颐，面颊。　⑦时人：当时的人。　⑧质疑：发出疑问。　⑨倒屣而去：倒穿着鞋走了，描写人走得慌张。　⑩穷：完了，穷尽。

古今秋胡

杜陵秋胡者①，能通《尚书》②，善为古隶字，为翟公所礼③，欲以兄女妻之④。或曰："秋胡已经娶而失礼，妻遂溺死，不可妻也。"驰象曰："昔鲁人秋胡，娶妻三月而游宦三年，休，还家，其妇采桑于郊，胡至郊而不识其妻也，见而悦之，乃遗黄金一镒。妻曰：'妾有夫，游宦不返，幽闺独处，三年于兹，未有被辱如今日也。'采不顾。胡惭而退。至家，问家人妻何在，曰：'行采桑于郊，未返。'既还，乃向所挑之妇也。夫妻并惭。妻赴沂水而死⑤。今之秋胡，非昔之秋胡也。昔鲁有两曾参⑥，赵有两毛遂⑦。南曾参杀人见捕，人以告北曾参母。野人毛遂坠井而死，客以告平原君，平原君曰：'嗟乎！天丧予矣！'既而知野人毛遂，非平原君客也。岂得以昔之秋胡失礼，而绝婚今之秋胡哉？物固亦有似之而非者[8]。玉之未理者为璞，死鼠未腊者亦为璞[9]；月之旦为朔，车之辀亦谓之朔[10]，各齐实异，所宜辨也。”

选自《西京杂记》

【题解】

小说以“秋胡戏妻”故事为主要内容，共列举了五则名同实异的事例，告诉人们一个道理，遇事要仔细辨察。世上万事万物名称相同者在所难免，如果不留意分辨，不仅会闹出张冠李戴的笑话，还可能惹出不少麻烦。小说中的主人公杜陵秋胡就是一个不能辨察名实的典型人物。

【注释】

①杜陵：古地名，在今陕西省西安市长安区东南。 ②《尚书》：又称书经，十三经之一。相传由孔子编删而成，是儒家经典之一。 ③礼：此处意为尊敬。 ④妻：此处用作动词，嫁给他为妻。 ⑤沂（yí）水：沂河，源于山东，南流至江苏入海。 ⑥曾参：孔子的弟子，以孝著称。《战国策·秦策二》中有与他同名者杀人而告其母的故事。 ⑦毛遂：平原君客，见《史记·平原君虞卿列传》。 ⑧固：本来。 ⑨腊（xī）：晒干，晾干。 ⑩辀（zhōu）：辕，用于大车上的称辕，用于兵车上的称辀。

马 太 守

兴古太守马氏在官[1]，有亲故人投之求恤焉[2]。马乃令此人出外住，诈云是神人道士，治病无不手下立愈[3]。又令辩士游行，为之虚声云：能令盲者登视[4]，躄者即行[5]。于是四方云集，趋之如市，而钱帛固已山积矣。又敕诸求治病者[6]，虽不便愈，当告人已愈也，如此则必愈矣；若告人未愈者，则后终不愈也。道法正尔[7]，不可不信。于是后人问前来者，前来辄告之云已愈[8]，不敢言未愈者也。旬日之间[9]，乃致巨富焉。

选自《抱朴子》

【题解】

小说中叙述的马太守帮助亲友故人发财的方式可以说是有组织、有计划的诈骗。乡亲故人来求当政官员照顾可谓人之常情。但这位太守帮助故人的办法实在是特别，既不帮人谋份正当职业，又不从自己的薪俸中接济，而是精心策划了一场骗局，并利用权势推波助澜。果然没多久，这位故人即成巨富。小说通过这个故事，把当时官吏利用老百姓的迷信和无知，误人疾病，坑人钱财的罪恶揭露得很充分。

【注释】

①兴古：晋代郡名，治所在今贵州省普安县。 ②恤（xù）：救济、周济。 ③立愈：马上使病痊愈。 ④登：立刻。 ⑤躄（bì）：两腿瘸。⑥敕（chì）：通告、告诫。 ⑦尔：这，这样。 ⑧辄：就，便。 ⑨旬：十日。

田家老母

汝南彭氏[1]，墓近大道。墓口有一石人。田家老母到市[2]，买数片饼以归。天热，过荫彭氏墓口树下[3]，以所买之饼，暂著石人头上[4]，忽然便去，而忘取之。行路人见石人头上有饼，怪而问之，或人云："此石上有神，能治病，愈者以饼来谢之[5]。"如此转以相语云："头痛者摩石人头[6]，腹痛者摩石人腹，亦还以自摩，无不愈者。"遂千里来就石人治病，初但鸡肋，后用牛羊，为立帐帷，管弦不绝，如此数年。忽日前忘饼母闻之，乃为人说，始无复往者。

选自《抱朴子》

【题解】

本篇小说通过描写田家老母一次偶然的经历——把一块饼忘在一石人头上，因而石人陡然被人注意，进而被四方供养，揭示了神灵的虚妄以及盲目迷信的可笑。

【注释】

①汝南：郡名，在今河南省汝南县。 ②市：集市。 ③过荫：路过在树荫下歇息。 ④著：附着，此处意为放。 ⑤愈：通“瘉”，病好转。⑥摩（mó）：抚摸。

魏 伯 阳

魏伯阳者，吴人也[①]。本高门之子[②]，而性好道术。后与弟子三人，入山作神丹[③]。丹成，知弟子心怀未尽，乃试之曰：“丹虽成，然先宜与犬试之，若犬飞，然后人可服耳；若犬死，即不可服。”乃与犬食，犬即死。伯阳谓诸弟子曰：“作丹唯恐不成，既今成而犬食之死，恐是未合神明之意，服之恐复如犬，为之奈何？”弟子曰：“先生当服之否？”伯阳曰：“吾背违世路，委家入山，不得道亦耻复还。死之与生，吾当服之。”乃服丹，入口即死。

弟子顾视相谓曰：“作丹以求长生，服之即死，当奈此何？”独一弟子曰：“吾师非常人也，服此而死，得无意也[④]？”因乃取丹服之，亦死。余二弟子相谓曰：“所以得丹者，欲求长生耳，今服之既死，焉用此为？不服此药，自可更得数十岁在世间也。”遂不服，乃共出山，欲为伯阳及死弟子求棺木。二子去后，伯阳即起，将所服丹内死弟子及白犬口中[5]，皆起。弟子姓虞，遂皆仙去[6]。道逢入山伐木人，乃作手书与乡里人，寄谢二弟子，乃始懊恨。伯阳作《参同契》、《五行相类》[7]，凡三卷。其说是《周易》，其实假借爻象[8]，以论作丹之意。而世之儒者，不知神丹之事，多作阴阳注之，殊失其旨矣[9]。

选自《神仙传》

【题解】

故事描写了早期道教名家魏伯阳率弟子入山炼丹、羽化登仙的经历。其中说明了生活中具有普遍意义的道理。魏伯阳的三个弟子只有一个随师父得道成仙，其他二人留下无尽的懊悔，其中教训何在？干成一件事关键是心诚，心诚才能经受住磨难，不计得失，否则便会功亏一篑。

【注释】

①吴：地名，在今江苏省苏州市。 ②高门：名门大户。 ③丹：用多种矿物类药物熔炼成的药，道家认为食之可成仙。 ④得无意也：莫非有别的用意。 ⑤内：用作动词，放入内。 ⑥遂：于是，就。 ⑦《参同契》、《五行相类》：魏伯阳的著作，以《周易》中的道理论述炼丹修仙的方法。 ⑧爻象（yáoxiàng）：《周易》中组成卦的符号叫爻，爻象指卦所表示的形象。 ⑨殊：很，极。

干　宝（生卒年不详）

字令升，新蔡（今河南省新蔡县）人。勤学博览，“性好阴阳数术”。东晋元帝时以佐著作郎领修国史，历任山阴县令，始安太守、司徒左长史、散骑常侍等职。著有《晋记》二十卷，时称“良史”。

另有《春秋左氏义外传》等，均佚。编集神怪灵异故事为《搜神记》，其意虽在“明神道之不诬”，但书中保存了不少脍炙人口的民间传说故事。

董永妻

汉董永，千乘人[①]。少偏孤[②]，与父居。肆力田亩[③]，鹿车载自随[④]。父亡，无以葬，乃自卖为奴，以供丧事。主人知其贤，与钱一万，遣之[⑤]。永行三年丧毕，欲还主人，供其奴职。道逢一妇人曰：“愿为子妻。”遂与之俱[⑥]。主人谓永曰：“以钱与君矣。”永曰：“蒙君之惠，父丧收藏。永虽小人，必欲服勤致力，以报厚德。”主曰：“妇人何能？”永曰：“能织。”主曰：“必尔者[⑦]，但令君妇为我织缣百匹[⑧]。”于是永妻为主人家织，十日而毕。女出门，谓永曰：“我，天之织女也。缘君至孝[⑨]，天帝令我助君偿债耳。”语毕，凌空而去，不知所在。

选自《搜神记》

【题解】

小说的主人公董永是个孝子的楷模。他的孝心感动了主人，主人送给他钱，为其父办丧事；他的孝心感动了上天，天帝派织女下凡与他结为夫妇，帮助他偿债。这个故事之所以长久广泛地流传，因为董永身上集中了古代普通劳动者的优秀品质——忠厚勤恳，吃苦耐劳。以后的戏曲、小说作品经常采用这一题材。

【注释】

①千乘：古代县名，西汉置。治所在今山东省高青县。　②偏孤：双亲中失去一位，此处指失母。　③肆力：尽力。　④鹿车：古时的一种小

车。 ⑤遣之：让他回家。 ⑥俱：在一起。 ⑦尔：如此，这样。 ⑧缣（jiān）：细绢。 ⑨缘：因为。

天上玉女

魏济北郡从事掾弦超[1]，字义起。以嘉平中夜独宿[2]，梦有神女来从之。自称天上玉女，东郡人，姓成公，字知琼。早失父母，天地哀其孤若，遣令下嫁从夫。超当其梦也，精爽感悟，嘉其美异，非常人之容，觉寤钦想[3]，若存若亡。如此三四夕。一旦，显然来游，驾辎軿车[4]，从八婢，服绫罗绮绣之衣，姿颜容体，状若飞仙。自言年七十，视之如十五六女。车上有壶、榼车、青白琉璃五具[5]。饮啖奇异[6]，馔具醴酒[7]，与超共饮食。谓超曰："我，天上玉女，见遣下嫁，故来从君。不谓君德[8]，宿时感运，宜为夫妇。不能有益，亦不能为损。然往来常可得驾轻车，乘肥马；饮食常可得远味异膳，缯素常可得充用不乏[9]。然我神人，不为君生子，亦无妒忌之性。不害君婚姻之义。"遂为夫妇。赠诗一篇，其文曰："飘飖浮勃逢[10]，敖曹云石滋[11]。芝英不须润，至德与时期[12]。神仙岂虚感，应运来相之。纳我荣五族，逆我致祸菑[13]。"此其诗之大较[14]。其文二百余言，不能悉录。兼注《易》七卷，有卦有象，以彖为属[15]。故其文言，既有义理，又可以占吉凶。超皆能通其旨意，用之占候。作夫妇经七八年，父母为超娶妇之后，分日而燕，分夕而寝，夜来晨去，倏忽若飞，唯超见之，他人不见。虽居暗室，辄闻人声，常见踪迹，然不睹其形。后人怪问，漏泄其事。玉女遂求去，云："我，神人也。虽与君交，不愿人知。而君性疏漏，我今本末已露，不复与君通接。积年交结，恩义不轻，一旦分别，岂不怆恨？势不得不尔，各自努力。"又呼侍御，下酒饮啖。发簏[16]，取织成裙衫两副遗超[17]，又赠诗一首。把臂告辞，涕泣流离，肃然升车，去若飞迅。超忧感积日，殆至委顿[18]。去后五年，超奉郡使至洛，到济北鱼山下陌上[19]，西行遥望，曲道头有一车马[20]，似知琼。驱驰前至，果是也。遂披帷相见，悲喜交切。控左援绥[21]！同乘至洛，遂为室家，剋复旧好。至太康中犹在[22]，但不日日往来，每于三月三日、五月五日、七月七日、九月九日、旦[23]、十五日辄下往来经宿而去。张茂先为之作《神女赋》[24]。

选自《搜神记》

【题解】

这个天上仙女和人间男子缠绵的爱情婚姻故事，既闪动着超现实的理想主义光彩，又充溢着强烈的人情味。天上玉女温柔大方，有情有义，她和弦超共同生活，饱尝了爱情的甜美，却无世俗琐事的愁烦。她超然、豁达、温情、贤惠，显然是人们生活理想的化身。

【注释】

①济北郡：今山东省肥城市一带。从事掾（yuàn）：郡守的属官。 ②嘉平：魏齐王曹芳的年号（249—254）。 ③钦想：钦慕思念。 ④辎軿（zī pián）：古时四面有障蔽的车，多为妇女乘坐。 ⑤榼（kē）：古代盛酒或贮水的器具。 ⑥啖（dàn）：吃。 ⑦醴（lǐ）酒：甜酒。 ⑧谓：通“为”。 ⑨缯（zēng）：丝织品的统称。 ⑩飖（yáo）：同“摇”。勃逢：同渤蓬，意为渤海蓬莱，这里泛指仙境。 ⑪敖曹：同“嗷嘈”，喧闹，此处意为嬉戏，游戏。云石：指仙境。这句诗意为，在云雾缭绕的仙境游戏。 ⑫至德：高尚的道德。 ⑬菑（zāi）：同“灾”，灾害。 ⑭较：略，概略。 ⑮彖（tuàn）：《易经》中论卦义的文字。 ⑯簏（lù）：竹篾、柳条等编成的装东西的器具。 ⑰织成：古代名贵丝织物。 ⑱殆（dài）：差不多，几乎。 ⑲鱼山：在今山东省东阿县。 ⑳曲道头：弯道的路口。 ㉑控左援绥：指驾车。左，左骖，驾车的马；绥，车上绳索，供登车时用。 ㉒太康：晋武帝年号（280—289）。 ㉓旦：初一。 ㉔张茂先：

张华，字茂先，西晋著名文学家。《艺文类聚》中有张敏的《神女赋》，此处作张华，疑误。

干将莫邪[1]

楚干将、莫邪为楚王作剑，三年乃成。王怒，欲杀之。剑有雌雄。其妻重身当产[2]，夫语妻曰："吾为王作剑，三年乃成。王怒，往必杀我。汝若生子是男，大，告之曰：'出户望南山，松生石上，剑在其背'。"于是即将雌剑往见楚王。王大怒，使相之[3]。剑有二，一雄一雌，雌来雄不来。王怒，即杀之。

莫邪子名赤，比后壮[4]，乃问其母曰："吾父所在？"母曰："汝父为楚王作剑，三年乃成。王怒，杀之。去时嘱我语汝子：'出户望南山，松生石上，剑在其背。'"于是子出户南望，不见有山，但睹堂前松柱下，石低之上[5]，即以斧破其背，得剑，日夜思欲报楚王。

王梦见一儿，眉间广尺，言欲报仇。王即购之千金[6]。儿闻之，亡去[7]。入山行歌，客有逢者，谓："子年少，何哭之甚悲耶？"曰："吾干将、莫邪子也。楚王杀吾父，吾欲报之。"客曰："闻王购子头千金，将子头与剑来，为子报之。"儿曰："幸甚！"即自刎，两手捧头及剑奉之，立僵[8]。客曰："不负子也。"于是尸乃仆[9]。

客持头往见楚王，王大喜。客曰："此乃勇士头也，当于汤镬煮之[10]。"王如其言煮头，三日三夕不烂，头踔出汤中[11]，瞋目大怒[12]。客曰："此儿头不烂，愿王自往临视之[13]，是必烂也。"王即临之。客以剑拟王[14]，王头随堕汤中。客亦自拟己头，头复堕汤中。三首俱烂，不可识别。乃分其汤肉葬之，故通名三王墓。今在汝南北宜春县界[15]。

选自《搜神记》

【题解】

这是个古代著名的复仇故事。干将、莫邪花去三年时间为楚王做成剑，楚王不愿干将留在世上为别人做剑，于是找理由杀死了他，还想斩草除根，杀掉他儿子赤。赤为了复仇，不惜自刎献出自己的头。素不相识，萍水相逢的侠客的侠义精神更是英勇壮烈，他为赤复了仇，并献出了自己的生命。这种维护正义，勇于献身的精神是悲壮动人的。

【注释】

①干将、莫邪：原是铸剑工匠名，夫名干将，妻名莫邪，后作为他们所铸的宝剑名。剑分雄雌，雄名干将，雌名莫邪。 ②重身：怀孕。 ③相：察看。 ④比：等到。 ⑤低：疑为“砥”之误，柱的基础。 ⑥购之千金：悬赏千金捉拿赤。 ⑦亡去：逃跑。 ⑧立僵：立在那里僵硬了。 ⑨仆：向前倒下。 ⑩汤镬（huò）：烧热水的无足的大鼎。 ⑪踔（chuō）：跳。 ⑫瞋目：睁大眼睛。 ⑬临视：走近观看。 ⑭拟：比着，此处意为对准。 ⑮宜春：在今河南省汝南县西南。

东海孝妇

汉时，东海孝妇[①]，养姑甚谨。姑曰：“妇养我勤苦。我已老，何惜余年，久累年少。”遂自缢死。其女告官云[②]：“妇杀我母。”官收系之[③]，拷掠毒治。孝妇不堪苦楚，自诬服之[④]。时于公为狱吏[⑤]，曰：“此妇养姑十余年，以孝闻彻[⑥]，必不杀也。”太守不听，于公争不得理，抱其狱词，哭于府而去。自后郡中枯旱，三年不雨。后太守至，于公曰：“孝妇不当死，前太守枉杀之，咎当在此[⑦]。”太守即时身祭孝妇冢，因表其墓，天立雨，岁大熟。长老传云[⑧]：“孝妇名周青。青将死，车载十丈竹竿，以悬五幡[⑨]。立誓于众曰：‘青若有罪，愿杀，血当顺下；青若枉死，血当逆流。’既行刑已[⑩]，其血青黄，缘幡竹而上标[11]，又缘幡而下云。”

选自《搜神记》

【题解】

这篇小说讲述的是一个古代著名的冤案故事。少妇周青贤惠、善良，十多年如一日，奉养婆婆十分勤谨，却遭人诬告，被昏暗的官府屈打成招，竟至蒙冤而死。她的屈死让人同情，也使人感到深深的不平，小说通过她临刑前所立誓言立刻应验的情节的描写，表达了人民要求公正的愿望以及对黑暗社会的愤恨。元杂剧的杰作《窦娥冤》就取材于这个故事。

【注释】

①东海：郡名，汉初改郯郡为东海郡，郡治在今山东省郯城县。　②官：指官府。　③系：拘捕囚禁。　④诬：加罪于无辜，此处指无辜认罪。　⑤于公：于定国，字曼倩，后为丞相。　⑥闻彻：名声远扬。　⑦咎（jiù）：过失，罪过。　⑧长老：指年老的人。　⑨幡：长条下垂的旗。　⑩已：完。　⑪标：末梢。

乐羊子妻[1]

河南乐羊子之妻者，不知何氏之女也。躬勤养姑[2]。尝有他舍鸡谬入园中，姑盗杀而食之。妻对鸡不食而泣。姑怪问其故[3]，妻曰：“自伤居贫，使食有他肉[4]。”姑竟弃之[5]。后盗有欲犯之者[6]，乃先劫其姑。妻闻，操刀而出。盗曰：“释汝刀。从我者可全；不从我者，则杀汝姑。”妻仰天而叹，刎颈而死。盗亦不杀姑。太守闻之，捕杀盗贼，赐妻缣帛[7]，以礼葬之。

选自《搜神记》

【题解】

本篇小说刻画了乐羊子妻这位出身寒微的女子正直、刚强的性格。她对婆婆孝顺但不曲意顺从，当婆婆杀掉闯入自家园中的邻居的鸡准备吃掉时，她耐心劝导；当强盗把婆婆劫为人质，欲对她施暴时，她为救婆婆不惜以死相抗。文中“不食而泣”“操刀而出”“仰天而叹”等情境动作的描写，生动传神，感人至深。

【注释】

①乐羊：人名，战国魏文侯时大将。子：古代对男子的尊称。　②姑：丈夫的母亲，婆婆。　③怪：奇怪，不解。　④他肉：别人家的肉菜。　⑤竟：最终，终于。　⑥犯之：占有她。　⑦缣（jiān）帛：细绢，丝绸。

韩凭夫妇

宋康王舍人韩凭[①]，娶妻何氏，美。康王夺之。凭怨，王囚之，论为城旦[②]。妻密遗凭书，缪其辞曰[③]：“其雨淫淫，河大水深，日出当心。”既而王得其书，以示左右，左右莫解其意。臣苏贺对曰：“其雨淫淫，言愁且思也；河大水深，不得往来也；日出当心，心有死志也。”俄而凭乃自杀[④]。

其妻乃阴腐其衣[⑤]。王与之登台，妻遂自投台[⑥]，左右揽之，衣不中手而死[⑦]。遗书于带曰：“王利其生，妾利其死[⑧]，愿以尸骨，赐凭合葬！”

王怒，弗听，使里人埋之，冢相望也。王曰：“尔夫妇相爱不已，若能使冢合，则吾弗阻也。”宿昔之间[⑨]，便有大梓木生于二冢之端，旬日而大盈抱。屈体相就，根交于下，枝错于上[⑩]。又有鸳鸯，雌雄各一，恒栖树上[⑪]，晨夕不去，交颈悲鸣，音声感人。宋人哀之，遂号其木曰“相思树”。相思之名，起于此也。南人谓此禽即韩凭夫妇之精魂。今睢阳有韩凭城[12]。其歌谣至今犹存。

选自《搜神记》

【题解】

这是个广为流传的民间传说。故事中何氏不慕荣华、不畏强暴、为了维护自己的爱情权力不惜以死抗争，所以，这个形象具有很强的感染力。文中所用的形象——“相思树”“鸳鸯鸟”已成为后代文学作品中常用的隐喻和象征，比喻象征真挚、永恒的爱情。

【注释】

①宋康王：战国末年宋国的国君，残暴成性。舍人：王公贵族身边亲近的官吏。 ②论：定罪。城旦：秦汉时的一种刑罚名，白天当兵御寇，夜晚修筑长城。 ③缪（miù）其辞：辞意曲折委婉。缪，同“缭”，缠绕。④俄而：不久。 ⑤阴腐其衣：暗中腐蚀自己的衣服。 ⑥投台：跳下高台自杀。 ⑦衣不中手：衣服经不住手拉。 ⑧“王利其生”两句：生对王有利，死对妾（何氏自称）有利。 ⑨宿昔：早晚。昔同“夕”，此处形容时间短促。 ⑩错：交错。 ⑪恒：持久。 ⑫睢（suī）阳：地名，秦置睢阳县，故城在今河南商丘市南。

范式张劭

汉范式，字巨卿，山阳金乡人也[1]，一名汜。与汝南张劭为友[2]。劭字元伯，二人并游太学[3]。后告归乡里，式谓元伯曰：“后二年当还，将过拜尊亲，见孺子焉[4]。”乃共剋期日[5]。后期方至[6]，元伯具以白母，请设馔以候之[7]。母曰：“二年之别，千里结言[8]。尔何相信之审耶[9]？”曰：“巨卿信士，必不乖违。”母曰：“若然，当为尔酝酒。”至期果到。升堂拜饮，尽欢而别。

后元伯寝疾甚笃[10]，同郡郅君章、殷子征晨夜省视之[11]。元伯临终叹曰："恨不见我死友[12]。"子征曰："吾与君章，尽心于子，是非死友，复欲谁求？"元伯曰："若二子者，吾生友耳；山阳范巨卿，所谓死友也。"寻而卒[13]。

式忽梦见元伯，玄冕垂缨[14]，屣履而呼曰[15]："巨卿，吾以某日死，当以尔时葬[16]，永归黄泉。子未忘我，岂能相及[17]？"式恍然觉悟，悲叹泣下。便服朋友之服[18]，投其葬日，驰往赴之。未及到而丧已发引[19]。既至圹[20]，将窆[21]，而柩不肯进。其母抚之曰："元伯，岂有望耶？"遂停柩。

移时，乃见素车白马，号哭而来。其母望之曰："是必范巨卿也。"既至，叩丧言曰："行矣元伯，死生异路，永从此辞。"会葬者千人，咸为挥涕。式因执绋而行[22]，柩于是乃前。式遂留止冢次[23]，为修坟树，然后乃去。

选自《搜神记》

【题解】

范、张生死交情故事的本事出自三国时吴国谢承的《后汉书·独行传》，又见于范晔《后汉书·范式传》。作品描述了建立在志同道合基础上的牢固友情。范式、张劭二人非亲非故，也没有个人利害关系，他们的友情是建立在"信义"基础上的。交友的态度反映了做人的态度，品格高尚的人之间才可能缔结纯真、深重的友谊。社会生活中各种类型的朋友很多，牌友、酒友、文友等等不一而足，历来最为人称道的是建立在共同志趣基础上的以信义为重的友情。因为没有等到朋友，张劭的灵柩竟不肯入墓，这一情节十分离奇，却有力地表现了友情的深厚、至死不渝。这一题材被后世许多小说、戏曲作品所选用。

【注释】

①山阳：郡名，汉置，治所在昌邑，今山东省金乡县西北。金乡：地名，在今山东省西南部。 ②汝南：汉郡名，今河南省汝南县。 ③太学：古代朝廷在京城设置的最高学府。 ④孺子：小孩，指张劭的孩子。 ⑤剋（kè）：限定。 ⑥后期方至：约定的日子将到。 ⑦设馔（zhuàn）：安排饭食。 ⑧结言：口头订约。 ⑨审：确定，坚定。 ⑩寝疾甚笃：病情很重。 ⑪郅君章、殷子征：人名，张劭的朋友。郅君章，名恽，汝南西平（今河南省西平县）人。殷子征，名烊，上蔡（今河南省上蔡县）人。 ⑫死友：生死之交的朋友。 ⑬寻：不久，一会儿。 ⑭玄冕：黑色的礼帽。 ⑮屣履：拖着鞋子走路。 ⑯尔：通“迩”，近。 ⑰及：赶上。 ⑱“便服”句：便穿着祭奠朋友的丧服。 ⑲发引：葬礼开始。 ⑳圹（kuàng）：墓穴。 ㉑窆（biǎn）：将棺下入墓穴。 ㉒绋（fú）：牵引灵柩入穴的大绳。 ㉓冢次：墓旁。

河间男女

晋武帝世，河间郡有男女私悦①，许相配适②。寻而男从军③，积年不归④。女家更欲适之。女不愿行，父母逼之，不得已而去。寻病死。

其男戍还⑤，问女所在。其家具说之。乃至冢，欲哭之尽哀，而不胜其情⑥。遂发冢开棺，女即苏活，因负还家。将养数日，平复如初。

后夫闻，乃往求之。其人不还，曰：“卿妇已死，天下岂闻死人可复活耶？此天赐我，非卿妇也。”于是相讼。郡县不能决，以谳廷尉⑦。秘书郎王导奏⑧：“以精诚之至，感于天地，故死而更生。此非常事，不得以常礼断之。请还开冢者。”朝廷从其议。

选自《搜神记》

【题解】

本篇描写了一个富有浪漫色彩的爱情故事。在男婚女嫁讲究父母之命、媒妁之言的封建社会，这样的作品难能可贵。两个男人对簿公堂，一个是私下相好，一个是父母之命。因为前者与姑娘有着深厚真挚的感情，从而使得姑娘死而复生。连朝廷也承认："此非常事，不得以常礼断之。"河间男女终于如愿以偿，结为夫妻。这无疑是一首真挚爱情的颂歌。

【注释】

①河间郡：郡治在今河北省河间市。 ②适：女子出嫁。 ③寻：不久。 ④积年：数年。 ⑤戍还：指结束兵役回家乡。 ⑥不胜：经受不住。 ⑦谳（yàn）：审判定案。廷尉：掌刑的官吏。 ⑧王导：字茂弘，曾任晋元帝、明帝和成帝三朝宰相，当时享有很高的威望。

吴王小女

吴王夫差小女[①]，名曰紫玉，年十八，才貌俱美。童子韩重，年十九，有道术[②]。女悦之，私交信问[③]，许为之妻。重学于齐鲁之间[④]，临去，属其父母，使求婚。王怒，不与女。玉结气死[⑤]，葬阊门之外[⑥]。三年，重归，诘其父母[⑦]，父母曰："王大怒，玉结气死，已葬矣。"

重哭泣哀恸，具牲币[⑧]，往吊于墓前。玉魂从墓出，见重，流涕谓曰："昔尔行之后，令二亲从王相求，度必克从大愿[⑨]。不图别后[⑩]，遭命奈何！"玉乃左顾宛颈而歌曰："南山有乌，北山张罗。乌既高飞，罗将奈何？意欲从君，谗言孔多[⑪]。悲结生疾，没命黄垆[⑫]。命之不造[⑬]，冤如之何！羽族之长，名为凤凰。一日失雄，三年感伤。虽有众鸟，不为匹双。故见鄙姿，逢君辉光。身远心近，何当暂忘。”歌毕，歔欷流涕，要重还冢[14]。重曰：“死生异路，惧有尤愆[15]，不敢承命。”玉曰：“死生异路，吾亦知之。然今一别，永无后期。子将畏我为鬼而祸子乎？欲诚所奉，宁不相信？”重感其言，送之还冢。玉与之饮宴，留三日三夜，尽夫妇之礼。临出，取径寸明珠以送重，曰：“既毁其名，又绝其愿，复何言哉！时节自爱！若至吾家，致敬大王[16]。”

重既出，遂诣王[17]，自说其事。王大怒曰：“吾女既死，而重造讹言，以玷秽亡灵。此不过发冢取物，托以鬼神。趣收重[18]！”重走脱，至玉墓所诉之。玉曰：“无忧！今归白王。”王妆梳，忽见玉，惊愕悲喜，问曰：“尔缘何生？”玉跪而言曰：“昔诸生韩重来求玉[19]，大王不许。玉名毁义绝，自致身亡。重从远还，闻玉已死，故赍牲币[20]，诣冢吊唁。感其笃终[21]，辄与相见，因以珠遗之。不为发冢，愿勿推治[22]。”夫人闻之，出而抱之，玉如烟然。

选自《搜神记》

【题解】

紫玉和韩重的爱情故事对后世文学作品影响很大。作品展开浪漫主义想象，表现了紫玉对爱情的不懈追求。封建时代贵族阶层的男婚女嫁向来是家族利益结合的产物，紫玉的自主恋爱必然招至吴王的扼杀。但紫玉不屈不挠，虽已成鬼，与韩重生死异路，也要实现爱情的追求，墓前的一曲悲歌，凄切、委婉，表现出她爱得深沉、爱得执着。

【注释】

①吴王夫差：春秋时吴国君主，公元前495—前473在位。 ②道术：道家方术。 ③信问：书信。 ④齐鲁：古国名，均在今山东省境内。齐国在山东省东北部，都城在今淄博市。鲁国在山东省西南部，都城在今

曲阜市。 ⑤结气：心情抑郁。 ⑥阊（chāng）门：吴国都城的城门，今苏州市西门。 ⑦诘（jié）：追问。 ⑧牲币：祭祀用的家畜布帛。 ⑨度（duó）：推测。克：能够。 ⑩不图：没想到。 ⑪孔：很。 ⑫黄垆（lú）：黄土。 ⑬命之不造：命运不济。 ⑭要：通“邀”。 ⑮尤愆（qiān）：罪过、过失。 ⑯大王：指吴王夫差。 ⑰诣（yì）：前往。 ⑱趣：通“促”，立刻。 ⑲诸生：儒生。 ⑳赍（jī）：带着。 ㉑笃终：忠于爱情，始终如一。 ㉒推治：追究治罪。

卢 充

卢充者，范阳人[①]。家西三十里，有崔少府墓[②]。充年二十，先冬至一日，出宅西猎戏。见一獐，举弓而射，中之。獐倒复起，充因逐之，不觉远。忽见道北一里许，高门，瓦屋四周，有如府舍，不复见獐。门中一铃下唱[③]：“客前[④]。”充问：“此何府也？”答曰：“少府府也。”充曰：“我衣恶，那得见少府？”即有一人，提一襆新衣[⑤]，曰：“府君以此遗郎[⑥]。”充便著讫[⑦]，进见少府，展姓名[⑧]。酒炙数行[⑨]，谓充曰：“尊府君不以仆门鄙陋，近得书，为君索小女婚，故相迎耳。”便以书示充。充父亡时虽小，然已识父手迹，即欷歔，无复辞免[⑩]。便敕内[⑪]：“卢郎已来，可令女郎妆严[⑫]。”且语充云：“君可就东廊。”及至黄昏，内白：“女郎妆严已毕。”充既至东廊，女已下车，立席头，却共拜。时为三日给食[⑬]。三日毕，崔谓充曰：“君可归矣。女有娠相，若生男，当以相还，无相疑；生女，当留自养。”敕外严车送客[⑭]。充便辞出。崔送至中门，执手涕零[⑮]。出门，见一犊车[⑯]，驾青衣[⑰]；又见本所著衣及弓箭，故在门外[⑱]。寻传教将一人[⑲]，提襆衣，与充相问曰[⑳]：“姻缘始尔，别甚怅恨，今复致衣一袭[㉑]，被褥自副。”充上车，去如电逝。须臾至家，家人相见悲喜。推问[㉒]，知崔是亡人而入其墓，追以懊惋[㉓]。

别后四年，三月三日，充临水戏，忽见水旁有二犊车，乍沉乍浮。既而近岸，同坐皆见。而充往开车后户，见崔氏女与三岁男共载。充见之忻然[24]，欲捉其手。女举手指后车曰："府君见人。"即见少府。充往问讯。女抱儿还充，又与金碗，并赠诗曰："煌煌灵芝质[25]，光丽何猗猗[26]！华艳当时显，嘉异表神奇。含英未及秀，中夏罹霜萎[27]。荣耀长幽灭，世路永无施。不悟阴阳运，哲人忽来仪[28]。会浅离别速，皆由灵与祇[29]。何以赠余亲？金碗可颐儿[30]。恩爱从此别，断肠伤肝脾！"充取儿、碗及诗，忽然不见二车处。充将儿还，四坐谓是鬼魅，佥遥唾之[31]，形如故。问儿："谁是汝父？"儿径就充怀。众初怪恶，传省其诗[32]，慨然叹死生之玄通也[33]。

充后乘车入市卖碗，高举其价，不欲速售，冀有识者。欻有一老婢识此[34]，还白大家曰[35]："市中见一人乘车，卖崔氏女郎棺中碗。"大家即崔氏亲姨母也。遣儿视之，果如其婢言。上车，叙姓名。语充曰："昔我姨嫁少府，生女，未出而亡[36]。家亲痛之[37]，赠一金碗，著棺中。可说得碗本末。"充以事对。此儿亦为之悲咽。赍还白母。母即令诣充家，迎儿视之。诸亲悉集。儿有崔氏之状，又复似充貌。儿碗俱验。姨母曰："我外甥三月末间产。父曰：'春暖温也，愿休强也[38]，'即字温休。温休者，盖幽婚也[39]。其兆先彰矣[40]。"儿遂成令器[41]，历郡守二千石[42]。子孙冠盖[43]，相承至今。其后植[44]，字子幹，有名天下。

选自《搜神记》

【题解】

本篇小说描写了一个曲折凄婉的人鬼婚恋故事。崔氏女早逝，但对幸福和爱情的向往之情并未泯灭，她的鬼魂嫁给卢充，享受了短暂的幸福生活。她的经历反映了古代社会中妇女追求幸福的爱情生活的强烈愿望。故事虽然离奇怪诞，但却写得入情入理，具有感染力。

【注释】

①范阳：郡名，汉置涿郡，三国魏改范阳郡。故城在今河北省涿州市。②少府：古代官名，为九卿之一。掌管宫中服饰、宝物、珍膳之类。 ③铃下：古代指侍从、门卒。 ④客前：客人到。 ⑤襆（fù）：包袱。 ⑥遗（wèi）：交付，给。 ⑦著讫：穿着完毕。 ⑧展：报告，陈述。 ⑨炙（zhì）：烤肉，此处泛指菜。 ⑩辞免：推辞。 ⑪敕（chì）：命令。 ⑫妆严：装扮、修饰。 ⑬三日给食：宴客三天。 ⑭严车：准备车马。 ⑮涕零：流泪。 ⑯犊车：牛车。 ⑰驾青衣：由穿青衣的人驾驭，古时地位低下者穿青衣。 ⑱故：依旧。 ⑲将：带。 ⑳相问：相告。 ㉑一袭：一套。 ㉒推问：推究寻问。 ㉓懊惋：懊丧惋惜。 ㉔忻（xīn）然：同"欣然"，喜悦。 ㉕煌煌：明亮的样子。 ㉖猗（yī）猗：美丽繁盛的样子。 ㉗罹（lí）：遭遇。以上几句诗是崔氏叹息自己年轻早逝。 ㉘哲人：指才能识见卓越的人，此处指卢充。 ㉙灵与祇：神灵。 ㉚颐（yí）：保养、养育。 ㉛佥（qiān）：都。唾之：用唾沫吐小孩，相传鬼怕唾沫。 ㉜传省（xǐng）：传看。 ㉝玄：难以捉摸，深奥。 ㉞欻（xū）：同"欻"，忽然。 ㉟大家（gū）：古代对妇女的敬称。此处指老婢的主母。 ㊱未出：还未出嫁。 ㊲家亲：家母。 ㊳休：吉庆，欢乐。 ㊴幽婚：死后鬼魂成婚。 ㊵其兆先彰：指名字已预示着死后成婚。兆，预示；彰，显露。 ㊶令器：成大器，成材。令，美好。 ㊷二千石：汉代太守的俸禄是二千石。石，容量单位，一百二十市斤为一石。 ㊸冠盖：指仕宦。 ㊹植：卢植，字子幹，东汉时人，官至尚书，后因反董卓而罢官。

宋定伯

南阳宋定伯[①]，年少时，夜行逢鬼。问之，鬼言："我是鬼。"鬼问："汝复谁？"定伯诳之[②]，言："我亦鬼。"鬼问："欲至何所？"答曰："欲至宛市[③]。"鬼言："我亦欲至宛市。"遂行数里。鬼言："步行太迟④，可共递相担⑤，何如？"定伯曰："大善。"鬼便先担定伯数里。鬼言："卿太重⑥，将非鬼也？"定伯言："我新鬼，故身重耳。"定伯因复担鬼，鬼略无重。如是再三。定伯复言："我新鬼，不知有何所畏忌？"鬼答言："惟不喜人唾⑦。"于是共行。道遇水，定伯令鬼先渡。听之，了然无声音。定伯自渡，漕漼作声⑧。鬼复言："何以有声？"定伯曰："新死，不习渡水故耳。勿怪吾也。"行欲至宛市，定伯便担鬼著肩上，急执之。鬼大呼，声咋咋然⑨，索下⑩。不复听之。径至宛市中⑪，下著地，化为一羊，便卖之。恐其变化，唾之，得钱千五百乃去。当时石崇有言⑫："定伯卖鬼，得钱千五。"

选自《搜神记》

【题解】

宋定伯捉鬼是我国古代有名的不怕鬼的故事。鬼本是人们由于迷信无知杜撰想象出来的，并没有人见过。鬼的特性自然也是由人编造的。鬼只能吓唬怕鬼的人。宋定伯与鬼同行，先自称与其同类，使鬼放松警惕，以后屡屡露出破绽时便随机应变，搪塞过关。最后抓住鬼的弱点从而战胜了它，使鬼为人所用。小说通过捉鬼的故事告诉人们一个道理：世上没有什么可怕的东西，只要有勇有谋，掌握其特点，就能取胜。

【注释】

①南阳：地名，在今河南省南阳市。　②诳：哄骗。　③宛市：即南阳市。　④迟：慢。　⑤递：轮流。担：原意是肩挑，此处意为背着。　⑥卿：你，朋友之间亲昵的称呼。　⑦唾：吐唾沫。　⑧漕漼（cáocuǐ）：象声词，形容涉水发出的声响。　⑨咋咋然：鬼叫声。　⑩索下：要求下地走。　⑪径至：一直走到。　⑫石崇：字季伦，晋代富豪。

秦巨伯

琅玡秦巨伯[①]，年六十。尝夜行饮酒，道经蓬山庙。忽见其两孙迎之，扶持百余步，便捉伯颈著地[②]，骂："老奴，汝某日捶我，我今当杀汝。"伯思唯某时信捶此孙[③]。伯乃佯死[④]，乃置伯去。

伯归家，欲治两孙。两孙惊惋[⑤]，叩头言："为子孙，宁可有此？恐是鬼魅，乞更试之。"伯意悟。

数日，乃诈醉，行此庙间。复见两孙来扶持伯，伯乃急持，鬼动作不得。达家，乃是两人也[⑥]。伯著火炙之，腹背俱焦坼[⑦]。出著庭中，夜皆亡去。伯恨不得杀之。

后月余，又佯酒醉夜行，怀刃以去。家不知也。极夜不还。其孙恐又为此鬼所困，乃俱往迎伯，伯竟刺杀之。

选自《搜神记》

【题解】

本篇小说写了一个人为"鬼"迷惑而酿成的悲剧。故事的主人公是个急燥、鲁莽的人物。最初，两个鬼幻化成人捉弄了他一番。当他弄清楚是鬼作祟后，准备进山除掉鬼，却误杀了自己的两个孙子。由于他认识事物，采取行动过于简单化，才造成了悲剧。

【注释】

①琅玡：秦汉郡名，治所在今山东省诸城市。秦巨伯：人名。 ②著（zhuó）：接触，挨着。 ③信：确实。 ④佯（yáng）：假装。 ⑤惋：吃惊，害怕。 ⑥两人：旧注认为指木偶人。 ⑦坼（chè）：裂开。

安阳书生

安阳城南有一亭[①]，夜不可宿，宿辄杀人。书生明术数[②]，乃过宿之。亭民曰："此不可宿，前后宿此，未有活者。"书生曰："无苦也。吾自能谐[③]。"遂住廨舍[④]，乃端坐诵书，良久乃休。

夜半后，有一人，著皂单衣[⑤]，来往户外，呼亭主，亭主应诺。"见亭中有人耶？"答曰："向者有一书生[⑥]，在此读书。适休[⑦]，似未寝。"乃暗嗟而去[⑧]。须臾，复有一人，冠赤帻者[⑨]，呼亭主，问答如前，复暗嗟而去。既去寂然。书生知无来者，即起诣向者呼处，效呼亭主。亭主亦应诺。复云："亭中有人耶？"亭主答如前。乃问曰："向黑衣来者谁？"曰："北舍母猪也。"又曰："冠赤帻来者谁？"曰："西舍老雄鸡父也。"曰："汝复谁耶？"曰："我是老蝎也。"于是书生密便诵书至明，不敢寐[⑩]。

天明，亭民来视，惊曰："君何得独活？"书生曰："促索剑来[⑪]。我与卿取魅。"乃握剑至昨夜应处，果得老蝎，大如琵琶，毒长数尺。西舍得老雄鸡父。北舍得老母猪。凡杀三物，亭毒遂静，永无灾横[⑫]。

选自《搜神记》

【题解】

本篇小说写安阳书生夜宿郊外亭舍，面对四处藏匿着的鬼魅，勇敢镇定，并机智地战胜了鬼魅。这个故事说明，只要有勇有谋，就能无往不胜。

【注释】

①安阳：地名，在今河南省安阳县西南。 ②术数：指用卜筮、占侯等推算人事的未来吉凶。术，方术；数，气数。 ③谐：此处意为解决困

难。 ④廨（xiè）舍：古代官吏办事的地方。 ⑤皂单衣：黑色单衣。 ⑥向：刚才。 ⑦适休：刚休息。 ⑧喑（yīn）：沉默。 ⑨帻（zé）：一种头巾。 ⑩寐：睡着。 ⑪促：快。 ⑫灾横：意外的灾祸。

李寄斩蛇

东越闽中[①]，有庸岭[②]，高数十里。其西北隙中，有大蛇，长七八丈，大十余围。土俗常惧。东冶都尉及属城长吏[③]，多有死者。祭以牛羊，故不得福[④]。或与人梦，或下谕巫祝，欲得啖童女年十二三者。都尉、令、长，并共患之[⑤]。然气厉不息[⑥]。共请求人家生婢子[⑦]，兼有罪家女养之。至八月朝祭[⑧]，送蛇穴口。蛇出，吞啮之。累年如此，已用九女。

尔时[⑨]，预复募索，未得其女。将乐县李诞[⑩]。家有六女，无男。其小女名寄，应募欲行。父母不听。寄曰："父母无相[⑪]，惟生六女，无有一男，虽有如无。女无缇萦济父母之功[⑫]，既不能供养，徒费衣食，生无所益，不如早死。卖寄之身，可得少钱，以供父母，岂不善耶？"父母慈怜，终不听去。寄自潜行，不可禁止。

寄乃告请好剑及咋蛇犬[⑬]。至八月朝，便诣庙中坐。怀剑将犬。先将数石米餈[⑭]，用蜜麨灌之[⑮]，以置穴口。蛇便出，头大如囷[⑯]，目如二尺镜。闻餈香气，先啖食之。寄便放犬，犬就啮咋，寄从后斫得数剑。疮痛急，蛇因踊出，至庭而死。寄入视穴，得其九女髑髅，悉举出，咤言曰[⑰]："汝曹怯弱，为蛇所食，甚可哀愍！"于是寄女缓步而归。

越王闻之，聘寄女为后，拜其父为将乐令。母及姊皆有赏赐。自是东冶无复妖邪之物，其歌谣至今存焉。

选自《搜神记》

【题解】

本篇小说塑造了一位为民除害的英雄少女的形象。开始着力描写了蛇的巨大和凶残以及官吏的胆小无能。先后有九个女孩儿无端送入蛇口。这些描写为突出李寄的性格做了铺垫。年仅十二三岁的李寄心地善良，甘愿应募换钱赡养父母；她有勇有谋，敢于挺身而出为民除害，同时，她深知与大蛇搏斗不能硬拼蛮干，因此斩蛇前做了细致充分的准备，终于斩除了大蛇。小说并未把李寄写成身高八尺，力大过人，更使这一形象与凶残的大蛇和庸碌怯懦的官吏形成鲜明对照，这个以弱胜强的少女英雄的故事发人深省，耐人寻味。

【注释】

①东越：古国名，在今浙江、福建一带。闽中：郡名，在今福建省。　②庸岭：在今福建省邵武市西北。　③东冶：东越都城，在今福建省福州市附近。都尉：军事长官。属城长吏：下属县城的长官。　④故：依然。　⑤患：忧虑。　⑥气厉不息：灾祸不止。　⑦家生婢子：奴婢所生的子女。　⑧朝：日初。　⑨尔时：这样。　⑩将乐县：在今福建省。　⑪无相：命不好。⑫缇萦（tíyíng）：汉代淳于意幼女。淳于意获罪，淳于缇萦上书皇帝，愿为官婢为父赎罪，皇帝为之感动而免淳于意之罪。　⑬咋（zé）：咬。　⑭米餈（cī）：糯米团。　⑮麨（chǎo）：炒麦磨成的粉。　⑯囷（qūn）：圆形谷仓。　⑰咤（zhà）：慨叹。

荀　氏（生卒年不详）

名号与生平不可考。所作《灵鬼志》已佚。鲁迅的《古小说钩沉》中辑得二十四则。

嵇 中 散

嵇中散神情高迈[①]，任心游憩[②]。尝行西南游，去洛数十里[③]，有亭名华阳，投宿。夜了无人[④]，独在亭中。此亭由来杀人，宿者多凶。中散心神萧散，了无惧意。至一更中操琴，先作诸弄[⑤]，雅声逸奏，空中称善[⑥]。中散抚琴而呼之："君是何人？"答云："身是故人[⑦]，幽没于此数千年矣。闻君弹琴，音曲清和，昔所好，故来听耳。身不幸非理就终[⑧]，形体残毁，不宜接见君子。然爱君之琴，要当相见，君勿怪恶之。君可更作数曲。"中散复为抚琴，击节曰[⑨]："夜已久，何不来也？形骸之间，复何足计[⑩]。"乃手挈其头曰[⑪]："闻君奏琴，不觉心开神悟，恍若暂生。"遂与共论音声之趣，辞甚清辩。

谓中散曰："君试以琴见与。"于是中散以琴授之。既弹众曲，亦不出常[⑫]，唯《广陵散》声调绝伦[⑬]。中散才从受之[⑭]，半夕悉得。先所受引殊不及[⑮]。与中散誓，不得教人，又不得言其姓。天明，语中散："相与虽一遇于今夕，可以还同千载；于此长绝，能不怅然！"

选自《灵鬼志》

【题解】

《灵鬼志》原书已佚，鲁迅《古小说钩沉》中辑得二十四篇。小说描写了嵇康以琴结友，与一鬼魂共同探讨音乐的妙趣，引为知音的故事。相传嵇康擅长奏《广陵散》乐曲，他死后此曲绝迹，这个故事写了《广陵散》的来历，颇具神秘色彩。同时，小说也刻画出嵇康超然、洒脱的性格。

【注释】

①嵇中散：名康，字叔夜，曹魏著名文学家，曾任中散大夫。 ②任

心游憩（qì）：指行为随心所欲。憩，休息。 ③去洛：离开洛阳。 ④了无人：完全没有人。 ⑤作诸弄：奏数曲。弄，曲子。 ⑥空中称善：空中有声音说好。 ⑦身是故人：我是死去的人。身，自称。 ⑧非理就终：死于非命。 ⑨击节：打拍子。 ⑩复何足计：还有什么可顾虑的。 ⑪挈（qiè）：举，提起，此处意为用手抬起嵇康的脸。 ⑫不出常：不超出平常的水平。 ⑬《广陵散》：琴曲名，相传嵇康擅长此曲。 ⑭才从受之：开始向他学习此曲。 ⑮“先所受”句：先学的曲子都大大地不如这支曲子。

郭澄之（生卒年不详）

字仲静，太原阳曲（今山西省太原市北）人。年少时便显露出才华，才思敏捷。仕东晋、南朝宋两朝。历任尚书郎、南康相、相国从事中郎等职，封南丰侯。著有《郭子》，今佚。鲁迅的《古小说钩沉》中辑有八十四条。

许 允 妇[①]

许允妇，是阮德如妹[②]，奇丑，交礼竟[③]，许永无复入理。桓范劝之曰[④]：“阮嫁丑女与卿，故当有意，宜察之。”许便入见，妇即出，提裙裾待之[⑤]。许谓妇曰：“妇有四德[⑥]，卿有几？”答曰：“新妇所乏唯容。士有百行[⑦]，君有其几？”许曰：“皆备。”妇曰：“君好色不好德，何谓皆备？”许有惭色，遂雅相重[⑧]。

许允为吏部郎[⑨]，多用其乡里，帝遣虎贲收允[⑩]。妇出阁戒允曰：“明主可以理夺，难以情求[⑪]。”允至，明帝核之，允答曰：“‘举尔所知[⑫]’，臣臣乡人，臣所知也，愿陛下检校[⑬]，为称职与否？若不称职，臣宜受其罪。”既检校，皆官得其人，于是乃释允。旧服败坏，诏赐新衣。初被收，举家号哭，允新妇自云：“无忧，寻还。”作粟粥待之。须臾允至。

选自《郭子》

【题解】

古代小说多写美女，本篇作品独具特色，刻画了一个奇丑的女子形象，这位丑女子刚嫁给许允时，许允因她貌丑不愿理她，但不久，她的知书达礼、超群的才华、非凡的见识和过人的智慧渐渐显露出来，终于征服了许允。许允后来十分敬重她，最初对她的轻慢，使许允感到惭愧。小说充分说明，外表美固然重要，但真正持久动人的是人的内在美，即精神气质的美。

【注释】

①许允：字士宗，三国时魏国人，官至领军将军。 ②阮德如：名侃，魏时官至河内太守。 ③交礼竟：婚礼完毕。旧俗婚礼中新郎新娘有交拜吃交杯酒之礼。 ④桓范：字元则，三国时魏国人，官至大司农。 ⑤裾（jū）：衣服的前后摆。女子提裙裾见许允是表示恭敬的姿势。 ⑥四德：封建礼教要求妇女要具备的四种品质：德、言、容、功。 ⑦百行：旧指各种善行。 ⑧雅：很，非常。 ⑨吏部郎：吏部的官员。 ⑩虎贲（bēn）：勇士。收：拘押。 ⑪“明主”句：对于明智的皇帝，讲道理可以有效果，求情难以起作用。 ⑫举尔所知：此为孔子语。孔子原话为：“举尔所知，尔所不知，人其舍诸？”（《论语·子路》），意为“选择启用你所了解的人，你不了解的，别人难道会把他埋没吗？”此处许允用这句话说明他所选拔提升的同乡都是他了解的，也即都是德才兼备的人。 ⑬检校：审查。

陶渊明（365—427）

一名潜，字元亮，世号靖节先生。浔阳柴桑（今江西省九江市）人。东晋著名诗人，散文家。出身没落士族，相传是陶侃曾孙，但家境贫困。从小博览群书，早年抱负远大。曹任江州祭酒、镇军参军、彭泽令等职，因不满政治黑暗和官场虚伪，罢职归隐，从此不复出山。他写了大量田园诗和散文作品。散文《桃花源记》《归去来辞》脍炙人口。小说作品有《搜神后记》，多记神鬼灵怪故事，民间传说色彩很浓。

袁相根硕

会稽剡县民袁相、根硕二人猎[①]，经深山重岭甚多，见一群山羊六七头，逐之。经一石桥，甚狭而峻。羊去，根等亦随，渡一绝崖，崖正赤，壁立，名曰赤城。上有水流下，广狭如匹布，剡人谓之瀑布。路径有山穴如门，豁然而过。既入内，甚平敞，草木皆香。

有一小屋，二女子住其中，年皆十五六，容色甚美，著青衣，一名莹珠，一名□□[②]。见二人至，欣然云："早望汝来。"遂为室家[③]。忽二女出行，云："复有得婿者，往庆之。"曳履于绝岩之上[④]，行琅琅然[⑤]。二人思归，潜去归路[⑥]，二女已知，追还，乃谓曰："自可去。"乃以一腕囊与根等，语曰："慎勿开也。"于是乃归。

后出行，家人开视其囊，囊如莲花，一重去，复一重，至五重，中有小青鸟飞去。根还知此，怅然而已。后根于田中耕，家依常饷之[⑦]。见在田中不动，就视，但有皮壳，如蝉蜕也[⑧]。

选自《搜神后记》

【题解】

本篇小说描写袁相、根硕二位猎人由山羊引入仙境，与仙女结为夫妇的故事。作者热衷于描写“桃花源”式的生活，有着时代的原因。在作者生活的战乱频仍的年代，人民对宁静幸福生活的向往显得格外热烈。然而，现实生活不容回避，二位猎人身居仙境仍然思归，最后回到家中。

【注释】

①会稽：郡名。剡（shàn）县：故城在今浙江省嵊州市，属会稽郡。 ②此处原缺二字。 ③室家：成家，结成夫妇。 ④曳履（yèlǚ）：拖着鞋走路。 ⑤琅琅然：形容声音响亮清脆。 ⑥潜去归路：悄悄找到了回去的路。 ⑦饷之：给根硕送饭。 ⑧蝉蜕：蝉蜕下的壳。

襄阳李除

襄阳李除[①]，中时气死[②]。其妇守尸，至于三更。崛然起坐[③]，搏妇臂上金钏甚遽[④]。妇因坐脱，既手执之，还死。妇伺察之，至晓，心中更暖，渐渐得苏，既活云：“为吏将去[⑤]，比伴甚多，见有行货得免者[⑥]，乃许吏金钏。吏令还，故归取以与吏。吏得钏，便放令还，见吏取钏去。”后数日，不知犹在妇衣内，妇不敢复著[⑦]，依事咒埋[⑧]。

选自《搜神后记》

【题解】

有钱能使鬼推磨是民间流传多年的讽刺贪官污吏的俗语。小说中描写的行贿阴间小鬼可以死而复生的情节，把小鬼的贪婪揭露得很充分。小说看似写阴间，讽刺的矛头实际上指向人间的贪官污吏。

【注释】

①襄阳：地名，在今湖北省。 ②时气：流行的传染病。 ③崛然起坐：突然坐起。 ④搏：夺。遽（jù）：急。 ⑤为吏将去：被吏带走。 ⑥行货得免：以行贿得以免死。 ⑦著：戴。 ⑧咒埋：一边念咒一边埋掉金钏。

李仲文女

晋时，武都太守李仲文①，在郡丧女，年十八，权假葬郡城北②。有张世之代为郡③。世之男字子长，年二十，侍从在廨中④，夜梦一女，年可十七八，颜色不常⑤。自言：前府君女，不幸早亡，会今当更生⑥。心相爱乐，故来相就。如此五六夕。忽然昼见，衣服熏香殊绝。遂为夫妻，寝息，衣皆有污，如处女焉。后仲文遣婢视女墓，因过世之妇⑦，相问。入廨中，见此女一只履在子长床下。取之啼泣，呼言发冢⑧，持履归，以示仲文。仲文惊愕，遣问世之："君儿何由得亡女履耶？"世之呼问，儿具道本末。李、张并谓可怪。发棺视之，女体已生肉，姿颜如故，右脚有履，左脚无也。自尔之后遂死，肉烂不得生，万恨之心，当复何言，涕泣而别。

选自《搜神后记》

【题解】

本篇小说描写的是人鬼相恋的故事。故事反映了封建礼教束缚下青年男女对自由爱情生活的追求。李女死而复生显示了爱情力量的奇特。封建家长开棺验看，使将生者复死，这一情节寓意很深，人世间自由恋爱不成才幻化出人鬼间的恋情，而这种恋情同样为封建礼教所不容，这些富有浪漫色彩的描写，也增添了小说的批判力量。

【注释】

①武都：地名，故城在今甘肃省成县西。 ②权：权且，姑且。假：借。 ③代为郡：代之承担太守之职。 ④廨（xiè）：古代官吏办公的地方。 ⑤颜色不常：容貌不寻常，指貌美。 ⑥会今：现在。 ⑦过：看望。 ⑧呼言发冢：说张世之之子盗墓。

白水素女

晋安帝时侯官人谢端[①]，少丧父母，无有亲属，为邻人所养。至年十七八，恭谨自守，不履非法[②]。始出居[③]，未有妻，邻人共悯念之。规为娶妇[④]，未得。

端夜卧早起，躬耕力作，不舍昼夜。后于邑下得一大螺[⑤]，如三升壶，以为异物，取以归，贮瓮中，畜之十数日。端每早至野，还，见其户中有饭饮汤火，如有人为者，端谓邻人为之惠也[⑥]。数日如此，便往谢邻人。邻人曰："吾初不为是[⑦]，何见谢也？"端又以邻人不喻其意[⑧]。然数尔如此[⑨]，后更实问，邻人笑曰："卿已自娶妇，密著室中炊爨[⑩]，而言我为之炊耶？"端默然心疑，不知其故。

后以鸡鸣出去，平旦潜归[⑪]，于篱外窃窥其家中，见一少女从瓮中出，至灶下燃火。端便入门，径至瓮所视螺，但见女，乃到灶下，问之曰："新妇从何所来，而相为炊？"女大惶惑，欲还瓮中，不能得去。答曰："我天汉中白水素女也[⑫]。天帝哀卿少孤，恭慎自守，故使我权为守舍炊烹。十年之中，使卿居富得妇，自当还去。而卿无故窃相窥掩[⑬]，吾形已现，不宜复留，当相委去[⑭]。虽然，尔后自当少差[⑮]，勤于田作，渔采治生，留此壳去，以贮米谷，常可不乏。"端请留，终不肯。时天忽风雨，翕然而去[⑯]。

端为立神座，时节祭祀。居常饶足，不致大富耳。于是乡人以女妻之。后仕至令长云。今道中素女祠是也。

选自《搜神后记》

【题解】

本篇小说描绘了一幅优美动人的田园生活画。忠厚老实的穷后生谢端尽管起早睡晚，辛勤耕作，仍无力娶妻。在热情善良的天仙白水素女的帮助下，才终于娶了妻子过上了好日子。这反映了当时劳动人民生活艰难的社会现实，也表达了他们盼望过上幸福生活的朴素愿望。文中的仙女并不靠自己的超人力量让穷后生一夜暴富，而是帮助他勤劳致富。这种神奇中见平凡的描写与中华民族一贯崇尚吃苦耐劳、自力更生的美德分不开。

【注释】

①晋安帝：东晋皇帝司马宗德，公元397—418年在位。侯官：地名，治所在今福建省福州市。 ②不履非法：不做违法的事。 ③出居：从领养他的邻人家分出来自己过日子。 ④规：规划、打算。 ⑤邑：城镇。 ⑥为之惠：帮助他。 ⑦初不：从不。 ⑧不喻：不明白。 ⑨数尔如此：好多次像这样。 ⑩炊爨（cuàn）：烧火做饭。 ⑪平旦潜归：天亮后悄悄回来。 ⑫天汉：天河，银河。 ⑬掩：乘人不备而袭取之。 ⑭委：弃，离去。 ⑮少差（chài）：指生活比原来较好。差通“瘥”。 ⑯翕（xī）然：忽然。

杨 生 狗

晋太和中[①]，广陵人杨生[②]，养一狗，甚爱怜之，行止与俱。后，生饮酒醉，行大泽草中，眠，不能动。时方冬月燎原[③]，风势极盛。狗乃周章号唤[④]。生醉不觉。前有一坑水，狗便走往水中还，以身洒生左右草上。如此数次，周旋跬步[⑤]，草皆沾湿。火至，免焚。生醒，方见之。

尔后，生因暗行，堕于空井中，狗呻吟彻晓。有人经过，怪此狗向井号，往视。见生。生曰："君可出我，当有厚报。"人曰："以此狗见与[⑥]，便当相出[⑦]。"生曰："此狗曾活我已死[⑧]，不得相与。余即无惜。"人曰："若尔，便不相出。"狗因下头目井[⑨]。生知其意，乃语路人云："以狗相与。"人即出之，系之而去[⑩]。却后五日[⑪]，狗夜走归。

选自《搜神后记》

【题解】

本篇小说描写了一只义犬。关于狗与人患难与共的故事古今中外可谓多矣，这篇小说中描写的义犬与主人的情谊，十分感人。主人两次遇难，这只狗全力相救，它既聪明机智，又善解人意。与满足条件才愿救人的过路人相比，狗的忠诚让人肃然起敬。这一情节中，抨击世风的寓意不难看出。

【注释】

①太和：东晋废帝司马奕的年号（366—371）。 ②广陵：郡名，治所在今江苏省扬州市。 ③燎原：火烧原野。 ④周章：环绕。 ⑤跬（kuǐ）步：半步，举足一次为跬，举足两次为步。 ⑥见与：送给我。 ⑦相出：帮助你出来。 ⑧活我已死：让我死里逃生。 ⑨下头目井：探头看着井底。 ⑩系之而去：牵狗而去。 ⑪却后五日：过了五天。

章　苟

吴兴人章苟者[①]，五月中，于田中耕。以饭置菰裹[②]。每晚取食，饭亦已尽，如此非一。后伺之，见一大蛇偷食。苟遂以铩斫之[③]，蛇便走去。苟逐之。至一坂[④]，有穴。便入穴，但闻啼声云："斫伤我某甲。"或言："当何如。"或云："付雷公[⑤]，令霹雳杀奴[⑥]。"须臾，云雨冥合[⑦]，霹雳覆苟上。苟乃跳梁大骂曰："天使我贫穷，展力耕垦[⑧]，蛇来偷食，罪当在蛇，反更霹雳我耶？乃无知雷公也！雷公若来，我当以铍斫汝腹。"须臾，云雨渐散，转霹雳向蛇穴中，蛇死者数十。

选自《搜神后记》

【题解】

本篇小说塑造了一个勤劳勇敢的农民形象。章苟得知蛇妖偷吃自己的食物，于是砍伤并追逐蛇妖。当蛇妖联合雷公进行报复时，他理直气壮，义正词严地斥责"天神"。一般来说，古人对"天神"敬畏有加，这里却表现出无所畏惧的英雄气概。

【注释】

①吴兴：地名，今浙江省湖州市。 ②以饭置菰（gū）里：把饭包在菰叶里。菰，茭白。 ③铍（yì）：小矛。斫：砍。此处指用茅刺杀。 ④坂（bǎn）：山坡。 ⑤付雷公：交给雷公。 ⑥令霹雳杀奴：让雷劈死你。 ⑦冥：黑暗。 ⑧展力：努力。

裴　启（生卒年不详）

字荣期，河东（今山西省永济市）人。东晋哀帝隆和年间（362年）撰写《语林》，流行一时。传说谢安认为此书写他不实，曾被废止。其他事迹无考。

老婢讽桓温[1]

桓温自以雄姿风气，是司马宣王、刘越石一辈器[2]。有以比王大将军者[3]，意大不平。征苻犍还[4]，于北方得一巧作老婢[5]，乃是刘越石妓女。一见温入，潸然而泣[6]。温问其故，答曰："官家甚似刘司空。"温大悦，即出外，修整衣冠，又入，呼问："我何处似司空？"婢答曰："眼甚似，恨小；面甚似，恨薄；须甚似，恨赤；形甚似，恨短；声甚似，恨雌[7]。"宣武于是弛冠解带，不觉惛然而睡，不怡者数日[8]。

选自《语林》

【题解】

本篇小说以欲擒故纵的手法对自视甚高的桓温进行了嘲讽。桓温自认为他的气魄、风貌与司马懿、刘琨相似，有人把他与王敦相比，他便不高兴。因此，当刘琨家的妓女说他像刘琨时，他十分欣喜。可当他细问自己哪些方面像刘琨时，老妇说了许多不像之处，令他大失所望。小说对桓温的心理描写细致入微，具有喜剧意味。

【注释】

①桓温：字子元，东晋人。曾为征西大将军，大司马。 ②司马宣王：司马懿，字仲达，三国时魏人，为曹操父子重用，曾任大将军，太傅。嘉平元年，杀曹爽，自为丞相，独揽国政。他的孙子司马炎建立晋朝后追谥为宣帝。刘越石：刘琨，字越石，晋人。曾任大将军，侍中太尉等。 ③王大将军：王敦，字处仲，晋人，曾任江州刺史，荆州刺史。 ④苻犍：前秦的创立者。 ⑤巧作老婢：指做细活的老妇人。 ⑥潸（shān）然：流泪的样子。 ⑦雌：指声音尖细。 ⑧不怡：不愉快。

刘敬叔（生卒年不详）

彭城（今江苏省徐州市）人。东晋义熙年间，曾为南平郡刘毅公郎中令，后因忤刘被罢去。东晋亡后，宋武帝刘裕召他为长史。宋文帝元嘉三年任给事黄门郎。宋明帝泰始年间（461—471）去世。著有《异苑》

章 泛

临海乐安章泛[①]，年二十余死，经日未殡而苏[②]。云："被录天曹，天曹主者是其外兄[③]，料理得免。初到时，有少女子同被录送，立住门外。女子见泛事散[④]，知有力助。因泣涕，脱金钏三只及臂上杂宝托泛与主者，求见救济。泛即为请之，并进钏物。良久出，语泛：'已论[⑤]，秋英亦同遣去。'秋英即此女之名也，于是俱去。脚痛疲顿，殊不堪行。会日亦暮，止道侧小窟。状如客舍，而不见主人。泛共宿燕接[⑥]，更相问。女曰：'我姓徐，家吴县乌门[⑦]。临渎为居[⑧]，门前倒枣树即是也。'明晨各去，遂并活。"

泛先为护军府吏[⑨]，依假出都[⑩]。经吴，乃到乌门，依此寻索，得徐氏舍。与主人叙阔，问秋英何在。主人云："女初不出入[⑪]，君何知其名？"泛因说昔日魂相见之由。秋英先说之，所言因符，主人乃悟，惟羞不及寝燕之事。而其邻人或知，以语徐氏。徐氏试令侍婢数人递出示泛[⑫]。泛曰："非也。"乃令秋英见之，则如旧识。徐氏谓天意，遂以妻泛。生子名曰"天赐"。

选自《异苑》

【题解】

这是一个离奇的爱情婚姻故事。青年章泛和少女秋英死去后在阴曹地府互相帮助，并且一同复生。后来章泛依照秋英在地府中所告诉的地址找到了秋英，终于结为夫妇。故事表现出古人对缘分前定，良缘天赐的笃信，也表现了古代人们对生命永存，幸福常在的幻想。

【注释】

①临海：郡名，郡治在今浙江省临海市。乐安：地名，今浙东省仙居县。　②殡：出葬。苏：复活。　③外兄：姑表兄。　④事散：事情解决。　⑤已论：议定。　⑥共宿燕接：同居。　⑦吴县：在今江苏省苏州市。　⑧渎：水渠。　⑨护军府：护军将军府，掌管武官选拔。　⑩依假出都：休假期间出都城。　⑪初不出入：从不外出。　⑫递出示泛：依次出来让章泛看。

王　嘉（？—392？）

字子年，陇西安阳（今甘肃省渭源县）人。晋室南迁后，北方形成割据局面，即“五胡十六国”时代，王嘉是北方的一位方士，隐居终南山，前秦国主苻坚迎他到长安。苻坚死后，后秦国主姚苌也加礼遇，但后因忤苌被杀。著有《拾遗记》（一名《拾遗录》）。

怨　碑

昔始皇为冢，敛天下瑰异[①]，生殉工人[②]。倾远方奇宝，于冢中为江海川渎[③]，及列山岳之形。以沙棠、沉檀为舟楫[④]，金银为凫雁[⑤]，以琉璃杂宝为龟鱼。又于海中作玉象、鲸鱼，衔火珠为星，以代膏烛，光出墓中，精灵之传也。昔生埋工人于冢内，至被开时皆不死。工人于冢内琢石为龙凤仙人之像，及作碑文辞赞。汉初，发此冢⑥，验诸史传，皆无列仙龙文之制，则知生埋匠人之所作也。后人更写此碑文⑦，而辞多怨酷之言，乃谓为“怨碑”，《史记》略而不录。

选自《拾遗记》

【题解】

本篇小说以大量的笔墨描写了秦始皇陵墓中的奢华，各种奇珍异宝、奇石异木，奇兽异鸟，奇花异卉莫不云集，说明封建统治者生前死后都穷奢极欲。更有甚者，竟活埋工匠为其殉葬，无怪乎人们要立“怨碑”，痛斥统治者的罪恶。

【注释】

①敛：聚集。瑰异：珍奇异宝。 ②生殉：活埋。 ③渎（dú）：沟渠。 ④沙棠、沉檀：两种贵重的木料。 ⑤凫（fú）：野鸭。泛指水鸟。 ⑥发：挖开。 ⑦更写：再写。

薛 灵 芸

文帝所爱美人①，姓薛，名灵芸，常山人也②。”父名邺，为酇乡亭长③。母陈氏，随邺舍于亭傍。居生穷贱，至夜，每聚邻妇夜绩④，以麻蒿自照。灵芸年至十五，容貌绝世，邻中少年，夜来窃窥，终不得见。咸熙元年⑤，谷习出守常山郡，闻亭长有美女而家甚贫。时文帝选良家子女，以入六宫。习以千金宝赂聘之。既得，乃以献文帝。

灵芸闻别父母，歔欷累日，泪下沾衣。至升车就路之时，以玉唾壶承泪，壶则红色。既发常山，及至京师，壶中泪凝如血。

帝以文车十乘迎之，车皆镂金为轮辋⑥，丹画其毂⑦；轭前有杂宝为龙凤[8]，衔百子铃，锵锵和鸣，响于林野。驾青色之牛，日行三百里。此牛尸涂国所献，足如马蹄也。道侧烧石叶之香，此石重叠，状如云母，其光气辟恶厉之疾[9]。此复腹题国所进也。灵芸未至京师数十里，膏烛之光，相续不灭，车徒咽路[10]，尘起蔽于星月，时人谓为"尘宵"。

又筑土为台，基高三十丈，列烛于台下，名曰"烛台"，远望如列星之坠地。又于大道之傍，一里一铜表，高五尺，以志里数。故行者歌曰："青槐夹道多尘埃，龙楼凤阙望崔嵬。清风细雨杂香来，土上出金火照台。"此七字是妖辞也。为铜表志里数于道侧，是土上出金之义；以烛置台下，则火在土下之义。汉火德王[11]，魏土德王，火伏而土兴；土上出金，是魏灭而晋兴也。

灵芸未至京师十里，帝乘雕玉之辇，以望车徒之盛，嗟曰："昔者言'朝为行云，暮为行雨[12]'，今非云非雨，非朝非暮。"改灵芸之名曰夜来。入宫后居宠爱。外国献火珠龙鸾之钗，帝曰："明珠翡翠，尚不能胜[13]，况乎龙鸾之重？"乃止不进。

夜来妙于针工，虽处于深帷之内，不用灯烛之光，裁制立成。非夜来缝制，帝则不服[14]。宫中号为"针神"也。

选自《拾遗记》

【题解】

本篇小说描写了古代美女薛灵芸倾城倾国的美貌和具有鬼斧神工之妙的"针工"。薛灵芸出身于贫苦人家，她勤劳朴实，心灵手巧。她被选入宫，离别父母时，悲伤欲绝，泪凝如血。小说写她的离别之情，比较传神，"泪凝如血"成为典故，后世文学作品中经常使用。作品还细致地描写了魏文帝曹丕迎薛灵芸入宫的场面，从一个侧面，反映了封建统治者穷奢极欲的生活。

【注释】

①文帝：指魏文帝曹丕。 ②常山：郡名，治所在今河北省正定县。 ③亭长：官名，掌治安、诉讼等事。秦汉时每十里为一亭，设亭长一人。 ④绩：缉麻。 ⑤咸熙元年：公元264年，曹丕死于226年，显然此年号有误。 ⑥辋（wǎng）：车轮的外周。 ⑦毂（gǔ）:车轮中心的圆木。 ⑧轭（è）：车上的部件，一头系在车前横木上，一头架于拉车的马脖子上。 ⑨辟恶厉之疾：排除严重的疾病。 ⑩车徒咽路：车辆和人群阻塞了道路。 ⑪火德王（wàng）：古代人用五行相生相克的说法来说明本朝取代前朝是顺乎天命。汉朝以火德王，火生土，魏以土德王，故魏代汉。王，意为统治天下。 ⑫“朝为行云”两句：宋玉的《高唐赋》有此两句话，此处形容神女降临时恍惚迷离的情境。 ⑬胜：经得住。 ⑭服：穿。

翔　风

石季伦爱婢名翔风①，魏末于胡中得之②，年始十岁，使房内养之。至十五，无有比其容貌，特以姿态见美。妙别玉声③，巧观金色。石氏之富，方比王家，骄侈当世。珍宝奇异，视如瓦砾，积如粪土；皆殊方异国所得，莫有辨识其出处者。乃使翔风别其声色，悉知其处。言：“西方北方，玉声沉重，而性温润，佩服者④，益人性灵；东方南方，玉声轻洁，而性清凉，佩服者，利人精神。”

石氏侍人，美艳者数千人，翔风最以文辞擅爱。石崇尝语之曰：“吾百年之后⑤，当指白日⑥，以汝为殉。”答曰：“生爱死离，不如无爱。妾得为殉，身其何朽！”于是弥见宠爱⑦。

崇尝择美容姿相类者十人，装饰衣服大小一等，使忽视不相分别，常侍于侧。使翔风调玉以付工人，为倒龙之珮，萦金为凤冠之钗。言刻玉为倒龙之势，铸金钗像凤凰之冠。结袖绕楹而舞，昼夜相接，谓之“恒舞”。欲有所召，不呼姓名，悉听珮声，视钗色：玉声轻者居前，金色艳者居后，以为行次而进也。使数十人各含异香，行而语笑，则口气从风而飏。又屑沉水之香如尘末⑧，布象床上⑨，使所爱者践之。无迹者，赐以真珠百琲⑩，有迹者，节其饮食，令身轻弱。故闺中相戏曰："尔非细骨轻躯，那得百琲真珠？"

及翔风年三十，妙年者争嫉之。或者云："胡女不可为群。"竞相排毁。石崇受谮润之言⑪，即退翔风为房老⑫，使主群少。乃怀怨而作五言诗曰："春华谁不美，卒伤秋落时。突烟还自低，鄙退岂所期⑬！桂芳徒自蠹，失爱在蛾眉。坐见芳时歇，憔悴空自嗤！"石氏房中并歌此为乐曲，至晋末乃止。

选自《拾遗记》

【题解】

本篇小说描写了晋朝巨富石崇的宠婢翔风的故事。翔风多才多艺，美丽无比，一度得到石崇特别的宠爱，但最终没有逃脱被打入冷宫的结局。这是封建社会妇女地位低下的写照，在那个时代再出色的女子往往避免不了充当男子玩物的悲惨命运，因此，哀叹"色衰爱弛""秋扇见捐"是那个时代女子具有普遍性的怨辞。小说还详细描写了石崇日常生活的奢华与排场，写出了当时贵族生活的腐朽。

【注释】

①石季伦：石崇，字季伦，西晋贵族。 ②胡：古代泛称北方边境地区和西域的民族为胡，汉代以后也泛指外国人。翔风是少数民族女子。 ③妙别玉声：善于辨别玉的声音，指从玉碰击发出的声音来辨别玉的产地，质地优劣等。 ④佩服：佩戴。 ⑤百年之后：死后。 ⑥指白日：对日发誓。 ⑦弥见宠爱：更加被宠爱。 ⑧屑：此处用作动词，碾成碎屑。沉水之香：沉香。 ⑨象床：象牙床。 ⑩琲（bèi）：成串的珠。珠十串为一琲。 ⑪谮润之言：谗言。 ⑫房老：年长失宠后被安排管理婢妾的女子。 ⑬"突烟"

二句：烟囱里冒出的烟再高还会飘到低处，人的衰老被弃又岂能料到。

刘义庆（403—444）

彭城（今江苏省徐州市）人。宋武帝刘裕弟刘道怜次子，后过继给道怜弟临川王刘道规为嗣子，袭封临川王。曾任南兖州刺史等职，官至尚书左仆射、中书令。《宋书·刘道规传》说他“性简素”“爱好文”“招聚文学之士，近远必至”。其编撰的小说作品有《世说新语》《幽明录》《宣验录》《小说》。《世说新语》记述汉末到东晋士族阶层文人名士的逸闻轶事，全书按内容分类，分为德行、言语、政事、文学等三十六篇。作者善于描写勾画人物的神情风貌、言行性格，语言凝练生动，以短小的篇幅传达悠远的意蕴。是刘义庆的代表作，也是当时轶事小说的代表作。

荀巨伯[①]

荀巨伯远看友人疾，值胡贼攻郡。友人语巨伯曰：“吾今死矣！子可去。”巨伯曰：“远来相视，子令吾去，败义以求生，岂荀巨伯所行邪[②]？”

贼既至[③]，谓巨伯曰：“大军至，一郡尽空。汝何男子，而敢独止[④]？”巨伯曰：“友人有疾，不忍委之[⑤]，宁以我身代友人命。”贼相谓曰[⑥]：“我辈无义之人，而入有义之国。”遂班军而还，一郡并获全。

选自《世说新语·德行》

【题解】

本篇小说置荀巨伯以特殊的环境中，赞扬了他视友情重于生命的高尚品德。大兵压境，“一郡皆空”，友人染疾，生日无多，此时的荀巨伯大义凛然，独守友人身旁，愿以自己的生命保全朋友。他的精神甚至感动了入侵者，竟至化干戈为玉帛，不但保全了朋友，而且保全了一郡的安宁。小说简炼生动，荀巨伯的形象具有感染力。

【注释】

①荀巨伯：人名，东汉时人。 ②邪（yé）：同“耶”，疑问词。③既：已经。 ④止：留下来。 ⑤委：抛弃。 ⑥相谓：互相说。

华歆王朗[1]

华歆、王朗俱乘船避难，有一人欲依附，歆辄难之[2]。朗曰：“幸尚宽，何为不可。”后贼追至，王欲舍所携人。歆曰：“本所以疑[3]，正为此耳，既已纳其自托[4]，宁可以急相弃耶？”遂携拯如初。世以此定华、王之优劣。

选自《世说新语·德行》

【题解】

本篇故事通过华歆、王朗在紧急关头对人的不同态度，来品评二人品质的优劣。故事虽短，刻画出来的人物性格却是复杂的。当有人求助时，华歆表现出犹疑，王朗则表现出热心。而当追兵将至，帮助了别人就可能危及自己时，王朗便想抛弃求助者，华歆却义无反顾，一诺千金。谁优谁劣，“危急关头见本色”。故事结尾把思考与评判留给读者，显得意味深长。

【注释】

①华歆：字子鱼，东汉桓帝时为尚书令，曹魏时官至太尉。王朗：字

景兴，东汉末年任会稽太守，曹魏时官至司徒。 ②难之：对此事表示为难。 ③本所以疑：开始之所以迟疑。 ④托：请求。

庾公的卢[①]

庾公乘马有的卢，或语令卖去[②]。庾云："卖之必有买者，即复害其主，宁可不安已而移于他人哉[③]？昔孙叔敖杀两头蛇以为后人[④]，古人美谈。效之，不亦达乎[⑤]？"

选自《世说新语·德行》

【题解】

在对的卢马的处理态度上，庾亮表现出不愿移祸于他人的美德。

【注释】

①庾公：庾亮，字元规，东晋人。曾任中书令。的卢：马名，相传骑这种马会遭祸。 ②或：有人。 ③不安已：使自己不安全。安，使动用法。 ④"昔孙叔敖"句：刘向《新序》中载，孙叔敖小时候，外出见到两头蛇，因听说凡见到两头蛇的人都会死，怕别人见到，便杀死埋掉了。 ⑤达：通晓道理。

阮光禄车[①]

阮光禄在剡，曾有好车，借者无不皆给。有人葬母，意欲借而不敢言。阮后闻之，叹曰："吾有车而使人不敢借，何以车为[②]？"遂焚之[③]。

选自《世说新语·德行》

【题解】

本篇所写阮裕焚车的情节，耐人寻味。好东西本来就是为了让大家用的，如果别人觉得为难，不敢借，那么好东西留着意义何在？车毁了纵然可惜，却有力地表现了阮裕乐于助人的一片真心。

【注释】

①阮光禄：阮裕，字思旷，东晋人。曾任侍中，后朝廷征他为金紫光禄大夫、坚辞不就。 ②何以车为：为何要车。 ③遂：就。

殷仲堪①

殷仲堪既为荆州，值水俭②，食常五碗，盘外无余肴。饭粒脱落盘席间，辄拾以噉之③。虽欲率物④，亦缘其性真素⑤。每语子弟云："勿以我受任方州⑥，云我豁平昔时意⑦。今吾处之不易⑧。贫者士之常，焉得登枝而捐其本⑨。尔曹其存之⑩！"

选自《世新说语·德行》

【题解】

殷仲堪这位刺史的可贵之处不仅在于节俭本份，廉洁自律，还在于他家教甚严，要求子弟不忘根本，不改初志。这种清廉的官员不论在当时还是后世都是为人所尊敬和爱戴的。

【注释】

①殷仲堪：东晋人，曾任荆州刺史。 ②水俭：水涝成灾造成荒年。 ③噉（dàn）：吃。 ④率物：为人表率，此处物指人。 ⑤真素：纯真，真率。 ⑥方州：指地方长官。州，指荆州刺史。 ⑦豁：忘弃。⑧易：改变。 ⑨捐：丢弃，抛掉。 ⑩尔曹：你们。

孔 文 举[1]

孔文举年十岁，随父到洛。时李元礼有盛名[2]，为司隶校尉。诣门者皆俊才清称及中表亲戚乃通[3]。文举至门，谓吏曰："我是李府君亲[4]。"既通，前坐。元礼问曰："君与仆有何亲？"对曰："昔先君仲尼与君先人伯阳有师资之尊[5]，是仆与君奕世为通好也[6]。"元礼及宾客莫不奇之。

太中大夫陈韪后至[7]，人以其语语之，韪曰："小时了了，大未必佳[8]。"文举曰："想君小时，必当了了。"韪大踧踖[9]。

选自《世说新语·言语》

【题解】

本篇小说对少年孔融不畏权贵、机智敏捷个性的描写很是生动的。特别是最后，面对"太中大夫"的出口不逊，孔融从容不迫，婉转巧妙地进行反击，不仅表现出他随机应变的机智，也给貌似高深的达官贵人以讽刺。

【注释】

①孔文举：孔融，字文举，汉末文学家，建安七子之一。曾任北海相，时称孔北海。为人刚直敢言，恃才负气，后被曹操所杀。 ②李元礼：李膺，字元礼。东汉时人，桓帝时任司隶校尉，为官清正，后因谋诛宦官，事败被杀。 ③清称：清名美誉之意。 ④李府君：指李元礼。 ⑤仲尼：孔子字。伯阳：老子字。据《史记·老子韩非列传》，孔子曾问礼于老子，本句是说："我的祖先孔子曾尊你的祖先老子为师。" ⑥奕世：一代接一代。 ⑦陈韪：又作"陈炜"，生卒年不详。 ⑧"小时"二句：小时候聪明伶俐，长大了不一定才学出众。 ⑨踧踖（cùjí）：局促不安的样子。

过江诸人[①]

过江诸人，每至美日[②]，辄相邀新亭[③]，藉卉饮晏[④]。周侯中座而叹曰[⑤]："风景不殊[⑥]，正自有山河之异。"皆相视流泪。唯王丞相愀然变色曰[⑦]："当共戮力王室[⑧]，克复神州[⑨]，何至作楚囚相对[⑩]！"

选自《世说新语·言语》

【题解】

晋愍帝建兴四年（316），刘曜攻陷长安，西晋灭亡。第二年，元帝即位建康，建立东晋王朝。当时中原地区的士族多渡江南下避乱。本篇短文反映了当时南渡的士大夫们在国破家亡时感伤和悲愤的心情。

【注释】

①过江诸人：指西晋灭亡后，随元帝司马睿渡江建立东晋王朝的部分官僚。 ②美日：风和日丽的日子。 ③新亭：故址在今南京市南。 ④藉（jiè）卉：坐在草地上。藉，垫、衬，指坐；卉，草的总称。 ⑤周侯：周颉（yǐ），字伯仁，曾任荆州刺史、兖州刺史，尚书左仆射。侯是对官高位重者的尊称。 ⑥殊：不同。 ⑦王丞相：王导，字茂弘，为晋元帝丞相。愀（qiǎo）然：脸色变得严肃或不愉快。 ⑧戮（lù）力：齐心合力。 ⑨神州：此处指中原一带。 ⑩楚囚：《左传》记载楚人钟仪被囚于晋，被称为"楚囚"，后泛指俘虏，囚犯。

桓公北征[①]

桓公北征，经金城[②]，见前为琅琊时种柳[③]，皆已十围，慨然曰：

“木犹如此，人何以堪[④]！”攀枝执条，泫然流泪[⑤]。

选自《世说新语·言语》

【题解】

本篇描写桓温率军北伐，途经自己曾经为官的所在，当年亲手种植的柳树已经枝繁叶茂，干粗十围，不禁发出岁月易逝，人生易老的感叹。旧地重游，触景生情，是人们大都有过的经历；人生苦短也是普遍的人生感受。因此这篇短文很具感染力。

【注释】

①桓公：桓温，字元子，东晋人。曾任荆州刺史，官至大司马。北征：指公元369年，桓温率军攻前燕一事。 ②金城：地名，在今江苏省句容县北。 ③琅琊：本郡在今山东省境内，这里指侨置琅琊郡治所在地——金城。公元335年，桓温为琅琊郡太守。 ④堪：经受住，忍受住。 ⑤泫（xuàn）然：流泪的样子。

谢道韫

谢太傅寒雪日内集[①]，与儿女讲论文义，俄而雪骤[②]。公欣然曰：“白雪纷纷何所似？”兄子胡儿曰[③]：“撒盐空中差可拟[④]。”兄女曰：“未若柳絮因风起。”公大笑乐。即公大兄无奕女[⑤]，左将军王凝之妻也[⑥]。

选自《世说新语·言语》

【题解】

本篇描述了家庭聚会其乐融融的场景。窗外雪花漫天舞，室内儿女竞华章。文中的谢公有学识，并且循循善诱。在这样的家庭环境中，谢道韫显示出超过男子的才华。

【注释】

①谢太傅：谢安，字安石，东晋人。曾任尚书仆射、中书令，死后追赠太傅。内集：家庭聚会。 ②俄而：一会儿。雪骤：雪下得很大，很猛。③胡儿：谢安之兄的儿子，名谢朗，胡儿是小名。 ④差：大略。拟：比拟。 ⑤无奕：谢安的大哥谢无奕。 ⑥王凝之：东晋书法家王羲之的儿子，曾任左将军。

陶　　公[1]

陶公性检厉，勤于事。作荆州时[2]，敕船官悉录锯木屑[3]，不限多少。咸不解此意[4]。后正会[5]，值积雪始晴，听事前除雪后犹湿[6]。于是悉用木屑覆之，都无所妨。

官用竹皆令录厚头[7]，积之如山。后桓宣武伐蜀装船[8]，悉以作钉。又云：尝发所在竹篙[9]，有一官长连根取之，仍当足[10]，乃超两阶用之[11]。

选自《世说新语·政事》

【题解】

文中通过几件日常小事刻画了陶侃节俭有致、计划周详的办事作风。竹头木屑这些别人眼中的废物，由于陶侃的深谋远虑都成了有用之才。在用人方面，肯动脑筋，办事周密的人，他破格提拔。物尽其用，人尽其才，无疑是陶侃的工作作风和政绩为后人称道的主要原因。

【注释】

①陶公：即陶侃（kǎn），字士行，东晋人。曾任荆州刺史，广州刺史、侍

中太尉等职。 ②荆州：地名，在今湖北省荆沙市，此处指荆州刺史。 ③敕（chì）：命令。录：收集，收藏。 ④咸：都，全都。 ⑤正会：元旦集会。正，正旦。 ⑥听事：指官府办公的处所。 ⑦厚头：指竹的根部。⑧桓宣武：即桓温，字元子，东晋人，曾任荆州刺史，官至大司马，封南郡公。蜀：公元306年李雄据蜀称帝，后李势继位，于347年为桓温所灭。⑨所在：指所在地。 ⑩当足：用竹根代替原先竹篙的铁脚。 ⑪超两阶用之：提升两级使用。

曹植七步成诗

文帝尝令东阿王七步中作诗①，不成者行大法②。应声便为诗曰："煮豆持作羹③，漉豉以为汁④，萁在釜下燃⑤，豆在釜中泣，本自同根生，相煎何太急。"帝深有惭色。

选自《世说新语·文学》

【题解】

本篇通过描写曹丕逼曹植于七步之内成诗一首，否则以死论处这一充满杀机的情境，表现了曹植出口成章的文才，赞扬他的才思敏捷。同时揭露了封建统治者争权夺利、自相残杀的暴行。"煮豆燃萁"，"萁豆相煎"形象比喻了同胞兄弟间的冷酷无情，成为形容内部自相残杀的成语。

【注释】

①文帝：魏文帝曹丕。曹操次子。东阿王：曹操的第三子，曹丕的弟弟曹植曾被封为东阿王。 ②大法：判处死刑。 ③羹：浓汤汁。 ④漉豉（lù chǐ）：加工过滤豆豉。漉，过滤；豉，豆豉，一种豆制食品。 ⑤萁（qí）：豆秸。釜（fǔ）：古代的一种锅。

左太冲作三都赋[①]

左太冲作三都赋，初成，时人互有讥訾[②]，思意不惬[③]。后示张公[④]，张曰："此二京可三[⑤]，然君文未重于世，宜以经高名之士[⑥]。"思乃询求于皇甫谧[⑦]，谧见之嗟叹，遂为作序。于是先相非贰者[⑧]，莫不敛衽赞述焉[⑨]。

选自《世说新语·文学》

【题解】

左思作出了出类拔萃的好文章，但人无名，文亦无名，还被一些才疏学浅、目光平庸的人肆意诋毁。后来经名人推荐才名声大振，那些人云亦云，附庸风雅的人也开始赞赏不迭起来。文章嘲讽了那些没有定见，唯名人是听的人。

【注释】

①左太冲：左思，字太冲。西晋诗人。三都赋：三都指魏都、蜀都、吴都，赋是古代的一种文体。 ②讥訾（zǐ）：诋毁。 ③惬（qiè）：称心，满足。 ④张公：张华，字茂先，西晋著名文学家，官至司空。 ⑤二京：《二京赋》，分《东京赋》《西京赋》两篇，东汉张衡作。此句意为《三都赋》可与《二京赋》媲美，并列为三。 ⑥高名之士：名人。 ⑦皇甫谧（mì）：字士安，西晋人，学识渊博，隐居不仕。 ⑧非贰：非议，不满意。 ⑨敛衽（rèn）：整理衣袖，此处形容恭敬的样子。赞述：赞扬。

谢安围棋

谢公与人围棋[①]，俄而谢玄淮上信至[②]。看书竟[③]，默然无言，徐向局[④]。客问淮上利害，答曰："小儿辈大破贼。"意色举止，不异于常。

选自《世说新语·雅量》

【题解】

晋孝武帝太元八年（383），前秦苻坚发兵南侵，震惊京师，而谢安从容镇定，派弟谢石、侄谢玄领军迎敌，战于淝水。作品通过描写谢安接到前线胜利消息时的反应，鲜明地表现出他遇事不惊，喜怒不形于色的大将风度。

【注释】

①谢公：谢安，字安石，东晋名相。　②谢玄：东晋名将，谢安侄。淮上：淝水之战的战场在淮河流域，淮上指大战前线。信，此处指使者。　③书：信。竟：完，　④徐向局：慢慢地转向棋局。

道边苦李

王戎七岁[①]，尝与诸小儿游，看道边李树多子折枝[②]，诸儿竞走取之[③]，唯戎不动。人问之，答曰："树在道边而多子，此必苦李。"取之，信然。

选自《世说新语·雅量》

【题解】

本篇写王戎少年时的聪明智慧。他因为认真观察事物，勤于开动脑筋，善于分析问题，所以能做出正确的判断。

【注释】

①王戎：字濬，西晋时人，曾任尚书令，官至司徒。　②多子折枝：果

实很多压弯了树枝。 ③竞走：争相跑过去。

郗太傅择婿[1]

郗太傅在京口[2]，遣门生与王丞相书[3]，求女婿。丞相语郗信[4]："君往东厢，任意选之。"门生归白郗曰："王家诸郎，亦皆可嘉，闻来觅婿，咸自矜持[5]。唯有一郎，在东床上坦腹卧[6]，如不闻。"郗公云："正此好。"访之，乃是逸少[7]，因嫁女与焉。

选自《世说新语·雅量》

【题解】

王家男儿闻知太傅择婿，个个郑重其事。唯有王羲之仰卧东床，淡然待之。表现了他坦荡豁达、不拘礼法的性格特点。而郗太傅的眼光、喜好也很特别，可谓慧眼识贤婿。后世称女婿为"令坦""东床""东床快婿"皆源于此。

【注释】

①郗太傅：郗鉴，字道徽，东晋人。曾任兖州刺史、尚书令、太尉。 ②京口：在今江苏省镇江市。 ③王丞相：王导，字茂弘，晋元帝时丞相。 ④语：告诉。信：信使。 ⑤咸：都。矜持：拘谨。 ⑥坦腹卧：仰卧。 ⑦逸少：王羲之，字逸少，东晋著名书法家。

张 季 鹰[1]

张季鹰辟齐王东曹掾[2]，在洛见秋风起[3]，因思吴中菰菜羹[4]、鲈鱼脍[5]，曰："人生贵得适意尔，何能羁宦数千里以要名爵[6]！"遂命驾便归，俄而齐王败[7]，时人皆谓为见机[8]。

选自《世说新语·识鉴》

【题解】

由于统治集团内部争权夺利的斗争纷纭复杂，在朝为官祸福无常。高官厚禄者转眼间就可能身首异处。张季鹰能够从蛛丝马迹看透局势，不为名利所累，托词思念家乡，及早抽身引退，时人赞为明智之举。

【注释】

①张季鹰：张翰，字季鹰，西晋人，博学能文。 ②辟：聘请做官。齐王：司马冏（jiǒng），司马炎之侄。掾（yuàn）：古代官署属员。 ③洛：今洛阳市。 ④菰（gū）：茭白。 ⑤脍（kuài）：切细的肉。 ⑥羁（jī）宦：因做官停留在外地，寄居他乡。 ⑦齐王败：齐王废惠帝掌朝政，很快失败被杀。 ⑧机：指预兆，先兆。

郗超论谢玄[①]

郗超与谢玄不善。苻坚将问晋鼎[②]，既已狼噬梁、岐[③]，又虎视淮阴矣[④]。于时朝议遣玄北讨[⑤]，人间颇有异同之论。唯超曰：“是必济事[⑥]。吾昔尝与共在桓宣武府，见使才皆尽，虽履屐之间[⑦]，亦得其任[⑧]。以此推之，容必能立勋[⑨]。”元功既举[⑩]，时人咸叹超之先觉[⑪]，又重其不以爱憎匿善。

选自《世说新语·识鉴》

【题解】

大敌当前，是否派谢玄领兵拒敌，东晋朝中众议纷纭，郗超以国事为重，不计前嫌，力排众议，慷慨陈词，历数谢玄的才干和优点，全力保举。人们赞叹他的见识，更佩服他的为人。本篇开头便点出郗、谢二人不和，从而突出表现了郗超不以爱憎论人功过的可贵品质。

【注释】

①郗超：字嘉宾，东晋人，曾为桓温参军。谢玄：字幼度，东晋名将，曾在淝水破苻坚的百万大军。 ②苻坚：东晋时前秦国君，兴兵伐晋，败于淝水。问晋鼎：企图灭晋。 ③梁、岐：指川陕一带。梁，古梁州；岐，岐山。 ④淮阴：淮水以南地区。 ⑤北讨：指北伐苻坚。 ⑥济：成功。 ⑦履屐（lǚjī）之间：指距离短，范围小。 ⑧得其任：人尽其才，不浪费人才。 ⑨容：或许，大概。 ⑩元功：首功，大功。 ⑪先觉：预见。

唾壶敲缺

王处仲每酒后[①]，辄咏："老骥伏枥[②]，志在千里，烈士莫年[③]，壮心不已[④]。"以如意打唾壶[⑤]，壶口尽缺。

选自《世说新语·豪爽》

【题解】

本篇表现了王处仲粗犷豪放的性格和壮心不已的胸怀。

【注释】

①王处仲：王敦，字处仲，东晋时人，官大将军。王导的从兄。 ②骥（jì）：好马。枥（lì）：马槽。 ③烈士：指有雄心壮志、投身事业的人。莫：同"暮"，暮年，晚年。 ④已：止。以上四句诗见曹操的《步出夏门行》。 ⑤如意：器物名，一端为灵芝或云朵形状，柄扁宽而微曲，供玩赏用，象征吉祥。唾壶：痰盂。

床头捉刀人

魏武将见匈奴使[①]，自以形陋[②]，不足雄远国[③]。使崔季珪代[④]，帝自捉刀立床头[⑤]。既毕，令间谍问曰[⑥]：“魏王何如？”匈奴使答曰：“魏王雅望非常[⑦]，然床头捉刀人，此乃英雄也。”魏武闻之，追杀此使。

选自《世说新语·容止》

【题解】

这个故事既写出了匈奴使目光的锐利，更将曹操诡诈、多疑以及残酷的性格刻画得出神入化。

【注释】

①魏武：即曹操，三国时政治家、军事家、文学家。生前封魏王，其子曹丕称帝后追尊为武帝。　②形陋：其貌不扬。　③雄：此处用作动词，威慑、威服的意思。　④崔季珪：名琰，字季珪，三国魏人，曾任尚书。《三国志·魏志·崔琰传》说他“声姿高畅、眉目疏朗，须长四尺，甚有威重”。　⑤床：坐卧具，即坐榻。　⑥间谍：打探敌方情报的人。　⑦雅望：高雅的仪态令人景仰。

周　处[①]

周处年少时，凶彊气[②]，为乡里所患。又义兴水中有蛟[③]，山中有邅迹虎[④]，并皆暴犯百姓[⑤]，义兴人谓为“三横[⑥]，”而处尤剧[⑦]。或说处杀虎斩蛟，实冀三横唯余其一[⑧]。处即刺杀虎，又入水击蛟。蛟或浮或没，行数十里，处与之俱[⑨]。经三日三夜，乡里皆谓已死，更相庆。竟杀蛟而出，闻里人相庆，始知为人情所患，有自改意。乃入吴寻二陆[⑩]，平原不在[⑪]，正见清河[⑫]，具以情告，并云："欲自修改，而年已蹉跎[⑬]，终无所成。"清河曰："古人贵朝闻夕死[⑭]，况君前途尚可。且人患志之不立，亦何忧令名不彰邪[⑮]？"处遂改励[⑯]，终为忠臣孝子。

选自《世说新语·自新》

【题解】

这是一个古代著名的浪子回头的故事。少年周处与猛虎、恶蛟一起被乡邻称为三横。他追杀蛟龙三天三夜未归，回来后，竟发现乡邻们以为自己已死而欣喜相庆。这一事实对周处的刺激极大，于是立志改过自新，访贤求教，刻苦上进，终于成为一个优秀的人。故事描写曲折生动，入情入理。

【注释】

①周处：字子隐，西晋人，曾任新平太守，御史中丞。 ②凶彊：凶狠。彊，同"强"。 ③蛟：传说中的一种能发洪水的凶猛有害的龙。 ④邅（zhān）迹：行踪不定。 ⑤暴犯：危害。 ⑥横（hèng）：凶暴、不讲理。 ⑦剧：厉害。 ⑧"或说"二句：有人劝说周处去杀虎斩蛟，实际上是希望除掉两害只剩周处一害。 ⑨俱：一道，一起。 ⑩二陆：指陆机、陆云兄弟二人，当时俱有文名。 ⑪平原：指陆机，陆机曾任平原内使。 ⑫清河：指陆云，陆云曾任清河内史。 ⑬蹉跎（cuōtuó）：时光白白耽误了。 ⑭朝闻夕死：早上听了圣贤之道，即使晚上便死了，也不算虚度此生。语见《论语·里仁》："朝闻道，夕死可矣！" ⑮令名不彰：美名不显扬。邪：同"耶"，疑问词。 ⑯改励：改过自新，努力自勉。

吴 郡 卒

苏峻乱[①]，诸庾逃散[②]。庾冰时为吴郡[③]，单身奔亡，民吏皆去，唯郡卒独以小船载冰出钱塘口[④]，籧篨覆之[⑤]。时峻赏募觅冰属[⑥]，所在搜检甚急。卒舍船市渚[⑦]，因饮酒醉还，舞棹向船曰："何处觅庾吴郡，此中便是。"冰大惶怖，然不敢动。监司见船小装狭[⑧]，谓卒狂醉，都不复疑。自送过淛江[⑨]，寄山阴魏家[⑩]，得免。后事平，冰欲报卒，适其所愿[⑪]。卒曰："出自厮下[⑫]，不愿名器[⑬]。少苦执鞭[⑭]，恒患不得快饮酒，使其酒足余年毕矣[⑮]。无所复须。"冰为起大舍，市奴婢，使门内有百斛酒[⑯]，终其身。时谓此卒非唯有智，且亦达生[⑰]。

选自《世说新语·任诞》

【题解】

本篇故事是《世说新语》中少见的记载名姓皆无的下层人行为事迹的作品。作品赞扬了郡卒救人危难，不图报答的高尚品质。这位无名小卒不但忠诚机智，有胆有识，而且对人生的态度十分旷达、洒脱，性格独特而鲜明。

【注释】

①苏峻：字子高，东晋人。曾任散骑常侍等职，当时以讨庾亮为名，起兵造反，攻到京城，兵败而死。 ②诸庾：当时庾亮辅政，苏峻以讨庾亮为名起兵，庾亮战败后带着几个弟弟逃走。 ③庾冰：字季坚，庾亮的弟弟。此时任吴兴（郡治在今浙江省湖州市）内史，故被称为庾吴郡。 ④钱塘口：即钱塘江口。 ⑤籧篨（qúchú）：用竹片或苇子编的粗席。 ⑥赏募：悬赏招募。 ⑦渚（zhǔ）：水中的小块陆地。 ⑧监司：搜查庾冰的人。 ⑨淛（zhì）江：即浙江，也即钱塘江，古名淛水。 ⑩山阴：今浙江省绍

兴市。 ⑪适其所愿：满足他的愿望。 ⑫厮下：服役、受雇低贱的人。 ⑬名器：标志贵族的等级、地位、爵号。 ⑭执鞭：被人驱使。 ⑮余年：终身。 ⑯斛（hú）：容量单位。古代十斗为一斛。 ⑰达生：人生观旷达。

王子猷雪夜访戴①

王子猷居山阴②，夜大雪，眠觉，开室，命酌酒，四望皎然③。因起彷徨④，咏左思《招隐诗》⑤，忽忆戴安道。时戴在剡⑥，即便夜乘小船就之。经宿方至⑦，造门不前而返⑧。人问其故，王曰："吾本乘兴而行，兴尽而返，何必见戴？"

选自《世说新语·任诞》

【题解】

本篇通过描写王徽之雪夜访戴的经历，表现了王徽之的性格。兴之所至，随意行止。忽而夜起赏雪，酌酒吟诗，忽而雪夜访友，到门而返。从中也可看到魏晋南北朝时知识分子疏狂放诞的风格。文章写得情景交融，韵味深长。

【注释】

①王子猷（yóu）：王徽之，字子猷，王羲之的儿子，曾任桓温参军，后做过黄门侍郎。戴：戴逵，字安道，东晋著名文士，隐居不仕。 ②山阴：地名，今浙江省绍兴市。 ③皎然：洁白、明亮的样子。 ④彷徨：徘徊。 ⑤左思：字太冲，西晋著名诗人。《招隐诗》，左思所作，诗的内容为描写隐居生活的乐趣。 ⑥剡（shàn）：地名，故址在今浙江省嵊州市西南。 ⑦经宿：过了一夜。 ⑧造门：到了门口。

魏武杀人①

魏武常云："我眠中不可妄近，近便斫人②，亦不自觉，左右宜深慎此！"后阳眠③，所幸一人窃以被覆之④，因便斫杀。自尔每眠，左右莫敢近者。

选自《世说新语·假谲》

【题解】

曹操为防人谋害自己，编造了一个谎言：自己有梦中杀人的习惯。他不惜杀害无辜以证实自己的说法。作品写出了曹操的奸险诡诈，心狠手辣。

【注释】

①魏武：曹操，三国时魏国国君。　②斫（zhuó）：用刀斧砍。　③阳：通"佯"，假装。　④幸：古代指得到帝王的宠爱。

望梅止渴

魏武行役①，失汲道②，军皆渴，乃令曰："前有大梅林，饶子③，甘酸，可以解渴。"士卒闻之，口皆出水，乘此得及前源④。

选自《世说新语·假谲》

【题解】

本篇描写曹操以谎言鼓舞兵士前进，但实际上又是一种智谋。

【注释】

①魏武：曹操，字孟德，三国时政治家、军事家、文学家。行役：带部队行军。 ②汲（jí）：取水。 ③饶子：果实很多。 ④及：到达。

温峤娶妇

温公丧妇[1]，从姑刘氏家值乱离散[2]，唯有一女，甚有姿慧。姑以嘱公觅婚，公密有自婚意，答云："佳婿难得，但如峤比云何[3]？"姑云："丧败之余，乞粗存活，便足慰吾余年，何敢希汝比。"却后少日[4]，公报姑云："已觅得婚处，门第粗可[5]，婿身名宦，尽不减峤。"因下玉镜台一枚[6]。姑大喜。既婚交礼，女以手披纱扇[7]，抚掌大笑曰[8]："我固疑是老奴[9]，果如所卜[10]。"玉镜台是公为刘越石长史[11]，北征刘聪所得[12]。

选自《世说新语·假谲》

【题解】

温峤看中表妹，便自己为自己做媒。他在姑母面前含糊其词，只说为表妹找到了各方面都不比自己差的女婿，显得机智诙谐。他以征战获得的奖赏玉镜台作为定亲礼，表现了对表妹的一往情深。这位表妹也个性鲜明，在洞房中得知新郎是表哥，竟拍手大笑，显得天真率直。她对这一结局早有预感，一方面说明她的聪慧，同时也说明她对温峤也早有倾慕之心。在梦想成真时，她不掩饰高兴之情，表现得调皮、娇憨。这一颇具喜剧性的故事流传较广，元代剧作家关汉卿的杂剧《玉镜台》就采用的这一题材。

【注释】

①温公：温峤，字太真，晋代人，因为功勋显赫封骠骑大将军，开府

仪同三司。 ②从姑：父亲的堂姐妹。 ③比：仿照，一样。 ④少日：不多几天。 ⑤粗可：大体上可以。 ⑥下：送。玉镜台：玉制的放镜匣的底座。 ⑦披：撩开。 ⑧抚掌：拍手。 ⑨固：一直。老奴：犹如老家伙，老东西，对温峤狎昵的称呼。 ⑩卜：预料。 ⑪刘越石：刘琨，字越石。晋代人，曾任司空、都督等职。 ⑫刘聪：五胡十六国前赵王。

诸葛恢女

诸葛令女庾氏妇①，既寡，誓云不复重出②。此女性甚正强，无有登车理③。恢既许江思玄婚④，乃移家近之。初诳女云，宜徙于是。家人一时去，独留女在后。比其觉⑤，已不复得出。江郎暮来，女哭詈弥甚⑥，积日渐歇⑦。江虨暝入宿，恒在对床上。后观其意转帖⑧，虨乃诈魇⑨，良久不寤，声气转急。女乃呼婢云“唤江郎觉”。江于是跃来就之，曰：“我自是天下男子魇，何预卿事而见唤耶⑩？既而相关，不得不与人语。”女默然而惭，情意遂笃。

选自《世说新语·假谲》

【题解】

本篇所写的故事具有浓厚的喜剧色彩。诸葛恢的女儿在丈夫死后，不愿再婚。诸葛恢却要再嫁女儿，他用的方法半是强迫，半是哄骗，封建家长作风很浓。新郎江虨也是半哄半骗赢得了诸葛恢女儿的感情。最后，夫妻情深意笃，婚姻美满。故事写得十分生动。

【注释】

①诸葛令：即诸葛恢，字道明，东晋人，曾任尚书令。女名文彪，先嫁给庾亮的儿子庾会。 ②重出：改嫁。 ③登车：指再嫁，登上迎娶的车。 ④江思玄：名虨（bān），字思玄。东晋人，官至尚书仆射。 ⑤

比：等到。 ⑥詈（lì）：骂。 ⑦积日：过了几天。 ⑧帖：平静。 ⑨魇（yǎn）：梦中惊呼。 ⑩“我自是”句：我是与你无关的男人，梦里惊叫关你何事，你来叫我？

石崇王恺

石崇与王恺争豪[①]，并穷绮丽以饰舆服[②]。武帝[③]，恺之舅也，每助恺，尝以一珊瑚树高二尺许赐恺，枝柯扶疏[④]，世罕其比。恺以示崇，崇视讫[⑤]，以铁如意击之，应手而碎。恺既惋惜，又以为疾己之宝[⑥]，声色甚厉。崇曰：“不足恨，今还卿。”乃命左右悉取珊瑚树[⑦]，有三尺、四尺，条干绝世，光采溢目者六七枚，如恺许比甚众[⑧]。恺惘然自失[⑨]。

选自《世说新语·汰侈》

【题解】

本篇描写的是石崇和王恺斗富的故事。王恺自恃身为国戚，拿出皇帝赐予的大珊瑚树，以为稳压对方。石崇先将王恺的宝树击碎，然后说：愿意赔偿。于是亮出大大小小的珊瑚树，相形之下，王恺的御赐珍品不过是小巫见大巫。作品通过这些情节揭示了晋代贵族穷奢极欲的豪华生活。

【注释】

①争豪：比赛豪富。 ②舆服：车马服饰。 ③武帝：指晋武帝司马炎，公元265—289在位。 ④扶疏：枝条繁盛的样子。 ⑤视讫（qì）：看过以后。讫，完。 ⑥疾：同“嫉”，嫉妒。 ⑦悉：全部。 ⑧许比：差不多，相似。 ⑨惘然：失意，失望的样子。

石崇燕集

石崇每要客燕集[①]，常令美人行酒[②]，客饮酒不尽者，使黄门交斩美人[③]。王丞相与大将军尝共诣崇[④]，丞相素不能饮[⑤]，辄自勉彊，至于沉醉。每至大将军，固不饮[⑥]，以观其变。已斩三人，颜色如故，尚不肯饮。丞相让之，大将军曰："自杀伊家人[⑦]，何预卿事[⑧]。"

选自《世说新语·汰侈》

【题解】

石崇劝酒的方式让人不寒而栗。客人如不饮即杀掉劝酒的美女，使人欲饮不能，欲罢不忍。王导因而被灌得烂醉如泥，王敦却坚持不喝，即使石崇连杀三个劝酒女，他也声色不动。这一劝酒场面刻画出石崇的骄奢淫逸、专横暴戾以及王敦的冷酷无情。

【注释】

①石崇：字季伦，西晋贵族，曾任荆州刺史，以豪奢著称。要（yāo）：邀请。燕集：酒会。 ②行酒：劝酒。 ③黄门：官职名，此处指在宴席旁侍候的仆役。交：交替。 ④王丞相：即王导，字茂弘，晋元帝时丞相。大将军：即王敦，字处仲，王导的从兄。 ⑤素：一向。 ⑥固：坚持。 ⑦伊：他。 ⑧何预卿事：与你何干。

王蓝田性急[①]

王蓝田性急。尝食鸡子，以筯刺之不得[②]，便大怒，举以掷地。鸡子于地圆转未止，仍下地以屐齿蹍之[③]，又不得，瞋甚[④]，复于地取内口中[⑤]，啮破即吐之[⑥]。王右军闻而大笑曰[⑦]："使安期有此性[⑧]，犹当无一豪可论[9]，况蓝田邪[10]？”

选自《世说新语·忿狷》

【题解】

本篇描写性子急躁近乎疯狂的王述吃鸡蛋的举止神态。晋代贵族士大夫在举止风度上推崇稳重镇定，从容不迫，因此描写性急的举止行为充满嘲讽意味。

【注释】

①王蓝田：王述，字怀祖。官至尚书令。嗣爵蓝田县侯，故称王蓝田。 ②箸（zhù）：筷子。 ③仍：因。屐（jī）：木底鞋，鞋底有齿。 ④瞋（chēn）：生气，发怒。 ⑤内：用作动词，放进。 ⑥啮（niè）：咬。 ⑦王右军：王羲之，曾任右军将军，故称王右军。 ⑧安期：王承，字安期，王述的父亲，曾任东海内史，从事中郎。 ⑨豪：通“毫”，一点。可论：意为可表扬，可称道。 ⑩邪：同“耶”，疑问词。

韩　寿[1]

韩寿，美姿容，贾充辟以为掾[2]。充每聚会，贾女于青璅中看见寿[3]，悦之，恒怀存想[4]，发于吟咏。后婢往寿家，具述如此，并言女光丽。寿闻之心动，遂请婢潜修音问[5]。及期往宿，寿蹻捷绝人[6]，逾墙而入，家中莫知。

自是，充觉女盛自拂拭[7]，说畅有异于常[8]。后会诸吏，闻寿有奇香之气。是外国所贡，一箸人[9]，则历月不歇。充计武帝唯赐己及陈骞[10]，余家无此香，疑寿与女通，而垣墙重密，门阁急峻[11]，何由得尔。乃托言有盗，令人修墙。使反曰：“其余无异，唯东北角如有人迹。而墙高非人所逾。”充乃取女左右婢考问，即以状对，充秘之[12]，即以女妻寿[13]。

选自《世说新语·惑溺》

【题解】

本篇描写韩寿和贾女从互相爱慕到暗递情书，再到逾墙幽会，最后致使贾充不得已将女儿嫁给韩寿，写出两位青年反判精神的胜利，也写出封建社会男女青年追求自由婚姻的愿望。

【注释】

①韩寿：字德真，西晋人。官至散骑常侍，河南尹。 ②贾充：字公闾，西晋人，初仕魏，后仕晋，官至尚书令。辟：征聘。掾（yuàn）：属官。 ③青璅（suǒ）：古代房门上的一种装饰。 ④恒怀存想：总在心里思念。 ⑤潜修音问：暗中互通音信。 ⑥跻（qiāo）捷绝人：矫捷超常。 ⑦拂拭：装扮、修饰。 ⑧说畅（yuèchàng）：心情愉快舒畅。⑨箸（zhuó）：同“著”，指带在身上。 ⑩陈骞：西晋人，曾任豫州刺史等职。 ⑪门阁（gé）：统称门窗。阁：小门。急峻：高而严。 ⑫秘之：对韩贾私通的事秘而不宣。 ⑬妻寿：嫁给韩寿的妻。

刘晨阮肇

汉明帝永平五年[1]，剡县刘晨、阮肇共入天台山取榖皮[2]，迷不得返。经十三日，粮食乏尽，饥馁殆死。遥望山上，有一桃树，大有子实；而绝岩邃涧[3]，永无登路[4]。攀援藤葛，乃得至上。各啖数枚，而饥止体充。复下山，持杯取水，欲盥漱[5]。见芜菁叶从山腹流出[6]，甚鲜新，复一杯流出，有胡麻饭糁[7]。相谓曰：“此知去人径不远。”便共没水，逆流二三里，得度山，出一大溪。

溪边有二女子，姿质妙绝，见二人持杯出，便笑曰：“刘阮二郎，捉向所失流杯来[8]。”晨肇既不识之，缘二女便呼其姓，如似有旧[9]，乃相见欣喜。问：“来何晚耶？”因邀还家。其家筒瓦屋[10]。南壁及东壁下各有一大床，皆施绛罗帐[11]，帐角悬铃，金银交错。床头各有十侍婢。敕云：“刘阮二郎，经涉山岨[12]，向虽得琼实[13]，犹尚虚弊[14]，可速作食。”食胡麻饭、山羊脯[15]、牛肉，甚甘美。食毕，行酒，有一群女来，各持五三桃子，笑而言：“贺汝婿来。”酒酣作乐，刘阮欣怖交并[16]。至暮，令各就一帐宿，女往就之，言声清婉，令人忘忧。

十日后，欲求还去，女云：“君已来是，宿福所牵[17]，何复欲还耶？”遂停半年。气候草木是春时，百鸟啼鸣，更怀悲思，求归甚苦。女曰：“罪牵君当可如何[18]？”遂呼前来女子，有三四十人，集会奏乐，共送刘阮，指示还路。

既出，亲旧零落，邑屋改异，无复相识。问讯得七世孙，传闻上世入山，迷不得归。至晋太元八年[19]，忽复去，不知何所。

选自《幽明录》

【题解】

本篇描写刘晨、阮肇二人天台山遇仙并与仙女结为夫妇的故事。小说描写的山中仙境如诗如画，仙女们的音容笑貌栩栩如生，那个世界里不仅风景秀丽，环境优美，而且物资丰富，人与人和睦相处。这样的仙境全无怪异之气，实是人间的理想世界。这个故事在后世广为流传。

【注释】

①永平五年：即公元62年。永平是东汉明帝刘庄的年号。 ②剡（shàn）县：在今浙江省嵊州市西南。天台山：在今浙江省天台县北。穀皮：楮树皮，可以入药。 ③邃（suì）：深。 ④登路：攀登的路。 ⑤蹬

漱：洗脸漱口。　⑥芜菁：植物名，二年生草本植物，叶狭长，有大缺刻，花黄色，块根可做菜。　⑦胡麻：油用亚麻。饭糁（sǎn）：饭粒。　⑧向：刚才。　⑨旧：指原来相识。　⑩筒瓦：竹做的瓦。　⑪绛罗帐：大红色丝绸做的帐子。　⑫岨（jū）：有土的石山。　⑬琼实：精美的果实。　⑭虚弊：指身体虚弱疲乏。　⑮脯（fǔ）：干肉。　⑯欣怖交并：欣喜和害怕的心情交织在一起。　⑰宿福所牵：前生的福气领你们来。　⑱“罪牵”句：罪孽牵缠着你（指坚持要回到尘世），我有什么办法？　⑲晋太元八年：公元383年，太元是晋武帝司马曜的年号。

卖胡粉女子

有人家甚富，止有一男，宠恣过常[①]。游市，见一女子美丽，卖胡粉[②]，爱之，无由自达[③]，乃托买粉，日往市，得粉便去。初无所言，积渐久，女深疑之。明日复来。问曰：“君买此粉，将欲何施[④]？”答曰：“意相爱乐，不敢自达，然恒欲相见，故假此以观姿耳[⑤]。”女怅然有感，遂相许以私[⑥]，克以明夕[⑦]。

其夜，安寝堂屋，以俟女来[⑧]，薄暮果到。男不胜其悦，把臂曰：“宿愿始伸于此[⑨]！”欢踊遂死。女惶惧，不知所以，因遁去，明还粉店。至食时，父母怪男不起，往视，已死矣。

当就殡敛，发箧笥中[⑩]，见百余裹胡粉，大小一积[⑪]。其母曰：“杀吾儿者，必此粉也。”入市遍买胡粉，次此女[⑫]，比之手迹如先，遂执问女曰：“何杀吾儿？”女闻呜咽，具以实陈[⑬]。父母不信，遂以拆官。女曰：“妾岂复吝死，乞一临尸尽哀。”县令许焉。径往抚之恸哭，曰：“不幸致此，若死魂而灵，复何恨哉！”男豁然更生[⑭]，具说情状。遂为夫妇，子孙繁茂。

选自《幽明录》

【题解】

本篇描写了一个独具特色的爱情故事。一个富家子弟在市场见到卖胡粉女子，顿生爱慕之情，并且一往情深，不能自拔。小说中写到，他为了见到这位女子每天前去买胡粉，表现出他感情的深切、真挚。卖胡粉女子对他也情深义重，他死后，在没有婚姻名分的情况下，她敢于当众抚尸痛哭，使男子死而复生。小说中富有情趣和浪漫主义的描写，具有很强的表现力。

【注释】

①宠恣过常：娇惯放任不同寻常。 ②胡粉：古代用来化妆的铅粉。 ③无由自达：没有缘由表达。 ④施：用。 ⑤“故假此”句：因此借买粉的机会来看看你。假，借。 ⑥私：指私下幽会。 ⑦克：定好时间。 ⑧俟：等待。 ⑨伸：此处意为实现。 ⑩箧笥（qièsì）：箱子的统称。箧，小箱子；笥，方形竹制器具。 ⑪一积：一堆。 ⑫次：轮到。 ⑬具以实陈：完全以实相告。 ⑭更生：再生，指复活。

庞　阿

钜鹿有庞阿者[①]，美容仪。同郡石氏有女，曾内睹阿[②]，心悦之。未几，阿见此女来诣阿[③]。阿妻极妒，闻之，使婢缚之，送还石家，中路遂化为烟气而灭。婢乃直诣石家，说此事。石氏之父大惊，曰：“我女都不出门，岂可毁谤如此！”

阿父自是常加意伺察之。居一夜，方值女在斋中，乃自拘执以诣石氏。石氏父见之愕眙[④]，曰：“我适从内来，见女与母共作，何得在此？”即令婢仆于内唤女出，向所缚者奄然灭焉[⑤]。父疑有异，故遣其母诘之[⑥]。女曰：“昔年庞阿来厅中，曾窃视之，自尔仿佛[⑦]，即梦诣阿，及入户，即为妻所缚。”石曰：“天下遂有如此奇事！夫精情所感[8]，灵神为之冥著[9]，灭者盖其魂神也。”

既而女誓心不嫁。经年，阿妻忽得邪病，医药无征[10]，阿乃授币石氏女为妻[11]。

选自《幽明录》

【题解】

石氏女因对庞阿一往情深，梦魂牵绕，竟使自己的灵魂脱离躯体去与庞阿相会。屡屡受挫而痴心不改，坚决不向命运屈服。可见这位青年女子对自由爱情的追求是多么热烈、大胆而执着！这个故事是小说、戏曲作品中常见的离魂类型故事的最早源头。例如唐传奇《离魂记》、元杂剧《倩女离魂》等。

【注释】

①钜鹿：郡名，郡治在今河北省巨鹿县。　②内睹：从闺房内看。　③诣（yì）：前往，去。　④愕眙（chì）：目瞪口呆。眙，直视。　⑤奄然：突然。　⑥诘（jié）：追问、责问。　⑦仿佛：此处意为恍惚。　⑧精情：真挚的感情。　⑨冥著：灵魂显形。　⑩无征：无效。　⑪授币：向女方下聘礼。

焦湖庙祝[1]

焦湖庙祝有柏枕，三十余年，枕后一小坼孔[2]。县民汤林行贾[3]，经庙祈福。祝曰：“君婚姻未？可就枕坼边。”令林入坼内。见朱门、琼宫、瑶台[4]，胜于世。见赵太尉，为林婚。育子六人，四男二女，选林秘书郎[5]，俄迁黄门郎[6]。林在枕中，永无思归之怀，遂遭违忤之事[7]。祝令林出外间，遂见向枕。谓枕内历年载[8]，而实俄忽之间矣[9]。

选自《幽明录》

【题解】

本篇描写汤林在枕中尽享荣华富贵，实是片刻梦幻，从而嘲讽了那些醉心于官爵名利的人，同时也流露出人生如梦的消极思想。唐传奇《枕中记》《南柯太守传》，明传奇《邯郸记》等作品明显地受了这一小说的影响。

【注释】

①焦湖：即安徽巢湖。庙祝：庙里管香火的人。 ②坼（chè）：裂。 ③行贾：行商。 ④琼宫、瑶台：指华丽的宫殿和楼台。 ⑤秘书郎：官职名，秘书监的属官。秘书监负责掌管国家图书。 ⑥黄门郎：官职名，秦汉时皇宫里的官员。 ⑦违忤之事：指做错了事。 ⑧历年载：过了好多年。 ⑨俄忽之间：顷刻之间。

彭　娥

晋永嘉之乱[①]，郡县无定主，强弱相暴。宜阳县有女子[②]，姓彭名娥，父母昆弟十余口，为长沙贼所杀。时娥负器出汲于溪，闻贼至，走还，正见坞壁已破[③]，不胜其哀，与贼相格，贼缚娥驱出溪边，将杀之。溪际有大山，石壁高数十丈，娥仰天呼曰：“皇天宁有神不？我为何罪，而当如此！”因奔走向山，山立开，广数丈，平路如砥[④]。群贼亦逐娥入山，山遂隐合，泯然如初[⑤]，贼皆压死山里，头出山外。娥遂隐不复出。娥所舍汲器化为石[⑥]，形似鸡，土人因号曰石鸡山，其水为娥潭。

选自《幽明录》

【题解】

本篇描写“永嘉之乱”中一个女子的不幸遭遇以及她的反抗性

格，充满传说色彩，表达了老百姓希望社会安定，惩恶除暴的愿望。

【注释】

①永嘉之乱：永嘉，西晋怀帝年号。永嘉四年（310年），在太原称帝、国号为汉的刘渊去世，子刘聪继位。次年刘聪遣石勒歼灭晋军十余万人，俘杀太尉王衍等。同年派刘曜领兵攻破洛阳，俘怀帝，纵兵烧掠，杀王公士民三万余人，史称“永嘉之乱”。 ②宜阳县：汉代县名，今属河南省。 ③坞壁：用以防御的土障。 ④砥（dǐ）：原意为细磨刀石，此处形容路平。 ⑤泯然：消失，没有留下痕迹。 ⑥汲器：取水的器具。

鹦 鹉

有鹦鹉飞集他山，山中禽兽辄相爱重。鹦鹉自念；虽乐，不可久也，便去。后数月，山中大火。鹦鹉遥见，便入水沾羽[1]，飞而洒之。天神言：“汝虽有志意，何足云也！”对曰：“虽知不能救，然尝侨居是山，禽兽行善，皆为兄弟，不忍见耳。”天神嘉感[2]，即为雨灭火。

选自《宣验记》

【题解】

本篇借鹦鹉写人情。鹦鹉曾寄居他山，受到山中禽兽的爱重，离开此山后，便不忘这番恩情。当山中遭火灾时，鹦鹉沾水飞去洒向山中，虽然无补于事，但表现出知恩必报的品德和见义勇为的精神。

【注释】

①入水沾羽：钻入水中沾湿的羽毛。 ②嘉感：嘉许、感动。

祖冲之（429—500）

字文远，范阳蓟县（今北京市大兴区一带）人，一说道县（今河北省涞水县）人。历仕宋、齐两朝，官至长水校尉。聪颖机思，是著名科学家，也长于文史著述，撰有《述异记》。

封邵化虎

汉宣城太守封邵忽化为虎①，食郡民，民呼曰："封使君②。"因去不复来。时语曰③："无作封使君④，生不治民死食民。"

选自《述异记》

【题解】

本篇把封建官僚写成吃人的老虎，寓意很清楚，实际上也说明封建官吏冷酷、凶狠的本质。

【注释】

①宣城：郡名，郡治在今安徽省宣城市。 ②使君：汉时对州郡官员的尊称。 ③时语：当时流行的话。 ④无：通"毋"，不要。

比肩墓

吴黄龙年中①，吴都海盐有陆东美②，妻朱氏，亦有容止③，夫妻相重，寸步不相离，时人号为"比肩人④。"夫妇云："皆比翼⑤，恐不能佳也。"后妻死，东美不食求死，家人哀之，乃合葬。

未一岁，冢上生梓树[⑥]，同根二身，相抱而合成一树，每有双鸿[⑦]，常宿于上。孙权闻之嗟叹[⑧]，封其里曰“比肩墓”，又曰“双梓”。后子弘与妻张氏，虽无异，亦相爱慕，吴人又呼为“小比肩”。

选自《述异记》

【题解】

本篇描写的是一对生时比肩，死后相随的恩爱夫妻的故事。文中的“比肩人”“双飞鸿”“同根梓”等形象都表现了对生死与共、忠贞不渝的爱情的赞叹，也表达了人们对美好的爱情生活的向往。

【注释】

①黄龙：三国时东吴国君孙权的年号。 ②海盐：汉代县名。在今浙江省平湖市东南。 ③有容止：指仪容举止美好。 ④比肩：并肩。 ⑤比翼：传说中有比翼鸟，雌雄并翅双飞。 ⑥梓（zǐ）树：一种落叶乔木，木材较好。 ⑦鸿：即大雁。 ⑧孙权：字仲谋，三国时吴国的建立者，公元229—252年在位。

张氏少女

颍川庾某[①]，宋孝建中遇疾亡[②]，心下犹温，经宿未殡[③]。忽然而寤[④]，说初死，有两人黑衣，来收缚之。驱使前行，见一大城，门楼高峻，防卫重复[⑤]。将庾入厅前，同入者甚众。厅上一贵人南向坐，侍直数百[⑥]，呼为府君。府君执笔简阅到者，次至庾，曰：“此人算尚未尽[⑦]。”催遣之。一人阶上来，引庾出。至城门，语吏差人送之。门吏云：“须覆白，然后得去。”门外一女子，年十五六，容色闲丽，曰：“庾君幸得归，而留停如此，是门司求物[⑧]。”庾云：

“向被录，轻来，无所赍持[9]。”女脱左臂三只金钏投庾云：“并此与之。”庾问女何姓，云姓张，家在茅渚，昨霍乱亡。庾曰：“我临亡，遣赍五千钱，拟市材[10]，若更生，当送此钱相报。”女曰：“不忍见君艰厄[11]，此我私物，不烦还家中也。”庾以钏与吏，吏受，竟不覆白，便差人送去。庾与女别，女长叹泣下。庾既恍忽苏[12]，至茅渚寻求，果有张氏新亡少女云。

选自《述异记》

【题解】

本篇写庾某死而复生，实际上写出了世态的美丑善恶。庾某急病而亡后，因阳寿未尽，可以复生。在出地府的途中，庾某遭到小吏的勒索，幸遇美丽善良的张氏少女捐金相助，才得以生还。作品中，张氏少女的美丽善良、温情脉脉以及重义轻财的品格被描写得鲜明、动人。

【注释】

①颍川：郡名，秦置郡，辖地为今河南省中部和南部。 ②孝建：南朝刘宋孝武帝年号，公元454—456年。 ③殡（bìn）：送灵柩到墓地。 ④寤（wù）：醒，此处指死而复生。 ⑤重复：重叠。 ⑥侍直：应侍服役者，直通“值”。 ⑦算：寿数。 ⑧门司：看门的小吏。 ⑨赍（jī）：带。 ⑩拟市材：打算买棺材。市，买。 ⑪厄（è）：困苦。 ⑫苏：苏醒。

虞通之（生卒年不详）

会稽余姚（今属浙江）人。南朝刘宋时曾任黄门侍郎，步兵校尉。颇有文名。著有小说集《妒记》（一作《妒妇记》）。

京邑士人妇

京邑有士人妇，大妒忌。于夫小则骂詈①，大必捶打。常以长绳系夫脚，且唤，便牵绳。士人密与巫妪为计②：因妇眠，士人入厕，以绳系羊，士人缘墙走避③。妇觉，牵绳而羊至，大惊怪，召问巫。巫曰："娘积恶，先人怪责，故郎君变成羊。若能改悔，乃可祈请④。"妇因悲号，抱羊恸哭，自咎悔誓⑤。师妪乃令七日斋，举家大小悉避于室中，祭鬼神，师祝羊还复本形⑥。婿徐徐还，妇见婿啼问曰："多日作羊，不乃辛苦耶？"婿曰："犹忆啖草不美⑦，腹中痛尔。"妇愈悲哀。后复妒忌，婿因伏地作羊鸣。妇惊起，徒跣⑧，呼先人为誓，不复敢尔⑨。于此不复妒忌。

选自《妒记》

【题解】

本篇小说中塑造了一个防范丈夫近乎偏执的妒妇形象。古代俗文学中，抨击妒妇是常见的主题。封建社会中，妇女依赖男子生活，男性自然不能容忍妒妇的存在。而女子地位的低下也决定了她们对自己的处境常常提心吊胆，妒火中烧实际上是女子害怕失去自己的位置的心态的一种畸形表现。小说以这位"士人妇"改邪归正结束，实际上还是写她疼爱丈夫。

【注释】

①骂詈（lì）：咒骂。 ②巫妪：巫婆。 ③缘：沿着。 ④祈请：向神求告。 ⑤自咎（jiù）：自责。 ⑥祝：祷告、祝愿。 ⑦啖（dàn）：吃。 ⑧徒跣（xiǎn）：光脚走。 ⑨不复敢尔：不再敢如此。

沈　约 (441—513)

字休文，吴兴武康（今浙江省德清县）人。历仕宋、齐、梁三代。官至尚书令，封建昌县侯。是南朝著名文学家、诗律学家。他的诗注重声律、辞藻绮丽，为“永明体”代表作家之一。他精通音律，创“四声八病”之说，为格律诗的形成做出了贡献。他还是一位史学家，著有《宋书》。明人辑其作品为《沈隐侯集》。小说集《俗说》已散佚，鲁迅《古小说钩沉》有所辑录。

李　势　女

桓温平蜀[①]，以李势女为妾。南郡主甚妒[②]，不即知之。后知，乃拔刃往李所，因欲斫之[③]。见李在窗梳头，姿貌端丽，徐徐结发[④]，敛手向主，神色闲正，辞甚凄惋。主于是掷刀，前抱之曰：“阿子！我见汝亦怜，何况老奴[⑤]！”遂善之。

选自《俗说》

【题解】

李势是东晋时蜀国的君主，桓温伐蜀时归降。桓温瞒着妻子宠爱李势女，一朝暴露，引发了家庭矛盾。当桓温的妻子南郡主剑拔弩张地去找李势女算账时，似乎一场争斗在所难免。然而，出人意料的是，南郡主被李势女美丽的容貌、端庄的风度、冷静的神色和凄婉的言辞所征服，转怒为喜。作品通过这一独特的情节，不仅写出李势女外表的美，而且写出经历国破家亡之痛后浸透在她身上的一种悲剧美。

【注释】

①桓温：字元子，曾任荆州刺史，征西大将军。东晋穆帝时为大司马，封南郡公。　②南郡主：晋明帝女南康长公主。　③斫：砍，杀。　④徐徐：慢慢。　⑤老奴：指桓温。

任　昉（460—508）

字彦升，乐安博昌（今山东省博兴县）人。少年有才，十六岁时就为南朝刘宋丹阳尹刘秉辟当主簿。后历仕齐、梁两朝，任记室参军、义兴太守和吏部郎中等职。以文名著称，与沈约并称为“任笔沈诗”。著有《任彦升集》和小说集《述异记》等。

王　质

信安县石室山①，晋时王质伐木至，见童子数人棋而歌，质因听之。童子以一物与质，如枣核，质含之，不觉饥。俄顷②，童子谓曰：“何不去？”质起，视斧柯烂尽③。既归，无复时人④。

选自《述异记》

【题解】

本篇作品通过王质进山伐木的一次奇遇，表现了古代人追求美好和睦生活的愿望以及对生命永存的幻想。这个故事影响很大，“烂柯”成为比喻世事变迁的典故。

【注释】

①信安县：地名，在今浙江省衢州市。石室山：在衢州市南。　②俄

顷：一会儿工夫。 ③斧柯：斧柄。 ④无复时人：不再能见到当时的人了。

王　琰（生卒年不详）

太原人，生于南朝宋，幼年即受五戒，虔心敬佛。仕于齐、梁两朝。齐时任太子舍人，梁时任吴兴县令。著有《冥祥记》。这是一部以宣传佛教教旨为主要内容的志怪小说。原书已佚，鲁迅《古小说钩沉》辑得佚文一百三十一条与此书《自序》一篇。

赵　泰

晋赵泰，字文和，清河贝丘人也[①]。祖父京兆太守。泰，郡举孝廉[②]，公府辟[③]，不就。精思典籍，有誉乡里，当晚乃膺仕[④]，终于中散大夫。泰年三十五时，尝猝心痛，须臾而死。下尸于地，心暖不已，屈伸随人。留尸十日。平旦[⑤]，喉中有声如雨，俄而苏活。

说初死之时，梦有一人，来近心下。复有二人，乘黄马，从者二人，夹扶泰腋，径将东行，不知可几里。至一大城，崔嵬高峻，城色青黑，状锡。将泰向城门入。经两重门，有瓦屋可数千间，男女大小，亦数千人，行列而立。吏著皂衣[⑥]，有五六人，条疏姓字[⑦]，云当以科呈府君[⑧]。泰名在三十。须臾，将泰与数千人男女，一时俱进。府君西向坐，简视名簿讫[⑨]，复遣泰南入黑门。有人著绛衣坐大屋下，以次呼名，问生时所事："作何孽罪，行何福善？谛汝等辞以实言也[⑩]。此恒遣六部使者，常在人间，疏记善恶，具有条状，不可得虚。"泰答："父兄仕宦皆二千石。我少在家修学而已，无所事也，亦不犯罪。"乃遣泰为水官监作使，将二千余人运沙裨岸[⑪]，昼夜勤苦。后转泰水官都督，知诸狱事。给泰马兵，令案行地狱[⑫]。

所至诸狱，楚毒各殊[13]。或针贯其舌，流血竟体。或披头露发，裸形徒跣，相牵而行。有持大仗，从后催促。铁床铜柱，烧之洞然[14]，驱追此人，抱卧其上，赴即焦烂，寻复还生。或炎炉巨镬[15]，焚煮罪人，身首碎堕，随沸翻转。有鬼持叉，倚于其侧。有三四百人，立于一面，次当入镬，相抱悲泣。或剑树高广，不知限量，根茎枝叶，皆剑为之。人众相訾[16]，自登自攀，若有欣意，而身首割截，尺寸离断。泰见祖父母及二弟，在此狱中，相见涕泣。

泰出狱门，见有二人赍文书来，语狱吏，言有三人，其家为其于塔寺中悬幡烧香，解救其罪，可出福舍[17]。俄见三人，自狱而出，已有自然衣服，完整在身。南诣一门，云名“开光大舍”，有三重门，朱彩照发。见此三人即入舍中，泰亦随入。前有大殿，珍宝周饰，精光耀目，金玉为床[18]。见一神人，姿容伟异，殊好非常，坐此座上。边有沙门立侍[19]，甚众。见府君来恭敬作礼。泰问：“此是何人，府君致敬？”吏曰：“号名世尊，度人之师。有愿令恶道中人皆出听经[20]。时云有百万九千人，皆出地狱，入百里城。在此到者，奉法众生也。行虽亏殆[21]，尚当得度，故开经法，七日之中，随本城作善恶多少，差次免脱[22]。

泰未出之顷，已见十人升虚而去[23]。出此舍，复见一城，方二百余里，名为“受变形城”。地狱考治已毕者，当于此城，更受变报。泰入其城，见有土瓦屋数千区，各有坊巷。正中有瓦屋高壮，阑槛采饰。有数百局吏，对校文书。云：杀生者当作蜉蝣[24]，朝生暮死；劫盗者当作猪、羊，受人屠割；淫泆者作鹤、鹜、麞、麋；两舌者作鸱枭、鸺鹠[25]；捍债者为驴、骡、牛、马[26]。泰案行毕，还水官处。主者语泰：“卿是长者子，以何罪过，而来在此？”泰答：“祖父兄弟，皆二千石。我举孝廉，公府辟，不行。修志念善，不染众恶。”主者曰：“卿无罪过，故相使为水官都督；不尔[27]，与地狱中人无以异也。”泰问主者曰：“人有何行，死得乐报？”主者惟言：“奉法弟子[28]，精进持戒，得乐报，无有谪罚也。”泰复问曰：“人未事法时，所行罪过，事法之后，得以除不？”答曰：“皆除也。”语毕，主者开縢箧[29]，检泰年纪，尚有余算三十年在，乃遣泰还。临别，主者曰：“已见地狱罪报如是，当告世人，皆令作善，善恶随人，其犹影响[30]，可不慎乎？”

时亲表内外候视泰者，五六十人，同闻泰说。泰自书记，以示时人。时晋太始五年七月十三日也[31]。乃为祖父母二弟延请僧众，大设福会。皆命子孙改意奉法，课劝精进。时人闻泰死而复生，多见罪福，互来访闻。时有太中大夫武城孙丰、关内侯常山郝伯平等十人，同集泰舍，款曲寻问[32]，莫不惧然，皆即奉法也。

选自《冥祥记》

【题解】

本篇小说通过一个从不为恶的人——赵泰在地狱里的所见所闻以及死而复生的经历，宣扬善有善报、恶有恶报的思想。佛教和民间传说中都有地狱酷刑惩罚生前作恶的人的说法，这篇作品形象地描绘了地狱里的恐怖情形，目的在于惩戒人心。

【注释】

①贝丘：县名，故城在今山东省博兴县东南。 ②举孝廉：汉代选拔贤才的一种方法。 ③辟：征召。 ④膺仕：接受官职。 ⑤平旦：天亮。 ⑥皂衣：黑衣。 ⑦条疏姓字：逐条记录姓名。 ⑧科呈：分级呈送。 ⑨讫（qì）：完毕。 ⑩谛（dì）：仔细。 ⑪裨岸：修整河岸。 ⑫令案行地狱：令（赵泰）巡视检察地狱。 ⑬楚毒：痛苦之至。 ⑭烧之洞然：烧得通红。⑮炎炉巨镬（huò）：烧着熊熊烈火的炉子上放着巨大的锅。镬，锅。 ⑯相呰（zǐ）：互相诽谤中伤。 ⑰可出福舍：可让他出去，到福舍去。 ⑱床：古代的坐具。 ⑲沙门：佛教徒。 ⑳恶道：佛家语，地狱、饿鬼、畜生是

三恶道。 ㉑行虽亏殆：行为即使有差错，懈怠。殆，通“怠”。 ㉒差次免脱：分别解脱。 ㉓升虚：升天。 ㉔蜉蝣：昆虫的一类。体细长，有长尾，幼虫生活在水里，成虫在水面飞行，寿命极短，只有几小时到几天。㉕两舌者：喜欢说长道短，搬弄是非的人。邸枭：鸺鹠，鸟名，均为猫头鹰一类的鸟。 ㉖捍债：赖债。 ㉗不尔：不然。 ㉘法：佛法。 ㉙縢（téng）箧：封着的箱子。 ㉚影响：影子和回声。 ㉛太始五年：公元269年。太始，即泰始，晋武帝年号。 ㉜款曲：详细地。

吴　均 (469—520)

字叔庠，吴兴故鄣（今浙江省安吉县）人。齐末时功名不遂。入梁后历任主簿、记室和奉朝请。擅长诗文，时有“吴均体”之说。著有《吴朝请集》和《续齐谐记》。

清溪庙神

会稽赵文韶[①]，为东宫扶侍[②]。住清溪中桥[③]，与尚书王叔卿家隔一巷[④]，相去二百步许。秋夜嘉月，怅然思归，倚门唱《西乌夜飞》[⑤]，其声甚哀怨。忽有青衣婢年十五六，前曰：“王家娘子白扶侍，闻君歌声，有门人逐月游戏，遣相闻耳[⑥]。”时未息[⑦]，文诏不之疑[⑧]，委曲答之[⑨]，亟邀相过[⑩]。

须臾女到，年十八九，容步颜色可怜[⑪]，犹将两婢自随。问家在何处。举手指王尚书宅曰：“是。闻君歌声，故来相诣，岂能为一曲耶？”文韶即为歌《草生磐石》。音韵清畅，又深会女心[⑫]。乃曰：“但令有瓶，何患不得水？”顾谓婢子：“还取箜篌[⑬]，为扶侍鼓之。”须臾至。女为酌两三弹[⑭]，泠泠更增楚绝[⑮]。乃令婢子歌《繁霜》，自解裙带系箜篌腰，叩之以倚歌[16]。歌曰："日暮风吹，叶落依枝。丹心寸意，愁君未知。歌繁霜，侵晓幕，何意空相守，坐待繁霜落！"歌阕[17]，夜已久，遂相伫燕寝[18]，竟四更别去，脱金簪以赠文韶。文韶亦答以银碗、白琉璃匕各一枚[19]。

既明，文韶出，偶至清溪庙，歇神座上，见碗甚疑，而悉委之屏风后[20]，则琉璃匕在焉，箜篌带缚如故。祠庙中惟女姑神像，青衣婢立在前，细视之，皆夜听见者。于是遂绝。当宋元嘉五年也[21]。

选自《续齐谐记》

【题解】

这是一个发生在人与神之间的爱情故事。故事中的清溪庙神不甘愿过孤寂清冷的生活，主动与人间男子相会。小说的情节婉转曲折，庙神形象刻画得楚楚动人。实际上是人间美好爱情的写照。

【注释】

①会稽：郡名，治所在今浙江省绍兴市。　②东宫扶侍：官名。东宫为太子所居之宫，也用以称太子。　③清溪：也叫青溪，在南京市东北。　④尚书：官职名，朝廷中协助皇帝处理政务的重要官吏。　⑤《西乌夜飞》：乐府歌曲名。　⑥闻：此处意为通音信。　⑦时未息：时间还早，人们还没有休息。　⑧不之疑：倒装句，即不疑之，不怀疑她。　⑨委曲：委婉。　⑩亟（jí）：急切地。　⑪可怜：可爱。　⑫会：合。　⑬箜篌：古代拨弹乐器，分竖式、卧式、手持式三类。　⑭酌（zhuó）：商量。　⑮泠（líng）泠：形容水声。楚绝：极为凄楚。　⑯叩之以倚歌：弹奏以伴唱。　⑰阕（què）：乐曲终了。　⑱相伫（zhù）：相留。燕寝：安睡。　⑲匕（bǐ）：勺、匙一类器具。　⑳悉：都。委：放。　㉑宋元嘉五年：公元428年。元嘉，南朝宋文帝年号。

紫 荆 树

京兆田真[①]，兄弟三人，共议分财，生赀皆平均[②]。惟堂前一株紫荆树，共议欲破三片。明日就截之，其树即枯死，状如火然[③]。真往见之，大惊，谓诸弟曰[④]："树本同株[⑤]，闻将分斫[⑥]，所以憔悴，是人不如木也。"因悲不自胜，不复解树[⑦]。树应声荣茂。兄弟相感，合财宝，遂为孝门。真仕至大中大夫[⑧]。

选自《续齐谐记》

【题解】

这是一则流传甚广的民间故事。兄弟三人分家时不放过堂前的紫荆树，打算将树砍成三截平分，树即枯死，三兄弟从中得到启示，便改变了主意。树又枯而复荣。小说以树喻人，强调了团结和睦、同舟共济的道理。

【注释】

①京兆：汉代郡名，治所在今陕西省西安市西北。田真：汉代人，汉成帝时官至大中大夫。 ②生赀（zī）：指维持生计的财物。赀，同"资"。 ③然：同"燃"，燃烧。 ④诸：许多，几个。 ⑤株：露在地面上的树根。 ⑥斫（zhuó）：用斧砍。 ⑦解树：把树砍成数段。 ⑧仕：做官。大中大夫，汉代官职名。执掌朝中议论。

阳羡书生[①]

阳羡许彦，于绥安山行[②]，遇一书生，年十七八，卧路侧，云脚痛，求寄鹅笼中。彦以为戏言。书生便入笼，笼亦不更广，书生亦不更小，宛然与双鹅并坐[3]，鹅亦不惊。彦负笼而去，都不觉重。

前行息树下，书生乃出笼，谓彦曰："欲为君薄设[4]。"彦曰："善。"乃口中吐出一铜奁子[5]，奁子中具诸肴馔，珍羞方丈[6]。其器皿皆铜物，气味香旨，世所罕见。酒数行，谓彦曰："向将一妇人自随，今欲暂邀之。"彦曰："善。"又于口中吐一女子，年可十五六，衣服绮丽，容貌殊绝，共坐宴。俄而书生醉卧，此女谓彦曰："虽与书生结妻，而实怀怨。向亦窃得一男子同行，书生既眠，暂唤之，君幸勿言。"彦曰："善。"女子于口中吐出一男子，年可二十三四，亦颖悟可爱，乃与彦叙寒温。书生卧欲觉，女子口吐一锦行障遮书生[7]，书生乃留女子共卧。男子谓彦曰："此女子虽有心，情亦不甚。向复窃得一女子同行，今欲暂见之，愿君勿泄。"彦曰："善。"男子又于口中吐一妇人，年可二十许，共酌戏谈甚久。闻书生动声，男子曰："二人眠已觉。"因取所吐女人，还纳口中。须臾，书生处女乃出，谓彦曰："书生欲起。"乃吞向男子，独对彦坐。然后书生起，谓彦曰："暂眠遂久，君独坐，当悒悒邪[8]？日又晚，当与君别。"遂吞其女子，诸器皿悉纳口中，留大铜盘，可二尺广，与彦别曰："无以藉君[9]，与君相忆也。"

彦大元中，为兰台令史[10]，以盘饷侍中张散[11]。散看其铭，题云是永平三年作[12]。

选自《续齐谐记》

【题解】

这篇小说情节怪诞离奇，叙述曲折生动。阳羡人许彦肩背鹅笼行走，路遇一书生，要求坐到鹅笼中。途中休息时，书生口吐有肴馔，与许彦共享，并吐出一美女陪伴他。而美女并不满意书生其人，对他怀有怨气，趁书生醉卧，口吐一美男子与之相会。这男子又不真心对待此女子，又口吐一女子与之戏谈。这些情节虽然怪异，但人物描写却是生动传神，一定程度地展示出人情世态。

【注释】

①阳羡：地名，在今江苏省宜兴市南。 ②绥安：地名，在今江苏省宜兴市西南。 ③宛然：此处指身体屈曲的样子。 ④薄设：安排一顿简陋的酒席。设宴者的谦词。 ⑤奁（lián）子：装东西的容具。 ⑥方丈：一丈见方，形容美味佳肴十分丰盛。 ⑦锦行障：绸缎屏风。 ⑧悒（yì）悒：愁闷不乐。 ⑨藉（jí）：进贡，此处意为献给。 ⑩兰台令史：官名，掌图书奏章。 ⑪侍中：官名，出入宫廷，侍以皇帝左右，汉魏六朝时，权势相当于宰相。 ⑫永平三年：公元60年，永平为东汉明帝年号。

颜之推（531—591？）

字介，琅邪临沂（今山东省临沂市）人。梁时曾任散骑常侍，后被掳入西魏，至关中，又逃奔北齐，任黄门侍郎、平原太守。齐亡入周，为御史上士。入隋后，被太子召为东宫学士。他继承家学，博览群书，知识广博，笃信佛教。著有《颜氏家训》《冤魂志》等。

徐 铁 臼

宋东海徐甲[①]，前妻许氏，生一男，名铁臼，而许氏亡。甲改娶陈氏。陈氏凶虐，志灭铁臼。陈氏产一男，生而咒之曰："汝若不除铁臼，非吾子也。"因名之曰铁杵[②]，欲以杵捣铁臼也[③]。于是捶打铁臼，备诸苦毒，饥不给食，寒不加絮。甲性阇弱[④]，又多不在舍。后妻恣意行其暴酷，铁臼竟以冻饿被杖而死。时年十六。

亡后旬余[⑤]，鬼忽还家，登陈床曰："我铁臼也，实无片罪[⑥]，横见残害⑦。我母诉怨于天，今得天曹符来取铁杵⑧，当令铁杵疾病，与我遭苦时同。将去自有期日，我今停此待之。”声如生时，家人宾客不见其形，皆闻其语。于是恒在屋梁上住⑨。

陈氏跪谢搏颊⑩，为设祭奠。鬼云：“不须如此。饿我令死，岂是一餐所能酬谢！”陈夜中窃语道之。鬼厉声曰：“何敢道我？今当断汝屋栋。”便闻锯声，屑亦随落；拉然有响，如栋实崩。举家走出，炳烛照之，亦了无异⑪。鬼又骂铁杵曰：“汝既杀我，安坐宅上，以为快也？当烧汝屋。”即见火燃，烟焰大猛，内外狼狈，俄尔自灭，茅茨俨然⑫，不见亏损。日日骂詈⑬，时复歌云：“桃李花，严霜落奈何；桃李子，严霜落早已！”声甚伤切，似是自悼不得长成也。

于时铁杵六岁，鬼至便病，体痛腹大，上气妨食。鬼屡打之，打处青黡⑭。月余而死，鬼便寂然无闻。

选自《冤魂志》

【题解】

本篇小说描写了一个后母虐待前妻的儿子，自己遭报应的故事。封建社会中，类似这位后母的行为不是个别现象，实际上是旧式家庭伦理观念、财产继承等方面存在的种种矛盾的反映。本篇中写前妻之子被虐待致死后，鬼魂报仇，竟使异母兄弟死去，这种冤冤相报更是十分残酷了。

【注释】

①东海：地名，在今江苏省涟水县。 ②杵（chǔ）：舂米或捶衣的棒。 ③臼（jiù）：舂米的器具，形状像盆。 ④闇（àn）：同暗，意为糊涂。 ⑤旬余：十多天，十天为一旬。 ⑥实无片罪：实在没有一点罪。 ⑦横（hèng）：意外的，不同寻常的。 ⑧天曹：天上的官府。 ⑨恒：一直。 ⑩搏颊：打自己的脸颊。 ⑪亦了无异：也全无变化。 ⑫茅茨

（cí）：盖在屋上的茅草和芦苇。俨（yǎn）然：形容整齐。⑬詈（lì）：骂。⑭青黡（yàn）：皮肤上的黑块。黡，黑痣。

弘 氏

梁武帝欲为文皇帝陵上起寺[①]，未有佳材，宣意有司[②]，使加采访。

先有曲阿人姓弘[③]，家甚富厚，乃共亲族，多赍财货，往湘州治生[④]。经年营得一筏，可长千步，材木壮丽，世所稀有。还至南津[⑤]，南津校尉孟少卿希朝廷旨[⑥]，乃加绳墨[⑦]。弘氏所卖衣裳缯綵[⑧]，犹有残余，诬以涉道劫掠所得；并造作过制[⑨]，非商贾所宜，结正处死，没入其材，充寺用。奏[⑩]，遂施行。

弘氏临刑之日敕其妻子[⑪]，可以黄纸笔墨置棺中。死而有知，必当陈诉。又书少卿姓名数十，吞之。

经月，少卿端坐，便见弘来，初犹避捍，后乃款服[⑫]。但言乞恩，呕血而死。凡诸狱官及主书舍人[⑬]，随此狱事署奏者，以次殂殁[⑭]，未及一年，零落皆尽。其寺营构始讫，天火烧之，略无纤芥。所埋柱木，亦入地成灰。

选自《冤魂志》

【题解】

本篇小说写的是一个冤魂报仇的故事。南津校尉孟少卿为了讨好朝廷，掠夺弘氏的财产，他以莫须有的罪名置弘氏于死地，而且一切都是按朝廷的旨意和“合法”程序进行的，深刻揭露了封建制度的虚伪和残暴。因此弘氏的鬼魂报仇，倒是在很大程度上表现了人民的不平之气和斗争精神。

【注释】

①梁武帝：南朝梁的第一个皇帝萧衍。文皇帝：萧衍即位后尊他父亲萧顺之为文皇帝。 ②宣意有司：向官吏说明意图。有司，官员。 ③曲阿（ē）：地名，在今江苏省丹阳市。 ④湘州：州名，治所在今湖南省长沙市。治生：谋生。 ⑤南津：地名，在今湖北省宜昌市西北。 ⑥希：迎合。 ⑦绳墨：本为木匠画线所用工具，此处指法规。 ⑧缯綵：泛指丝织品。 ⑨造作过制：衣服制作的规格，不符合规定。封建社会，人们所穿的衣服，从颜色到式样都按身份定出规格，不许越出规定。 ⑩奏：上报朝廷。 ⑪敕（chì）：此处指向妻子交代，嘱咐。 ⑫款服：服罪。 ⑬主书舍人：指参与这一案件的官吏。 ⑭殂殁（cúmò）：死亡。

侯 白（生卒年不详）

字君素，魏郡临漳（今属河北省）人。主要活动年代在隋朝。性滑稽，善作诙谐杂文。所作《启颜录》即是记述滑稽言行的故事集。

刘 道 真

晋刘道真遭乱，于河侧与人牵船[①]，见一老妪操橹，道真嘲之曰："女子何不调机弄杼[②]，因甚傍河操橹？"女答曰："丈夫何不跨马挥鞭，因甚傍河牵船？"又尝与人共饭素盘草舍中[③]，见一妪，将两小儿过[④]，并著青衣[⑤]，嘲之曰："青羊引双羔。"妇人曰："两猪共一槽。"道真无语以对。

选自《启颜录》

【题解】

本篇故事中描写刘道真两次取笑素不相识的老太太，每次都自讨没趣，表现出作者对劳动妇女机智、诙谐的赞赏。

【注释】

①牵船：拉纤。 ②调机弄杼（zhù）：指织布。杼，织布机上的一种机件。 ③共饭：共同进餐。 ④将：带领。 ⑤并著青衣：都穿青衣。

王 度（生卒年不详）

太原祁（今山西省祁县）人。约生于隋文帝开皇（581—600）初年，卒于唐高祖武德（618—626）年间。初唐诗人王绩之兄。生长于儒学世家，后师事阴阳卜筮专家汾阴侯生，推步阴阳之学。隋炀帝大业初年任御史，大业八年任著作郎，奉诏编修国史，次年出兼芮城县令，持节河北道。入唐后事迹不详。

古 镜 记

隋汾阴侯生[①]，天下奇士也。王度常以师礼事之。临终，赠度以古镜，曰："持此，则百邪远人。"度受而宝之。镜横径八寸，鼻作麒麟蹲伏之象[②]，绕鼻列四方，龟龙凤虎，依方陈布。四方外又设八卦，卦外置十二辰位[③]，而具畜焉[④]。辰畜之外，又置二十四字，周绕轮廓，文体似隶，点画无缺，而非字书所有也。侯生云："二十四气之象形[⑤]。"承日照之，则背上文画，墨入影内，纤毫无失[⑥]。举而扣之，清音徐引，竟日方绝。嗟乎，此则非凡镜之所同也。宜其见赏高贤，自称灵物。侯生常云："昔者吾闻黄帝铸十五镜，其第一横径一尺五寸，法满月之数也。以其相差各校一寸[7]，此第八镜也。”虽岁祀攸远，图书寂寞[8]，而高人所述，不可诬矣。昔杨氏纳环[9]，累代延庆；张公丧剑[10]，其身亦终。今度遭世扰攘，居常郁怏，王室如毁[11]，生涯何地，宝镜复去，哀哉！今具其异迹，列之于后，数千载之下，倘有得者，知其所由耳[12]。

大业七年五月[13]，度自御史罢归河东[14]，适遇侯生卒，而得此镜。至其年六月，度归长安，至长乐坡，宿于主人程雄家。雄新受寄一婢，颇甚端丽，名日鹦鹉。度既税驾[15]，将整冠履，引镜自照。鹦鹉遥见，即便叩首流血，云：“不敢住。”度因召主人问其故。雄云：“两月前，有一客携此婢从东来。时婢病甚，客便寄留，云：‘还日当取。’比不复来，不知其婢由也。”度疑精魅，引镜逼之。便云：“乞命，即变形。”度即掩镜，曰：“汝先自叙，然后变形，当舍汝命。”婢再拜自陈云：“某是华山府君庙前长松下千岁老狸，大行变惑，罪合至死。遂为府君捕逐，逃于河渭之间[16]，为下邽陈思恭义女[17]，蒙养甚厚。嫁鹦鹉与同乡人柴华。鹦鹉与华意不相惬，逃而东，出韩城县，为行人李无傲所执。无傲，粗暴丈夫也，遂将鹦鹉游行数岁[18]，昨随至此，忽尔见留。不意遭逢天镜，隐形无路。”度又谓曰：“汝本老孤，变形为人，岂不害人也？”婢曰：“变形事人，非有害也。但逃匿幻惑[19]，神道所恶，自当至死耳。”度又谓曰：“欲舍汝，可乎？”鹦鹉曰：“辱公厚赐，岂敢忘德。然天镜一照，不可逃形。但久为人形，羞复故体。愿缄于匣[20]，许尽醉而终。”度又谓曰：“缄镜于匣，汝不逃乎？”鹦鹉笑曰：“公适有美言，尚许相舍。缄镜而走，岂不终恩？但天镜一临，窜迹无路，惟希数刻之命，以尽一生之欢耳。”度登时为匣镜；又为致酒，悉召雄家邻里，与宴谑。婢顷大醉，奋衣起舞而歌曰：“宝镜宝镜！哀哉予命！自我离形，于今几姓？生虽可乐，死必不伤。何为眷恋，守此一方！”歌讫，再拜，化为老狸而死。一座惊叹。

大业八年四月一日，太阳亏[21]。度时在台直[22]，昼卧厅阁，觉日渐昏。诸吏告度以日蚀甚。整衣时，引镜出，自觉镜亦昏昧，无复光色。度以宝镜之作，合于阴阳光景之妙[23]。不然，岂合以太阳失曜而宝镜亦无光乎？叹怪未已，俄而光彩出，日亦渐明。比及日复，镜亦精朗如故。自此之后，每日月薄蚀[24]，镜亦昏昧。

其年八月十五日，友人薛侠者，获一铜剑，长四尺。剑连于靶，靶盘龙凤之状，左文如火焰，右文如水波，光彩灼烁，非常物也。侠持过度，曰："此剑侠常试之，每月十五日，天地清朗，置之暗室，自然有光，傍照数丈。侠持之有日月矣。明公好奇爱古，如饥如渴，愿与君今夕一试。"度喜甚。其夜，果遇天地清霁。密闭一室，无复脱隙，与侠同宿。度亦出宝镜，置于座侧。俄而镜上吐光，明照一室，相视如昼。剑横其侧，无复光彩。侠大惊，曰："请内镜于匣。"度从其言，然后剑乃吐光，不过一二尺耳。侠抚剑叹曰："天下神物，亦有相伏之理也。"是后每至月望[25]，则出镜于暗室，光尝照数丈。若月影入室，则无光也。岂太阳太阴之耀，不可敌也乎？

其年冬，兼著作郎，奉诏撰国史，欲为苏绰立传[26]。度家有奴曰豹生，年七十矣。本苏氏部曲[27]，颇涉史传，略解属文，见度传草，因悲不自胜。度问其故。谓度曰："豹生常受苏公厚遇，今见苏公言验，是以悲耳。郎君所有宝镜，是苏公友人河南苗季子所遗苏公者。苏公爱之甚。苏公临亡之岁，戚戚不乐，常召苗生谓曰：'自度死日不久，不知此镜当入谁手？今欲以蓍筮一卦[28]，先生幸观之也。'便顾豹生取蓍，苏公自揲布卦[29]。卦讫，苏公曰：'我死十余年，我家当失此镜，不知所在。然天地神物，动静有征。今河汾之间，往往有宝气，与卦兆相合，镜其往彼乎？'季子曰：'亦为人所得乎？'苏公又详其卦，云：'先入侯家，复归王氏。过此以往，莫知所之也。'"豹生言讫涕泣。度问苏氏，果云旧有此镜，苏公薨后，亦失所在，如豹生之言。故度为苏公传，亦具言其事于末篇，论苏公蓍筮绝伦，默而独用，谓此也。

大业九年正月朔旦[30]，有一胡僧，行乞而至度家。弟勣出见之[31]。觉其神采不俗，更邀入室，而为具食，坐语良久。胡僧谓勣曰："檀越家似有绝世宝镜也[32]。可得见耶？"勣曰："法师何以得知之？"僧曰："贫道受明录秘术[33]，颇识宝气。檀越宅上每日常有碧光连日，绛气属月[34]，此宝镜气也。贫道见之两年矣。今择良日，故欲一观。"勣出之。僧跪捧欣跃，又谓勣曰："此镜有数种灵相，皆当未见。但以金膏涂之，珠粉拭之，举以照日，必影彻墙壁[35]。"僧又叹息曰："更作法试，应照见腑脏。所恨卒无药耳。但以金烟薰之，玉水洗之，复以金膏珠粉如法拭之，藏之泥中，亦不晦矣。"遂留金烟玉水等法。行之，无不获验。而胡僧遂不复见。

其年秋，度出兼芮城令[36]。令厅前有一枣树，围可数丈，不知几百年矣。前后令至，皆祠谒此树，否则殃祸立及也。度以为妖由人兴，淫祀宜绝[37]。县吏皆叩头请度。度不得已，为之以祀。然阴念此树当有精魅所托，人不能除，养成其势。乃密悬此镜于树之间。其夜二鼓许，闻其厅前磊落有声，若雷霆者。遂起视之，则风雨晦暝，缠绕此树，电光晃耀，忽上忽下。至明，有一大蛇，紫鳞赤尾，绿头白角，额上有王字，身被数创，死于树。度便下收镜。命吏出蛇，焚于县门外。仍掘树，树心有一穴，于地渐大，有巨蛇蟠泊之迹。既而坟之，妖怪遂绝。

其年冬，度以御史带芮城令，持节河北道[38]，开仓粮赈给陕东。时天下大饥，百姓疾病；蒲陕之间[39]，疠疫尤甚。有河北人张龙驹，为度下小吏，其家良贱数十口，一时遇疾。度悯之，赍此入其家，使龙驹持镜夜照。诸病者见镜，皆惊起，云："见龙驹持一月来相照，光阴所及[40]，如冰著体，冷彻腑脏。"即时热定，至晚并愈。以为无害于镜，而所济于众，令密持此镜，遍巡百姓。其夜，镜于匣中，冷然自鸣，声甚彻远，良久乃止。度心独怪。明早，龙驹来谓度曰：

“龙驹昨忽梦一人，龙头蛇身，朱冠紫服，谓龙驹：我即镜精也，名曰紫珍。常有德于君家，故来相托。为我谢王公[41]，百姓有罪，天与之疾，奈何使我反天救物？且病至后月，当渐愈，无为我苦。”度感其灵怪，因此志之。至后月，病果渐愈，如其言也。

大业十年，度弟勣自六合丞弃官归[42]，又将遍游山水，以为长往之策[43]。度止之曰：“今天下向乱，盗贼充斥，欲安之乎？且吾与汝同气[44]，未尝远别。此行也，似将高蹈[45]。昔尚子平游五岳[46]，不知所之。汝若追踵前贤，吾所不堪也。”便涕泣对勣。勣曰：“意已决矣，必不可留。兄今之达人，当无所不体。孔子曰：‘匹夫不夺其志矣。’人生百年，忽同过隙，得情则乐，失志则悲，安遂其欲[47]，圣人之义也。”度不得已，与之决别。勣曰：“此别也，亦有所求。兄所宝镜，非尘俗物也。勣将抗志云路[48]，栖踪烟霞，欲兄以此为赠。”度曰：“吾何惜于汝也。”即以与之。勣得镜，遂行，不言所适。

至大业十三年夏六月，始归长安，以镜归，谓度曰：“此镜真宝物也！辞兄之后，先游嵩山少室[49]，降石梁，坐玉坛。属日暮，遇一嵚岩[50]，有一石堂，可容三五人，勣栖息止焉。月夜二更后，有两人，一貌胡[51]，须眉皓而瘦，称山公；一面阔，白须，眉长，黑而矮，称毛生。谓勣曰：‘何人斯居也？’勣曰：‘寻幽探穴访奇者。’二人坐与勣谈久，往往有异义，出于言外。勣疑其精怪，引手潜后，开匣取镜。镜光出，而二人失声俯伏。矮者化为龟，胡者化为猿。悬镜至晓，二身俱殒。龟身带绿毛，猿身带白毛。

即入箕山[52]，渡颍水[53]，历太和[54]，视玉井。井傍有池，水湛然绿色。问樵夫。曰：‘此灵湫耳[55]。村闾每八节祭之[56]，以祈福祐。若一祭有阙，即池水出黑云，大雹浸堤坏阜。’勣引镜照之，池水沸涌，有雷如震。忽尔池水腾出池，中不遗涓滴。可行二百余步，有一鱼，可长丈余，粗细大于臂，首红额白，身作青黄间色，无鳞有涎，蛇形龙角，嘴尖，状如鲟鱼；动而有光，在于泥水，因而不能远去。勣谓蛟也，失水而无能为耳。刃而为炙，甚膏，有味，以充数朝口腹[57]。

遂出于宋汴[58]。汴主人张琦家有女子患，入夜，哀痛之声，实不堪忍。勣问其故。病来已经年岁，白日即安，夜常如此。勣停一宿；及闻女子声，遂开镜照之，病者曰：'戴冠郎被杀！'其病者床下，有大雄鸡，死矣，乃是主人七八岁老鸡也。

游江南，将渡广陵扬子江[59]，忽暗云覆水，黑风波涌，舟子失容，虑有覆没。勣携镜上舟，照江中数步，明朗彻底。风云四敛，波涛遂息。须臾之间，达济天堑[60]。跻摄山麹芳岭[61]，或攀绝顶，或入深洞；逢其群鸟，环人而噪；数熊当路而蹲。以镜挥之，熊鸟奔骇。是时利涉浙江[62]，遇潮出海，涛声振吼，数百里而闻。舟人曰：'涛既近，未可渡南。若不回舟，吾辈必葬鱼腹。'勣出镜照，江波不进，屹如云立。四面江水，豁开五十余步；水渐清浅，鼋鼍散走。举帆翩翩，直入南浦[63]。然后却视，涛波洪涌，高数十丈，而至所渡之所也。遂登天台[64]，周览洞壑。夜行佩之山谷，去身百步，四面光彻，纤微皆见，林间宿鸟，惊而乱飞。

还履会稽[65]，逢异人张始鸾，授勣《周髀九章》及明堂六甲之事[66]。与陈永同归。更游豫章[67]，见道士许藏秘，云是旌阳七代孙[68]，有咒登刀履火之术。说妖怪之次，更言丰城县仓督李敬慎家有三女，遭魅病，人莫能识。藏秘疗之无效。勣故人曰赵丹，有才器，任丰城县尉。勣因过之。丹命祇承人指勣停处[69]。勣谓曰：'欲得仓督李敬慎家居止。'丹遽命敬为主，礼勣。因问其故。敬曰：'三女同居堂内阁子，每至日晚，即靓妆衒服。黄昏后，即归所居阁子，灭灯烛。听之，窃与人言笑声。及至晓眠，非唤不觉。日日渐瘦，不能下食。制之不令妆梳，即欲自缢投井。无奈之何。'勣谓敬曰：'引示阁子之处。'其阁东有窗。恐其门闭固而难启，遂昼日先刻断窗棂四条，却以物支柱之，如旧。至日暮，敬报勣曰：'妆梳入阁矣。'至一更，听之，言笑自然。勣拔窗棂子，持镜入阁，照之。三女叫云：'杀我婿也！’初不见一物。悬镜至明，有一鼠狼，首尾长一尺三四寸，身无毛齿；有一老鼠，亦无毛齿，其肥大可重五斤；又有守宫[70]，大如人手，身披鳞甲，焕烂五色，头上有两角，长可半寸，尾长五寸已上，尾头一寸色白，并于壁孔前死矣，从此疾愈。

其后寻真至庐山[71]，婆娑数月[72]，或栖息长林，或露宿草莽，虎豹接尾，豺狼连迹，举镜视之，莫不窜伏。庐山处士苏宾[73]，奇识之士也，洞明《易》道，藏往知来，谓勣曰：‘天下神物，必不久居人间。今宇宙丧乱，他乡未必可止，吾子此镜尚在，足下卫[74]，幸速归家乡也。’勣然其言，即时北归。便游河北，夜梦镜谓勣曰：‘我蒙卿兄厚礼，今当舍人间远去，欲得一别，卿请早归长安也。’勣梦中许之。及晓，独居思之，恍恍发悸，即时西首秦路[75]。今既见兄，勣不负诺矣。终恐此灵物亦非兄所有。”数月，勣还河东。

大业十三年七月十五日，匣中悲鸣，其声纤远，俄而渐大，若龙咆虎吼，良久乃定。开匣视之，即失镜矣。

选自《太平广记》

【题解】

本篇原题作《王度》。小说缀合了若干个小故事，其中的结构线索是一面神秘而灵异的古镜。这面古镜可以诛灭妖精，使“百邪远人”，还可以防身避邪，预测未来。于是，围绕这个古镜发生了一连串离奇的事情。小说作者王度是由隋入唐的人，从小说史的角度看，这篇小说有明显的承前启后的特征。它既表现出六朝“志怪”小说的怪诞色彩，又有唐传奇情节繁富、人情细致的特点。其中，有的妖精形象个性特征比较鲜明，较六朝志怪小说有明显的进步。然而，这篇作品在人物结构上并不如成熟的唐人小说那么精当，如明人袁宏道评论这篇小说所说：“勣持此镜，遍历多方。叙其神奇处，若断若续。或数语辄竟，或连章不尽，俱是随笔铺叙，若无意成文者。”但它给唐传奇以影响是无疑的。总之，这篇小说的重要意义在于，显示了小说演进的历史轨迹，起到了承上启下的历史作用。

【注释】

①汾阴：隋代县名，故城在今山西省荣河镇北。 ②鼻：镜子背面中间隆起用以把持的部分，形状似鼻，中有孔，供穿绳用。 ③十二辰位：即十二支。 ④具畜：每支配一动物，即十二生肖。 ⑤二十四气：二十四节气。 ⑥“承日”四句：把镜子对着太阳照，镜子背面的文字图像，都显现在镜子正面，丝毫不差。 ⑦校：同较，此处意为相差。 ⑧图书寂寞：书籍中少有记载。 ⑨杨氏纳环：《后汉书·杨震传》中注引《续齐谐记》，杨震之父杨宝九岁时在华阴山北救了一只受伤的黄雀，后来梦一黄衣童子口衔四枚白环相赠，并言可使杨宝的子孙清白发达，位登三公。后来杨宝的子孙果然显贵，四世三公。 ⑩张公丧剑：西晋张华得丰城双剑之一，后被赵王伦杀，失剑。 ⑪王室如毁：隋王朝行将覆亡。 ⑫知其所由：知道它的来历。 ⑬大业七年：公元611年。大业，隋炀帝年号。 ⑭河东：隋代郡名，治所在今山西省永济市。 ⑮税（tuō）驾：解驾，停车，指休息。税，同“脱”。 ⑯河渭：黄河、渭水。 ⑰下邽（guī）：地名，在今陕西省渭南市。 ⑱将：带。数岁：几年。 ⑲逃匿幻惑：神出鬼没，迷惑他人。 ⑳缄（jiān）：闭，封。 ㉑太阳亏：日蚀。 ㉒台直：在御史台值班。 ㉓阴阳：指日月。 ㉔日月薄蚀：日月相掩食。薄，迫近。 ㉕月望：农历每月十五。 ㉖苏绰：字令绰，北周人，当时名臣。 ㉗部曲：家奴。 ㉘以著（shī）筮一卦：用著草占一卦。著，一种多年生草本植物，古人用它的茎占卦。 ㉙揲（shé）：以一定的数目为单位数。 ㉚朔旦：初一。 ㉛勣：即唐初诗人王绩，字无功，自号东皋子。 ㉜檀越：施主。 ㉝明录：符咒，符录。 ㉞绛气属月：红色的云气升腾上接月亮。属，接。 ㉟影彻墙壁：光透墙壁。 ㊱芮城令：芮城县令。芮城，今山西省芮城县。 ㊲淫祀：不合礼制的祭祀。 ㊳持节：皇帝特派使臣。 ㊴蒲：隋河东郡，治所在今山西省永济

市。 ㊵光阴所及：光所覆盖的地方。阴，同“荫”。 ㊶谢：告诉。 ㊷六合：地名，在今江苏省。 ㊸以为长往之策：为遍游山水做了长期安排。 ㊹同气：兄弟。 ㊺高蹈：指隐居。 ㊻尚子平：尚，应为向。向子平，名长，东汉人，贫而不仕。 ㊼安遂其欲：满足他的欲望。 ㊽抗志云路：立志走超凡脱俗的路。 ㊾嵩山少室：嵩山是五岳中的中岳，在河南省登封市北，少室是嵩山三大高峰中的西高峰。 ㊿嵌岩：山洞。 (51)貌胡：貌似胡人。 (52)箕山：在河南省登封市东南。 (53)颍水：源出河南省登封市西，往东南流入安徽淮河。 (54)太和：地名，在今安徽省境内。 (55)湫（qiū）：水潭。 (56)八节：指立春、春分、立夏、夏至、立秋、秋分、立冬、冬至八个节气。 (57)以充数朝口腹：做了几天的食物。 (58)宋汴：宋，今河南省商丘市；汴，今河南省开封市。 (59)广陵：今江苏省扬州市。 (60)达济天堑：过了长江。天堑：长江的别称。 (61)跻（jī）：登。摄山：栖霞山，在今江苏省南京市东。 (62)利涉浙江：渡过钱塘江。 (63)南浦：即浦江。位于钱塘江入海口之南。 (64)天台：天台山。在今浙江省天台县北。 (65)会稽：会稽山，在今浙江省绍兴市东南。 (66)《周髀九章》：《周髀算经》《九章算术》，我国古代的数学经典。明堂、六甲，皆为古代术数。 (67)豫章：地名，在今江西省。 (68)旌阳：许逊，字敬之，晋人。曾做旌阳县令。 (69)祇承人：差人。 (70)守宫：壁虎。 (71)寻真：求仙。 (72)婆娑数月：辗转盘桓几个月。 (73)处士：未做官的读书人。 (74)足下卫：足以自卫。 (75)西首：向西。

佚　名

补江总白猿传

梁大同末[①]，遣平南将军蔺钦南征[②]，至桂林，破李师古、陈彻。

别将欧阳纥略地至长乐[③]，悉平诸洞，罙入深阻[④]。纥妻纤白，甚美。其部人曰[⑤]："将军何为挈丽人经此？地有神，善窃少女，而美者尤所难免。宜谨护之。"纥甚疑惧，夜勒兵环其庐[⑥]，匿妇密室中，谨闭甚固，而以女奴十余伺守之。尔夕[⑦]，阴风晦黑，至五更，寂然无闻。守者怠而假寐，忽若有物惊悟者，即已失妻矣。关扃如故[⑧]，莫知所出。出门山险，咫尺迷闷，不可寻逐。迨明，绝无其迹。纥大愤痛，誓不徒还。因辞疾，驻其军，日往四遐[⑨]，即深凌险以索之。既逾月，忽于百里之外丛筱上[⑩]，得其妻绣履一只，虽浸雨濡，犹可辨识。纥尤凄悼，求之益坚。选壮士三十人，持兵负粮，岩栖野食。又旬余，远所舍约二百里，南望一山，葱秀迥出[⑪]。至其下，有深溪环之，乃编木以度，绝岩翠竹之间，时见红彩，闻笑语音。扪萝引絙[⑫]，而陟其上，则嘉树列植，间以名花；其下绿芜，丰软如毯。清迥岑寂，杳然殊境。东向石门，有妇人数十，帔服鲜泽[⑬]，嬉游歌笑，出入其中。见人皆慢视迟立[⑭]，至则问曰："何因来此？"纥具以对。相视叹曰："贤妻至此月余矣。今病在床，宜遣视之。"入其门，以木为扉。中宽辟若堂者三[⑮]。四壁设床，悉施锦荐[⑯]。其妻卧石榻上，重茵累席，珍食盈前。纥就视之。回眸一睇[⑰]，即疾挥手令去。诸妇人曰："我等与公之妻，比来久者十年。此神物所居，力能杀人，虽百夫操兵，不能制也。幸其未返，宜速避之。但求美酒两斛，食犬十头，麻数十斤，当相与谋杀之。其来必以正午。后慎勿太早，以十日为期。"因促之去。纥亦遽退。遂求醇醪与麻、犬，如期而往。妇人曰："彼好酒，往往致醉。醉必骋力，俾吾等以彩练缚手足于床，一踊皆断。尝纫三幅，则力尽不解。今麻隐帛中束之，度不能矣。遍体皆如铁，唯脐下数寸，常护蔽之，此必不能御兵刃。"指其旁一岩曰："此其食廪[⑱]，当隐于是，静而伺之。酒置花下，犬散林中，待吾计成，招之即出。"如其言，屏气以俟。日晡[⑲]，有物如匹练，自他山下，透至若飞[⑳]，径入洞中。少选[㉑]，有美髯丈夫长六尺余，白衣曳杖，拥诸妇人而出。见犬惊视，腾身执之，披裂吮咀，食之致饱。妇人竞以玉杯进酒，谐笑甚欢。既饮数斗，则扶之而去。又闻嬉笑之音。良久，妇人出招之，乃持兵而入。见大白猿，缚四足于床头，顾人蹙缩[22]，求脱不得，目光如电。竞兵之[23]，如中铁石。刺其脐下，即饮刃，血射如注。乃大叹咤曰："此天杀我，岂尔不能然尔妇已孕，勿杀其子，将逢圣帝，必大其宗。"言绝乃死。搜其藏，宝器丰积，珍羞盈品[24]，罗列案几。凡人世所珍，靡不充备。名香数斛，宝剑一双。妇人三十辈，皆绝其色。久者至十年。云色衰必被提去，莫知所置。又捕采唯止其身[25]，更无党类。旦盥洗，著帽，加白袷[26]，被素罗衣，不知寒暑。遍身白毛，长数寸。所居常读木简，字若符篆[27]，了不可识[28]；已，则置石磴下。晴昼或舞双剑，环身电飞，光圆若月。其饮食无常，喜啖果栗；尤嗜犬，咀而饮其血。日始逾午，即欻然而逝[29]。半昼往返数千里，及晚必归，此其常也。所须无不立得。夜就诸床嬲戏[30]，一夕皆周，未尝寐。言语淹详[31]，华旨会利[32]。然其状，即猳玃类也[33]。今岁木叶之初[34]，忽怆然曰："吾为山神所诉，将得死罪。亦求护之于众灵，庶几可免。"前月哉生魄[35]，石磴生火，焚其简书。怅然自失曰："吾已千岁，而无子。今有子，死期至矣。"因顾诸女，汍澜者久[36]，且曰："此山复绝[37]，未尝有人至。上高而望，绝不见樵者。下多虎狼怪兽。今能至者，非天假之，何耶？"纥即取宝玉珍丽及诸妇人以归，犹有知其家者。纥妻周岁生一子，厥状肖焉[38]。后纥为陈武帝所诛[39]。素与江总善。爱其子聪悟绝人，常留养之，故免于难。及长，果文学善书，知名于时。

选自《太平广记》

【题解】

《太平广记》题作《欧阳纥》。小说描写南朝梁大同末年，将军欧阳纥携妻南征，妻子在途中被白猿精劫去。欧阳纥历尽艰难，奋力寻找，终于杀死力大无穷的猿妖，救出已怀孕的妻子，表现出他的勇敢顽强和对妻子的挚爱。一年后，其妻生一子名询，“聪悟绝人”，而面貌像猿。欧阳纥获罪被杀后，欧阳询为陈朝尚书令江总收养，长大后，善书能文，知名于时。欧阳询为唐初名臣，相传他面目丑陋，状如猕猴，因而过去有《白猿传》是讥讽欧阳询之说。

小说的另一主要形象白猿精是个神通广大、武艺精绝、大肆劫掠、蹂躏妇女的恶魔。作品对这一形象的描写表明，六朝志怪小说的怪异色彩仍很浓烈。但这篇作品较之《古镜记》，情节集中、形象鲜明，艺术上更为完整，距成熟的唐传奇无疑更接近了一步。

【注释】

①大同：南朝梁武帝年号（535—546）。 ②蔺钦：《梁书》作兰钦。兰钦，字休明，征北魏，屡建战功。任衡州刺史，进号平南将军，封曲江公。 ③欧阳纥：字奉圣，曾任广州刺史等职，都督交广等十九州诸军事，后反叛被杀。 ④罙（mí）：深入，突破。 ⑤部人：土著人。 ⑥勒兵：派兵。 ⑦尔夕：这天夜晚。 ⑧关扃如故：门还像原来一样紧闭。 ⑨四遐：四处。 ⑩筱（xiǎo）：细竹。 ⑪迥（jiǒng）：远。 ⑫绠（gěng）：粗绳。 ⑬帔（pèi）：披在肩背上的服饰。 ⑭慢视迟立：站着仔细看。 ⑮“中宽”句：中间宽阔像厅堂的处所有三间。 ⑯锦荐：锦缎的垫褥。 ⑰回眸一睇：回头看一眼。 ⑱食廪：存放粮食的仓库。 ⑲日晡（bū）：下午。 ⑳透：此处意为过来。 ㉑少选：一会儿。 ㉒蹙（cù）：窘迫不安的样子。 ㉓兵之：用兵器砍杀。 ㉔品：器具。 ㉕唯止其身：指只有白猿精一个。 ㉖白袷（jiá）：白色夹袍。 ㉗符篆：道画的一种图文。 ㉘了不可识：完全不可辨识。 ㉙欻（xū）然：忽然。 ㉚嬲（niǎo）戏：嬉戏。 ㉛淹详：广博明了。 ㉜华旨会利：意识、想象丰富、深入。 ㉝猳玃（jiājué）：猿猴。 ㉞木叶之初：树叶初落时，指秋天。 ㉟哉生魄：指阴历每月初二或初三日。哉，通“才”。 ㊱汍澜：眼泪流淌的样子。

㊲此山复绝：山重水复，道路阻绝。 ㊳厥状肖焉：孩子的面貌很像白猿。 ㊴陈武帝：南朝陈开国皇帝，名霸先。

张　鷟（658？—730）

字文成，号浮休子，深州陆泽（今河北省深州市）人。唐高宗上元二年进士，官至司门员外郎。下笔敏捷，出言诙谐，文名远播海外。著有《朝野佥载》和《游仙窟》等。

郑 仁 凯

郑仁凯为密州刺史[①]，有小奴告以履穿[②]，凯曰："阿翁为汝经营鞋[③]。"有顷，门夫着鞋者至，凯厅前树上有䴕窠[④]，䴕，啄木也；遣门夫上树取其子。门夫脱鞋而缘之[⑤]，凯令奴着鞋而去，门夫竟至徒跣[⑥]，凯有德色[⑦]。

选自《朝野佥载》

【题解】

本篇小说中写密州刺史郑仁凯貌似仁慈，满心要为小奴弄双鞋穿。然而，他竟用哄骗的办法，把门夫的鞋让小奴穿上，门夫只好光着脚。这位刺史还洋洋得意，自认为有德于人，其中的讥刺意味十分明显。

【注释】

①密州：古州名，州治在今山东省诸城市。刺史：州的最高行政长官。 ②履穿：鞋破了。 ③"阿翁"句：我为你解决鞋的问题。 ④䴕

（liè）：啄木鸟。 ⑤缘之：爬那棵树。 ⑥徒跣：光着脚。 ⑦德色：对人有恩德。

董　氏

则天朝[①]，太仆卿来俊臣之强盛[②]，朝官侧目，上林令侯敏偏事之[③]。其妻董氏谏止之曰："俊臣国贼也，势不久，一朝事败，党附先遭[④]，君可敬而远之。"敏稍稍引退。俊臣怒，出为涪州武龙令[⑤]。敏欲弃官归，董氏曰："速去莫求住。"遂行。至州，投刺参州将[⑥]，错题一张纸。州将展看，尾后有字，大怒曰："修名不了[⑦]，何以为县令！"不放上[⑧]。敏忧闷无已，董氏曰："且住莫求去。"停五十日，忠州贼破武龙[⑨]，杀旧县令，略家口并尽[⑩]。敏以不计上获全[⑪]。后俊臣诛，逐其党，流岭南[⑫]，敏又获免。

选自《朝野佥载》

【题解】

本篇小说描写董氏看到来俊臣倒行逆施，敏锐地感到奸臣的气候不会长久，及时劝说丈夫疏远他们，以后又屡屡运用自己的才智，几次使丈夫在险恶的政治斗争中避免祸及自身。这篇小说描写这位女子的政治眼光和超凡见识很具特色。

【注释】

①则天朝：指唐朝女皇帝武则天在位时期（公元684—704年）。 ②太仆卿：官名，太仆寺的长官，掌管皇帝的车马等事。来俊臣：唐代以贪赃枉法、大兴刑狱著称的酷吏。强盛：权势极大。 ③上林令：管理宫苑的官员。事之：逢迎，巴结来俊臣。 ④党附：党羽随从之流。 ⑤涪（fú）州武龙：今重庆市涪陵区。 ⑥投刺：投递名帖。 ⑦修名不了：署名不清。 ⑧不放

上：不许上任。 ⑨忠州：今重庆市忠县。 ⑩略：劫掠。 ⑪不计上：未上任。获全：获得保全。 ⑫岭南：五岭以南，泛指今广东、广西一带。

董行成

怀州河内县董行成能策贼[①]。有一人从河阳长店盗行人驴一头并皮袋[②]，天欲晓，至怀州。行成至街中见，嗤之曰[③]："个贼住[④]！"即下驴来。即承伏[⑤]。人问何以知之，行成曰："此驴行急而汗，非长行也；见人则引驴远过[⑥]，怯也[⑦]。以此知之。"捉送县，有顷驴主踪至[⑧]，皆如其言。

选自《朝野佥载》

【题解】

本篇小说用一个生动的事例称赞了董行成善于识别盗贼的本领。这种本领并非来源于灵感法术，也非来源于超凡绝技，完全在于对事物的仔细观察，认真分析和准确判断。盗贼再狡猾总不免露出蛛丝马迹，董行成善于捕捉异常现象，并进行合理推论，所以能见人所未见，显得聪慧过人。

【注释】

①怀州：古代州名，州治在今河南省沁阳市。河内县：古县名，今属河南省沁阳市。策：原意为谋略，此处指凭智慧辨认、分辨。 ②河阳：地名，在今河南省孟州市西。长店：旅店。 ③嗤（chī）之：用嘲讽鄙视的口气叫他。 ④个贼住：那个贼站住。 ⑤即承伏：立刻服罪。 ⑥引驴远过：牵驴远远地躲开人。 ⑦怯：害怕。 ⑧有顷：过了一会儿。踪至：追踪到此。

英　　公①

英公时为宰相，有乡人尝过宅②，为设食③。食客裂却饼缘④，英公曰："君大少年⑤。此饼，犁地两遍熟⑥，槩下种、锄埘、收刈、打飏讫⑦，硙罗作面⑧，然后为饼。少年裂却缘，是何道⑨？此处犹可，若对至尊前⑩，公作如此事，参差斫却你头⑪。"客大惭悚。

浮休子曰⑫：宇文朝华州刺史王罴⑬，有客裂饼缘者，罴曰："此饼大用功力，然后入口。公裂之，只是未饥，且擎却⑭。"客愕然。又台使致罴食饭⑮，使人割瓜皮太厚，投地，罴就地拾起以食之。使人极悚息⑯。

选自《朝野佥载》

【题解】

本篇小说赞扬了李勣、王罴勤俭节约、反对浪费的美德。李勣、王罴身为高官，能够体恤劳动人民的辛劳疾苦，以身作则，不铺张浪费。在古代令人赞叹，在今天仍应借鉴。

【注释】

①英公：李勣，唐初大将。本姓徐，字茂功。后赐姓李，因功被封为英国公。唐高宗时，位居宰相。　②有乡人尝过宅：有同乡曾经经过他的府邸。　③设食：准备饭招待客人。　④食客裂却饼缘：吃饭的客人掰掉饼边。　⑤大少年：太年轻。　⑥犁地两遍熟：犁地两遍把地犁透。　⑦槩：同"概"，大体上。锄埘（shí）：耪垅锄草。收刈（yì）：收割庄稼。打飏：打场。讫：完。　⑧硙（wèi）：石磨，此处意为碾磨。罗，筛面粉的用具，此处意为筛。　⑨何道：什么原因。　⑩至尊：皇帝。　⑪斫：用刀斧砍。⑫浮休子：作者张鷟的号。　⑬宇文朝：指宇文觉夺取东魏政权建立的北周。

王罴：宇文觉之父宇文泰手下的大将。　⑭擎却：拿开不给吃。　⑮台使：中央官署派出的官吏。致罴食饭，为王罴准备饭。　⑯悚（sǒng）：害怕，恐惧。

刘　悚（生卒年不详）

字鼎卿，彭城（今江苏徐州）人。著名史学家，刘知几次子。进士及第。历任集贤殿学士、歙州刺史和宣州刺史等职。著有《隋唐嘉话》。

魏　　征

郑公尝拜扫还①，谓太宗②："人言陛下欲幸山南③，在外悉装了④，而竟不行，因何有此消息？"帝笑曰："时实有此心，畏卿嗔⑤，遂停耳。"

选自《隋唐嘉话》

【题解】

本篇通过魏征和唐太宗的对话，使人看到，一方面，唐太宗能够听取魏征的正确意见，另一方面，也可见魏征平时就直言敢谏，以至于皇帝对他敬畏有加。对话很简短，却写得生动有趣，十分传神。

【注释】

①郑公：即魏征，字玄成，唐太宗时任谏议大夫，后封郑国公。拜扫：扫墓。　②太宗：唐太宗李世民。　③山南：终南山。　④在外悉装了：外面行装已全部收拾停当。　⑤嗔：生气。

李 肇（？—835？）

唐贞元十八年（802）后历任华州参军、监察御史和司勋员外郎等职。长庆、大和年间几经贬迁，终官将作少监。著有《国史补》和《翰林志》等。《国史补》对后世笔记小说甚有影响。

李白醉写

李白在翰林多沉饮[1]。玄宗令撰乐辞[2]，醉不可待，以水沃之[3]。白稍能动，索笔一挥十数章，文不加点。后对御引足令高力士脱靴[4]，上命小阉排出之[5]。

选自《国史补》

【题解】

本篇通过描写李白醉后洋洋洒洒、挥笔作诗和要求高力士为他脱靴等情节，形象地刻画出李白独立不羁、傲岸豪放的性格和超凡的诗才。

【注释】

①翰林：此处指翰林院，唐代官署，在里面供职的官员负责给朝廷撰拟文书。 ②玄宗：唐玄宗李隆基。 ③沃：浇。 ④御：皇帝。高力士：玄宗时宦官，极得宠于玄宗。 ⑤小阉：小太监。

故囚报李勉

或说天下未有兵甲时，常多刺客。李汧公勉为开封尉[①]，鞫狱[②]，狱因有意气者，感勉求生，勉纵而逸之。后数岁。勉罢秩[③]，客游河北，偶见故囚。故囚喜迎归，厚待之。告其妻曰："此活我者。何以报德？"妻曰："偿缣千匹可乎[④]？"曰："未也。"妻曰："二千匹可乎？"亦曰："未也。妻曰："若此，不如杀之。"故囚心动。其僮哀勉，密告之。勉衩衣乘马而逸[⑤]。比夜半，行百余里，至津店[⑥]。店老父曰："此多猛兽，似敢夜行？"勉因话言。言未毕，梁上有人瞥下[⑦]，曰："我几误杀长者！"乃去。未明，携故囚夫妻二首以示勉。

选自《国史补》

【题解】

李勉任开封尉时，审理狱囚，为一囚犯"意气"相感，私下放了他。几年后，李勉被罢官，客游河北，偶然遇到当初被他放走的囚犯。故囚本欲厚报李勉，但与妻子商量的结果是，因为恩深难报，干脆杀了他。危急中，故囚的家僮具有正义感，密告李勉，李勉闻讯连夜奔逃。逃到一个旅店，险情又生，店里埋伏着刺客。但当刺客听了李勉与店中老父的一番对话，了解到李勉的经历处境后，深受感动，不仅不杀李勉，还杀了故囚夫妇。小说短小精悍，险情迭生，写出一个离奇的报恩故事，写出一场激烈的善恶斗争。

【注释】

①李汧（qiān）公勉：李勉，字玄卿，曾任京兆尹御史大夫、工部尚书等职，封汧国公。 ②鞫（jū）狱：审理案件。 ③罢秩：免官。 ④偿

缣（jiān）千匹：以千匹缣报偿他。缣，细密的绢。　⑤衩衣：穿着内衣裤。　⑥津店：渡口旁的客店。　⑦瞥下：往下看。

崔昭行贿事

裴佶常话①：少时姑夫为朝官，有雅望②。佶至宅看其姑，会其退朝，深叹曰："崔昭何人，众人称美？此必行贿者也。如此安得不乱？"言未竟，阍者报寿州崔使君候谒③。姑夫怒呵阍者，将鞭之。良久，束带强出④。须臾，命茶甚急⑤，又命酒馔，又命秣马飠卜仆⑥。姑曰："前何倨而后何恭也⑦？"

及入门，有得色，揖佶曰："且憩学院中⑧。"佶未下阶，出怀中一纸，乃昭赠官绝千匹⑨。

选自《国史补》

【题解】

本篇小说运用讽刺的笔法，刻画了一个表面正直，骨子里充满贪欲的官吏形象。作品中先介绍他有"雅望"，再描写他对行贿行径深恶痛绝。当行贿者出现在他门前要拜见他时，他感到受到莫大的侮辱，愤怒已极。然而，当他见到行贿者后，立刻面目大变，对来者殷勤有加。客人走后忙不迭地清点礼单。由倨转恭变化如此之快，充分暴露了他的虚伪和利欲熏心。行贿者"众人称美"，连外表德高望重者实际也是贪不义之财的伪君子，足见当时朝廷腐败风气之盛。"如此安得不乱？"这句感叹竟然出自道貌岸然，内心丑恶的朝廷官员之口，读来更加耐人寻味。

【注释】

①常话：经常说。　②雅望：好的声望。　③阍（hūn）者：看门的

人。使君：对州郡长官的尊称。 ④束带强出：穿好会客的衣服，勉强出来见客。 ⑤命茶甚急：吩咐上茶，催得很急。 ⑥秣马飰（fàn）仆：给马饲料，拿饭菜款待仆人。飰，同“饭”。 ⑦倨（jù）：傲慢。 ⑧学院：书房。 ⑨絁（shī）：古代的一种粗绸子。

李朝威（生卒年不详）

其主要活动在唐代宗、德宗时期（763—804）。著有传奇小说《柳毅传》（一作《柳毅》）。

柳 毅 传

仪凤中[①]，有儒生柳毅者，应举下第，将还湘滨[②]。念乡人有客于泾阳者[③]，遂往告别。到六七里，鸟起马惊，疾逸道左[④]；又六七里，乃止。

见有妇人，牧羊于道畔。毅怪视之，乃殊色也[⑤]。然而蛾脸不舒，巾袖无光，凝听翔立[⑥]，若有所伺[⑦]。毅诘之曰：“子何苦而自辱如是？”妇始楚而谢[⑧]，终泣而对曰：“贱妾不幸，今日见辱问于长者[⑨]。然而恨贯肌骨，亦何能愧避，幸一闻焉。妾，洞庭龙君小女也。父母配嫁泾川次子[⑩]，而夫婿乐逸[⑪]，为婢仆所惑，日以厌薄。既而将诉于舅姑[⑫]，舅姑爱其子，不能御[⑬]。迨诉频切[⑭]，又得罪舅姑。舅姑毁黜以至此[⑮]。”言讫，歔欷流涕，悲不自胜。又曰：“洞庭于兹[⑯]，相远不知其几多也？长天茫茫，信耗莫通。心目断尽，无所知哀。闻君将还吴[⑰]，密通洞庭。或以尺书[⑱]，寄托侍者[⑲]，未卜将以为可乎？”毅曰：“吾义夫也。闻子之说，气血俱动，恨无毛羽，不能奋飞。是何可否之谓乎[⑳]！然而洞庭，深水也。吾行尘间，宁可致意邪？唯恐道途显晦[21]，不相通达，致负诚托，又乖恳愿[22]。子有何术，可导我邪？”女悲泣且谢，曰：“负载珍重，不复言矣。脱获回耗[23]，虽死必谢。君不许，何敢言；既许而问，则洞庭之与京邑，不足为异也。”毅请闻之。女曰：“洞庭之阴[24]，有大橘树焉，乡人谓之‘社橘’。君当解去兹带，束以他物，然后叩树三发，当有应者。因而随之，无有碍矣。幸君子书叙之外，悉以心诚之话倚托，千万无渝[25]！”毅曰：“敬闻命矣。”女遂于襦间解书[26]，再拜以进，东望愁泣，若不自胜。毅深为之戚[27]。乃置书囊中，因复问曰：“吾不知子之牧羊，何所用哉？神祇岂宰杀乎？”女曰：“非羊也，雨工也。”“何为雨工？”曰：“雷霆之类也。”毅顾视之，则皆矫顾怒步[28]，饮龁甚异[29]；而大小毛角，则无别羊焉。毅又曰：“吾为使者，他日归洞庭，幸勿相避。”女曰：“宁止不避[30]，当如亲戚耳。”语竟，引别东去。不数十步，回望女与羊，俱亡所见矣。

其夕，至邑而别其友。月余，到乡。还家，乃访于洞庭。洞庭之阴，果有社橘。遂易带向树，三击而止。俄有武夫出于波间，再拜请曰[31]：“贵客将自何所至也？”毅不告其实，曰：“走谒大王耳”。武夫揭水指路[32]，引毅以进。谓毅曰：“当闭目，数息可达矣[33]。”毅如其言，遂至其宫。始见台阁相向，门户千万，奇草珍木，无所不有。夫乃止毅，停于大室之隅[34]，曰：“客当居此以伺焉。”毅曰：“此何所也？”夫曰：“此灵虚殿也。”谛视之[35]，则人间珍宝，毕尽于此：柱以白璧[36]，砌以青玉，床以珊瑚，帘以水精[37]，雕琉璃于翠楣[38]，饰琥珀于虹栋。奇秀深杳，不可殚言[39]。然而王久不至。毅谓夫曰：“洞庭君安在哉？”曰：“吾君方幸玄珠阁[40]，与太阳道士讲《火经》，少选当毕[41]。”毅曰：“何谓《火经》？”夫曰：“吾君，龙也。龙以水为神，举一滴可包陵谷。道士，乃人也。人以火为神圣，发一灯可燎阿房[42]。然而灵用不同，玄化各异。太阳道士精于人理，吾君邀以听焉。”

语毕而宫门辟[43]。景从云合[44]，而见一人，披紫衣，执青玉。夫跃曰："此吾君也！"乃至前以告之。君望毅而问曰："岂非人间之人乎？"毅对曰："然。"毅遂设拜，君亦拜，命坐于灵虚之下。谓毅曰："水府幽深，寡人暗昧，夫子不远千里，将有为乎？"毅曰："毅，大王之乡人也。长于楚，游学于秦。昨下第，闲驱泾水之涘[45]，见大王爱女牧羊于野，风鬟雨鬓，所不忍视。毅因诘之。谓毅曰：'为夫婿所薄，舅姑不念，以至于此。'悲泗淋漓，诚怛人心[46]。遂托书于毅。毅许之，今以至此。"因取书进之。洞庭君览毕，以袖掩面而泣曰："老父之罪，不能鉴听，坐贻聋瞽[47]，使闺窗孺弱，远罹搆害[48]。公，乃陌上人也，而能急之。幸被齿发[49]，何敢负德！"词毕，又哀咤良久。左右皆流涕。

时有宦人密侍君者，君以书授之，令达宫中。须臾，宫中皆恸哭。君惊，谓左右曰："疾告宫中，无使有声，恐钱塘所知"。毅曰："钱塘，何人也？"曰："寡人之爱弟。昔为钱塘长，今则致政矣[50]。"毅曰："何故不使知？"曰："以其勇过人耳。昔尧遭洪水九年者，乃此子一怒也。近与天将失意[51]，塞其五山。上帝以寡人有薄德于古今，遂宽其同气之罪[52]。然犹縻系于此，故钱塘之人，日日候焉。"语未毕，而大声忽发，天拆地裂，宫殿摆簸，云烟沸涌。俄有赤龙长千余尺，电目血舌，朱鳞火鬣，项掣金锁，锁牵玉柱，千雷万霆，激绕其身，霰雪雨雹，一时皆下。乃擘青天而飞去[53]。毅恐蹶仆地。君亲起持之曰："无惧。固无害。"毅良久稍安，乃获自定。因告辞曰："愿得生归，以避复来。"君曰："必不如此。其去则然，其来则不然。幸为少尽缱绻[54]。"因命酌互举，以款人事[55]。

俄而祥风庆云，融融怡怡，幢节玲珑[56]，箫韶以随[57]。红妆千万，笑语熙熙，中有一人，自然蛾眉，明珰满身，绡縠参差[58]。迫而视之，乃前寄辞者。然若喜若悲，零泪如丝。须臾，红烟蔽其左，紫气舒其右，香气环旋，入于宫中。君笑谓毅曰："泾水之囚人至矣。"

君乃辞归宫中。须臾，又闻怨苦，久而不已。

有顷，君复出，与毅饮食。又有一人，披紫裳，执青玉，貌耸神溢[59]，立于君左。君谓毅曰："此钱塘也。"毅起，趋拜之。钱塘亦尽礼相接，谓毅曰："女侄不幸，为顽童所辱。赖明君子信义昭彰，致达远冤；不然者，是为泾陵之土矣。飨德怀恩[60]，词不悉心。"毅㧑退辞谢[61]，俯仰唯唯。然后回告兄曰："向者辰发灵虚，巳至泾阳，午战于彼，未还于此。中间驰至九天，以告上帝。帝知其冤，而宥其失[62]，前所遣责，因而获免。然而刚肠激发，不遑辞候[63]，惊扰宫中，复忤宾客[64]。愧惕惭惧，不知所失。"因退而再拜。君曰："所杀几何？"曰："六十万。""伤稼乎？"曰："八百里。""无情郎安在？"曰："食之矣。"君怃然曰[65]："顽童之为是心也，诚不可忍。然汝亦太草草。赖上帝显圣，谅其至冤。不然者，吾何辞焉。从此已去，勿复如是。"钱塘复再拜。

是夕，遂宿毅于凝光殿。明日，又宴毅于凝碧宫。会友戚，张广乐，具以醪醴[66]，罗以甘洁。初，笳角鼙鼓，旌旗剑戟，舞万夫于其右。中有一夫前曰："此《钱塘破阵乐》。"旌铓杰气，顾骤悍栗，坐客视之，毛发皆竖。复有金石丝竹，罗绮珠翠，舞千女于其左。中有一女前进曰："此《贵主还宫乐》。"清音宛转，如诉如慕，坐客听之，不觉泪下。二舞既毕，龙君大悦，锡以纨绮[67]，颁于舞人[68]。然后密席贯坐，纵酒极娱。酒酣，洞庭君乃击席而歌曰："大天苍苍兮，大地茫茫。人各有志兮，何可思量。狐神鼠圣兮，薄社依墙[69]。雷霆一发兮，其孰敢当！荷贞人兮信义长[70]，令骨肉兮还故乡。齐言惭愧兮何时忘！"洞庭君歌罢，钱塘君再拜而歌曰："上天配合兮，生死有途。此不当妇兮，彼不当夫。腹心辛苦兮，泾水之隅。风霜满鬓兮，雨雪罗襦。赖明公兮引素书，令骨肉兮家如初。永言珍重兮无时无。"钱塘君歌阕[71]，洞庭君俱起，奉觞于毅。毅踧踖而受爵[72]，饮讫，复以二觞奉二君。乃歌曰："碧云悠悠兮，泾水东流。

伤美人兮，雨泣花愁。尺书远达兮，以解君忧。哀冤果雪兮，还处其休[73]。荷和雅兮感甘羞[74]。山家寂寞兮难久留。欲将辞去兮悲绸缪。”歌罢，皆呼万岁。洞庭君因出碧玉箱，贮以开水犀[75]，钱塘君复出红珀盘，贮以照夜玑[76]：皆起进毅。毅辞谢而受。然后宫中之人，咸以绡彩珠璧，投于毅侧，重叠焕赫，须臾埋没前后。毅笑语四顾，愧揖不暇。洎酒阑欢极[77]，毅辞起，复宿于凝光殿。

翌日，又宴毅于清光阁。钱塘因酒作色[78]，踞谓毅曰[79]：“不闻猛石可裂不可卷，义士可杀不可羞邪？愚有衷曲，欲一陈于公。如可，则俱在云霄；如不可，则皆夷粪壤[80]。足下以为何如哉？”毅曰：“请闻之。”钱塘曰：“泾阳之妻，则洞庭君之爱女也。淑性茂质，为九姻所重[81]。不幸见辱于匪人，今则绝矣。将欲求托高义，世为亲戚。使受恩者知其所归，怀爱者知其所付，岂不为君子始终之道者？”毅肃然而作[82]，欻然而笑曰[83]：“诚不知钱塘君孱困如是[84]！毅始闻跨九州，怀五岳，泄其愤怒；复见断金镶[85]，掣玉柱，赴其急难：毅以为刚决明直，无如君者。盖犯之者不避其死，感之者不爱其生，此真丈夫之志。奈何箫管方洽，亲宾正和，不顾其道，以威加人？岂仆之素望哉！若遇公于洪波之中、玄山之间[86]，鼓以鳞须，被以云雨，将迫毅以死，毅则以禽兽视之，亦何恨哉！今体被衣冠，坐谈礼义，尽五常之志性，负百行之微旨，虽人世贤杰，有不如者，况江河灵类乎？而欲以蠢然之躯，悍然之性，乘酒假气，将迫于人，岂近直哉[87]！且毅之质，不足以藏王一甲之间，然而敢以不伏之心，胜王不道之气。惟王筹之！”钱塘乃逡巡致谢曰[88]：“寡人生长宫房，不闻正论。向者词述疏狂，妄突高明。退自循顾，戾不容责[89]。幸君子不为此乖间可也[90]。”其夕，复欢宴，其乐如旧。毅与钱塘，遂为知心友。

明日，毅辞归。洞庭君夫人别宴毅于潜景殿。男女仆妾等，悉出预会[91]。夫人泣谓毅曰：“骨肉受君子深恩，恨不得展愧戴[92]，遂至睽别[93]。”使前泾阳女当席拜毅以致谢。夫人又曰：“此别岂有复相遇之日乎？”毅其始虽不诺钱塘之请，然当此席，殊有叹恨之色。宴罢，辞别，满宫凄然。赠遗珍宝，怪不可述。毅于是复循途出江岸，见从者十余人，担囊以随，至其家而辞去。毅因适广陵宝肆[94]，鬻其所得；百未发一，财已盈兆[95]。故淮右富族，咸以为莫如。

遂娶于张氏，亡。又娶韩氏，数月，韩氏又亡。徙家金陵。常以鳏旷多感，或谋新匹。有媒氏告之曰：“有卢氏女，范阳人也[96]。父名曰浩，尝为清流宰。晚岁好道，独游云泉，今则不知所在矣。母曰郑氏。前年适清河张氏[97]，不幸而张夫早亡。母怜其少，惜其慧美，欲择德以配焉。不识何如？”毅乃卜日就礼。既而男女二姓，俱为豪族，法用礼物[98]，尽其丰盛。金陵之士，莫不健仰。

居月余，毅因晚入户，视其妻，深觉类于龙女，而逸艳丰厚，则又过之。因与话昔事。妻谓毅曰：“人世岂有如是之理乎？”经岁余，有一子。毅益重之。既产，逾月，乃秾饰换服[99]，召毅于帘室之间，笑谓毅曰：“君不忆余之于昔也？”毅曰：“夙非姻好，何以为忆？”妻曰：“余即洞庭君之女也。泾川之冤，君使得白，衔君之恩，誓心求报。洎钱塘季父论亲不从，遂至睽违，天各一方，不能相问。父母欲配嫁于濯锦小儿某[100]。遂闭户剪发，以明无意。虽为君子弃绝，分无见期[101]；而当初之心，死不自替。他日父母怜其志，复欲驰白于君子。值君子累娶，当娶于张，已而又娶于韩。迨张、韩继卒，君卜居于兹，故余之父母乃喜余得遂报君之意。今日获奉君子，咸善终世，死无恨矣！”因呜咽，泣涕交下。对毅曰：“始不言者，知君无重色之心；今乃言者，知君有爱子之意。妇人匪薄，不足以确厚永心[102]！故因君爱子，以托相生[103]。未知君意如何？愁惧兼心，不能自解。君附书之日，笑谓妾曰：‘他日归洞庭，慎无相避。’诚不知当此之际，君岂有意于今日之事乎？其后季父请于君，君固不许。君乃诚将不可邪，抑忿然邪？君其话之！”毅曰：“似有命者。仆始见君于长泾之隅，枉抑憔悴，诚有不平之志。然自约其心者[104]，达君之冤，余无及也[105]。以言慎勿相避者，偶然耳，岂有意哉。洎钱塘逼迫之际，唯理有不可直，乃激人之怒耳。夫始以义行为之志，宁有杀其婿而纳其妻者邪？一不可也。某素以操贞为志尚，宁有屈于己而伏于心者乎？二不可也。且以率肆胸臆[106]，酬酢纷纶[107]，唯直是图，不遑避害。然而将别之日，见君有依然之容[108]，心甚恨之。终以人事扼束，无由报谢。吁！今日，君，卢氏也，又家于人间，则吾始心未为惑矣。从此以往，永奉欢好，心无纤虑也。”妻因深感娇泣，良久不已。有顷，谓毅曰：“勿以他类[109]，遂为无心[110]，固当知报耳。夫龙寿万岁，今与君同之，水陆无往不适。君不以为妄也？”毅嘉之曰：“吾不知国容乃复为神仙之饵[111]。”乃相与觐洞庭。既至，而宾主盛礼，不可具纪。

后居南海[112]，仅四十年，其邸第、舆马、珍鲜、服玩，虽侯伯之室，无以加也。毅之族咸遂濡泽[113]。以其春秋积序[114]，容状不衰，南海之人，靡不惊异。洎开元中，上方属意于神仙之事[115]，精索道术。毅不得安，遂相与归洞庭。凡十余岁，莫知其迹。

至开元末，毅之表弟薛嘏为京畿令[116]，谪官东南。经洞庭，晴昼长望，俄见碧山出于远波。舟人皆侧立，曰：“此本无山，恐水怪耳。”指顾之际，山与舟相逼，乃有彩船自山驰来，迎问于嘏。其中有一人呼之曰：“柳公来候耳。”嘏省然记之，乃促至山下，摄衣疾上[117]。山有宫阙如人世，见毅立于宫室之中，前列丝竹，后罗珠翠，物玩之盛，殊倍人间。毅词理益玄，容颜益少[118]。初迎嘏于砌，持嘏手曰：“别来瞬息，而发毛已黄。”嘏笑曰：“兄为神仙，弟为枯骨，命也。”毅因出药五十丸遗嘏，曰：“此药一丸，可增一岁耳。岁满复来，无久居人世以自苦也。”欢宴毕，嘏乃辞行。自是已后，遂绝影响[119]。嘏常以是事告于人世。殆四纪[120]，嘏亦不知所在。

陇西李朝威叙而叹曰：五虫之长[121]，必以灵著，别斯见矣[122]。人，倮也，移信鳞虫[123]。洞庭含纳大直[124]，钱塘迅疾磊落，宜有承焉[125]。嘏咏而不载，独可邻其境。愚义之[126]，为斯文。

选自《太平广记》

【题解】

这是一个广为流传的故事。主人公柳毅科考落第，回乡途中巧遇龙女，为龙女的遭遇感到不平，便决心救龙女于危难。他不辞辛劳，千里传书，龙女得救后，他坚持操守、不图报偿。这些情节有力地表现了柳毅正直善良，勇敢无私，重义轻利，严守信义等优秀品质。柳毅与龙女之间的感情，刻画得细致入微，感人至深。龙女获救后，对柳毅一往情深，柳毅与龙女分别时，也流露出对龙女的爱慕之情，但柳毅坚定地遵守着他的信念，他救龙女的初衷是维护正义，而非求得报偿，因而他压抑了自己的感情，从而充分表现了他性格的刚毅，品格的高尚。作品对柳毅这个人物充满了赞美之情。小说中的其他人物如洞庭龙君、钱塘君也性格鲜明，个性突出。整篇作品情节波澜起伏，语言生动简练，是唐小说中影响颇大的作品之一。

【注释】

①凤仪：唐高宗李治年号（676—679）。 ②湘滨：湘江边。 ③客：旅居。泾阳：县名，在今陕西省。 ④疾逸道左：在道旁奔跑。 ⑤殊色：容貌艳丽。 ⑥翔立：伫立。 ⑦伺（sì）：等候。 ⑧楚：凄楚，痛楚。 ⑨长者：对人的敬称。 ⑩泾川：泾水，源于甘肃，流经陕西入渭水。 ⑪乐逸：喜爱东游西荡。 ⑫舅姑：公婆。 ⑬御：控制，管束。 ⑭迨（dài）：等到。 ⑮毁黜（chù）：凌辱。 ⑯兹：此，这里。 ⑰吴：本指江苏一带，此处泛指江南。 ⑱尺书：书信。 ⑲侍者：本意是被役使的人，此处是委婉的说法，不说让柳毅本人寄信，而说托他的侍者。 ⑳“是何”句：这件事有什么可以不可以呢？意思是完全可以。 ㉑显晦：明暗，显指人

间，晦指仙界。 ㉒乖：违背。 ㉓脱：如果。耗：音信。 ㉔洞庭之阴：洞庭的南岸。 ㉕无渝：不要改变。渝，变更，违背。 ㉖襦（rú）：短袄。㉗戚：悲伤。 ㉘矫顾怒步：昂首阔步。 ㉙饮龁（hé）：吃喝。 ㉚宁止不避：何止是不回避。 ㉛请：请问。 ㉜揭水：分开水。 ㉝数息：呼吸几次，意为一会儿。 ㉞隅：角落。 ㉟谛（dì）视：仔细看。 ㊱以：用……做成。 ㊲水精：即水晶。 ㊳楣：门框上的横木。 ㊴殚（dān）：尽，完结。 ㊵幸：帝王去某地称幸。 ㊶少选：一会儿。 ㊷阿房：指秦代的阿房宫。 ㊸辟：开。 ㊹景从云合：形容人多，如云如影。景通"影"。 ㊺涘（sì）：水边。 ㊻诚怛（dá）人心：实在使人为她悲痛。怛，忧伤，悲苦。 ㊼坐贻聋瞽：于是像聋人盲人一样误了事，留下祸患。坐，于是，就。 ㊽罹（lí）：遭受。搆害：谋划陷害。 ㊾幸被齿发：有幸有牙齿和头发，意为和人类一样。 ㊿致政：指退休。 ⑤①失意：指失和，有矛盾。 ⑤②同气：指兄弟。 ⑤③擘（bò）：分裂，此处意为冲破。⑤④缱绻（qiǎnquǎn）：形容情意深厚。 ⑤⑤以款人事：以完成款待客人的礼仪。 ⑤⑥幢节：旗帜和旌节，指仪仗。 ⑤⑦箫韶：相传为舜时的乐曲名，此处泛指音乐。 ⑤⑧绡縠（hú）：绡为生丝织成的绸子，縠是有皱纹的纱，此处泛指丝绸衣服。 ⑤⑨貌耸神溢：容貌出众，精神抖擞的样子。 ⑥⓪飨德怀恩：感恩戴德。 ⑥①㧑（huī）退：谦逊。 ⑥②宥（yòu）：原谅，宽恕。⑥③不遑：来不及。 ⑥④忤（wǔ）：冒犯。 ⑥⑤怃（wǔ）然：失意的样子。 ⑥⑥具以醪醴（láolǐ）：备办美酒。 ⑥⑦锡：赐给。纨绮：绸缎。⑥⑧颁：发给。 ⑥⑨薄：迫近。社：祭祀土地神的地方。 ⑦⓪荷：承受，承蒙。 ⑦①阕（què）：终止。 ⑦②踧踖（cùjí）：恭敬不安的样子。爵：酒杯。 ⑦③休：吉庆，快乐。 ⑦④甘羞：美味的食物。羞同"馐"。 ⑦⑤开水犀：犀牛角，传说能把水分开。 ⑦⑥照夜玑：夜明珠。 ⑦⑦洎（jì）：到。 ⑦⑧作色：沉下脸来。 ⑦⑨踞：伸开两腿坐着，古时认为是一种对人无礼的姿势。 ⑧⓪皆夷粪壤：都化为粪土。夷，消灭。 ⑧①九姻：九族，此处泛指众亲戚。 ⑧②肃然而作：严肃地站起来。 ⑧③欻（hū）：忽然。

㉞孱（chán）困：懦弱无能。 ㉟鏁（suǒ）：同“锁”。 ㊱玄山：黑黄色的山，泛指山。 ㊲岂近直哉：难道算正直吗。 ㊳逡（qūn）巡：因顾虑而徘徊不前。致谢：认错。 ㊴戾（lì）：罪过。 ㊵乖间：疏远。 ㊶预会：参加宴会。 ㊷展愧戴：表达爱戴感激之情。 ㊸睽（kuí）别：离别。 ㊹广陵：地名，今江苏省扬州市。 ㊺兆：一百万。 ㊻范阳：唐郡名，郡治在今北京市。 ㊼适：嫁给。清河：郡名，郡治在今河北省清河县东南。 ㊽法用礼物：结婚仪式中用的物品。 ㊾秾（nóng）饰：精心装扮。 ⑩濯锦小儿：濯锦江龙君的小儿子。濯锦江，泯江的支流，在今四川省成都市南。 ⑩分（fèn）：料想。 ⑩确厚永心：保持永久的情意。 ⑩以托相生：以其（指爱子之心）作为共同生活的依托。 ⑩自约其心：自我约束、克制情感。 ⑩余无及也：没有其他的祈求。 ⑩率肆胸臆：直率没有顾忌地说出心里话。 ⑩酬酢纷纶：应酬繁乱。酬酢：酒席上互相敬酒。 ⑩依然之容：依恋的神色。 ⑩他类：异类，非人类，因为龙不是人类。 ⑩无心：没有人的感情。 ⑪“吾不知”句：我不知道会娶到美丽的妻子并且你使我有了成仙的机会。 ⑪南海：唐郡名，治所在今广州市。 ⑪咸遂濡泽：都享受到恩泽。 ⑪春秋积序：年龄增长。 ⑪上：皇帝。属意：注意，关注。 ⑪京畿令：京城附近的县令。畿，靠近国都的地方。 ⑪摄衣：拉起衣裳的下摆。 ⑪益少：更加年轻。 ⑪遂绝影响：再无消息。 ⑫纪：十二年为一纪。 ⑫五虫之长：虫为动物的通称。五虫指倮（luǒ）虫（人类）、羽虫（鸟类）、毛虫（兽类）、鳞虫（鱼类）、介虫（龟类）。五虫之长指人、凤、麟、龙、龟。 ⑫别斯见矣：五虫之长与一般动物的区别由此可见。 ⑫移信鳞虫：对鳞虫讲信义。 ⑫含纳大直：大度正直。 ⑫宜有承焉：应该得到传承。 ⑫愚义之：我赞赏他们讲信义。

陈玄祐（生卒年不详）

主要活动时期在唐代宗大历年间（766—779）。其他事迹无考。撰有传奇小说《离魂记》。

离 魂 记

天授三年[1]，清河张镒[2]，因官家于衡州[3]。性简静，寡知友。无子，有女二人。其长早亡；幼女倩娘，端妍绝伦。镒外甥太原王宙，幼聪悟，美容范。镒常器重，每曰："他时当以倩娘妻之[4]。"

后各长成。宙与倩娘常私感想于寤寐[5]，家人莫知其状。后有宾寮之选者求之[6]，镒许焉。女闻而郁抑；宙亦深恚恨[7]。托以当调[8]，请赴京。止之不可，遂厚遣之。宙阴恨悲恸，决别上船。日暮，至山郭数里。夜方半，宙不寐，忽闻岸上有一人行声甚速，须臾至船。问之，乃倩娘徒行跣足而至[9]。宙惊喜发狂，执手问其从来。泣曰："君厚意如此，寝梦相感。今将夺我此志，又知君深情不易[10]，思将杀身奉报，是以亡命来奔[11]。"宙非意所望，欣跃特甚。遂匿倩娘于船，连夜遁去。倍道兼行[12]，数月至蜀。

凡五年，生两子，与镒绝信。其妻常思父母，涕泣言曰："吾曩日不能相负[13]，弃大义而来奔君。向今五年，恩慈间阻[14]。覆载之下[15]，胡颜独存也[16]？"宙哀之，曰："将归，无苦[17]。"遂俱归衡州。既至，宙独身先至镒家，首谢其事。镒曰："倩娘病在闺中数年，何其诡说也[18]！"宙曰："见在舟中[19]！"镒大惊，促使人验之[20]。果见倩娘在船中，颜色怡畅，讯使者曰："大人安否？"家人异之，疾走报镒。室中女闻喜而起，饰妆更衣，笑而不语，出与相迎，翕然而合为一体[21]，其衣裳皆重。其家以事不正[22]，秘之。惟亲戚间有潜知之者。后四十年间，夫妻皆丧。二男并孝廉擢第[23]，至丞、尉[24]。玄祐少常闻此说，而多异同，或谓其虚。大历末[25]，遇莱芜县令张仲规[26]，因备述其本末。镒则仲规堂叔祖，而说极备悉，故记之。

选自《太平广记》

【题解】

本篇《太平广记》中题为《王宙》。这个故事想象奇特，情节跌宕起伏，结局出人意料，是唐传奇中引人注目的作品。小说的主人公倩娘在婚姻问题上无力违抗父母之命，但她的精神是独立的，灵魂是自由的。当她父亲给她订婚后，她的灵魂离开了躯体，和心爱的人一起出走，并且朝夕相伴了五年。这一情节具有深刻的含义，有力地表现了封建社会中青年男女对包办婚姻的不满、要求冲破礼教枷锁的愿望以及对自由婚姻、美好爱情的追求。这个故事对后代文学产生了深远的影响，以后的戏曲小说作品中，女子离魂情节屡见不鲜，影响较大的有元人郑光祖的杂剧《迷青琐倩女离魂》。

【注释】

①天授：唐武则天年号（690—692）。 ②清河：唐郡名，治所在今河北省清河县。 ③衡州：唐郡名，州治在今湖南省衡阳市。 ④以倩娘妻之：把倩娘嫁给王宙为妻。 ⑤寤寐：睡梦中。 ⑥之：往、去。选：赴选。⑦恚（huì）恨：怨恨。 ⑧调：铨选，调动。 ⑨徒行跣足：赤脚步行。 ⑩易：改变。 ⑪亡命：逃亡。奔：私奔，指男女私自结合。⑫倍道兼行：加速赶路。 ⑬曩（nǎng）：从前，过去的。 ⑭恩慈：此处指父母。 ⑮覆载之下：天地之间。 ⑯胡颜独存：有何脸面独自活下去。⑰无：通“勿”，不要。苦：此处意为悲伤，苦恼。 ⑱何其诡说也：说得何等荒唐。 ⑲见：同“现”。 ⑳促：赶快。 ㉑翕（xī）然：形容两件东西

合而为一的样子。 ㉒以事不正：认为这事不合正道。 ㉓孝廉擢（zhuó）第：被推举为孝廉并科第得中。 ㉔丞、尉：官职名，指县丞、县尉。 ㉕大历：唐代宗年号（766—779）。 ㉖莱芜：地名，今山东省莱芜市。

沈既济（？—797？）

德清（今属浙江省）人，一说苏州吴（今江苏省苏州市）人。进士及第。历任右拾遗，史馆修撰。后被贬谪。终官礼部员外郎。精于史学，长于文章。著有《建中实录》和传奇小说《枕中记》《任氏传》。

任氏传

任氏，女妖也。有韦使君者[①]，名崟，第九，信安王祎之外孙。少落拓[②]，好饮酒。其从父妹婿曰郑六[③]，不记其名。早习武艺，亦好酒色。贫无家，托身于妻族；与崟相得，游处不间。

天宝九年夏六月[④]，崟与郑子偕行于长安陌中[⑤]，将会饮于新昌里。至宣平之南[⑥]，郑子辞有故，请间去[⑦]，继至饮所。崟乘白马而东；郑子乘驴而南，入升平之北门。偶值三妇人行于道中，中有白衣者，容色姝丽。郑子见之惊悦，策其驴，忽先之，忽后之，将挑而未敢。白衣时时盼睐[⑧]，意有所受[⑨]。郑子戏之曰："美艳若此，而徒行，何也？"白衣笑曰："有乘不解相假[⑩]，不徒行何为？"郑子曰："劣乘不足以代佳人之步，今辄以相奉[⑪]。某得步从，足矣。"相视大笑。同行者更相眩诱[⑫]，稍已狎昵。

郑子随之东，至乐游园[⑬]，已昏黑矣。见一宅，土垣车门[⑭]，室宇甚严。白衣将入，顾曰："愿少踟蹰。"而入。女奴从者一人，留于门屏间，问其姓第。郑子既告，亦问之。对曰："姓任氏，第二十。"少顷，延入。郑子絷驴于门，置帽于鞍。始见妇人年三十余，与之承迎，即任氏姊也。列烛置膳，举酒数觞。任氏更妆而出，酣饮极欢。夜久而寝，其妍姿美质，歌笑态度，举措皆艳，殆非人世所有[15]。将晓，任氏曰："可去矣。某兄弟名系教坊[16]，职属南衙[17]，晨兴将出，不可淹留。"乃约后期而去。

既行，及里门。门扃未发[18]。门旁有胡人鬻饼之舍，方张灯炽炉。郑氏憩其帘下，坐以候鼓[19]，因与主人言。郑子指宿所以问之曰："自此东转，有门者，谁氏之宅？"主人曰："此隤墉弃地[20]，无第宅也。"郑子曰："适过之，曷以云无？"与之固争。主人适悟，乃曰："吁！我知之矣。此中有一狐，多诱男子偶宿，尝三见矣。今子亦遇乎？"郑子赧而隐曰[21]："无。"质明[22]，复视其所，见土垣车门如故。窥其中，皆蓁荒及废圃耳[23]。

既归，见崟。崟责以失期。郑子不泄，以他事对。然想其艳冶，愿复一见之，心尝存之不忘。

经十许日，郑子游，入西市衣肆[24]，瞥然见之，曩女奴从[25]。郑子遽呼之。任氏侧身周旋于稠人中以避焉。郑子连呼前迫，方背立[26]，以扇障其后，曰："公知之，何相近焉？"郑子曰："虽知之，何患？"对曰："事可愧耻，难施面目[27]。"郑子曰："勤想如是，忍相弃乎？"对曰："安敢弃也，惧公之见恶耳[28]。"郑子发誓，词旨益切。任氏乃回眸去扇，光彩艳丽如初。谓郑子曰："人间如某之比者非一[29]，公自不识耳，无独怪也。"郑子请之与叙欢。对曰："凡某之流，为人恶忌者，非他[30]，为其伤人耳。某则不然。若公未见恶，愿终己以奉巾栉[31]。"郑子许与谋栖止。任氏曰："从此而东，大树出于栋间者，门巷幽静，可税以居[32]。前时自宣平之南，乘白马而东者，非君妻之昆弟乎？其家多什器，可以假用。"是时崟伯叔从役于四方[33]，三院什器，皆贮藏之。

郑子如言访其舍，而诣崟假什器[34]。问其所用。郑子曰："新获一丽人，已税得其舍，假具以备用。"崟笑曰："观子之貌，必获诡陋，何丽之绝也！"崟乃悉假帷帐榻席之具，使家僮之惠黠者[35]，随以觇之[36]。俄而奔走返命，气吁汗洽。崟迎问之："有乎？"又问："容若何？"曰："奇怪也！天下未尝见之矣！"崟姻族广茂[37]，且夙从逸游，多识美丽。乃问曰："孰若某美[38]？"僮曰："非其伦也[39]！"崟遍比其佳者四五人，皆曰："非其伦。"是时吴王之女有第六者[40]，则崟之内妹，秾艳如神仙，中表素推第一[41]。崟问曰："孰与吴王家第六女美？"又曰："非其伦也。"崟抚手大骇曰："天下岂有斯人乎？"遽命汲水澡颈，巾首膏唇而往。

既至，郑子适出。崟入门，见小僮拥篲方扫，有一女奴在其门，他无所见。征于小僮[42]。小僮笑曰："无之。"崟周视室内，见红裳出于户下。迫而察焉，见任氏戢身匿于扇间[43]。崟引出就明而观之[44]，殆过于所传矣。崟爱之发狂，乃拥而凌之[45]，不服。崟以力制之，方急，则曰："服矣。请少回旋。"既缓，则捍御如初[46]。如是者数四。崟乃悉力急持之。任氏力竭，汗若濡雨[47]。自度不免，乃纵体不复抗拒，而神色惨变。崟问曰："何色之不悦？"任氏长叹息曰："郑六之可哀也！"崟曰："何谓？"对曰："郑生有六尺之躯，而不能庇一妇人[48]，岂丈夫哉！且公少豪侈，多获佳丽，遇某之比者众矣。而郑生，穷贱耳，所称惬者[49]，唯某而已。忍以有余之心，而夺人之不足乎？哀其穷馁，不能自立，衣公之衣，食公之食，故为公所系耳。若糠粝可给[50]，不当至是。"崟豪俊有义烈，闻其言，遽置之[51]，敛衽而谢曰[52]："不敢。"俄而郑子至，与崟相视咍乐[53]。

自是，凡任氏之薪粒牲饩[54]，皆崟给焉。任氏时有经过，出入或车马舆步，不常所止。崟日与之游，甚欢。每相狎昵，无所不至，唯不及乱而已[55]。是以崟爱之重之，无所吝惜，一食一饮，未尝忘焉。

任氏知其爱己，因言以谢曰："愧公之见爱甚矣。顾以陋质，不足以答厚意；且不能负郑生，故不得遂公欢。某，秦人也，生长秦城。家本伶伦[56]，中表姻族，多为人宠媵[57]，以是长安狭斜[58]，悉与之通。或有姝丽，悦而不得者，为公致之可矣[59]。愿持此以报德。"崟曰："幸甚！"

廛中有鬻衣之妇曰张十五娘者[60]，肌体凝洁，崟常悦之。因问任氏识之乎。对曰："是某表娣妹，致之易耳。"旬余，果致之。数月厌罢。任氏曰："市人易致，不足以展效[61]。或有幽绝之难谋者，试言之，愿得尽智力焉。"崟曰："昨日寒食[62]，与二三子游于千福寺[63]。见刁将军缅张乐于殿堂。有善吹笙者，年二八，双鬟垂耳，娇姿艳绝。当识之乎？"任氏曰："此宠奴也。其母，即妾之内姊也。求之可也。"崟拜于席下。任氏许之。乃出入刁家。月余，崟促问其计。任氏愿得双缣以为赂[64]。崟依给焉。后二日，任氏与崟方食，而缅使苍头控青骊以迓任氏[65]。任氏闻召，笑谓崟曰："谐矣[66]。"初，任氏加宠奴以病，针饵莫减。其母与缅忧之方甚，将征诸巫。任氏密赂巫者，指其所居，使言从就为吉。及视疾，巫曰："不利在家，宜出居东南某所，以取生气。"缅与其母详其地，则任氏之第在焉。缅遂请居。任氏谬辞以逼狭[67]，勤请而后许[68]。乃辇服玩[69]，并其母偕送于任氏。至，则疾愈。未数日，任氏密引崟以通之，经月乃孕。其母惧，遽归以就缅，由是遂绝。

他日，任氏谓郑子曰："公能致钱五六千乎[70]？将为谋利。"郑子曰："可。"遂假求于人，获钱六千。任氏曰："有人鬻马于市者，马之股有疵，可买入居之[71]。"郑子如市，果见一人牵马求售者，眚在左股[72]。"郑子买以归。其妻昆弟皆嗤之，曰："是弃物也。买将何为？"无何[73]，任氏曰："马可鬻矣。当获三万。"郑子乃卖之。有酬二万，郑子不与。一市尽曰："彼何苦而贵买，此何爱而不鬻？"郑子乘之以归；买者随至其门，累增其估，至二万五千也。不与，曰："非三万不鬻。"其妻昆弟聚而诟之[74]。郑子不获已[75]，遂卖，卒不登三万。既而密伺买者，征其由，乃昭应县之御马疵股者[76]，死三岁矣，斯吏不时除籍[77]。官征其估[78]，计钱六万。设其以半买之，所获尚多矣；若有马以备数[79]，则三年刍粟之估[80]，皆吏得之。且所偿盖寡，是以买耳。

任氏又以衣服故弊，乞衣于崟。崟将买全彩与之[81]。任氏不欲，曰："愿得成制者[82]。"崟召市人张大为买之，使见任氏，问所欲。张大见之，惊谓崟曰："此必天人贵戚，为郎所窃；且非人间所宜有者。愿速归之，无及于祸。"其容色之动人也如此。竟买衣之成者而不自纫缝也，不晓其意。

后岁余，郑子武调[83]，授槐里府果毅尉[84]，在金城县[85]。时郑子方有妻室，虽昼游于外，而夜寝于内，多恨不得专其夕。将之官，邀与任氏俱去，任氏不欲往，曰："旬月同行，不足以为欢。请计给粮饩，端居以迟归[86]。"郑子恳请，任氏愈不可。郑子乃求崟资助。崟与更劝勉，且诘其故。任氏良久，曰："有巫者言，某是岁不利西行，故不欲耳。"郑子甚惑也，不思其他，与崟大笑曰："明智若此，而为妖惑，何哉！"固请之。任氏曰："倘巫者言可征，徒为公死，何益？"二子曰："岂有斯理乎？"恳请如初。任氏不得已，遂行。

崟以马借之，出祖于临皋[87]，挥袂别去。信宿[88]，至马嵬[89]。任氏乘马居其前，郑子乘驴居其后；女奴别乘，又在其后。是时西门圉人教猎狗于洛川[90]，已旬日矣。适值于道，苍犬腾出于草间。郑子见任氏歘然坠于地[91]，复本形而南驰。苍犬逐之。郑子随走叫呼，不能止。里余，为犬所毙。郑子衔涕出囊中钱，赎以瘗之[92]，削木为记。回睹其马，啮草于路隅，衣服悉委于鞍上，履袜犹悬于镫间，若蝉蜕然。唯首饰坠地，余无所见。女奴亦逝矣。

旬余，郑子还城。崟见之喜，迎问曰："任子无恙乎？"郑子泫然对曰[93]："殁矣。"崟闻之亦恸，相持于室，尽哀。徐问疾故。

答曰："为犬所害。"崟曰："犬虽猛，安能害人？"答曰："非人。"崟骇曰："非人，何者？"郑子方述本末。崟惊讶叹息不能已。明日，命驾与郑子俱适马嵬，发瘗视之，长恸而归。追思前事，唯衣不自制，与人颇异焉。

其后郑子为总监使[94]，家甚富，有枥马十余匹。年六十五，卒。

大历中[95]，既济居钟陵[96]，尝与崟游，屡言其事，故最详悉。后崟为殿中侍御史[97]，兼陇州刺史，遂殁而不返。

嗟乎！异物之情也有人道焉[98]！遇暴不失节，徇人以至死[99]，虽今妇人，有不如者矣。惜郑生非精人[100]，徒悦其色而不征其情性；向使渊识之士，必能揉变化之理，察神人之际，著文章之美，传要妙之情，不止于赏玩风态而已[101]。惜哉！

建中二年[102]，既济自左拾遗于金吾将军裴冀、京兆少尹孙成、户部郎中崔需、右拾遗陆淳，皆适居东南[103]，自秦徂吴，水陆同道。时前拾遗朱放因旅游而随焉。浮颍涉淮，方舟沿流[104]，昼醼夜话[105]，各征其异说[106]。众君子闻任氏之事，共深叹骇，因请既济传之，以志异云[107]。沈既济撰。

选自《太平广记》

【题解】

"志怪"这一内容一直在我国古代文言小说中占有很大的比重。《任氏传》这篇唐传奇中的重要作品讲述的仍然是狐狸精的故事，但它把六朝以来经常出现在小说中的狐怪形象充分人情化、复杂化了。小说中，主人公任氏的形象塑造得很生动，性格刻画十分鲜明。她心地善良、温柔多情，但柔中有刚。以韦崟的富贵，不能让她动心，对韦崟的逼迫，她决不屈从。在与韦崟的交往中，她显得有理有节，表现出威武不能屈、富贵不能淫的品德。从而赢得了韦崟的敬重。在和郑生的关系中，任氏表现出忠于爱情、重义轻利的品格。郑生贫贱，但任氏对他始终如一。郑生去金城赴任，希望任氏同去，韦鉴也从旁相劝，任氏明知此行会有危难，还是从命前往，终于遇害死去。任氏实际上是人们心目中理想女性的化身，她身上集中了现实中女子的种种优秀品质。作者在小说的末尾评论到，任氏的所作所为，“虽今妇人，有不如者矣。”现实中的人不如狐狸精，这就明确道出了作者的寄托，表达了作者对当时社会风气的不满。但有些情节实际上损害了任氏形象的完美，如任氏帮助韦鉴诱骗张十五娘和宠奴等，这是由于作者的偏见所致。

【注释】

①韦使君：韦鉴（yín），唐太宗李世民第三子李恪的孙子信安王李祎的外孙，曾任陇州刺史。　②落拓：行为放荡，不拘小节。　③从（zòng）父妹：堂妹。从父，伯父或叔父。　④天宝：唐玄宗年号（742—756）。　⑤陌：街道。　⑥新昌、宣平：均为唐代在长安的区名。　⑦间（jiàn）去：离去。　⑧盼睐（lài）：看。　⑨意有所受：领会了他的意思。　⑩“有乘”句：有马不知道借给别人。　⑪相奉：相送。　⑫眩诱：以目光引诱。　⑬乐游园：即乐游原，是游览胜地，在长安城南。　⑭土垣（yuán）车门：土墙宽门。车门即车马可出入的门。　⑮殆（dài）：大概，几乎。　⑯教坊：唐代管理宫廷乐舞、戏曲等的官署。　⑰南衙：教坊分南北两衙。　⑱门扃未发：门闩未开。扃，门闩。　⑲候鼓：等着敲晨鼓。唐代长安城实行宵禁，早晨晨鼓敲后，才许通行。　⑳隤墉（tuíyōng）弃地：断墙荒地。　㉑赧（nǎn）：不好意思，害羞。　㉒质明：天亮时。　㉓蓁（zhēn）荒：长满杂草的荒地。　㉔西市衣肆：西市卖衣服的店铺。唐代长安城有东西两个大市场，西面的市场称为西市。　㉕曩（nǎng）：从前。　㉖方背立：才背对着他站住。　㉗难施面目：无颜见你。　㉘见恶：厌弃。　㉙“人间”句：人间像我这样的很多。比：一样的。　㉚非他：不是别的原因。　㉛奉巾栉（zhì）：古代女子做人妻子的一种说法。栉，梳子一类的梳头发用具。　㉜税以

居：租来住。 ㉝从役：做官，当差。 ㉞诣崟假什器：去找韦崟借家具用具。 ㉟惠黠（xiá）：聪明机灵。 ㊱觇（chān）：偷偷地看。 ㊲姻族广茂：亲戚众多。 ㊳孰若某美：和某人比谁更美。 ㊴非其伦：比不上她，没法和她比。 ㊵吴王之女：李祎之弟李祇及李祇之子李巘曾袭封吴王，此处当指李巘之女。 ㊶中表：泛指表兄弟姐妹。 ㊷征：问。 ㊸戢（jí）身匿于扇间：藏身于门后。戢，藏；扇，指门。 ㊹就明而观之：在亮处看她。 ㊺凌：此处指求欢。 ㊻捍御如初：像开始那样强迫她。 ㊼濡：湿。 ㊽庇：保护。 ㊾称惬（qiè）：称心满意。 ㊿糠糗（qiǔ）：指粗粮。糗，干粮。 (51)遽置之：赶快放了她。 (52)敛衽而谢：整理好衣襟，恭敬地道歉。衽，衣襟；谢，道歉。 (53)咍（hāi）乐：哧哧笑。 (54)薪粒牲饩（xì）：柴米肉食。 (55)不及乱：没有淫乱关系。 (56)伶伦：优伶。 (57)宠媵（yìng）：宠妾。 (58)狭斜：指妓院。 (59)致：召来。 (60)廛（chán）中：市场。 (61)展效：表现我为你效劳。 (62)寒食：节名，清明前一天为寒食节。从这天起三天不烧火做饭，故称寒食。 (63)千福寺：庙名，在长安城西北。 (64)双缣（jiān）：两匹细绢。 (65)“而缅”句：刁缅指使仆人驾着黑马来接任氏。青骊：黑马。迓（yà）：迎接。 (66)谐矣：事成了。 (67)谬辞以逼狭：推说房子太小。谬，说瞎话；逼狭，狭小。 (68)勤请：再三请求。 (69)辇服玩：用车送去衣物。 (70)致钱：筹集钱。 (71)居：居奇，等着卖高价。 (72)眚（shěng）：此处指疤痕。 (73)无何：不久。 (74)诟（gòu）：骂。 (75)不获已：不得已。 (76)昭应县：今陕西省西安市临潼区。 (77)“斯吏”句：这养马官快被解职了。 (78)官征其估：官府向他征收这匹马的赔偿费。 (79)备数：充数。 (80)刍粟之估：喂马的饲料钱。 (81)全彩：整匹的彩缎。 (82)成制：成衣。 (83)武调：调任武职。 (84)槐里府：唐代府名。在今陕西省兴平市东南。果毅尉：唐武官名。 (85)金城县：古县名，治所在今甘肃省兰州市西北。 (86)迟（zhì）归：等待你回来。迟：等待。 (87)出祖：出行时祭路神以求平安，此处意为饯行。临皋：长安城外小镇。 (88)信宿：连住两夜。 (89)马嵬（wéi）：地名，在今陕西省兴平市西。 (90)圉（yǔ）人：

养马的人。圉，养马。洛川：地名，今陕西省洛川县。 ⑪欻（xū）然：忽然。 ⑫瘗（yì）：埋葬。 ⑬泫然：悲痛流泪的样子。 ⑭总监使：官名，掌管宫苑、养牧诸事。 ⑮大历：唐代宗年号（766—779）。 ⑯钟陵：地名，在今江西省进贤县西北。 ⑰殿中侍御史：官名，掌管宫廷礼仪等事。 ⑱异物：非人类的动物。因任氏是狐狸。人道：人性，人情。 ⑲徇：同“殉”，为遵循某种道义或追求某事物不惜献身。 ⑳精人：精明而有见识的人。 ⑴赏玩风态：欣赏喜爱她的风情仪态。 ⑵建中二年：公元781年。建中，唐德宗李适年号。 ⑶适居：被贬到某地。适同“谪”。 ⑷方舟：舟船并行。 ⑸昼醼夜话：日夜在一块儿宴饮聊天。醼同“宴”。 ⑹征：此处是征引、说出之意。 ⑺志异：记述怪异之事。

枕中记

开元七年[1]，道士有吕翁者，得神仙术。行邯郸道中，息邸舍[2]，摄帽弛带，隐囊而坐。俄见旅中少年，乃卢生也。衣短褐，乘青驹，将适于田[3]，亦止于邸中。与翁共席而坐，言笑殊畅。

久之，卢生顾其衣装敝亵，乃长叹息曰：“大丈夫生世不谐，困如是也！”翁曰：“观子形体，无苦无恙，谈谐方适，而叹其困者，何也？”生曰：“吾此苟生耳[4]，何适之谓？”翁曰：“此不谓适，而何谓适？”答曰：“士之生世，当建功树名，出将入相，列鼎而食，选声而听[5]。使族益昌而家益肥，然后可以言适乎。吾尝志于学，富于游艺[6]。自惟当年，青紫可拾[7]。今已适壮，犹勤畎亩[8]，非困而何？”言讫而目昏思寐。时主人方蒸黍。翁乃探囊中枕以授之，曰：“子枕吾枕，当令子荣适如志。”其枕青瓷，而窍其两端[9]。生俯首就之，见其窍渐大，明朗。乃举身而入，遂至其家。数月，娶清河崔氏女。女容甚丽，生资愈厚。生大悦，由是衣装服驭，日益鲜盛。明年，举进士，登第；释褐秘校[10]，应制，转渭南尉；俄迁监察御史[11]，转起居舍人[12]，知制诰[13]。三载，出典同州[14]，迁陕牧。生性好土功[15]，自陕西凿河八十里，以济不通。邦人利之，刻石纪德。移节汴州，领河南道采访使，征为京兆尹。是岁，神武皇帝方事戎狄，恢宏土宇[16]，会吐蕃悉抹逻及烛龙莽布支攻陷瓜沙[17]，而节度使王君奠新被杀，河湟震动[18]。帝思将帅之才，遂除生御史中丞、河西道节度。大破戎虏，斩首七千级，开地九百里，筑三大城以遮要害。边人立石于居延山以颂之。归朝册勋，恩礼极盛。转吏部侍郎，迁户部尚书兼御史大夫。时望清重，群情翕习[19]。大为时宰所忌[20]，以飞语中之[21]，贬为端州刺史。三年，征为常侍。未几，同中书门下平章事。与萧中令嵩，裴侍中光庭同执大政十余年嘉谟密令，一日三接，献替启沃[22]，号为贤相。同列害之[23]，复诬与边将交结，所图不轨。制下狱[24]。府吏引从至其门而急收之。生惶骇不测，谓妻子曰："吾家山东，有良田五顷，足以御寒馁，何苦求禄？而今及此，思衣短褐，乘青驹，行邯郸道中，不可得也。"引刃自刎，其妻救之，获免。其罹者皆死，独生为中官保之，减罪死，投驩州。数年，帝知冤，复追为中书令，封燕国公，恩旨殊异。生五子：曰俭、曰传、曰位、曰倜、曰倚，皆有才器。俭进士登第，为考功员外；传为侍御史；位为太常丞；倜为万年尉；倚最贤，年二十八，为左襄。其姻媾皆天下望族。有孙十余人。两窜荒徼[25]，再登台铉[26]，出入中外[27]，徊翔台阁[28]，五十余年，崇盛赫奕。性颇奢荡，甚好佚乐，后庭声色，皆第一绮丽。前后赐良田、甲第、佳人、名马，不可胜数。后年渐衰迈，屡乞骸骨[29]，不许。病，中人候问，相踵于道，名医上药，无不至焉。将殁，上疏曰："臣本山东诸生，以田圃为娱。偶逢圣运，得列官叙[30]。过蒙殊奖，特秩鸿私[31]，出拥节旌，入升台辅。周旋中外，绵历岁时。有忝天恩，无裨圣化。负乘贻寇[32]，履薄增忧[33]，日惧一日。不知老至。今年逾八十，位极三事[34]，钟漏并歇，筋骸俱耄，弥留沉顿[35]，待时溘尽。顾无成效，上答休明，空负深恩，永辞圣代。无任感恋之至。

谨奉表陈谢。”诏曰：“卿以俊德，作朕元辅[36]。出拥藩翰，入赞雍熙[37]。升平二纪，实卿所赖。比婴疾疹，日谓痊平。岂斯沈痼，良用悯恻。今令骠骑大将军高力士就第候省。其勉加针石[38]，为予自爱。犹冀无妄[39]，期于有瘳[40]。”是夕，薨。

卢生欠伸而悟，见其身方偃于邸舍[41]，吕翁坐其傍，主人蒸黍未熟，触类如故。生蹶然而兴[42]，曰：“岂其梦寐也？”翁谓生曰：“人生之适，亦如是矣。”生怃然良久，谢曰：“夫宠辱之道，穷达之运，得丧之理，死生之情，尽知之矣。此先生所以窒吾欲也[43]。敢不受教。”稽首再拜而去。

选自《太平广记》

【题解】

《太平广记》此篇题为《吕翁》。小说的主人公卢生偶然在客店里遇到道士吕翁，而后枕着吕翁给他的枕头入睡，做了一个美梦。在梦中，卢生经历了当时人间所能想象出来的种种荣华富贵，倍尝了“人生之适”。实际上，梦中的卢生的经历，是把他自己的人生理想，也是当时世俗社会人们理想的人生道路演示了一遍：中进士，官运亨通，功业显赫，位极人臣；娶高门望族之女，儿孙满堂，享寿八十余岁。当然与此同时，他也饱尝了官场的倾轧，仕途的险恶。以此，作品抒发了人生如梦的感慨，说明人们梦寐以求的人生理想，到头来不过是黄粱一梦。这显然是以道家“自然无为”的思想看待人生，劝人看破人世的穷达荣辱，升沉得失。如鲁迅在《中国小说的历史变迁》中所说，这篇作品包含着“劝人不要躁进，把功名富贵，看得淡些的意思”。

【注释】

①开元七年：公元719年。开元，唐玄宗李隆基年号。 ②邸舍：旅馆

③适：去、往。 ④苟生：得过且过，不发奋上进。 ⑤“列鼎”两句：描绘贵族豪华奢侈的生活，指饮食、娱乐活动都很讲究。 ⑥游艺：指诗、书、礼、乐、射、御等学问和技艺。 ⑦青紫可拾：高官厚禄唾手可得。青紫，借指高官显爵。 ⑧畎（quǎn）亩：指田间。畎，田间小沟。 ⑨窍其两端：在它两端开孔。 ⑩释褐：脱去粗布衣，意思是开始做官。 ⑪迁：升官。 ⑫转：此处指升任。 ⑬知制诰：主持起草圣旨。 ⑭典：掌管。⑮土功：治水工程。 ⑯ “神武皇帝”二句：神武皇帝正打算征服戎狄，开拓疆域。 ⑰悉抹逻、莽布支：人名，吐蕃将领。烛龙、瓜沙：地名。⑱河湟：黄河和湟水。这里指黄河、湟水流域的甘肃、青海地区。 ⑲翕（xī）习：繁盛、热烈的样子。 ⑳时宰：当时的宰相。 ㉑以飞语中之：散布流言中伤他。 ㉒献替启沃：献善除恶，启迪教诲。 ㉓同列：同僚。㉔制下狱：皇帝直接下令审讯的案子。 ㉕荒徼：边远荒芜的地方。 ㉖台铉：喻宰相重臣。铉，鼎耳，或指横穿鼎耳以扛鼎的器具。 ㉗中外：朝廷和外省。 ㉘徊翔台阁：指当朝廷命官。 ㉙乞骸骨：辞职回乡。 ㉚官叙：官员之列。 ㉛特秩鸿私：特殊的恩惠。 ㉜负乘贻寇：指不称职，谦辞。㉝履薄增忧：兢兢业业心系国事，有如履薄冰之感。 ㉞三事：指宰相。㉟弥留沉顿：将死之际，精神不振。 ㊱元辅：首辅，首相。 ㊲雍熙：和乐貌，形容太平盛事。 ㊳针石：指治疗。 ㊴无妄：不治而愈。此语出自《易经》。 ㊵瘳（chōu）：病愈。 ㊶偃（yǎn）：躺着。 ㊷蹶（guì）然：猛然起来的样子。 ㊸窒吾欲：遏止我的欲望。

蒋　防（生卒年不详）

字子徵，义兴（今江苏省宜兴市）人。曾官左拾遗，唐代元和年间由李绅荐为司封郎知制诰，历官翰林学士，中书舍人，后被贬，任汀州、连州刺史。著作有文一卷，见《全唐文》，并有传奇小说《霍小玉传》行世。

霍小玉传

大历中[①]，陇西李生名益，年二十，以进士擢第[②]。其明年，拔萃[③]，俟试于天官[④]。夏六月，至长安，舍于新昌里。生门族清华[⑤]，少有才思，丽词嘉句，时谓无双；先达丈人[⑥]，翕然推伏[⑦]。每自矜风调，思得佳偶，博求名妓，久而未偕。

长安有媒鲍十一娘者，故薛驸马家青衣也[⑧]；折券从良[⑨]，十余年矣。性便辟[⑩]，巧言语，豪家戚里，无不经过，追风挟策[⑪]，推为渠帅[⑫]。常受生诚托厚赂，意颇德之。经数月，李方闲居舍之南亭，申未间[⑬]，忽闻扣门甚急，云是鲍十一娘至。摄衣从之，迎问曰："鲍卿今日何故忽然而来？"鲍笑曰："苏姑子作好梦也未？有一仙人，谪在下界，不邀财货，但慕风流。如此色目，共十郎相当矣。"生闻之惊跃，神飞体轻，引鲍手且拜且谢曰："一生作奴，死亦不惮。"因问其名居。鲍具说曰："故霍王小女[⑭]，字小玉，王甚爱之。母曰净持。净持，即王之宠婢也。王之初薨[⑮]，诸弟兄以其出自贱庶，不甚收录。因分与资财，遣居于外，易姓为郑氏，人亦不知其王女。姿质秾艳，一生未见，高情逸态，事事过人，音乐诗书，无不通解。昨遣某求一好儿郎格调相称者。某具说十郎。他亦知有李十郎名字，非常欢惬。住在胜业坊古寺曲，甫上车门宅是也。已与他作期约。明日午时，但至曲头觅桂子[⑯]，即得矣。"鲍既去，生便备行计。遂令家僮秋鸿，于从兄京兆参军尚公处假青骊驹，黄金勒。其夕，生浣衣沐浴，修饰容仪，喜跃交并，通夕不寐。迟明[⑰]，巾帻，引镜自照，惟惧不谐也。徘徊之间，至于亭午[⑱]。遂命驾疾驱，直抵胜业。

至约之所，果见青衣立候，迎问曰："莫是李十郎否？"即下马，令牵入屋底，急急锁门。见鲍果从内出来，遥笑曰："何等儿郎，造次入此？”生调诮未毕，引入中门。庭间有四樱桃树；西北悬一鹦鹉笼，见生人来，即语曰：“有人入来，急下帘者！”生本性雅淡，心犹疑惧，忽见鸟语，愕然不敢进。逡巡，鲍引净持下阶相迎，延入对坐。年可四十余，绰约多姿，谈笑甚媚。因谓生曰：“素闻十郎才调风流，今又见容仪雅秀，名下固无虚士[19]。某有一女子，虽拙教训，颜色不至丑陋，得配君子，颇为相宜。频见鲍十一娘说意旨，今亦便令永奉箕帚[20]。”生谢曰：“鄙拙庸愚，不意顾盼，倘垂采录，生死为荣。”遂命酒馔，即令小玉自堂东阁子中而出。生即拜迎。但觉一室之中，若琼林玉树，互相照曜，转盼精彩射人。既而遂坐母侧。母谓曰：“汝尝爱念‘开帘风动竹，疑是故人来’[21]，即此十郎诗也。尔终日吟想，何如一见。”玉乃低鬟微笑，细语曰：“见面不如闻名。才子岂能无貌？”生遂连起拜曰：“小娘子爱才，鄙夫重色。两好相映，才貌相兼。”母女相顾而笑。遂举酒数巡。生起，请玉唱歌。初不肯，母固强之。发声清亮，曲度精奇。酒阑，及暝，鲍引生就西院憩息。闲庭邃宇，帘幕甚华。鲍令侍儿桂子、浣沙与生脱靴解带。须臾，玉至，言叙温和，辞气宛媚。解罗衣之际，态有余妍，低帏昵枕，极其欢爱。生自以为巫山洛浦不过也[22]。中宵之夜，玉忽流涕观生曰：“妾本倡家，自知非匹。今以色爱，托其仁贤。但虑一旦色衰，恩移情替，使女萝无托[23]，秋扇见捐[24]。极欢之际，不觉悲至。”生闻之，不胜感叹。乃引臂替枕，徐谓玉曰：“平生志愿，今日获从，粉骨碎身，誓不相舍。夫人何发此言！请以素缣，著之盟约。”玉因收泪，命侍儿樱桃褰幄执烛，授生笔砚。玉管弦之暇，雅好诗书，筐箱笔砚，皆王家之旧物。遂取绣囊，出越姬乌丝栏素缣三尺以授生[25]。生素多才思，授笔成章，引谕山河，指诚日月，句句恳切，闻之动人。染毕[26]，命藏于宝箧之内。自尔婉娈相得，若翡翠之在云路也[27]。如此二岁，日夜相从。

其后年春，生以书判拔萃登科，授郑县主簿。至四月，将之官，便拜庆于东洛[28]。长安亲戚，多就筵饯。时春物尚余，夏景初丽，酒阑宾散，离思萦怀。玉谓生曰："以君才地名声，人多景慕，愿结婚媾，固亦众矣。况堂有严亲，室无冢妇[29]，君之此去，必就佳姻。盟约之言，徒虚语耳。然妾有短愿，欲辄指陈。永委君心，复能听否？"生惊怪曰："有何罪过，忽发此辞？试说所言，必当敬奉。"玉曰："妾年始十八，君才二十有二，迨君壮室之秋[30]，犹有八岁。一生欢爱，愿毕此期。然后妙选高门，以谐秦晋，亦未为晚。妾便舍弃人事，剪发披缁[31]，夙昔之愿，于此足矣。"生且愧且感，不觉涕流。因谓玉曰："皎日之誓，死生以之，与卿偕老，犹恐未惬素志，岂敢辄有二三。固请不疑，但端居相待。至八月，必当却到华州，寻使奉迎，相见非远。"更数日，生遂诀别东去。

到任旬日，求假往东都觐亲。未至家日，太夫人已与商量表妹卢氏，言约已定。太夫人素严毅，生逡巡不敢辞让，遂就礼谢，便有近期。卢亦甲族也[32]，嫁女于他们，聘财必以百万为约，不满此数，义在不行。生家素贫，事须求贷，便托假故，远投亲知，涉历江淮，自秋及夏。生自以孤负盟约[33]，大愆回期[34]。寂不知闻，欲断其望。遥托亲故，不遣漏言。

玉自生逾期，数仿音信。虚词诡说，日日不同。博求师巫，遍询卜筮，怀忧抱恨，周岁有余，羸卧空闺[35]，遂成沈疾[36]：虽生之书题竟绝，而玉之想望不移，赂遗亲知，使通消息。寻求既切，资用屡空，往往私令侍婢潜卖箧中服玩之物，多托于西市寄附铺侯景先家货卖。曾令侍婢浣沙将紫玉钗一只，诣景先家货之。路逢内作老王工[37]，见浣沙所执，前来认之曰："此钗，吾所作也。昔岁霍王小女将欲上鬟[38]，令我作此，酬我万钱。我尝不忘。汝是何人，从何而得？"浣沙曰："我小娘子，即霍王女也。家事破散，失身于人。夫婿昨向东都，更无消息。悒怏成疾，今欲二年。令我卖此，赂遗于人，使求音信。"玉工凄然下泣曰："贵人男女，失机落节，一至于此。我残年向尽，见此盛衰，不胜伤感。”遂引至延先公主宅，具言前事，公主亦为之悲叹良久，给钱十二万焉。

时生所定卢氏女在长安，生既毕于聘财，还归郑县。其年腊月，又请假入城就亲。潜卜静居[39]，不令人知。有明经崔允明者，生之中表弟也。性甚长厚，昔岁常与生同欢于郑氏之室，杯盘笑语，曾不相间。每得生信，必诚告于玉。玉常以薪刍衣服[40]，资给于崔。崔颇感之。生既至，崔具以诚告玉。玉恨叹曰：“天下岂有是事乎！”遍请亲朋，多方召致。生自以愆期负约，又知玉疾候沉绵，惭耻忍割[41]，终不肯往。晨出暮归，欲以回避。玉日夜涕泣，都忘寝食，期一相见，竟无因由。冤愤益深，委顿床枕。自是长安中稍有知者。风流之士，共感玉之多情；豪侠之伦，皆怒生之薄行。

时已三月，人多春游。生与同辈五六人诣崇敬寺玩牡丹花，步于西廊，递吟诗句。有京兆韦夏卿者，生之密友，时亦同行。谓生曰：“风光甚丽，草木荣华。伤哉郑卿，衔冤空室！足下终能弃置，实是忍人。丈夫之心，不宜如此。足下宜为思之！”叹让之际[42]，忽有一豪士，衣轻黄纻衫[43]，挟朱弹，丰神隽美，衣服轻华，唯有一剪头胡雏从后[44]，潜行而听之。俄而前揖生曰：“公非李十郎者乎？某族本山东，姻连外戚。虽乏文藻，心尝乐贤。仰公声华，常思觏止[45]。今日幸会，得睹清扬。某之敝居，去此不远，亦有声乐，足以娱情。妖姬八九人，骏马十数匹，唯公所欲。但愿一过。”生之侪辈，共聆斯语，更相叹美。因与豪士策马同行，疾转数坊，遂至胜业。生以近郑之所止，意不欲过，便托事故，欲回马首。豪士曰：“敝居咫尺，忍相弃乎？”乃挽挟其马，牵引而行。迁延之间，已及郑曲。生神情恍忽，鞭马欲回。豪士遽命奴仆数人，抱持而进。疾走推入车门，便令锁却，报云：“李十郎至也！”一家惊喜，声闻于外。

先此一夕，玉梦黄衫丈夫抱生来，至席，使玉脱鞋。惊寤而告母。因自解曰：“鞋得，谐也。夫妇再合。脱者，解也。既合而解，亦当永诀。由此征之，必遂相见，相见之后，当死矣。”凌晨，请母妆梳。母以其久病，心意惑乱，不甚信之。僶勉之间[46]，强为妆梳。妆梳才毕，而生果至。玉沉绵日久，转侧须人[47]。忽闻生来，欻然自起[48]，更衣而出，恍若有神。遂与生相见，含怒凝视，不复有言。羸质娇姿，如不胜致，时复掩袂，返顾李生。感物伤人，坐皆欷歔。顷之，有酒肴数十盘，自外而来，一座惊视，遽问其故，悉是豪士之所致也。因遂陈设，相就而坐。玉乃侧身转面，斜视生良久，遂举杯酒，酬地曰[49]：“我为女子，薄命如斯。君是丈夫，负心若此。韶颜稚齿[50]，饮恨而终。慈母在堂，不能供养。绮罗弦管，从此永休。征痛黄泉[51]，皆君所致。李君李君，今当永诀！我死之后，必为厉鬼，使君妻妾，终日不安！”乃引左手握生臂，掷杯于地，长恸号哭数声而绝。母乃举尸，置于生怀，令唤之，遂不复苏矣。生为之缟素，旦夕哭泣甚哀。将葬之夕，生忽见玉繐帷之中[52]，容貌妍丽，宛若平生。著石榴裙，紫褴裆[53]，红绿帔子。斜身倚帷，手引绣带，顾谓生曰：“愧君相送，尚有余情。幽冥之中，能不感叹。”言毕，遂不复见。明日，葬于长安御宿原[54]。生至墓所，尽哀而返。

后月余，就礼于卢氏[55]。伤情感物，郁郁不乐。夏五月，与卢氏偕行，归于郑县。至县旬日，生方与卢氏寝，忽帐外叱叱作声。生惊视之，则见一男子，年可二十余，姿状温美，藏身暎幔，连招卢氏。生惶遽走起，绕幔数匝[56]，倏然不见。生自此心怀疑虑，猜忌万端，夫妻之间，无聊生矣[57]。或有亲情[58]，曲相劝喻。生意稍解。后旬日，生复自外归，卢氏方鼓琴于床，忽见自门抛一斑犀钿花合子[59]，方圆一寸余，中有轻绢，作同心结，坠于卢氏怀中。生开而视之，见相思子二[60]，叩头虫一，发杀觜一[61]，驴驹媚少许[62]。生当时愤怒叫吼，声如豺虎，引琴撞击其妻，诘令实告。卢氏亦终不自明。尔后往往暴加捶楚，备诸毒虐，竟讼于公庭而遣之。卢氏既出，生或侍婢媵妾之属[63]，暂同枕席，便加妒忌。或有因而杀之者。生尝游广陵，得名姬曰营十一娘者，容态润媚，生甚悦之。每相对坐，尝谓营曰：“我尝于某处得某姬，犯某事，我以某法杀之。”日日陈说，欲令惧己，以肃清闺门。出则以浴斛覆营于床[64]，周回封署，归必详视，然后乃开。又畜一短剑，甚利，顾谓侍婢曰：“此信州葛溪铁[65]，唯断作罪过头！”大凡生所见妇人，辄加猜忌，至于三娶，率皆如初焉[66]。

选自《太平广记》

【题解】

《霍小玉传》描写了一个凄婉的爱情悲剧。主人公霍小玉是已故霍王的女儿，但因母亲曾是霍王的婢女，地位低下，不被贵族家庭容纳，因而霍小玉最终沦落风尘。她容貌美丽，聪慧敏感，纯真多情，多才多艺。在春风得意的贵公子李益的热烈追求下，她对李益产生了强烈的爱情，并且一往情深。但即使在热恋时，面对李益的旦旦信誓，她对与李益的关系也具有清醒、冷静的认识。她知道李益最终要与门第相当的女子成婚，她只希望在李益结婚前，与李益共同渡过八年美好的时光。然而事实上，就是这样一个希望，最终也变成了奢望。严酷的封建门阀制度和门第观念，使她可怜的愿望破灭，在精神上倍受蹂躏，也使她的躯体走向毁灭。整篇小说文情委曲，描摹细致，更有助于霍小玉这一艺术形象产生动人的悲剧力量。

【注释】

①大历：唐代宗李豫年号（766—779）。 ②以进士擢第：考中进士。擢，选拔。此处意为考中。 ③拔萃：唐科举制规定，新中进士只算具备了候补官员的资格，须经吏部复试，试判三条，合格入官的称为拔萃。 ④天官：吏部，朝廷主管人事的官署。 ⑤门族清华：出身贵族。 ⑥先达丈人：德高望重，名声显赫的前辈。 ⑦翕（xī）然推伏：一致赞许。 ⑧青衣：婢女。 ⑨折券从良：用钱赎身，废除卖身文契，然后嫁人。 ⑩性便辟：善于

逢迎奉承。 ⑪追风挟策：善于撮合男女婚事。 ⑫渠帅：首领。 ⑬申未间：未指下午一至三时，申指下午三至五时，申未间指下午三点左右。 ⑭霍王：唐高祖的儿子李元轨。武则天时获罪被杀，距大历中有八、九十年时间。说霍小玉是霍王小女，显然是小说家语。 ⑮薨（hōng）：古代专称帝王死。 ⑯曲头：巷口。桂子：婢女名。 ⑰迟明：天将亮时。 ⑱亭午：正午。 ⑲名下固无虚士：果然名不虚传。 ⑳永奉箕帚：做妻子的谦辞。㉑ "开帘"两句：诗见唐代诗人李益《竹窗闻风寄苗发司空曙》。原诗前句为"开门复动竹"。 ㉒巫山洛浦：指男女爱情。战国时宋玉作《高唐赋》，写楚怀王游高唐，梦中与巫山神女欢会。三国时曹植作《洛神赋》，写他在洛水边与洛水女神宓妃相见。 ㉓女萝：植物名，依托树木枝干生长，此处比喻女子依靠男子生活。 ㉔秋扇见捐：像秋天的扇子一样被人丢弃。 ㉕乌丝栏素缣：画有黑线格的白色细绢，是当时浙东的名产。供书写用。 ㉖染毕：写完。 ㉗ "若翡翠"句：像翡翠鸟飞翔在云间，比喻夫妻恩爱，幸福美满。 ㉘拜庆于东洛：到东都洛阳去拜望父母并报喜讯。 ㉙室无冢妇：家里没有正妻。 ㉚壮室之秋：指三十岁，古人有"三十而娶"的说法。 ㉛剪发披缁：指出家做尼姑。 ㉜甲族：高门望族。 ㉝孤负：辜负，背弃。 ㉞大愆（qiān）回期：大大地延误了约定回去的日期。愆，错过、耽误。 ㉟羸（léi）卧空闺：病卧空房。羸，瘦弱。 ㊱沈：通"沉"。 ㊲内作：宫廷手工作坊。 ㊳上鬟：古人认为女子十五岁即成年，因此，待女子十五岁时，梳髻插簪，称为"上鬟"。 ㊴潜卜静居：悄悄找了个僻静的住处。 ㊵薪刍：柴米等物品。 ㊶惭耻忍割：惭愧羞耻，忍痛割舍。 ㊷叹让：感叹，指责。 ㊸衣轻黄纻（zhù）衫：穿淡黄色的麻衫。纻，指苎麻织的布。㊹胡雏：少数民族童仆。 ㊺觏（gòu）止：会见。 ㊻僶（mǐn）勉之间：此处意为在勉强的情况下。僶勉，也作僶俛，原意为努力、奋勉。 ㊼转侧须人：行动须由人扶持。 ㊽欻然：猛然。 ㊾酬地：把酒洒在地上。以表示决绝的态度。 ㊿韶颜稚齿：指年纪很轻。 51征：此处意为含着，带着。 52繐帷：灵帐。 53紫褴裆：紫色长袍。 54御宿原：长安城南的墓地。 ⑤就礼于卢氏：与卢氏成婚。 ⑥数匝：几圈。 ⑦无聊：指纠纷。 ⑧亲情：亲戚。 ⑨斑犀钿花合子：有斑纹的犀牛角雕成并嵌花的盒子。 ⑩相思子：红豆，古人用以表达相思之物。 ⑪发杀觜（zī）：未详何物，疑为媚药。 ⑫驴驹媚：疑为一种饰物。 ⑬媵（yìng）妾：随嫁的侍妾。 ⑭浴斛：澡盆。 ⑮信州：唐州名，州治在今江西省上饶市，唐代以产优质铁著称。 ⑯率皆如初：都像当初（对卢氏）那样。

李公佐（生卒年不详）

字颛蒙，陇西（今属甘肃省）人。他的主要活动时间在唐贞元、元和年间。曾举进士，在江西道任过官职，可能是观察使下属判官。有传奇小说《南柯太守传》《谢小娥传》《古岳读经》和《庐江冯媪传》传世。《燕女坟记》已佚。还著有杂史著作《建中河朔记》，无传本。

南柯太守传

东平淳于棼[①]，吴、楚游侠之士。嗜酒使气，不守细行。累巨产，养豪客。曾以武艺补淮南军裨将[②]，因使酒忤帅，斥逐落魄，纵诞饮酒为事。家住广陵郡东十里[③]。所居宅南有大古槐一株，枝干修密，清阴数亩[④]。淳于生日与群豪，大饮其下。

贞元七年九月[⑤]，因沉醉致疾。时二友人于坐扶生归家，卧于堂东庑之下[⑥]。二友谓生曰："子其寝矣！余将秣马濯足，俟子小愈而去。"

生解巾就枕，昏然忽忽，仿佛若梦。见二紫衣使者，跪拜生曰："槐安国王遣小臣致命奉邀。"生不觉下榻整衣，随二使至门。见青油小车，驾以四牡[⑦]，左右从者七八，扶生上车，出大户，指古槐穴而去。使者即驱入穴中。生意颇甚异之，不敢致问。

忽见山川、风候[⑧]、草木、道路，与人世甚殊。前行数十里，有郛郭城堞[⑨]。车舆人物，不绝于路。生左右传车者[⑩]，传呼甚严，行者亦争辟于左右。又入大城，朱门重楼，楼上有金书，题曰“大槐安国”。执门者趋拜奔走。旋有一骑传呼曰：“王以驸马远降，令且息东华馆。”因前导而去。俄见一门洞开，生降车而入。彩槛雕楹；华木珍果，列植于庭下；几案茵褥，帘帏殽膳，陈设于庭上。生心甚自悦。复有呼曰：“右相且至。”生降阶祗奉[⑪]。有一人紫衣象简前趋[⑫]，宾主之仪敬尽焉。右相曰：“寡君不以弊国远僻，奉迎君子，托以姻亲。”生曰：“某以贱劣之躯，岂敢是望。”

右相因请生同诣其所。行可百步，入朱门。矛戟斧钺，布列左右，军吏数百，辟易道侧。生有平生酒徒周弁者，亦趋其中。生私心悦之，不敢前问。右相引生升广殿，御卫严肃，若至尊之所。见一人长大端严，居正位，衣素练服[⑬]，簪朱华冠。生战栗，不敢仰视。左右侍者令生拜。王曰：“前奉贤尊命[⑭]，不弃小国，许令次女瑶芳，奉事君子[⑮]。”生但俯伏而已，不敢致词。王曰：“且就宾宇，续造仪式。”有旨，右相亦与生偕还馆舍。生思念之，意以为父在边将，因殁虏中，不知存亡。将谓父北蕃交通[⑯]，而致兹事[⑰]。心甚迷惑，不知其由。

是夕，羔雁币帛，威容仪度，妓乐丝竹，殽膳灯烛，车骑礼物之用，无不咸备。有群女，或称华阳姑，或称青溪姑，或称上仙子，或称下仙子，若是者数辈。皆侍从数十，冠翠凤冠，衣金霞帔，彩碧金钿，目不可视。遨游戏乐，往来其门，争以淳于郎为戏弄。风态妖丽，言词巧艳，生莫能对。

复有一女谓生曰：“昨上巳日[⑱]，吾从灵芝夫人过禅智寺，于天竺院观石延舞《婆罗门》。吾与诸女坐北牖石榻上[⑲]，时君少年，亦解骑来看。君独强来亲洽，言调笑谑。吾与穷英妹结绛巾，挂于竹枝上，君独不忆念之乎？又七月十六日，吾于孝感寺侍上真子，听契玄法师讲《观音经》[20]。吾于讲下舍金凤钗两只[21]，上真子舍水犀合子一枚。时君亦讲筵中于师外请钗合视之，赏叹再三，嗟异良久，顾余辈曰：‘人之与物，皆非世间所有。’或问吾氏，或访吾里。吾亦不答，情意恋恋，瞩盼不舍。君岂不思念之乎？”生曰：“中心藏之，何日忘之[22]。”群女曰：“不意今日与君为眷属。”

复有三人，冠带甚伟，前拜生曰：“奉命为驸马相者[23]。”中一人与生且故。生指曰：“子非冯翊田子华乎？”田曰：“然。”生前，执手叙旧久之。生谓曰：“子何以居此？”子华曰：“吾放游[24]，获受知于右相武成侯段公，因以栖托。”生复问曰：“周弁在此，知之乎？”子华曰：“周生，贵人也。职为司隶，权势甚盛。吾数蒙庇护。”言笑甚欢。

俄传声曰：“驸马可进矣。”三子取剑佩冕服，更衣之。子华曰：“不意今日获睹盛礼，无以相忘也。”有仙姬数十，奏诸异乐，婉转清亮，曲调凄悲，非人间之所闻听。有执烛引导者，亦数十。左右见金翠步障[25]，彩碧玲珑，不断数里。生端坐车中，心意恍惚，甚不自安。田子华数言笑以解之。向者群女姑姊，各乘凤翼辇，亦往来其间。至一门，号“修仪宫”。群仙姑姊亦纷然在侧，令生降车辇拜，揖让升降[26]，一如人间。彻障去扇，见一女子，云号“金枝公主”。年可十四五，俨若神仙。交欢之礼，颇亦明显。

生自尔情义日洽，荣曜日盛。出入车服，游宴宾御，次于王者[27]。王命生与群寮备武卫，大猎于国西灵龟山。山阜峻秀，川泽广远，林树丰茂，飞禽走兽，无不蓄之。师徒大获，竟夕而还。

生因他日，启王曰：“臣顷结好之日[28]，大王云奉臣父之命。臣父顷佐边将，用兵失利，陷没胡中。尔来绝书信十七八岁矣。王既知所在，臣请一往拜观。”王遽谓曰：“亲家翁职守北土，信问不绝。

卿但具书状知闻[29]，未用便去。”遂命妻致馈贺之礼，一以遣之。数夕还答。生验书本意，皆父平生之迹。书中忆念教诲，情意委曲，皆如昔年。复问生亲戚存亡，闾里兴废。复言路道乖远，风烟阻绝。词意悲苦，言语哀伤。又不令生来觐[30]，云：“岁在丁丑，当与女相见[31]。”生捧书悲咽，情不自堪。

他日，妻谓生曰：“子岂不思为政乎[32]？”生曰：“我放荡不习政事。”妻曰：“卿但为之，余当奉赞[33]。”妻遂白于王。累日，谓生曰：“吾南柯政事不理，太守黜废。欲借卿才，可曲屈之。便与小女同行。”生敦授教命[34]。王遂敕有司备太守行李。因出金玉、锦绣、箱奁、仆妾、车马，列于广衢，以饯公主之行。

生少游侠，曾不敢有望，至是甚悦。因上表曰：“臣将门余子，素无艺术[35]，猥当大任[36]，必败朝章。自悲负乘[37]，坐致覆餗[38]。今欲广求贤哲，以赞不逮。伏见司隶颍川周弁，忠亮刚直，守法不回，有毗佐之器[39]。处士冯翊田子华，清慎通变，达政化之源。二人与臣有十年之旧，备知才用，可托政事。周请署南柯司宪，田请署司农。庶使臣政绩有闻，宪章不紊也。”王并依表以遣之。

其夕，王与夫人饯于国南[40]。王谓生曰：“南柯国之大郡，土地丰壤，人物豪盛，非惠政不能以治之[41]。况有周、田二赞。卿其勉之，以副国念[42]。”夫人戒公主曰：“淳于郎性刚好酒，加之少年。为妇之道，贵乎柔顺。尔善事之，吾无忧矣。南柯虽封境不遥，晨昏有间[43]。今日睽别，宁不沾巾。”生与妻拜首南去，登车拥骑，言笑甚欢。累夕达郡。郡有官吏、僧道、耆老、音乐、车舆、武卫、銮铃，争来迎奉。人物阗咽[44]，钟鼓喧哗，不绝十数里。见雉堞台观，佳气郁郁。入大城门——门亦有大榜，题以金字，曰“南柯郡城”。——见朱轩棨户，森然深邃。生下车，省风俗，疗病苦，政事委以周、田，郡中大理。自守郡二十载，风化广被，百姓歌谣，建功德碑，立生祠宇。王甚重之。赐食邑，锡爵位[45]，居台辅。周、田皆以政治著闻，递迁大位。生有五男二女。男以门荫授官，女亦娉于王族。荣耀显赫，一时之盛，代莫比之[46]。

是岁，有檀萝国者，来伐是郡。王命生练将训师以征之。乃表周弁将兵三万，以拒贼之众于瑶台城。弁刚勇轻敌，师徒败绩。弁单骑裸身潜遁，夜归城。贼亦收辎重铠甲而还。生因囚弁以请罪。王并舍之。是月，司宪周弁疽发背[47]，卒。生妻公主遘疾[48]，旬日又薨。生因请罢郡[49]，护丧赴国[50]。王许之。便以司农田子华行南柯太守事。生哀恸发引[51]，威仪在途，男女叫号，人吏奠馔，攀辕遮道者不可胜数。遂达于国。王与夫人素衣哭于郊，候灵舆之至。谥公主曰："顺仪公主。"备仪仗羽葆鼓吹，葬于国东十里盘龙冈。是月，故司宪子荣信，亦护丧赴国。

生久镇外藩，结好中国[52]，贵门豪族，靡不是洽[53]。自罢郡还国，出入无恒[54]，交游宾从，威福日盛。王意疑惮之[55]。时有国人上表云："玄象谪见[56]，国有大恐。都邑迁徙，宗庙崩坏。衅起他族[57]，事在萧墙[58]。"时议以生侈僭之应也。遂夺生侍卫，禁生游从，处之私第[59]。生自恃守郡多年，曾无败政，流言怨悖，郁郁不乐。王亦知之。因命生曰："姻亲二十余年，不幸小女夭枉，不得与君子偕老，良用痛伤。"夫人因留孙自鞠育之[60]。又谓生曰："卿离家多时，可暂归本里，一见亲族。诸孙留此，无以为念。后三年，当令迎卿。"生曰："此乃家矣，何更归焉？"王笑曰："卿本人间，家非在此。"生忽若惛睡，瞢然久之，方乃发悟前事，遂流涕请还。王顾左右以送生。

生再拜而去，复见前二紫衣使者从焉。至大户外，见所乘车甚劣，左右亲使御仆，遂无一人，心甚叹异。生上车，行可数里，复出大城，宛是昔年东来之途，山川原野，依然如旧。所送二使者，甚无威势。生逾怏怏[61]。生问使者曰："广陵郡何时可到？"二使讴歌自若，久乃答曰："少顷即至。"俄出一穴，见本里闾巷，不改往日，潸然自悲，不觉流涕。二使者引生下车，入其门，升其阶，己身卧于堂东庑之下。生甚惊畏，不敢前近。二使因大呼生之姓名数声，生遂发寤如初。见家之僮仆拥篲于庭[62]，二客濯足于榻，斜日未隐于西垣，余樽尚湛于东牖[63]。梦中倏忽，若度一世矣。

生感念嗟叹，遂呼二客而语之。惊骇，因与生出外，寻槐下穴。生指曰："此即梦中所经入处。"二客将谓狐狸木媚之所为祟[64]。遂命仆夫荷斤斧，断拥肿，折查枿[65]，寻穴究源。旁可袤丈，有大穴，洞然明朗，可容一榻。根上有积土壤，以为城郭台殿之状。有蚁数斛，隐聚其中。中有小台，其色若丹。二大蚁处之，素翼朱首，长可三寸；左右大蚁数十辅之，诸蚁不敢近：此其王矣。即槐安国都也。又穷一穴，直上南枝，可四丈，宛转方中[66]，亦有土城小楼，群蚁亦处其中，即生所领南柯郡也。又一穴：西去二丈，磅礴空圬，嵌窞异状[67]。中有一腐龟壳，大如斗。积雨浸润，小草丛生，繁茂翳荟，掩映振壳[68]，即生所猎灵龟山也。又穷一穴：东去丈余，古根盘屈，若龙虺之状[69]。中有小土壤，高尺余，即生所葬妻盘龙冈之墓也。追想前事，感叹于怀，披阅穷迹，皆符所梦。不欲二客坏之，遽令掩塞如旧。是夕，风雨暴发。旦视其穴，遂失群蚁，莫知所去。故先言"国有大恐，都邑迁徙"，此其验矣。复念檀萝征伐之事，又请二客访迹于外。宅东一里有古涸涧，侧有大檀树一株，藤萝拥织，上不见日。旁有小穴，亦有群蚁隐聚其间。檀萝之国，岂非此耶。嗟乎！蚁之灵异，犹不可穷，况山藏木伏之大者所变化乎？时生酒徒周弁、田子华并居六合县[70]，不与生过从旬日矣。生遽遣家僮疾往候之。周生暴疾已逝，田子华亦寝疾于床。生感南柯之浮虚，悟人世之倏忽，遂栖心道门，绝弃酒色。后三年，岁在丁丑，亦终于家。时年四十七，将符宿契之限矣[71]。公佐贞元十八年秋八月，自吴之洛，暂泊淮浦，偶觌淳于生儿楚，询访遗迹，翻覆再三，事皆摭实[72]，辄编录成传。以资好事。虽稽神语怪，事涉非经，而窃位著生[73]，冀将为戒。后之君子，幸以南柯为偶然，无以名位骄于天壤间云。

前华州参军李肇赞曰[74]：

贵极禄位，

权倾国都，

达人视此[75]，

蚁聚何殊。

选自《太平广记》

【题解】

本篇中的主人公淳于棼是一位游侠之士，好饮酒。一次大醉后正昏睡，忽见有人邀请他去“槐安园”，他便随之而去。他在那里被招为驸马，又任南柯太守。因有功绩，被皇帝重视，得爵位，居台辅，享尽荣华富贵。但后在一次战争中失利，加上公主去世，诽谤、谗言纷纷袭来，被遣送出郭，返回原籍。他心情痛苦之极，猛然醒来，原来是一场大梦。本篇通过梦幻写人生，对宦海沉浮的残酷和醉心功名的士人心态都做了较深入的揭露。小说描写生动，富有文采。

【注释】

①东平：唐代郡名，治所在今山东省东平县。 ②裨将：副将。 ③广陵郡：唐郡名，郡治在今江苏省扬州市。 ④阴：同“荫”。 ⑤贞元七年：公元791年。贞元，唐德宗年号。 ⑥庑（wǔ）：厅堂外的走廊。 ⑦四牡：四匹马。 ⑧风候：风物风情。 ⑨郛（fú）郭：外城。城堞（dié）：城墙上的垛口。 ⑩传车者：车边跟随供使唤开道的人。 ⑪祇奉：恭敬地迎候。 ⑫象简：象牙手板，古代官员上朝时所执。 ⑬衣素练服：穿着白绢衣服。 ⑭贤尊：令尊，对别人父亲的敬称。 ⑮奉事：侍候，是做妻子的客气说法。 ⑯北蕃：指当时北方少数民族。 ⑰而致兹事：导致、促成了这件事。 ⑱上巳日：三月初三，古代风俗这天要到郊外游玩，据说可去掉坏运气。 ⑲北牖（yǒu）：北边的窗户。 ⑳《观音经》：佛经《法华经》

中的一章。㉑讲下：讲座下。㉒“中心”两句：引自《诗经·小雅·隰桑》。㉓相者：傧相，陪伴新郎或新娘的人。㉔放游：漫游。㉕步障：屏风。㉖揖让升降：作揖谦让。㉗次于王者：仅次于国王。㉘顷：不久前。㉙具书状知闻：写信说明现状。㉚觐（jìn）：拜见。㉛女：同“汝”，你。㉜为政：做官。㉝奉赞：帮助。㉞敦授教命：恭敬地接受国王的命令。㉟素无艺术：一向没有学问和从事政事的本领。㊱猥当大任：勉强担负重任。㊲负乘：辜负皇帝的任信。㊳覆𫗧（sù）：打翻鼎中的食物，比喻把事情办坏。㊴有毗佐之器：具有辅佐政事的才能。㊵国南：京城的南门外。㊶惠政：爱民、惠民的政治。㊷副：符合。㊸间：阻隔。㊹阗咽：繁盛热闹，熙熙攘攘的样子。㊺锡：赐。㊻代莫比之：当时没有人能比得上他。㊼疽（jū）：背上长一种毒疮。㊽遘疾：得病。㊾罢郡：免去太守职务。㊿护丧赴国：赴京城料理丧事。(51)发引：出殡。(52)中国：朝中文武官员。(53)靡不是洽：没有不和他交好的。(54)出入无恒：出入没有一定。(55)疑惮：疑忌害怕。(56)玄象谪见：天象出现责罚的预兆。(57)衅起他族：灾难由外姓人引起。(58)事在萧墙：祸患将在内部产生。(59)处之私第：软禁在家中。(60)鞠育：抚养。(61)怏（yàng）怏：不高兴的神情。(62)篲：扫帚。(63)“余樽”句：东窗下杯中残酒还清亮地放着。(64)木媚：树妖。(65)查枿（niè）：泛指树枝。(66)宛转方中：四周曲折，中间呈方形。(67)嵌窞（dàn）：深洞。(68)“繁茂”二句：草木繁盛，掩映拂动着龟壳。(69)虺（huǐ）：毒蛇。(70)六合县：在今江苏省。(71)宿契：从前约定的期限，指上文大槐安国王所说的“后三年，当令迎卿”的话。(72)摭实：得到证实。(73)窃位著生：窃取官位以谋生，指无能而又善钻营的人。(74)李肇：唐宪宗元和时人，著有《翰林志》一卷、《国史补》三卷。(75)达人：达观、通达的人。

谢小娥传

小娥，姓谢氏，豫章人[①]，估客女也[②]。生八岁，丧母。嫁历阳侠士段居贞[③]。居贞负气重义，交游豪俊。小娥父畜巨产，隐名商贾间，常与段婿同舟货，往来江湖。时小娥年十四，始及笄[④]。父与夫俱为盗所杀，尽掠金帛。段之弟兄，谢之生侄，与童仆辈数十，悉沉于江。小娥亦伤胸折足，漂流水中，为他船所获，经夕而活。因流转乞食至上元县[⑤]，依妙果寺尼净悟之室。

初，父之死也，小娥梦父谓曰："杀我者，車中猴，门东草。"又数日，复梦其夫谓曰："杀我者，禾中走，一日夫。"小娥不自解悟，常书此语，广求智者辨之，历年不能得。

至元和八年春[⑥]，余罢江西从事[⑦]，扁舟东下，淹泊建业[⑧]，登瓦官寺阁[⑨]。有僧齐物者，重贤好学，与余善。因告余曰："有孀妇名小娥者，每来寺中，示我十二字谜语，某不能辨。"余遂请齐公书于纸，乃凭槛书空[⑩]，凝思默虑。坐客未倦，了悟其文。令寺童疾召小娥前至，询访其由。小娥呜咽良久，乃曰："我父及夫，皆为贼所杀。迩后尝梦父告曰：'杀我者，車中猴，门东草。'又梦夫告曰：'杀我者，禾中走，一日夫。，岁久无人悟之。"余曰："若然者，吾审详矣。杀汝父是甲蘭，杀汝夫是申春。且車中猴，車字去上下各一画，是申字；又申属猴，故日車中猴。蘭草下有门，门中有东，乃蘭字也。又，禾中走是穿田过，亦是申字也。一日夫者，夫上更一画，下有日，是春字也。杀汝父是申蘭，杀汝夫是申春，足可明矣。"小娥恸哭再拜，书申蘭、申春四字于衣中，誓将访杀二贼，以复其冤。娥因问余姓氏、官族[⑪]，垂涕而去。

尔后小娥便为男子服，佣保于江湖间[⑫]。岁余，至浔阳郡[⑬]，见竹户上有纸榜子[⑭]，云"召佣者"。小娥乃应召诣门。问其主，乃申蘭也，蘭引归。娥心愤貌顺[15]，在蘭左右，甚见亲爱。金帛出入之数，无不委娥。已二岁余，竟不知娥之女人也。先是，谢氏之金宝、锦绣、衣物、器具，悉掠在蘭家，小娥每执旧物，未尝不暗泣移时。

蘭与春，宗昆弟也[16]。时春一家住大江北独树浦，与蘭往来密洽。蘭与春同去经月，多获财帛而归。每留娥与蘭妻蘭氏同守家室，酒肉衣服，给娥甚丰。或一日，春携文鲤兼酒诣蘭[17]，娥私叹曰："李君精悟玄鉴，皆符梦言。此乃天启其心，志将就矣[18]。"是夕，蘭与春会群贼，毕至酣饮。暨诸凶既去，春沉醉，卧于内室；蘭亦露寝于庭。小娥潜锁春于内，抽佩刀先断蘭首，号呼邻人并至。春擒于内，蘭死于外，获赃收货，数至千万。初，蘭、春有党数十，暗记其名，悉擒就戮。时浔阳太守张公，善娥节行[19]，为具其事上旌表[20]，乃得免死。时元和十二年夏岁也。

复父夫之仇毕，归本里，见亲属。里中豪族争求聘，娥誓心不嫁。遂剪发披褐[21]，访道于牛头山[22]，师事大士尼将律师[23]。娥志坚行苦，霜舂雨薪[24]，不倦筋力。十三年四月，始受其戒于泗州开元寺[25]，竟以小娥为法号，不忘本也。其年夏月，余始归长安，途经泗滨，过善义寺，谒大德尼令[26]。操戒新见者数十，净发鲜帔[27]，威仪雍容，列侍师之左右。中有一尼问师曰："此官岂非洪州李判官二十三郎者乎？"师曰："然。"曰："使我获报家仇，得雪冤耻，是判官恩德也。"顾余悲泣。余不之识，询访其由。娥对曰："某名小娥，顷乞食孀妇也。判官时为辨申蘭、申春二贼名字，岂不忆念乎？"余曰："初不相记，今即悟也。"娥因泣，具写记申蘭、申春，复父夫之仇，志愿相毕，经营终始艰苦之状[28]。小娥又谓余曰："报判官恩，当有日矣。"岂徒然哉！

嗟乎！余能辨二盗之姓名，小娥又能竟复父夫之仇冤，神道不昧，昭然可知。小娥厚貌深辞[29]，聪敏端特[30]，炼指跛足[31]，誓求真如[32]。爰自入道[33]，衣无絮帛，斋无盐酪，非律仪禅理，口无所言。后数日，告我归牛头山，扁舟泛淮，云游南国，不复再遇。

君子曰："誓志不舍，复父夫之仇，节也；佣保杂处，不知女人，贞也。女子之行，唯贞与节能终始全之而已。如小娥，足以儆天下逆道乱常之心[34]，足以观天下贞夫孝妇之节。"余备详前事，发明隐文[35]，暗与冥会[36]，符于人心。知善不录，非《春秋》之义也[37]。故作传以旌美之。

选自《太平广记》

【题解】

这是唐传奇中的一个出色的复仇故事。小说情节曲折多变，波澜叠起，塑造了一个性格刚强、有胆有识的女子形象——谢小娥。谢小娥遭受突然降临的父亲、丈夫被盗贼杀害、自己受伤的惨祸后，没有被灾难压倒，而是产生了强烈的复仇欲望。为了达到复仇的目的，她忍受了各种苦难，先是"流转乞食"，藏身尼庵，广求智能之士解开谜语，后是女扮男装，潜入匪巢等待时机。复仇的准备过程是漫长的，她始终志向坚定，不达到目的誓不罢休，但又不急于求成，胆大而心细。这些情节不仅有力地表现了谢小娥坚韧刚强的意志，聪颖智慧的天性，还表现出她出众的才干。这种骨肉丰满，立体感很强的复仇女子形象在唐人传奇中并不多见。

【注释】

①豫章：唐代郡名，治所在今江西省南昌市。 ②估客：商人。 ③历阳：唐代郡名，又称和州，治所在今安徽省和县。 ④及笄（jī）：女子成人，此处指出嫁。 ⑤上元县：唐代县名，属今江苏省南京市。 ⑥元和八年：公元813年。元和，唐宪宗年号（806—820）。 ⑦从事：官名，州刺史之佐吏。 ⑧建业：地名，今江苏省南京市。 ⑨瓦官寺：南朝梁代建的寺庙，故址在今南京市报恩寺。 ⑩凭槛书空：靠着栏杆用手指比画

着写字。 ⑪官族：原意为以封邑、官职为姓的宗族，此处指官职、身份。 ⑫佣保：做雇佣工。 ⑬浔阳郡：郡名，治所在今江西省九江市。 ⑭纸榜子：贴的招聘广告。 ⑮心愤貌顺：心里愤恨、表面温顺。 ⑯宗昆弟：同族兄弟。 ⑰文鲤：鲤鱼。 ⑱志将就矣：志向将要实现了。 ⑲善：用作动词，认为善。 ⑳旌表：封建时代官府为遵循封建礼教的人立牌坊、赐匾额以示表彰。 ㉑褐（hè）：粗布衣服。 ㉒牛头山：在南京市西南。 ㉓大士尼：尼姑。律师：深谙戒律的僧尼。 ㉔霜舂雨薪：霜天舂米，雨天打柴，形容辛勤劳作。 ㉕受戒：正式出家为尼。泗州：州治在今江苏省盱眙县。 ㉖大德尼：对年高道深的尼姑的尊称。 ㉗帔（pèi）：古人披在肩背上的服饰。 ㉘经营终始：谋划实践的过程。 ㉙厚貌深辞：相貌忠厚，词语深刻。 ㉚聪敏端特：聪慧端庄，才能出众。 ㉛炼指跛足：烧伤手指，弄坏脚，古代僧尼的苦行。 ㉜真如：佛教语，真实如一。 ㉝爰（yuán）：于是。 ㉞儆（jǐng）：使人警醒不犯错误。 ㉟发明隐文：阐明文中蕴含的意义。 ㊱暗与冥会：恰巧与鬼魂的意思符合。 ㊲《春秋》之义：扬善贬恶。

柳宗元（773—819）

字子厚，河东（今山西省永济市）人。世称柳河东。唐德宗贞元九年（793）考中进士，历任集贤殿正字、礼部员外郎、永州司马、柳州刺史等职。唐代古文大家，也是著名诗人。元明以来，把他尊为“唐宋八大家”之一。著有《柳河东集》。

童区寄传

柳先生曰：越人少恩①，生男女，必货视之②。自毁齿以上③，父兄鬻卖以觊其利④。不足，则盗取他室，束缚钳梏之⑤。至有须鬣者[6]，力不胜，皆屈为僮[7]。当道相贼杀以为俗[8]。幸得壮大，则缚取么弱者。汉官因以为己利[9]，苟得僮，恣所为，不问。以是越中户口滋耗[10]，少得自脱。惟童区寄以十一岁胜，斯亦奇矣。桂部从事杜周士为余言之[11]。

童寄者，柳州荛牧儿也[12]。行牧且荛，二豪贼劫持，反接[13]，布囊其口，去逾四十里之虚所卖之[14]。寄伪儿啼，恐栗为儿恒状[15]。贼易之[16]，对饮酒醉。一人去为市[17]，一人卧，植刃道上[18]。童微伺其睡，以缚背刃，力下上，得绝[19]，因取刃杀之。逃未及远，市者还，得童大骇，将杀童。遽曰："为两郎僮，孰若为一郎僮耶？彼不我恩也；郎诚见完与恩[20]，无所不可。"市者良久计曰："与其杀是僮，孰若卖之？与其卖而分，孰若吾得专焉？幸而杀彼，甚善。"即藏其尸，持童抵主人所。愈束缚牢甚。夜半，童自转，以缚即炉火烧绝之，虽疮手勿惮[21]。复取刃杀市者。因大号。一虚皆惊。童曰："我区氏儿也，不当为僮。贼二人得我，我幸皆杀之矣！愿以闻于官。"

虚吏白州[22]，州白大府[23]。大府召视儿，幼愿耳[24]。刺史颜证奇之，留为小吏，不肯。与衣裳，吏护还之乡。乡之行劫缚者侧目，莫敢过其门。皆曰："是儿少秦武阳二岁[25]，而计杀二豪，岂可近耶！"

选自《柳河东集》

【题解】

本篇描写了一个足智多谋、沉着勇敢的少年英雄形象。十一岁的少年区寄被强盗劫持，即将遭到被卖为奴的命运。他用计使强盗放松了对他的防范，趁机杀了一个强盗。另一个强盗发现同伴被杀后，惊骇万分，要杀区寄。区寄临危不惧，随机应变，看准强盗贪婪的特性，以独吞钱财为诱饵，使强盗认为同伴被杀是区寄做了件好事，最后区寄又杀死了这一盗贼。小说篇幅不长，但情节起伏。区寄既天真又沉着的性格表现得合理而自然。作品在热情歌颂少年英雄的同时，也揭露了当时随意劫掠贩卖人口的罪恶习俗，抨击了当时对这种罪恶活动置若罔闻的封建官府。

【注释】

①越：两广地区。恩：爱心，情义。 ②货视之：把他们当作可以买卖的货物看待。 ③毁齿：换牙，指七八岁儿童。 ④觊（jì）：贪图。 ⑤钳梏（gù）：用脚镣手铐囚禁。梏，古代的木制手铐。 ⑥须鬣者：长胡子的成年人。 ⑦僮：奴仆。 ⑧当道：在大路上。 ⑨汉官：汉族官吏。 ⑩滋耗：更加减少。 ⑪桂部：地名，即桂管，在今广西省桂林市。 ⑫荛（ráo）牧儿：砍柴放牛的孩子。 ⑬反接：反绑。 ⑭虚所：集市。 ⑮儿恒状：小孩常见的样子。 ⑯易之：以为他容易对付。 ⑰为市：谈买卖。 ⑱植刃道上：把刀插在地上。 ⑲得绝：绳子被割断。 ⑳诚见完与恩：果真保全我的性命并对我好。 ㉑疮手：把手烧伤。 ㉒白：报告。 ㉓大府：府官。 ㉔幼愿：年幼老实。 ㉕秦武阳：战国时燕国的少年勇士，十三岁时杀人。

白行简（？—826）

字知退，原籍太原（今属山西省），后迁下邽（今陕西省渭南市）。他是著名诗人白居易之弟。唐贞元末中进士，元和年间任左拾遗，官至司门员外郎主客郎中。五十多岁逝世。有文集二十卷，今不存。传奇小说有《李娃传》和《三梦记》传世。

李娃传

汧国夫人李娃[①]，长安之倡女也。节行瑰奇，有足称者，故监察御史白行简为传述。

天宝中[②]，有常州刺史荥阳公者[③]，略其名氏，不书。时望甚崇，家徒甚殷[④]。知命之年[⑤]，有一子，始弱冠矣，隽朗有词藻，迥然不群，深为时辈推伏[⑥]。其父爱而器之，曰："此吾家千里驹也。"应乡赋秀才举[⑦]，将行，乃盛其服玩车马之饰，计其京师薪储之费[⑧]，谓之曰：吾观尔之才，当一战而霸[⑨]。今备二载之用，且丰尔之给，将为其志也[⑩]。"生亦自负，视上第如指掌[⑪]。自毗陵发[⑫]，月余抵长安，居于布政里。

尝游东市还，自平康东门入[⑬]，将访友于西南。至鸣珂曲[⑭]，见一宅，门庭不甚广，而室宇严邃。阖一扉[⑮]，有娃方凭一双鬟青衣立，妖姿要妙，绝代未有。生忽见之，不觉停骖久之，徘徊不能去。乃诈坠鞭于地，候其从者，敕取之[⑯]。累眄于娃[⑰]，娃回眸凝睇，情甚相慕。竟不敢措辞而去。

生自尔意若有失，乃密征其友游长安之熟者，以讯之。友曰："此狭邪女李氏宅也[⑱]。"曰："娃可求乎？"对曰："李氏颇赡[⑲]。前与通之者多贵戚豪族，所得甚广。非累百万，不能动其志也。"生曰："苟患其不谐，虽百万，何惜。"

他日，乃洁其衣服，盛宾从而往[⑳]。扣其门，俄有侍儿启扃。生曰："此谁之第耶？"侍儿不答，驰走大呼曰："前时遗策郎也[㉑]。"娃大悦曰："尔姑止之。吾当整妆易服而出。"生闻之私喜。乃引至萧墙间[㉒]，见一姥垂白上偻[㉓]，即娃母也。生跪拜前致词曰："闻兹地有隙院[㉔]，愿税以居，信乎？"姥曰："惧其浅陋湫隘[㉕]，不足以辱长者所处，安敢言值耶。"延生于迟宾之馆[㉖]，馆宇甚丽。与生偶坐，因曰："某有女娇小，技艺薄劣，欣见宾客，愿将见之。"乃命娃出。明眸皓腕，举步艳冶。生遽惊起，莫敢仰视。与之拜毕，叙寒燠[㉗]，触类妍媚，目所未睹。复坐，烹茶斟酒，器用甚洁。久之，日暮，鼓声四动。姥访其居远近。生绐之曰[㉘]："在延平门外数里。"冀其远而见留也。姥曰："鼓已发矣。当速归，无犯禁。"生曰："幸接欢笑，不知日之云夕。道里辽阔，城内又无亲戚，将若之何？"娃曰："不见责僻陋，方将居之，宿何害焉。"生数目姥。姥曰："唯唯。"生乃召其家僮，持双缣[29]，请以备一宵之馔。娃笑而止之曰："宾主之仪，且不然也。今夕之费，愿以贫窭之家，随其粗粝以进之。其余以俟他辰。"固辞，终不许。俄徙坐西堂，帷幙帘榻，焕然夺目；妆奁衾枕，亦皆侈丽。乃张烛进馔，品味甚盛。彻馔[30]，姥起。生娃谈话方切，诙谐调笑，无所不至。生曰："前偶过卿门，遇卿适在屏间。厥后心常勤念[31]，虽寝与食，未尝或舍。"娃答曰："我心亦如之。"生曰："今之来，非直求居而已，愿偿平生之志。但未知命也若何？"言未终，姥至，询其故，具以告。姥笑曰："男女之际，大欲存焉。情苟相得，虽父母之命，不能制也。女子固陋，曷足以荐君子之枕席？"生遂下阶，拜而谢之曰："愿以己为厮养[32]。"姥遂目之为郎[33]，饮酣而散。及旦，尽徙其囊橐[34]，因家于李之第[35]。

自是生屏迹戢身[36]，不复与亲知相闻。日会倡优侪类，狎戏游宴。囊中尽空，乃鬻骏乘，及其家童。岁余，资财仆马荡然。迩来姥意渐怠，娃情弥笃。

他日，娃谓生曰："与郎相知一年，尚无孕嗣。常闻竹林神者，报应如响，将致荐酹求之[37]，可乎？"生不知其计，大喜。乃质衣于肆[38]，以备牢醴[39]，与娃同谒祠宇而祷祝焉，信宿而返。策驴而后，至里北门，娃谓生曰："此东转小曲中，某之姨宅也。将憩而觐之，可乎？"生如其言，前行不逾百步，果见一车门。窥其际，甚弘敞。其青衣自车后止之曰："至矣。"生下，适有一人出访曰："谁？"曰："李娃也。"乃入告。俄有一妪至，年可四十余，与生相迎，曰："吾甥来否？"娃下车，妪逆访之曰[40]："何久疏绝？"相视而笑。娃引生拜之。既见，遂偕入西戟门偏院，中有山亭，竹树葱茜，池榭幽绝。生谓娃曰："此姨之私第耶？"笑而不答，以他语对。俄献茶果，甚珍奇。食顷，有一人控大宛[41]，汗流驰至，曰："姥遇暴疾颇甚，殆不识人。宜速归。"娃谓姨曰："方寸乱矣。某骑而前去，当令返乘，便与郎偕来。"生拟随之。其姨与侍儿偶语[42]，以手挥之，令生止于户外，曰："姥且殁矣，当与某议丧事以济其急。奈何遽相随而去？"乃止，共计其凶仪斋祭之用。日晚，乘不至。姨言曰："无复命，何也？郎骤往觇之[43]，某当继至。"生遂往，至旧宅，门扃钥甚密，以泥缄之。生大骇，诘其邻人。邻人曰："李本税此而居，约已周矣[44]。第主自收。姥徙居，而且再宿矣[45]。"征"徙何处？"曰："不详其所。"生将驰赴宣阳，以诘其姨，日已晚矣，计程不能达。乃弛其装服，质馔而食，赁榻而寝。生恚怒方甚，自昏达旦，目不交睫。质明，乃策蹇而去[46]。既至，连扣其扉，食顷无人应。生大呼数四，有宦者徐出。生遽访之："姨氏在乎？"曰："无之。"生曰："昨暮在此，何故匿之？"访其谁氏之第。曰："此崔尚书宅。昨者有一人税此院，云迟中表之远至者[47]。未暮去矣。"生惶惑发狂，罔知所措，因返访布政旧邸。

邸主哀而进膳。生怨懑，绝食三日，遘疾甚笃[48]，旬余愈甚。邸主惧其不起，徙之于凶肆之中[49]。绵缀移时[50]，合肆之人共伤叹而互饲之。后稍愈，杖而能起。由是凶肆日假之[51]，令执繐帷[52]，获其直以自给。累月，渐复壮，每听其哀歌，自叹不及逝者，辄呜咽流涕，不能自止。归则效之。生，聪敏者也。无何，曲尽其妙，虽长安无有伦比。

初，二肆之佣凶器者[53]，互争胜负。其东肆车舆皆奇丽，殆不敌，唯哀挽劣焉。其东肆长知生妙绝[54]，乃醵钱二万索顾焉[55]。其党耆旧[56]，共较其所能者，阴教生新声，而相赞和。累旬，人莫知之。其二肆长相谓曰："我欲各阅所佣之器于天门街，以较优劣。不胜者罚直五万，以备酒馔之用，可乎？"二肆许诺。乃邀立符契，署以保证，然后阅之。士女大和会[57]，聚至数万。于是里胥告于贼曹[58]，贼曹闻于京尹。四方之士，尽赴趋焉，巷无居人。自旦阅之，及亭午[59]，历举辇舆威仪之具，西肆皆不胜，师有惭色。乃置层榻于南隅，有长髯者拥铎而进[60]，翊卫数人[61]。于是奋髯扬眉，扼腕顿颡而登，乃歌《白马》之词[62]。恃其夙胜[63]，顾眄左右，旁若无人。齐声赞扬之，自以为独步一时，不可得而屈也。有顷，东肆长于北隅上设连榻，有乌巾少年，左右五六人，秉翣而至[64]，即生也。整衣服，俯仰甚徐，申喉发调，容若不胜。乃歌《薤露》之章[65]，举声清越，响振林木，曲度未终，闻者歔欷掩泣。西肆长为众所诮，益惭耻。密置所输之直于前，乃潜遁焉。四座愕眙，莫之测也。

先是，天子方下诏，俾外方之牧[66]，岁一至阙下[67]，谓之入计[68]。时也适遇生之父在京师，与同列者易服章窃往观焉。有老竖[69]，即生乳母婿也，见生之举措辞气，将认之而未敢，乃泫然流涕。生父惊而诘之。因告曰："歌者之貌，酷似郎之亡子。"父曰："吾子以多财为盗所害。奚至是耶[70]？"言讫，亦泣。及归，竖间驰往[71]，访于同党曰："向歌者谁？若斯之妙欤？"皆曰："某氏之子。"征其名，且易之矣。竖凛然大惊；徐往，迫而察之。生见竖色动，回翔将匿于众中[72]。竖遂持其袂曰："岂非某乎？"相持而泣。遂载以归。至其室，父责曰："志行若此，污辱吾门。何施面目，复相见也？"乃徒行出，至曲江西杏园东，去其衣服，以马鞭鞭之数百。生不胜其苦而毙。父弃之而去。其师命相狎昵者阴随之，归告同党，共加伤叹。令二人赍苇席瘗焉[73]。至，则心下微温。举之，良久，气稍通。因共荷而归，以苇筒灌勺饮，经宿乃活。月余，手足不能自举。其楚挞之处皆溃烂，秽甚。同辈患之。一夕，弃于道周[74]。行路咸伤之，往往投其余食，得以充肠。十旬，方杖策而起。被布裘，裘有百结，褴褛如悬鹑。持一破瓯，巡于闾里，以乞食为事。自秋徂冬[75]，夜入于粪壤窟室，昼则周游廛肆[76]。

一旦大雪，生为冻馁所驱，冒雪而出，乞食之声甚苦。闻见者莫不凄恻。时雪方甚，人家外户多不发。至安邑东门，循里垣北转第七八，有一门独启左扉，即娃之第也。生不知之，遂连声疾呼："饥冻之甚。”音响凄切，所不忍听。娃自阁中闻之，谓侍儿曰：“此必生也，我辨其音矣。”连步而出。见生枯瘠疥厉，殆非人状。娃意感焉，乃谓曰：“岂非某郎也？”生愤懑绝倒[77]，口不能言，颔颐而已[78]。娃前抱其颈，以绣襦拥而归于西厢。失声长恸曰：“令子一朝及此，我之罪也。！”绝而复苏。姥大骇，奔至，曰：“何也？”娃曰：“某郎。”姥遽曰：“当逐之。奈何令至此？”娃敛容却睇曰[79]：“不然。此良家子也。当昔驱高车，持金装，至某之室，不逾期而荡尽。且互设诡计，舍而逐之，殆非人。令其失志，不得齿于人伦。父子之道，天性也。使其情绝，杀而弃之。又困踬若此[80]，天下之人尽知为某也。生亲戚满朝，一旦当权者熟察其本末，祸将及矣。况欺天负人，鬼神不祐，无自贻其殃也。某为姥子，迨今有二十岁矣。计其赀，不啻直千金[81]。今姥年六十余，愿计二十年衣食之用以赎身，当与此子别卜所诣[82]。所诣非遥，晨昏得以温清[83]。某愿足矣。”姥度其志不可夺，因许之。给姥之余，有百金。北隅四五家，税一隙院，乃与生沐浴，易其衣服；为汤粥，通其肠；次以酥乳润其脏。旬余，方荐水陆之馔[84]。头巾履袜，皆取珍异者衣之。未数月，肌肤稍腴；卒岁[85]，平愈如初。

异时，娃谓生曰：“体已康矣，志已壮矣。渊思寂虑，默想曩昔之艺业，可温习乎？”生思之，曰：“十得二三耳。”娃命车出游，生骑而从。至旗亭南偏门鬻坟典之肆[86]，令生拣而市之[87]，计费百金，尽载以归。因令生斥弃百虑以志学，俾夜作昼，孜孜矻矻[88]。娃常偶坐[89]，宵分乃寐[90]。伺其疲倦，即谕之缀诗赋[91]。二岁而业大就。海内文籍，莫不该览。生调娃曰：“可策名试艺矣[92]。”娃曰：“未也。且令精熟，以俟百战。”更一年，曰：“可行矣。”于是遂一上登甲科[93]，声振礼闱[94]。虽前辈见其文，罔不敛衽敬羡，愿友之而不可得。娃曰：“未也。今秀士苟获擢一科第，则自谓可以取中朝之显职，擅天下之美名。子行秽迹鄙，不侔于他士。当砻淬利器[95]，以求再捷。

方可以连衡多士[96]，争霸群英。”生由是益自勤苦，声价弥甚。其年，遇大比[97]，诏征四方之隽[98]，生应直言极谏科，策名第一[99]，授成都府参军，三事以降[100]，皆其友也。

将之官，娃谓生曰：“今之复子本躯，某不相负也。愿以残年，归养老姥。君当结媛鼎族[101]，以奉蒸尝[102]。中外婚媾[103]，无自黩也[104]，勉思自爱。某从此去矣。”生泣曰：“子若弃我，当自刭以就死。”娃固辞不从，生勤请弥恳。娃曰：“送子涉江，至于剑门，当令我回。”生许诺。

月余，至剑门。未及发而除书至[105]，生父由常州诏入，拜成都尹，兼剑南采访使。浃辰[106]，父到。生因投刺[107]，谒于邮亭，父不敢认，见其祖父官讳，方大惊，命登阶，抚背恸哭移时，曰：“吾与尔父子如初。”因诘其由，具陈其本末。大奇之，诘娃安在。曰：“送某至此，当令复还。”父曰：“不可。”翌日，命驾与生先之成都，留娃于剑门，筑别馆以处之。明日，命媒氏通二姓之好，备六礼以迎之[108]，遂如秦晋之偶。

娃既备礼，岁时伏腊，妇道甚修，治家严整，极为亲所眷[109]。向后数岁，生父母偕殁，持孝甚至。有灵芝产于倚庐[110]，一穗三秀[111]，本道上闻。又有白燕数十，巢其层甍。天子异之，宠锡加等。终制[112]，累迁清显之任[113]。十年间，至数郡。娃封汧国夫人。有四子，皆为大官，其卑者犹为太原尹。弟兄姻媾皆甲门[114]，内外隆盛，莫之与京[115]。

嗟乎，倡荡之姬，节行如是，虽古先烈女，不能逾也。焉得不为之叹息哉！

予伯祖尝牧晋州，转户部，为水陆运使。三任皆与生为代，故谙详其事。贞元中，予与陇西公佐话妇人操烈之品格[116]，因遂述汧国之事。公佐拊掌竦听，命予为传。乃握管濡翰[117]，疏而存之。时乙亥[118]，岁秋八月，太原白行简云。

选自《太平广记》

【题解】

小说描写长安名妓李娃与豪门子弟荥阳生的悲欢离合故事。李娃容貌美丽，心地善良。她对荥阳生情深意笃。在荥阳生为父亲不容、潦倒街头时，李娃收留了他，并真诚地帮助照顾他。小说前面写到李娃一度抛弃荥阳生。当时她并未料到荥阳生会到走投无路、濒临绝境这一步。一旦得知荥阳公绝情弃子，荥阳生落难街头，她不顾一切地救助了他。如果说在李娃心中，过去荥阳生与她交往多少存在着追欢买笑的因素的话，那么这时，他们的爱情更为纯真、深沉了。小说以团圆结局，这在当时的门阀制度下是一种理想。作者并未直接抨击这种制度，但对身居高位的荥阳公的冷酷、虚伪却有深刻的揭露。

这篇小说情节曲折，构思巧妙，结构紧凑，布局严密。鲁迅赞扬这篇作品："行简本善文笔，李娃事又近情而耸听，故缠绵可观"（《中国小说史略》）。的确，这是唐传奇中的一篇十分耐读的作品。

【注释】

①汧（qiān）国夫人：李娃的封号。汧国即唐代的汧阳郡，今陕西省千阳县。 ②天宝：唐玄宗年号（742—756）。 ③常州刺史荥阳公：常州刺史郑公，唐代郑姓的荥阳望族，故以荥阳代郑氏。 ④家徒甚殷：家产富足。 ⑤知命之年：五十岁。 ⑥推伏：推崇佩服。 ⑦应乡赋秀才举：由州县保举到京城参加科考。 ⑧薪储之费：生活费用。 ⑨一战而霸：一举成功。 ⑩为其志：为了帮你实现志愿。 ⑪视上第如指掌：把赴考成功看得十分容易。 ⑫毗（pí）陵：唐郡名，治所在今江苏省常州市武进区。 ⑬平康：唐代长安城中妓女集中的地方。 ⑭曲：小巷。 ⑮阖（hé）：关闭。 ⑯敕（chì）取之：命令拾起来。 ⑰眄（miǎn）：斜眼看。 ⑱狭邪女：妓女。 ⑲赡（shàn）：富裕。 ⑳盛宾从：带了众多仆从。 ㉑策：马鞭。 ㉒萧墙：院里的影壁。 ㉓垂白上偻：头发花白且驼背。 ㉔隙院：空屋。 ㉕湫隘（jiǎoài）：低洼狭窄。 ㉖迟宾之馆：客厅。 ㉗叙寒

燠（yù）：寒暄。 ㉘绐（dài）：哄骗。 ㉙双缣：两匹绢。 ㉚彻馔：撤下菜肴。 ㉛厥后：从那以后。 ㉜厮养：奴仆。 ㉝郎：女婿： ㉞囊橐（tuó）：口袋。此处指行李。 ㉟家于李之第：住在李娃家中。 ㊱屏迹戢身：敛迹藏身、不出家门。 ㊲荐酹（lèi）：用酒食祭祀鬼神。 ㊳质衣于肆：到当铺把衣服典当出去。 ㊴牢醴：祭祀用的物品。牢，猪牛羊三牲；醴，酒。 ㊵逆访：迎上去问。 ㊶控大宛（yuān）：骑着骏马。大宛：古代西域国名，盛产良马，此处以地名代指马。 ㊷偶语：两人低语。 ㊸骤往觇（chān）之：赶快去看看。觇，看。 ㊹约已周：租约已到期。 ㊺再宿：两天。 ㊻策蹇（jiǎn）：骑驴。 ㊼迟：等候。 ㊽遘疾甚笃：得了重病。 ㊾凶肆：为人代理丧事的店铺。 ㊿绵缀：形容病情危急。 51日假之：每天用他，让他干点活。 52执繐帷：牵引灵帐。 53佣凶器：租办丧事所用器物。 54东肆长：东边店铺的老板。 55醵（jù）：凑集。索顾：求雇。 56耆旧：指擅唱挽歌者。 57大和会：大聚会。 58贼曹：主管治安的官员。 59亭午：中午。 60铎（duó）：古代乐器，一种大铃铛。 61翊（yì）卫：簇拥保护者。 62《白马》之词：古代祭奠曲。 63夙胜：一向取胜。 64翣（shà）：羽毛大扇，古代出殡时用作棺饰。 65《薤露》：古代送葬曲。 66外方之牧：京城以外的地方行政长官。 67岁一至阙下：每年到京城来一次。 68入计：汇报人口、钱粮等方面情况。 69老竖：老仆人。 70奚至是耶：哪里会到这里来呢？ 71间驰往：抽空跑去。 72回翔：立刻转身。 73赍（jī）苇席：拿苇席。瘗（yì）：埋葬。 74道周：路旁。 75徂（cú）：到。 76廛（chán）市：市场。 77绝倒：昏倒。 78颔（hàn）颐：点头。 79敛容却睇：沉下脸色，回头看着。 80困踬（zhì）：困顿不顺利。 81不啻（chì）：不止。 82别卜所诣：另找居所。 83“晨昏”句：早晚可来问寒问暖。凊（jīng）：凉。 84水陆之馔：山珍海味。 85卒岁：过了一年。 86鬻坟典之肆：出售古籍的书铺。坟典：三坟五典的简称。此处泛指古代典籍。 87拣而市之：选择购买了一些。 88孜孜矻（kū）矻：形容勤奋努力。 89偶坐：陪坐。 90宵分：夜半。 91谕之缀诗赋：叫他作诗赋。 ⑨策名试艺：报名赴考。 ⑨登甲科：考中甲等。 ⑨声振礼闱：名声轰动主持考试的礼部。 ⑨砻淬（lóngcuì）：磨砺淬火，使刀剑坚利。比喻进一步钻研学问。 ⑨连衡：结交。 ⑨大比：三年一次的科举考试。 ⑨隽（jùn）：同"俊"，杰出的人才。⑨策名第一：考对策获第一名。 ⑩三事以降：三公以下的官。 ⑩结媛鼎族：与贵族大家女子结婚。 ⑩奉蒸尝：指主持家务。 ⑩中外婚媾：本指中表亲成婚，此处指门第相当的人结婚。 ⑩自黩（dú）：自己玷污自己。 ⑩除书：授官职的诏书。 ⑩浃辰：十二天。 ⑩刺：名帖。 ⑩六礼：古代人成婚的六项礼仪：纳采、问名、纳吉、纳征、请期、亲迎。 ⑩眷：宠爱，喜爱。⑩侍庐：守孝的草屋。 ⑪一穗三秀：一个穗开三次花，古人认为是祥瑞之兆。 ⑪制：服孝期满。 ⑪清显之任：地位显赫的官职。 ⑪甲门：名门望族。 ⑪莫之与京：没有人比得上。京，大。 ⑪公佐：李公佐，唐传奇作家，作《南柯太守传》等。 ⑪握管濡翰：握笔染墨。 ⑪乙亥：唐德宗贞元十一年（公元795年）。

陈 鸿（生卒年不详）

字大亮，里籍无考。贞元二十一年进士，历任太常博士，虞部员外郎，主客郎中等职。他的主要活动在唐德宗、宪宗年间，文宗大和初还在世。少年时有志于史学，后曾编修《大统记》三十卷。传奇小说有《长恨歌传》和《开元升平源》等。

长恨歌传

开元中[①]，泰阶平[②]，四海无事。玄宗在位岁久[③]，倦于旰食宵衣[④]，政无大小，始委于右丞相[⑤]，稍深居游宴，以声色自娱。先是元献皇后、武淑妃皆有宠，相次即世[6]。宫中虽良家子千数，无可悦目者。上心忽忽不乐。时每岁十月，驾幸华清宫[7]，内外命妇[8]，熠耀景从[9]，浴日余波[10]，赐以汤沐，春风灵液[11]，澹荡其间。上心油然[12]，若有所遇，顾左右前后，粉色如土[13]。诏高力士潜搜外宫[14]，得弘农杨玄琰女于寿邸[15]，既笄矣[16]。鬓发腻理，纤秾中度，举止闲冶，如汉武帝李夫人。别疏汤泉，诏赐藻莹[17]，既出水，体弱力微，若不任罗绮。光彩焕发，转动照人。上甚悦。进见之日，奏《霓裳羽衣曲》[18]以导之；定情之夕，授金钗钿合以固之[19]。又命戴步摇[20]，垂金珰。明年，册为贵妃，半后服用[21]。繇是冶其容[22]，敏其词，婉娈万态，以中上意。上益嬖焉[23]。时省风九州[24]，泥金五岳[25]，骊山雪夜，上阳春朝[26]，与上行同辇，止同室，宴专席，寝专房。虽有三夫人、九嫔、二十七世妇、八十一御妻，暨后宫才人、乐府妓女，使天子无顾盼意。自是六宫无复进幸者。非徒殊艳尤态致是，盖才智明慧，善巧便佞[27]。先意希旨[28]，有不可形容者。叔父昆弟皆列位清贵，爵为通侯[29]。姊妹封国夫人，富埒王宫[30]，车服邸第，与大长公主侔矣[31]。而恩泽势力，则又过之，出入禁门不问，京师长吏为之侧目[32]。故当时谣咏有云："生女勿悲酸，生男勿喜欢。"又曰："男不封侯女作妃，看女却为门上楣。"其为人心羡慕如此。天宝末，兄国忠盗丞相位[33]，愚弄国柄。及安禄山引兵向阙，以讨杨氏为词。潼关不守，翠华南幸[34]，出咸阳，道次马嵬亭[35]，六军徘徊[36]，持戟不进。从官郎吏伏上马前，请诛晁错以谢天下[37]。国忠奉氂缨盘水[38]，死于道周。左右之意未快。上问之。当时敢言者，请以贵妃塞天下怨。上知不免，而不忍见其死，反袂掩面，使牵之而去。仓皇展转，竟就死于尺组之下[39]。既而玄宗狩成都[40]，肃宗受禅灵武。明年大凶归元[41]，大驾还都。尊玄宗为太上皇，就养南宫。自南宫迁于西内。时移事去，乐尽悲来。每至春之日，冬之夜，池莲夏开，宫槐秋落。梨园弟子，玉琯发音[42]，闻《霓裳羽衣》一声，则天颜不怡，左右歔欷。三载一意，其念不衰。求之梦魂，杳不能得。适有道士自蜀来，知上心念杨妃如是，自言有李少君之术[43]。玄宗大喜，命致其神。方士乃竭其术以索之，不至。又能游神驭气，出天界，没地府以求之，不见。又旁求四虚上下[44]，东极天海，跨蓬壶[45]。见最高仙山，上多楼阙，西厢下有洞户，东向，阖其门，署曰“玉妃太真院”。方士抽簪扣扉，有双鬟童女，出应其门。方士造次未及言。而双鬟复入。俄有碧衣侍女又至，诘其所从。方士因称唐天子使者，且致其命。碧衣云：“玉妃方寝，请少待之。”于时云海沉沉，洞天日晓，琼户重阖，悄然无声。方士屏息敛足，拱手门下。久之，而碧衣延入，且曰：“玉妃出。”见一人冠金莲，披紫绡，珮红玉，曳凤舄[46]，左右侍者七八人，揖方士，问“皇帝安否”？次问天宝十四载已还事。言讫，悯然[47]。指碧衣取金钗钿合，各析其半，授使者曰：“为我谢太上皇，谨献是物，寻旧好也。”方士受辞与信，将行，色有不足[48]。玉妃固征其意。复前跪致词：“请当时一事，不为他人闻者，验于太上皇，不然，恐钿合金钗，负新垣平之诈也[49]。”玉妃茫然退立，若有所思，徐而言曰：“昔天宝十载。侍辇避暑于骊山宫。秋七月，牵牛织女相见之夕，秦人风俗，是夜张锦绣，陈饮食，树瓜华[50]，焚香于庭，号为乞巧。宫掖间尤尚之[51]。时夜殆半，休侍卫于东西厢，独侍上。上凭肩而立，因仰天感牛女事，密相誓心，愿世世为夫妇。言毕，执手备呜咽。此独君王知之耳。”因自悲曰：“由此一念，又不得居此。复堕下界，且结后缘。或为天[52]，或为人，决再相见，好合如旧。”因言：“太上皇亦不久人间，幸惟自安，无自苦耳。”使者还奏太上皇，皇心震悼，日日不豫[53]。其年夏四月，南宫宴驾[54]。元和元年冬十二月[55]，太原白乐天自校书郎尉于盩厔[56]。鸿与琅玡王质夫家于是邑，暇日相携游仙游寺，话及此事，相与感叹。质夫举酒于乐天前曰：“夫希代之事，非遇出世之才润色之，则与时消没，不闻于世。乐天深于诗，多于情者也。试为歌之。如何？”乐天因为《长恨歌》。意者不但感其事，亦欲惩尤物[57]，窒乱阶[58]，垂于将来者也。歌既成，使鸿传焉。世所不闻者，予非开元遗民，不得知。世所知者，有《玄宗本纪》在。今但传《长恨歌》云尔。

汉皇重色思倾国，御宇多年求不得。杨家有女初长成，养在深闺人未识。天生丽质难自弃，一朝选在君王侧。回眸一笑百媚生，六宫粉黛无颜色。春寒赐浴华清池，温泉水滑洗凝脂。侍儿扶起娇无力，始是新承恩泽时。云鬓花颜金步摇，芙蓉帐暖度春宵。春宵苦短日高起，从此君王不早朝。承欢侍宴无闲暇，春从春游夜专夜。后宫佳丽三千人，三千宠爱在一身。金屋妆成娇侍夜，玉楼宴罢醉和春。姊妹弟兄皆列土，可怜光彩生门户。遂令天下父母心，不重生男重生女。骊宫高处入青云，仙乐风飘处处闻。缓歌慢舞凝丝竹，尽日君王看不足。渔阳鼙鼓动地来，惊破《霓裳羽衣曲》。九重城阙烟尘生，千乘万骑西南行。翠华摇摇行复止，西出都门百余里。六军不发无奈何，宛转蛾眉马前死。花钿委地无人收，翠翘金雀玉搔头。君王掩面救不得，回看血泪相和流。黄埃散漫风萧索，云栈萦纡登剑阁。峨眉山下少人行，旌旗无光日色薄。蜀江水碧蜀山青，圣主朝朝暮暮情。行宫见月伤心色，夜雨闻铃肠断声。天旋日转回龙驭，到此踌躇不能去。马嵬坡下泥土中，不见玉颜空死处。君臣相顾尽沾衣，东望都门信马归。归来池苑皆依旧，太液芙蓉未央柳。芙容如面柳如眉，对此如何不泪垂？春风桃李花开夜，秋雨梧桐叶落时。西宫南苑多秋草，宫叶满阶红不扫。梨园弟子白发新，椒房阿监青娥老。夕殿萤飞思悄然，孤灯挑尽未成眠。迟迟钟漏初长夜，耿耿星河欲曙天。鸳鸯瓦冷霜华重，翡翠衾寒谁与共？悠悠生死别经年，魂魄不曾来入梦。临邛道士鸿都客，能以精诚致魂魄。为感君王展转思，遂教方士殷勤觅。排空驭气奔如电，升天入地求之遍。上穷碧落下黄泉，两处茫茫皆不见。忽闻海上有仙山，山在虚无缥渺间。楼殿玲珑五云起，其中绰约多仙子。中有一人字太真，雪肤花貌参差是。金阙西厢叩玉扃，转教小玉报双成。闻道汉家天子使，九华帐里梦魂惊。揽衣推枕起徘徊，珠箔银屏迤逦开。云鬓半偏新睡觉，花冠不整下堂来。风吹仙袂飘飘举，犹似《霓裳羽衣舞》。玉容寂寞泪阑干，梨花一枝春带雨。含情凝睇谢君王，一别音容两渺茫。昭阳殿里恩爱绝，蓬莱宫中日月长。回头下望人寰处，不见长安见尘雾。唯将旧物表深情，钿合金钗寄将去。钗留一股合一扇，钗擘黄金合分钿。但令心似金钿坚，天上人间会相见。临别殷勤重寄词，词中有誓两心知。七月七日长生殿，夜半无人私语时。在天愿作比翼鸟，在地愿为连理枝。天长地久有时尽，此恨绵绵无绝期！

选自《文苑英华》

【题解】

本篇小说以描写唐明皇李隆基与杨贵妃的爱情为主要线索，表现出较为复杂的思想内容。一方面，作者写出了安史之乱的祸根是唐明皇倦于“旰食宵衣”，荒于政事，宠幸佞臣，沉溺声色；另一方面，又热情赞扬了李隆基与杨玉环爱情的真挚，对安史之乱葬送了他们的爱情表现出深切的同情。本来，由于特殊的帝妃身份，他们的爱情生活是以骄奢淫逸为特征，是以朝政荒疏为代价的。因此，作品中的这两方面内容就形成鲜明的矛盾，被鞭挞指斥的和被同情赞美的内容互为表里，互为因果，这是作者思想认识上的矛盾所致。总体上看，作品的确有“惩尤物，窒乱阶，垂于将来”的讽刺意义。同时，它又毕竟以“长恨”为题，对李杨爱情的描写具有一定的感染力。这个作品与《长恨歌》一起，对后代产生了较大影响。

【注释】

①开元：唐玄宗李隆基年号（713—741）。 ②泰阶平：天下太平。 ③玄宗在位久：唐玄宗李隆基自公元712年登基，在位四十五年。 ④旰（gàn）食宵衣：很晚吃饭，很早就穿衣起床。形容皇帝勤于政事。 ⑤右丞相：也即中书令，当时李林甫任此职。 ⑥相次即世：相继去世。 ⑦华清宫：唐宫名，故址在今陕西省西安市临潼区骊山上。山有温泉，唐太宗时建汤泉宫，天宝六年大加扩建，改名华清宫。 ⑧内外命妇：宫内宫外受有封号的妇女。 ⑨熠耀景从：形容那些妇女装扮得鲜艳夺目、跟随皇帝去华清宫的情景。景，同“影”。 ⑩浴日余波：皇帝洗完澡后，华清池微波犹存。日，比喻皇帝。 ⑪春风灵液：描写命妇入浴的情形。 ⑫上心油然：皇帝心中油然而生爱慕的感觉。 ⑬“顾左右”二句：指与杨玉环比，其他命妇都相形减色。 ⑭高力士：玄宗时的宦官，权势很大。 ⑮弘农：郡名，唐虢（guó）州州治在弘农，虢州曾改名为弘农郡。寿邸：寿王府，玄宗子李瑁封寿王。 ⑯即笄（jī）：已成年。古代女子十五岁盘发插笄，表示成年。⑰澡莹：洗澡，入浴。 ⑱《霓裳羽衣曲》：乐曲名，原为婆罗门曲，由西凉传入。唐玄宗很喜欢，增饰润色修改后改为此名。后传说是月宫仙乐。⑲以固之：用来巩固彼此的爱情。 ⑳步摇：一种金首饰，上有垂珠，行则摇摆，故名。 ㉑半后服用：服饰用具的待遇标准相当于皇后的一半。 ㉒繇（yóu）：同“由”。 ㉓嬖（bì）：宠爱。 ㉔省（xǐng）风九州：巡察全国。省风，考察民情风俗。 ㉕泥金五岳：皇帝祭祀天地山川。祭祀时祭文写在简版上，上盖以玉盖，用水银和金为泥封住。 ㉖上阳：唐宫名，在东都洛阳。 ㉗善巧便佞：聪明伶俐，善于讨好献媚。 ㉘先意希旨：不等皇帝开口，就猜测出他的心思，然后去迎合。 ㉙通侯：当时一种很高的爵位。 ㉚埒（liè）：等同。 ㉛大长公主：皇帝的姑母。侔（móu）：相同。 ㉜长吏：高级官吏。 ㉝“兄国忠”句：天宝十一年李林甫死，杨贵妃的堂兄杨国志任右丞相。 ㉞翠华南幸：皇帝逃向南方避难。翠华，代指皇帝乘的车。 ㉟道次：路过停留。马嵬亭，也称马嵬坡，在今陕西省兴平市西。 ㊱六军：皇

帝的禁卫军。 ㊲“请诛”句：此处用汉景帝杀晁错故事，借指请唐玄宗杀杨国忠以谢罪天下。 ㊳奉氂（máo）缨盘水：古代大臣有罪，便戴白冠，冠上有氂牛尾做的帽缨，端盘水，加上剑，向皇帝请罪。 ㊴尺组：一段丝带。㊵狩：逃难的委婉说法。 ㊶大凶归元：叛乱头领安禄山被杀。 ㊷玉琯（guǎn）：玉制的管乐。琯，一种古代乐器，六孔，像笛。 ㊸李少君之术：招魂术。相传方士李少君曾为汉武帝招来宠妃李夫人的魂魄。 ㊹四虚：四方。 ㊺蓬壶：蓬莱。 ㊻凤舄（xì）：凤头鞋。 ㊼悯然：悲伤的样子。㊽色有不足：表现出不满足的脸色。 ㊾新垣平：汉代人。自称会望气，得到宠信，后骗局揭穿被汉文帝杀。 ㊿树瓜华：摆上瓜果。 (51)宫掖：皇宫。 (52)或为天：或者在天上。 (53)不豫：不快乐。 (54)南宫宴驾：唐明皇死在南宫（兴庆宫）。 (55)元和元年：公元806年。元和，唐宪宗李纯年号。(56)白乐天：白居易，唐代著名诗人。尉于盩厔（zhōuzhì）：任盩厔（今陕西省周至县）县尉。 (57)惩尤物：以女色为戒。尤物，指绝色女子，含贬义。 (58)窒乱阶：除掉祸乱的根源。此处把安史之乱的原因归咎于女祸。

陈鸿祖（生卒年不详）

颍川（今河南省许昌市）人。唐宪宗元和五年（815）或稍晚作传奇小说《东城老父传》。其他事迹无考。

东城老父传

老父[①]，姓贾名昌，长安宣阳里人。开元元年癸丑生[②]。元和庚寅岁[③]，九十八年矣。视听不衰，言甚安徐，心力不耗，语太平事历历可听。父忠，长九尺，力能倒曳牛，以材官为中宫幕士[④]。景龙四年[⑤]，持幕竿随玄宗入大明宫，诛韦氏，奉睿宗朝群后，遂为景云功臣[6]，以长刀备亲卫。诏徙家东云龙门。昌生七岁，趫捷过人，能抟柱乘梁[7]，善应对，解鸟语音。玄宗在藩邸时[8]，乐民间清明节斗鸡戏。及即位，治鸡坊于两宫间[9]。索长安雄鸡，金毫铁距[10]，高冠昂尾千数，养于鸡坊。选六军小儿五百人，使驯扰教饲。上之好之，民风尤甚。诸王世家，外戚家，贵主家，侯家，倾帑破产市鸡，以偿鸡直[11]。都中男女，以弄鸡为事；贫者弄假鸡。帝出游，见昌弄木鸡于云龙门道旁，召入，为鸡坊小儿，衣食右龙武军[12]。三尺童子，入鸡群，如狎群小，壮者，弱者，勇者，怯者，水谷之时[13]，疾病之候，悉能知之。举二鸡，鸡畏而驯，使令如人。护鸡坊中谒者王承恩言于玄宗，召试殿庭，皆中玄宗意。即日为五百小儿长。加之以忠厚谨密，天子甚爱幸之。金帛之赐，日至其家。开元十三年，笼鸡三百，从封东岳[14]。父忠死太山下，得子礼奉尸归葬雍州[15]。县官为葬器丧车，乘传洛阳道。十四年三月，衣斗鸡服，会玄宗于温泉。当时天下号为"神鸡童"。时人为之语曰："生儿不用识文字，斗鸡走马胜读书。贾家小儿年十三，富贵荣华代不如。能令金距期胜负，白罗绣衫随软舆[16]。父死长安千里外，差夫持道輓丧车。"昭成皇后之在相王府[17]，诞圣于八月五日[18]。中兴之后，制为千秋节。赐天下民牛酒乐三日，命之日酺[19]，以为常也。大合乐于宫中，岁或酺于洛。元会与清明节[20]，率皆在骊山。每至是日，万乐具举，六宫毕从。昌冠鹏翠金华冠，锦袖绣襦绔，执铎拂道。群鸡叙立于广场[21]。顾眄如神，指挥风生。树毛振翼，砺吻磨距，抑怒待胜，进退有期，随鞭指低昂，不失昌度。胜负既决，强者前，弱者后，随昌雁行[22]，归于鸡坊。角牴万夫[23]，跳剑寻橦[24]，蹴毬踏绳，舞于竿颠者，索气沮色，逡巡不敢入。岂教猱扰龙之徒欤[25]？二十三年，玄宗为娶梨园弟子潘大同女，男服珮玉，女服绣襦，皆出御府。昌男至信至德。天宝中，妻潘氏以歌舞重幸于杨贵妃。夫妇席宠四十年，恩泽不渝，岂不敏于伎，谨于心乎？上生于乙酉鸡辰[26]，使人朝服斗鸡，兆乱于太平矣。上心不悟。十四载，胡羯隐洛[27]，潼关不守。大驾幸成都，奔卫乘舆。夜出便门，马踣道阱。伤足，不能进，杖入南山。每进鸡之日，则向西南大哭。禄山往年朝于京师，识昌于横门外。及乱二京，以千金购昌长安洛阳市。昌变姓名，依于佛舍，除地击钟[28]，施力于佛。洎太上皇归兴庆宫[29]，肃宗受命于别殿，昌还旧里。居室为兵掠，家无遗物。布衣憔悴，不复得入禁门矣。明日，复出长安南门，道见妻儿于招国里，菜色黯焉。儿荷薪，妻负故絮，昌聚哭，诀于道。遂长逝息长安佛寺[30]，学大师佛旨。大历元年，依资圣寺大德僧运平住东市海池，立陁罗尼石幢[31]。书能纪姓名；读释氏经，亦能了其深义至道，以善心化市井人。建僧房佛舍，植美草甘木。昼把土拥根，汲水灌竹，夜正观于禅室[32]。建中三年，僧运平人寿尽。服礼毕，奉舍利塔于长安东门外镇国寺东偏，手植松柏百株。构小舍，居于塔下，朝夕焚香洒扫，事师如生。顺宗在东宫，舍钱三十万，为昌立大师影堂及斋舍[33]。又立外屋，居游民，取佣给。昌因日食粥一杯，浆水一升，卧草席，絮衣。过是[34]，悉归于佛。妻潘氏后亦不知所往。贞元中，长子至信衣并州甲[35]，随大司徒燧入觐[36]，省昌于长寿里。昌如已不生，绝之使去。次子至德归，贩缯洛阳市，来往长安间，岁以金帛奉昌，皆绝之。遂俱去，不复来。元和中，颍川陈鸿祖携友人出春明门，见竹柏森然，香烟闻于道，下马觐昌于塔下。听其言，忘日之暮。宿鸿祖于斋舍，话身之出处，皆有条贯。遂及王制[37]。鸿祖问开元之理乱。昌曰："老人少时，以斗鸡求媚于上。上倡优畜之，家于外宫，安足以知朝廷之事。然有以为吾子言者。老人见黄门侍郎杜暹出为碛西节度，摄御史大夫，始假风宪以威远[38]。见哥舒翰之镇凉州也，下石堡戍青海城，出白龙，逾葱岭，界铁关，总管河左道，七命始摄御史大夫[39]。见张说之领幽州也，每岁入关，辄长辕挽辐车[40]，辇河间蓟州佣调缯布[41]，驾辕连轨[42]，坌入关门[43]。输于王府，江淮绮縠，巴蜀锦绣，后宫玩好而已。河州敦煌道岁屯田，实边食，余粟转输灵州，漕下黄河，入太原仓，备关中凶年。关中粟米，藏于百姓。天子幸五岳，从官千乘万骑，不食于民。老人岁时伏腊得归休[44]，行都市间，见有卖白衫白叠布。行邻比鄽间[45]，有人禳病[46]，法用皂布一匹，持重价不克致，竟以幞头罗代之[47]。近者，老人扶杖出门，阅街衢中，东西南北视之，见白衫者不满百。岂天下之人皆执兵乎？开元十二年，诏三省侍郎有缺[48]，先求曾任刺史者。郎官缺，先求曾任县令者。及老人见四十三省郎吏，有理刑才名，大者出刺郡，小者镇县。自老人居大道旁，往往有郡太守休马于此，皆惨然不乐朝廷沙汰使治郡[49]。开元取士，孝弟理人而已，不闻进士宏词拔萃之为其得人也。大略如此。”因泣下。复言曰：“上皇北臣穹卢，东臣鸡林，南臣滇池，西臣昆夷[50]，三岁一来会。朝觐之礼容，临照之恩泽，衣之锦絮，饲之酒食，使展事而去，都中无留外国宾。今北胡与京师杂处，娶妻生子。长安中少年，有胡心矣。吾子视首饰鞾服之制，不与向同[51]，得非物妖乎[52]？”鸿祖默不敢应而去。

选自《太平广记》

【题解】

贾昌从小聪颖过人，尤其在驯鸡、斗鸡上有特殊的才能。因而得到喜爱斗鸡走马、沉溺于狗马声色的唐玄宗的赏识和宠信，为他娶梨园弟子潘大同女为妻。一时间，夫贵妻荣，显赫异常。然而，安史之乱改变了这一切。贾昌遁入空门，当年富贵荣华、奢侈无度，如今寂寞虚静，孤独淡泊。作品通过“神鸡童”贾昌一生反差极大的经历，写唐代盛极而衰的历史变故，抒发了历史沧桑之感和兴亡之叹。同时，作品也蕴含着对唐玄宗生活上腐败，政治上昏聩的讽刺。

【注释】

①老父：老年男子的敬称。　②开元元年：公元713年。开元，唐玄

宗李隆基年号。 ③元和庚寅岁：唐宪宗元和五年，公元810年。 ④材：通“才”，才干、才能。 ⑤景龙四年：公元710年。景龙，唐中宗李显年号。 ⑥景云功臣：景龙四年，李隆基领兵入宫诛韦氏，拥立睿宗李旦即位，改元景云，史称景云之役。 ⑦抟柱乘梁：顺着柱子爬上屋梁。 ⑧藩邸：王府，指做太子时。 ⑨两宫：大明宫和兴庆宫，分别为太上皇李旦和李隆基所居。 ⑩距：鸡爪。 ⑪以偿鸡直：以偿还买鸡的钱。直，通“值”，价值。 ⑫右龙武军：在龙武军之上。龙武军是唐玄宗时皇宫卫队之一。 ⑬水谷之时：喂水喂谷的时间。 ⑭从封东岳：跟从玄宗到东岳泰山行封禅礼。 ⑮“得子礼”句：得到玄宗特许，以儿子之礼送父尸归葬雍州。雍州，包括长安及附近地区。 ⑯软舆：皇帝乘坐的便车。 ⑰昭成皇后：唐玄宗的母亲。相王府：玄宗的父亲睿宗即位前封相王。 ⑱诞圣：指玄宗出生。 ⑲酺（pú）：命令所许可的大聚饮。 ⑳元会：元宵节。㉑叙立：按顺序排队站立。 ㉒雁行：排着队列走。 ㉓角觝：一种摔跤表演。 ㉔寻橦（chuáng）：爬竿。 ㉕ “岂教猱”句：哪里比得上驯兽驯禽的人呢？ ㉖ “上生于”句：玄宗生于乙酉年，属鸡。 ㉗胡羯：指安禄山叛军。 ㉘除地：扫地。 ㉙洎（jì）：到。 ㉚长逝息：长期躲避。 ㉛陁罗尼石幢：刻有陀罗尼经的石柱。 ㉜正观：佛家语，参禅，打坐。 ㉝影堂：佛寺中安放佛祖影像的屋子。斋舍：旁屋。 ㉞过是：超过这些。 ㉟衣并州甲：在并州当武士。 ㊱觐（jìn）：朝见君主或宗教徒朝拜圣地。此处指朝见皇帝。 ㊲王制：朝廷制度。 ㊳ “始假”句：开始凭借国家的政治教化威慑边远地区。 ㊴“七命”句：七次升迁任命才任御史大夫。 ㊵长辕挽服车：高大、容量大的车。 ㊶辇：此处意为运载。佣调缯布：征收来的绸布。 ㊷驾櫘（huì）连轫（yuè）：运载的车辆很多。 ㊸坌（bèn）入：聚集涌入。 ㊹岁时伏腊：指各个节令。归休：回乡休假。 ㊺鄽（chán）：同“廛”，店铺，房屋。 ㊻禳（ráng）：去除邪恶的祭祀。 ㊼幞头罗：做幞头（包头的软巾）的质地轻软的丝织品。 ㊽三省侍郎：三省的副长官。三省是中书省、门下省、尚书省，朝廷最高政务机构。 ㊾沙汰：淘汰，撤消。 ㊿“上皇”数句：玄宗时北面的游牧民族，东边的鸡林国，南边的南诏国，西边的西域各民族都臣伏于唐王朝。 ㊿①不与向同：与过去不同。向，以往，过去。 ㊿②物妖：指离奇的现象。

元 稹（779—831）

字微之，鲜卑族后裔，世居京兆万年（今陕西省西安市）。自幼丧父，家境清贫，随母刻苦自学，唐贞元九年十五岁时明经及第，二十四岁举制科，对策第一，任秘书省校书郎。穆宗时位至宰相。后罢相，出任同州、越州刺史。文宗时任武昌节度使，死于任上。诗与白居易齐名，世称“元白”。著有《元氏长庆集》，传奇小说有《莺莺传》传世。

莺 莺 传

贞元中[①]，有张生者，性温茂[②]，美风容，内秉坚孤[③]，非礼不可入。或朋从游宴，扰杂其间，他人皆汹汹拳拳，若将不及，张生容顺而已，终不能乱。以是年二十三，未尝近女色。知者诘之[④]。谢而言曰：“登徒子非好色者，是有凶行[⑤]。余真好色者，而适不我值。何以言之？大凡物之尤者[⑥]，未尝不留连于心，是知其非忘情者也。”诘者识之。

无几何，张生游于蒲[⑦]。蒲之东十余里，有僧舍曰普救寺，张生寓焉。适有崔氏孀妇，将归长安，路出于蒲，亦止兹寺。崔氏妇，郑女也。张出于郑，绪其亲，乃异派之从母[⑧]。是岁，浑瑊薨于蒲。有中人丁文雅[⑨]，不善于军，军人因丧而扰，大掠蒲人。崔氏之家，财产甚厚，多奴仆。旅寓惶骇，不知所托。先是，张与蒲将之党有善，请吏护之，遂不及于难。十余日，廉使杜确将天子命以总戎节，令于军，军由是戢[10]。

郑厚张之德甚，因饰馔以命张[11]，中堂宴之。复谓张曰："姨之孤嫠未亡[12]，提携幼稚。不幸属师徒大溃，实不保其身。弱子幼女，犹君之生。岂可比常恩哉！今俾以仁兄礼奉见[13]，冀所以报恩也。"命其子曰欢郎，可十余岁，容甚温美。次命女："出拜尔兄，尔兄活尔。"久之，辞疾。郑怒曰："张兄保尔之命。不然，尔且掳矣。能复远嫌乎？"久之，乃至。常服睟容[14]，不加新饰，垂鬟接黛[15]，双脸销红而已。颜色艳异，光辉动人。张惊，为之礼。因坐郑旁，以郑之抑而见也[16]，凝睇怨绝，若不胜其体者。问其年纪。郑曰："今天子甲子岁之七月，终于贞元庚辰[17]，生年十七矣。"张生稍以词导之，不对。终席而罢。张自是惑之，愿致其情，无由得也。

崔之婢曰红娘。生私为之礼者数四，乘间遂道其衷。婢果惊沮，腆然而奔。张生悔之。翼日，婢复至。张生乃羞而谢之，不复云所求矣。婢因谓张曰："郎之言，所不敢言，亦不敢泄。然而崔之姻族，君所详也。何不因其德而求娶焉？"张曰："余始自孩提，性不苟合。或时纨绮闲居，曾莫流盼[18]。不为当年，终有所蔽。昨日一席间，几不自持。数日来，行忘止，食忘饱，恐不能逾旦暮，若因媒氏而娶，纳采问名，则三数月间，索我于枯鱼之肆矣[19]。尔其谓我何？"婢曰："崔之贞慎自保，虽所尊不可以非语犯之。下人之谋，固难入矣。然而善属文，往往沉吟章句，怨慕者久之。君试为喻情诗以乱之。不然，则无由也。"张大喜，立缀《春词》二首以授之。

是夕，红娘复至，持彩笺以授张，曰："崔所命也。"题其篇曰《明月三五夜》。其词曰："待月西厢下，迎风户半开。拂墙花影动，疑是玉人来。"张亦微喻其旨。是夕，岁二月旬有四日矣。崔之东有杏花一株，攀援可窬[20]。既望之夕[21]，张因梯其树而窬焉。达于西厢，则户半开矣。红娘寝于床。生因惊之。红娘骇曰："郎何以至？”张因绐之曰[22]：“崔氏之笺召我也。尔为我告之。”无几，红娘复来，连曰：“至矣！至矣！”张生且喜且骇，必谓获济[23]。及崔至，则端服严容，大数张曰[24]：“兄之恩，活我之家，厚矣。是以慈母以弱子幼女见托。奈何因不令之婢[25]，致淫逸之词。始以护人之乱为义，而终掠乱以求之。是以乱易乱，其去几何？诚欲寝其词[26]，则保人之奸，不义；明之于母，则背人之惠，不祥；将寄于婢仆[27]，又惧不得发其真诚。是用托短章，愿有陈启[28]，犹惧兄之见难，是用鄙靡之词，以求其必至。非礼之动，能不愧心？特愿以礼自持，毋及于乱！”言毕，翻然而逝。张自失者久之。复窬而出，于是绝望。

数夕，张生临轩独寝，忽有人觉之[29]。惊骇而起，则红娘敛衾携枕而至，抚张曰：“至矣！至矣！睡何为哉！”并枕重衾而去。张生拭目危坐久之[30]，犹疑梦寐。然而修谨以俟[31]。俄而红娘捧崔氏而至。至，则娇羞融冶，力不能运支体，曩时端庄[32]，不复同矣。是夕，旬有八日也。斜月晶莹，幽辉半床。张生飘飘然，且疑神仙之徒，不谓从人间至矣。有顷，寺钟鸣，天将晓。红娘促去。崔氏娇啼宛转，红娘又捧之而去，终夕无一言。张生辨色而兴[33]，自疑曰：“岂其梦邪？”及明，睹妆在臂，香在衣，泪光荧荧然，犹莹于茵席而已。

是后又十余日，杳不复知。张生赋《会真诗》三十韵，未毕，而红娘适至，因授之，以贻崔氏。自是复容之。朝隐而出，暮隐而入，同安于曩所谓西厢者，几一月矣。张生常诘郑氏之情。则曰：“我不可奈何矣。”因欲就成之。无何，张生将之长安，先以情谕之。崔氏宛无难词[34]，然而愁怨之容动人矣。将行之再夕，不可复见，而张生遂西下。数月，复游于蒲，会于崔氏者又累月。崔氏甚工刀札，善属文[35]。求索再三，终不可见。往往张生自以文挑，亦不甚睹览。大略崔之出人者，艺必穷极，而貌若不知；言则敏辩，而寡于酬对。待张之意甚厚，然未尝以词继之。时愁艳幽邃，恒若不识，喜愠之容，亦罕形见。异时独夜操琴，愁弄凄恻。张窃听之。求之，则终不复鼓矣。以是愈惑之。

张生俄以文调及期[36]，又当西去。当去之夕，不复自言其情，愁叹于崔氏之侧。崔已阴知将诀矣[37]，恭貌怡声[38]，徐谓张曰："始乱之，终弃之，固其宜矣。愚不敢恨。必也君乱之，君终之，君之惠也。则殁身之誓，其有终矣。又何必深感于此行？然而君既不怿[39]，无以奉宁。君常谓我善鼓琴，向时羞颜，所不能及。今且往矣，既君此诚[40]。"因命拂琴，鼓《霓裳羽衣序》，不数声，哀音怨乱，不复知其是曲也。左右皆歔欷。崔亦遽止之，投琴，泣下流连，趋归郑所，遂不复至。明旦而张行。

明年，文战不胜，张遂止于京。因贻书于崔，以广其意。崔氏缄报之词，粗载于此，曰："捧览来问，抚爱过深。儿女之情，悲喜交集。兼惠花胜一合，口脂五寸，致耀首膏唇之饰。虽荷殊恩，谁复为容[41]？睹物增怀，但积悲叹耳。伏承使于京中就业，进修之道，固在便安。但恨僻陋之人，永以遐弃。命也如此，知复何言！自去秋已来，常忽忽如有所失。于喧哗之下，或勉为语笑，闲宵自处，无不泪零。乃至梦寐之间，亦多感咽，离忧之思，绸缪缱绻，暂若寻常，幽会未终，惊魂已断。虽半衾如暖，而思之甚遥。一昨拜辞，倏逾旧岁。长安行乐之地，触绪牵情。何幸不忘幽微，眷念无斁[42]。鄙薄之志，无以奉酬。至于终始之盟，则固不忒。鄙昔中表相因，或同宴处。婢仆见诱，遂致私诚。儿女之心，不能自固[43]。君子有援琴之挑，鄙人无投梭之拒[44]。及荐寝席，义盛意深。愚陋之情，永谓终托。岂期既见君子，而不能定情。致有自献之羞，不复明侍巾帻[45]。没身永恨，含叹何言！倘仁人用心，俯遂幽眇[46]，虽死之日，犹生之年。如或达士略情，舍小从大，以先配为丑行，以要盟为可欺[47]。则当骨化形销，丹诚不泯，因风委露，犹托清尘。存没之诚，言尽于此。临纸呜咽，情不能申。千万珍重，珍重千万！玉环一枚，是儿婴年所弄，寄充君子下体所佩。玉取其坚润不渝，环取其终始不绝。兼乱丝一绚，文竹茶碾子一枚[48]。此数物不足见珍。意者欲君子如玉之真，弊志如环不解。泪痕在竹，愁绪萦丝。因物达情，永以为好耳。心迩身遐[49]，拜会无期。幽愤所钟，千里神合。千万珍重！春风多厉，强饭为嘉。慎言自保，无以鄙为深念。”

张生发其书于所知，由是时人多闻之。所善杨巨源好属词，因为赋《崔娘诗》一绝云：“清润潘郎玉不如，中庭蕙草雪销初。风流才子多春思，肠断萧娘一纸书。”河南元稹亦续生《会真诗》三十韵，诗曰：

微月透帘栊，萤光度碧空。
遥天初缥缈，低树渐葱茏。
龙吹过庭竹，鸾歌拂井桐。
罗绡垂薄雾，环珮响轻风。
绛节随金母，云心捧玉童。
更深人悄悄，晨会雨濛濛。
珠莹光文履，花明隐绣龙。
瑶钗行彩凤，罗帔掩丹虹。
言自瑶华浦，将朝碧玉宫。
因游洛城北，偶向宋家东。
戏调初微拒，柔情已暗通。
低鬟蝉影动，回步玉尘蒙。
转面流花雪，登床抱绮丛。
鸳鸯交颈舞，翡翠合欢笼。
眉黛羞偏聚，唇朱暖更融。
气清兰蕊馥，肤润玉肌丰。
无力慵移腕，多娇爱敛躬。
汗流珠点点，发乱绿葱葱。
方喜千年会，俄闻五夜穷。
留连时有恨，缱绻意难终。

慢脸含愁态，芳词誓素衷。
赠环明运合，留结表心同。
啼粉流宵镜，残灯远暗虫。
华光犹苒苒，旭日渐曈曈。
乘鹜还归洛，吹箫亦上嵩。
衣香犹染麝，枕腻尚残红。
幂幂临塘草，飘飘思渚蓬。
素琴鸣怨鹤，清汉望归鸿。
海阔诚难渡，天高不易冲。
行云无处所，萧史在楼中[50]。

张之友闻之者，莫不耸异之，然而张志亦绝矣。稹特与张厚，因征其词。张曰："大凡天之所命尤物也，不妖其身，必妖于人。使崔氏子遇合富贵，乘宠娇，不为云，不为雨，为蛟，为螭，吾不知其所变也。昔殷之辛，周之幽，据百万之国，其势甚厚。然而一女子败之，溃其众，屠其身，至今为天下僇[51]。予之德不足以胜妖孽[52]，是用忍情。"于时坐者皆为深叹。

后岁余，崔已委身于人，张亦有所娶。适经所居，乃因其夫言于崔，求以外兄见。夫语之，而崔终不为出。张怨念之诚，动于颜色。崔知之，潜赋一章，词曰："自从消瘦减容光，万转千回懒下床。不为旁人羞不起，为郎憔悴却羞郎。"竟不之见。后数日，张生将行，又赋一章以谢绝云："弃置今何道，当时且自亲。还将旧时意，怜取眼前人。"自是，绝不复知矣。

时人多许张为善补过者[53]。予尝于朋会之中，往往及此意者，夫使知者不为，为之者不惑。贞元岁九月，执事李公垂宿于予靖安里第[54]，语及于是。公垂卓然称异，遂为《莺莺歌》以传之。崔氏小名莺莺，公垂以命篇[55]。

选自《太平广记》

【题解】

《莺莺传》在唐代传奇中独具特色，它塑造了崔莺莺这个富有艺术魅力的古代贵族少女形象。崔莺莺出身于名门望族，传统文化的教养，赋予她文静端庄的大家风范，封建礼教的熏陶，铸就她矜持内向的性格。与张生相识后，她内心萌发了爱恋的感情，而却又极力克制，不轻易暴露内心的秘密。在张生的热烈追求下，她欲言又止，欲进还退，表现出内心“情”与“礼”的剧烈冲突，但她终于投入了爱河，从而反叛了封建礼教。作品中对她的由身份、性格带来的矜持、蕴藉的心理描写得越细致，就越显出她成为封建礼教叛逆者的可贵。当她察觉张生将要抛弃她时，她对张生说：“始乱之，终弃之，固其宜矣，愚不敢恨。”这样的谴责方式和怨恨语言，与她的性格教养也很契合。在作者笔下，崔莺莺这个人物形象确实十分灵动。这篇小说对后代影响很大，脍炙人口的元杂剧《西厢记》就是据此故事写成。

【注释】

①贞元：唐德宗李适年号，公元785—805年。　②温茂：温和朴实。　③内秉坚孤：性格坚毅孤傲。　④诘（jié）：追问，寻问。　⑤凶行：指淫荡行为。　⑥尤：优异，突出。尤物，出色的人物，后常用于指绝色美女。　⑦蒲：蒲州，今山西省永济市。　⑧异派之从母：远房姨妈。　⑨中人：宦官。　⑩戢（jí）：止息，平定。　⑪饰馔以命张：设宴宴请张生。　⑫孤嫠（lí）未亡：寡妇，此处为郑氏自称。嫠，寡妇。　⑬俾（bǐ）：使。　⑭睟（suì）容：容貌温和润泽。　⑮黛：黑色。此处指眉毛。　⑯抑而见：强迫见面。　⑰贞元庚辰：贞元十六年（800）。　⑱“或时”两句：少年时，有时也和女孩子在一起，但不曾留心于她们。　⑲“索我”句：到那时我早已死了。指因思念莺莺，相思而死。　⑳窬（yú）：从院墙翻进院里去。　㉑既望：农历十五为望，十六为既望。　㉒绐（dài）：哄骗。　㉓获济：获得成功，达到目的。　㉔数：数落、指责。　㉕不令：

不好的。㉖寝其词：指隐瞒张生作《春词》二首给她这件事。㉗寄于婢仆：让婢仆传达、转告。㉘愿有陈启：希望当面向你讲明道理。㉙有人觉之：有人推醒他。觉，使动用法，弄醒。㉚危坐：端坐。㉛修谨以俟：穿戴齐整恭谨地等待。㉜曩（nǎng）时：从前，以往。㉝辨色而兴：天刚亮时起床。㉞难词：责备的话。㉟“崔氏”二句：莺莺擅长书法，文章写得很好。㊱文调及期：科举考试的日期到了。㊲阴知将诀：内心明白将要诀别。㊳恭貌怡声：神态庄重、声音柔和。㊴不怿（yì）：不高兴。㊵既君此诚：满足你的这个心愿。㊶谁复为容：再为谁而化妆、修饰。㊷无斁（yì）：不厌烦。㊸“儿女”两句：爱慕之心，不能自制。㊹“君子”两句：你有心挑逗，我未能坚定地拒绝。㊺明侍巾帻：明媒正娶做你的妻子。㊻俯遂幽眇：体察我内心的隐衷。㊼要盟：要挟、强迫定立的盟约。㊽文竹茶碾子：有花纹的竹子做成的茶碾子。㊾心迩身遐：心近身远。㊿元稹的《会真诗》描写了张生与崔莺莺幽会时的情形，最后含蓄地写到这段感情的结局：人离情绝，天各一方。(51)“昔殷之辛……至今为天下僇”几句：当年殷纣王宠爱妲己，周幽王宠爱褒姒，致使国毁身亡，让后人感到耻辱。僇（lù）：羞辱。(52)妖孽：此处指崔莺莺。(53)许：赞许。善补过：善于改正错误。(54)李公垂：李绅，中唐诗人，元稹的朋友。(55)命篇：用作篇名。

孟　棨（生卒年不详）

其名一作启，字初中。唐僖宗乾符二年（875）进士，时年龄已在五十左右。曾在梧州任官。光启二年，自署“前尚书司勋郎中”。撰有《本事诗》。

崔 护

博陵崔护①，姿质甚美②，而孤洁寡合③。举进士下第。清明日，独游都城南，得居人庄。一亩之宫④，而花木丛萃，寂若无人。扣门久之，有女子自门隙窥之，问曰："谁耶？"以姓字对，曰："寻春独行，酒渴求饮。"女入，以杯水至。开门，设床命坐⑤。独倚小桃斜柯伫立⑥，而意属殊厚⑦。妖姿媚态，绰有余妍。崔以言挑之，不对。目注者久之。崔辞去，送至门，如不胜情而入⑧。崔亦眷盼而归⑨。嗣后绝不复至⑩。及来岁清明日，忽思之，情不可抑，径往寻之。门院如故，而已锁扃之⑪。因题诗于左扉曰："去年今日此门中，人面桃花相映红。人面衹今何处去，桃花依旧笑春风。"后数日，偶至都城南，复往寻之。闻其中有哭声，扣门问之，有老父出曰："君非崔护邪？"曰："是也。"又哭曰："君杀吾女！"崔惊起，莫知所答。老父曰："吾女笄年知书⑫，未适人⑬。自去年以来，常恍惚若有所失。比日与之出，及归，见左扉有字，读之，入门而病。遂绝食数日而死。吾老矣，此女所以不嫁者，将求君子，以托吾身。今不幸而殒，得非君杀之耶！"又持崔大哭。崔亦感恸，请入哭之，尚俨然在床⑭。崔举其首，枕其股，哭而祝曰："某在斯⑮，某在斯！"须臾开目，半日复活矣。父大喜，遂以女归之⑯。

选自《本事诗》

【题解】

这是一个十分动人的爱情故事。在百花盛开的春天，崔护寻春郊外，偶遇一女子，这位女子便对他萌发了热烈的爱情。但她只能默默地等待，以至于忧郁而死。但当崔护来到她身边后，她又死而复生。这些情节歌颂了爱情的巨大力量。小说中，春暖花开的自然景物写得诗意盎然，衬托出爱情的美好。“人面桃花”以后成为文学作品中经常使用的形容美好春光和美丽少女的典故。

【注释】

①博陵：郡名，治所在今河北省定县。崔护：字殷功，唐代诗人。贞元进士，曾任岭南节度使。《全唐诗》中存其诗六首。 ②姿质：姿态，气质，风度。 ③孤洁寡合：孤高，洁身自好，不易合群。 ④宫：指院落中的房屋。 ⑤床：古代的坐榻。 ⑥斜柯：横枝。 ⑦意属殊厚：对崔护情意深厚。 ⑧不胜情：感情深厚而难以抑制。 ⑨眷盼：恋恋不舍。 ⑩嗣后：此后。 ⑪扃（jiōng）：关门，此处指门已锁上。 ⑫笄（jī）年：女子成年。 ⑬适人：嫁人。 ⑭俨然在床：指死后端放在床上。 ⑮某在斯：我在这里。 ⑯归之：嫁给崔护。

杜光庭（849？—933）

字圣宾，一作宾至，号东瀛子。京兆杜陵（今陕西省西安市）人，寓居处州缙云（今属浙江省）。唐懿宗咸通年间因科举不第，入天台山学道。后到长安。僖宗时被召见，充文章应制。后避乱入蜀，事王建父子，为户部侍郎。晚年隐于青城山。著有《录异记》和《神仙感遇传》等。后书收有《虬须客》一篇，与通行的传奇小说《虬髯客传》内容相似而文字简略，学人对此看法歧异，或认为通行之篇是杜光庭所作，但经宋人增润；或认为非杜光庭所作。今姑系之杜氏名下。

虬髯客传

隋炀帝之幸江都也[1]，命司空杨素守西京[2]。素骄贵，又以时乱，天下之权重望崇者，莫我若也，奢贵自奉，礼异人臣。每公卿入言，宾客上谒[3]，未尝不踞床而见[4]，令美人捧出，侍婢罗列，颇僭于上[5]。末年愈甚，无复知所负荷，有扶危持颠之心[6]。

一日，卫公李靖以布衣上谒[7]，献奇策。素亦踞见。公前揖曰："天下方乱，英雄竞起。公为帝室重臣，须以收罗豪杰为心，不宜踞见宾客。"素敛容而起，谢公；与语，大悦，收其策而退。

当公之骋辩也[8]，一妓有殊色，执红拂[9]，立于前，独目公。公既去，而执拂者临轩指吏曰："问去者处士第几？住何处？"公具以对。妓诵而去。

公归逆旅[10]。其夜五更初，忽闻叩门而声低者，公起问焉。乃紫衣戴帽人，杖揭一囊。公问谁。曰："妾，杨家之红拂妓也。"公遽延入。脱衣去帽，乃十八九佳丽人也。素面画衣而拜[11]。公惊答拜。曰："妾侍杨司空久，阅天下之人多矣，无如公者。丝萝非独生[12]，愿托乔木，故来奔耳。"公曰："杨司空权重京师，如何？"曰："彼尸居余气[13]，不足畏也。诸妓知其无成，去者众矣。彼亦不甚逐也。计之详矣，幸无疑焉。"问其姓，曰："张。"问其伯仲之次[14]，曰："最长。"观其肌肤、仪状、言词、气性，真天人也。公不自意获之，愈喜愈惧，瞬息万虑不安。而窥户者无停履[15]。数日，亦闻追访之声，意亦非峻。乃雄服乘马[16]，排闼而去[17]。将归太原。

行次灵石旅舍，既设床，炉中烹肉且熟。张氏以发长委地，立梳床前。公方刷马，忽有一人，中形[18]，赤髯如虬[19]，乘蹇驴而来。投革囊于炉前，取枕欹卧[20]，看张梳头。公怒甚，未决，犹亲刷马。张熟视其面，一手握发，一手映身摇示公[21]，令勿怒。急急梳头毕，敛衽前问其姓。卧客答曰："姓张。"对曰："妾亦姓张，合是妹。"遽拜之。问第几，曰："第三。"问妹第几，曰："最长。"遂喜曰："今夕多幸逢一妹。"张氏遥呼："李郎且来见三兄！"公骤拜之。遂环坐。曰："煮者何肉？"曰："羊肉，计已熟矣。"客曰："饥。"公出市胡饼[22]。客抽腰间匕首，切肉共食。食竟，余肉乱切送驴前食之，甚速。客曰："观李郎之行，贫士也。何以致斯异人[23]？"曰："靖虽贫，亦有心者焉[24]。他人见问，故不言；兄之问，则不隐耳。"具言其由。曰："然则将何之？"曰："将避地太原。"曰："然吾故非君所致也。"曰："有酒乎？"曰："主人西，则酒肆也。"公取酒一斗。既巡[25]，客曰："吾有少下酒物，李郎能同之乎？"曰："不敢。"于是开革囊，取一人头并心肝。却头囊中，以匕首切心肝，共食之。曰："此人天下负心者，衔之十年[26]，今始获之。吾憾释矣。"又曰："观李郎仪形器宇，真丈夫也。亦闻太原有异人乎？"曰："尝识一人，愚谓之真人也[27]；其余，将帅而已。"曰："何姓？"曰："靖之同姓。"曰："年几？"曰："仅二十。"曰："今何为？"曰："州将之子[28]。"曰："似矣。亦须见之。李郎能致吾一见乎？"曰："靖之友刘文静者[29]，与之狎。因文静见之可也[30]。然兄何为？"曰："望气者言太原有奇气，使访之。李郎明发，何日到太原？"靖计之日，曰："达之明日。日方曙，候我于汾阳桥[31]。"言讫，乘驴而去，其行若飞，回顾已失。公与张氏且惊且喜，久之，曰："烈士不欺人，固无畏。"促鞭而行。

及期，入太原。果复相见。大喜，偕诣刘氏。诈谓文静曰："有善相者思见郎君，请迎之。"文静素奇其人，一旦闻有客善相，遽致使迎之。使回而至，不衫不履，裼裘而来[32]，神气扬扬，貌与常异。虬髯默然居末坐，见之心死[33]。饮数杯，招靖曰："真天子也！"公以告刘，刘益喜，自负。既出，而虬髯曰："吾得十八九矣[34]。然须道兄见之。李郎宜与一妹复入京。某日午时，访我于马行东酒楼，下有此驴及瘦驴，即我与道兄俱在其上矣。到即登焉。"又别而去。

公与张氏复应之。及期访焉，宛见二乘[35]，揽衣登楼。虬髯与一道士方对饮，见公惊喜，召坐。围饮十数巡，曰："楼下柜中有钱十万。择一深隐处驻一妹。某日复会我于汾阳桥。”

如期至，即道士与虬髯已到矣。俱谒文静。时方弈棋，揖而话心焉。文静飞书迎文皇看棋[36]。道士对弈，虬髯与公傍侍焉。俄而文皇到来，精彩惊人，长揖而坐。神气清朗，满坐风生，顾盼炜如也[37]。道士一见惨然[38]，下棋子曰："此局全输矣！于此失却局哉！救无路矣！复奚言[39]！"罢弈而请去。既出，谓虬髯曰："此世界非公世界，他方可也。勉之，勿以为念。"因共入京。虬髯曰："计李郎之程，某日方到。到之明日，可与一妹同诣某坊曲小宅相访。李郎相从一妹，悬然如磬[40]。欲令新妇祗谒，兼议从容[41]，无前却也[42]。"言毕，吁嗟而去。

公策马而归。即到京，遂与张氏同往。乃一小版门子，叩之，有应者，拜曰："三郎令候李郎、一娘子久矣。"延入重门。门愈壮。婢四十人，罗列庭前。奴二十人，引公入东厅。厅之陈设，穷极珍异，巾箱妆奁冠镜首饰之盛，非人间之物。巾栉妆饰毕，请更衣，衣又珍异。既毕，传云："三郎来！"乃虬髯纱帽裼裘而来，亦有龙虎之状，欢然相见。催其妻出拜，盖亦天人耳。遂延中堂，陈设盘筵之盛，虽王公家不侔也[43]。四人对馔讫[44]，陈女乐二十人，列奏于前，若从天降，非人间之曲。食毕，行酒。家人自堂东舁出二十床[45]，各以锦绣帕覆之。既陈，尽去其帕，乃文簿钥匙耳[46]。虬髯曰："此尽宝货泉贝之数。吾之所有，悉以充赠。何者？欲于此世界求事，当或龙战三二十载[47]，建少功业。今既有主，住亦何为？太原李氏，真英主也。三五年内，即当太平。李郎以奇特之才，辅清平之主，竭心尽善，必极人臣[48]。一妹以天人之姿，蕴不世之艺[49]，从夫之贵，以盛轩裳。非一妹不能识李郎，非李郎不能荣一妹。起陆之贵[50]，际会如期[51]，虎啸风生，龙吟云萃，固非偶然也。持余之赠，以佐真主，赞功业也[52]，勉之哉！此后十年，当东南数千里外有异事，是吾得事之秋也[53]。一妹与李郎可沥酒东南相贺。"因命家童列拜，曰："李郎、一妹，是汝主也！”言讫，与其妻从一奴，乘马而去。数步，遂不复见。

公据其宅，乃为豪家，得以助文皇缔构之资[54]，遂匡天下[55]。

贞观十年[56]，公以左仆射平章事[57]。适南蛮入奏曰[58]：“有海船千艘，甲兵十万，入扶余国[59]，杀其主自立。国已定矣。”公心知虬髯得事也。归告张氏，具衣拜贺[60]，沥酒东南祝拜之。乃知真人之兴也，非英雄所冀。况非英雄者乎？人臣之谬思乱者，乃螳臂之拒走轮耳。我皇家垂福万叶[61]，岂虚然哉。或曰：“卫公之兵法，半乃虬髯所传耳。”

选自《唐宋传奇集》

【题解】

本篇见于《太平广记》卷一九三，又见于明人顾元庆所辑《顾氏文房小说》，二者文字有所不同。此处据鲁迅《唐宋传奇集》本，该本以《顾氏文房小说》为底本，校以《太平广记》本。

这篇小说是唐传奇中的名篇，具有浓厚的英雄传奇色彩。小说中的故事，发生在隋末群雄并起的背景中，实际上，寄托着生活在唐代末年的作者面对群雄割据，战乱频仍局面的感慨和政治愿望。小说中的三个主要人物都个性鲜明，隋朝权贵杨素的侍婢红拂慧眼识英雄，主动私奔胸怀大略的落魄布衣李靖。生当乱世的李靖和红拂都是有远见的人物，他们弃暗投明，另择良主，正是彼时彼地的一种卓识。虬髯客是个豪侠之士，他不仅像一般的侠义之士那样抑强扶弱，济困扶危，而且在社会动荡之时，立志图帝王之业。这三个人物被后世称为“风尘三侠。”

【注释】

①江都：隋朝郡名，郡治在今江苏省扬州市。隋炀帝曾在那里大建宫苑，作为行都。　②杨素：字处道，隋朝重臣，曾助隋文帝灭陈定天下，

又助隋炀帝夺取帝位。曾任司空，封越国公、楚国公。西京：隋都城长安。③上谒（yè）：进见。　④踞：两腿伸开而坐，古人认为是一种不礼貌的坐姿。　⑤僭于上：排场规格越过了所规定的等级，和皇帝差不多。上，皇帝。　⑥扶危持颠：抚救危亡，拯救国家。　⑦李靖：字药师，唐代开国功臣，军事家。布衣：平民。　⑧骋辩：施展辩才。　⑨红拂：红色拂尘。⑩逆旅：旅店。　⑪素面：脸上未抹脂粉。画衣：花衣。　⑫丝萝：一种植物，多依附其他坚实高大的植物生长。此处是红拂自指。因为古代女子没有独立的经济地位，所以常用来指女子。　⑬尸居余气：形容人暮气沉沉，离死不远了。　⑭伯仲之次：兄弟姐妹的排行次序。　⑮窥户者无停履：从门里偷看的人络绎不绝。形容红拂貌美。　⑯雄服：女扮男妆。　⑰排闼（tà）：推开门。　⑱中形：中等个头。　⑲赤髯如虬（qiú）：红色的胡须盘曲如龙的形状。　⑳攲（yī）卧：斜躺着。　㉑一手映身：一只手藏在身后。　㉒市胡饼：买烧饼。　㉓致斯异人：得到这个出色的人。异人，指红拂。　㉔有心者：决心建功立业的人。　㉕巡：指饮酒一遍。　㉖衔：怀恨。　㉗真人：真命天子，指李世民。　㉘州将之子：李世民之父李渊时任隋的太原留守，故称李世民为州将之子。　㉙刘文静：字肇仁，曾助李渊、李世民夺天下。唐初任民部尚书、左仆射。　㉚因：依靠，凭借。　㉛汾阳桥：位于太原城东的汾河上。　㉜裼裘：只穿皮袍没穿外衣。裼：袒露。　㉝见之心死：见到来人便死了心。因为虬髯客自己有建帝王之业的雄心，见来人有帝王之相，故而心死。　㉞得十八九：对这人的判断有十之八九的把握。　㉟宛见：似乎看见。　㊱文皇：唐太宗李世民，因死后谥号“文”，所以称他文皇。㊲炜如：光彩明亮的样子。　㊳惨然：内心沮丧。　㊴复奚言：还有什么可说的。意为谁都无力和这人争夺帝位。　㊵悬然如磬（qìng）：形容贫困，家中空无一物。　㊶兼议从容：顺便随意叙谈。　㊷无前却也：不要推却。　㊸不侔（móu）：不能相比。　㊹馔（zhuàn）：吃饭。　㊺舁（yú）：抬。　㊻文簿：登记财产的册子。　㊼龙战：争夺帝位的搏斗。　㊽必极人臣：必定会成为地位最高的臣子。　㊾不世之艺：超凡的才艺。　㊿起陆：原意为龙蛇起陆腾飞，比喻帝王兴起。 ⑤①际会：指君臣相会。 ⑤②赞：助。 ⑤③得事之秋：事业成功之时。 ⑤④缔构之资：建立帝业的资财。 ⑤⑤匡天下：安定天下。 ⑤⑥贞观十年：公元636年。贞观，唐太宗年号。 ⑤⑦左仆射平章事：宰相。 ⑤⑧南蛮：指南方少数民族。 ⑤⑨扶余国：古国名，在我国东北一带。 ⑥⓪具衣：穿上礼服。 ⑥①万叶：万代。

袁　郊（生卒年不详）

字之乾（一作之仪），蔡州朗山（今河南省确山县）人。唐懿宗咸通年间任祠部郎中，后为虢州刺史。与诗人温庭筠友善。著有《甘泽谣》，其中以《红线》一篇最为著名。

红　线

红线，潞州节度使薛嵩青衣[①]，善弹阮，又通经史，嵩遣掌笺表[②]，号曰“内记室[③]”。时军中大宴，红线谓嵩曰：“羯鼓之音调颇悲，其击者必有事也。”嵩亦明晓音律，曰：“如汝所言。”乃召而问之，云：“某妻昨夜亡，不敢乞假。”嵩遽遣放归。

时至德之后[④]，两河未宁[⑤]，初置昭义军[⑥]，以釜阳为镇[⑦]，命嵩固守，控压山东。杀伤之余，军府草创。朝廷复遣嵩女嫁魏博节度使田承嗣男[⑧]，男娶滑州节度使令狐彰女[⑨]，三镇互为姻娅，人使日浃往来[⑩]。而田承嗣常患热毒风，遇夏增剧。每曰：“我若移镇山东，纳其凉冷，可缓数年之命。”乃募军中武勇十倍者得三千人，号“外宅男[⑪]，”而厚恤养之。常令三百人夜直州宅。卜选良日，将迁潞州。嵩闻之，日夜忧闷，咄咄自语，计无所出。

时夜漏将传[⑫]，辕门已闭。杖策庭除[⑬]，唯红线从行。红线曰：

“主自一月，不遑寝食。意有所属[14]，岂非邻境乎？”嵩曰：“事系安危，非汝能料。”红线曰：某虽贱品[15]，亦有解主忧者。”嵩乃具告其事，曰：“我承祖父遗业，受国家重恩，一旦失其疆土，即数百年勋业尽矣。”红线曰：“易尔。不足劳主忧。乞放某一到魏郡，看其形势，觇其有无[16]。今一更道途[17]，三更可以复命。请先定一走马兼具寒暄书[18]，其他即俟某却回也。”嵩大惊曰：“不知汝是异人，我之暗也。然事若不济，反速其祸，奈何？”红线曰：“某之行，无不济者。”乃入闺房，饰其行具。梳乌蛮髻[19]，攒金凤钗，衣紫绣短袍，系青丝屦。胸前佩龙文匕首，额上书太乙神名[20]。再拜而倏忽不见。

嵩乃返身闭户，背烛危坐。常时饮酒，不过数合，是夕举觞十余不醉。忽闻晓角吟风[21]，一叶坠露，惊而试问，即红线回矣。嵩喜而慰问曰：“事谐否？”曰：“不敢辱命。”又问曰：“无伤杀否？”曰：“不至是[22]。但取床头金合为信耳。”红线曰：“某子夜三刻，即到魏郡，凡历数门，遂及寝所。闻外宅男止于房廊，睡声雷动。见中军士卒[23]，步于庭庑[24]，传呼风生。某发其左扉，抵其寝帐。见田亲家翁正于帐内，鼓趺酣眠[25]，头枕文犀，髻包黄縠，枕前露一七星剑。剑前仰开一金合，合内书生身甲子与北斗神名[26]，又有名香美珍，散覆其上。扬威玉帐，但期心豁于生前[27]，同梦兰堂，不觉命悬于手下。宁劳擒纵，只益伤嗟。时则蜡炬光凝，炉香烬煨，侍人四布，兵器森罗。或头触屏风，鼾而亸者[28]，或手持巾拂，寝而伸者。某拔其簪珥，縻其襦裳[29]，如病如昏，皆不能寤；遂持金合以归。既出魏城西门，将行二百里，见铜台高揭[30]。而漳水东注；晨飙动野，斜月在林。忧往喜还，顿忘于行役；感知酬德，聊副于心期[31]。所以夜漏三时，往返七百里；入危邦，经五六城，冀减主忧，敢言其苦。”

嵩乃发使遗承嗣书曰：“昨夜有客从魏中来，云：自元帅头边获一金合。不敢留驻，谨却封纳[32]。”专使星驰，夜半方到。见搜捕金合，一军忧疑。使者以马挝扣门[33]，非时请见[34]。承嗣遽出，以金合授之。捧承之时，惊怛绝倒。遂驻使者止于宅中，狎以宴私，多其赐赉。明日遣使赍缯帛三万匹，名马二百匹，他物称是[35]，以献于嵩曰："某之首领，系在恩私。便宜知过自新，不复更贻伊戚[36]。专膺指使[37]，敢议姻亲。役当奉毂后车[38]，来则挥鞭前马。所置纪纲仆号为外宅男者[39]，本防它盗，亦非异图。今并脱其甲裳，放归田亩矣。"

由是一两月内，河北河南，人使交至。而红线辞去。嵩曰"汝生我家，而今欲安往？又方赖汝，岂可议行？"红线曰："某前世本男子，历江湖间，读神农药书，救世人灾患。时里有孕妇，忽患蛊症[40]，某以芫花酒下之[41]。妇人与腹中二子俱毙。是某一举杀三人。阴司见诛，降为女子。使身居贱隶，而气禀贼星[42]，所幸生于公家，今十九年矣。身厌罗绮，口穷甘鲜，宠待有加，荣亦至矣。况国家建极[43]，庆且无疆。此辈背违天理，当尽弭患。昨往魏郡，以示报恩。两地保其城池，万人全其性命，使乱臣知惧，烈士安谋[44]。某一妇人，功亦不小。固可赎其前罪，还其本身。便当遁亦尘中，栖心物外，澄清一气，生死长存。"嵩曰："不然，遗尔千金为居山之所给。"红线曰："事关来世，安可预谋？"嵩知不可驻，乃广为饯别；悉集宾客，夜宴中堂。嵩以歌送红线，请座客冷朝阳为词曰："《采菱》歌怨木兰舟[45]，送别魂消百尺楼。还似洛妃乘雾去，碧天无际水长流。"歌毕，嵩不胜悲。红线拜且泣，因伪醉离席，遂亡其所在。

选自《太平广记》

【题解】

这篇作品是唐人传奇中豪侠类小说的代表作之一。小说塑造了一个侠肝义胆、武艺超凡的女侠形象。主人公红线是个地位低下的婢女，但她知书达礼，身怀绝技。她只身潜入中军帐中，将元帅枕边的金盒盗走，以此震慑一方藩镇，制止了一场血腥的战争。在红线这一形象身上，无疑寄托着在唐代末年藩镇割据、民不聊生的社会状况下人们渴望太平的愿望，也反映了生活在社会底层的妇女争取人身自由和发挥自身潜能的强烈愿望。小说结构疏密有致，明暗结合，语言骈散结合，精炼工整，取得了较高的艺术成就。

【注释】

①潞州：唐代州名，治所在今山西省长治市。节度使：唐代官名，统辖数州，统管军事、民政、财政各个方面。薛嵩：唐高宗时名将薛仁贵之孙。曾任相州、卫州、洛州、邢州等地节度使。青衣：婢女。 ②掌笺表：掌管文书奏章。 ③内记室：相当于私人秘书。 ④至德：唐肃宗年号（756—758）。 ⑤两河：唐代河东道、河北道，指黄河南北两岸。 ⑥昭义军：指昭义军节度使，辖潞、泽、邢、洛、磁五州。 ⑦釜（fǔ）阳：今河北省磁县。 ⑧魏博：唐方镇名，治所在今河北大名。田承嗣：原为安禄山部将，后降郭子仪，归唐。任贝、博、沧、瀛等州节度使，加中书同平章事，封雁门郡王。 ⑨滑州：唐州名，治所在今河南省滑县。令狐彰：字伯阳，曾任滑、亳、魏博节度使。 ⑩日浃（jiā）往来：经常往来。浃，十二天。⑪外宅男：相当于近卫军。 ⑫夜漏将传：将要起更的时候。 ⑬杖策庭除：拄着拐杖在院子里踱步。除，台阶。 ⑭意有所属（zhǔ）：总在想什么事情。 ⑮某：红线自称。 ⑯觇（chān）其有无：看看他有无吞并潞州的意思。觇，偷偷地看。 ⑰道途：启程。 ⑱走马：骑马的使者。寒暄书：寒暄的信。 ⑲乌蛮髻：乌蛮人的发式。乌蛮，古代少数民族名。 ⑳太乙神：道教信奉的北极神。 ㉑晓角吟风：晓风送来黎明的号角声。 ㉒不至是：没到这一步（指杀人）。 ㉓中军：古代兵制分左中右三军，中军为主帅所在地，由主帅直接指挥。 ㉔庑（wǔ）：正房对面和两侧的房子。 ㉕鼓趺（fū）：弯曲着腿，脚背朝上。 ㉖生身甲子：出生的年月日时辰。北斗神：道家神名，又称“天罡”，传说是主管人间生死的神。 ㉗“但期”句：只希

望活着时随心所欲。 ㉘齁而亸（duǒ）：垂着头打齁。 ㉙縻（mí）：拴，捆。 ㉚铜台：即铜雀台，三国时曹操所建，故址在今河南省安阳市。 ㉛聊副于心期：总算实现了报答你的恩情的心愿。 ㉜谨却封纳：恭敬小心地封好奉还，请予收纳。 ㉝马挝（zhuā）：马鞭。挝，打、敲。 ㉞非时请见：在非接见来使的时间请求接见。 ㉟他物称（chèng）是：其他礼品也与这些礼品相称，意为同样高档珍贵。 ㊱更贻伊戚：再找其他麻烦。 ㊲专膺指使：完全接受你的指挥。膺，接受。 ㊳奉毂后车：在车后侍奉，意为追随左右。 ㊴纪纲仆：即仆人。纪纲原意为管理，后指仆人。 ㊵蛊症：肚里长寄生虫的病。 ㊶芫花：一种有毒的植物，古代渔民用它的根毒鱼，故又名鱼毒，花可以入药。 ㊷气禀贼星：命里应贼星。古代星相学迷信说法，认为每个人的禀性都与天上某星对应，红线盗盒，故云应贼星。 ㊸国家建极：国家统一，政治清明。 ㊹烈士：志向远大的人。 ㊺冷朝阳：唐代诗人，大历四年（769）进士。《采菱》即《采菱曲》，乐府《江南弄》七曲之一。传为梁武帝萧衍所作。

裴 铏（生卒年不详）

号谷神子。唐懿宗成通年间为静海军节度使高骈掌书记，僖宗乾符五年，以御史大夫为成都节度副使。著有《传奇》，其中以《昆仑奴》《聂隐娘》和《裴航》最为著名。

裴　航

长庆中[①]，有裴航秀才，因下第游于鄂渚[②]，谒故旧友人崔相国。值相国赠钱二十万[③]，远挈归于京[④]，因佣巨舟载于湘、汉。同载有樊夫人，乃国色也。言词问接，帷帐昵洽[⑤]。航虽亲切，无计道达而会面焉。因赂侍妾袅烟而求达诗一章，曰：“同为胡越犹怀想[6]，况遇天仙隔锦屏。倘若玉京朝会去[7]，愿随鸾鹤入青云。”诗往，久而无答。航数诘袅烟。烟曰：“娘子见诗若不闻，如何？”航无计，因在道求名酝珍果而献之。夫人乃使袅烟召航相识。及褰帷[8]，而玉莹光寒，花明丽景，云低鬟鬓，月淡修眉，举止烟霞外人，肯与尘俗为偶！航再拜揖，愕眙良久之[9]。夫人曰：“妾有夫在汉南[10]，将欲弃官而幽栖岩谷，召某一诀耳。深哀草扰[11]，虑不及期[12]，岂更有情留盼他人，的不然耶？但喜与郎君同舟共济，无以谐谑为意耳[13]。”航曰：“不敢。”饮讫而归。操比冰霜，不可干冒。夫人后使袅烟持诗一章，曰：“一饮琼浆百感生，玄霜捣尽见云英。蓝桥便是神仙窟，何必崎岖上玉清。”航览之，空愧佩而已，然亦不能洞达诗之旨趣。后更不复见，但使袅烟达寒暄而已。遂抵襄汉[14]，与使婢挈妆奁，不告辞而去。人不能知其所造[15]。

航遍求访之，灭迹匿形，竟无踪兆。遂饰装归辇下[16]。经蓝桥驿侧近，因渴甚，遂下道求浆而饮。见茅屋三四间，低而复隘。有老妪缉麻苎。航揖之，求浆。妪咄曰[17]：“云英，擎一瓯浆来，郎君要饮。”航讶之，忆樊夫人诗有云英之句，深不自会[18]。俄于苇箔之下[19]，出双玉手，捧瓷。航接饮之，真玉液也。但觉异香氤郁[20]，透于户外。因还瓯，遽揭箔，睹一女子，露裛琼英[21]，春融雪彩，脸欺腻玉[22]，鬓若浓云，娇而掩面蔽身，虽红兰之隐幽谷，不足比其芳丽也。航惊怛植足[23]，而不能去。因白妪曰：“某仆马甚饥，愿憩于此，当厚答谢，幸无见阻。”妪曰：“任郎君自便。”且遂饭仆秣马。良久，谓妪曰：“向睹小娘子，艳丽惊人，姿容擢世[24]，所以踌躕而不能适[25]。愿纳厚礼而娶之，可乎？”妪曰：“渠已许嫁一人[26]，但时未就耳。我今老病，只有此女孙。昨有神仙遗灵丹一刀圭[27]，但须玉杵臼，捣之百日，方可就吞，当得后天而老[28]。君约取此女者，得玉杵臼，吾当与之也。其余金帛，吾无用处耳。”航拜谢曰：“愿以百日为期，必携杵臼而至，更无他许人。”妪曰：“然。”航恨恨而去[29]。

及至京国[30]，殊不以举事为意[31]。但于坊曲闹市喧衢而高声访其玉杵臼，曾无影响。或遇朋友，若不相识，众言为狂人。数月余日，或遇一货玉老翁曰[32]：“近得虢州药铺卞老书云：‘有玉杵臼货之。’郎君恳求如此，此君吾当为书导达[33]。”航愧荷珍重，果获杵臼。卞老曰：“非二百缗不可得。”航乃泻囊[34]，兼货仆货马[35]，方及其数。

遂步骤独挈而抵蓝桥。昔日妪大笑曰：“有如是信士乎？吾岂爱惜女子而不酬其劳哉。”女亦微笑曰：“虽然，更为吾捣药百日，方议姻好。”妪于襟带间解药，航即捣之。昼为而夜息，夜则妪收药臼于内室。航又闻捣药声，因窥之，有玉兔持杵臼，而雪光辉室，可鉴毫芒。于是航之意愈坚。

如此日足，妪持而吞之曰：“吾当入洞而告姻戚，为裴郎具帐帏。”遂挈女入山，谓航曰：“但少留此。”逡巡[36]，车马仆隶，迎航而往。别见一大第连云[37]，珠扉晃日，内有帐幄屏帏，珠翠珍玩，莫不臻至[38]，愈如贵戚家焉。仙童侍女，引航入帐就礼讫。航拜妪悲泣感荷。妪曰：“裴郎自是清冷裴真人子孙[39]，业当出世[40]，不足深愧老妪也。”及引见诸宾，多神仙中人也。后有仙女，鬟髻霓衣，云是妻之姊耳。航拜讫。女曰：“裴郎不相识耶？”航曰：“昔非姻好，不醒拜侍。”女曰：“不忆鄂渚同舟回而抵襄汉乎？”航深惊怛，恳悃陈谢[41]。后问左右，曰：“是小娘子之姊，云翘夫人，刘纲仙君之妻也[42]。已是高真，为玉皇之女吏。”妪遂遣航将妻入玉峰洞中，琼楼珠室而居之，饵以绛雪琼英之丹，体性清虚，毛发绀绿[43]。神化自在，超为上仙。

至太和中[44]，友人卢颢遇之于蓝桥驿之西。因说得道之事。遂赠蓝田美玉十斤[45]、紫府云丹一粒[46]，叙话永日[47]，使达书于亲爱[48]。卢颢稽颡[49]，曰：“兄既得道，如何乞一言而教授？”航曰：“老子曰[50]：‘虚其心，实其腹[51]。’今之人，心愈实，何由得道之理。”卢子懵然[52]。而语之曰：“心多妄想，腹漏精溢，即虚实可知矣。凡人自有不死之术，还丹之方[53]，但子未便可教，异日言之。”卢子知不可请，但终宴而去。后世人莫有遇者。

选自《太平广记》

【题解】

小说叙述的是“蓝桥相会”这一脍炙人口的爱情故事。科考落第的秀才裴航在归程的舟中遇见美貌的樊夫人，因而动心并写诗表达爱慕之情，樊夫人声言自己有丈夫并回赠给他一首诗，暗示他别有机缘。终于，裴航在蓝桥驿见到了樊夫人诗中提到的美丽的云英。为了娶到云英，裴航不惜付出艰苦的努力，找到玉杵臼，替云英捣药一百天。他真挚热烈的爱情甚至感动了天上的玉兔，夜里来帮他捣药。精诚所至，金石为开，他终于与云英结婚，得到了美好的爱情，并且得道成仙。

【注释】

①长庆：唐穆宗年号（821—824）。　②鄂渚：指鄂州，治所在今湖北省武汉市。　③值：恰巧遇到。　④远挈归于京：带着钱回遥远的京城长安。　⑤“言词”二句：相距很近，只隔一层帷帐，互相交谈，十分亲切。　⑥“同为”句：远在天南地北尚且有怀恋之情。胡，指北方。越，指南方。　⑦玉京：道家称天帝的居所，即天堂。　⑧褰（qiān）：提起（衣裳），此处意为撩起。　⑨愕眙（chì）：惊愕地直视。　⑩汉南：地名，在湖北省安庆市。　⑪深哀草扰：深切的离别之哀使心情烦乱。草，杂乱。⑫虑不及期：担心不能如期到达。　⑬“无以”句：不要存轻率的念头。　⑭襄汉：地名，今湖北省襄阳市。　⑮所造：所去之处。　⑯辇下：指京城。帝王所乘之车称辇，故以辇下代指京都。　⑰咄：呼喊。　⑱深不

自会：实在不能理解。⑲苇箔：芦苇编的帘子。⑳氤郁：浓郁。㉑露裛（yì）琼英：像带露的鲜花那么鲜艳动人。裛，湿润。㉒欺：此处意为胜过。㉓惊怛植足：惊异地站在那里发呆。㉔擢世：超世。㉕不能适：不愿去别处。㉖渠：她。㉗一刀圭：即一服药。刀圭为一种量药工具，一说音义都同“调羹”。㉘后天而老：长生不老。㉙恨恨：依依不舍。㉚京国：京城。㉛殊不以举事为意：完全不把考科举的事放在心上。㉜货玉老翁：卖玉的老头。㉝为书导达：写信传达。㉞泻囊：倾囊，把身上的钱全掏出来。㉟货仆货马：卖掉仆人和马。㊱逡巡：过了一会儿。㊲大第：高大的宅第。㊳莫不臻至：无不完美到极致。㊴自是：本来是。真人：神仙。㊵业当出世：命里注定应该成仙。㊶悬悃（kǔn）陈谢：诚恳地表示谢意。㊷刘纲：字伯经，三国时吴人，曾任上虞令。相传他带着妻子樊云翘隐居四明山，修炼成仙。㊸绀（gàn）绿：深绿。绀，黑里透红的颜色。㊹太和：唐文宗年号（827—835）。㊺蓝田：山名，以产美玉闻名，在陕西省蓝田县东南。㊻紫府：传说中的神仙府。㊼永日：一整天。㊽亲爱：至亲好友。㊾稽颡（sǎng）：以额触地的磕头礼。㊿老子：老聃（dān），原名李耳，春秋时道家学派的创始人，著有《道德经》。51虚其心，实其腹：欲念要去除，肚子要吃饱。52懵然：稀里糊涂，莫名其妙的样子。53还丹：道家炼丹时先把丹砂放在炉内烧成水银，然后还为丹砂，称还丹。道家认为服丹后可以成仙。

昆 仑 奴

大历中有崔生者[①]，其父为显僚，与盖代之勋臣一品者熟[②]。生是时为千牛[③]，其父使往省一品疾。生少年美貌如玉，性禀孤介，举止安详，发言清雅。一品命妓轴帘召生入室[④]。生拜传父命。一品忻然爱慕[⑤]，命坐与语。时三妓人，艳皆绝代，居前以金瓯贮含桃而擗之[⑥]，沃以甘酪而进[⑦]。一品遂命衣红绡妓者，擎一瓯与生食。生少年赧妓辈[8]，终不食。一品命红绡妓以匙而进之，生不得已而食。妓哂之[9]。遂告辞而去。一品曰："郎君闲暇，必须一相访，无间老夫也[10]。"命红绡送出院。时生回顾，妓立三指[11]，又反三掌者，然后指胸前小镜子，云："记取。"余更无言。

生归达一品意，返学院[12]，神迷意夺，语减容沮，怳然凝思[13]，日不暇食。但吟诗日："误到蓬山顶上游，明挡玉女动星眸。朱扉半掩深宫月，应照琼芝雪艳愁。"左右莫能究其意。

时家中有昆仑奴磨勒[14]，顾瞻郎君日："心中有何事，如此抱恨不已，何不报老奴[15]？"生曰："汝辈何知，而问我襟怀间事？"磨勒曰："但言，当为郎君解释。远近必能成之。"生骇其言异，遂具告知。磨勒曰："此小事耳，何不早言之，而自苦耶？"生又白其隐语。勒曰："有何难会[16]。立三指者，一品宅中有十院歌姬，此乃第三院耳。反掌三者，数十五指，以应十五日之数。胸前小镜子，十五夜月圆如镜，令郎来耶？"生大喜，不自胜，谓磨勒曰："何计而能导达我郁结[17]？"磨勒笑曰："后夜乃十五夜，请深青绢两匹，为郎君制束身之衣。一品宅有猛犬守歌妓院门，非常人不得辄入[18]，入必噬杀之。其警如神，其猛如虎，即曹州孟海之犬也[19]。世间非老奴不能毙此犬耳。今夕当为郎君挝杀之。"遂宴犒以酒肉。至三更，携链椎而往，食顷而回曰[20]："犬已毙讫，固无障塞耳。"

是夜三更，与生衣青衣，遂负而逾十重垣[21]，乃入歌妓院内，止第三门。绣户不扃[22]，金缸微明[23]，惟闻妓长叹而坐，若有所俟。翠环初坠，红脸才舒[24]，玉恨无妍，珠愁转莹[25]。但吟诗曰："深谷鹭啼恨阮郎[26]，偷来花下解珠珰。碧云飘断音书绝，空倚玉箫愁凤凰。"侍卫皆寝，邻近阒然[27]。生遂缓搴帘而入[28]。良久，验是生。姬跃下榻执生手曰："知郎君颖悟，必能默识，所以手语耳。又不知郎君有何神术，而能至此？"生具告磨勒之谋，负荷而至。姬曰："磨勒何在？"曰："帘外耳。"遂召入，以金瓯酌酒而饮之。姬白生曰：

“某家本富，居在朔方[29]。主人拥旄[30]，逼为姬仆。不能自死，尚且偷生。脸虽铅华，心颇郁结。纵玉筯举馔[31]，金炉泛香，云屏而每进绮罗，绣被而常眠珠翠，皆非所愿，如在桎梏，贤爪牙既有神术[32]，何妨为脱狴牢[33]？所愿既申，虽死不悔。请为仆隶，愿侍光容。又不知郎君高意如何？”生愀然不语[34]。磨勒曰：“娘子既坚确如是，此亦小事耳。”姬甚喜。磨勒请先为姬负其囊橐妆奁，如此三复焉[35]。然后曰：“恐迟明[36]。”遂负生与姬而飞出峻垣十余重。一品家之守御，无有警者。遂归学院而匿之。

及旦，一品家方觉。又见犬已毙。一品大骇曰：“我家门垣，从来邃密[37]，扃锁甚严，势似飞腾，寂无形迹，此必侠士而挈之。无更声闻[38]，徒为患祸耳。”

姬隐崔生家二载，因花时驾小车而游曲江[39]，为一品家人潜志认[40]。遂白一品。一品异之。召崔生而诘之。事惧而不敢隐，遂细言端由：皆因奴磨勒负荷而去。一品曰：“是姬大罪过。但郎君驱使逾年，即不能问是非[41]。某须为天下人除害。”

命甲士五十人，严持兵仗，围崔生院，使擒磨勒。磨勒遂持匕首飞出高垣，瞥若翅翎[42]，疾同鹰隼[43]，攒矢如雨[44]，莫能中之。顷刻之间，不知所向。然崔家大惊愕。后一品悔惧，每夕多以家童持剑戟自卫。如此周岁方止。

后十余年，崔家有人见磨勒卖药于洛阳市，容颜如旧耳。

选自《太平广记》

【题解】

《昆仑奴》是唐传奇中豪侠小说的名篇。主人公磨勒身为奴隶，却有超凡的智慧和过人的武艺，同时，还有着急人所难、助人为乐的侠肝义胆：他发挥聪明才智，帮助主人崔生战胜重重困难，与一位一品官的侍姬红绡结为夫妇，作品热情歌颂了磨勒的侠义精神。另外，作品所描写的红绡的生活环境，反映出晚唐时期统治阶层生活的腐败。有人说小说中的“一品者”即是唐代功臣郭子仪。尽管艺术形象不能等同于历史人物，但篇中的“一品者”的生活情形可看作当时豪门权贵生活的写照，当时统治集团生活的穷奢极欲也可见一斑。此外，红绡女轻视荣华富贵、热切追求自由的性格也刻画得很鲜明。

【注释】

①大历：唐代宗年号（766—779）。 ②盖代：功高盖世。一品：唐代官阶分为九品，一品最高。 ③千牛：唐代担任宫殿警卫的武官，因手执千牛刀，故称千牛。 ④轴帘：卷帘。轴，此处用作动词，卷。 ⑤忻：同“欣”。 ⑥含桃：樱桃。 ⑦沃以甘酪：浇上果汁。 ⑧赧妓辈：在歌妓面前不好意思。 ⑨哂：笑。 ⑩间：疏远。 ⑪立三指：竖起三个指头。 ⑫学院：此处指书房。 ⑬怳然：若有所失，发呆的样子。怳，同“恍”。 ⑭昆仑：此处为古地区名，唐代前后对南洋地区诸国的泛称。 ⑮报：告诉。⑯会：懂，理解。 ⑰导达：疏导，排解。 ⑱辄入：随意进入。 ⑲曹州：唐代州名，州治在今山东省曹县。 ⑳食顷：一顿饭的工夫。 ㉑垣（yuán）：墙。 ㉒扃（jiōng）：关闭。 ㉓釭（gāng）：灯。 ㉔红脸才舒：刚御了妆，把脸上的脂粉洗掉。 ㉕ “玉恨”两句：红绡女因相思之愁显得更加漂亮动人了。 ㉖罂：同“莺”。阮郎：阮肇，这里指崔生。㉗阒（qù）然：寂静无声的样子。 ㉘搴（qiān）：揭，撩开。 ㉙朔方：北方。 ㉚拥旄（máo）：军队统帅。 ㉛玉筯：玉做的筷子。 ㉜贤爪牙：指磨勒，不带贬义。 ㉝狴（bì）牢：监牢。 ㉞愀（qiǎo）然：忧愁的样子。 ㉟三复：往返三次。 ㊱迟（zhì）明：天将亮。 ㊲邃密：深严。 ㊳无更声闻：不要声张。 ㊴曲江：即曲江池。唐代长安著名的游览地，故址在今陕西省西安市东南。 ㊵潜志认：暗地里认出来并记住。㊶不能问是非：不追究罪责。 ㊷瞥若翅翎：飞得很快，像长着翅膀一样。 ㊸隼（sǔn）：猛禽名，体较一般鹰小。 ㊹攒矢如雨：射出的箭密集如雨。

聂 隐 娘

聂隐娘者，贞元中魏博大将聂锋之女也[①]。年方十岁，有尼乞食于锋舍，见隐娘，悦之，云："问押衙乞取此女教[②]。"锋大怒，叱尼。尼曰："任押衙铁柜中盛，亦须偷去矣。"及夜，果失隐娘所问。锋大惊骇，令人搜寻，曾无影响[③]。父母每思之，相对涕泣而已。

后五年，尼送隐娘归，告锋曰："教已成矣，子却领取[④]。"尼欻不见[⑤]。

一家悲喜，问其所学。曰："初但读经念咒，余无他也。"锋不信，恳诘。隐娘曰："真说又恐不信，如何？"锋曰："但真说之。"曰："隐娘初被尼挈[⑥]，不知行几里。及明，至大石穴之嵌空，数十步寂无居人。猿狖极多[⑦]，松萝益邃[⑧]。已有二女，亦各十岁。皆聪明婉丽，不食，能于峭壁上飞走，若捷猱登木[⑨]，无有蹶失[⑩]。尼与我药一粒，兼令长执宝剑一口[⑪]，长二尺许，锋利吹毛[⑫]，令刲逐二女梦缘[⑬]，渐觉身轻如风。一年后，刺猿狖百无一失；后刺虎豹，皆决其首而归[⑭]；三年后能飞，使刺鹰隼，无不中。剑之刃渐减五寸，飞禽遇之，不知其来也。至四年，留二女守穴，挈我于都市，不知何处也。指其人者，一一数其过[⑮]，曰："为我刺其首来，无使知觉。定其胆[⑯]，若飞鸟之容易也。"受以羊角匕首，刀广三寸，遂白日刺其人于都市，人莫能见。以首入囊，返主人舍，以药化之为水。五年，又曰："某大僚有罪，无故害人若干，夜可入其室，决其首来。"又携匕首入室，度其门隙无有障碍[⑰]，伏之梁上。至暝[⑱]，持得其首而归。尼大怒曰："何太晚如是？"某云："见前人戏弄一儿，可爱，未忍便下手。"尼叱曰："已后遇此辈，先断其所爱[⑲]，然后决之。"某拜谢。尼曰："吾为汝开脑后，藏匕首而无所伤，用即抽之。”曰：“汝术已成，可归家。”遂送还，云：“后二十年，方可一见。”锋闻语甚惧。

后遇夜即失踪，及明而返。锋已不敢诘之。因兹也不甚怜爱[20]。

忽值磨镜少年及门，女曰：“此人可与我为夫。”白父，父不敢不从，遂嫁之。其夫但能淬镜[21]，余无他能。父乃给衣食甚丰，外室而居[22]。

数年后，父卒。魏帅稍知其异[23]，遂以金帛署为左右吏[24]。

如此又数年。至元和间[25]，魏帅与陈许节度使刘昌裔不协，使隐娘贼其首[26]。隐娘辞帅之许[27]。刘能胜算[28]，已知其来。召衙将[29]，令来日早至城北候一丈夫、一女子各跨白黑卫至门[30]，遇有鹊前噪，丈夫以弓弹之不中，妻夺夫弹，一丸而毙鹊者，揖之云：吾欲相见，故远相祗迎也[31]。衙将受约束[32]，遇之。隐娘夫妻曰：“刘仆射果神人。不然者，何以洞吾也[33]。愿见刘公。”刘劳之[34]。隐娘夫妻拜曰：“合负仆射万死[35]。”刘曰：“不然，各亲其主，人之常事。魏今与许何异。愿请留此，勿相疑也。”隐娘谢曰：“仆射左右无人，愿舍彼而就此，服公神明也。”知魏帅之不及刘。刘问其所须。曰：“每月只要钱二百文足矣。”乃依所请。

忽不见二卫所之。刘使人寻之，不知所向。后潜收布囊中[36]，见二纸卫，一黑一白。

后月余，白刘曰：“彼未知住[37]，必使人继至。今宵请剪发，系之以红绡，送于魏帅枕前，以表不回[38]。”刘听之。至四更，却返曰：“送其信了。后夜必使精精儿来杀某及贼仆射之首。此时亦万计杀之[39]。乞不忧耳。”刘豁达大度，亦无畏色。是夜明烛，半宵之后，果有二幡子，一红一白，飘飘然如相击于床四隅。良久，见一人望空而踣[40]，身首异处。隐娘亦出曰：“精精儿已毙。”拽出于堂之下，以药化为水，毛发不存矣。

隐娘曰：“后夜当使妙手空空儿继至。空空儿之神术，人莫能窥其用[41]，鬼莫得蹑其踪，能从空虚而入冥，善无形而灭影[42]。隐娘之艺，故不能造其境[43]。此即系仆射之福耳。但以于阗玉周其颈[44]，拥以衾，隐娘当化为蠛蠓[45]，潜入仆射肠中听伺，其余无逃避处。”刘如言。至三更，瞑目未熟，果闻项上铿然[46]，声甚厉。隐娘自刘口中跃出，贺曰：“仆射无患矣。此人如俊鹘[47]，一搏不中，即翩然远逝，耻其不中，才未逾一更[48]，已千里矣。”后视其玉，果有匕首划处，痕逾数分。自此刘转厚礼之。

自元和八年，刘自许入觐[49]，隐娘不愿从焉。云：“自此寻山水访至人[50]。”但乞一虚给与其夫[51]。刘如约，后渐不知所之。

及刘薨于统军[52]，隐娘亦鞭驴而一至京师柩前，恸哭而去。

开成年[53]，昌裔子纵除陵州刺史[54]，至蜀栈道，遇隐娘，貌若当时。甚喜相见，依前跨白卫如故。语纵曰：“郎君大灾，不合适此。”出药一粒，令纵吞之。云“来年火急抛官归洛，方脱此祸。吾药力只保一年患耳。”纵亦不甚信。遗其缯彩[55]，隐娘一无所受，但沉醉而去。

后一年，纵不休官，果卒于陵州。自此无复有人见隐娘矣。

选自《太平广记》

【题解】

裴铏在《昆仑奴》《聂隐娘》两篇小说中都塑造了豪侠形象，并且热情赞美他们。本篇中的聂隐娘与红线一样，是个智慧超群，武艺绝伦的女侠。在聂隐娘这一形象身上，作者把有血有肉的凡人气质与神异离奇的仙人风骨糅合在一起。尽管她的超凡武艺具有荒诞不经的意味和浓厚的神秘色彩，但这一形象仍然体现出明显的时代特点和特定的社会内容。她是晚唐时期藩镇割据、社会动乱的产物，她的行为活动既表现出唐末藩镇之间冲突之剧烈，也表现出乱世中人民希望生活安定、希望豪侠扶危救难的心情。小说想象丰富，情节奇特，对后世神魔小说、武侠小说都有影响。

【注释】

①贞元：唐德宗李适年号（785—805）。魏博：唐方镇名，河北三镇之一，治所在今河北省大名县东北。 ②押衙：本为掌管仪仗和侍卫的武官，这里用来称呼聂锋，是对武将的泛称。 ③影响：消息。 ④却：还。 ⑤歘：同“欻（xū）”，忽然。 ⑥挈（qiè）：携带，带领。 ⑦狖（yòu）：长尾猿。 ⑧邃：深，此处意为浓密。 ⑨捷猱登木：动作敏捷的猴子上树。 ⑩蹶失：失足摔倒。 ⑪长（cháng）：长久，此处意为随身带着。 ⑫吹毛：把毛发吹到锋刃上就会断，形容剑刃锐利。 ⑬刬（zhuān）逐：专门追踪。刬同“专”。 ⑭决：断。 ⑮数其过：列举他们的罪行。 ⑯定其胆：放大胆子。 ⑰度：飞越。 ⑱暝：天黑。 ⑲先断其所爱：先把他所爱的孩子杀掉。 ⑳因兹：因此。 ㉑淬镜：古代做铜镜的一道工序。把铜镜烧红后浸入水中。 ㉒外室：别处的房子。 ㉓魏帅：魏博节度使。 ㉔左右吏：近身侍卫。 ㉕元和：唐宪宗李纯年号（806—820）。 ㉖贼其首：砍下他的脑袋。 ㉗辞帅之许：向节度使告辞到许州去。 ㉘胜算：能未卜先知。 ㉙衙将：军府里的武官。 ㉚卫：指驴，因卫州产驴故称。 ㉛祗迎：敬迎。 ㉜约束：命令。 ㉝洞吾：洞悉、了解我们的行踪。 ㉞劳：慰劳。 ㉟合负仆射万死：对不起仆射，罪该万死。 ㊱收：搜寻。 ㊲住：住手，罢休。 ㊳不迴：不回去。迴同“回”。 ㊴万计：千方百计，想方设法。 ㊵踣（bó）：倒下。 ㊶人莫能窥其用：人们都摸不清他的法术，本领。 ㊷无形而灭影：无影无踪。 ㊸造：达到。 ㊹以于阗玉周其颈：把于阗玉围在脖子上。于阗（tián）：古代西域国名，在今新疆和田县，以出产美玉闻名。 ㊺蠛蠓（mièměng）：也叫蠓，蚊蝇类小飞虫。 ㊻铿然：金石相击发出的声音。 ㊼俊鹘（hú）：凶猛的鹰隼。 ㊽未逾一更：没有超过一个更次时间。 ㊾入觐（jǐn）：进京朝见皇帝。 ㊿至人：得道的高人。 (51)虚给：只领薪俸不干具体事的闲职。 (52)薨（hōng）于统军：死在统军任

上。 ⑬开成：唐文宗李昂年号（836—840）。 ⑭除：授官。 ⑮缯彩：指丝绸。

薛 调 (830—872)

河东宝鼎（今山西省永济市）人。唐大中八年进士及第，成通十一年以户部员外郎加驾部郎中，又充任翰林学士，次年升任知制诰。据说他容貌很美，人称“生菩萨”。郭妃喜欢他的美貌，在唐懿宗面前称赞他，不久，他便暴亡。当时有人认为他是中毒而死。撰有传奇小说《无双传》。

无 双 传

王仙客者，建中中朝臣刘震之甥也[①]。初，仙客父亡，与母同归外氏[②]。震有女曰无双，小仙客数岁，皆幼稚，戏弄相狎。震之妻常戏呼仙客为王郎子[③]。如是者凡数岁，而震奉孀姊及抚仙客尤至[④]。

一旦，王氏姊疾，且重，召震约曰：“我一子，念之可知也。恨不见其婚宦[⑤]。无双端丽聪慧，我深念之。异日无令归他族。我以仙客为托。尔诚许我，瞑目无所恨也。”震曰：“姊宜安静自颐养，无以他事自挠。”其姊竟不痊[⑥]。仙客护丧，归葬襄邓[⑦]。服阕[⑧]，思念：“身世孤孑如此，宜求婚娶，以广后嗣。无双长成矣。我舅氏岂以位尊官显，而废旧约耶？”于是饰装抵京师。

时震为尚书租庸使[⑨]，门馆赫奕，冠盖填塞。仙客既觐[⑩]，置于学舍[⑪]，弟子为伍。舅甥之分[⑫]，依然如故，但寂然不闻选取之议。又于窗隙间窥见无双，姿质明艳，若神仙中人。仙客发狂，唯恐姻亲之事不谐也。遂鬻囊橐[⑬]，得钱数百万。舅氏舅母、左右给使[⑭]，达于厮养[15]，皆厚遗之[16]。又因复设酒馔，中门之内[17]，皆得入之矣。诸表同处，悉敬事之。遇舅母生日，市新奇以献，雕镂犀玉，以为首饰。舅母大喜。又旬日，仙客遣老妪，以求亲之事闻于舅母。舅母曰："是我所愿也。即当议其事。"又数夕，有青衣告仙客曰："娘子适以亲情事言于阿郎[18]，阿郎云：'向前亦未许也。'模样云云，恐是参差也[19]。"仙客闻之，心气俱丧，达旦不寐，恐舅氏之见弃也。然奉事不敢懈怠。

一日，震趋朝，至日初出，忽然走马入宅[20]，汗流气促，唯言："锁却大门[21]，锁却大门！"一家惶骇，不测其由。良久，乃言："泾、原兵士反，姚令言领兵入含元殿[22]，天子出苑北门，百官奔赴行在[23]。我以妻女为念，略归部署[24]。疾召仙客与我勾当家事[25]。我嫁与尔无双。"仙客闻命，惊喜拜谢。乃装金银罗锦二十驮，谓仙客曰："汝易衣服，押领此物出开远门，觅一深隙店安下[26]。我与汝舅母及无双出启夏门，绕城续至。"仙客依所教。至日落，城外店中待久不至。城门自午后扃锁，南望目断。遂乘骢[27]，秉烛绕城至启夏门。门亦锁。守门者不一，持白棓[28]，或立，或坐。仙客下马，徐问曰："城中有何事如此？"又问："今日有何人出此？"门者曰："朱太尉已作天子[29]。午后有一人重戴，领妇人四五辈，欲出此门。街中人皆识，云是租庸使刘尚书。门司不敢放出。近夜，追骑至，一时驱向北去矣。"仙客失声恸哭，却归店。三更向尽，城门忽开，见火炬如昼。兵士皆持兵挺刃，传呼斩斫使出城[30]，搜城外朝官。仙客舍辎骑惊走，归襄阳，村居三年。

后知剋复，京师重整，海内无事，乃入京，访舅氏消息。至新昌南街，立马彷徨之际，忽有一人马前拜，熟视之，乃旧使苍头塞鸿也。——鸿本王家生，其舅常使得力，遂留之。——握手垂涕。仙客谓鸿曰："阿舅舅母安否？"鸿云："并在兴化宅。"仙客喜极云："我便过街去。"鸿曰："某已得从良[31]，客户有一小宅子，贩缯为业。今日已夜，郎君且就客户一宿。来早同去未晚。”遂引至所居，饮馔甚备。至昏黑，乃闻报曰：“尚书受伪命官[32]，与夫人皆处极刑[33]。无双已入掖庭矣[34]。”仙客哀冤号绝，感动邻里。谓鸿曰：“四海至广，举目无亲戚，未知托身之所。”又问曰：“旧家人谁在？”鸿曰：“唯无双所使婢采苹者，今在金吾将军王遂中宅。”仙客曰：“无双固无见期；得见采苹，死亦足矣。”由是乃刺谒[35]，以从侄礼见遂中，具道本末，愿纳厚价以赎采苹。遂中深见相知，感其事而许之。仙客税屋，与鸿、苹居。塞鸿每言：“郎君年渐长，合求官职。悒悒不乐，何以遣时？”仙客感其言，以情恳告遂中。遂中荐见仙客于京兆尹李齐运。齐运以仙客前衔[36]，为富平县尹[37]，知长乐驿[38]。

累月，忽报有中使押领内家三十人往园陵[39]，以备洒扫，宿长乐驿，毡车子十乘下讫。仙客谓塞鸿曰：“我闻宫嫔选在掖庭，多是衣冠子女。我恐无双在焉。汝为我一窥，可乎？”鸿曰：“宫嫔数千，岂便及无双。”仙客曰：“汝但去，人事亦未可定。”因令塞鸿假为驿吏，烹茗于帘外。仍给钱三千，约曰：“坚守茗具，无暂舍去。忽有所睹，即疾报来。”塞鸿唯唯而去。宫人悉在帘下，不可得见之，但夜语喧哗而已。

至夜深，群动皆息。塞鸿涤器搆火[40]，不敢辄寐。忽闻帘下语曰：“塞鸿，塞鸿，汝争得知我在此耶？郎健否？”言讫，呜咽。塞鸿曰：“郎君见知此驿[41]。今日疑娘子在此，令塞鸿问候。”又曰：“我不久语。明日我去后，汝于东北舍阁子中紫褥下，取书送郎君。”言讫，便去。忽闻帘下极闹，云：“内家中恶[42]。”中使索汤药甚急，乃无双也。塞鸿疾告仙客。仙客惊曰：“我何得一见？”塞鸿曰：“今方修渭桥。郎君可假作理桥官，车子过桥时，近车子立。无双若认得，必开帘子，当得瞥见耳。”仙客如其言。至第三车子，果开帘子，窥见，真无双也。仙客悲感怨慕，不胜其情。塞鸿于阁子中褥下得书送仙客。花笺五幅，皆无双真迹，词理哀切，叙述周尽。

仙客览之，茹恨涕下[43]。自此永诀矣。

其书后云　“常见敕使说富平县古押衙人间有心人[44]。今能求之否？”仙客遂申府[45]，请解驿务，归本官[46]。遂寻访古押衙，则居于村墅。仙客造谒，见古生。生所愿，必力致之，缯彩宝玉之赠，不可胜纪。一年未开口。秩满[47]，闲居于县。古生忽来，谓仙客曰：“洪一武夫[48]，年且老，何所用？郎君于某竭分[49]。察郎君之意，将有求于老夫。老夫乃一片有心人也。感郎君之深恩，愿粉身以答效。”仙客泣拜，以实告古生。古生仰天，以手拍脑数四，曰：“此事大不易。然与郎君试求，不可朝夕便望。”仙客拜曰：“但生前得见，岂敢以迟晚为限耶。”半岁无消息。

一日，扣门，乃古生送书[50]。书云：“茅山使者回[51]。且来此。”仙客奔马去。见古生，生乃无一言。又启使者[52]。复云：“杀却也。且吃茶。”夜深，谓仙客曰：“宅中有女家人识无双否？”仙客以采苹对。仙客立取而至。古生端相[53]，且笑且喜云：“借留三五日。郎君且归。”

后累日，忽传说曰：“有高品过[54]，处置园陵宫人[55]。”仙客心甚异之。令塞鸿探所杀者，乃无双也。仙客号哭，乃叹曰：“本望古生。今死矣！为之奈何！”流涕歔欷，不能自已[56]。是夕更深，闻叩门甚急。及开门，乃古生也。领一箯子入[57]，谓仙客曰：“此无双也。今死矣。心头微暖，后日当活，微灌汤药，切须静密。”言讫，仙客抱入阁子中，独守之。至明，遍体有暖气。见仙客，哭一声遂绝。救疗至夜，方愈。古生又曰：“暂借塞鸿于舍后掘一坑。”坑稍深，抽刀断塞鸿头于坑中。仙客惊怕。古生曰：“郎君莫怕。今日报郎君恩足矣。比闻茅山道士有药术[58]。其药服之者立死，三日却活。某使人专求，得一丸。昨令采苹假作中使，以无双逆党，赐此药令自尽。至陵下，托以亲故，百缣赎其尸。凡道路邮传[59]，皆厚赂矣，必免漏泄。茅山使者及舁箯人[60]，在野外处置讫。老夫为郎君，亦自刎。君不得更居此。门外有檐子一十人、马五匹、绢二百匹。五更，挈无双便发，变姓名浪迹以避祸。”言讫，举刀。仙客救之，头已落矣。遂并尸盖覆讫。未明发[61]，历四蜀下峡[62]，寓居于渚宫[63]。悄不闻京兆之耗，乃挈家归襄邓别业[64]，与无双偕老矣。男女成群。

噫！人生之契阔会合多矣[65]，罕有若斯之比。常谓古今所无。无双遭乱世籍没，而仙客之志，死而不夺。卒遇古生之奇法取之，冤死者十余人。艰难走窜后，得归故乡，为夫妇五十年，何其异哉！

选自《太平广记》

【题解】

本篇描写王仙客和刘无双一波三折的婚姻故事，情节十分生动。他们本是表兄妹，自幼青梅竹马，情意相投。王仙客的母亲在临终前和弟弟刘震约定，让这对表兄妹成就婚姻。可是当刘震“位尊官显”后，失信悔约。这是故事的第一个波折。后来刘震因依附朱泚而被判定附逆罪，夫妇二人都被处以极刑，无双没入宫中，这是第二个波折。王仙客向侠士古押衙求助，古押衙把茅山道士的一种药给无双服用，致使无双假死。无双的“尸体”出宫后被救活。刘无双和王仙客这对有情人终成眷属。这时似乎波折已尽，但古押衙为了表示信义，把有关知情人杀死后自尽身亡。这又构成情节上的一次大波折。较之前代小说，唐传奇在艺术上趋向成熟，情节上的精心谋局布置也是艺术上成熟的表现之一，形成了艺术上的一大特点。近代研究者还发现，这个作品中女主人公服药假死，才得以和恋人成婚这个情节，竟与英国莎士比亚的剧作《罗密欧与朱丽叶》中的有关描写惊人地相似，只是两者相距八百多年，这也是中外文学比较中的“佳话”之一。

【注释】

①建中：唐德宗李适年号（780—783）。 ②外氏：母亲的娘家，此

处指舅家。 ③郎子：郎君，姑爷。 ④尤至：尤其周到。 ⑤婚宦：成家立业。 ⑥不痊：病没有痊愈，此处意为病逝。 ⑦襄邓：指今湖北省襄樊市、河南省邓州市一带。 ⑧服阕：古代礼制规定，父母死后子女要服丧三年。服丧期满脱下孝服称服阕。 ⑨尚书租庸使：主管赋税事务的官员。 ⑩既觐（jǐn）：见过舅舅以后。 ⑪学舍：书房。 ⑫分（fèn）：情分。 ⑬鬻囊橐：卖掉行李物品。 ⑭给使：仆役。 ⑮厮养：做粗活，地位低的仆人。 ⑯厚遗（wèi）之：送很多钱给他们。 ⑰中门之内：内室，内堂。 ⑱阿郎：婢女对男主人的称呼。 ⑲参差：此处意为出了岔子，出了问题。 ⑳走马入宅：骑着马急驰回家。 ㉑鏁（suǒ）：同“锁”。 ㉒“泾、原兵士反”两句：因淮西节度使李希烈叛乱，朝廷命泾原节度使姚令言前去讨伐，姚过京都长安时也起兵叛变。 ㉓行在：皇帝出行暂住的处所。 ㉔略归部署：回来粗略安排一下。 ㉕勾当：安排、料理。 ㉖深隙店：偏僻隐蔽的客店。 ㉗骢（cōng）：毛色青白相杂的马。 ㉘棓（bàng）：棒子。 ㉙朱太尉：指朱泚（cǐ）。姚令言叛变后，唐德宗逃离长安，朱被拥作皇帝，号大秦，改元应天。 ㉚斩斫使：叛军派出搜杀唐朝官吏的人。 ㉛从良：赎身为自由的平民，与主人脱离关系。 ㉜受伪命官：做了叛军的官。 ㉝处极刑：判死刑。 ㉞入掖庭：充当宫女。掖庭，指宫廷中宫女居住的地方。 ㉟刺谒：递送名帖，请求谒见。 ㊱前衔：以前的官衔。 ㊲富平县：今陕西省富平县。当时是京兆府属县。 ㊳知：主管。 ㊴内家：后宫的宫女。 ㊵涤器搆火：洗器具、烧火。 ㊶见：同“现”。 ㊷中恶：得了急症。 ㊸茹恨：抱恨，抱憾。 ㊹敕使：传送皇命诏命的使者。押衙：掌管皇帝仪仗和侍卫的官员。 ㊺申府：向京兆府申请。 ㊻归本官：归富平县任县尹。 ㊼秩满：任职期满。 ㊽洪：古押衙姓古名洪。 ㊾于某竭分：对我竭心尽力。 ㊿书：信。 (51)茅山：也叫三茅山，在江苏省句容县东南。 (52)又启使者：又询问使者。 (53)端相：细看。 (54)高品：品级高的官员。 (55)处置：处死。 (56)自己：自控。 (57)篼子：竹箱一类的器具。 (58)比：常。 (59)道路邮传：沿途的驿站。 ⑥⓪舁（yú）：抬。 ⑥①发：动身，出发。 ⑥②历四蜀下峡：经过四川下三峡。 ⑥③渚宫：春秋时楚国的别官名，在今湖北省江陵县城西北，这里泛指江陵一带。 ⑥④别业：别墅。 ⑥⑤契阔：别离。

乐　史 (923—1007)

字子正，抚州宜黄（今属江西省）人。宋太平兴国五年进士。历任著作郎、史官、太常博士。学识渊博，著作富丰。著有《太平寰宇记》，小说著作有《绿珠传》和《杨太真外传》等。

绿　珠　传

绿珠者，姓梁，白州博白县人也。州则南昌郡，古越地，秦象郡，汉合浦县地。唐武德初[①]，削平萧铣[②]，于此置南州；寻改为白州，取白江为名。州境有博白山，博白江，盘龙洞，房山，双角山，大荒山。山上有池，池中有婢妾鱼。绿珠生双角山下，美而艳。越俗以珠为上宝，生女为珠娘，生男为珠儿。绿珠之字，由此而称。晋石崇为交趾采访使，以真珠三斛致之。崇有别庐在河南金谷涧。涧中有金水，自太白源来[③]。崇即川阜置园馆[④]。绿珠能吹笛，又善舞《明君》。明君者，汉妃也。汉元帝时，匈奴单于入朝，诏王嫱配之，即昭君也。及将去，入辞，光彩射人，天子悔焉，重难改更，汉人怜其远嫁，为作此歌。崇以此曲教之，而自制新歌曰：

我本良家子，将适单于庭。辞别未及终，前驱已抗旌。仆御流涕别，辕马悲且鸣。哀郁伤五内，涕泣沾珠缨。行行日已远，遂造匈奴城。延伫于穹庐，加我阏氏名[⑤]。殊类非所安，虽贵非所荣。父子见陵辱[⑥]，对之惭且惊。杀身良不易，默默以苟生。苟生亦何聊，积思常愤盈。愿假飞鸿翼，乘之以遐征。飞鸿不我顾，伫立以屏营。昔为匣中玉，今为粪上英。朝华不足欢，甘与秋草并。传语后世人：远嫁难为情。

崇又制《懊恼曲》以赠绿珠。崇之美艳者千余人，择数十人，妆饰一等，使忽视之，不相分别。刻玉为倒龙佩，萦金为凤凰钗，结袖绕楹而舞。欲有所召者，不呼姓名，悉听佩声，视钗色。佩声轻者居前，钗色艳者居后，以为行次而进。赵王伦乱常[7]，贼类孙秀使人求绿珠[8]。崇方登凉观，临清水，妇人侍侧。使者以告，崇出侍婢数百人以示之，皆蕴兰麝而披罗縠。曰："任所择。"使者曰："君侯服御[9]，丽矣。然受命指索绿珠。不知孰是？"崇勃然曰："吾所爱，不可得也。"秀因是谮，伦族之[10]。收兵忽至，崇谓绿珠曰："我今为尔获罪。"绿珠泣曰："愿效死于君前。"崇因止之，于是坠楼而死。崇弃东市[11]。时人名其楼曰"绿珠楼"。楼在步庚里，近狄泉[12]。狄泉在王城之东。

绿珠有弟子宋祎，有国色，善吹笛。后入晋明帝宫中。今白州有一派水，自双角山出，合容州江，呼为绿珠江。亦犹归州有昭君滩，昭君村，昭君场；吴有西施谷，脂粉塘，盖取美人出处为名。又有绿珠井，在双角山下。耆老传云："汲此井饮者，诞女必多美丽。里闾有识者以美色无益于时，因以巨石镇之。尔后虽有产女端妍者，而七窍四肢多不完具。"异哉！山水之使然。昭君村生女皆炙破其面，故白居易诗曰："不取往者戒，恐贻来者冤。至今村女面，烧灼成瘢痕。"又以不完具而惜焉。

牛僧孺《周秦行记》云[13]："夜宿薄太后庙[14]，见戚夫人[15]、王嫱、太真妃、潘淑妃[16]，各赋诗言志。别有善笛女子，短鬟窄衫具带，貌甚美，与潘氏偕来。太后以接坐居之[17]，令吹笛，往往亦及酒。太后顾而谓曰：'识此否？石家绿珠也。潘妃养作妹。'太后曰：'绿珠岂能无诗乎？'绿珠拜谢，作曰：'此日人非昔日人，笛声空怨赵王伦。红残钿碎花楼下，金谷千年更不春。’太后曰：‘牛秀才远来，今日谁人与伴？’绿珠曰：‘石卫尉性严忌。今有死，不可及乱。’”然事虽诡怪，聊以解颐。噫，石崇之败，虽自绿珠始，亦其来有渐矣。崇常刺荆州[18]，劫夺远使，沉杀客商，以致巨富。又遗王恺鸩鸟[19]，共为鸩毒之事。有此阴谋，加以每邀客宴集，令美人行酒，客饮不尽者，使黄门斩美人[20]。王丞相与大将军尝共访崇[21]，丞相素不能饮，辄自勉强，至于沉醉。至大将军，故不饮，以观其变，已斩三人。君子曰：“祸福无门，惟人所召。”崇心不义，举动杀人，乌得无报也。非绿珠无以速石崇之诛，非石崇无以显绿珠之名。绿珠之坠楼，侍儿之有贞节者也。

比之于古，则有曰六出。六出者，王进贤侍儿也。进贤，晋愍太子妃。洛阳乱，石勒掠进贤渡孟津[22]，欲妻之。进贤骂曰：“我皇太子妇，司徒公女[23]。胡羌小子，敢干我乎[24]？”言毕投河。六出曰：“大既有之，小亦宜然。”复投河中。又有窈娘者，武周时乔知之宠婢也[25]。盛有姿色，特善歌舞。知之教读书，善属文，深所爱幸。时武承嗣骄贵[26]，内宴酒酣，迫知之将金玉赌窈娘。知之不胜，便使人就家强载以归。知之怨悔，作《绿珠篇》以叙其怨。词曰：

石家金谷重新声，明珠十斛买娉婷。
此日可怜无复比，此时可爱得人情。
君家闺阁未曾难，尝持歌舞使人看。
富贵雄豪非分理，骄矜势力横相干。
辞君去君终不忍，徒劳掩面伤红粉。
百年离别在高楼，一旦红颜为君尽。

知之私属承嗣家阍奴传诗于窈娘。窈娘得诗悲泣，投井而死。承嗣令汲出，于衣中得诗，鞭杀阍奴。讽吏罗织知之[27]，以至杀焉。悲夫，二子以爱姬示人，掇丧身之祸。所谓倒持太阿[28]，授人以柄。《易》曰：“慢藏诲盗，冶容诲淫[29]。”其此之谓乎。

其后诗人题歌舞妓者，皆以绿珠为名。庾肩吾曰[30]：“兰堂上客至，绮席清弦抚。自作《明君辞》，还教绿珠舞。”李元操云[31]：“绛树摇歌扇，金谷舞筵开。罗袖拂归客，留欢醉玉杯。”江总云[32]：“绿珠含泪舞，孙秀强相邀。”绿珠之没已数百年矣，诗人尚咏之不已，其故何哉！盖一婢子，不知书，而能感主恩，愤不顾身，其志烈懔懔，诚足使后人仰慕歌咏也。至有享厚禄，盗高位，亡仁义之性，怀反覆之情，暮四朝三，惟利是务，节操反不若一妇人，岂不愧哉。今为此传，非徒述美丽，窒祸源，且欲惩戒辜恩背义之类也。季伦死后十日，赵王伦败。左卫将军赵泉斩孙秀于中书，军士赵骏剖秀心食之。伦囚金墉城[33]，赐金屑酒[34]。伦惭，以巾覆面曰：“孙秀误我也。”饮金屑而卒。皆夷家族。南阳生曰[35]：“此乃假天之报怨。不然，何枭夷之立见乎[36]！”

【题解】

西晋富豪石崇，姬妾成群，其中最宠爱的是绿珠。朝中权臣孙秀为索取绿珠而逮捕石崇，绿珠坠楼自尽。后石崇也被杀，家产被孙秀占有。从本篇小说中可以使人看到西晋上层统治集团生活奢侈，互相争斗吞并，凶狠残暴的种种罪恶面目。

【注释】

①武德：唐高祖李渊年号（618—626）。 ②萧铣：后梁宣帝曾孙，唐初地方割据政权。 ③太白：位于陕西省的秦岭主峰太白山。 ④即川阜园馆：依山傍水建置园林馆舍。 ⑤阏氏（yānzhī）：匈奴单于妻子的称呼。 ⑥父子见陵辱：王昭君先嫁呼韩邪单于，呼韩邪死后，成为呼韩邪之子的妻子，故言“见陵辱”。 ⑦赵王伦乱常：西晋赵王司马伦发动政变，杀晋惠帝司马衷的皇后贾氏，自称帝。 ⑧孙秀：司马伦亲信，一度把持兵权。 ⑨君侯服御：犹言“您的侍婢”。 ⑩秀因是谮，伦族之：孙秀因此

诬隐石崇，赵王伦将石崇灭族。 ⑪弃：被杀。 ⑫狄泉：在今河南省洛阳市。 ⑬牛僧孺：字思黯，唐代贞元进士，曾任户部侍郎同平章事等职。著有《玄怪录》，但《周秦行纪》是他的政敌托他的名所作。 ⑭薄太后：汉文帝之母。 ⑮戚夫人：汉高祖宠姬。 ⑯潘淑妃：南朝齐东昏侯萧宝卷妃。 ⑰太后以接坐居之：太后让她们挨着坐下。 ⑱刺荆州：任荆州刺史。 ⑲王恺：晋代富豪，晋武帝司马炎的舅父。 ⑳黄门：侍者。 ㉑王丞相：王导。大将军：王敦，为王导从兄。 ㉒石勒：十六国时后赵的开国君主，公元319—333年在位。 ㉓司徒公：王衍。 ㉔干：冒犯。 ㉕武周：武则天当政时期，改国号为周。 ㉖武承嗣：武则天异母兄之子。 ㉗罗织知之：给乔知之罗织罪名。 ㉘太阿：古代宝剑名。 ㉙ “慢藏”两句：财物收藏得不严，引人为盗；浓妆艳抹，引人好色。指引人去干坏事。 ㉚庾肩吾：南朝梁文学家，字子慎，一字慎之。长于作宫体诗。 ㉛李元操：名孝贞，字元操，仕南朝齐、北周、隋三朝。 ㉜江总：宫体诗的重要作家之一，仕南朝梁、陈和隋朝三代。 ㉝金墉城：古城名，故址在今河南省洛阳市东。 ㉞金屑酒：金屑兑入酒中，饮后致死。 ㉟南阳生：作者的别号。 ㊱枭夷：灭族。

欧阳修（1007—1072）

字永叔，号醉翁，晚年号六一居士。庐陵（今江西省吉安市）人。宋仁宗天圣八年（1030）进士，先任地方官，晚年任枢密副使、参知政事等要职。北宋中叶著名作家，也是文坛领袖。有多方面的文学才能，在散文、诗、词和史传等方面都有成就。著有《欧阳文忠集》。

卖 油 翁

陈康肃公尧咨[①]，善射，当世无双，公亦以此自矜[②]。尝射于家圃[3]，有卖油翁释担而立，睨之[4]，久而不去，见其发矢十中八九，但微颔之[5]。

康肃问曰：“汝亦知射乎？吾射不亦精乎？”翁曰：“无他，但手熟耳。”康肃忿然曰：“尔安敢轻吾射！”翁曰：“以我酌油知之[6]。”乃取一葫芦，置于地，以钱覆其口，徐以杓酌油沥之[7]，自钱孔入，而钱不湿。因曰：“我亦无他，惟手熟耳。”康肃笑而遣之。此与庄生所谓解牛、斫轮者何异[8]？

选自《归田录》

【题解】

本篇作品传神地描写了两个人物形象，洞明世理的卖油翁和骄傲自负的陈尧咨。通过描写这两位地位悬殊的人在一次偶遇中各自施展绝技，形象地说明了一个道理，再高超精巧的技艺都是勤学苦练的结果。因此超凡的技艺并不神秘，技艺出众的人也不必自视太高，因为道理很简单，熟能生巧。

【注释】

①尧咨：陈尧咨，字嘉谟，北宋人。宋真宗咸平年间中进士第一。官至武信军节度使，谥号康肃。善射。 ②自矜：自夸。 ③家圃（pǔ）：原意为家里的菜园，此处指场地。 ④睨之：斜着眼睛看他（射箭），此处形容卖油翁轻松随意的神态。 ⑤微颔（hàn）：微微点头。 ⑥酌：倒。 ⑦沥：注。 ⑧“此与”句：庖丁解牛，扁斫轮都是《庄子》著名的熟能生巧的故事。

朱　弁（？—1144）

字少章，婺源（今属江西省）人，南宗著名理学家朱熹的叔祖。宋高宗建炎初年以通问副使出使金，被扣于金十六年。著有《曲洧旧闻》，作于被囚期间，内容多为追述北宋遗事，也有诗文品评，神怪传闻等。

王 荆 公

王荆公性简率[①]，不事修饰奉养[②]，衣服垢污，饮食粗恶，一无有择，自少时则然。苏明允著《辨奸》[③]，其言“衣臣虏之衣，食犬彘之食，囚首丧面而谈《诗》、《书》”[④]，以为不近人情者，盖谓是也。

然少喜与吕惠穆、韩献肃兄弟游[⑤]。为馆职时[⑥]，玉汝尝率与同浴于僧寺[⑦]，潜备新衣一袭，易其敝衣，俟其浴出，俾其从者举以衣之[⑧]，而不以告，荆公服之如固有，初不以为异也。

及为执政，或言其喜食獐脯者[⑨]，其夫人闻而疑之曰：“公平生未尝有择于饮食，何忽嗜此？”因令问左右执事者曰：“何以知公之嗜獐脯耶？”曰：“每食不顾他物，而獐脯独尽，是以知之。”复问：“食时，置獐脯何所？”曰：“在近匕筯处[⑩]。”夫人曰：“明日姑易他物近匕筯。”既而果食他物尽，而獐脯固在。而后人知其特以其近故食之，而初非有所嗜也。人见其太甚，或者多疑其伪云。

选自《曲洧旧闻》

【题解】

本篇较细致地描写了身为国家重臣的王安石不改一向的本色，依旧保持朴素随意的生活习惯。不像一些人，一当了官就自认为与众不同，身份提高，自认为显示身份不凡的方式就是奢华排场的生活。

【注释】

①王荆公：名安石，字介甫，号半山。宋神宗熙宁二年（1069）任参知政事，次年拜相，实行变法。晚年退居江宁（今南京市），封荆国公。简率：简朴、随意。　②奉养：饮食。　③苏明允：即苏洵，字明允，北宋散文家。　④丧面：居丧时的脸。　⑤吕惠穆：吕公弼，字宝臣，曾任枢密副使等职，死后谥惠穆。韩献肃兄弟：韩绛、韩维、韩缜兄弟，都在宋神宗时任官职。　⑥馆职：宋代凡在史馆、昭文馆、集贤院担任职务，称为馆职。王安石曾在集贤院任职。　⑦玉汝：韩缜的字。率与：结伴。　⑧俾：使。　⑨脯：干肉。　⑩匕筯：勺、筷子。

佚　名

王　魁

王魁遇桂英于莱州北市深巷[①]。桂英酌酒，求诗于魁。魁时下第[②]，桂英曰："君但为学，四时所须，我为办之。"由是魁朝去暮来。逾年，有诏求贤，桂为办西游之用[③]。将行，往州北望海神庙盟曰："吾与桂英，誓不相负，若生离异，神当殛之[④]！"

魁后唱第，为天下第一。魁父约崔氏为亲，授徐州佥判[⑤]。桂英不之知，乃喜曰："徐去此不远，当使人迎我矣！"遣仆持书往。魁方坐厅决事，大怒，叱书不受。桂英曰："魁负我如此，当以死报之！"挥刀自刎。

魁在南都试院⑥，有人自烛下出，乃桂英也。魁曰："汝固无恙乎？"桂英曰："君轻恩薄义，负誓渝盟，使我至此。"魁曰："我之罪也。为汝饭僧诵佛书，多焚纸钱，舍我可乎？"桂英曰："得君之命即止，不知其它。"后魁竟死。

选自《侍儿小名录拾遗》⑦

【题解】

王魁考试下第，在莱州遇妓女桂英，恩爱相处。一年后桂英资助王魁再考，二人分别在海神庙盟誓。但王魁登第后却另娶崔氏，与桂英决绝，桂英愤而自杀。继而鬼魂索命，王魁死去。篇中写桂英性格刚强，自杀和报仇都十分干脆果敢。这个谴责负心汉的故事，宋元以来的戏曲中经常搬演。

【注释】

①莱州：治所在掖县（今属山东省）。 ②下第：科举考试落榜。 ③西游之用：去京城赴考的费用。北宋的京城在开封，从莱州去开封是往西走，故云西游。 ④殛（jí）：诛杀。 ⑤徐州：治所在彭城，即今江苏省徐州市。 ⑥南都：地名，今河南省商丘市。 ⑦《侍儿小名录拾遗》所收《王魁》一文，或谓系据《摭遗》中的《王魁传》撮抄而成。但也可能别自有本。关于《王魁传》的作者有异说，今姑从佚名说。

张　实（生卒年不详）

一名硕，字子东，籍贯魏陵，宋代人，生平事迹不详。作有《流红记》。

流 红 记

唐僖宗时，有儒士于祐，晚步禁衢间[1]。于时万物摇落，悲风素秋，颓阳西倾，羁怀增感[2]。视御沟[3]，浮叶续续而下。祐临流浣手。久之，有一脱叶，差大于他叶[4]，远视之，若有墨迹载于其上。浮红泛泛，远意绵绵。祐取而视之，果有四句题于其上。其诗曰："流水何太急，深宫尽日闲。殷勤谢红叶，好去到人间。"

祐得之，蓄于书笥[5]，终日咏味，喜其句意新美，然莫知何人作而书于叶也。因念御沟水出禁掖[6]，此必宫中美人所作也。祐但宝之，以为念耳，亦时时对好事者说之。祐自此思念，精神俱耗。一日，友人见之，曰："子何清削如此[7]？必有故，为吾言之。"祐曰："吾数月来，眠食俱废。"因以红叶句言之。友人大笑曰："子何愚如是也！彼书之者，无意于子。子偶得之，何置念如此？子虽思爱之勤，帝禁深宫，子虽有羽翼，莫敢往也。子之愚，又可笑也。"祐曰："天虽高而听卑[8]，人苟有志，天必从人愿耳。吾闻王仙客遇无双之事[9]，卒得古生之奇计[10]。但患无志耳，事固未可知也。"祐终不废思虑，复为二句，题于红叶上云："曾闻叶上题红怨，叶上题诗寄阿谁？"

置御沟上流水中，俾其流入宫中。人或笑之，亦为好事者称道。有赠之诗者，曰："君恩不禁东流水，流出宫情是此沟。"

祐后累举不捷，迹颇羁倦[11]，乃依河中贵人韩泳门馆[12]，得钱帛稍稍自给，亦无意进取。久之，韩泳召祐谓之曰："帝禁宫人三十余得罪[13]，使各适人[14]。有韩夫人者，吾同姓，久在宫。今出禁庭，来居吾舍。子今未娶，年又逾壮，困苦一身，无所成就，孤生独处，吾甚怜汝。今韩夫人箧中不下千缗[15]，本良家女，年才三十，姿色甚丽。吾言之，使聘子，何如？"祐避席伏地曰："穷困书生，寄食门下，昼饱夜温，受赐甚久。恨无一长，不能图报，早暮愧惧，莫知所为。安敢复望如此。”泳令人通媒妁，助祐进羔雁[16]，尽六礼之数[17]，交二姓之欢。祐就吉之夕，乐甚。明日，见韩氏装橐甚厚[18]，姿色绝艳。祐本不敢有此望，自以为误入仙源，神魂飞越。既而韩氏于祐书笥中见红叶，大惊曰：“此吾所作之句，君何故得之？”祐以实告。韩氏复曰：“吾于水中亦得红叶，不知何人作也。”乃开笥取之，乃祐所题之诗。相对惊叹感泣久之。曰：“事岂偶然哉？莫非前定也。”韩氏曰：“吾得叶之初，尝有诗，今尚藏箧中。”取以示祐。诗云：“独步天沟岸，临流得叶时。此情谁会得[19]，肠断一联诗。”

闻者莫不叹异惊骇。一日，韩泳开宴召祐洎韩氏[20]，泳曰：“子二人今日可谢媒人也。”韩氏笑答曰：“吾为祐之合，乃天也，非媒氏之力也。”泳曰：“何以言之？”韩氏索笔为诗，曰：“一联佳句题流水，十载幽思满素怀[21]。今日却成鸾凤友，方知红叶是良媒。”泳曰：“吾今知天下事无偶然者也。”僖宗之幸蜀[22]，韩泳令祐将家僮百人前导。韩以宫人得见帝，具言适祐事。帝曰：“吾亦微闻之。”召祐，笑曰：“卿乃朕门下旧客也。”祐伏地拜，谢罪。帝还西都，以从驾得官，为神策军虞候。韩氏生五子三女。子以力学俱有官，女配名家。韩氏治家有法度，终身为命妇。宰相张浚作诗曰：“长安百万户，御水日东注。水上有红叶，子独得佳句。子复题脱叶，流入宫中去。深宫千万人，叶归韩氏处。出宫三十人，韩氏籍中数[23]。回首谢君恩，泪洒胭脂雨。寓居贵人家，方与子相遇。通媒六礼具，百岁为夫妇。儿女满眼前，青紫盈门户[24]。兹事自古无，可以传千古。”

议曰：流水，无情也。红叶，无情也。以无情寓无情而求有情，终为有情者得之，复与有情者合，信前世所未闻也。夫在天理可合，虽胡、越之远，亦可合也；天理不可，则虽比屋邻居[25]，不可得也。悦于得，好于求者，观此，可以为诫也。

选自《青琐高议》

【题解】

于祐在京城散步，御沟中飘出片片红叶，其中一片叶上题有诗句，原来是宫女的宫怨诗。于祐也在这片红叶上题诗两句，把它放入上游，让它流入宫中。若干年后，别人为他作媒，娶一韩姓女子为妻，这位女子原来就是当年红叶题诗的宫女。红叶题诗的故事在唐代就已流传，本篇较前人作品多有增饰，更趋完整，它直接影响到以后的同题材的通俗小说和戏曲作品。

【注释】

①禁衢：皇城中的街道。　②羁怀增感：更加增添了羁旅在外的思乡之情。　③御沟：流经皇宫的水渠。　④差：略微。　⑤书笥（sì）：书箱。　⑥禁掖：皇宫。　⑦清削：清瘦。　⑧天虽高而听卑：天虽然高但知道下界的情况。　⑨“吾闻”句：见唐人薛调所作传奇《无双传》。　⑩卒：最终。　⑪迹颇羁倦：对游学生活感到厌倦。　⑫河中：即蒲州，因位于黄河中游，故称。门馆：私人教师。　⑬帝禁宫人：皇宫中的宫女。　⑭适人：嫁人。　⑮缗（mín）：古时穿钱的绳子，此指钱，一千文钱为一缗。　⑯羔雁：指聘礼。　⑰六礼：古代礼仪，订婚结婚须经纳采、问名、纳吉、纳征、请期、亲迎六个程序。　⑱装橐（tuó）：指嫁妆。　⑲会得：能理解。　⑳洎（jì）：及。　㉑素怀：一向的情怀。　㉒僖宗之幸蜀：广明元年（880年），黄巢起义军攻下东都洛阳和京城长安，唐僖宗逃到四川。　㉓籍中数：在出宫的三十名宫女名册上。　㉔青紫：高官。　㉕比：挨近。

秦　醇（生卒年不详）

字子复，一作子履，谯郡亳州（今安徽省亳州市）人。其生活年代或在北宋仁宗、神宗时代，其他事迹不详。著有《赵飞燕别传》。

赵飞燕别传

余里有李生，世业儒术。一日，家事零替。余往见之。墙角破筐中有古文数册，其间有《赵后别传》，虽编次脱落，尚可观览。余就李生乞其文以归，补正编次以成传，传诸好事者。

赵后腰骨尤纤细[①]，善踽步行。若人手执花枝，颤颤然，它人莫可学也。生在主家时[②]，号为飞燕。入宫复引援其妹，得幸，为昭仪[③]。昭仪尤善笑语，肌骨秀滑。二人皆天下第一，色倾后宫。自昭仪入宫，帝亦希幸东宫。昭仪居西宫，太后居中宫。后日夜欲求子，为自固久远计[④]，多用小犊车载年少子与通。帝一日惟从三四人往后宫。后方与人乱，不知。左右急报，后遽惊出迎帝。后冠发散乱，言语失度，帝固亦疑焉。帝坐未久，复闻壁衣中有人嗽声，帝乃出。由是帝有害后意，以昭仪隐忍未发。一日，帝与昭仪方饮，帝忽攘袖瞋目，直视昭仪，怒气怫然不可犯。昭仪遽起，避席代地，谢曰："臣妾族孤寒下，无强近之爱[⑤]。一旦得备后庭驱使之列，不意独承幸御，浓被圣私[⑥]，立于众人之上。恃宠邀爱，众谤来集。加以不识忌讳，冒触威怒。臣妾愿赐速死以宽圣抱[⑦]。"因泪交下。帝自引昭仪曰："汝复坐，吾语汝。"帝曰："汝无罪。汝之姊，吾欲枭其首，断其手足，置于溷中[⑧]，乃快吾意。"昭仪曰："何缘而得罪？"帝言壁衣中事。昭仪曰："臣妾缘后得备后宫。后死，则妾安能独生？陛下无故而杀一后，天下有以窥陛下也。愿得身实鼎镬，体膏斧钺[⑨]。"因大恸，以身投地。帝惊，遽起持昭仪曰："吾以汝之故，固不害后，第言之耳。汝何自恨若是。"久之，昭仪方就坐。问壁衣中人，帝阴穷其迹[⑩]，乃宿卫陈崇子也。帝使人就其家杀之，而废陈崇。昭仪往见后，言帝所言，且曰："姊曾忆家贫饥寒无聊，姊使我与邻家女为草履，入市货履市米。一日得米归，遇风雨无火可炊。饥寒甚，不能成寐，使我拥姊背，同泣。此事姊岂不忆也？今日幸富贵，无他人次我，而自毁如此。脱或再有过，帝复怒，事不可救，身首异地，为天下笑。今日，妾能拯救也。存没无定。或尔妾死，姊尚谁攀乎？”乃涕泣不已，后亦泣焉。自是帝不复往后宫，承幸御者，昭仪一人而已。昭仪方浴，帝私视。侍者报昭仪，昭仪急趋烛后避。帝瞥见之，心愈眩惑。他日昭仪浴，帝默赐侍者，特令不言。帝自屏罅觇[11]，兰汤滟滟，昭仪坐其中，若三尺寒泉浸明玉。帝意思飞荡，若无所主。帝语近侍曰：“自古人主无二后，若有，则吾立昭仪为后矣。”赵后知帝见昭仪浴，益加宠幸，乃具汤浴，请帝以观。既往，后入浴。后裸体，以水沃帝[12]，愈亲近而帝愈不乐，不终幸而去。后泣曰：“爱在一身，无可奈何。”后生日，昭仪为贺，帝亦同往。酒半酣，后欲感动帝意，乃泣数行。帝曰：“它人对酒而乐，子独悲，岂不足耶？”后曰：“妾昔在后宫时[13]，帝幸其第。妾立主后，帝时视妾不移目，甚久。主知帝意，遣妾侍帝，竟承更衣之幸。下体尝污御服，妾欲为帝浣去。帝曰：‘留以为忆。’不数日，备后宫。时帝齿痕犹在妾颈。今日思之，不觉感泣。”帝恻然怀旧[14]，有爱后意，顾视嗟叹。昭仪知帝欲留，昭仪先辞去。帝逼暮方离后宫。后因帝幸，心为奸利，上器主受，经三月，乃诈托有孕，上笺奏云：“臣妾久备掖庭[15]，先承幸御，遣赐大号，积有岁时。近因始生之日，复加善祝之私，特屈乘舆[16]，俯临东掖，久侍宴私，再承幸御。臣妾数月来，内宫盈实[17]，月脉不流，饮食甘美，不异常日。知圣躬之在体，辨天日之入怀。虹初贯日，听是珍祥，龙据妾胸，兹为佳瑞。更期蕃育神嗣[18]，抱日趋庭[19]，瞻望圣明，踊跃临贺。谨此以闻。”帝时在西宫，得奏，喜动颜色，答云：“因阅来奏，喜庆交集。夫妇之私，义均一体，社稷之重，嗣续其先，妊体方初，保绥宜厚。药有性者勿举，食无毒者可亲。有恳来上[20]，无烦笺奏，口授宫使可矣。”两宫候问[21]，宫使交至。后虑帝幸，见其诈，乃与宫使王盛谋自为之计。盛谓后曰："莫若辞以有妊者不可近人，近人则有所触焉，触则孕或败。"后乃遣王盛奏帝。帝不复见后，第遣使问安否。而甫及诞月，帝具浴子之仪。后召王盛及宫中人曰："汝自黄衣郎出入禁掖，吾引汝父子俱富贵。吾欲为自利长久计，托孕乃吾之私意，实非也。言已及期。子能为我谋焉？若事成，子万世有后利。"盛曰："臣为后取民间才生子，携入宫为后子。但事密不泄，亦无害。"后曰："可。"盛于都城外有生子者，才数日，以百金售之。以物囊之，入宫见后。既发器[22]，则子死。后惊曰："子死，安用也。"盛曰："臣今知矣。载子之器气不泄，此子所以死也。臣今求子，载之器，穴其上[23]，使气可出入，则子不死。"盛得子，趋宫门欲入，则子惊啼尤甚，盛不敢入。少选，复携之趋门，子复如此，盛终不敢入宫。（后宫守门吏严密。因向壁衣事。故帝令加严之甚。）盛来见后，具言惊啼事。后泣曰："为之奈何？"时已逾十二月矣。帝颇疑讶。或奏帝曰："尧之母十四月而生尧。后所妊当是圣人。"后终无计，乃遣人奏帝云："臣妾昨梦龙卧[24]，不幸圣嗣不育。"帝但叹惋而已。昭仪知其诈，乃遣人谢后曰："圣嗣不育，岂日月不满也？三尺童子尚不可欺，况人主乎？一日手足俱见[25]，妾不知姊之死所也。"时后庭掌茶宫女朱氏生子。宦者李守光奏帝。帝方与昭仪共食，昭仪怒，言于帝曰："前者帝言自中宫来。今朱氏生子，从何而得也？"乃以身投地，大恸。帝自持昭仪起坐。昭仪呼宫吏祭规曰："急为吾取子来！"规取子上。昭仪语规曰："为我杀之。"规疑虑。昭仪怒骂曰："吾重禄养汝，将安用也？不然，吾并录汝[26]！"规以子击殿础死[27]，投之后宫。宫人孕子者尽杀之。后帝行步迟涩，颇气惫，不能御昭仪。有方士献大丹。其丹养于火百日，乃成。先以瓮贮水，满，既置丹于水中，即沸，又易去，复以新水。如是十日，不沸，方可服。帝日服一粒，颇能幸昭仪。一夕，在大庆殿，昭仪醉进十粒，初夜，绛帐中拥昭仪，帝笑声吃吃不止。及中夜，帝昏昏，知不可，将起坐，夜或仆卧。昭仪急起，秉烛自视帝，精出如泉溢。有顷，帝崩。太后遣人理昭仪且急㉘，穷帝得疾之端。昭仪乃自绝。后居东宫，久失御。一夕后寝，惊啼甚久，侍者呼问，方觉。乃言曰：“适吾梦中见帝。帝自云中赐吾坐。帝命进茶。左右奏帝：‘后向日侍帝不谨，不合啜此茶。’吾意既不足。吾又问：‘昭仪安在？’帝曰：‘以数杀吾子，今罚为巨鼋㉙，居北海之阴水穴间，受千岁冰寒之苦。’”乃大恸。后北鄙大月氏王猎于海，见一巨鼋出于穴上，首犹贯玉钗，颙望波上，眷眷有恋人之意。大月氏王遣使问梁武帝㉚，武帝以昭仪事答之。

【题解】

赵飞燕是汉成帝的皇后，她妹妹是昭仪（实即嫔妃）。汉成帝没有儿子，以“社稷之重，嗣续为先”的观念来说是个十分重要的问题。本篇围绕这个问题描写赵飞燕姐妹既争宠又互相依赖的故事，其间展开了宫廷荒淫、奢侈、虚伪和残酷争斗生活的描写，实际上是一篇暴露最高封建统治者的作品。

【注释】

①赵后：赵飞燕，汉成帝皇后。因体轻善歌舞，故称“飞燕”。　②主家：《飞燕外传》载，飞燕原是阳阿主家的婢女。　③昭仪：汉宫女官名。　④为自固久远计：为长久巩固自己的地位着想。　⑤无强近之爱：没有有权势的至亲提携。　⑥浓被圣私：承受皇帝的厚爱。　⑦以宽圣抱：使皇帝宽心。⑧溷（hùn）：厕所。　⑨“愿得身”二句：意为愿意赴死。　⑩阴穷其迹：暗中追查壁衣中人的踪迹。　⑪帝自屏罅觇：皇帝从屏风的缝隙看。⑫沃：浇。　⑬后宫：指阳阿主家。　⑭恻然：伤感的样子。　⑮掖庭：皇宫中皇后和妃嫔所居之处。　⑯乘舆：车驾，此处指皇帝。　⑰内官盈实：指怀孕。　⑱神嗣：指太子。　⑲日：指太子。　⑳有恳来上：有什么恳求便

告诉我。 ㉑两宫：西宫和中宫，即昭仪和太后。 ㉒发器：打开装孩子的器具。 ㉓穴其上：在器具上开个洞。 ㉔龙卧：指死去。 ㉕手足俱见：意为事情败露。 ㉖吾并录汝：我连你一并收拾。 ㉗础：石基。 ㉘理：责问。 ㉙鼋（yuán）：鳖一类的动物。 ㉚梁武帝：南朝梁武帝萧衍。

佚　名

梅妃传

梅妃，姓江氏，莆田人。父仲逊，世为医。妃年九岁，能诵《二南》[1]，语父曰："我虽女子，期以此为志。"父奇之，名之曰采苹[2]。

开元中[3]，高力士使闽、粤[4]，妃笄矣[5]。见其少丽，选归，侍明皇，大见宠幸。长安大内、大明、兴庆三宫，东都大内、上阳两宫，几四万人，自得妃，视如尘土；宫中亦自以为不及。

妃善属文，自比谢女[6]。淡妆雅服，而姿态明秀，笔不可描画。性喜梅，所居阑槛，悉植数株，上榜曰"梅亭"[7]。梅开赋赏，至夜分尚顾恋花下不能去。上以其所好，戏名曰梅妃。妃有《萧兰》《梨园》《梅花》《凤笛》《玻杯》《剪刀》《绮窗》七赋。

是时承平岁久，海内无事。上于兄弟间极友爱，日从燕间[8]，必妃侍侧。上命破橙往赐诸王。至汉邸[9]，潜以足蹑妃履[10]，妃登时退阁。上命连宣，报言："适履珠脱缀，缀竟当来。"久之，上亲往命妃。妃拽衣迓上[11]，言胸腹疾作，不果前也[12]。卒不至。其恃宠如此。

后上与妃斗茶[13]，顾诸王戏曰："此梅精也。吹白玉笛，作《惊鸿舞》、一座光辉。斗茶今又胜我矣。"妃应声曰："草木之戏，误胜陛下。设使调和四海，烹饪鼎鼐，万乘自有宪法，贱妾何能较胜负也。”上大喜。

会太真杨氏入侍，宠爱日夺，上无疏意。而二人相嫉，避路而行。上尝方之英、皇[14]，议者谓广狭不类[15]，窃笑之。太真忌而智，妃性柔缓，亡以胜[16]。后竟为杨氏迁于上阳东宫[17]。

后上忆妃，夜遣小黄门灭烛[18]，密以戏马召妃至翠华西阁[19]，叙旧爱，悲不自胜。继而上失寤[20]，侍御惊报曰：“妃子已届阁前[21]，当奈何？”上披衣，抱妃藏夹幙间。太真既至，问：“梅精安在？”上曰：“在东宫。”太真曰：“乞宣至[22]，今日同浴温泉。”上曰：“此女已放屏[23]，无并往也。”太真语益坚，上顾左右不答。太真大怒曰：“肴核狼籍，御榻下有妇人遗舄[24]，夜来何人侍陛下寝，欢醉至于日出不视朝？陛下可出见群臣。妾止此阁俟驾回。”上愧甚，拽衾向屏假寐曰：“今日有疾，不可临朝。”太真怒甚，径归私第。上顷觅妃所在，已为小黄门送令步归东宫。上怒斩之。遗舄并翠钿命封赐妃。妃谓使者曰：“上弃我之深乎？”使曰：“上非弃妃，诚恐太真恶情耳。”妃笑曰：“恐怜我则动肥婢情[25]，岂非弃也？”

妃以千金寿高力士，求词人拟司马相如为《长门赋》[26]，欲邀上意。力士方奉太真，且畏其势，报曰：“无人解赋。”妃乃自作《楼东赋》，略曰：“玉鉴尘生，风奁香殄[27]。懒惮鬓之巧梳，闲缕衣之轻练。苦寂寞于蕙宫，但凝思乎兰殿。信摽落之梅花，隔长门而不见。况乃花心飏恨，柳眼弄悉，暖风习习，春鸟啾啾。楼上黄昏兮，听风吹而回首；碧云日暮兮，对素月而凝眸。温泉不到，忆拾翠之旧游；长门深闭，嗟青鸾之信修。忆昔太液清波，水光荡浮，笙歌赏燕，陪从宸旒[28]。奏舞鸾之妙曲，乘画鹢之仙舟。君情缱绻，深叙绸缪。誓山海而常在，似日月而无休。奈何嫉色庸庸，妒气冲冲，夺我之爱幸，斥我乎幽宫。思旧欢之莫得，想梦著乎朦胧。度花朝与月夕，羞懒对乎春风。欲相如之奏赋，奈世才之不工。属愁吟之未尽，已响动乎疏钟。空长叹而掩袂，踌躇步于楼东。”

太真闻之，诉明皇曰：“江妃庸贱，以廋词宣言怨望，愿赐死。”上默然。

会岭表使归[29]，妃问左右：“何处驿使来，非梅使耶[30]？”对曰：“庶邦贡杨妃荔实使来。”妃悲咽泣下。上在花萼楼，会夷使至，命封珍珠一斛密赐妃。妃不受，以诗付使者，曰：“为我进御前也。”曰：“柳叶双眉久不描，残妆和泪湿红绡。长门自是无梳洗，何必珍珠慰寂寥。”

上览诗，怅然不乐。令乐府以新声度之，号《一斛珠》，曲名始此也。

后禄山犯阙[31]，上西幸，太真死。及东归，寻妃所在，不可得。上悲谓兵火之后，流落他处。诏有得之，官二秩[32]、钱百万。搜访不知所在。上又命方士飞神御气，潜经天地，亦不可得。有宦者进其画真，上言似甚，但不活耳。诗题于上，曰：“忆昔娇妃在紫宸，铅华不御得天真[33]。霜绡虽似当时态[34]，争奈娇波不顾人。”读之泣下，命模像刊石。

后上暑月昼寝，仿佛见妃隔竹间泣，含涕障袂，如花朦雾露状。妃曰：“昔陛下蒙尘，妾死乱兵之手，哀妾者埋骨池东梅株傍。”上骇然流汗而寤。登时令往太液池发视之，不获。上益不乐。忽悟温泉池侧有梅十余株，岂在是乎？上自命驾[35]，令发视。才数株，得尸，裹以锦裀，盛以酒槽，附土三尺许。上大恸，左右莫能仰视。视其所伤，胁下有刀痕。上自制文诔之[36]，以妃礼易葬焉。

赞曰：“明皇自为潞州别驾[37]，以豪伟闻，驰骋犬马鄠、杜之间，与侠少游。用此起支庶[38]，践尊位。五十余年，享天下之奉，穷极奢侈，子孙百数。其阅万方美色众矣，晚得杨氏，变易三纲，浊乱四海，身废国辱，思之不少悔。是固有以中其心，满其欲矣。江妃者，后先其间，以色为所深嫉，则其当人主者[39]，又可知矣。议者谓或覆宗[40]，或非命[41]，均其媢忌自取。殊不知明皇耄而忮忍[42]，至一日杀三子[43]，如轻断蝼蚁之命。奔窜而归，受制昏逆，四顾嫔嫱，斩亡俱尽，穷独苟活，天下哀之。《传》曰：'以其所不爱及其所爱[44]。'盖天所以酬之也。报复之理，毫发不差，是岂特两女子之罪哉？"

汉兴，尊《春秋》，诸儒持《公》、《谷》角胜负，《左传》独隐而不宣，最后乃出。盖古书历久始传者极众。今世图画美人把梅者，号梅妃，泛言唐明皇时人，而莫详所自也。盖明皇失邦，咎归杨氏，故词人喜传之。梅妃特嫔御擅美，显晦不同，理应尔也。此传得自万卷朱遵度家[45]，大中二年七月所书[46]，字亦媚好。其言时有涉俗者。惜乎史逸其说[47]。略加修润而曲循旧语，惧没其实也。惟叶少蕴与余得之[48]，后世之传，或在此本。又记其所从来如此[49]。

选自《说郛》

【题解】

本篇小说描写唐明皇的两个妃子——梅妃和杨妃争宠的故事。两个人物的性格都刻画得较为鲜明，梅妃温柔，杨妃尖刻，终于梅妃失败。小说通过细致的描写，对唐明皇的昏聩和骄侈淫逸做了揭露和抨击。作品在人物对话描写方面相当出色，增强了小说的感染力，有助于表现人物性格。

【注释】

①《二南》：《诗经》"国风"中的《周南》《召南》。这两部分诗篇主要产生在南方。《周南》的第一篇诗《关雎》旧说是"咏后妃之德"。 ②采苹：《诗经·召南》中的诗篇名，旧说认为这首诗是写"大夫妻能循法度"，取此名表现出父亲对女儿的希望，将来成为士大夫的妻子。 ③开元：唐玄宗年号（713—741）。 ④高力士：唐玄宗时的宦官，权力很大。 ⑤

笄：女子十五岁，盘起头发，表示成年。 ⑥谢女：东晋才女谢道韫，善作诗。 ⑦上：皇帝。 ⑧燕：同“宴”。 ⑨汉邸：汉王府第。 ⑩“潜以”句：悄悄用脚踩梅妃的鞋。 ⑪迓（yà）：迎接。 ⑫不果前：不能应召出来。 ⑬斗茶：一种比试烹茶技术的游戏。 ⑭上尝方之英、皇：皇帝曾把她们比作女英和娥皇。女英、娥皇是舜的后妃。 ⑮广狭不类：胖瘦不一样，不像娥皇、女英。 ⑯亡以胜：无法胜过杨妃。 ⑰上阳东宫：唐别宫名，失宠妃嫔居此。 ⑱小黄门：小太监。 ⑲戏马：一种游戏用具，此处作为信物。 ⑳失寤：睡过了头。 ㉑妃子：指杨妃。 ㉒乞宣至：请召她来。 ㉓放屏：抛开。 ㉔舄（xì）：鞋。 ㉕肥婢：因杨贵妃体胖，故有此谓。 ㉖《长门赋》：汉武帝时，陈皇后失宠，被逐长门宫，以重金请司马相如为她作赋，司马相如写了《长门赋》代她倾诉哀怨，她重得宠幸。 ㉗殄（tiǎn）：灭绝。 ㉘宸（chén）：皇帝的居所。旒（liú）：皇冠上的饰物。宸旒：此处代指皇帝。 ㉙岭表使归：去岭南的使者归来。 ㉚梅使：进贡梅花的使者。 ㉛禄山犯阙：安史之乱暴发。 ㉜官二秩：升官二级。 ㉝天真：不加装饰的天然美。 ㉞霜绡：白绢，指画幅。 ㉟上自命驾：皇帝亲自乘车前往。 ㊱诔：本为祭文，此处意为悼念。 ㊲ “明皇”句：李隆基做皇帝前是临淄郡王，曾以卫尉少卿兼任潞州别驾。 ㊳起支庶：以妃子所生庶出身份当了皇帝。 ㊴当人主：合皇帝的心意。 ㊵覆宗：全族毁灭，指杨贵妃。 ㊶非命：死于非命，指梅妃。 ㊷耄而忮忍：年老而忌嫉残忍。㊸一日杀三子：听了武惠妃的谗言，唐玄宗曾在一天之内杀了三个儿子：太子瑛、鄂王瑶、光王琚。 ㊹ “以其”句：语出《孟子·尽心》，意思是灾祸从他不亲爱的人身上波及到所亲爱的人身上。意为唐玄宗荒淫失政，致使安史之乱暴发，老百姓遭殃，他的两个心爱的妃子也遭了难。 ㊺朱遵度：南唐时人，好藏书，人称“朱万卷”。 ㊻大中：北宋真宗年号（1008—1016）。㊼逸：亡佚。 ㊽叶少蕴：名梦得，字少蕴，南宋时文学家。 ㊾从来：来历。

佚 名

李师师外传

李师师者，汴京东二厢永庆坊染局匠王寅之女也。寅妻既产女而卒，寅以菽浆代乳乳之[①]，得不死。在襁褓未尝啼。汴俗，凡男女生，父母爱之，必为舍身佛寺。寅怜其女，乃为舍身宝光寺。女时方知孩笑。一老僧目之曰："此何地，尔乃来耶？"女至是忽啼。僧为摩其顶，啼乃止。寅窃喜，曰："是女真佛弟子。"——为佛弟子者，俗呼为"师"，故名之曰师师。

师师方四岁，寅犯罪系狱死。师师无所归，有倡籍李姥者收养之[②]。比长，色艺绝伦，遂名冠诸坊曲。

徽宗帝即位，好事奢华，而蔡京、章惇、王黼之徒[③]，遂假绍述为名[④]，劝帝复行青苗诸法[⑤]。长安中粉饰为饶乐气象[⑥]。市肆酒税，日计万缗，金玉缯帛，充溢府库。于是童贯、朱勔辈复导以声色狗马宫室苑囿之乐[⑦]。凡海内奇花异石，搜采殆遍。筑离宫于汴城之北，名曰艮岳。帝般乐其中[⑧]，久而厌之。更思微行，为狎邪游。

内押班张迪者[⑨]，帝所亲幸之寺人也。未宫时为长安狎客[⑩]，往来诸坊曲，故与李姥善。为帝言陇西氏色艺双绝，帝艳心焉。翼日，命迪出内府紫茸二匹[⑪]、霞氎二端[⑫]、瑟瑟珠二颗[⑬]、白金廿镒，诡云大贾赵乙，愿过庐一顾。姥利金币，喜诺。

暮夜，帝易服杂内寺四十余人中，出东华门，二里许，至镇安坊。——镇安坊者，李姥所居之里也。帝麾止余人[⑭]，独与迪翔步而入。堂户卑庳[⑮]。姥出迎，分庭抗礼[⑯]，慰问周至。进以时果数种，中有香雪藕，水晶苹婆[17]，而鲜枣大如卵，皆大官所未供者。帝为各尝一枚。媪复款洽良久，独未见师师出拜，帝延伫以待。

时迪已辞退，媪乃引帝至一小轩。棐几临窗[18]，缥缃数帙，窗外新篁，参差弄影。帝翛然兀坐，意兴闲适，独未见师师出侍。少顷，媪引帝到后堂。陈列鹿炙、鸡酢、鱼脍、羊签等肴，饭以香子稻米，帝为进一餐。媪侍旁，款语移时[19]，而师师终未出见。帝方疑异，而媪忽复请浴，帝辞之。媪至帝前，耳语曰："儿性好洁，勿忤[20]。"帝不得已，随媪至一小楼下湢室中浴竟。媪复引帝坐后堂，肴核水陆，杯盏新洁，劝帝欢饮，而师师终未一见。

良久，媪才执烛引帝至房。帝搴帷而入，一灯荧然，亦绝无师师在。帝益异之，为倚徙几榻间。又良久，见媪拥一姬珊珊而来。淡妆不施脂粉，衣绢素，无艳服。新浴方罢，娇艳如山水芙蓉。见帝意似不屑，貌殊倨[21]，不为礼。媪与帝耳语曰："儿性颇愎[22]，勿怪。"帝于灯下凝睇物色之，幽姿逸韵，闪烁惊眸。问其年，不答。复强之，乃迁坐于他所。媪复附帝耳曰："儿性好静坐，唐突勿罪。"遂为下帷而出。

师师乃起，解玄绢褐袄，衣轻绨，卷右袂，援壁间琴[23]，隐几端坐而鼓《平沙落雁》之曲[24]。轻拢慢捻，流韵淡远。帝不觉为之倾耳，遂忘倦。比曲三终[25]，鸡唱矣。帝亟披帷出。媪闻，亦起，为进杏酥饮、枣糕、饦饦诸点品[26]。帝饮杏酥杯许，旋起去。内侍从行者皆潜候于外，即拥卫还宫。时大观三年八月十七日事也[27]。

媪私语师师曰："赵人礼意不薄，汝何落落乃尔[28]？"师师怒曰：彼贾奴耳。我何为者？"媪笑曰："儿强项，可令御史里行也[29]。"而长安人言籍籍[30]，皆知驾幸陇西氏。媪闻大恐，日夕惟涕泣。泣语师师曰："洵是[31]，夷吾族矣！"师师曰："无恐。上肯顾我，岂忍杀我？且畴昔之夜[32]，幸不见逼，上意必怜我。惟是我所窃自悼者，实命不犹[33]，流落下贱，使不洁之名，上累至尊，此则死有余辜耳。若夫天威震怒，横被诛戮，事起佚游，上所深讳，必不至此，可无虑也。”

次年正月，帝遣迪赐师师蛇跗琴[34]。——蛇跗琴者，琴古而漆黦[35]，则有纹如蛇之跗，盖大内珍藏宝器也。又赐白金五十两。

三月，帝复微行如陇西氏。师师仍淡妆素服，俯伏门阶迎驾。帝喜，为执其手令起。帝见其堂户忽华敞，前所御处，皆以蟠龙锦绣覆其上。又小轩改造杰阁，画栋朱阑，都无幽趣。而李姥见帝至，亦匿避；宣至，则体颤不能起，无复向时调寒送暖情态。帝意不悦，为霁颜[36]，以老娘呼之，谕以一家子无拘畏。姥拜谢，乃引帝至大楼。楼初成，师师伏地叩帝赐额[37]。时楼前杏花盛放，帝为书“醉杏楼”三字赐之。少顷置酒，师师侍侧，姥匍匐传樽为帝寿。帝赐师师隅坐[38]，命鼓所赐蛇跗琴，为弄《梅花三叠》[39]。帝衔杯饮听，称善者再。然帝见所供肴馔皆龙凤形，或镂或绘，悉如宫中式。因问之，知出自尚食房厨夫手[40]，姥出金钱倩制者。帝亦不怿[41]，谕姥今后悉如前，无矜张显著[42]。遂不终席，驾返。

帝尝御画院[43]，出诗句试诸画工，中式者岁间得一二。是年九月，以“金勒马嘶芳草地，玉楼人醉杏花天”名画一幅赐陇西氏。又赐藕丝灯、暖雪灯、芳苡灯、火凤衔珠灯各十盏；鸬鹚杯、琥珀杯、琉璃盏、镂金偏提各十事[44]；月团、凤团、蒙顶等茶百斤；怀饦、寒具、银餤饼数盒。又赐黄白金各千两。

时宫中已盛传其事，郑后闻而谏曰：“妓流下贱，不宜上接圣躬。且暮夜微行，亦恐事生叵测。愿陛下自爱。”帝颔之[45]。阅岁者再[46]，不复出；然通问赏赐，未尝绝也。

宣和二年[47]，帝复幸陇西氏。见悬所赐画于醉杏楼，观玩久之。忽回顾见师师，戏语曰：“画中人乃呼之竟出耶？”即日喝师师辟寒金钿、映月珠环、舞鸾青镜、金虬香鼎。次日，又赐师师端溪、风味砚[48]、李廷珪墨[49]、玉管宣毫笔[50]、剡溪绫纹纸。又赐李姥钱百千缗。

迪私言于上曰："帝幸陇西，必易服夜行，故不能常继。今艮岳离宫东偏有官地袤延二三里，直接镇安坊。若于此处为潜道[51]，帝驾往还殊便。"帝曰："汝图之。"于是迪等疏言："离宫宿卫人向多露处。臣等愿捐赀若干，于宫地营室数百楹，广筑围墙，以便宿卫。"帝可其奏。于是羽林巡军等，布列至镇安坊止，而行人为之屏迹矣。四年三月，帝始从潜道幸陇西，赐藏阄、双陆等具。又赐片玉棋盘、碧白二色玉棋子、画院宫扇、九折五花之簟、鳞文蓐叶之席、湘竹绮帘、五彩珊瑚钩。是日，帝与师师双陆不胜，围棋又不胜，赐白金二千两。嗣后师师生辰，又赐珠钿、金条脱各二事，玑琲一箧，毳锦数端，鹭毛缯、翠羽缎百匹，白金千两。后又以灭辽庆贺[52]，大赉州郡[53]，加恩宫府。乃赐师师紫绡绢幕、五彩流苏、冰蚕神锦被、却尘锦褥、麸金千两，良酝则有桂露、流霞、香蜜等名。又赐李姥大府钱万缗。计前后赐金银钱、缯帛、器用、食物等，不下十万。

帝尝于宫中集宫眷等宴坐，韦妃私问曰[54]："何物李家儿，陛下悦之如此？"帝曰："无他，但令尔等百人，改艳妆，服玄素，令此娃杂处其中，迥然自别。其一种幽姿逸韵，要在色容之外耳。"

无何，帝禅位[55]，自号为道君教主，退处太乙宫。佚游之兴，于是衰矣。师师语姥曰："吾母子嘻嘻[56]，不知祸之将及。"姥曰："然则奈何？"师师曰："汝第勿与知[57]，唯我所欲。"

时金人方启衅，河北告急。师师乃集前后所赐金钱，呈牒开封尹，愿入官，助河北饷。复赂迪等代请于上皇，愿弃家为女冠[58]。上皇许之，赐北郭慈云观居之。未几，金人破汴。主帅闼懒索师师，云："金主知其名，必欲生得之。"乃索之，累日不得。张邦昌等为踪迹之[59]，以献金营。师师骂曰："吾以贱妓，蒙皇帝眷，宁一死无他志。若辈高爵厚禄，朝廷何负于汝，乃事事为斩灭宗社计？今又北面事丑虏，冀得一当[60]，为呈身之地。吾岂作若辈羔雁贽耶[61]！"乃脱金簪自刺其喉，不死；折而吞之，乃死。道君帝在五国城[62]，知师师死状，犹不自禁其涕泣之汍澜也。

论曰：李师师以娼妓下流。猥蒙异数[63]，所谓处非其据矣。然观其晚节，烈烈有侠士风，不可谓非庸中佼佼者也。道君奢侈无度，卒召北辕之祸，宜哉。

选自《琳琅秘室丛书》

【题解】

李师师本是工匠之女，后来成为汴梁名妓。宋徽宗赵佶化名富商赵乙求见，李师师并不逢迎，还倨不为礼。后来知道是皇帝，仍只是淡妆相迎，博得徽宗欢心。金兵入侵，李师师将徽宗历次所赐金钱捐献助饷，金兵破汴梁，她吞金自杀。李师师实有其人，本篇情节大都出自虚构，塑造了一个有气节、有智勇的风尘女子形象。

【注释】

①菽浆：豆浆。 ②倡籍：娼家。 ③蔡京、章惇、王黼（fǔ）：都是当时权重一时的奸臣。 ④绍述：继续遵循。 ⑤青苗诸法：宋神宗时王安石推行的一些新法，有青苗、农田水利、均输、保甲等法。 ⑥长安：借指当时的首都汴梁。 ⑦童贯、朱勔：当时的两个著名奸臣。 ⑧般乐：纵情享乐。般，意为大。 ⑨内押班：内侍官。 ⑩未宫时：未成宦官之前。 ⑪紫茸：一种上等毛皮。 ⑫霞氎：一种彩色布。 ⑬瑟瑟珠：于阗（今新疆和田县）产的一种青玉。 ⑭麾止：命令停止。 ⑮堂户卑庳：房屋矮小。 ⑯分庭抗礼：因不知宋徽宗的身份，主客相对行礼。 ⑰苹婆：苹果。 ⑱椉几：椐木做的小几。 ⑲款语：亲切地谈话。 ⑳勿忤：不要违反。 ㉑倨（jù）：傲慢。 ㉒愎（bì）：任性。 ㉓援：取下。 ㉔隐几：靠着几。《平沙落雁》：古曲名。 ㉕比：等到。 ㉖饦饦（bótuō）：一种面食。 ㉗大观三年：公元1110年。 ㉘落落乃尔：如此冷落。 ㉙可令御史里行：可以当御史。 ㉚人言籍籍：私下里议论纷纷。 ㉛洵是：果真如此。 ㉜畴昔之

夜：那天晚上。 ㉝实命不犹：实在是命不如别人。 ㉞蛇跗琴：一种古琴。 ㉟黫（yù）：黄黑色。 ㊱霁颜：开颜。 ㊲额：匾额。 ㊳隅坐：坐在旁边。 ㊴《梅花三叠》：古曲名。 ㊵尚食房：主管皇帝膳食的官置。 ㊶不怿：不高兴。 ㊷矜张显著：铺张显扬。 ㊸御画院：去画院。 ㊹十事：十件。 ㊺颔之：点头。 ㊻阅岁：过了一年。 ㊼宣和：宋徽宗年号（1119—1125）。 ㊽端溪、凤咮砚：两种名砚。端溪砚也称端砚，产于广东端溪。凤咮砚产于福建北苑龙焙山。 ㊾李廷珪墨：一种名贵的墨，南唐著名墨工李廷珪制。 ㊿玉管宣毫笔：玉杆的，产于宣州（今安徽省宣城市）的笔，是一种名贵的笔。 (51)潜道：地道。 (52)灭辽庆贺：公元1123年，宋金联合灭辽。金把辽侵占的燕山六州归还宋，宋大加庆贺。 (53)赉（lài）：奖赏。 (54)韦妃：即宣和皇后，宋高宗之母。 (55)禅位：让帝位。 (56)嘻嘻：高兴的样子。 (57)汝第勿与知：你只管不过问。 (58)女冠：女道士。 (59)张邦昌：字子能，曾任礼部侍郎、太宰等职，是个通金的汉奸。踪迹：指寻找。 (60)冀得一当：希望得到一个职位。当，此处指职位。 (61)贽：见面礼。 (62)道君帝：即宋徽宗。五国城：在今东北地区的黑龙江省或吉林省，说法不一，宋徽宗北掳后囚死在这里。 (63)猥蒙异数：突然得到了异常优厚的待遇。

宋　本 (1281—1334)

字诚夫，大都（今北京市）人。元至治元年进士，历任翰林修撰、监察御史和集贤学士兼国子祭酒等职。以古文名世。著有《至治集》。

工　狱

京师小木局，木工数百人，官什伍其人[①]，置长分领之。一工与其长争，长曲不下[②]，工遂绝不往来。半岁，众工谓口语非大嫌，醵酒肉强工造长居，和解之，乃欢如初，暮醉散去。工妇淫，素与所私者谋戕良人[③]，不得间。是日以其醉于仇而返也，杀之。仓卒藏尸无所。室有土榻，榻中空，盖寒则以厝火者，乃启榻砖置尸空中。空陿，割为四五，始容焉，复砖故所。

明日，妇往长家哭曰："吾夫昨不归，必而杀之！"讼诸警巡院，院以长仇也，逮至，搒掠不胜毒，自诬服。妇发丧成服，召比丘修佛事[④]，哭尽哀。院诘长尸处[⑤]，曰："弃壕中。"责伍作二人索之壕[⑥]，弗得。伍作本治丧者，民不得良死而讼者主之，是故常也。刑部御史、京尹交促具狱甚急。二人者期十日得尸，不得，笞。既乃竟不得，笞；期七日，又不得；期五日，期三日，四被笞，终不得，而期益近。二人叹惋，循壕相语，笞无已时，因谋别杀人应命。暮坐水傍，一翁骑驴渡桥，犄角挤堕水中[⑦]，纵驴去。惧状不类，不敢辄出。又数受笞，涉旬余，度翁烂不可识，举以闻院。召妇审视，妇抚而大号曰："是矣，吾夫死乃尔若耶！"取夫衣招魂壕上，脱笄珥具棺葬之。狱遂成。院当长死，案上，未报可。

骑驴翁之族物色翁不得，一人负驴皮道中过，宛然其所畜。夺而披视，血皮未燥。执愬于邑，亦以鞫讯惨酷，自诬劫翁驴，翁拒而杀之，尸藏某地。求之不见，辄更曰："某地"，辞数更[⑧]，卒不见，负皮者瘐死狱中。

岁余，前长奏下，缚出狴犴[⑨]，众工随而噪若雷。虽皆愤其冤，而不能为之明，环视无可奈何，长竟斩。众工愈哀叹不置。遍访其事无所得，不知为计。乃聚议裒交钞百定，处处置衢路，有得某工死状者酬以是。亦寂然无应者。

初，妇每修佛事，则丐者坌至求供饭，一故偷常从丐往乞。一日，偷将盗它人家，尚早，不可。既熟妇门户，乃闇中依其垣屋以须[⑩]。迨钟时[⑪]，忽醉者踉跄而入，酗而怒妇，詈之拳之，且蹴之，妇不敢出声。醉者睡，妇微谇烛下曰："缘而杀吾夫，体骸异处土榻下，二岁余矣！榻既不可火，又不敢撰治[12]，吾夫尚不知腐尽以否？今乃虐我！"叹息饮泣。偷立牖外悉得之，默自贺曰："奚偷为？"明发，入局中号于众："吾已得某工死状，速付我钱！"众以其故偷不肯，曰："必暴著乃可。"遂书合分支与[13]，偷且俾众遥随我往。偷阳被酒，入妇舍挑之。妇大骂："丐敢尔！"邻居皆不平偷，将殴之。偷遽去土榻席板砖，作欲击斗状，则尸见矣。众工突入，偿偷购[14]；反接妇送官[15]。妇吐实，醉者则所私也。

官复穷壕中死人何从来？伍作款[16]：挤何物，骑驴翁堕水。伍作诛。妇洎所私者磔于市，先主长死吏[17]，皆废终身。官知水中翁即向瘐死者事，然以发之，则吏又有得罪者数人，遂寝，负皮者冤竟不白。此延祐初事也，校官文谦甫以语宋子[18]。

宋子曰："工之死，当坐者妇与所私者止耳。乃牵联杀四五人，此事变之殷也。解仇而伏欧刀[19]，逃笞而得刃，伍作杀而工妇窆[20]，负皮道中而死桎梏，赴盗而获购。此又轇轕而不可知者也[21]，悲夫！"

选自《旧小说》

【题解】

本篇描写一个由谋杀引出的冤狱事件。由于官府不做调查，只是一味靠刑罚逼取口供物证，于是使不很复杂的案件变得纵横交错，枉死多人。第一个冤死者是一位工长，于是引起木工们的义愤。最后依靠他们的力量才使得谋杀事件真相大白，工长的冤情得以昭雪。但由于官府袒护所属官吏，还有一位冤死者竟未能平反，含义相当深刻。

【注释】

①官：主管人。什伍其人：以十人或五人编组。官什伍其人：这里是引申义，即以人数编组。 ②长：工长。曲，理屈。不下：不低头认错。 ③良

人：丈夫。 ④比丘：尼姑。 ⑤院诘长尸处：警巡院问工长把尸体放在何处。 ⑥伍作：仵作，从事检验死伤工作的衙役。 ⑦犄角：牛角，这里意为冲撞。 ⑧辞数更：供词多次变化。 ⑨狴犴：牢狱。 ⑩须：等待。 ⑪迫钟时：元代京城有更鼓楼，击鼓报更伴以钟声。迫钟时，意为即将起更。 ⑫摸治：修理。摸，涂抹、涂饰。 ⑬书：写文书。合分：众人集钱。支与：给。 ⑭购：赏金。 ⑮反接：反绑。 ⑯款：招供，供言。 ⑰先主长死吏：早先主张宣判工长死刑的官吏。 ⑱校官：学官。文谦甫：作者的朋友。宋子：作者自称。 ⑲欧刀：古代刽子手（古代称刑人）所用的刀。 ⑳窆：埋葬。 ㉑轇輵（jiāogé）：错综复杂。

杨　瑀（1285—1361）

字元诚，杭州人。元天历间擢中瑞司典簿，历任太史院判官，建德路总管，浙东道宣慰使、都元帅等职。著有《山居新话》。

聂以道

聂以道，江西人，为口口县尹。有卖菜人，早往市中买菜。半途，忽拾钞一束[①]。时天尚未明，遂藏身僻处。待曙检视之[②]，计一十五定[③]；内有五贯者[④]，乃取一张，买肉二贯，米三贯，置之担中，不复买菜而归。其母见无菜，乃叩之[⑤]。对曰："早于半途拾得此物，遂买米肉而回。"母怒曰："是欺我也。纵有遗失者，不过一二张而已；岂有遗一束之理？得非盗乎！尔果拾得，可送还之。"训诲再三，其子不从。母曰："若不然，我诉之官。"子曰："拾得之物，送还何人？"母曰："尔于何处拾得，当原处候之。伺有失主来寻，还之可也。"又曰："吾家一世未尝有钱，买许多米肉，一时骤获，必有祸事。”其子遂携往其处。果有寻物者至。其卖菜者本村夫，竟不诘其钞数[6]，止云：“失钱在此？”付还与之。傍观者皆令分赏。失主靳之[7]，乃曰：“我失去三十定，今尚欠其半，如何可赏？”既称钞数相悬，争闹不已，遂闻之官。聂尹覆问拾得者，其词颇实。因暗唤其母，复审之，亦同。乃令二人各具结罪文状。失者实去三十定，卖菜者实拾去十五定。聂尹乃曰：“如此则所拾之者，非是所失之钞。此十五定，乃天赐贤母养老。”给付母子令去。谕失者曰：“尔所失三十定，当在别处，可自寻之。”因叱出。闻者莫不称善。

选自《山居新话》

【题解】

拾金不昧是传统美德。本篇写一位贫穷的卖菜人的老母教育儿子把捡到的宝钞还给失主。这位老母可谓穷而志坚。出人意料的是那位失主却声称钱数不对，以怨报德。于是又出现一位精明的官吏，惩治了这个贪心而无情无义的人。这个故事写得颇有兴味。

【注释】

①钞：钞票。　②曙：天亮。　③定：计钱币的量词。　④贯：金元时一千钱为一贯。　⑤叩：问。　⑥诘：盘问。　⑦靳：吝啬，舍不得给。